GAMING THE SYSTEM

–

ZUM GREIFEN NAH

Brenna Aubrey

Übersetzung: Dominik Weselak

SILVER GRIFFON ASSOCIATES
ORANGE, CA, USA

Book Layout ©2017 BookDesignTemplates.com
Cover Art: ©Sarah Hansen, Okay Creations

ISBN 978-1-940951-88-1
Silver Griffon Associates
P.O. Box 7383
Orange, CA, USA 92863

DANKSAGUNGEN

Ein Buch wie dieses wird nicht alleine durch die Arbeit einer einzigen Autorin verfasst. Besonders kein Buch dieser Größe. Ich schulde vielen Menschen meinen Dank:

Den Profis: K Keeton Designs und Okay Creations' Sarah Hanson für das atemberaubende Cover. Kate Mckinley, Sabrina Darby und Eliza Dee, für ihre Mitwirkung am Entwurf. Kelly Allenby für all die Hüte, die sie trägt und mit denen sie so süß aussieht. Und vielen Dank an Kate und Viv für den wundervollen Klappentext.

Den Kanadiern: Vivian Arend, Deborah Geary, Jo Anne Baharie, Kerri Favelle, Sara Castille.

Meiner moralischen Unterstützung: Zu viele, um sie alle zu benennen. Es waren ein paar harte Jahre und ich bin so dankbar für euch, die Unterhaltungen, den Beistand, das Verständnis. Alte Freunde und neue. Meine Dankbarkeit gehört jedem einzelnen von euch.
Danke für eure Geduld, liebe Leser. Ich weiß, es hat eine Weile gedauert, die Geschichte von Lucas und Katya lebendig werden zu lassen, aber ich hoffe, dass das Warten sich gelohnt hat.

PROLOG

KATYA

ICH HEIRATETE AN EINEM TISCH IN EINEM FAST-FOOD-Restaurant, während einer langen Mittagspause, die ich eine Sechzig-Stunden-Arbeitswoche gequetscht hatte.

Ich will nicht lügen, diese Hochzeit war bei Weitem nicht das, was ich mir erträumt hatte. Mein zukünftiger Ehemann hingegen? Er war wahrscheinlich der Star einiger – vielleicht sogar dutzender – Fantasien. Keiner von *meinen*, natürlich.

Diese Ehe war rein geschäftlich. *Ähm.*

Lucas Walker, mein Arbeitskollege, ehemals Erzfeind und jetzt Ehemann, saß mir an dem Resopal-Tisch gegenüber. Er war groß, hatte breite Schultern und heißblütige Augen in der Farbe geschmolzener Schokolade. *Und* er hatte dieses spezielle, kantige Kinn, das diesen hübschen Mann in einen außergewöhnlich gut aussehenden verwandelte.

Mein zukünftiger Gatte. Sobald wir den Burger-Laden verließen, würde Lucas mein gesetzlich angetrauter Ehemann sein.

Und ich seine Ehefrau.

„Okay, bringen wir's hinter uns." Mein Freund und Mitbewohner, Heath Bowman, knackte mit den Fingerknöcheln. Dann schob er die Rechnung unseres

1

Mittagessens beiseite, damit er den Papierkram für unsere Heiratserlaubnis auf dem Tisch ausbreiten konnte. Er drehte sich zu mir und warf mir einen Blick zu. „Danke übrigens, dass du das ausgefüllt hast. So geht das Ganze viel schneller." Seine blauen Augen schossen wieder zu dem Dokument und er stutzte, als hätte er sich an etwas erinnert. „Oh Shit, ich habe vergessen, dass wir noch jemanden brauchen."

Lucas lehnte sich vor und starrte Heath mit zusammengekniffenen Augen und ernstem Blick an. „Noch jemand? Warum ziehen wir noch jemanden in diesen Irrsinn hinein?"

Heath blickte auf. „Nur einen Zeugen. Das ist in Kalifornien gesetzlich vorgeschrieben."

Wir erstarrten und blickten einander an. Sollten wir noch einen Kollegen anrufen? Nein, definitiv nicht. Einen meiner oder Lucas' Freunde? Mein Blick wanderte zu seinen Augen und er wurde ruhig. Ich wusste, er würde irgendwie mir daran die Schuld geben. Das sah ich in seiner finsteren Miene. Das machte er in der Arbeit oft.

Cranberry, du gerätst immer in so verrückte Situationen, hatte er mir gesagt, als ich diesen Vorschlag die Woche zuvor in einem Café vorgebracht hatte. *Jetzt willst du mich auch noch hineinziehen?*

Ich blinzelte und meinen Augen fokussierten sich auf die stilisierten roten Palmen an den Wänden um uns herum.

Videoflackern. Standbild.

Ja, das klingt nach mir. Ihr fragt euch jetzt vermutlich, wie ich in dieser Lage gelandet bin...

Nun ja. All das begann vor etwa drei Wochen. Kurz vor Neujahr verließ ich die USA, um in der Karibik die außergewöhnliche Hochzeit einer meiner Freundinnen mit ihr zu feiern. Wie man das eben so macht. Doch die Zollbeamten griffen mich auf, als ich wieder ins Land einreiste.

Sie brachten die wilde Anschuldigung vor, dass *ich*, ein schwer arbeitendes kanadisches Mädchen, die sich nur um ihren eigenen Kram kümmerte, illegal in den Vereinigten Staaten gearbeitet hätte. Ohne spezielles Visum oder Genehmigung! Und ohne rechtsgültige Aufenthaltserlaubnis!

Und das wirklich Unverschämte:

Sie hatten recht. Keine alternativen Fakten. Aber verdammt, sie mussten deswegen doch nicht gleich fies werden und mir drohen, mich aus den Vereinigten Staaten von Amerika auszuweisen.

Den Bundesbehörden war es egal, dass ich mir ein neues Leben aufgebaut und mich von meinem alten verabschiedet hatte – aus so vielen Gründen, nach denen sie glücklicherweise nicht gefragt hatten. In den USA konnte ich in meinem Traumberuf arbeiten und meine früheren Probleme hinter mir lassen. Ich hatte neue Freunde, die mich wahrscheinlich mehr liebten als meine eigene Familie.

Aber den Beamten war das alles egal.

In diesem winzigen Zimmer auf dem Flughafen, hatten sie mir mit Abschiebung gedroht. Und ich musste zugeben, ich hatte Panik bekommen. In der Hitze des Gefechts und unter all den Anschuldigungen hatte ich das Erste herausgeplärrt, was mir in den Sinn gekommen war: Ich würde heiraten. Lucas, meinen Teamkollegen von der Arbeit. Einen amerikanischen Staatsbürger.

Und Junge, multiplizierte und verbreitete sich diese Lüge wie ein höchst ansteckender Grippevirus. Seit ich die Frage gestellt hatte, hatte mein Leben noch verrücktere Wendungen angenommen. Als ich Lucas meine missliche Lage bis ins kleinste Detail erklärt hatte, hatte er zu meiner Verwunderung zugestimmt, mir zu helfen.

Heath sprach wieder. „Um im Staate Kalifornien gesetzlich verheiratet zu sein, benötigt ihr einen zugelassenen Offizianten." Heath legte seine große Hand auf seine Brust. „Das wäre ich. Dann müsst ihr, wenn ihr gefragt werdet, laut und deutlich verkünden, dass ihr einander als gesetzlich angetraute Ehepartner nehmt. Und dann brauchen wir noch einen verdammten Trauzeugen, der diese Urkunde unterschreibt."

Jemand vom Tisch hinter Lucas drehte seinen Kopf in unsere Richtung. Sein Blick sagte alles… *Was zum Teufel?*

Ja, Kumpel. Genau meine Rede.

Lucas sah aus, als würde er gleich flüchten, also musste ich schnell handeln. In diesem Moment erkannte ich die Uniform unseres Lauschers. Er trug das weiße Hemd mit dazu passendem Namensschild und dem Logo von In-N-Out Burger und die Reste seines Mittagsessens standen noch vor ihm. Ein Angestellter, der gerade Mittagspause hatte.

Ich stand von meinem Platz auf und fragte Heath: „Hast du Bargeld dabei?"

„Ein paar Zwanziger, warum?"

„Ich bin sofort mit unserem Trauzeugen wieder da", war alles, was ich sagte, während mein zukünftiger Ehemann mich besorgt und verwirrt anstarrte. Wie ein Hirsch im Scheinwerferlicht.

In weniger als fünf Minuten war ich mit unserem neuen *Trauzeugen*, den ich neben meinen verwirrten Zukünftigen setzte, zurück. Auf seinem Namensschild stand *Rob*, also stellte ich ihn den anderen beiden vor.

„Meine Schicht geht in fünfzehn Minuten weiter", sagte Rob mit angespannter, hoher Stimme. „Du meintest, für mich wären vierzig Dollar drin?"

„Jep! Heath wird dich bezahlen, wenn du unterschreibst. Das sollte ja nicht lange dauern, oder?" Ich starrte Heath mit hochgezogener Augenbraue an und forderte schweigend seine Zustimmung.

Heath blinzelte ein paarmal und sein Mund stand mindestens eine halbe Minute offen, bevor er sprach. „Ähm, ja, sicher, sicher. Fünfzehn Minuten für die ausführliche Version. Du kannst sofort abhauen, sobald du unterschrieben hast."

Robs Blick wanderte zwischen uns dreien hin und her, während er seine lange blonde Strähne unter sein rotes Cap steckte. „Okay, dann los."

Heath sah mich an. „Willst du, Katharina Rose Ellis, Lucas Walker –" Heath kniff die Augen zusammen, als er den Namen las, den ich in das Formular eingetragen hatte. Bis gestern hatte ich keine Ahnung gehabt, dass mein Zukünftiger einen anderen Familiennamen hatte, weil Walker nur sein zweiter Vorname war. Und dieser Familienname war ein Prachtexemplar. Mir war der Platz ausgegangen, als ich das Namensfeld ausgefüllt hatte, weswegen einige Buchstaben nun auf dem Rand standen.

„Lucas Walker van den Hoehnsboek van Lynden", ratterte Lucas herunter.

„Das sind genügend Namen für vier Leute", schnaubte Heath.

Lucas antwortete nur mit einem Augenrollen und machte eine Geste, die eindeutig sagte: *Bringen wir das hinter uns.*

Heath wandte seinen Blick wieder mir zu. „Okay, also Katya, nimmst du Lukas zu deinem gesetzlich angetrauten Ehemann?"

Ich konnte Lucas nicht in die Augen schauen, obwohl ich wusste, dass er eigene Gründe dafür hatte, mir zu helfen. Das alles wurde *seltsam*, also starrte ich auf die kitschige Plastiktischplatte und krächzte ein schnelles „Ja" heraus. Wenn ein einfaches Nicken gereicht hätte, hätte ich nur das getan.

Heath kam zum nächsten Punkt. „Und Lucas, nimmst du Katya zu deiner Frau?"

Seine Hände, die verschränkt auf dem Tisch lagen, schienen sich zu verkrampfen und seine Fingerknöchel wurden weiß. Abgesehen davon war keine Bewegung zu erkennen. Er nickte zackig und antwortete mit einem scharfen: „Ja." Er sagte es in demselben Ton, in dem er vermutlich verlauten lassen würde, dass er sich eine Geschlechtskrankheit eingefangen hatte.

Heath nickte zufrieden. „Okay, also … durch die Kraft des mir vom Staate Kalifornien … bla, bla, bla … erkläre ich euch hiermit zu Mann und Frau –"

„Nummer dreiundneunzig, Ihre Bestellung ist fertig!", ertönte eine körperlose Stimme über den Lautsprecher.

„Oh, das sind wir." Heath gab Rob den Stift. „Wenn du bitte hier unterschreiben würdest …" Er zückte seine Geldbörse, um ein paar Scheine herauszunehmen.

Rob stand von seinem Platz auf, sah auf die Uhr und kritzelte dann mit einem Seufzen seinen Namen auf das Papier. „Das war das Seltsamste, was ich je gesehen habe, aber ich kann's bezeugen."

Scheiße, was, wenn die Einwanderungsbehörde aus irgendeinem Grund Robs Aussage als Trauzeuge haben möchte? Ich griff nach Lucas' großer Hand und drückte sie fest. „Es tut mir leid. Wir sind nur so verliebt, dass wir *unverzüglich* heiraten wollten." Ich warf Lucas einen warnenden Blick zu. Er knurrte nur und stimmt nickend dem zu, was ich gesagt hatte. Ja, die Gefahr, einen Oscar zu gewinnen, bestand definitiv nicht.

Rob gab Heath seinen Stift zurück und als er sich das Geld griff, plärrte sein Handy diesen kitschigen Synthesizer-Beat von Rick Astleys *Never Gonna Give You Up* heraus.

Heath stand auf. „Ich hole dann mal das Hochzeitsdinner. Ihr beide unterschreibt bitte hier, während ich weg bin."

Das *Rickrolling* war die Krönung dieses surrealen Tages. Der passiv-aggressive Bräutigam. Das Blablabla während des Gelöbnisses. Die Unterbrechung durch den Lautsprecher. Ganz zu schweigen von dem bevorstehenden *Hochzeitsdinner* bestehend aus Double-Double-Burgern, Milchshakes und Pommes.

Unser Trauzeuge, Rob, ging an sein Telefon und schlenderte ohne irgendwelche beglückwünschenden Worte oder einem Danke für die vierzig Dollar davon. Und ich blieb hier zurück und musste peinlich meinen Gatten anstarren.

Scheiße. Er war jetzt mein Ehemann. Doch es fühlte sich nicht wirklich anders an. Er starrte mich immer noch mit demselben nonchalanten Unmut an wie zuvor.

Mit fast roboterartigen Bewegungen griff Lucas sich das Formular und zog es vor sich. Er unterzeichnete es mit schnellen, entschlossenen Strichen, die auf dem Tisch ein Kratzen ertönen ließen. Dann schob er das Dokument wieder zu mir.

Aber anstatt es sofort zu unterschreiben, erhob ich meinen Pappbecher mit Limo und neigte es als Aufforderung zu einem Toast in seine Richtung.

Unsere Blicke trafen sich. Die Luft zwischen uns knisterte.

Meine Augen fielen auf seine Händen, deren verschränkte Finger noch mehr verkrampften. Meine Augen verweilten auf ihnen und ich realisierte nicht zum ersten Mal, wie sehr sie mich faszinierten. Sie waren stark, maskulin. Lange Finger, markante Adern, die seine leicht behaarten Hände zierten. Mein Blick wanderte seine festen, muskulösen Arme unter seinem Flanellhemd hinauf.

Versuch dich nicht darauf zu konzentrieren. Ich verschob meine Aufmerksamkeit auf etwas anderes, um mich davon abzuhalten, wieder in seine Augen zu blicken. In diese wunderbaren großen braunen Augen. Sie sahen müde aus, selbst wenn er vollkommen aufmerksam war. Und sie waren von dunklen Wimpern eingerahmt. Und sein Mund …

Hör auf, Kat!

Ich räusperte mich und fuchtelte mit dem Becher vor ihm herum. „Komm schon, wir sollten zumindest anstoßen, oder?"

Er schaute mich wieder an und versuchte scheinbar dem Drang zu widerstehen, die Augen zu verdrehen. Aber er kam meiner Aufforderung nach und tippte mit seinem Becher Cola gegen meine süße pinke Limo.

„Und worauf stoßen wir an? Ausgezeichnete Deadlines? Auf einen Bonus für den frühen Beta-Release?"

Ich lächelte. „Auf *uns*. Mr. und Mrs. ähm, van … van Hoehns –"

Er stöhnte und stellte sein Getränk ab, bevor er eine Augenbraue hochzog. Während er seine Augen langsam senkte, wanderten sie den Umriss meines langen Haars hinab, an meinen Schultern vorbei bis zu meinen Armen, die ich auf dem Tisch abstützte.

Sein Blick erwärmte alles, was er berührte. Doch nicht in einer Trillion Jahren würde ich ihn das wissen lassen.

„*Walker*. Bleiben wir bei der einfacheren Version. Und ich dachte, du wolltest deinen Namen behalten?"

Ich zuckte mit den Achseln und nickte. „Ja … sicher. Außer es macht bei der Einwanderungsbehörde einen besseren Eindruck, wenn ich ihn ändere. Da muss ich noch einmal mit meinem Anwalt sprechen."

„Da das nicht lange Bestand haben wird, mach dir keine unnötige Arbeit, weil du ihn dann nur wieder zurückändern müsstest."

Ich schlürfte den Rest meiner Limonade und beobachtete ihn mit weiten Augen. „Es ist gut, dass ich nie wirklich etwas für diese typischen Traumhochzeiten über hatte. Teures Kleid und ein Bouquet halbblühender Blumen, ein glamouröser erster Tanz vor einem Raum voller zum Großteil betrunkener Freunde und Familienangehörigen. Das hier ist davon so weit entfernt wie nur möglich."

Dieses Mal verdrehte er die Augen. „Das ist eh total überbewertet. Da verpasst du nichts. Selbst wenn das hier echt wäre."

Ich zuckte mit den Augenbrauen und fragte mich, was diese kryptische Anmerkung bedeuten sollte. Aber ich würde mich daran gewöhnen müssen. Mein Jetzt-Ehemann machte gerne trockene Bemerkungen, die niemand verstand. Zumindest wusste ich größtenteils, worauf ich mich mit der Ehe mit Lucas einließ. Wir arbeiteten seit über einem Jahr zusammen und lieferten uns ständig Schlagabtäusche.

Seine Augen wandten sich von meinen unruhigen Händen, die er studierte, ab und er schaute auf die Uhr. „Wir haben eh keine Zeit über das *Was wäre wenn* zu philosophieren. Wenn wir wieder in der Arbeit sind, müssen wir kräftig anpacken. Das hast du versprochen."

Ich hob meine rechte Hand, als würde ich feierlich schwören – denn davon hatten wir heute ja noch nicht genug gehabt. „Sämtliche meiner Mittagspausen und Überstunden und Nachtschichten gehören dir, bis wir diese Deadline geschafft haben."

Er nickte grimmig, aber zufrieden. „Gut. Denn das hier –" er deutete zwischen sich und mir hin und her „– ist rein geschäftlich."

Ich wackelte müde mit dem Kopf und nickte zustimmend. Ich hatte das die letzte Woche schon oft genug gehört. „Ja, ja, ja. Ich bekomme einen zertifizierten Yankee-Ehemann für meine Einwanderungsdokumente für meine Greencard. *Du* bekommst meine Hilfe die Deadline zu schaffen, damit du die Bosse für die Beförderung, die du gerne möchtest, beeindrucken kannst. Ich hab's *verstanden*, Lucas, wie schon beim zwanzigsten Mal, als du es erwähnt hast."

„Hmm. Gut, noch ein paarmal mehr kann sicher nicht schaden."

Als Spieletester musste unsere Abteilung bei Draco Multimedia Entertainment sicherstellen, dass die Software frei von Bugs oder Glitchen war. Es war besonders wichtig, da die Veröffentlichung der neuen Dragon-Epoch-Erweiterung, *Krieg der gespaltenen Lande*, kurz bevorstand. Für ein Spiel, so gewaltig und komplex wie Dragon Epoch, war das keine einfache Aufgabe.

Unsere Chefs hatten uns eine fast unmöglich einzuhaltende Deadline gestellt. Aber anstatt um eine Verschiebung der Veröffentlichung und mehr Zeit zu bitten, hatte Lucas, unser Projektmanager, die Herausforderung akzeptiert. Denn er musste etwas beweisen.

Er drückte seinen Zeigefinger auf den Tisch zwischen uns. *„Richtig?"*

Ich knirschte mit den Zähnen. „Ja. Richtig. *Gott.* Mir ist bewusst, wie sehr du den neuen Job willst. Ich werde alles in meiner Macht Stehende tun, um dir zu helfen. Du weißt ja, was man darüber sagt, dass Immigranten alle Jobs erledigen."

Verdammt, er war so nervtötend und auch so heiß, wenn er so wurde. Herrisch und hartnäckig mit einer gesunden Dosis launisch – kurz und bündig, das war Lucas. Zu schlimm nur, dass er dazu auch schön verpackt war, was ich einfach nicht übersehen konnte. Es wäre viel einfacher, von einem hässlichen Arschloch genervt zu sein als von einem gut aussehenden.

Es half auch nicht, dass ich mich ständig fragte, ob der diese herrische Art auch im Bett zeigte. *Hör auf, Kat!*

Ich hatte wirklich Glück. Bis jetzt hatte er noch nicht viele Fragen gestellt, warum es für mich so lebenswichtig war, in den USA zu bleiben und nicht wieder nach Kanada zurückzugehen. Mein Herz raste und mir wurde flau im Magen, wenn ich nur an die Möglichkeit dachte. *Nein.* Er half mir, hier zu bleiben, und begab sich dadurch in die Schusslinie. Und dafür ignorierte ich seine Arschigkeit und war dankbar.

Mein Heimatland war ein wundervoller Ort. Aber die besondere Lage, die ich zurückgelassen hatte ... nicht so sehr.

Meine Hände wurden wieder unruhig und ich spielte mit dem Strohhalm in meinem Becher, was wegen des Deckels ein heulendes Quietschen erzeugte. Nach etwa einer Minute schob er seine Hand über meine, um mich zu stoppen, wobei sich sein wunderbares Kinn verkrampfte.

„*Cranberry*", murmelte er. „Beruhige dich."

Seine Hand war warm und schwielig – sicherlich von den Jahren beim Ruderteam im College, wie er einst erzählt hatte. Ein warmes Prickeln raste meinen Arm von der Stelle aus hinauf, wo unsere Haut sich berührte. *Heilige Scheiße.* Prickeln ... Zittern ... Gänsehaut. Ich schluckte laut und zog meine Hand unter seiner heraus. Dann schnappte ich mir den Stift und setzte meine Unterschrift auf die Urkunde.

Nachdem ich das Formular noch einmal durchgelesen hatte, lehnte ich mich zurück und blickte gerade rechtzeitig hoch, um ihn dabei zu ertappen, wie er mich anstarrte, wobei seine Augen irgendwo auf meinem Hals oder meinen Haaren lagen. Doch als ich ihn dabei erwischte, änderte sich alles. Als er mir wieder in die Augen sah, war sein üblicher steinerner Gesichtsausdruck verschwunden.

Er schenkte mir ein nicht wirklich überzeugendes lässiges Achselzucken und blickte aus dem Fenster.

„Also, wann ziehe ich ein?" Ich sprang freudig auf. Ich kannte die Antwort auf diese Frage bereits. Aber wie üblich, war es mir fast unmöglich, dem Drang zu widerstehen, ihn auf die Palme zu bringen.

Sein Gesicht verfinsterte sich. „Du sagtest –"

Ich hob die Hand. „Ich mache nur Spaß. Aber ich muss dafür sorgen, dass es so aussieht, als würde ich bei dir wohnen. Ich lasse meine Post zu dir schicken, wenn du nichts dagegen hast. Aber keine Angst, ich wohne weiterhin mit Heath in seiner Wohnung."

Er drehte sich wieder zu mir. „Wir sollten uns auch ein gemeinsames Konto zulegen und deinen Namen auf alle Rechnungen setzen lassen. Aber du musst sie nicht bezahlen."

Ich schnaubte. „Gut, denn die Hypothek auf dein tolles Haus könnte ich mir nie leisten."

„Mir egal."

„Ich werde ein Fotoalbum zusammenstellen. Kannst du mir alle Bilder schicken, die du hast? Ich habe einige von den letzten Partys in der Arbeit. Wir sollten auch noch für ein paar neue posieren. Ich muss dich aber leider bitten, etwas Seltenes und möglicherweise Schmerzvolles zu tun und auf den Fotos wirklich zu *lächeln*."

Er stöhnte. „Gut, wenn es sein muss."

Ich konnte nicht widerstehen, mir mein Handy zu schnappen und sofort eines von ihm zu schießen, inklusive seines finsteren Blicks. Dann nahm ich mir einen Augenblick Zeit, es zu studieren. Selbst mit diesem finsteren Blick war er einfach zu gut aussehend – eine Tatsache, die ich *wirklich* ignorieren musste. „Nun, das wird nicht hilfreich sein, um eine glamouröse romantische Hochzeit für die Einwanderungsbehörde vorzugaukeln. Daran müssen wir noch arbeiten."

„Reichst du die Dokumente gleich ein?"

Ich blickte auf die Heiratsurkunde, die unterzeichnet zwischen uns lag. „Das muss ich. Gerichtliche Verfügung. Ich erledige das."

„Gut. Dann sollten wir damit keine Probleme haben. Und natürlich gibt es noch Regeln für alles andere." Ich zog eine Augenbraue hoch, fast so, als würde ich ihn herausfordern, sich zu *trauen*, den ganzen Scheiß noch einmal durchzugehen. „Du erinnerst dich doch an die Regeln, oder?"

Und es geht los ...

Ich schüttelte den Kopf und mein Blick flog zum Fenster hinaus. Jedi-Junge und seine verdammten Regeln. „Ja, ich erinnere mich an die Regeln. Du bringst mich nicht dazu, sie aufzusagen."

Er kniff die Augen zusammen. „Willst du wetten?"

Meine Augen schossen wieder zu seinen. „Du nervst."

„Ist mir egal." Er starrte mich an.

Ich blies meinen Atem langsam hinaus. „Gut. Aber dieses Mal sage ich sie laut, verstanden?" Keine Reaktion. Ich biss mir auf die Lippe und fuhr fort. „In der Arbeit nicht wie ein verheiratetes Paar tun, auch nicht zuhause, oder irgendwo sonst. Keine Witze darüber, verheiratet zu sein. Das Geheimnis bleibt unter dir, mir und Heath. Keine Dates mit anderen Leuten." Ich schlürfte laut an meinem Getränk, um ihn zu verärgern. „Und ich bekomme alle Hochzeitsgeschenke."

„Wäre es nicht einfacher, die Behörden zu überzeugen, dass eure Ehe echt ist, wenn ihr sie *nicht* geheim haltet?" Heath stand mit einem voll mit Essen beladenem Tablett an meiner Schulter. Ich hatte keine Ahnung, wie lang er schon dort stand – offensichtlich lange genug, um zu hören, wie ich Lucas' lächerliche Regeln rezitierte.

Ich rutschte rüber, um ihm Platz zu machen, und er stellte das Tablett ab.

„Sorry, dass es so lange gedauert hat. Ich musste meinen Burger zurückgehen lassen. Der Kassierer hatte vergessen, aufzuschreiben, dass ich ihn blutig wollte."

Heath biss in seinen Hamburger, – *man muss schließlich Prioritäten setzen* – bevor er zwischen mir und Lucas hin und her blickte, während er immer noch auf eine Antwort auf seine Frage wartete.

„Ich habe meine Gründe dafür, es geheim zu halten", antwortete Lucas schließlich, wobei seine dunklen Augen meinem Blick auswichen. „Als da wären, ich stehe vor einer wichtigen Beförderung und Kat ist die beste Freundin der Frau unseres CEOs."

Heath schluckte den gewaltigen Bissen von seinem Burger und schnaubte. „Wäre das kein Grund, es *nicht* geheim zu halten? Verdammt, ich würde es jedem auf die Nase binden, der zuhört."

Ich kannte die Antwort darauf bereits und ich spürte, dass Lucas angespannt war, also mischte ich mich ein. „Lucas hält nichts von Vetternwirtschaft. Er will sich die Stelle verdienen."

Heath zuckte mit den Schultern. „Gut, dann haltet es in der Arbeit geheim, aber –"

„Auf familiärer Seite ist es zu kompliziert", unterbrach Lucas, bevor Heath überhaupt fragen konnte. „Glaub mir, so ist es einfacher."

Ich zog neugierig eine Augenbraue hoch, doch widerstand dem Drang, die offensichtliche Frage zu stellen. Ich wusste nichts von Lucas' Familie, doch wenn es bedeutete, dass er mich nicht nach meiner fragen würde, wenn ich nicht nach seiner fragte, war das besser so. Ich nahm meinen Double-Burger und hob das Brötchen an, um zu überprüfen, dass sie ihn nicht in ihrer Spezialsoße, die ich nicht mochte, ertränkt hatten.

„Es ist einfach, das Ganze bedeckt zu halten", sagte ich. „Besonders wenn ich lediglich Unterlagen einsenden muss und wir anschließend zu einer Befragung gehen müssen."

Vermutlich müssten wir dafür das Grundlegende wissen, was unsere Familien anging ... doch noch nicht in den nächsten Monaten.

Eins nach dem anderen. Vor einem Monat, kurz vor Weihnachten, waren Lucas und ich mit Kollegen auf einer Hütte in den Bergen. Wir hatten keine Ahnung gehabt, was die Zukunft für uns bereithalten würde.

Und jetzt sind wir hier. Als verheiratetes Paar.

„Ich vermute, das bedeutet auch keine Eheringe, was auch auf meiner Frageliste stand", fragte Heath zwischen zwei Bissen.

Lucas schüttelte entschlossen den Kopf. „Keine Ringe."

Sicher. Kein äußerliches Anzeichen dafür, verheiratet zu sein. Aus diversen Gründen. Für Dates hatten wir aufgrund unseres hektischen Arbeitsalltags sowieso keine Zeit. Dates würden das alles kompliziert machen, ganz zu schweigen davon, es weniger echt erscheinen zu lassen. Und seine Bedingung, das geheim zu halten, machte das alles schon schwierig genug.

Nachdem wir unser *Hochzeitsmahl* beendet hatten, vergeudete er keine Zeit, vom Tisch aufzustehen und uns wieder zum Arbeiten zu ermutigen. Ich nahm mir noch einen Augenblick, mich bei Heath zu bedanken, der extra von Orange, wo er wohnte, nach Irving gefahren war, um das alles für uns in unserer Mittagspause zu erledigen.

Es würde heute noch ein langer Abend in der Arbeit werden – und wahrscheinlich den Rest der Woche ebenfalls.

Heath wischte sich seine fettigen Hände an einer Serviette ab, bevor er vorsichtig das Dokument nahm und es unterzeichnete. Er schob es in einen Briefumschlag, von dem er uns versicherte, ihn schnellstmöglich an das Standesamt zu schicken.

Und von seiner Position aus beobachtete Lucas jede von Heaths Bewegungen, fast so als würde er ihm nicht trauen. Als hätte er gerade sein Leben verpfändet. Denn eigentlich *hatte* er das auch für das nächste Jahr – auf Greencard komm raus.

„Halte mich bitte über alle Entwicklungen oder Termine, denen ich nachgehen muss, auf dem Laufenden", knurrte Lucas, als wir gingen.

Ich widerstand dem Drang, ihm als Antwort darauf spöttisch zu salutieren.

Nicht einmal eine Stunde später, wieder in der Arbeit, war es irgendwie seltsam, die Illusion aufrecht zu erhalten, dass nichts geschehen war. Aber es war eigentlich keine Illusion. Da bis auf dem Papier nichts wirklich anders war.

Ich studierte unsere *Mission Accomplished*-Bestenliste. Sie zeigte die Ränge eines laufenden Turniers zwischen meinen Kollegen. Es waren Computerspieler, die sich, wenn sie sich bei der Bugsuche in Dragon Epoch überarbeitet, unterbezahlt oder nicht wertgeschätzt fühlten, eine Pause machten, um ein anderes Spiel zu spielen. Mission Accomplished war mittlerweile sehr veraltet, doch Lucas war ein langjähriger Fan. Außerdem war es das erste Spiel, an dem unser Boss als Teenager gearbeitet hatte.

In den letzten vierundzwanzig Stunden war Lucas an mir vorbeigezogen und hatte die Führungsposition auf unserem improvisierten Whiteboard-und-Magnetschilder-Leaderboard eingenommen. Ich neigte den Kopf nach hinten und kaute an meinem Daumennagel, während ich es betrachtete. Lucas und ich hatten uns die letzten Monate ständig übertroffen. Der Drittplatzierte war nicht einmal in unserer Nähe.

„Willst du das so stehen lassen? Ihr beide seid so besessen davon, euch zu überbieten, dass euch keiner auf den Fersen bleiben kann." Das abfällige Sinnieren meines Kollegen Joel riss mich aus meinem Tagtraum. Ich blickte ihn an, als er auf Lucas' Highscore zeigte. Es war nur vorübergehend und wir alle wussten das. Ich würde an ihm vorbeiziehen, sobald ich mich in meiner nächsten Pause wieder an das Spiel setzte.

Außer ... außer ich würde das vielleicht nicht. Zumindest nicht so schnell. Als stilles Danke für alles, was er für mich getan hatte, würde ich ihm die Führungsposition vorerst überlassen. Selbst wenn er nur ein paar Mittagspausen für die Heiratsdokumente und die *Zeremonie* verpasst hatte, war es trotzdem etwas sehr Nettes von ihm.

Ja, er brauchte meine Hilfe bei der Erweiterung, doch ... das würde er wahrscheinlich auch ohne mich schaffen.

Ich realisierte, dass ich lächelte, und ein Moment der Zärtlichkeit berührte mein Herz. Auf seine eigene schroffe Art hatte er mir etwas Freundlichkeit entgegengebracht.

Mit einem Achselzucken ließ ich Joels Frage unbeantwortet, als ich wieder zu meinem Schreibtisch schlenderte und mich dort noch ein paarmal streckte, bevor ich mich setzte. Es würde bis zum Feierabend noch ein anstrengender Arbeitstag werden, weshalb ich jede Chance auf Bewegung nutzen musste.

Als ich gerade in meinen Stuhl sinken wollte, bemerkte ich, dass Lucas den Raum betreten hatte. Sein Blick wanderte von der Bestenliste über die Arbeitsplätze. Höchstwahrscheinlich prüfte er, wer noch alles anwesend war und wer bereits zusammenpackte.

Als seine Augen meine trafen, schickte ich ihm ein zögerliches Lächeln und ein Zwinkern.

Sein neutraler Gesichtsausdruck verwandelte sich in einen düstern Blick mit zusammengekniffenen Augen. Mit steifen

Schultern und noch steiferer Haltung marschierte er an meinem Schreibtisch vorbei und knurrte schroff: „Zurück an die Arbeit, Cranberry. Wenn du Zeit für Tagträume hast, hast du zu viel Leerlauf."

Ich warf seinem sich entfernenden Rücken mit zusammengekniffenen Augen einen bösen Blick hinterher, während ich mich setzte. *Dir auch einen fröhlichen Hochzeitstag, Arschloch.*

Als ich meine Files öffnete, entschloss ich zähneknirschend, dass ich ihn so schnell wie möglich von der Führungsposition schießen würde.

KAPITEL
EINS
LUCAS

Sechs Monate später ...

U M MICH HERUM WURDE GEFLÜSTERT. DAS WAR DAS
Erste, was mir auffiel, nachdem ich mein Headset
abgesetzt hatte. Meine Augen wanderten über unsere
Ecke des Draco Campus, der von seinen Bewohnern abfällig als
der Bau bezeichnet wurde. Ein passender Spitzname, da seine
Bewohner die Mitarbeiter der Spieletestabteilung von Draco
Multimedia Entertainment waren. Die meisten Mitarbeiter hier
sahen so aus, als würden sie es verdienen, in einem Ort namens
der Bau herumzuhängen. Ihre Kleidungs- und
Hygienegewohnheiten passten nur zu gut zu einem Ort fern von
Sonnenlicht, einer unterirdischen Behausung voll mit den
Resten vergangener Mahlzeiten.

Ich rieb mir die Augen, um sie nach dem stundenlangen
Starren auf einen Bildschirm wieder zu fokussieren, und suchte
den Raum ab, um zu sehen, ob alle da waren, wo sie sein sollten.
Leere Arbeitsplätze säumten die hintere Wand mit den großen

Erkerfenstern. Der Schreibtisch des Teamleiters, an dem ich arbeitete, stand in der Mitte des Raums. Auf der anderen Seite war eine deckenhohe Tafel voller bunter Haftnotizen. Sie war unterteilt in verschiedene Sektionen, die zeigten, wie weit die verschiedenen Aufgaben noch von der Fertigstellung entfernt waren: *Planung, In Progress, Komplett, Pausiert, Eskaliert.*

Es sah aus, als wäre ein betrunkenes Einhorn in den Bau getorkelt und hätte einen Regenbogen an die Wand gekotzt. Meine Augen schossen zurück auf die Menschenansammlung an der Tür – die Quelle des nicht wirklich diskreten Flüsterns.

Meine Kollegen warfen gelegentlich Blicke in meine Richtung, während ich sie beobachtete. Vielleicht erwarteten sie, dass ich ihre spontane Versammlung auflösen würde, doch ich fühlte mich heute großzügig. Wir hatten letzte Woche eine fast unmögliche Deadline geschafft. Dazu waren große Anstrengungen nötig gewesen und viele von ihnen hatten Nachtschichten eingelegt, damit wir das schaffen konnten.

Dann machten sie also ein bisschen länger Mittag. Wenn ich nicht unter Druck stand, war mir das egal.

Während der entscheidenden Phase gab es keine Mittagspausen, kein Abendessen, keine Kaffeepausen. Noch konnte man sich mehr als zwei Minuten für einen dringend benötigten Toilettenbesuch gönnen, um sich der Unmengen an Red Bull, Kaffee oder Mountain Dew zu entledigen. Sicher würde bald die nächste Liste an Bugs anstehen. Und der Kreislauf, alle Fehler der Erweiterung zu finden, bevor sie live ginge, würde sich fortsetzen.

In ruhigeren Zeiten, wie diese Woche, sah ich nicht so oft auf die Uhr und das wussten sie. Aber ihr spontaner Kaffeeklatsch verärgerte mich irgendwie. *Oder* ich war einfach nur paranoid und bildete mir ein, dass sie über mich redeten.

Alles änderte sich in dem Augenblick, als sich die Tür öffnete. Katya trat ein und schlenderte direkt zu ihrem Arbeitsplatz, ohne die Ansammlung ihrer Kollegen auch nur zu bemerken.

Die hingegen sahen *sie* an. Dann blickten sie zu mir herüber, sahen einander an und zerstreuten sich abrupt, wie Katzen, auf die man gerade einen Kübel kaltes Wasser gekippt hatte.

Meine Augen flogen wieder zu Kat. Ich sah ihr langes seidenes, feuerrotes Haar, das bis zu ihrer Taille hinabfiel. Sah, wie diese Jeans ihren Po umschmeichelte. Bevor ich überhaupt durchatmen konnte, drohte dieser nur zu bekannte Rausch von Anziehung meine Gedanken zu übernehmen. Ich schluckte. Dann sprang mein automatisches Löschsystem an und ich zwang mich wegzusehen, bevor ich zu viel Zeit damit verbrachte, ihren Anblick aufzusaugen. Das war meine wichtigste Regel. Ich nannte sie die Sechs-Sekunden-Regel.

Es war in etwa so, wie in die Sonne zu blicken. Man sollte sie nie länger als sechs Sekunden anstarren. Doch anstatt meine Netzhaut zu verbrennen, lag bei ihr die Gefahr darin, dass meine Gedanken in gefährliches Terrain abwanderten. Unweigerlich würde ich anfangen, in dem Gedanken zu schwelgen, dass sie in dieser neuen dunkelblauen Jeans, die sie heute trug, den schönsten Hintern der Welt hatte. Oder ich würde mich in die Tatsache hineinsteigern, dass sich der Stoff ihres T-Shirts über ihrer perfekten Brust spannte. Und Gedanken könnten zu Taten führen.

Und Taten würden definitiv das Drama und den Schwachsinn heraufbeschwören, dem ich vor Jahren Lebewohl gesagt hatte.

Auch wenn das Flüstern meiner Kollegen verschwunden war, spürte ich immer noch die gelegentlichen neugierigen Blicke, die von den anderen Arbeitsplätzen aus in meine Richtung geworfen wurden. Immer wenn ich jemanden dabei erwischte, setzte ich eine finstere Miene auf und wurde in Ruhe gelassen. Langsam wandte ich mich wieder meinem Bildschirm zu und setzte mein Headset auf. Es war an der Zeit, den ersten Bug-Report durchzugehen, den unsere Beta-Tester heute Morgen geschickt hatten.

Es dauerte nicht einmal fünf Minuten, bis diese verbotene Ablenkung von selbst zu mir kam. Ich musste nun mehr als sechs Sekunden damit verbringen, an sie zu denken, denn sie stand genau vor meiner Nase. Ihr weiches, süß riechendes Haar streifte meine Wange, als sie sich über meinen Rechner beugte, um mir zuzumurmeln.

„Ich habe etwas gefunden, das du dir ansehen musst", sagte sie etwas lauter als normal, als würde sie wollen, dass alle in der Nähe es hörten. Ich warf ihr einen fragenden Blick zu. „Sektion 583-A. Kannst du das bitte öffnen?"

Was zum Teufel? Das hatte ich vor Tagen als bereinigt geschlossen. Mit finsterem Blick kam ich ihrem Wunsch nach und öffnete die Notizen über diese Sektion. Sie beugte sich noch näher zu mir und ich konnte die Wärme ihres Körpers spüren. Das nervte mich aus irgendeinem Grund. Vermutlich weil ihre Nähe mich schon das ganze letzte Jahr störte. Denn ich konnte nicht haben, was zum Greifen nah war – und ich hatte mich damit abgefunden, dass ich das auch nie haben *würde*.

Ihr langes wunderbares Haar streifte erneut mein Gesicht und – oh Gott, dieser Geruch. Der Duft war eine berauschende Mischung aus Kokosnuss, Lavendel und anderen Gewürzen, die

ich nicht benennen konnte. Vielleicht Muskat. Er war subtil.
Und aufregend.

Und er sorgte dafür, dass mein Blutdruck jedes Mal anstieg.
Sie legte ihre Hand neben meine Tastatur, um sich abzustützen,
als sie auf den Bildschirm zeigte. Ich konzentrierte mich auf ihre
feinen Hände, ihre langen, grazilen Finger. Ihre Nägel waren
gestutzt, damit sie schneller tippen konnte, und ihr blauer
glitzernder Nagellack war leicht abgeplatzt. Sie war die perfekte
Mischung aus hartem, burschikosem Gamer-Girl und
umwerfender weiblicher Schönheit.

Und ich hatte mich vor Monaten um meiner geistigen
Gesundheit willen dazu entschlossen, nicht mehr auf diese
Weise an sie zu denken, geheime Ehefrau oder nicht.
Frustrierenderweise war dies bis jetzt keine erfolgreiche Lösung
gewesen.

Ich tadelte mich dafür, ihren Duft unwiderstehlich zu finden,
und versuchte meine anfangende Erregung zu bekämpfen. Es
war schon viel zu lange her, seit ich das letzte Mal Sex gehabt
hatte. Das Verlangen war so stark, dass ich nicht realisierte, dass
sie etwas gesagt hatte. Ich hatte auch nicht realisiert, dass sie
keine Absicht hatte, den angeblichen Bug in Sektion 583-A zu
besprechen.

„– einen Termin mit der Einwanderungsbehörde für unsere
Anhörung ausgemacht." Sie sprach mit leiser Stimme. Ich
blinzelte und kam auf den Boden der Tatsachen zurück, als ich
meinen Blick von ihrem seidenen Haar abwandte. Ein
plötzlicher stechender Schmerz der Lust ließ mich aus meinem
Stuhl aufspringen.

Verdammt. Natürlich musste ich in so eine Situation geraten,
insgeheim mit einer unglaublich verführerischen Gamerin

verheiratet zu sein, mit der ich täglich und manchmal auch bis tief in die Nacht zusammenarbeitete. Die Kurven hatte, die mich verrückt machten, wenn ich länger als ein paar Minuten an sie dachte. Von der ich mich ständig fragte, ob sie eine so gute Küsserin war, wie ihre vollen Lippen vermuten ließen.

Und ich wusste nur zu gut, dass sie mich viel zu oft steif machte, nur weil sie in meiner Nähe war. Und aktuell drohte es, wieder so zu sein.

Ich schüttelte den Kopf und fing an durch den Mund zu atmen, um sie nicht zu riechen. „*Was?*", bellte ich heraus.

Sie stöhnte, sichtlich ungehalten, dass ich heute so langsam war und ihre List nicht wirklich mitbekam.

„Ich sagte, es geht um keinen Bug, aber ich wollte nicht, dass alle aufmerksam werden. Ich bekomme jedes Mal seltsame Blicke zugeworfen, wenn ich dich zum Reden aus dem Raum zerre. Heute in der Mittagspause musste ich meinen Einwanderungsanwalt zurückrufen. Er hat in zwei Wochen einen Termin für eine Befragung für uns ausgemacht."

„Gut. Okay. Ist das alles?"

Sie warf mir einen verdutzten Blick zu und schnipste ihre Haare über die Schulter – und in mein Gesicht. Ich zuckte zurück. Doch eigentlich hätte ich lieber meine Hände darin vergraben und sie zurückgezogen. Ich wollte in ihr wunderschönes Gesicht schauen und meinen Mund auf ihre hübschen, vollen Lippen legen.

Doch das war gerade irrelevant.

Sie musste davon nichts wissen. *Niemand* musste davon etwas wissen.

Gott. Ich musste wieder einmal flachgelegt werden. Diese geheime Ehe – zusammen mit diesem zeitraubenden und manchmal todlangweiligen Job – sorgte bei mir für episch dicke Eier. Vielleicht könnten wir uns nach der Befragung mit anderen Leuten treffen.

Ich lehnte mich in meinem Stuhl zurück, um mir eine Pause zu gönnen, und bemerkte, dass drei Köpfe in unsere Richtung zeigten. Als ich meinen Blick auf sie richtete, tauchten sie alle wieder hinter ihre Monitore ab und taten so, als würden sie arbeiten, indem sie unnatürlich schnell auf ihren Tastaturen herumtippten.

Ich schaute finster drein. Was zum Teufel war das? Hatte sich der Bau der mächtigen, unbeugsamen und detailbesessenen Spieletester irgendwie in das Apartment von Gossip Girl verwandelt?

Genervt wandte ich mich wieder Katya zu. „Hat dich irgendjemand beim Telefonieren belauscht?"

Sie erwiderte meinen finsteren Blick, bevor sich eine kastanienbraune Braue über ihren strahlendblauen Augen wölbte. „Denkst du, ich bin irgendein Amateur, Jedi-Junge? War in dem Korridor, der zu dem Nebeneingang von dem kleinen Parkplatz führt, den nie jemand benutzt. Der ist abgeschieden und leer. Niemand hat etwas gehört."

„Niemand, von dem du weißt."

Sie verdrehte die Augen. „Gott, es tut mir leid, dass ich es überhaupt erwähnt habe. Aber du hast mich *gebeten*, dich auf dem Laufenden zu halten."

Mein Kiefer verkrampfte sich. „Schreib mir einfach die Zeit. Ich brauche nicht den ganzen Bericht, Cranberry. Oder suchst du einfach nur nach Ausreden, um dich mit mir zu unterhalten?"

Als Antwort darauf errötete ihr Gesicht in einem befriedigenden Dunkelrot. Ein anderer Grund für ihr Erröten wäre mir lieber gewesen. Ich hätte Erregung dieser Verärgerung vorgezogen. Doch das war fast genauso gut.

Sie kniff die Augen zusammen und richtete sich auf. „In deinen feuchten Träumen, Buttercup."

Oh, wie nahe sie doch der Wahrheit war.

Ich grinste verschmitzt. „Sei morgen Früh hier. Jordan will, dass wir beide diese VIP-Tour durchführen. Nicht meine Entscheidung."

Sie antwortete mir, indem sie mir den Mittelfinger zeigte, sich umdrehte und wieder zu ihrem Arbeitsplatz marschierte. Gott sei Dank, obwohl ich mich gewaltsam daran erinnern musste, meine Augen dabei von ihrem wahnsinnigen Fahrgestell abzuwenden. Verdammt ... wie ihre Haare meine Wange gestreift hatten, und dieser Muskatduft. Lediglich eine zufällige Berührung ihrer Brüste hätte noch gefehlt, um die Dreieinigkeit frustrierter Anziehung zu vervollständigen.

Für den Rest des Tages fiel es mir schwer, an irgendetwas anderes zu denken, weshalb ich mich wohl mit meinen dicken Eiern abfinden musste.

Mit einem leichten Lächeln machte ich mich wieder an die Arbeit. Es war das Sicherste, dass sie weiter sauer auf mich war. So würde sie auf Abstand bleiben, was genau war, was ich gerade brauchte, um meinen Kopf freizubekommen.

Später am Nachmittag hatte ich eine Besprechung mit den großen Bossen und ich musste meine Gedanken wieder auf das Spiel fokussieren.

***

Wenn man für die Qualitätssicherung einer aufstrebenden und sehr beliebten Firma für Computerspiele arbeitete, war man immer hinter dem Zeitplan. Oder man hatte nie Zeit für reguläre Pflichten. Oder man hatte, dank unserer stets überaus rücksichtsvollen Spieleentwickler, eine fast unmöglich einzuhaltende Deadline. Und sich beim Management über dieses lächerliche Verhalten der Entwickler zu beschweren, brachte nie etwas. Beim Management zählte ihre traurige Geschichte mehr als unsere.

Jetzt, wo die neue Erweiterung fertig war, war *Dragon Epoch: Krieg der gespaltenen Lande* bereit zur Veröffentlichung. Und wir befanden uns am Vorabend dieser Veröffentlichung. Ich stand im Büro meines Chefs und wartete darauf zu hören, ob er sich für das entschieden hatte, was ich die letzten sechs Monate hatte hören wollen. Dass er mich als Leiter für die neue Virtual-Reality-Abteilung ausgewählt hatte, die Draco Multimedia Entertainment bald von einer eigenständigen Firma übernehmen würde.

„Lucas", sagte mein Boss, der auf der Kante seines teuren Schreibtisches in dem außergewöhnlichen Vorstandsbüro saß. „Ich will es dir frei heraus sagen. Ich habe dich nicht zu so später Stunde hergerufen, damit du dich über die Entwickler auslassen kannst."

Ich blinzelte und richtete mich in meinem Stuhl auf, als würde ich nicht bereits aufrecht sitzen. „Und ich bin mir sicher, dass du bereits genügend Nörgeleien von ihnen über die Qualitätssicherung gehört hast."

„Ständig." Adam Drakes Gesicht zierte ein verständnisvolles Lächeln. Das war nicht sein erstes Rodeo. Oder sein fünftes. Er war noch nicht einmal dreißig Jahre alt und doch war er einer der besten seines Standes, CEO diverser Firmen und im Vorstand von vielen anderen.

Er lebte den Traum eines Selfmademans. Meinen Traum.

Wenn ich ehrlich war, schwärmte ich auf platonische Weise ein wenig für ihn. Adam Drakes Entwicklung war das perfekte Beispiel für Unternehmenszielsetzung. Ich hatte seine Karriere seit den Tagen seines ersten Spiels verfolgt, Mission Accomplished – ein Spiel, von dem ich als Teenager besessen gewesen war. Und über die Jahre hatte ich ihn als Vorbild für das gesehen, was ich für mein eigenes Leben und meine eigene Karriere erreichen wollte.

Jeder brauchte einen Helden, oder?

Ich warf einen Blick zu Jordan Fawkes, dem Finanzchef der Firma und einem engen Freund. Er ließ seine Augenbrauen zucken, als wollte er sagen *Gut gespielt*, bevor er wieder zu Adam sah.

Adams Fuß schwang an der Ecke des Schreibtischs hin und her, während seine Arme vor der Brust verschränkt waren. Seine Augen wanderten zum Fenster, als würde er überlegen, wie er den nächsten Teil ausdrücken sollte. Ich versuchte angestrengt, mich nicht in die Lehnen meines Stuhls zu krallen, während ich mir wünschte, er würde fortfahren.

Sag es einfach, Alter. Sag einfach, ich habe die Stelle. Ich werde dich nicht umbringen ...

Adam räusperte sich und wandte sich wieder zu mir. „Die Auswahl für die Stelle hat sich auf zwei Leute reduziert. Und ich muss sagen, es war schon ein anstrengender Prozess, so weit zu kommen."

Nicht genau die Neuigkeiten, die ich hören wollte, doch fürs Erste gut genug. Ich rutschte in meinem Stuhl umher. „Hoffentlich bedeutet das, ich bin einer der zwei."

Adam lachte. „Ja, natürlich."

Ich kämpfte gegen den Impuls an, meinen angehaltenen Atem hinauszublasen.

Er fuhr fort: „Du hast bei der Qualitätssicherung für die Erweiterung ausgezeichnete Arbeit geleistet. Ich weiß, wir haben dir ein extrem kurzes Zeitfenster gegeben. Ich hatte Verzögerungen erwartet, aber du hast nicht nach Aufschub gefragt. Du hast die Deadline geschafft. Gut gemacht."

Ich nickte dankbar für die Anerkennung. Es waren anstrengende sechs Monate gewesen. Siebzig-, Achtzig-Stunden-Wochen meinerseits und so viel, wie ich meinem Team abverlangen konnte. Und Katya … nun, sie war meine Geheimwaffe gewesen. Sie war mehr als qualifiziert und hatte ein Auge für Details, was sie perfekt für die Qualitätssicherung machte. Wegen ihres ausgezeichneten Verständnisses für Back-End-Code hatte sie drei- bis manchmal sogar viermal schneller als meine übrigen Tester arbeiten können.

Sie allein hatte uns durch diese Deadline manövriert und die anderen Tester angespornt. Genau wie ich es von ihr erwartet hatte.

Was der Grund war, warum die Nachricht über ihre mögliche Abschiebung Anfang des Jahres ein Desaster für meine Ziele gewesen wäre. Sie hätten mir nie das Budget genehmigt, sie mit drei neuen Mitarbeitern zu ersetzen. Und ich hätte kostbare Wochen vergeuden müssen, die Neulinge zu trainieren. Alles wertvolle Zeit, die zum Erreichen der Deadline gefehlt hätte.

Adam sinnierte mit einem Lächeln: „Ich weiß nicht, was du getan hast, um dein Team zu motivieren, doch es war beeindruckend. Denk nicht, dass ich das nicht bemerkt habe, oder dass ich das nicht mit einer angemessenen Belohnung würdigen werde."

Ich strahlte. Ja, wir alle hatten hart gearbeitet. Aber ohne Kat wäre es nie möglich gewesen. Sie wusste es nicht, noch würde ich es ihr je sagen, doch sie war meine Geheimwaffe. Und sie hat wunderbar funktioniert.

„Das weiß ich zu schätzen." Ich nickte. Ich arbeitete schon mehrere Jahre mit Adam zusammen. Und obwohl wir uns gut kannten, waren wir nie sehr eng gewesen. Vielleicht hatte meine Vergötterung das behindert. Deshalb war er für mich auch ein bisschen unnahbar – er war ein beeindruckender Boss und ein Programmiergott. Aber auch ein außergewöhnlicher Anführer.

Und er hatte sein Imperium damit begonnen, als Teenager Spiele herauszubringen und spät abends im Schutz der Dunkelheit Programmcodes zu schreiben. Einmal, weil ich so besessen von Mission Accomplished war, wäre ich fast wegen Stalkings verhaftet worden, weil ich bei einer Technologietagung Jagd auf ihn gemacht hatte.

Nicht alle dieser Erinnerungen waren etwas, auf das ich stolz war. Aber ich war jung und unersättlich. Jetzt war ich älter und noch unersättlicher.

Adam hatte mir einen Job in seiner aufblühenden Spielefirma gegeben, nachdem ich einige meiner eigenen Regeln gebeugt und ein oder zwei Beziehungen hatte spielen lassen. Und ich hatte mir geschworen, das nie wieder zu tun. Von da an sollte alles mein Verdienst sein – und der des Teams, das ich führte.

Aber ich hatte verdammtes Glück gehabt, an Kat zu geraten, und war gewillt drastische Maßnahmen zu ergreifen, um sie hier zu behalten. Das war auch der Grund gewesen, weshalb ich mich entschlossen hatte, eine schwachsinnige Institution, an die ich nicht mehr glaubte, vorzugaukeln, um ihr zu einer Greencard zu verhelfen.

Ich schluckte und verschränkte meine Finger, um meinen Händen etwas zu tun zu geben. „Darf ich fragen, wer der andere Kerl für die Stelle ist?"

Adam warf Jordan einen langen Blick zu, doch Jordan blieb still. Er wandte sich wieder zu mir. „Sicher, ich lasse es dich wissen, wenn es für dich in Ordnung ist, dass ich ihm auch von dir erzähle."

Ich nickte. „Geht in Ordnung." *Bitte lass es nicht Jeremy sein.* Ich dachte so fest daran, dass ich mich überwinden musste, es nicht laut auszusprechen, während sich meine Hände immer fester ballten. Jeder andere Kandidat da draußen war für die Stelle weniger geeignet als ich.

Bis auf Jeremy, der einige Jahre nach mir eingestellt worden war, aber schnell bei den Entwicklern aufgestiegen war. Er stach mich in meinem eigenen Gebiet aus. Und er hatte auch Ideen, wie man die VR-Technologie in unsere bereits existierenden Spiele integrieren konnte.

Und da er Entwickler war, wusste ich, dass Adam ihn mir vorzog. Ehre unter Programmierern und so. In ihrer Welt waren Spieletester der Feind. Ich hatte in Adams Entscheidungen manchmal eine Voreingenommenheit diesbezüglich entdeckt.

Adam verlagerte sein Gewicht auf dem Tisch. „Okay, also, der andere Kandidat ist Jeremy Holme."

Meine Innereien gingen auf Tauchgang. Verdammte Scheiße. Das bedeutete, dass all das hier nur eine Formalität war. Jeremy war schon seit Langem ein Liebling unseres erlesenen CEOs. Ich kämpfte gegen den Drang an, unruhig zu werden oder meine Emotionen zu zeigen. Ich kämpfte auch dagegen an, Jordans Blick zu suchen.

„Wie wollt ihr die endgültige Entscheidung treffen?", fragte ich.

Adam neigte seinen Kopf zur Seite, als ob er nachdenken würde. „Das könnte ich dir sagen, aber dann müsste ich dich töten."

Ich versuchte ein frustriertes Stöhnen zu unterdrücken. „Okay, wie wäre es dann, wenn du mir sagst, wie es weitergeht?"

Jordan meldete sich zu Wort. „Ein Teil davon wird sein, den Vorstand zu überzeugen. Eine Präsentation über deine Vision bezüglich der Leitung der Virtual-Reality-Abteilung."

Ich nickte und absorbierte die Information. Es sollte nicht so schwierig sein, meine Vision zu festigen. Mir umsetzbare Schritte zur Erfüllung dieser Vision einfallen zu lassen, könnte schon etwas herausfordernder sein. Dazu müsste ich mir zur Hilfe Inspiration von anderen suchen.

Nachdem ich einige zu klärende Fragen gestellt hatte, kamen wir schnell zum Ende. Nur wenige Minuten später erhob ich mich aus meinem Stuhl, schüttelte beiden die Hände und dankte ihnen. „Du kümmerst dich doch trotzdem noch um die VIP-Tour morgen Früh?", fragte Adam, kurz bevor ich mich umdrehen wollte, um zu gehen.

„Die Astronauten? Wir erledigen das."

Adams Augenbrauen wanderten nach oben. „Wir?"

„Ich habe vorgeschlagen, Kat mitzunehmen", warf Jordan ein. „Sie ist lustig und es schadet nicht, wenn ein hübsches Mädchen dabei ist, das sie ansehen können."

„Sexist", erwiderte Adam.

Jordan zuckte mit den Achseln. „Sag es ruhig deiner Frau. Sie denkt eh schon schlecht über mich."

Ich hatte versucht, nicht zu viel in Adams Bitte, die Tour für die Astronauten zu leiten, hineinzuinterpretieren. Sie waren hier, weil sie mit Adam in einem anderen Unterfangen zusammenarbeiteten. Und sie waren große Fans des Spiels und würden die Erweiterung in mehreren TV- und Internet-Spots bewerben.

Jordan und Adam führten ihre üblichen Schlagabtausche fort, doch ich hörte nicht zu und konzentrierte mich bereits wieder auf das, was ich brauchte, um das Ganze in die finale Phase zu bringen. Ich brauchte diesen Job. Er wäre die Krönung jahrelanger, strategisch geplanter Studien- und Karriereentscheidungen. Er war der Hauptgrund, warum ich einen Handlangerjob in der Qualitätssicherung angenommen und mich nach oben gearbeitet hatte, um ein besseres Verständnis für Gamedesign und Spielbarkeit zu bekommen.

Ja, diese neue Position würde mir erlauben, das zu tun, was ich mir jahrelang erträumt hatte – selbst Spiele zu erschaffen. Und das zusammen mit einem Mann, den ich schon lange bewunderte.

Was könnte ich tun, um diese Entscheidung in meine Richtung zu kippen?

Ich war Manager für Qualitätssicherheit. Ich machte meinen Job effizient und *sehr* gut, aber mein Job war nicht protzig. Ein Entwickler konnte seinen Lebenslauf mit einer innovativen

Dragon-Epoch-Storyline, einer verschachtelten Reihe von Quests füllen. Oder er konnte eine neue Spielmechanik für die nächste Erweiterung entwickeln.

Ich? Ich stellte sicher, dass es im Programm keine Fehler gab, keine Bugs, die das Spielvergnügen beeinträchtigten. Ich war sozusagen ein Hausmeister, der Kerl, der den Müll der Entwickler wegräumte.

Als ich Adams Büro verließ, packte Jordan mich am Arm und zog mich in sein eigenes Büro nebenan. Ich schloss die Tür hinter mir, während er einen Podcast auf seinem Handy anschaltete und es auf den Tisch legte. Dann deutete er auf die Wand, die am weitesten vom angrenzenden CEO-Büro entfernt war.

„Sicherheitsvorkehrungen. Er hat die Ohren einer Fledermaus", erklärte Jordan flüsternd und eine Grimmasse schneidend.

„Das sind keine guten Neuigkeiten", antwortete ich.

Jordans Augenbrauen stellten sich auf. „Du solltest nicht überrascht sein, dass er jemanden aus der Entwicklung in dieser Position will. Aber ich habe mich die ganze Zeit für dich eingesetzt und er bewundert deine Arbeit. Vor allem konnte er nicht glauben, dass du die Deadline geschafft hast. Er kann nicht aufhören, darüber zu reden."

Ich nickte und genoss das befriedigende Gefühl, dass meine Arbeit wertgeschätzt wurde.

Jordan fuhr fort. „Ich denke nicht, dass er dich verarscht hat, als er sagte, dass das eine schwierige Entscheidung für ihn wird."

Ich presste die Lippen zusammen. „Wenn du das sagst."

Jordan zog eine Augenbraue hoch. „Du musst mir gegenüber nicht aggressiv werden. Er war nie wirklich überschwänglich, wenn es um Lob ging. Glaube mir. Und die gute Nachricht ist, dass es nicht zu hundert Prozent seine Entscheidung ist. Ich denke da strategisch."

Meine Augenbrauen wanderten nach oben. Diese Worte aus dem Mund des Mannes, der fast ganz alleine für den triumphalen Einstieg an der Börse verantwortlich war, was mich und viele andere zu Millionären gemacht hatte. Ich würde Jordans Strategie also nicht anzweifeln.

„Ich höre zu."

Seine Augen suchten meine. „Zwei Dinge. Du brauchst etwas Glamouröses. Etwas, das seine Aufmerksamkeit weckt. Vorzugsweise etwas Unwiderstehliches in deinen Plänen für die Virtual-Reality-Firma. Ein neues Spiel, dass die Branche im Sturm erobern wird." Ich dachte darüber nach. Bei all dem, was ich schon zu tun hatte ... wer brauchte da schon Schlaf, richtig?

Ich nickte. „Okay. Das ist etwas, mit dem ich arbeiten kann. Was ist das Zweite?"

Jordan richtete sich auf und sein Gesichtsausdruck wurde ernst. „Nun, das wird dir nicht gefallen."

Ich verdrehte die Augen. „Großartig. Ich kann kaum erwarten, es zu hören."

„Es gibt da auch immer noch Vitamin B. Du hast einige ... ähm, interessante familiäre Verbindungen." Er hob die Hand, um mich zu unterbrechen, als ich protestieren wollte. „Hör mir erst zu. Eine neue Investition. Ein Zustrom von Geld oder Sponsoren."

Ich zuckte zurück. „Von meinem Vater? Bist du noch ganz bei Sinnen?"

Ich konnte meinen Ohren kaum glauben. Wenn jemand etwas über Väter, die keine Grenzen kannten, wusste, dann war das Jordan.

„Ich weiß. Ich weiß. Ich habe dir gesagt, dass es dir nicht gefallen wird."

„Du kennst mich zu gut. Es gefällt mir etwa so gut, wie es *dir* gefiele, wenn jemand vorschlagen würde, dass *du* deinen Dad in deine Geschäfte involvieren sollst."

Er nickte und seufzte lange. „Ja, ich weiß, ich weiß. Aber denk einfach mal darüber nach. Ich will wirklich, dass du diese Stelle bekommst. Ich habe dich doch bereits so weit gebracht, oder?"

Ich schnaubte entrüstet. „Halt dein Ego im Zaum, Kumpel. Ich habe mich selbst so weit gebracht, aber ich danke dir für deine Unterstützung."

Jordans Blick wurde ernster. „Denk einfach darüber nach."

Ja, Adam von meinem Dad schmieren lassen. Drei Worte: *Zum Teufel* und *Nein.*

Ich war nicht begeistert gewesen, als Jordan herausgefunden hatte, wer mein Vater war. Ich habe ihn aber nie gefragt, woher er es wusste. Doch Adam wusste das *definitiv* nicht. Und ich wollte auch nicht, dass er es herausfand. Die Tatsache, dass mein Vater Adam *und* Jordan kaufen könnte, die beide mehrfache Millionäre waren, war nichts, was ich in meinen Lebenslauf schrieb.

Aber ich tat, um was Jordan mich gebeten hatte, und dachte darüber nach … auf dem ganzen Rückweg zum Bau.

Ich hatte noch eigene Arbeit zu erledigen und jetzt musste ich irgendein besonderes Projekt aus dem Hut ziehen, das Adam und die Vorstandsmitglieder aus den Socken hauen würde.

Oder so etwas in der Art.

KAPITEL

ZWEI

KATYA

ICH HATTE NICHT ERWARTET, DASS ICH MEINEN SEHR gewöhnlichen Dienstagmorgen umgeben von vier Astronauten beginnen würde. Aber so war es. Wir gingen durch Korridore von Draco Multimedia Entertainment Inc. und an den Displays und Ausstellungsstücken von Dragon Epoch, unserem erfolgreichsten Spiel, vorbei.

„Wow", sagte einer von ihnen. Ich strengte mich an, mich an seinen Namen zu erinnern. Colonel Noah Sutton. Groß, dunkelhaarig und Arme wie Baumstämme, die sein enges graues NASA-T-Shirt dehnten. Heiliger Strohsack. Er war vor einem bislang nicht enthüllten Ausstellungsstück stehen geblieben, das Teil unserer Werbekampagne für die neue Erweiterung von Dragon Epoch war. „Dieses Gebiet des Spiels kenne ich gar nicht. Ist es neu?"

Das Diorama zeigte eine vereiste Schneelandschaft – eine gefrorene Welt, welche die Spieler in ganz Yondareth, der Name der Welt in unserem Spiel, entdecken konnten. *Die gespaltenen Lande* lagen auf dem Polarkontinent des Globus. Von Lava erhitzte Königreiche unter kilometerdicken Gletschern an den Polarkappen. Natürlich nur in der Fantasie.

Beeindruckt vom Wissen des Astronauten über unser Spiel, zuckten meine Augenbrauen. Wer hätte gedacht, dass sie während ihres ausgiebigen Trainings noch genügend Freizeit für unser Spiel hatten?

Ich warf meinem Co-Tour-Guide einen Blick zu. Oh *ja*, Lucas war ebenfalls hier. Er war außergewöhnlich ruhig, bis auf die Momente, wenn er den Astronauten langwierig erklärte, was wir uns gerade ansahen. Er wirkte abgelenkt und nicht gut aufgelegt, auch wenn ich nicht genau sagen konnte, warum. Und er tat auch nicht viel, um in persönliche Gespräche mit unseren berühmten Gästen zu kommen.

Nein, das überließ er mir. Was eigentlich nicht sehr schwer war. Ich schwamm in einem Meer aus großen Muskeln und Alphamännchen-Testosteron. Trotzdem war es nötig, meine Gewitztheit etwas hochzuschrauben, um von Lucas' noch mürrischerem Auftreten als sonst abzulenken. Das einzige Problem war, dass er nur noch mürrischer wurde, je mehr ich mit den Astronauten flirtete. Was mich natürlich noch mehr anstachelte.

Es war fast wie ein Wettkampf. Wie grummelig konnte ich Lucas machen? So war das einfach zwischen uns. Wir mochten es anscheinend, einander auf die Palme zu bringen.

Warum ihn also nicht total verärgern, indem ich mit ein paar oder auch vier hübsch anzusehenden Kerlen flirtete?

„Wie lange arbeiten sie schon bei Draco, Miss Ellis?", fragte ein anderer dieser heißen Adonisse – ähm – Astronauten. Er hatte einen sexy russischen Akzent und war mehr als groß. Mindestens zwei Meter lang und was für ein Körper! Ich hatte seinen Namen vergessen. Es war etwas ungewöhnlich und russisch Klingendes.

„Nennen Sie mich Katya", sagte ich.

„Kurz für Ekaterina?", er zog seine Augenbrauen hoch. „Ein guter russischer Name."

Ich lächelte. „Katharina. Meine Mutter mochte den Namen einfach."

Er lachte und seine Augen saugten mich mit offensichtlicher Freude auf. „Zu schade."

Ich zwinkerte ihm zu. „Ich habe bis jetzt noch keine Beschwerden gehört."

„Zurück zum Ausstellungsstück", sagte Lucas zähneknirschend, während er mir einen weiteren finsteren Blick zuwarf. „Um Ihre Frage zu beantworten, Colonel Sutton, das ist Teil der neuen Erweiterung und sie gehören zu den Ersten, die das hier sehen dürfen."

Der Grund dafür war, dass sie wie gefordert ihre Handys abgegeben hatten. Und sie hatten eine Verschwiegenheitserklärung unterzeichnen müssen, die besagte, dass sie nichts von dem, was sie heute hier sehen würden, weitergeben durften.

Ein anderer Astronaut schlug Noah Sutton auf den Rücken. Diesen erkannte ich sofort, da er die wirkliche Berühmtheit der Gruppe war – Commander Ryan Tyler. Aber er war wegen eines traurigen Grundes berühmt. Er war letztes Jahr in einen schrecklichen Unfall auf der International Space Station verwickelt. Wer hätte gedacht, dass er heute hier bei Draco sein und diese Tour mitmachen würde? Ich musste zugeben, ich war fasziniert von ihm. Deshalb zwang meine Nervosität mich, noch quirliger und offener zu sein.

Ich hatte den besten Job der Welt. Videospiele spielen, eine meiner Lieblingstätigkeiten. Abgehakt. In einer Technologiefirma arbeiten, wofür ich jahrelang studiert hatte. Abgehakt. Von heißen Kerlen umringt sein? Heute konnte ich auch das abhaken.

Heute zählte Lucas nicht. Seine Verdrießlichkeit überwog heute seinen Sexappeal.

Als Mädchen konnte man bei Lucas schnell in Schwierigkeiten geraten. Ich natürlich nicht. Nein. Wir waren sowieso nicht die Richtigen füreinander.

Okay, ich hatte *seinen* Namen hinausgeplärrt, als ich im Büro der Einwanderungsbehörde in Zugzwang geraten war, weil mir die Abschiebung drohte. Aber das war, weil er mich in der Arbeit immer drangsalierte. Sein Name war einfach gerade parat gewesen. Er war der erste heterosexuelle Single, der mir eingefallen war, als es hart auf hart kam.

Aber ich suchte nicht nach einer romantischen Beziehung – weder jetzt noch in näherer Zukunft. Ich war zu sehr auf meine Arbeit konzentriert. Ich hatte Ziele. Ein neues Zuhause, hoffentlich hier im sonnigen Südkalifornien, und ein neues Leben für mich, das nichts mit dem Chaos zu tun hatte, das ich hinter mir gelassen hatte.

Es war gut für mich, eine Weile Single zu sein.

Aber das bedeutete nicht, dass ich nicht ein wenig flirten und den positiven Nebeneffekt genießen konnte, Lucas zu provozieren – eine meiner Lieblingsfreizeitbeschäftigungen.

Lucas Erklärungen provozierten noch mehr Fragen über die Erweiterung. „Ich werde die Story nicht verraten. Das würde das Erlebnis nur verderben."

„Ist das Spielerlebnis für Sie nicht ruiniert? Ich meine, Sie müssen es immer wieder spielen, um alle Bugs zu finden."

Lucas lächelte. „Ich denke, das ist etwa so, als würde ich Sie fragen, ob der Weltraumflug für Sie ruiniert ist, weil Sie vor dem Start jahrelang mit demselben Equipment trainieren müssen."

Der vierte Astronaut, der, den alle *Hammer* nannten, lachte. „Gutes Argument."

Während er mit den Jungs sprach, studierte ich meinen Kollegen-Schrägstrich-geheimen-Ehemann unter meinen Wimpern hervor. Ich beherrschte dieses Geschick so meisterhaft, dass es ihm noch nie aufgefallen war. Einige der neuen Universitätspraktikantinnen standen auf ihn. Eine hinterließ ihm sogar Liebesbriefchen, die ich abfing, wenn ich konnte – natürlich nur, damit sie ihr Gesicht wahren konnte, und um Lucas die Peinlichkeiten zu ersparen.

Okay, ich musste mir eingestehen – aber nur mir selbst –, dass ich ihn heiß fand.

Und meine Freunde durften nie davon erfahren. Nach etwas über einem Jahr, in dem ich ihnen klargemacht hatte, dass Lucas mich verrückt machte, würden sie es mir ewig vorhalten. Und was würden sie erst sagen, wenn sie herausfanden, dass wir insgeheim verheiratet waren. *AHHH.* Das wäre der Punkt am Ende des Schlusssatzes. Bzzzzt. Game Over.

Wir machten uns auf den Weg in die Lagerhalle, in der ein Testaufbau der Virtual-Reality-Ausrüstung unserer Schwesterfirma PurVizion stand. Als sie es sahen, fingen sie unverzüglich zu strahlen an.

„Das ist dieselbe Ausrüstung, die wir bei XVenture benutzen", sagte Commander Tyler, als er ein Headset vom Ständer nahm. „Adam hat das Programm auf unserem Simulator geschrieben. Wir können damit mit allen Arten von Oberflächen und Umweltbedingungen arbeiten. Wir können damit sogar Schwerelosigkeit simulieren, wenn wir in einem Harnisch aufgehängt sind. Bauen Sie das ins Spiel ein?"

„Das ist unsere Absicht", antwortete Lucas und seine Stimmung hellte sich auf. „Aber es ist noch in der Anfangsphase der Entwicklung."

Hammer meldete sich zu Wort. „Lassen Sie mich wissen, wenn Sie eine Expertenmeinung brauchen. Besonders wenn es sich um einen First-Person-Shooter handelt."

Zum ersten Mal an diesem Vormittag fing Lucas an zu lächeln. „Ich komme vielleicht wirklich auf Sie zurück."

Das VR-System war in letzter Zeit eines seiner Lieblingsthemen. Schließlich war er einer der letzten beiden Kandidaten für die Leitung der neuen VR-Abteilung bei Draco Multimedia. Das hatte er mir gestern auf dem Weg zu unseren Autos erzählt. „Wir forschen gerade an Wegen, wie wir es in unser Spiele-Interface integrieren und gleichzeitig für unsere Spieler erschwinglich machen können."

Ich musste zugeben, es war schön zu sehen, wie überschwänglich er wurde, wenn er sich in das Thema vertiefte. Er brannte fürs Spielen und kam immer wieder mit neuen Ideen daher. Einige waren scheiße – und ich zögerte nie, ihm das zu sagen –, aber einige von ihnen waren auch verdammt gut. Er hatte eine wahnsinnige Vorstellungskraft.

Lucas war so eine coole Socke, dass er nur selten überschwänglich oder sichtlich aufgeregt wurde. Außer es ging um Computerspiele.

„Warum demonstrieren Sie es uns nicht, Katya?", fragte der gut aussehende Russe. „Ich würde gerne sehen, wie es für Spiele angewandt wird, anstatt der Art, wie wir es für unser Training nutzen." Er schenkte mir ein breites Lächeln und ich grinste zurück.

Gut aussehend. So gut aussehend. Verdammt, wie lange war es schon her, seit ich das letzte Mal eine heiße Affäre hatte?

Ich konnte ihn nicht nach einem Date fragen – selbst, wenn ich wirklich wollte –, denn ich war insgeheim mit dem Griesgram auf der anderen Seite des Raumes verheiratet. Und wir durften keine Dates mit anderen Leuten haben, aufgrund von *Regeln*.

Ich setzte den leichten Helm mit integriertem Headset und VR-Brille auf und zog spezielle Schuhe mit Sensoren an den Sohlen an. Lucas half mir auf das runde Laufband, das die Bodenbewegungen unter meinen Füßen simulierte, wenn ich mich in der imaginären Welt bewegte.

Lucas half mir und war dabei sehr aufmerksam und prüfte alles genau. Aber als er zwischen mir und den anderen Kerlen stand, murmelte er mir leise – und unheimlich, ohne die Lippen zu bewegen – ins Ohr: „Schluss damit."

Als Lucas mir ins Gesicht sah, verdrehte ich auffällig die Augen und seine dunkle Haut errötete aus … Verärgerung? Wut? Oh Mann, diese Reaktion war wie Katzenminze für meine innere Unruhestifterin, die sich gerade sehr zufrieden fühlte.

Ich streckte meine Brust raus und grinste noch breiter. Dann wackelte ich mit den Augenbrauen und hob das virtuelle Gewehr auf. In der Pose einer sexy Kriegerin richtete ich es in Lara-Croft-Manier auf Lucas.

„Die Waffenattrappe ist für First-Person-Shooter, was aktuell bei Weitem die beliebteste Art von Spielen ist, für die man VR-Equipment benutzt. Wir nennen sie FPS-Games", fing Lucas an.

„Sie wissen, was FPS-Spiele sind ... sie sind auch alles Gamer und sogar beim Militär", sagte ich. Hey, vielleicht könnte ich mir nach diesem Scheinehe-Ding auch so etwas suchen. Mia musste nicht die Einzige in meinem Freundeskreis bleiben, die sich einen heißen Nerd geangelt hatte. Ich könnte ihren Milliardär mit einem Astronauten übertrumpfen.

Lucas antwortete, indem er das Spielsystem hochfuhr und die Lautstärke aufdrehte, damit ich nur ihn hören konnte, wenn er über das Mikro zu mir sprach. Kleinkariert, aber ich war damit zufrieden, dass ich ihn genug verärgert hatte, um einen Riss in der Fassade seiner Selbstbeherrschung zu erzeugen. Das war ein Spiel für mich geworden.

Ich würde mich schlechter fühlen, empfände er nicht regelmäßig dieselbe Befriedigung, wenn er dasselbe bei mir schaffte.

Also trug ich dick auf ... und demonstrierte die Software mit diesem einfachen Demo-Game. Die Software war auf das Virtual-Reality-Betriebssystem aufgespielt worden, um zu zeigen, wie man das Equipment für ein Massive-Multiplayer-Online-Roleplaying-Game – MMO RPG – verwenden konnte. Ich gab alles, für die Firma natürlich. Ich baute sogar dramatische Hüftschwünge, Po-Wackeln und Bewegungen mit ein, die eine bestimmte Körperregion unter meinem T-Shirt besonders, ähm, hüpfend wirken ließ.

Mir nur vorzustellen, wie Lucas' Gesicht immer röter wurde, reichte schon, um mich zum Weitermachen zu motivieren.

Ich rannte virtuelle Pfade in den Wäldern entlang, schlenderte durch Wüstensand, bei dem es mir das Laufband schwerer machte, mich zu bewegen, indem es unsteten Untergrund simulierte. Ich schwang einen Stab, der im Spiel als Schwert erschien. Und die Jungs beobachteten jede meiner Bewegung vermutlich auf dem angeschlossenen Bildschirm.

„Wir sind fertig, Cranberry", drang Lucas' Stimme über die Kopfhörer zu mir. „Du kannst jetzt aufhören, so auf den Putz zu hauen, und den Jungs eine Chance geben, es selbst auszuprobieren."

Wir halfen den Jungs in ihre Ausrüstungen. Es gab genügend Demo-Aufbauten für jeden von ihnen. Und dabei war es nicht wirklich schwierig, mit all diesen harten Muskeln auf Tuchfühlung zu geben. Commander Ty hatte eine berühmte Schauspielerin zur Freundin, Keely Dawson. Über ihre Beziehung konnte man überall in den Nachrichten erfahren. Er war heißer als Lava und ziemlich nett. Ein ganz normaler Kerl, bis auf die Tatsache, dass er als internationaler Held weltberühmt war.

Lucas und ich standen abseits und beobachteten die Astronauten dabei, wie sie sich mit der Ausrüstung vertraut machten und alles erforschten. Unter ihren Kopfhörern konnten sie mich nicht hören, weswegen ich anstößig mit den Lippen schmatzte, als würde es mir gefallen, ihre festen Hintern anzusehen. Neben mir wurde Lucas immer genervter. Ahh, manchmal war es glatt zu einfach.

„Denk nur daran, dass du *nicht* zu haben bist", murmelte er mit verschränkten Armen und angespannter Haltung.

Ich blickte zu ihm hinauf. Lucas war so groß, dass ich meinen Nacken weit dehnen musste, um ihm in die Augen zu schauen, wenn er so nahe bei mir stand. Ich konnte ihn riechen – ein subtiler Duft, wie Wildleder mit einem Hauch Melisse.

„Wie konnte ich das nur vergessen, *geliebter Ehemann?*" Ich klimperte ihn mit den Augen an und er wandte schnell seinen Blick ab.

Palmen. Palmen. Wir brachten einander so oft auf die Palme, dass all ihre Stämme bis in den Orbit reichen würden. Und manchmal riskierten wir eine so gewaltige Explosion, dass sie uns dort hinauf katapultieren könnte. Es war dieses ständige Hin und Her und ich wusste nicht, warum.

Ich zog eine Augenbraue hoch: „Solange du daran denkst, dass auch *du* nicht zu haben bist."

Er grinste verschmitzt, als er wieder den Fortschritt der Jungs auf dem großen Bildschirm neben uns beobachtete. „Wie könnte ich das vergessen?" Aber er murmelte es in so einem Ton, dass es offensichtlich war, dass dieser Satz für ihn eine viel tiefere Bedeutung hatte als für mich.

„Nun, wenn das bedeuten soll, dass dich deine dicken Eier nerven, solltest du deine eigenen Regeln vielleicht etwas beugen und auf ein Date oder so gehen."

Ich war dem Elend, das er ertrug, weil er wegen der Scheinehe zölibatär lebte, nicht blind gegenüber. Ich meine, ich würde mich erleichtert fühlen, wenn er nebenbei auf regulärer Basis Sex bekommen würde, oder etwa nicht?

Doch aus irgendeinem Grund fühlte ich mich bei dem Gedanken daran sogar noch schlechter.

Er knirschte mit den Zähnen und seine Augen suchten den Raum ab. „Darüber solltest du keine Witze machen. Was, wenn uns jemand hört?"

Ich lachte. „Wir sitzen so oft und so lange zusammen in der Arbeit fest, dass dich die Leute bereits als meinen Arbeitsehemann bezeichnen. Also keine Sorge. Sie würden das nur als eine meiner Lieblingsbeschäftigungen sehen – rumzualbern."

Er verdrehte die Augen. „Das ist nicht deine einzige Lieblingsbeschäftigung."

Bevor ich antworten konnte, bemerkte ich, dass, da Mittag war, andere Angestellte die Halle betreten hatten und die Geschehnisse interessiert beobachteten. Einige von ihnen zeigten auf die Jungs und ich musste zugeben, dass sie wirklich für jeden, der die Berge an männlichen Muskeln sah, ein beeindruckender Anblick waren.

Bald halfen wir den Männern aus der Ausrüstung und die Menschenmenge sammelte sich um uns. Einige von ihnen waren offensichtlich von den Prominenten fasziniert. Ich biss mir auf die Lippen und fragte mein Co-Tour-Host: „Haben Adam oder Jordan etwas gesagt, ob die den Angestellten Autogramme geben dürfen?"

Lucas kniff die Augen zusammen und überblickte den Raum, während er das Kabel eines Headsets aufwickelte, um es danach in seinen kuscheligen Aufbewahrungsbehälter zu packen. „Nein. Wir sollten die Jungs wahrscheinlich hier raus und ins Atrium schaffen. Adam und Jordan sollten bald von ihrem Meeting zurück sein, wenn sie es nicht bereits sind."

Keine schlechte Idee. Sie im Büro des CEOs oder des Finanzchefs zu verstecken, wäre eine praktische Lösung. Doch bevor wir die Astronauten in Sicherheit bringen konnten, hatten sie sich bereits mitten hinein begeben. Sie unterhielten sich mit unseren Kollegen, stellten netterweise Autogramme aus und posierten für Selfies. Zu spät.

Das alles ging noch etwa eine halbe Stunde so weiter, bevor Adam und Jordan auftauchten und ihre Magie spielen ließen, um die Menge zu zerstreuen. Die Jungs dankten Lucas und mir für unsere Hilfe und die schöne Tour. Der Russe hatte Lucas leise noch etwas zugeflüstert, was diesen daraufhin sichtlich aufgebracht finster dreinschauen ließ.

Hmm. *Das* war interessant. Dann kam der Russe zu mir und bat mich, nachdem er sich bedankt hatte, um meine Nummer.

Ich blinzelte ihn überrascht und mit Herzrasen an, während ich meinen Mund ein paarmal öffnete und schloss, bevor ich sagte: „Ich …"

Er war auf eine Art heiß, auf die eine jüngere Version von mir sofort angesprungen wäre. Aber in der Realität war die Aussicht auf ein Date mit ihm nicht so reizvoll wie die Vorstellung davon – so gut aussehend er auch war.

„Ich, ähm, ich kenne nicht einmal Ihren Namen … oder ich erinnere mich nicht daran", stotterte ich.

Der russische Astronaut grinste. „Ich werde Ihnen bei einem Drink beibringen, wie man ihn ausspricht. Was sagen Sie?"

Ich wurde rot und fühlte mich geschmeichelt, aber letztendlich nicht wirklich interessiert. Diese Jungs waren hübsch anzusehen, aber sie waren nicht wirklich mein Typ. Es war auch nicht wirklich hilfreich, dass Lucas mir aus der Ferne messerscharfe Blicke zuwarf, während er sich mit Hammer unterhielt, vermutlich über Ideen für Spiele.

„Ich, ähm. Danke, aber ich kann nicht."

Der Russe zog eine Augenbraue hoch und warf Lucas aus den Augenwinkeln einen Blick zu. „Ah, ich verstehe, nicht zu haben. Gut, aber vielleicht änderst du ja deine Meinung. Dann …" Er zog eine Karte aus der Tasche seiner Jeans und gab sie mir.

Meine Finger schlossen sich wie betäubt um die Karte und ich dankte ihm lächelnd. Meine Augen folgten den Jungs hinaus und als ich mich umdrehte, stand Lucas direkt vor mir.

„Und?", knurrte er.

Ich blinzelte. „Was?"

„Wirfst du die weg?"

Mit finsterem Blick erwiderte ich. „Du bist nicht mein Boss. Ich meine, nicht in meinem Privatleben."

Eine dunkle Augenbraue wölbte sich über seinen großen braunen Augen. „Du kannst kein Date mit ihm haben."

Ich erwiderte seinen finsteren Blick. Natürlich hatte ich nicht die Absicht, mit dem Kerl auszugehen, doch das musste Lucas nicht wissen. „Er hat mich nur auf einen Drink eingeladen!"

„Du darfst nichts trinken. Nicht mit anderen Männern."

Ich verschränkte die Arme vor meiner Brust. Seine Augen wanderten nach unten und verweilten ein wenig zu lange auf meinem Vorbau, bevor er seinen Blick, sichtlich mit sich ringend, abwandte.

„Jetzt aber halblang. Sei kein Sexist. Ich sagte dir, dass du dir gerne ein Date suchen kannst. Du hast die Erlaubnis deiner Frau." Ich hielt die Karte hoch, als würde ich sie lesen, nur um ihn noch etwas mehr zu reizen. Seine Hand schoss hoch und schloss sich fest um mein Handgelenk.

Ich zog und er griff noch fester zu. Wir kämpften in einer Art peinlichem Luft-Armdrücken, während unsere hitzigen Blicke sich über dem Geschehnis trafen. Er kniff die Augen zusammen. Ich tat es ihm gleich. Er schaute finster drein und ich fletschte die Zähne.

„Häusliche Gewalt ist nicht gerne gesehen", knurrte ich.

„Genauso wenig, wie den Partner betrügen", biss er genauso schnell zurück.

Mit diesen Worten griff er mit seiner anderen Hand nach der Karte und riss sie mir aus den Fingern. Als ich einen Satz machte, um sie mir zurückzuholen, stopfte er das verdammte Ding in seine Hose. *In seine Hose.* Wie ein Schulhofschläger in der fünften Klasse, der versuchte, das geklaute Essensgeld vor dem schmächtigen Kind auf dem Spielplatz zu verstecken.

Als Antwort darauf schlug ich ihn gegen den Oberarm. Er war überraschend hart. Ich wusste, dass er schöne Arme hatte, doch in dem langärmeligen Raglan-Shirt, das er heute trug, waren seine Muskeln nicht so gut erkennbar. Aber wenn er kurzärmelige T-Shirts trug, bemerkte ich immer, wie eng sich die Ärmel an seinen Bizeps schmiegten. Auch wenn ich mich zwang und anflehte, es *nicht* zu bemerken, konnte ich einfach nicht anders.

Alles wäre viel einfacher, wenn ich mich weigerte, zuzugeben, dass ich Lucas – wenn auch widerwillig – attraktiv fand, und lästig, und nervend und … fickbar.

Ich grinste ihn spöttisch an, als er sich brüstete. Verdammt. Dieser Arsch hatte mir meinen BH-Trick gestohlen und benutzte nun die Männerversion davon. Und verdammt, ich wollte in seine Hose greifen, um die Karte zu finden und sie mir wieder zu angeln. Nur um die Nummer zu bekommen, natürlich. Und vielleicht, um ihn frustrieren zu können.

Er schüttelte lachend den Kopf. „Denk nicht mal dran. Das bekommst du zurück, wenn wir die Scheidungspapiere unterzeichnen. Es ist nur zu deinem Besten. Wenn die Einwanderungsbehörde herausfindet, dass du nebenbei mit anderen Kerlen ausgehst, würde das Ganze auffliegen. Und ehrlich gesagt habe ich mir die ganze Scheiße nicht aufgehalst, geschweige denn mir sechs Monate Zölibat – *Tendenz steigend* – auferlegt, um das Ganze den Bach runtergehen zu sehen."

Ich blies meinen Atem hinaus und hob meine gespreizte Hand. „Gut. Gut. Ich habe sowieso einen Vibrator. Ich brauche keinen Kerl."

Und zu meiner überaus großen Befriedigung errötete er. Ein Punkt für Kat. Statt zu antworten, kniff er die Augen zusammen.

Als ich mich zum Gehen umdrehte, grinste ich ihn über die Schulter verschmitzt an. „Wenn du ein braver Junge bist, schenke ich dir zum Geburtstag vielleicht ein aufblasbares Schaf."

Er antwortete mit einer Geste, die andeutete, dass er später an sich rumfummeln würde. Armer Trottel. Also feuerte ich mein Abschiedsgeschenk ab, bevor ich mich wieder zum Bau aufmachte. „Denk dran, Gleitmittel zu benutzen, damit du dich nicht wund scheuerst."

„Einen Moment, Cranberry. Ich habe Post für dich in meinem Auto."

Ich drehte mich wieder zu ihm und zog die Augenbrauen hoch. Er hatte mir erst gestern eine Handvoll Briefe gegeben. Wenn, dann sollte ich erst nächste Woche wieder eine Lieferung bekommen. Aktuell waren es nur geschäftliche Dinge und Werbung. Ein paar Rechnungen oder gelegentlich ein Paket einer Online-Bestellung.

„Nun, wen man bedenkt, wie sehr du es hasst, die Regeln zu brechen, bezweifle ich, dass das eine Einladung ist, die Rücksitzbank deines Autos zu testen."

Er verdrehte die Augen. „Ich hätte sie bis nächste Woche aufgehoben, aber es sah wichtig aus. Er ist aus Kanada."

Mein Kiefer verkrampfte sich unfreiwillig und ich konnte spüren, wie der Rest meines Körpers es ihm gleichtat. Post aus Kanada sollte nichts Gutes bedeuten ... außer jemand aus meinem alten Freundeskreis hatte mich aufgespürt, und selbst das konnte problematisch sein.

Ich blinzelte. „Welche Art von Post? Ein Brief?"

Er zuckte mit den Achseln. „Ich habe sie nicht geöffnet. Es sah nur wichtig aus. Vielleicht irgendeine Einwanderungssache. Ich weiß nicht, welche offiziellen Dokumente du dafür aus Kanada brauchst. Es ist aber definitiv aus einem Anwaltsbüro."

Mir wurde flau im Magen und ich versuchte, meine Fäuste zu entspannen, denn er reagierte auf meine Haltung jetzt mit einem verdutzten Blick. Tief einatmend versuchte ich, mein rasendes Herz zu beruhigen. Ein Anwaltsbüro aus Kanada konnte nur ein paar Dinge bedeuten – und *nichts* davon etwas Gutes.

Mein Magen fühlte sich bleischwer an, aber ich wandte mich von ihm ab, damit er nicht noch mehr meiner Reaktion sah. Angestrengt führte ich ein Achselzucken aus und räusperte mich. „Ich komme nach der Arbeit bei deinem Auto vorbei, genau wie immer."

Nach ein paar Schritten, bei denen er mir verlegen folgte, stellte er die Frage. „Ist alles in Ordnung? Du warst plötzlich so angespannt."

Hm. Das sah ihm gleich, nett sein, nachdem er die letzte halbe Stunde ein Arsch gewesen war. Ich erhöhte mein Tempo, denn wir waren kurz vor der Tür zum Bau. Nach dem Öffnen der Tür hätte ich eine Entschuldigung, ihm nicht zu antworten. Ich würde an meinem Arbeitsplatz etwas Frieden finden und könnte mich für den Rest des Nachmittags unter meinen Kopfhörern in einen Kokon aus Glückseligkeit hüllen.

Doch so weit kam ich nicht. Denn als ich unseren Arbeitsplatz betrat, blieb ich abrupt stehen, wodurch auch Lucas nicht weiter konnte. Heilige Scheiße. Ein Banner, Luftschlangen und Ballons. Und ... ein Kuchen auf dem Tisch des zentralen Arbeitsplatzes.

Er war weiß, geschmückt mit blauen und silbernen Hochzeitsglocken. Darauf stand: *Glückwunsch Kat & Lucas!*

Unsere Kollegen, die unser Eintreten bemerkt hatten, drehten sich zu uns. Warren schnappte sich eine Tröte, die neben ihm auf seinem Schreibtisch lag. Er fing an, so aufgeregt hineinzublasen, dass ich mir sicher war, er würde hyperventilieren und ohnmächtig werden. Ein paar weitere blökende Schafe stimmten mit ein.

Verdammte Scheiße.

„Was zum Teufel soll das?", hörte ich Lucas leise hinter mir murmeln. Als ich einen Schritt zurück machte, stießen meine Schultern gegen seine Brust. Der Funken, der dabei übersprang, blieb mir nicht verborgen. Mit rasendem Puls zog ich mich fast genauso schnell wieder von ihm weg.

„Das ist eine Überraschungshochzeitsparty als Antwort auf eure Überraschungsgeheimhochzeit!"

Joel, einer der Teamleiter der Qualitätssicherung stand von seinem Arbeitsplatz, der neben meinem war, auf. Weitere Leute näherten sich uns und umringten uns unverzüglich. Mir wurde ganz flau im Magen und es war mir unmöglich, Lucas anzusehen.

Wie zum Teufel haben all diese Leute das herausgefunden. Und wann? Und warum? Und ... *wie?*

Meine Augen flogen wieder zum Kuchen. Es war ein großer weißer Blechkuchen dekoriert mit hellblauen Buchstaben. Und in der Mitte stand ein LEGO Brautpaar. Am Tisch war ein Banner aus glänzender Folie angebracht auf dem stand: *Herzlichen Glückwunsch Mr. und Mrs.!*

Ich hätte über die Kitschigkeit dieser Geste gestöhnt, wäre sie nicht so unglaublich süß gewesen.

Natürlich war hier bei uns jede Ausrede, sich während der Arbeit über Kuchen herzumachen, auch eine Ausrede, um während der stressigen Deadlines und Überstunden zu feiern. Hier im Bau hatten wir ein oft wiederholtes Motto. „Mmm, Kuchen!"

Und aus gutem Grund. Wir brachten an allen möglichen Feiertagen Kuchen mit: Am Tag des Baumes (natürlich mit Blättern und Bäumen geschmückt), am Tag der Großeltern (um uns an sie zu erinnern und zu ihren Ehren Kuchen zu essen) und selbst am Murmeltiertag.

Ich konnte die Anspannung und Feindseligkeit spüren, die von dem Mann hinter mir ausging, weshalb ich meine Hand auf seinen Arm legte. Der Stress wegen der vorherigen Nachricht über den Anwaltsbrief war verflogen. Jetzt war ich im Beruhigungsmodus – was bedeutete, die plötzliche Anspannung des Mannes hinter mir zu dämpfen. Den Reaktionen unserer Kollegen nach zu urteilen, wurde diese Geste als liebevolle Berührung zwischen zwei Liebenden gesehen – einem Ehepaar. Ihh.

Nun ja, offensichtlich gab es keinen Weg aus diesem Schlamassel außer direkt hindurch. Durch die Hölle.

„Wie – wie habt ihr das herausgefunden?", platzte ich atemlos heraus.

Mein Kollege Joel warf Warren einen verlegenen Blick zu. „Ähm, naja ... du hast gestern in dem abgelegenen Korridor telefoniert. Ich habe gerade etwas zum Versand gebracht und dich gehört. Ich habe nicht gelauscht, ich schwöre!"

Warren trat vor und kratzte sich an seinem rasierten Haupt. „Wir dachten, dass das eine schöne Art wäre, euch wissen zu lassen, dass wir es wissen. So müsst ihr es nicht geheim halten und die ganze Zeit darüber nachgrübeln, wie ihr es uns sagen sollt. Ich habe viele Liebeskomödien gesehen. Ich weiß, wie das mit geheimen Ehen so ist. Manchmal können sie eine Falle sein, die *noch mehr* Geheimnisse verursacht!"

„Wir rücksichtsvoll von dir", biss Lucas trocken heraus. Meine Finger legten sich als Warnung enger um seinen Unterarm. Wir mussten jetzt sehr vorsichtig sein. *Sehr* vorsichtig. Schließlich war bald der Termin bei der Einwanderungsbehörde. Wir würden mitspielen müssen, doch inmitten unserer Kollegen gab es keine einfache Möglichkeit, ihm das beizubringen.

Joel grinste und seine vom Dreitagebart verdeckten Grübchen wurden sichtbar. „Ich habe das schon letztes Jahr vorhergesagt. Zwar nicht, dass es so schnell passieren würde, aber ... ihr wisst schon. Wir dachten uns alle schon, dass da etwas zwischen euch beiden ist." Mehrere andere nickten. Zu unserem Schock.

Verdammte Scheiße.

Moment ... *was?*

„Es war eine spontane Sache", hörte ich mich sagen. „Wir waren einfach impulsiv!"

Angie, die einzige andere Frau, die in unserer Abteilung arbeitete, warf Lucas einen nicht lesbaren Blick zu, während sie auf ihrer Unterlippe herum biss. „Wir wussten irgendwie, dass das kommen würde. Also hey, lasst uns Kuchen essen!" Sie fügte dem letzten Teil, der übrigens auch eines unserer Mottos war, eine Melodie hinzu.

Während sich alle um den Kuchen versammelten, warf ich Lucas einen Blick zu. Er erwiderte ihn mit Verzweiflung in diesen tiefen braunen Augen – wie ein Reh im Scheinwerferlicht. Doch noch besser zu erkennen war das Lodern von Wut. *Schluck.*

Gestern hatte er mich ausdrücklich gefragt, ob man mich gehört hatte, und ich hatte nein gesagt. Denn soweit ich wusste, hatte man das nicht. Ich hatte all meine üblichen Vorsichtsmaßnahmen getroffen. Offensichtlich war das nicht genug gewesen.

Schneller als man *Shotgun Wedding* sagen konnte, reichte man uns schon zwei nicht umweltfreundliche Plastikteller mit Kuchen. Sie waren mit gelben und pinken Blumen dekoriert und die Worte *Ich Liebe Dich* standen in goldener Schrift an den Rändern. Und die Leute drückten uns durchsichtige Plastikbecher mit Apple Cider anstatt Sekt in die Hände. „Wir sind in der Arbeit. So spaßig es auch wäre, das harte Zeug auszuschenken, sollten wir das doch lieber auf die Happy Hour am Freitag verschieben", sagte Joel.

Oh ja. Das klang ja noch lustiger, als sich einen Zahn ziehen zu lassen.

Der wirklich peinliche Augenblick jedoch kam ein paar Minuten später, als wir alle dastanden und den Kuchen in unsere Schlünde schaufelten, während wir einander schüchterne Blicke zuwarfen. Lucas blickte nicht einmal auf. Und um ehrlich zu sein, ich war mir nicht sicher, ob ich schon jemals jemanden so schnell hatte Kuchen essen gesehen. Er sah aus, als würde er eine Möglichkeit suchen, ihn einzusaugen. Joel stand an seiner Schulter und hatte ihm eine Frage gestellt, worauf Lucas nur noch schneller schaufelte.

Er würde noch ersticken. Oder sich einen schlimmen Diabetes einfangen.

Und beide Möglichkeiten würden mich zur Witwe machen. Im zarten Alter von sechsundzwanzig.

Ich öffnete den Mund, um ihm mit einer Ausrede die Möglichkeit zu geben, zu verschwinden, obwohl ich nicht wusste, was ich sagen sollte. Vielleicht sollte ich ihn bitten, mir etwas aus dem Auto zu holen.

Doch dazu kam es nicht, denn schon klopfte Warren mit einer Plastikgabel an seinen Becher. Ich runzelte die Stirn über dieses seltsame Benehmen, als uns alle mit ihren vollen Mündern anstrahlten.

„Ihr wisst, was das bedeutet!", stimmte Joel mit ein, wobei sich sein schnulziges Grinsen verbreiterte.

„Ich habe ehrlich keine –", fing ich an, bevor ich von einem bizarren Sprechchor unterbrochen wurde.

„Küssen, küssen, küssen. KÜSSEN. KÜSSEN!"

Ihh, nein. „Das bringt euch Glück", sagte Joel.

Jetzt war ich sicher, dass ich wie ein Reh im Scheinwerferlicht aussehen musste, als ich mich zu Lucas drehte.

Hölzern beugte er sich vor und gab mir einen Kuss auf die Wange. Seine raue, bärtige Wange streifte meine und mein Herz fing zu rasen an. Er roch … sauber und subtil. Wie Seife und Wildleder. Mmm. Es war ein guter Duft.

Aber unsere Kollegen waren nicht zufrieden. „Alter", warf ihm ein anderer Kollege abfällig zu. „Küss sie richtig."

„Ich mag keine öffentlichen Liebesbekundungen", biss Lucas zurück.

„Ich auch nicht." Ich nickte energisch. „Ich bin nicht wirklich eine Romantikerin."

Angie runzelte die Stirn. „Aber ihr seid doch verliebt, oder? Warum tragt ihr keine Ringe oder ... tut irgendwie verheiratet? Ich meine, ihr sagt, dass ihr nicht romantisch seid, aber ihr seid durchgebrannt und habt etwas wirklich Romantisches gemacht. Ich nehme an, ihr seid übers Wochenende nach Vegas?"

Ich blinzelte und mein Mund klaffte auf. „Ich – wir – ja, natürlich sind wir verliebt!", sagte ich, wobei ich es vermied, meinen Kollegen in die Augen zu sehen. „Wir haben einfach sehr spontan gehandelt. Und wir haben online Ringe bestellt. Die sind nur noch nicht da."

Scheiße. Wie schaffte ich es nur immer wieder, in so beschissene Lagen zu geraten? Waren meine roten Haare ein Fluch? Sollte es mir wegen eines bizarren Fluchs, der Rothaarige trifft, immer so gehen wie Lucy Ricardo – oder Anne auf Green Gables?

Mit ausdruckslosem Gesicht stellte Lucas seinen Teller ab und drehte sich zu mir. „Vielleicht nur dieses eine Mal." Bevor ich überhaupt realisieren konnte, was er tat, legte er schon einen Arm um mich und beugte sich herab, um mich zu küssen.

In dem Augenblick, als unsere Lippen sich berührten, fingen alle um uns herum an zu pfeifen, zu jubeln oder zu applaudieren. Es war verdammt peinlich und ich fühlte die Hitze in mir aufsteigen, in meinen Wangen, meinem Hals ... meinen Lippen. Okay, vielleicht kam die Hitze in meinen Lippen von dem Kontakt mit einem anderen Paar Lippen. Ich spürte, wie seine rauen Barthaare mich an den Rändern kratzten. Aber das verstärkte das Gefühl nur, das mich durchflutete.

Es fühlte sich an, als würde ich mit maximaler Geschwindigkeit den steilen Teil einer Achterbahn hinuntersausen, wobei mein Atem stockte, mein Herz raste, alles prickelte. Alles fühlte sich so lebendig an, bis in die tiefsten Regionen meines Körpers. Hitze baute sich dort auf, kochte und brodelte. Seine Lippen bewegten sich auf meinen und – *heilige Scheiße*. War das seine Zunge?

Als alle um uns herum ihn weiter antrieben, war seine Zunge plötzlich an meiner. Die Spitzen berührten sich und drückten einander, fochten miteinander, kämpften um die Oberhand. Sein Kuss schmeckte nach der Vanille des Kuchens und etwas Scharfem. Wie Zimt. Zu meiner andauernden Scham stieß ich vor Überraschung und Vergnügen ein leises Stöhnen aus, von dem ich hoffte, dass niemand es hörte. Nur Lucas. Er hörte es. Sein Atem stockte und seine Hand an meinem Kopf bewegte sich, als er es hörte. Und für einen kurzen Augenblick ließ er diese Hand tiefer gleiten, an meinen Nacken, wo seine Finger in mein Haar griffen. Er streichelte meinen Hals, bevor er sich abrupt zurückzog.

Unsere Blicke trafen sich und – wow – *Hitze*. Als wäre etwas in mir geschmolzen und hätte einen neuen heißen Aggregatzustand eingenommen. Sein Blick verschmolz mit meinem und erinnerte mich an eine frisch entzündete Flamme. Wild, hungrig, verzweifelt nach mehr Sauerstoff dürstend.

Was zum Teufel war gerade passiert?

Der Mann, der seit sechs Monaten mein Ehemann war, hatte mich gerade zum ersten Mal geküsst, seit wir uns das Jawort gegeben hatten. Und obwohl es nur ein kurzer Kuss gewesen war, war er so unglaublich heiß gewesen, dass es das flüssige Gefühl in meinem Bauch erklärte ... und auch das noch weiter unten.

Um Himmels willen. Hatte Lucas mich erregt? Durch einen einzigen verdammten Kuss?

Lucas und ich rissen unsere Blicke voneinander weg und er schaute demonstrativ auf die Uhr an der rückwärtigen Wand des Baus. „Okay, die Party ist vorbei. Keine weiteren Fragen. Die Katze ist aus dem Sack –"

„Buchstäblich!", unterbrach jemand.

Mein Gesicht wurde bei der Anspielung nur noch heißer. „– und jetzt wisst ihr es alle. Also zurück an die Arbeit. Wir müssen immer noch die Bug-Reports der Beta-Tester kategorisieren."

Nach den obligatorischen Beschwerden und Ausflüchten gehorchten unsere Kollegen. Lucas und ich tauschten noch einmal einen Blick aus, einen, bei dem ich ihn mit den Augen zu fragen versuchte: *Was zum Teufel*. Sicherlich sah ich so panisch aus, wie ich mich fühlte. Doch sein Gesicht war ruhig, der typische ausdruckslose Blick, den er so gut draufhatte. Sehr bedächtig wandte er sich von mir ab und ging zu seinem Arbeitsplatz.

Ich hingegen war zu nervös, um mich zu setzen. Stattdessen sammelte ich all die Becher und Teller auf und stopfte sie in einen Müllsack, um sie hinaus zum Müllcontainer zu tragen.

Als ich zurückkam, hatten sich einige Jungs aus der Entwicklungsabteilung wie Aasgeier um unseren Hochzeitskuchen versammelt. Sie schaufelten Kuchen in sich hinein und unterhielten sich mit den Spieletestern. Lucas war nirgends zu finden und als sie mich sahen, sahen sie alle sehr schuldbewusst drein.

Offensichtlich hatten sie sich über uns unterhalten, als ich hereingekommen war. Die Ansammlung wurde still, als ich sie ignorierte und wieder zu meinem Arbeitsplatz ging. Als Lucas den Raum wieder betrat – vermutlich nach einem Besuch auf der Toilette – zerstreuten sich die Entwickler wie Katzen, über die man einen Kübel kaltes Wasser gekippt hatte.

Scheiße. Jetzt geht's los. Ich prophezeite, dass die Neuigkeit sich binnen der nächsten halben Stunde verbreitet haben würde. Ich konnte den ganzen Draco-Campus praktisch schon tuscheln hören. Ich blickte auf mein Handy.

Es blinkte stumm wegen jeder Menge Nachrichten.

Ich sah zu Lucas hinüber. Sein Handy hatte sich schon fast von seiner Schreibtischplatte vibriert, bevor er es ausschaltete. Unsere Blicke trafen sich wieder und ich öffnete weit die Augen. Aber er schüttelte nur den Kopf und machte sich wieder an die Arbeit.

Er wollte offensichtlich *nicht* darüber reden, was das alles bedeutete. Ich könnte versuchen, ihm eine Nachricht zu schicken, doch gerade ignorierte er sein Telefon zweifelsohne. Was vermutlich eine gute Idee war.

Ich schaltete meins ebenfalls aus. Meine Gedanken rasten. Ich schnappte mir einen Kugelschreiber und einen Post-it-Block, um eine schnelle Liste zu schreiben. Sie war nicht lang und umfasste nur die Namen aller, bei denen ich mich schnell melden musste, bevor die Kacke wirklich am Dampfen war.

Während ich brainstormte, herumkritzelte und dabei über die Auswirkungen dieser Entwicklung nachgrübelte, kamen weitere Leute herein, um zu gackern und Kuchen zu essen. Doch Lucas verscheuchte sie mit einem lauten und mürrischen Knurren. Dann murmelte er vor sich hin, dass er wünschte, die

Tür des Baus hätte einen Riegel, wobei er den Raum mit scharfem Auge überblickte, um allen klarzumachen, dass er keine Widersprüche dulden würde. Jemand schlug vor, einen Stuhl gegen die Türklinke zu stemmen, woraufhin er murmelte, dass er das wohl bei der nächsten Störung machen würde.

Doch die nächste Person, die durch die Tür flitzte, war jemand, gegen den er nichts unternehmen konnte. Denn es war Mia, meine beste Freundin.

Und ihrem Gesichtsausdruck nach hatte sie es bereits gehört. Denn sie sah verletzt aus.

Verdammt. Verdammt. Gottverdammt.

Lucas schoss von seinem Stuhl auf und raste auf sie zu, bevor er bemerkte, dass sie nicht nur irgendein nerviger Kollege war, der gekommen war, um unsere Bug-Suche zu stören.

Nein. Sie war die Ehefrau des CEOs, die seit Kurzem offizielle Mrs. Drake höchstpersönlich.

Und Lucas würde sie nicht wie all die anderen verscheuchen können.

„Mia ... hi", sagte er und drehte sich dann sofort mit einem beunruhigten Gesichtsausdruck zu mir.

Mias Augen fielen auf den halb aufgegessenen Hochzeitsblechkuchen, auf dem das Lego-Brautpaar nun von irgendeinem Idioten so positioniert worden war, als hätte es Sex in der Missionarsstellung. Dann wanderten ihre großen braunen Augen wieder zu mir. „Wow, also ist es wahr? Ich dachte, es wäre ein Scherz gewesen."

Das war es auch ... irgendwie. Aber es war kein Scherz, in den ich die Frau meines Bosses einweihen konnte. Selbst wenn sie meine beste Freundin auf der ganzen Welt war.

Aber ja, wie konnte ich ihr das erzählen, wenn ihr Mann mir großzügigerweise einen Job angeboten hatte, für den ich Dokumente gefälscht hatte, um illegal in den USA arbeiten zu können?

Die Schuld packte mich, als ich nicht zum ersten Mal darüber nachdachte, dass meine zwielichtigen Eskapaden ein Risiko für die Firma darstellen könnten. Es gab keine Möglichkeit, wie ich Mia all die komplexen Warums und Wies erklären konnte – nicht jetzt. Es war wegen meiner speziellen Umstände einfacher gewesen, illegal hier zu arbeiten, als ein Arbeitsvisum zu beantragen. Die Gefahr, dass die falschen Leute von meinem Aufenthaltsort erfahren könnten, versetzte mich ständig in Angst.

Wenn die Anwälte, die auf dem Brief in Lucas' Auto standen, die waren, an die ich dachte, war es sehr gut möglich, dass dieses Spiel sowieso aus war. So viel dazu, sich südlich der Grenze zu verstecken. Ich schluckte den Kloß in meinem Hals und schob diese Sorge beiseite, als ich zu Mia aufblickte und mich sammelte.

Verdammt. Diese Sache war der sprichwörtliche Schneeball, der einen Berg hinabrollte. Er wurde größer als ein Wolkenkratzer und drohte, am Fuß des Berges ein ganzes Dorf auszulöschen.

Ich dachte kurz darüber nach, Mia die Wahrheit zu sagen, da ich wusste, dass ich ihr vertrauen konnte. Aber sie zu bitten, ein so großes Geheimnis vor ihrem Ehemann, meinem Boss, geheim zu halten, war nicht fair. Das konnte ich nicht von ihr verlangen.

Also war es wieder einmal an der Zeit, zu lügen, dass sich die Balken bogen.

Ich sprang aus meinem Stuhl auf und warf mein Haar hinter mich. „Hey Babe! Was geht? Hast du all deine Medizinkurse für heute hinter dir?"

Da ich sie schon einige Zeit lang nicht mehr gesehen hatte, umarmte ich sie schnell. Sie erwiderte diese Umarmung nicht. Stattdessen starrte sie mich an, als wäre ich verrückt.

„Willst du dich ein paar Minuten mit mir in die Grube setzen?"

Sie verzog das Gesicht. „Ist sie denn in letzter Zeit einmal gründlich desinfiziert worden?"

Ich führte sie zur anderen Seite unseres Arbeitsplatzes. Die Grube war eine Gruppierung nicht zusammenpassender Sofas, geflickter Sessel, zweier halb zusammengelegter Futons, ein paar mit Panzertape geflickter Sitzsäcke und eines gegenwärtig besetzten Hundebetts. Für gewöhnlich nutzten wir diesen Bereich, um uns während langer Arbeitswochen auszuruhen. Es war eine notwendige Zuflucht für gelegentliche Powernaps, die uns dabei halfen, die langen Nächte zu überstehen, wenn die Arbeit danach verlangte.

Mias Aversion gegen diesen Ort rührte von seinem ungewöhnlichen Dekor. Krümel, Abfall, Snackreste, leere Pizzaschachteln und anderer Unrat. Bei all diesen kaum zivilisierten, hauptsächlich männlichen Mitzwanzigern sammelte sich der Müll auf exponentielle Weise an. Glücklicherweise war gerade aufgeräumt worden, da wir unsere Deadline rechtzeitig geschafft hatten.

Ich setzte mich neben Mia auf die Ledercouch. Max, Lucas' Hund, schaute aus seinem Hundebett auf und schlug mit seinem großen flauschigen Schwanz auf den Boden, um um eine Streicheleinheit zu betteln. Er war oft hier bei uns im Büro. Die

Angestellten in unserer Abteilung hatten ihn sehr gerne um sich. Als Gruppe schenkten wir ihm ständig Aufmerksamkeit, Spielen und mehrere Spaziergänge pro Tag. Das kam auch uns zugute, da wir so die dringend nötige Chance auf Frischluft und Bewegung hatten. Oder auch nur die Gelegenheit, unsere müden Augen kurz von den Computermonitoren abzuwenden. Wir bezeichneten ihn gerne als unseren Therapiehund, eine Aufgabe, der er gerne nachkam. Wir waren die einzige Abteilung bei Drake, der ein Maskottchen erlaubt war.

Alle Menschen in Hörreichweite arbeiteten hart an ihren Computern – oder wirkten zumindest hartarbeitend – und trugen Kopfhörer. Mia drehte sich sofort zu mir, als mein Hintern auf dem Polster landete. „Was zum Teufel ist hier los? Ich dachte, dass du und Lucas –" sie machte eine Pause, um sicherzustellen, dass besagte Person nicht in der Nähe war. „– einander hasst."

Ich biss mir auf die Lippe und täuschte ein Lächeln vor. „Du weißt doch, was man über den schmalen Grat zwischen Liebe und Hass sagt, oder?"

Sie zog sichtlich ungläubig eine Augenbraue hoch. Verdammt, das sollte schwieriger werden als gedacht und darauf war ich nicht vorbereitet.

In meiner perfekten Welt hätte ich das niemandem erklären müssen, weil es so schnell vorbeigewesen wäre, wie es angefangen hatte. Wir würden für niemanden so tun müssen, als wären wir verheiratet, außer für die Beamten bei der Einwanderungsbehörde.

Kein Täuschen. Keine Lügen. Nur diskreter Papierkram, eine Green Card und die nachfolgende Scheidung. Und alles fein verpackt ohne irgendwelchen persönlichen Scheiß. Und niemand würde verletzt werden.

Eine nette, saubere geschäftliche Vereinbarung. Lucas wollte diese Stelle so sehr – und ich half ihm gerne dabei. Das war nur fair, da er mir ebenfalls half. Bis jetzt hatten wir beide unseren Teil der Abmachung eingehalten. Er war so kurz davor, zu bekommen, was er wollte. Und ich hoffentlich auch.

Wir waren schon zu weit gekommen, um das zu vermasseln. Ich musste das schaffen.

„Was geht hier *wirklich* vor sich, Kat? Erpresst er dich oder so? Hast du eine Wette verloren?" Sie grunzte ein bisschen, als sie lachte.

Ich verkniff mir eine Grimasse. „Es war eine impulsive Entscheidung. Nur etwas, was wir zum Spaß gemacht haben."

„Zum … Spaß?" Wären ihre Augenbrauen noch höher geklettert, wären sie in ihrem Haaransatz verschwunden. „Es, ähm, es hatte nichts damit zu tun, dass du auf meiner Hochzeit mein Bouquet gefangen hast, oder? Ich verspreche, ich habe das nicht eingefädelt. Ich wollte auf Jenna zielen."

Plötzlich erinnerte ich mich an das Bild des Hochzeitsstraußes, der sich in meinen langen Haaren verfangen hatte, während ich es panisch hatte loswerden wollen. Trotz der Panik, die ich damals gefühlt hatte, konnte ich über Mias Anspielung nur lachen. „Du denkst, ich stehe unter irgendeinem Liebeszauber deines super magischen Blumenstraußes und deiner ausgefallenen Traumhochzeit?"

Sie starrte mich verdutzt an. „So meinte ich das nicht. Ich meinte –"

Zeit, in die Offensive zu gehen. „Nicht jeder hat so große Angst vor der Ehe wie du einst, Mia. Ich bin begeistert. Lucas ist begeistert. Wir sind beide überaus glücklich. Wir haben es nicht wie normale Leute gemacht, mit einer großen Party, weil wir beide introvertierte Computernerds sind und etwas Ruhiges wollten."

Wow. Wer hätte gedacht, dass es so einfach sein würde, so eine große Lüge zu erzählen? Wäre ich Pinocchio, wäre meine Nase jetzt schon auf halbem Weg nach Toronto.

Mia schüttelte den Kopf und ihr langes braunes Haar schwebte ihre Schultern hinab. „Ja. Sicher. Natürlich machen Paare bestimmte Dinge anders, aber ich –" Sie unterbrach sich und zögerte dann einen langen Augenblick, während sie mich studierte. „Es tut mir leid. Ich bin einfach überrascht. Aber wenn du glücklich bist, dann bin ich das auch. Alles Gute."

Ich grinste. „Danke."

Sie beugte sich vor und umarmte mich, wobei sie mich fest an sich zog. Als sie mich wieder losließ, schien ein großer Teil der Anspannung, die dagewesen war, als sie hier eingetroffen war, verschwunden zu sein – zumindest hoffte ich das. Mia war sehr klug und deswegen musste ich vorsichtig sein oder sie könnte mich ganz leicht bei einer Lüge ertappen. Und da ich eine beschissene Lügnerin war, könnte das beängstigend leicht für sie sein.

„Wer hatte das gedacht ... Cranberry und der Jedi-Junge." Dann grunzte sie wieder. Dieses süße leise Grunzen, das sie so oft beim Lachen von sich gab.

Ich verdrehte die Augen über ihre Aussage, weil, naja, ich keinen logischen Grund als Erklärung vorbringen konnte. Ich musste es auf etwas Kitschiges oder Schnulziges schieben, etwas, das eine frisch Verheiratete wie sie mir glauben würde. Ich könnte es auf die *Kraft der Liebe* schieben. Da ich nicht glaubte, dass so eine Kraft mein hochgeschätztes logisches Denkvermögen übernehmen konnte, wurde es noch leichter, darüber zu lügen.

Vor viel zu langer Zeit schon hatte ich gelernt, dass die Leute, die dich am meisten lieben sollten, auch die waren, die dich am meisten verletzen konnten. Und ich wollte nicht, dass jemand diese Macht über mich hatte.

Ich blickte auf meine Smartwatch und hoffte, dass sie das daran erinnern würde, dass es immer noch meine Arbeitszeit war – die Arbeitszeit, für die ihr Ehemann mich bezahlte. Sie verstand die Anspielung.

„Du musst wieder weiter arbeiten, aber wir sollten uns bald treffen. Es ist schon wieder viel zu lange her. Seit Adam und ich verheiratet sind und ich in meinem dritten Studienjahr bin, habe ich meine sozialen Kontakte etwas vernachlässigt. Hast du morgen Abend schon etwas vor?"

Ich setzte mich aufgeregt auf. „Cool, wir vier könnten unsere Gruppe zusammentrommeln und DE spielen. Es ist schon ewig her. Ich sage Heath Bescheid, wenn ich heimkomme –"

Kaum waren die Worte ausgesprochen, realisierte ich auch schon, was ich gesagt hatte.

Mias Gesichtszüge verdunkelten sich. „Du wohnst immer noch bei Heath?"

Oh Scheiße. Scheiiiiße. AHH. Ja, Jungs und Mädels, Kat ist wirklich eine beschissene Lügnerin.

„Ich hatte noch keine Zeit gehabt, all meine Sachen in Lucas' Haus zu bringen. Du weißt schon, ich habe mein Twitch Streaming Set-Up und die ganze Ausrüstung. Und wir haben so hart an der Erweiterung gearbeitet. Ich, äh, fahre jeden Abend bei ihm vorbei, um Hi zu sagen und meine Sachen für den nächsten Tag zu holen." Wow ... kaum hatte ich mit dem Lügen angefangen, sprudelten sie ohne Anstrengungen nur so aus mir heraus.

Sie schüttelte den Kopf. „So kannst du doch nicht weiterleben. Du hast *Freunde*. Wenn wir uns zusammentun, könnten wir deinen Umzug in einem halben Tag schaffen. Ich habe dieses Wochenende frei. Wir bringen dein Zeug zu ihm."

Ich wusste nicht, ob sie sah, wie blass ich wurde – da ich blass geboren worden war. Als Rotschopf aus dem Großen Weißen Norden gehörte noble Blässe einfach dazu. Also hatte sie vielleicht nicht gesehen, dass mein Gesicht sämtliche Farbe verloren hatte. Doch ich konnte definitiv spüren, wie das Blut aus meinem Gesicht gesaugt wurde.

„Ach – äh, ihr seid alle so beschäftigt. Macht euch keine Sorgen um mich –"

Sie winkte ab. „Unsinn. Das ist doch nichts. Wir machen das für dich. Du solltest so nicht leben müssen. Und ich will, dass ihr beide zum Abendessen bei uns vorbeikommt, sobald du dich eingelebt hast und wir alle mehr Zeit haben. Ich kenne Lucas nicht sehr gut und wir sollten ihn so schnell wie möglich besser kennenlernen."

Mir fiel die Kinnlade herunter. „Ich muss in Lucas' Terminplan schauen, aber ..."

Mias Augen bemerkten einen Bewegung hinter meiner Schulter und sie nickte, wobei ihr Lächeln breiter wurde. „Frag ihn gleich. Oder ich mache es. Lucas, hast du nächste Woche irgendwann abends Zeit?"

Ich hörte Schritte hinter mir und kämpfte gegen den Drang an, mich zu verkrampfen. Max sprang sofort von seinem Hundebettchen auf und ging mit wild wackelndem Schwanz zu

Lucas. Lucas bückte sich abwesend, um den Hund zu streicheln, während er von Mia zu mir und wieder zurück blickte.

„Ähm, ja, nichts Großes. Nur noch die letzten Bug-Reports durchsehen. Warum?"

„Weil du und deine *Frau* zu einem Abendessen bei Adam und mir eingeladen seid, sobald es euch passt."

„Ähm", er blinzelte und sah mich an. „Naja…"

Ich biss die Zähne zusammen, bevor ich seine Hand ergriff und sie – vielleicht ein wenig zu fest – drückte. Ich konnte Mias Augen auf uns spüren, wie sie jedes kleinste Detail unserer Interaktion aufsaugte.

„Schatz, wäre es nicht schön, mal etwas mit einem anderen Paar zu unternehmen? Sieh es nicht als Abendessen mit dem Chef."

Mia lächelte. „Alles gut. Ich schicke euch eine Nachricht mit Datum und Uhrzeit." Sie drückte sich von der Couch hoch. „Ich muss los, aber ich melde mich dieses Wochenende. Ich schaue mal, wen ich alles dazu bekomme, dir beim Umzug zu helfen."

„Umzug?", fragte Lucas, als ich aufstand und Mias Beispiel folgte. Mia war gerade so abgelenkt davon, Max zu streicheln, dass ich Lucas einen vielsagenden Blick zuwerfen konnte. Er runzelte die Stirn, da er mich offensichtlich nicht verstand. Typisch Mann.

„Äh ja, Mia dachte, dass es seltsam ist, dass meine Sachen immer noch in Heaths Wohnung stehen. Ich erklärte ihr, dass wir bis jetzt kaum Zeit hatten, mit all den Deadlines und Zielvorgaben bezüglich der Erweiterung."

Lucas blinzelte. „Ah, ja, ja … Das … ja." Er fuhr sich mit der Hand durchs Haar und seine Schultern wirkten wieder steif.

„Also, ich muss los." Sie schaute auf die Uhr ihres Handys. Der gewaltige Stein an ihrer linken Hand ließ mich fast erblinden, als das Licht der Nachmittagssonne sich darin fing. Was mich wieder daran erinnerte, dass wir noch Ringe brauchten, um jetzt den Schein zu wahren. „Ich werde meinem Mann noch schnell einen Kuss vorbeibringen und dann abhauen. Bis bald, ihr beiden!"

Sofort als Mia durch die Tür des Baus verschwunden war, klammerte sich Lucas' Hand um meinen Oberarm – und das nicht wirklich zart. „Können wir kurz ungestört reden, Zuckerschnute?"

Meine Augenbraue schoss hoch. Trotz des lächerlichen Kosenamens klang seine Stimme rein gar nicht entspannt. Eigentlich klang sie sogar sehr angepisst. Vermutlich konnte ich ihm das nicht verübeln. Das gerade war viel auf einmal gewesen.

Scheiße. Ich war mir sicher, dass das Schreien beinhalten würde. Mit einem nicht gerade leichten Ruck zog er mich in Richtung Ausgang. Max, dem nun wieder Menschen für Streicheleinheiten fehlten, kuschelte sich wieder in sein Bett. Als wir den Bau verließen, hörte ich einen Kommentar über das *Liebespaar*, das *rummachen* wollte.

Gott, Murphy. Einige dieser Jungs müssen dringend entjungfert werden. Hauptsache das Nerd-Klischee aufrechterhalten.

Lucas ließ meinen Arm nicht los, bis wir denselben verlassenen Gang erreicht hatten, in dem ich gestern meinen Telefonanruf geführt hatte – der offensichtlich belauscht worden war. Das hier war der beste Ort für Privatsphäre in der Nähe. Aber wohl nicht gut genug.

Oder zu viele Leute kannten ihn.

Aber Lucas blieb hier nicht stehen, nein. Er führte uns zu der Glastür, die hinaus auf den Seitenparkplatz führte, der zu dieser Tageszeit genauso verlassen war, da hier die Mitarbeiter der Instandhaltung parkten. Er zog mich mit sich durch die Tür und wartete, bis sie zugefallen war, bevor er mich losließ. Es war fast so, als dachte er, ich würde schreiend in Richtung Horizont davonlaufen.

Was, ehrlich gesagt, auch mein erster Gedanke war. Besonders wegen seines finsteren Gesichtsausdrucks.

„Was zum verdammten Teufel, Kat?", knurrte er mit zusammengebissenen Zähnen.

Ich massierte die verkrampfte Stelle zwischen meinen Augenbrauen, wo sich aus dem Nichts ein starker Schmerz aufzubauen schien. Was seltsam war, denn ich hatte nie Kopfschmerzen. Angestrengt seinem Blick ausweichend, starrte ich auf den Asphalt unter meinen Füßen. „Es ist nicht meine Schuld."

„Den Teufel ist es nicht. Du warst nicht vorsichtig genug und jetzt ist die Katze aus dem Sack. Und sie ist nicht nur aus dem Sack, sie saust jetzt in unserem Leben herum und verwüstet es."

Trotz seines Wutanfalls lachte ich, weil ich das Bild einer Unmenge von einer Katze zerrissenen Kissen nicht aus dem Kopf bekam.

„Wie gewöhnlich nimmst du das nicht ernst. Wieso bin ich nicht überrascht? Als ich zustimmte, das für dich zu machen, haben wir Regeln aufgestellt."

„*Du* hast Regeln aufgestellt und es tut mir leid. Ich habe das nicht absichtlich gemacht. Ich musste der Einwanderungsbehörde deine Daten wegen des Termins geben. Ich musste diesen Anruf während der Arbeitszeit tätigen, weil ihr Büro während der wenigen Stunden, die ich nicht arbeite oder schlafe, geschlossen ist. Ich habe den Anruf genau da drüben gemacht." Ich zeigte auf die andere Seite der Glastür, durch die wir gerade gegangen waren. „Da ich praktisch hier wohne, gab es keine andere Möglichkeit."

Er schüttelte den Kopf. „Nun, offensichtlich warst du nicht vorsichtig genug. Jetzt –"

Ich hob die Hand, um ihn zu unterbrechen. „Führt das zu etwas? Du redest in unseren Meetings immer darüber, dass wir keine Zeit damit verplempern sollen, jemandem oder etwas die Schuld zu geben. Dass wir uns darauf konzentrieren sollen, am Problem zu arbeiten und es zu beseitigen. Also, wie beseitigen wir die Katze?"

Er legte seine Hand auf seine Lippen und verlagerte sein Gesicht von einem Fuß auf den anderen. Seinem Gesichtsausdruck nach gefiel es ihm nicht, seine eigenen Worte als Gegenargument zu hören. Aber es stimmte. Wir hatten ein gewaltiges Problem und keine Zeit, einander anzuschreien, wessen Schuld es nun war.

Also verschränkte ich die Arme, straffte meine Schultern und wartete auf seine Antwort.

KAPITEL
DREI
LUCAS

ICH VERSUCHTE ZU IGNORIEREN, WIE SICH IHR PULLI AN IHRE Brust schmiegte und ihre perfekten Brüste in Szene setzte, als sie ihre Arme so verschränkte. Ich *versuchte* es.

Und versagte. Und das sorgte nur dafür, dass ich noch angepisster war und mich noch mehr über mich selbst ärgerte. Selbst in einem Moment wie diesem konnte ich nicht ignorieren, wie heiß Katya war. Meine jetzt nicht mehr ganz so geheime Ehefrau.

Eine Ehefrau, die ich nicht nackt sehen oder berühren konnte. Oder mit ins Bett nehmen.

Eine Ehefrau, die ich gerade auf dem Parkplatz, wo uns hoffentlich niemand hören konnte, anschrie.

Es war so, als würde ich in irgendeinem verrückten Hochzeitsalbtraum gefangen sein. In dem ich all die Nachteile einer Ehe ohne irgendwelche der Vorteile – wie etwa regelmäßigen Sex mit einer nackten, schönen Frau – ertragen musste.

Ich war schon einmal auf diesem verdammten Hochzeitskarussell. Zumindest bekam ich damals Sex. Bis auf die letzte Zeit natürlich.

Dieses Mal war ich wie die Katze, die nie auf das Podest kam, wo das Kanarienvögelchen in seinem goldenen Käfig sang. Ich konnte es nur von Weitem anschmachten und sabbern. Gott. Selbst in meinem Kopf klang ich wie ein Widerling.

„Gut", sagte ich, wobei meine Faust sich an meiner Seite ballte, damit ich endlich aufhörte, mir vorzustellen, wie sie nackt aussah. „Gut. Lass uns dieses gigantische Chaos, das du uns beiden gerade verursacht hast, einmal überblicken. Denn jetzt ziehst du offensichtlich bei mir ein?"

Sie blickte mit ihren großen babyblauen Augen zu mir auf und nickte wie ein geläutertes Kind. „Du hast ein großes Haus. Du hast ein paar Zimmer, die du nur als Stauraum nutzt. Ich könnte meine Matratze dort hinwerfen – oder einfach auf einer Luftmatratze schlafen. Du hast ein *großes* Haus. Du wirst mich kaum bemerken."

Oh, wie gewaltig falsch sie da lag. Ich würde sie ständig bemerken. Selbst wenn sie nicht einmal zu sehen war. „Ich zahle dir sogar Miete!", fügte sie eilig hinzu.

Und das war vermutlich das Lustigste an alledem. Sie hatte keine Ahnung, wie wenig ich das Geld brauchte. Und nicht nur wegen der Millionen, die ich mit den Draco-Aktien verdient hatte. Sondern auch wegen all des Geldes, das ich schon zuvor besessen hatte – und das ich mich weigerte anzufassen.

Was mich zum nächsten Aspekt dieses ganzen beschissenen Durcheinanders brachte –meiner Familie. Gott. Jetzt wo das öffentlich war, musste ich meiner Familie wohl oder übel erklären, dass ich wieder geheiratet hatte. Zumindest hatte sie dieses Mal die Hochzeit keine Millionen von Dollar gekostet, obwohl sie deren Ausgaben sowieso kaum bemerkt hatten. Und Kat. Sie hatte nicht die leiseste Ahnung, in was für eine Familie sie da eingeheiratet hatte.

Nicht dass ich überhaupt geplant hätte, dass sie sie je kennenlernt. Das hätte alles schon vorbei sein sollen, bevor wir irgendwelche Verwandten hätten treffen müssen.

„Unsere Familien", sagte ich schließlich laut.

Sie zog eine dunkle Augenbraue hoch. „Was? Was ist mit ihnen?"

Ich warf ihr einen Blick zu, als hielte ich sie für eine Idiotin, weil sie die Frage überhaupt gestellt hatte. „Wir müssen es ihnen erzählen, Kat. Und ich bin mir sicher, deine Eltern werden mich treffen wollen."

Sie verdrehte die Augen. „Sei dir da nicht so sicher. Sie müssen sich um viel zu viel anderen Scheiß kümmern."

Hä. Das war seltsam. Mir fiel auf, dass Kat fast nie über ihre Familie sprach und dass ich bis auf die notwendigen Dinge nichts über sie wusste. Und die wusste ich auch nur, um auf die Befragung bei der Einwanderungsbehörde vorbereitet zu sein. Ihr Dad war Produktionsassistent für Dokumentationen und ihre Mutter Krankenschwester. Sie waren etwas mehr als dreißig Jahre verheiratet und lebten außerhalb von Vancouver, British Columbia in der Vorstadt von Port Coquitlam. Klang für mich nach bodenständiger Mittelklasse.

Sie hatte auch einen Bruder, der nur ein Jahr älter als sie war. Ich wusste fast nichts über ihn, außer dass er nicht auf dem College gewesen war und offenbar keine feste Arbeit hatte und mit siebenundzwanzig immer noch zuhause wohnte.

Ich runzelte die Stirn. Das würde ich später alles genauer untersuchen müssen.

Bis jetzt war ich zu sehr damit beschäftigt gewesen, mir vorzuwerfen, dass ich zu sehr auf diese Beförderung konzentriert war, um all die Auswirkungen zu bedenken. Ich hatte drastische Maßnahmen ergriffen, um Kat mit ihren besonderen Talenten hierzuhalten. Denn sie musste mir helfen, die Deadlines einzuhalten und dadurch diese Stelle zu bekommen. Kat war meine Geheimwaffe – auch wenn sie es nicht wusste.

Ohne ihr Talent, ohne sie hätten wir die Deadlines nie einhalten können. Da war ich mir sicher. Als es also bedeutete, dass ich eine gewisse Institution, für die ich sowieso keinen Respekt hatte, lächerlich machen musste, um sie hierzuhalten, hatte ich nicht gezögert.

Vielleicht hätte ich ein wenig zögern sollen, denn offensichtlich hatte ich das nicht so gut überdacht, wie ich hätte sollen.

Ich räusperte mich. „Nun, ich muss es meiner Familie erzählen, da sie es fast sicher erfahren werden – und zwar bald. Also mach dich bereit, denn sie werden darauf bestehen, dich kennenzulernen."

Sie blinzelte und zuckte mit den Schultern. „Okay. Das geht in Ordnung. Ich habe keine Probleme mit einem Familienbesuch, außer ... außer sie sind Serienmörder oder so."

Schlimmer. Sie waren reich. Stinkreich. Lächerlich überzogen stinkreich.

Und bis jetzt war diese Tatsache mein bestgehütetes Geheimnis. Nur Jordan kannte es. Und niemand wusste, was jetzt passieren würde.

„Hör zu", sagte sie, nachdem ich ihre rhetorische Frage beantwortet hatte. Sie blickte nach unten und schob sich eine Strähne glänzender Flammen hinter ihr blasses, zartes Ohr. „Es tut mir leid, dass das passiert ist. Ich habe alle Vorkehrungsmaßnahmen getroffen, die ich konnte. Dieselben Vorkehrungsmaßnahmen, die die letzten sechs Monate perfekt funktioniert hatten. Aber ich hatte Pech. Sobald wir die Befragung durch die Einwanderungsbehörde hinter uns haben und ich meine Greencard bekomme, verspreche ich, werde ich so schnell wie möglich ausziehen. Ich bin sogar schon dabei, zu sparen. Sobald wir den Bonus für die Erweiterung bekommen, habe ich genug für eine Anzahlung für meine eigene Wohnung, aber, ähm … aktuell haben wir uns wohl an der Backe."

Ich nahm einen tiefen Atemzug und blies ihn langsam hinaus. Ja. An der Backe. Ihr hübsches Gesicht und ihr sexy Körper in meinem Haus … *Gott.* Meine Gedanken waren vor lauter Sexentzug bereits völlig vernebelt.

Mein Kiefer verkrampfte. „Ich habe aber Regeln."

Sie zog eine Augenbraue hoch. „Wieso bin ich nicht überrascht? Du hast immer Regeln."

„Genug mit den schnippischen Bemerkungen."

Sie blinzelte ein paarmal, als würde sie ihren Ohren nicht trauen. „Kennst du mich überhaupt? Und … und ist das eine dieser Regel? Denn, ich kann dir schon jetzt sagen –"

Ich hob eine Hand, um sie zu unterbrechen. „Das ist keine der Regeln, nein. Die erste Regel ist natürlich, dass wir in getrennten Schlafzimmern schlafen. Wir beide verpflichten uns, in gemeinsam genutzten Zimmern immer vollständig angezogen zu sein. Küche, Wohnzimmer und so weiter."

Sie nickte. „Okay, das ist einfach. Du hast Glück, dass ich keine Nudistin bin. Wir hatten Nudisten als Nachbarn, als ich klein war, und das war echt strange. Sie waren nicht gerade jung und, naja, bestimmte Dinge hingen. Und in Vancouver ist es bekanntlich ja nicht gerade warm." Sie schauderte gespielt. „Und Gartenarbeit war nochmal was ganz anderes. Ich bin also nicht versucht, diese Nudistensache auszuprobieren."

Gott sei Dank. Nicht, dass es mir nicht gefallen würde, sie nackt zu sehen, aber es mir nur vorzustellen, war meinem sexuellen Frustlevel der letzten Zeit schon nicht dienlich. Und es mir selbst zu machen half auch nur, um den aktuellen Drang etwas zu lindern. Aber ich nahm an, dass das mit ihr unter meinem Dach nur noch schlimmer werden würde.

„Also nur in der Dusche oder in den eigenen Zimmern auszuziehen." Sie nickte deutlich, als hätte ich ihr Arbeitsanweisungen gegeben. „Gut … was noch?"

Ich schluckte und verkrampfte. „Räum dein Chaos auf."

Sie blickte finster drein. „*So* schlimm bin ich nun auch wieder nicht."

„Du bist die Königin der Unordnung. Wenn dein Zimmer bei dir zuhause nur annähernd so aussieht wie dein Schreibtisch in der Arbeit, dann beschränkst du deine Unordnung bei mir im Haus besser auf dein Zimmer. Und lässt die Tür immer geschlossen."

Sie runzelte die Stirn. „Das nennt man organisiertes Chaos. Ich weiß, wo alles ist."

„Und wie ich dir schon einmal gesagt habe –"

„*Das Chaos um einen herum spiegelt den Gemütszustand wider.* Ja, das habe ich schon etwa drölfzigmal gehört. Gut, ich werde mich bemühen, deinen inneren peniblen Zwangsneurotiker nicht mit meiner Unordnung zu triggern."

Anstatt die Augen zu verdrehen, richtete ich meinen Kopf auf sie und starrte sie an. Unsere Blicke prallten aufeinander und sie hob trotzig ihr Kinn. Dann zog sie ihre kastanienbraunen Augenbrauen hoch, als wollte sie mich fragen: *Ist das alles, was du drauf hast?*

Oh meine liebe Ms. Ellis, du hast ja sowas von keine Ahnung, oder?

Weiter wusste ich nichts. Die Hauptbedingung war das Nacktsein gewesen. Das war eigentlich die wichtigste Regel, die mir eingefallen war. Ich suchte nach irgendetwas. „Trag den Müll raus, wenn er voll ist."

Sie verdrehte die Augen. „Ich bin nicht unzivilisiert."

Ich stöhnte. „Du kommst aus dem Land der Tundra, Schmarotzer und Iglu-Bewohner."

Sie belohnte mich mit einem finsteren Blick. Also entschied ich mich, sie noch etwas mehr zu reizen. Das war ein Hobby von mir. „Es ist okay, Cranberry. Eines Tages wird Kanada die Welt beherrschen und dann wird es *allen* leidtun." Ich stellte sicher, dem *allen* einen markanten kanadischen Akzent zu verpassen.

In Wahrheit liebte ich ihren kanadischen Akzent. Er war subtil. Fast nicht unterscheidbar von dem typischen Akzent der amerikanischen Westküste – bis auf ein paar kleine Unterschiede bei einigen Wörtern, die man nur hörte, wenn man Zeit mit ihr verbrachte.

Bei diesen Worten waren die Vokale weicher und abgehakter. Und einige hatten eine etwas andere Tonlage. All das ließ die Worte viel weniger schroff klingen. All das ließ darauf schließen, dass sie nicht einfach nur ein weiteres hübsches kalifornisches Mädchen war.

Nein, sie war ein absolut umwerfendes kanadisches Mädchen.

Ein absolut umwerfendes und *nerviges* kanadisches Mädchen.

Sie kniff die Augen zusammen. „Zumindest komme ich aus einem Land, das weiß, dass Bier nicht wie Kuhpisse schmecken soll."

„Bier und Poutine. Die Hauptzutaten der Haute Cuisine."

Sie zuckte mit den Schultern und legte ihre Hand an den Türknauf. „Du hast Elchsteaks vergessen. Und Elchhufsuppe."

Elchhufsuppe? Ich erwiderte spöttisch: „Gibt es das wirklich?"

Sie blies ihren Atem hinaus und schüttelte den Kopf, als sie die Tür aufriss. „Natürlich musst du mich das fragen."

Ich folgte ihr den abgelegenen und etwas abgeschiedenen Korridor hinunter und versuchte, mich nicht auf ihren Hintern zu konzentrieren, während sie vor mir dahinschlenderte. *Augen auf Augenhöhe, Lucas.*

Doch gerade als wir dabei waren, um die Ecke zu biegen, stoppte sie und drehte sich zu mir um. Es passierte so schnell, dass ich fast mit ihr zusammenstieß. So geschah es, dass wir nur wenige Zentimeter voneinander entfernt standen. Sie blickte mir in die Augen und schnippte dann mit dem Finger gegen einen der Knöpfe meines Hemds. „Eine letzte Regel. Es wird definitiv und unter keinen Umständen Sex geben, oder?"

Ich blinzelte. „Fragst du das oder sagst du das?"

„Nun, ich meine, wir haben ja bereits keinen Sex mit anderen Leuten, aber –" Sie zeigte zwischen sich und mir hin und her. „– als verheiratetes Paar. Da könnte man erwarten …"

Ich schüttelte den Kopf und schluckte. „Es gibt keine Erwartungen."

Ihr Gesichtsausdruck war unleserlich, als sie nickte. „Okay, ich denke, wir brauchen keine Regel."

Ich leckte über meine Lippen und zuckte mit den Achseln. „Ich denke nicht." Aber ich konnte ja noch träumen. Dadurch würde ich die Regeln nicht brechen. Aber Träumen würde es natürlich nur schwieriger machen, die Regeln *einzuhalten*, weswegen Träumen außer Frage stand.

Memo an mich – kein Träumen mehr.

Konnte ich da ein wenig Enttäuschung in ihrem Blick erkennen, als sie sich umdrehte und vor mir um die Kurve bog? Vielleicht hatte sich mich missverstanden, obwohl ich die Wahrheit gesagt hatte. Ich erwartete wirklich keinen Sex. Sie hatte mich um einen Gefallen gebeten und sie war auf mich angewiesen, um ihre Aufenthaltsgenehmigung für die Vereinigten Staaten zu bekommen. Dass ich um Sex bitten – oder schlimmer, ihn erwarten – würde, wäre eine Verpflichtung an sie. Und das wäre ekelhaft.

Doch diese Tatsache schloss nicht mein Interesse an ihr aus. Davon musste sie aber nichts wissen. Und ich war gut darin, Geheimnisse zu bewahren. Ich hatte sehr viel Übung darin.

Als ich ebenfalls um die Ecke bog, sah ich, wie Jordan den Bau gerade mit einem Teller Kuchen verließ. Er sprach mit Kat und zog sofort demonstrativ die Augenbrauen hoch, als ich in sein Blickfeld trat. *Oh Gott, jetzt geht's los.*

„Hey Lucas, ich habe deiner schönen Frau gerade zu eurer Überraschungshochzeit gratuliert." Er nahm den Kuchenteller in seine linke Hand und streckte mir die rechte hin. Ich nahm sie und schüttelte sie schnell, bevor ich sie wieder losließ. Kat dankte ihm und huschte hinein, wobei sie mir noch einen unleserlichen Blick zuwarf. Ich war mir nicht sicher, ob er noch eine Reaktion auf meine vorherige Aussage oder auf diese neue Entwicklung war.

Ich wusste, dass ich nicht wie Kat mit einem einfachen Danke davonkommen würde, doch ich versuchte es trotzdem. „Danke, Kumpel. Ich muss –"

Als ich gerade um ihn herumgehen wollte, hob er die Hand und drückte sie gegen meine Brust, um mich aufzuhalten. „Toller Schachzug. Hätte nicht gedacht, dass du so weit vorausgeplant hast. Oder hast du das alles erst nach unserem Gespräch gestern in die Wege geleitet?"

Ich runzelte die Stirn und versuchte, ihn zu lesen. Er hatte ein herausforderndes Grinsen im Gesicht und seine grünbraunen Augen tanzten. Jordan liebte es, Leute zu necken und zu verspotten und war manchmal echt nervig. Aber er war auch ein guter Freund.

Aber kein so guter Freund, dass ich ihm die Wahrheit sagen konnte.

„Was, denkst du, ich habe geheiratet, um meine Chancen auf die Beförderung zu erhöhen?" Genau davor hatte ich nämlich Angst gehabt.

Er schenkte mir ein nichts eingestehendes Achselzucken und rollte die Lippen, als wollte er fragen: *Warum sollte ich das nicht glauben?*

„Das wäre doch wirklich zu drastisch ", fuhr ich fort.

Jordan lachte. „Ehe ist laut Definition etwas Drastisches."

Ich blinzelte. „Hast du diese Ansicht bereits mit deiner Freundin besprochen?"

„April kennt alle meine Ansichten."

Ich blies meinen Atem hinaus und war bereit, ihn abzuwimmeln, bevor er noch tiefer in dieses unangenehme

Thema vordrang. „Nun, du weißt ja, was man darüber sagt, dass Ansichten wie Arschlöcher sind. Jeder hat eines, aber ich muss deines nicht kennen, weil es wahrscheinlich voller Scheiße ist."

Er nickte und steckte meine Aussage einfach weg, wie er es so oft machte. So gerne Jordan auch austeilte, so gut war er auch darin, einzustecken. Er war einer der Kerle, die jemanden dafür respektierten, wenn derjenige ihm Kontra gab, solange es angemessen und verdient war.

Jordan lehnte sich vor und senkte die Stimme. „Hör zu. Du und ich wissen, dass du für deinen aktuellen Job gewaltig überqualifiziert bist. Selbst Adam weiß das. Alles, was ihm deine Hingabe zeigt, hat meine volle Unterstützung. Selbst wenn es bedeutet, die beste Freundin der Frau des Chefs zu heiraten."

Ich biss die Zähne fest zusammen, als die Wut anfing, meine Wirbelsäule hinaufzusteigen. Jordan wich zurück und studierte meine Reaktion. „Ich weiß, du hasst Vetternwirtschaft. Aber manchmal … wenn man einen kleinen Vorteil braucht. Manchmal können solche Dinge helfen."

„Weder brauche ich, noch will ich diese Art von Hilfe. Und besonders du solltest das verdammt gut wissen."

Ein sanftes Lächeln, ein verständnisvolles Nicken. „Verstanden." Und als ich den Türknauf ergriff, um den Bau zu betreten, stoppte er mich erneut. „Tu ihr nicht weh oder ich werde gezwungen sein, dir die Beine zu brechen."

„Weiter so. Ich zittere bereits vor Angst. Genieß deinen Kuchen." Ich machte mir eine weitere mentale Notiz. Nach der Scheidung würde Kat überall verkünden müssen, dass unsere *einvernehmliche Trennung* keine Gefühle verletzt hatte.

In dieser Ehe würden keine Herzen gebrochen werden. Garantiert.

In jener Nacht trat ich mit einem Plan durch meine Eingangstür, wie ich allen in meinem Leben diese Neuigkeit vorsichtig beibringen würde. Ich würde mich beeilen müssen, doch es gab Prioritäten. Es war schon fast Abendessenszeit und ich musste dringend einen hungrigen und sabbernden Hund füttern.

Max wartete geduldig, bis ich ihm sein Fressen auftischte. Danach schob ich mir etwas zu essen in die Mikrowelle, während er seines innerhalb von drei Sekunden mit lautem Schlabbern aufgefuttert hatte. Ich stellte mir eine mentale Liste von allen zusammen, bei denen ich mich wegen dieses Durcheinanders melden musste. Meine Familie würde bald von dieser plötzlichen Eheschließung erfahren, weswegen ich mir schnell eine Geschichte zurechtlegen musste, um ihre Tiraden abzufangen.

Ich scrollte durch die erstaunten Nachrichten in meinem Handy, entschlossen, sie später zu beantworten, als eine neue aufploppte.

Michaela: Steht die Klavierstunde für Samstag noch und WTF haben du und Kat wirklich geheiratet oder ist das ein verrücktes Gerücht, mit dem mir jemand einen Streich spielen will?

Michaela war bis vor kurzem meine Mitbewohnerin gewesen. Hier könnte ich vielleicht anfangen. Ich tippte meine Antwort.

Lucas: Kein Streich. 100% ernst. Wir sind letztes Wochenende durchgebrannt.

Ich atmete tief ein, nachdem ich das geschrieben hatte. Was war schon eine weitere Lüge? Kat und ich hatten, nachdem ich ihr ihre Post gegeben hatte, ein paar Minuten damit verbracht, uns einen neuen Zeitablauf für unsere geheime Ehe einfallen zu lassen. Diese Geschichte konnte ich nun an Michaela testen.

Lucas: Muss dir für Samstag absagen, weil wir ihre Sachen herbringen. Hättest du etwas dagegen, an dem Tag auf den Hund aufzupassen? Er wird bei all dem Trubel wahrscheinlich sehr nervös werden.

Die Mikrowelle piepste und ich wartete eine Minute, bevor ich den dampfenden Teller herauszog. Salisbury Steak mal wieder. Naja, irgendwann würde ich genügend Zeit für ein richtiges Abendessen haben. Michaelas Antwort kam schneller zurück, als ich ihrer Tippgeschwindigkeit zutraute.

Michaela: Wir reden von derselben Katya, oder? Rote Haare, arbeitet mit dir in der QS? Ihr 2 hasst euch normalerweise?

Ich stöhnte. Das bedeutete nichts Gutes für den Rest der Leute, denen ich diese Neuigkeiten beibringen musste.

Lucas: Ja, genau diese Katya. Nimmst du den Hund? Ich verspreche dir dafür Extrastunden, so viele Klavierübungen, wie du willst.

Seit sie ausgezogen war, tauschten wir Hundesitten gegen Klavierstunden. Es war schön, außerhalb der Arbeit noch ein Minimum an sozialem Umgang zu haben. Michaela arbeitete nicht bei Draco, doch ihr Freund, Jeremy – mein Mitbewerber für die Stelle – tat es. Trotzdem zählte ich sie als Nicht-Arbeitsfreundin.

Michaela: Ich wusste, dass ich recht hatte … als ich sagte, dass ihr endlich in die Kiste hüpfen und es hinter euch bringen müsst. Was für eine Überraschung! Oh, oh. Ich bin immer noch schockiert! Aber alles Gute zur Vermählung. Und ja, ich freue mich darauf, während des Umzugs auf Max aufzupassen.

Nun, schockierte Freude war wohl das Beste, was ich von meinen Freunden erwarten konnte.

Meine Familie hingegen …

Mit einem entschlossenen Seufzen öffnete ich meine Kontaktapp und tippte auf den Namen meiner Mutter. Mir wurde flau im Magen, als ich das Handy an mein Ohr legte, lauschte und hoffte, dass der Anruf an die Voicemail gehen würde.

Max hob sein vollgesabbertes Maul vom Wassernapf und ließ sich neben meinen Stuhl fallen. Wie üblich lag er mit seiner verblüffenden Fähigkeit, meine Stimmungslage zu spüren, richtig. Er bot mir immer Trost an, wenn er dachte, ich brauchte ihn.

Wider meine Hoffnung erklang nach dem zweiten Klingeln die Stimme meiner Mutter. „Lucas. Endlich, ich warte seit Tagen, dass du zurückrufst."

Ich räusperte mich und richtete mich auf, auch wenn sie mich nicht sehen konnte. Dann wappnete ich mich. „Mutter, ich hoffe, du sitzt gerade. Ich, ähm, ich habe große Neuigkeiten ..."

Dann schluckte ich den Kloß, der sich plötzlich in meiner Kehle gebildet hatte und kam mit allem heraus ... besser gesagt mit unserer eigenen fabrizierten Wahrheit über die Beziehung, die Hochzeit, alles.

KAPITEL

VIER

KATYA

U M ETWA ACHT UHR AM ABEND KAM ICH ENDLICH VON der Arbeit nach Hause. Mein Handy war immer noch ausgeschaltet. Ich fuhr auf den dunklen Parkplatz vor der Eigentumswohnung in Orange, die ich mir mit Heath teilte. Während ich meine Sachen zusammensuchte, rasten meine Gedanken wegen all der verrückten Geschehnisse des Tages, die ich immer noch nicht wirklich begreifen konnte.

Fast abwesend studierte ich den einzelnen Brief, den Lucas mir eine Stunde zuvor aus seinem Auto geholt hatte. Wie vermutet, wies die Absenderadresse auf dem Umschlag das Logo einer bekannten Anwaltskanzlei in Vancouver auf. Ohne den Wunsch den Inhalt zu kennen, stopfte ich den Brief in meine Tasche und schwor mir, ihn ungelesen und so schnell wie möglich an einen Dokumentenschredder zu verfüttern.

Aber ich brauchte einen Augenblick, um wieder zu Atem zu kommen, als ich mich in den abgetragenen Sitz des alten 90er Honda Civics fallen ließ, den ich von Mia geerbt hatte. Die Schultern streckend entschied ich, dass ich mich wohl am besten ablenken könnte, wenn ich mich mit den Nachrichten auf meinem Handy auseinandersetzte, bevor ich mich meinem – vermutlich sehr wütenden – Mitbewohner stellte.

Den Atem anhaltend schaltete ich mein Handy ein und fing an, durch die furchteinflößende Menge an Nachrichten in meiner Messaging-App zu scrollen.

So viele Nachrichten. Einige von Leuten, die ich kaum kannte. Einige sogar von Nummern, die nicht in meinen Kontakten waren und *Glückwunsch!* und *Wie wundervoll!* enthielten.

Aber die meiner engsten Freunde hob ich mir für den Schluss auf.

Mia hatte mir nur die Infos für den Umzug zu Lucas am Samstag geschickt und wann sie und Adam vorbeikommen und ein paar Schachteln holen würden. Aber der Rest … war ein Chaos. Die meisten enthielten die Buchstaben WTF, jede Menge Fragezeichen und noch mehr Ausrufezeichen.

Anstatt mich zu wiederholen und eine Kopie derselben Nachricht an alle zu schicken, erstellte ich eine Gruppe mit April, Jenna, Alex und ja, sogar Mia und Heath.

Katya: Hey ihr, danke für die lieben Glückwünsche. Jap, Lucas und ich haben uns vermählt. Ich weiß, dass es schwer zu glauben ist, aber – stürmische Romanze und so. Und vielleicht der Fluch von Mias Hochzeitsstrauß, der sich in meinen Haaren verfangen hatte.

Mia: Heyyyy nicht fair. Ich habe das nicht absichtlich gemacht.

Alex: Ich kann nicht glauben, dass du das gemacht hast. Du hast Jedi-Junge geheiratet. Bedeutet das, du bekommst dein eigenes Lichtschwert? Hat er irgendwelche Jedi-Gedanken-Tricks bei dir angewandt?

Jenna: Klingt mehr nach einem Jedi-Sex-Trick.

April: Verdammt, Mia. Ich habe dir ein paar Hundert Dollar zugeschoben, damit du mir das Ding zuwirfst, um den erschrockenen Ausdruck in Jordans Gesicht genießen zu können, wenn ich ihn gefangen hätte.

Mia: Du genießt es viel zu sehr, diesen Mann zu quälen. Und ich finde das absolut super.

Jenna: Kat, du hättest uns wenigstens vorwarnen können. Dann hätten wir einen Junggesellinnenabschied organisiert und einen heißen Stripper engagiert.

Heath: Hat jemand gerade heißer Stripper gesagt?

Alex: Ich kann es kaum erwarten, deinen Ring zu sehen!!! Foto … sofort!

Mia: Heath, hast du von dieser geheimen Romanze gewusst und mir die ganze Zeit nichts gesagt?

Heath: Dieser Tresor beherbergt viele Geheimnisse, Püppchen. Willst du wirklich, dass ich diese Tür öffne?

Mia: Hmm. Vielleicht lieber nicht.

Alex: Nicht wirklich. Ich will ein Foto deines Rings. JETZT.

Kat: Noch nicht möglich. Sie sind erst bestellt. Aber du bekommst eines, sobald sie da sind. Ich bin erschöpft, Ladys und Gentlemen. Ich hau mich hin.

April: Was? Es ist noch so früh.

Jenna: Das kommt sicher noch von dem vielen Sex in der Hochzeitsnacht.

Mit einem Seufzen steckte ich mein Handy in meine Tasche und hoffte, ich hatte für heute Abend wenigstens dieses Desaster abgewandt. Denn es würde sicher noch mehr kommen.

Wie etwa meinem Mitbewohner entgegenzutreten. Er war sicherlich genauso wenig erfreut wie Lucas, dass das Geheimnis nun raus war.

Leise öffnete ich die Vordertür unserer Wohnung und schloss sie vorsichtig hinter mir, während ich mich auf Zehenspitzen fortbewegte, als würde das irgendwie helfen. Wenn ich es nur unbemerkt bis in mein Zimmer schaffen würde, könnte ich die Tür verrammeln und hätte wenigstens etwas physischen Schutz. Doch da ich vom Pech verfolgt wurde, saß Heath auf der Couch und sah sich eine Survival-Reality-Show auf dem History Channel an. Da er mit dem Rücken zu mir saß, schaffte ich es immerhin bis zu meiner Schlafzimmertür, bevor seine tiefe Baritonstimme durch seine zusammengebissenen Zähne erklang.

„Dafür schuldest du mir etwas, Kat."

Nun, er hatte recht, das tat ich. Und noch mehr.

***

„Hab ich die gekauft oder du?" Ein paar Tage später stand Heath in der Küche und hielt in jeder Hand ein Trinkglas mit blauen und orangen Wellenlinien am Rand hoch. Ich stand ihm mit Paketband gegenüber, bereit, eine der Schachteln zu verschließen, die ich gerade eingepackt hatte.

„Ich habe sie gekauft, aber du kannst sie behalten. Ich hole mir ein neues Paar, wenn ich meine eigene Wohnung kaufe."

Ohne ein Wort zu sagen, stellte mein muskulöser, einmeterfünfundneunzig großer Mitbewohner die Gläser in den Schrank neben der Spüle.

„Oooh, wenn du schon da bist, ich könnte deine Größe brauchen, um mir das Zeug vom obersten Regal zu geben."

Er öffnete den nächsten Schrank und blickte nach oben. „Da oben? Wie zum Teufel hast du das da überhaupt hinbekommen?"

Ich zuckte mit den Schultern. „Mit deiner Hilfe. Der kleine Mixer und der Entsafter gehören mir."

„Soviel zu meinem Plan, eine Entschlackungsdiät zu machen." Er holte die selten genutzten Küchengeräte herunter und wickelte die Kabel akribisch herum, um sie zum Einpacken vorzubereiten.

„Als würdest du eine Ausrede brauchen", antwortete ich, ohne zu erwähnen, dass ich sie gekauft und dann nur dreimal für genau diesen Zweck benutzt hatte. Dann dankte ich ihm und packte die Geräte in den nächsten leeren Karton.

Heath kniff die Augen zusammen, während er mich beobachtete. „Ähm … wie viel von deinem Zeug bringst du eigentlich rüber?"

Ich warf ihm einen flüchtigen Blick zu, bevor ich mir einen Marker schnappte, um den Inhalt auf die Box zu schreiben, die ich gerade versiegelt hatte. „Alles."

Er runzelte die Stirn. „Aber ihr habt bald die Anhörung und wenn alles gut geht, sollte es nur noch ein paar Monate dauern, bis du deine Greencard bekommst. Musst du dir das wirklich alles antun? Warum packst du nicht nur ein paar Klamotten und Kosmetika?"

Ich biss mir auf die Lippe, während ich die Kappe auf den Stift steckte, was ein befriedigendes Klicken ertönen ließ. „Abgesehen, dass es für meine Umzugshelfer verdächtig aussehen würde, wenn ich nur ein Paar Kartons mitnehme, meinst du? Es kann nicht einfach nur so aussehen, als wäre ich ein Gast oder nur eine flüchtige Affäre."

„Ja, aber ... wer überprüft das schon?"

„Naja, Mia bestand darauf, mir beim Umzug zu helfen. Und Adam ist auch dabei und ... naja, du verstehst ja, dass es dann echt aussehen muss." Ich zögerte und ging dann hinüber, um den Rest des Schranks zu untersuchen. In der Zwischenzeit ließ Heath sich am Küchentisch nieder und fuhr mit den Fingern durch seine langen dunkelblonden Haare.

„Bist du so deprimiert, dass ich gehe?", fragte ich. „Ich hätte gedacht, dass du Freudensprünge machst, wenn du die Wohnung wieder in deine lüsterne Liebesbude verwandeln kannst."

Heath warf mir einen beißenden Blick zu, ganz und gar nicht amüsiert über meinen Witz. In letzter Zeit war er eher ein Einsiedler gewesen, der fast gar keine Dates hatte. Die Woche zuvor hatte ich ihn überredet, einfach zum Spaß ein Profil in einer neuen Dating-App anzulegen. Bis jetzt war das aber noch erfolglos geblieben. Aber es war ja erst ein paar Tage her, wie ich ihn täglich erinnerte.

Zumindest hing er in letzter Zeit wieder mit seinen Freunden ab und war nicht mehr so mürrisch wie im letzten Jahr, als er sich von seiner schlimmen Trennung erholte.

Heath warf einen einschätzenden Blick auf die kleine Ansammlung Kartons. „Weißt du, dafür, dass du, wie lange, anderthalb Jahre hier gewohnt hast, hast du wirklich nicht viel Zeug."

Ich lächelte. „Ich kam nur mit einem Koffer voller Klamotten aus Kanada und war seitdem nicht mehr dort. Zuhause habe ich noch jede Menge Scheiß, aber den vermisse ich nicht."

Heath neigte seinen Kopf zu mir. „Du hast noch nie über zuhause geredet. Vermisst du es denn gar nicht?"

Ich zögerte und stellte eine Tasse mit dem Logo einer beliebten Bug-Logging-Software ab. Sie war eine kostenlose Beute der letzten Schulung, die ich besucht hatte. Ich dachte über Heaths Frage nach. *Zuhause.* Es war schon sehr lange her, dass ich über den Ort, den ich als mein Zuhause hinter mir gelassen hatte, nachgedacht hatte. Sicher, ich war dort aufgewachsen und das Haus meiner Eltern war dort, doch …

Sicher, ich vermisste Kanada. British Columbia und Kalifornien waren sich kulturell so ähnlich, dass die Unterschiede nur winzig waren – dort benutzte man das metrische, während man hier das veraltete System benutzte. Hier liebte man Baseball und Basketball, während man dort am Altar des Stanley Cup alles, was mit Hockey zu tun hatte, verehrte. Dort regnete es viel öfter, aber dafür gab es schöne grüne Weiten und beeindruckende Berge. Und sowohl hier als auch dort war der Verkehr die Hölle.

Aber es gab so viele Dinge, die ich an zuhause nicht vermisste. Und alles was nötig war, mich daran zu erinnern, waren gelegentliche Anwaltsbriefe, die überraschend bei meiner neuen Adresse ankamen.

„Eines ist sicher", seufzte ich, über die Frage nachdenkend. „Ich werde erleichtert sein, wenn ich endlich meine Greencard habe und das Risiko, Draco oder dir und deinen Freunden Ärger zu machen, aus dem Weg geschafft ist. Das war ein gewaltiger Gefallen, für den ich dir übrigens immer noch etwas schulde. Mir die Papiere zu besorgen, damit ich den Job bekommen konnte."

Heath grinste. „Ich habe einflussarme, aber begabte Freunde."

Ich lächelte. „Ja, das hast du. Aber alles wird viel einfacher, sobald ich legal hier bin."

„Dafür solltest du Lucas danken, nicht mir." Heath zuckte mit den Achseln und studierte mich mit neugierigen Augen, die sagten, dass ich seiner Frage nicht ausweichen konnte.

„Ja, naja, darüber mache ich mir später Gedanken."

Seine blonde Augenbraue wanderte nach oben, als er über meine bereits gepackten Kartons blickte. „Bist du dir mit alldem sicher?"

Ich zog die Augenbrauen hoch. „Was, bei ihm einziehen? Den schwierigen Teil mit Heiraten haben wir schon hinter uns –"

Er lachte. „Heiraten ist *nicht* der schwierige Teil. Der schwierige Teil ist, zusammen zu leben – ohne ein Verbrechen zu begehen. Das ist ein ganz anderes Spiel. Und ihr beide werdet es besonders schwer haben, da ihr euch vierundzwanzig Stunden am Tag sieben Tage die Woche seht. Zuhause und in der Arbeit. Ich will nur keinen Fahndungsaufruf im Fernsehen sehen, bei dem du tot und er auf der Flucht ist."

Ich zog eine Augenbraue hoch. „Was lässt dich denken, dass es nicht andersrum ist?"

Heath erwiderte mit einem verrückten Grinsen: „Ja, sobald ich es ausgesprochen habe, wurde mir klar, dass andersrum das wahrscheinlichere Szenario wäre."

Ich zwinkerte. „Du kennst mich zu gut."

„Wie willst du es schaffen, ihn nicht umzubringen? Ihr beide kommt nicht allzu gut miteinander aus."

„Wir kommen in der Arbeit gut genug miteinander aus, um ziemlich viel zu schaffen. Unsere Abteilung war noch nie so effizient." Dann erhob ich mich aus meinem Stuhl und machte mich auf den Weg ins Wohnzimmer. „Außerdem, wenn er zu mürrisch wird, kann ich ihm immer noch den Kiefer brechen, sodass er geschient werden muss und nicht reden kann. Dann passt alles wieder."

Heath blickte mich mit gerunzelter Stirn durch die schwingende Tür zum Wohnzimmer an. Hier hatte ich nur ein paar Weihnachtskugeln und etwas Schnickschnack, nicht einmal genug für einen ganzen Karton. Heath hatte seine Bude, typisch für einen Junggesellen mit etwas Geld, mit jeder technologischen Neuheit und Gaming-Konsole gefüllt, die die Menschheit kannte. Meine wenigen Souvenirs und Glassachen wirkten hier drinnen sowieso etwas verloren. Ich schnappte mir etwas Luftpolsterfolie, um Brüchen vorzubeugen, und fing an alles ausgiebig einzuwickeln.

„Solange keiner von euch der USS nachgibt, ist alles okay."

Ich zögerte stirnrunzelnd. „USS? Was soll das heißen?"

„Unerfüllte sexuelle Spannung", sagte er sachlich, während er mir den Paketbandabroller, den ich in der Küche vergessen – woran er aber gedacht – hatte, reichte.

Ich zögerte und richtete das Ding wie eine Waffe auf ihn. „Und was zum Teufel soll das bedeuten?"

Heath verdrehte die Augen. „Es bedeutet genau das, was du denkst. Und wenn du es nicht zugibst, muss ich sagen, dass du es nur verleugnest."

Ich bewegte das Ding ruckartig zurück, so als würde ich eine Pistole abfeuern, und beugte mich dann hinab, um die Schachtel zu verschließen. „Ich lehne diese ständige wiederholte und sehr nervige Hypothese über das alles entschlossen ab. Lucas ist ein Arbeitsfreund – und manchmal Rivale –, der das macht, um mir und sich zu helfen."

„Aha", sagte er, die Skepsis deutlich ins Gesicht geschrieben.

Ich inspizierte das Verpackungsmaterial genau. „Hmm. Ich frage mich, ob man damit Menschen luftdicht verpacken kann. Willst du der erste sein, der es ausprobiert? Oder soll ich dir nur ein paar Knochen brechen, um meinen Standpunkt klarzumachen."

Er grinste verschmitzt. „Spar dir das für deinen Gatten. Du wirst viel brauchen. Oder vielleicht hebst du es für dich selbst auf. Wenn deine Lippen versiegelt sind, erliegst du vielleicht nicht der Versuchung, ihn zu küssen."

Ich verkrampfte und erinnerte mich an den heißen Kuss zwischen uns, der mich so überwältigt hatte. Es war so plötzlich passiert, als er mich in seine Arme gezogen hatte, um unseren zweifelnden Kollegen einen *Beweis* zu liefern, dass wir jetzt ein Paar waren. So ruhig und gesammelt er jedoch ausgesehen hatte, als er sich von mir gelöst hatte, hatte ihn der Kuss nicht auf dieselbe Weise berührt wie mich.

Oder vielleicht doch?

Lucas war immer gut darin gewesen, seine Emotionen zu verbergen. Zu verbergen, was er dachte. Es war fast unmöglich zu sagen, was unter dieser ruhigen Oberfläche vor sich ging.

Heath plapperte immer noch und riss mich aus meinen Gedanken. „Komm schon Kat, hast du dich nicht gefragt, warum es sein Name war, der dir bei der Einwanderungsbehörde herausgeplatzt ist? Ich meine, das war wirklich beeindruckend schnelles Denken, sicher. Aber da muss es doch einen unterbewussten Grund gegeben haben, dass Lucas der Name war, den du als deinen zukünftigen Verlobten genannt hast."

Ich beäugte ihn und zuckte überzogen mit den Schultern. Das zeigte vermutlich, dass mir diese Frage alles andere als egal war. Ich hatte mich das Ganze auch schon mehr als ein Dutzend Mal gefragt, seit es passiert war.

In die Ecke gedrängt und einer Abschiebung in die Augen sehend, hatte ich die Lüge so schnell, so perfekt und offensichtlich so überzeugend vorgebracht, dass sie mir den Arsch gerettet hatte. Aber warum Lucas?

Irgendwo in mir gab es eine Antwort darauf, aber ich war nicht bereit, so tief zu graben, dass ich sie finden würde. Noch nicht.

Anstatt mich Heaths Spekulationen hinzugeben, wandte ich mich wieder meinen spielerischen Drohungen zu, um ihn zum Schweigen zu bringen. „Wenn keinen gebrochenen Knochen, dann kann ich immer noch deinen Hintern mit Sekundenkleber am Toilettensitz festkleben."

Dieses Mal schien er den Hinweis zu verstehen. „Du würdest das sogar machen. Du bist böse."

„*Chaotisch* böse, ja. Also pass auf."

Heath nahm einen tiefen Atemzug und blickte weg.

„Was?" Ich warf ihm einen flüchtigen gesenkten Blick zu. „Überlegst du dir jetzt, wie du am besten im Stehen kackst?"

„Nein. Ich träume nur davon, wie ruhig die Wohnung ohne dich sein wird."

Mein Mund wölbte sich zu einem traurigen Lächeln. Armer Heath. In letzter Zeit war er einsam gewesen. „Komm schon,

Alter. Denk an all die heißen Jungs, die du jetzt mit nach Hause bringen kannst, ohne dir wegen deiner nervigen Mitbewohnerin Gedanken machen zu müssen."

Seine Lippen wurden schmal. „Ja. Naja, vielleicht habe ich selbst auch etwas USS angesammelt."

Ich wackelte mit den Augenbrauen. „Ich empfehle ein Sexspielzeug oder zwei. Das hilft sehr."

Wir schwiegen beide, als ich diesen letzten Karton mit *Schnickschnack* beschriftete.

Schließlich richtete ich mich auf und räusperte mich. „Was ist eigentlich deine ehrliche Meinung dazu?"

Er sah mich mit einer hochgezogenen dunkelblonden Augenbraue an, wobei er seinen Kopf auf dem Arm abstützte, der auf der Couchlehne lag. „Zu Sexspielzeug?"

„Zu Sex."

Er lachte. „Ich habe eine sehr positive Meinung zu Sex, ja."

Ich verlagerte mein Gewicht von einem Bein aufs andere und versuchte, die Frage vorsichtiger anzugehen, was mir aber zu meiner Frustration misslang.

„Ohhh. Du meinst … Sex zwischen dir und einem Ehemann? Wie in *die Ehe vollziehen?*"

Ich wich seinem Blick aus und wischte mit einem Lappen etwas Staub vom Tisch, wobei ich mit den Achseln zuckte, um die Frage besonders zwanglos wirken zu lassen. „Ich meine, wäre das schlecht?"

„Ich weiß nicht. Lucas ist ein wirklich gut aussehender Kerl und du fühlst dich zu ihm hingezogen. Es wäre nicht notwendigerweise schlecht … zumindest in Bezug auf heißen Sex."

Ich wandte ihm den Rücken zu und staubte weiter ab, bevor ich fortfuhr. „Das war nicht, was ich meinte. Ich meine ... wäre es etwas Schlechtes, wenn es passiert?"

Heath dachte nach und ich warf ihm über die Schulter einen Blick zu. Er schien über die Frage nachzudenken, bevor er sie mit einem Achselzucken abtat. „Wie zum Teufel soll ich das wissen? Ich meine ... solange keiner von euch Gefühle entwickelt. Und ihr beide euch darauf einigt, dass die Beziehung ein Ablaufdatum hat. Aber ihr arbeitet zusammen, also könnte das das Ganze übel für euch machen, wenn es schlimm endet."

Ich grübelte einen Augenblick lang darüber nach und widerstand dem Drang, laut zu seufzen. Es war ja nicht so, als würde ich planen, etwas mit Lucas anzufangen. Ja, ich hatte schon mehr als einmal darüber nachgedacht. Mich vielleicht sogar gefragt, wie es sich anfühlen würde, wenn sich unsere Haut berühren und ich ihn auf mir spüren würde. Vielleicht wurde ich sogar erregt, wenn ich mir das vorstellte. Aber das bedeutete nichts. Das war nur eine biologische Reaktion.

Ich war schon fast ein Jahr lang nicht mehr flachgelegt worden und diese Dürreperiode wurde langsam langweilig. Aber dieses Mädchen hatte Willensstärke und würde das durchstehen.

Und sobald ich wieder Single war, würde es heißen: *Lasst die Spiele beginnen.*

Das Packen hatte einen halben Tag gedauert. Der Umzug selbst dauerte vielleicht eine Stunde. Am Samstagnachmittag tauchte Adams Assistent Nate mit einem LKW auf, der mehr als zweimal so groß war wie benötigt. Etwa eine halbe Stunde später standen Adam und Mia an meiner Türschwelle. Innerhalb von fünfzehn Minuten verluden Heath, Adam und Nate meine Matratze und meine Schlafzimmermöbel. Ich hatte das von meinem ersten Gehalt von Draco gekauft, nachdem ich einen Monat lang auf Heaths Couch geschlafen hatte. Danach kamen meine paar mickrigen Kartons mit Büchern, Andenken und Geräten. Noch ein paar Koffer mit meinen Klamotten und das war's.

Beim Wegfahren klapperte es im LKW, der kaum halb voll war. Wir hätten das locker mit einem Pickup-Truck erledigen können. Die Fahrt zu Lucas' Haus in Irvine dauerte nur etwa zwanzig Minuten. Im Handumdrehen waren meine weltlichen Besitztümer entladen und in einem der leeren Schlafzimmer – welches ich als Ausrede schnell als *Zwischenlager* bezeichnete – verstaut. Niemand musste wissen, dass ich im Gästezimmer schlafen würde. Ich würde Lucas um Erlaubnis fragen, mich in diesem Zimmer für meinen Twitch Livestreaming-Channel einrichten zu dürfen.

„Ja, ladet es erst einmal hier ab und ich verräume es dann, wenn ich auspacke."

Lucas kam etwa fünf Minuten, nachdem wir angefangen hatten, und schien nicht wirklich überrascht zu sein. Auch wenn er etwas verblüfft war, Adam persönlich anpacken zu sehen. Sie stießen fast zusammen, bevor Lucas schweigend seinen Rucksack abstellte und selbst anfing zu helfen.

„Schatz!", sagte ich so authentisch, wie es mir mit meiner mickrigen schauspielerischen Veranlagung möglich war. Ich lehnte mich vor, um ihm einen Kuss zu geben, doch selbst das vermasselten wir. Er zielte auf meinen Mund, während ich auf eine seiner kratzigen Wangen zielte, was unsere Nasen zusammenstoßen ließ.

Adam und Mia fingen beide an zu lachen. „Das mit dem *Schatz, ich bin zuhause* müsst ihr nochmal üben", sagte Mia.

Nach dem Umzug gingen wir noch in ein Restaurant in der Nähe – in diesem Viertel von Irvine gab es keine Kneipen –, um uns noch ein paar Drinks zu gönnen.

„Danke, dass ihr Kat beim Umzug geholfen habt. Die Drinks gehen auf mich", bot Lucas großzügig an.

Ich griff nach seiner Hand und drückte sie fest, sodass die anderen beiden die liebevolle Geste gut sehen konnten. Es fühlte sich – seltsam an. Nicht nur weil wir es vorspielten, sondern auch weil es sich anfühlte, als würde ich zwei meiner engsten Freunde belügen. Was ich ja eigentlich schon einige Zeit lang machte. Aber diese Lüge fühlte sich realer an.

Aber da *war* etwas … die Art, wie es sich anfühlte, als ich meine Hand auf seine, die auf seinem Oberschenkel ruhte, legte. Meine Hand legte sich um seine – der Authentizität wegen natürlich – und einen Sekundenbruchteil spürte ich, dass er reagierte. Der Oberschenkelmuskel unter seiner Jeans verhärtete sich, sein Daumen hakte sich um meine Hand und sehr schnell, fast automatisch streichelte er damit meinen Finger.

Ja, diese einfache Berührung ließ mich meinen ganze Arm hinauf ein Kribbeln verspüren. Aber da sprach nur der Liebesentzug. Ein langer einsamer Marsch durch die Wüste, bis ich meine Scheidungspapiere bekommen würde. Dann würde ich endlich ausgehen und mir ein Abenteuer suchen können, um meinem Verlangen Linderung zu verschaffen. Meinem Verlangen gefiel es nämlich nicht, im Zaum gehalten zu werden. Und es mochte diese einfache Berührung durch den Mann, der nur auf dem Papier mein Ehemann war, sehr.

„Also, warum habt ihr eure Ringe nicht getragen?", scherzte Mia. „Hattet ihr vor, die Ehe ewig geheim zu halten oder so?"

Lucas verkrampfte neben mir, als er seinen Whiskey on the Rocks schwenkte. „Ich habe die Ringe in unserem Haus. Das ist alles so schnell geschehen, dass wir noch nicht entschieden haben, was wir tun sollen."

Mia runzelte die Stirn und blickte auf meinen Drink, dann auf meine Taille und dann wieder in meine Augen. Heilige Scheiße … sie dachte doch nicht, dass ich schwanger war oder so? Um diese Annahme sofort im Keim zu ersticken, hob ich mein Glas Bier an meine Lippen und nahm einen großen Schluck. Dann leckte ich mir mit einem genüsslichen Seufzen den Schaum von der Oberlippe.

„Lecker", sagte ich, wobei ich mir den Rülpser, der in mir aufstieg und in die Freiheit wollte, nur schwer verkneifen konnte. Gott sei Dank gab es hier kanadisches Bier vom Fass und ich musste nicht diese Eselspisse trinken, die in diesem Land als Bier durchging. Da hätte ich ja noch lieber Wein.

Mia nippte an ihrem Cosmo, stellte ihn dann beiseite und beugte sich über den Tisch zu mir, wobei ihre langen braunen Haare ihr Gesicht umrahmten. „Also, behältst du deinen Namen, oder wirst du bald Mrs. Walker sein?"

„Eigentlich ist es nicht Walker, sondern –"

Lucas' Hand schnellte hoch und drückte die meine fest. „Nein, eigentlich wollte sie ihren Namen behalten, nicht wahr, Süße?"

Ich blinzelte. Er war wirklich empfindlich wegen seines Namens – dieses anderen Namens. Als wäre er ein Geheimnis. Scheiße, dieser holländische Name war einen Kilometer lang und praktisch unaussprechbar, also konnte ich verstehen, dass er lieber Walker nutzte. Das war viel einfacher. Aber wenn es nur der Einfachheit wegen war, warum vermied er es dann, zu erwähnen, dass er einen anderen Familiennamen hatte?

Ich zuckte mit den Schultern. Adam war sein Boss. Aller Wahrscheinlichkeit nach kannte er Lucas richtigen Familiennamen. Adam erhob sein kühles Glas Bier. „Na dann, wie wäre es mit einem Toast auf das frisch vermählte Paar?"

Mia kicherte. „Welches? Wir sind auch frisch verheiratet."

„Wir sind eigentlich schon fast acht Monate, vier Tage und ..." er machte eine Pause. „Sechzehn Stunden verheiratet."

Sie zog eine Augenbraue hoch und drehte sich zu mir. „Siehst du was passiert, wenn man ein Wunderkind heiratet? Er vergisst nie ein Datum. Ich muss ihn nicht an meinen Geburtstag oder unseren Hochzeitstag erinnern."

Ich lachte. „Aber muss *er dich* erinnern?"

Mia lehnte sich zurück und riss die Augen in gespielter Empörung weit auf, während Adam in sein Glas lachte. „Sie tut nur so unschuldig, aber du hast den Nagel auf den Kopf getroffen. Sie ist diejenige, die um Mitternacht in der Nacht davor noch davonstürmt, um mir etwas zu kaufen."

Mia hob die Hand mit der Handfläche auf Adam zeigend, als würde sie ihn abhalten wollen, mit ihr zu reden.

Er warf ihr einen Blick von der Seite zu. „Muss ich jetzt in der Hundehütte schlafen?"

„Das wäre eine bessere Drohung, wenn ihr wirklich einen Hund hättet", schnaubte ich.

Lucas blickte zwischen unseren Freunden hin und her und lachte. „Bei uns zuhause ist das nicht nur so dahergeredet."

Bei uns zuhause. Ich beobachtete Lucas, als er sich weiter mit meinen Freunden unterhielt und endlich auftaute. Und ich staunte, wie einfach ihm dieser Satz über die Lippen gekommen war, als ob er das Haus schon als unseres ansah.

Ich blinzelte. Das waren sicher die verrücktesten paar Monate meines bisherigen Lebens, das war sicher.

„Daran muss man sich erst noch gewöhnen", murmelte Lucas, als sie uns zuhause absetzten. Wir standen an der Vordertür und winkten ihnen zum Abschied, wobei Lucas' Arm um meine Schultern und meiner um seine feste, harte Taille lag. Das perfekte Bild zweier spontan frisch Verheirateten.

Lucas' Haus war wunderschön, über achtzig Jahre alt und hatte einst als Farmhouse für die umliegende Gegend, die früher der Irvine Ranch Company gehört hatte, gedient. Daher waren die übrigen Häuser um uns herum modernere Klon-Häuser. Aber dieses Haus hatte eine breite lange Veranda auf dicken Säulen und viel Charme.

Drinnen gab es viele Einbaumöbel, schöne Bordüren und Zierleisten und Deckleisten aus Echtputz an den Wänden. Es gab sogar handgefertigte Armaturen, wunderschöne Tiffany-Lampen und exquisiten Parkettboden. So ein Haus war in Kalifornien nur schwer zu finden. Ich hätte gerne so viel Geld, um irgendwann selbst so ein Haus mein Eigen nennen zu dürfen.

Aber als Anfang würde ich mich mit der Eigentumswohnung, in die ich mich verliebt hatte, als meinen ersten Kauf zufrieden geben. Einen Ort ganz für mich allein, auf den ich als gesetzlich anerkannter Bürger dieses Landes stolz sein konnte.

Ich warf Lucas, der gerade die Vordertür aufgedrückt hatte, einen Blick von der Seite zu. Einen peinlichen Augenblick lag schienen wir beide erstarrt zu sein und nicht zu wissen, was wir sagen sollten. Das war unser erstes Mal als Mann und Frau in seinem Haus. Aus irgendeinem bizarren Grund pochte mein

Herz wie das einer Jungfrau in der Hochzeitsnacht. Was sich in meinem Kopf lächerlich anhörte, da ich keine Jungfrau war.

Lucas atmete tief ein und betrat das Haus, ohne auf mich zu warten. Es gab kein Über-die-Türschwelle-Tragen. Nicht dass mir dieser Scheiß etwas bedeutete. Jetzt, wo wir alleine waren, mussten wir niemandem mehr etwas vormachen, außer den Milben und Staubmäusen. Oh, und ein paar Minuten lang müssten wir noch für Michaela auf frisch verheiratet machen, sobald sie Max von seinem Tag in ihrem Haus zurückbrachte.

Trotz der Schauspielerei musste ich mich daran erinnern, wie lächerlich es war, Lucas als meinen *Ehemann* zu sehen. Okay, abgesehen davon, dass wir uns laut das Eheversprechen gegeben hatten. Abgesehen davon, dass wir ein Dokument für die Regierung unterschrieben hatten. Abgesehen davon, dass bis auf Heath alle, die wir kannten, dachten, dass wir wirklich verheiratet waren – oder es bald denken würden, sobald sie es herausfanden. Abgesehen davon, dass wir zusammen in diesem Haus wohnen und gemeinsam zur Arbeit fahren würden.

Abgesehen von alledem waren wir *eigentlich* nicht verheiratet. Oder?

Ich rieb mir die Stirn, als ich Lucas ins Haus folgte. All das Nachdenken und Grübeln bereitete mir Kopfschmerzen.

Lucas machte sich direkt zu seinem Zimmer auf. Als ich im Wohnzimmer zögerte, rief er mir vom Gang aus zu. „Komm bitte kurz her."

Hä ... Ich folgte ihm langsam. Als ich sein Zimmer betrat – das übrigens tadellos sauber war –, holte er eine Kiste aus seinem Schrank. Eine schöne polierte Holzkiste, die mit verschiedenfarbigen Holzeinlagen und Perlmutt verziert war.

Und obwohl sie in seinem Wandschrank gewesen war, war sie nicht einmal verstaubt.

Dieser Kerl gab dem Wort putzwütig eine ganz neue Bedeutung. Oder seine Haushälterin war sehr penibel. Oder beides.

Lucas stellte die Kiste vorsichtig auf dem Nachtkästchen ab. Ich blickte mich im Zimmer um. Ich war schon mehrere Male kurz in diesem Haus gewesen, entweder weil ich etwas von ihm geholt oder ihm etwas gebracht hatte. Einmal hatte er für die ganze Qualitätssicherung eine Grillparty abgehalten. Aber in diesem Raum war ich noch nie gewesen. Die dunklen Holzmöbel, die scheinbar aus dem frühen zwanzigsten Jahrhundert stammten, passten perfekt in dieses Haus. Entweder waren die Möbel antik oder gute Kopien. Wer auch immer ihm bei der Einrichtung geholfen hatte, hatte wirklich gute Arbeit vollbracht. Makellose Parkettböden waren mit hübschen orientalischen Teppichen bedeckt. Dieses Haus wirkte so gemütlich ... so heimelig.

Zwei der Schlafzimmer waren völlig leerstehend. Aber dieses hatte handgearbeitete Möbel und ein großes Himmelbett aus Kirschholz, das mit königsblauer und weißer Bettwäsche gedeckt war. Der Großbildfernseher, der an der gegenüberliegenden Wand neben einem offenen Kamin aus Naturstein befestigt war, wirkte völlig deplatziert.

Durch die Tür sah ich einen schönen Waschtisch, auf dessen Marmorplatte Schalen aus Naturstein als Waschbecken saßen. Über sie wölbten sich Gänsehalsarmaturen aus Messing. Außerdem erhaschte ich einen Blick auf das Ende einer eleganten freistehenden Badewanne auf Bronzefüßen. Wow. Ich hatte dieses Haus schon immer als wunderschön empfunden, doch hatte nie wirklich die Chance gehabt, all seine Details zu würdigen.

Lucas oder die Leute, die hier zuvor gewohnt hatten, hatten viel Arbeit und Planung in die Restauration dieses schönen Heims gesteckt.

Lucas schenkte meiner Besichtigung keine Aufmerksamkeit, als er sich beharrlich durch die Holzkiste arbeitete.

„Hier", murmelte er schließlich, als er eine mit rotem Samt überzogene Schmuckschachtel herausholte, die gebraucht und alt aussah. Er öffnete sie und betrachtete den Inhalt, bevor er sich mit erhobenen Augenbrauen zu mir drehte und mich ansah. Er zuckte mit dem Kopf, um mir ein Zeichen zu geben, zu ihm zu kommen.

„Ich hoffe, man muss ihn nicht ändern", fügte er hinzu, als er hineingriff, einen Ring herauszog und ihn mir reichte. Ohne ihn zu berühren, betrachtete ich ihn. Er war bezaubernd. Einfach wunderschön ... nicht wie anderer Schmuck, der in diesem Land hergestellt worden war. Er war offensichtlich genauso antik wie das Haus und die Möbel um uns herum. Das Schmuckstück war offensichtlich ein alter Verlobungsring, in dessen Fassung ein Diamant saß. Er ragte nicht so hoch hervor, wie es bei modernen Ringen üblich war, sondern lag tiefer. An seinen Seiten saßen winzige dreieckige Smaragde in einem filigran gearbeiteten Band aus Platin oder Weißgold. Der Stil sah sehr nach Art-Deco aus.

„Das war der Ehering meiner Urgroßmutter. Er stammt aus den 20ern. Meine Großmutter gab ihn mir vor einiger Zeit. Ich weiß, dass er altmodisch ist und so, aber ..." Er zuckte mit den Schultern.

Mir fiel die Kinnlade herunter. In dem runden Diamanten im Zentrum fing sich das Licht der Deckenleuchte und ließ ihn in wunderschönen Farben erstrahlen – rot, blau, rosa, violett. „Machst du Scherze? Er ist atemberaubend." Das war wirklich der schönste Ring, den ich je gesehen hatte.

Aber ich schüttelte den Kopf, als er ihn mir reichen wollte. „Ich kann nicht – ich kann ihn nicht tragen. Er ist viel zu besonders. Er ist ein Familienerbstück."

Seine Augen fokussierten sich auf meine und ich schluckte. Er würde ein Nein definitiv nicht akzeptieren. „Du bist meine Frau, Kat. Nimm ihn. Es ist nur sinnvoll, dass du ihn trägst."

„Wir könnten auch einfach etwas aus einem Pfandhaus holen."

Er blies seinen Atem hinaus und lachte. „Das wird nicht funktionieren, besonders nicht, wenn wir meine Familie überzeugen müssen. Du wirst ihn einfach tragen müssen."

Ich nahm ihn langsam entgegen, als könnte er sich einfach in Luft auslösen. Ich inspizierte die feinen Filigranarbeiten an den Seiten. „Sind das – sind das Getreideähren an den Seiten?"

„Symbole der Fruchtbarkeit, denke ich. Diese alten Ringe waren voll von allen Arten von Symbolismus."

Ich schnitt eine Grimasse. „Naja, das ist kein wirklich passender Symbolismus. Wir brauchen einen Ring mit Drei-Dollar-Noten oder Einhörnern, um unsere Ehe richtig darzustellen."

„Passt er?"

Ich sah zu ihm hoch. „Ich weiß nicht."

Mit einem tiefen, frustrierten Stöhnen schnappte er sich den Ring aus meinen Fingern und legte seine Hand um mein linkes Handgelenk. „Streck die Hand aus, dann finden wir es heraus."

Ich entspannte und er zog meine Hand zu sich. Dann steckte er den Ring an meinen Ringfinger, während der Diamant mir in dem schwachen Licht zuzwinkerte. Langsam schob er ihn in Richtung meiner Knöchel, als würde er erwarten, dass er jeden Augenblick steckenbleiben würde. Er war etwas lockerer als ein Ring, den ich normalerweise tragen würde – was selten vorkam, da ich kein großer Fan von Schmuck war, besonders nicht an meinen Fingern.

Als Zockerin tippte ich viel auf der Tastatur herum und schnitt mir deshalb meine Fingernägel sehr kurz. Das gab mir nicht gerade die ansehnlichsten Hände, um Schmuck zur Schau zu stellen, ganz abgesehen von der Narbe, die über meine Fingerknöchel verlief. Sie war eine Trophäe aus meiner Kindheit, als ich versucht hatte, meinen Bruder zu schlagen. Ich hatte mir die Hand an dem Geländer hinter ihm aufgeschlagen, als er sich geduckt hatte, um meinem Schlag auszuweichen. Zwanzig Stiche später hatte ich eine lange, dicke Narbe, die mich mein Leben lang zeichnen würde. Aber sie war meinem Image als hartes Mädchen sehr dienlich – was der Hammer war.

Aber mit ihr wirkte dieses feine, einzigartige Schmuckstück an meinem Finger fehl am Platz. Wie eine Tiara an einem Orang-Utan.

Ich bewunderte den Ring, drehte ihn unter der Deckenlampe in alle Richtungen, und auch Lucas schien angetan. „Wow, er passt wirklich gut."

„Nur etwas locker, aber ich kann etwas in die Innenseite tun, damit er nicht herunterrutscht."

Er schüttelte den Kopf. „Ich kann ihn von einem Juwelier für dich anpassen lassen."

Ich runzelte die Stirn und zog meine Hand weg. „Ähm, nein das ist nicht notwendig. Ich werde ihn ja nicht lange tragen. Du willst ihn sicher für eine richtige Hochzeit aufheben." Meine Stimme verstummte in meinem Hals, als sich sein Gesichtsausdruck verdunkelte. Ich hatte etwas Falsches gesagt.

„Du – du hast doch irgendwann vor, richtig zu heiraten, oder?"

Seine Wangen beulten sich aus, wo seine Kiefermuskeln sich verkrampften. „Die Ehe ist eine abgefuckte und veraltete Institution, die ich nur verspotte. Was dir übrigens zugute kommt."

Meine Brauen zuckten. Wow. Das waren, ähm, starke Gefühle. Irgendwann musste ich herausfinden, warum er so empfand. Aber gerade war definitiv nicht der richtige Zeitpunkt.

„Aber die Ehe zu verspotten und mir den Ehering deiner Uroma zu geben –"

Er schüttelte den Kopf. „Das ist keine große Sache. Er würde nur in der Kiste liegen und noch mehr Staub ansammeln." Er zeigte auf die Holzkiste, die entgegen seiner Aussage kein Körnchen Staub vorwies.

„Was wirst du tragen?", fragte ich, um die plötzliche Anspannung zu zerstreuen, die wie aus dem Nichts aufgetaucht war.

Er drehte sich wieder zu der Samtschachtel und zog den Ehering eines Mannes heraus. „Den Ring meines Großvaters." Ohne darauf zu warten, dass ich ihn mir ansah, steckte er ihn an seinen linken Ringfinger.

Ich zog die Augenbrauen hoch. „Wow. Er passt perfekt."

Lucas biss die Zähne zusammen und blickte auf das weißgoldene Band hinab, welches sehr einfach gehalten, aber mit einem feinen Muster graviert war. Maskulin, elegant und abgesehen davon schlicht.

Hm ... naja ... „Oh, leg deine Hand kurz aufs Bett und ich mache ein Foto. Ich stelle ein Fotoalbum von Sachen zusammen, die unsere Beziehung dokumentieren sollen. Für den Fall, dass wir bei der Anhörung etwas brauchen. Das wird ein gute Ergänzung sein."

Lucas machte ein eigenartiges Gesicht, aber tat, worum ich ihn gebeten hatte, und legte seine Hand auf die schöne Bettdecke. Ich zog mein Handy heraus, dann legte ich meine linke Hand auf seine und winkelte sie so an, dass man beide Eheringe auf dem Foto sehen konnte. Es war einfach, ein paar aus verschiedenen Winkeln zu schießen. Ich beugte mich vor, um das Bild scharf zu bekommen. Dann bewegte ich meinen Kopf wieder zurück und – mein Hinterkopf schlug leicht gegen seine Nase. Er atmete ruckartig ein.

„Oh! Sorry." Seine Hand verkrampfte sich unter meiner und ich zog sie weg.

Er wirkte ... wütend. Oder zumindest sehr angespannt. Ich wusste, dass diese ganze Situation zu mehr geworden war als verabredet, und er war vermutlich noch angepisst deswegen. Ich wagte einen Blick in sein Gesicht. Dann wich ich zurück, etwas erschrocken von dem erbitterten Ausdruck in seinen Augen. Er sah mich an, als ... als ... würde er mich entweder schlagen oder verschlingen wollen.

Mit einem leisen Seufzen wich ich zurück. Wir blickten einander lange angespannte Minuten in die Augen, wobei meine Augen immer wieder kurz zu seinen vollen Lippen abschweiften. In diesem Augenblick wollte ich aus irgendeinem unlogischen Grund, dass er mich küsste.

Ich wollte so sehr, dass er mich küsste, dass ich mich nach vorne lehnte und meinen Mund leicht öffnete –

Gerade als er zurückzuckte, klingelte es an der Tür.

Er verkrampfte und blinzelte, als wäre er aus einer Trance erwacht. Dann wandte er seinen Blick von meinem Gesicht ab und sagte: „Das muss Michaela sein, die den Hund zurückbringt."

Ich blinzelte und zog mich so aus meiner eigenen seltsamen Trance. Als er sich umdrehte und den Raum verließ, schüttelte ich mich, um mich daran zu erinnern, wie schlimm alles hätte werden können, hätte er mich geküsst. Wenn ich den Kuss erwidert hätte. Wenn unsere Zungen sich berührt und miteinander getanzt hätten, während unsere Körper sich aneinandergedrückt hätten.

Wir hätten vielleicht unsere Klamotten verloren ... und wären aufs Bett gefallen und ... wären am Ende in einem verschwitzten und atemlosen Knäuel dagelegen. Wir hätten uns vielleicht ein paar Muskeln gezerrt oder noch schlimmere körperliche Schäden davongetragen. Es hätte sogar Beißen und Kratzen geben können. Definitiv aber Stöhnen und schweres Atmen ...

Also war es vermutlich gut, dass wir nicht diesen Weg eingeschlagen hatten.

Verdammt.

Die Vordertür öffnete sich und ich hörte das verräterische Trippeln von Pfoten und das Klicken von Krallen auf Parkett. Ich traf mich mit den Neuankömmlingen im Wohnzimmer, wo sich Michaela mit Lucas unterhielt. Max, ein großer und ausgelassener Golden Retriever, stürmte sofort auf mich los, als er mich sah.

„Hey, Katya!", grüßte Michaela mich mit einem zögerlichen Lächeln.

Ich beugte mich hinab, um meinen alten Kumpel hinter den Ohren zu kraulen. Er war weich und roch sehr gut, da er gerade ein Bad bekommen hatte. Leider atmete er mir auch seinen heißen, feuchten Hundeatem direkt in mein Gesicht. Ich richtete mich schnell auf und drehte mich zu Michaela. Wir hatten uns vorher schon bei einigen Gelegenheiten getroffen. Ihr Freund, Jeremy, arbeitete als Entwickler bei Draco, weshalb sie oft als seine Begleitung bei Firmenveranstaltungen gewesen war.

Und wir hatten letzten Winter bei einem Weihnachtsausflug mit einigen Kollegen ein paar Tage auf einer Hütte zusammen verbracht.

„Hey, Kat! Dir auch herzlichen Glückwunsch. Das war ein ganz schöner Schock."

Ich hatte keine Ahnung, wie ich ihr antworten sollte, aber soweit ich es einschätzen konnte, waren ihre Glückwünsche ehrlich gemeint. Unsere Augen trafen sich und ich zögerte, worauf ihre sich weiteten. „Es tut mir leid – ich meinte nur, dass ich das nicht erwartet hatte. Ihr zwei wart so gut darin, es geheim zu halten, aber ich freue mich wirklich für euch."

„Oh", lachte ich, wobei ich Lucas einen nervösen Blick zuwarf. Aber dieser zeigte wie üblich nur einen neutralen Gesichtsausdruck. „Ja, ähm, danke. Du kennst ihn ja." Ich deutete mit dem Daumen auf ihn. „Mein Ehemann ist der verschwiegene Typ. Und *überraschend* romantisch. Das war alles seine Idee."

Er zog eine Augenbraue hoch – stoisch wie Spock –, aber widersprach mir nicht. Nichtsdestotrotz konnte ich Beweise dafür erkennen, dass er von meinen Ausschmückungen nicht begeistert war.

Ich verkniff mir ein fieses Grinsen. *Umso besser.* „Tatsächlich hat er sogar vorgeschlagen, unsere Flitterwochen in Japan zu verbringen, damit wir unser Training beginnen und echte Ninjas werden können."

Michaela blickte von Lucas zu mir und dann wieder zu Lucas. Dann lachte sie. „Das kann ich mir echt gut vorstellen ..."

„*Und –*" Ich lehnte mich verschwörerisch vor.

Lucas unterbrach uns. „Wie spät es schon ist. Ich schulde dir ein Abendessen dafür, dass du den ganzen Tag auf Max ausgepasst hast."

Sie schüttelte den Kopf. „Danke, aber nicht nötig. Unsere Abmachung reicht vollkommen. Vielleicht kannst du mir noch ein bisschen mehr Zeit auf der Bank geben. Und mehr Lektionen sind immer gerne gesehen."

Ich runzelte die Stirn und blickte zwischen den beiden hin und her? Auf der Bank? Lektionen? Was zum Teufel sollte das heißen? War Lucas insgeheim ein BDSM-Anhänger? Eine Bank, wie in Streckbank? Lektionen? Was zum *was*?

Würde er mir irgendwann auch noch sein *Spielzimmer* zeigen?

Michaela bemerkte meine Verwirrung sofort. „Klavier. Ich habe zuhause keines. Nur ein winziges Keyboard. Als ich Lucas' Mitbewohnerin war, hörte ich ihm gerne beim Spielen zu und das weckte den Wunsch in mir, es zu lernen. Ich bin also eine Spätzünderin, aber ich bin entschlossen, es zu lernen."

Ich warf Lucas einen schnellen Blick zu. Sein Gesichtsausdruck war seltsam. Er sah fast so aus, als würde er den Atem anhalten, als hätte er Angst, das würde uns verraten oder so. Er spielte Klavier?

Natürlich hatte ich das Instrument in der Nische im Wohnzimmer gesehen. Ich hätte es aber nie damit verbunden, dass er irgendwelche versteckten Talente hätte, abgesehen davon, dass er gut in Videospielen war.

„Oh, das ist cool. Ich verstehe, dass er dich inspirierte." Ich räusperte mich und mein Herz schlug schneller. Ich wusste viel über Lucas. Aber offensichtlich nicht *alles.*

Kurz darauf entschuldigte sich Michaela, um wieder nach Hause zu fahren und mit Jeremy zu Abend zu essen. Sie umarmte Max noch einmal fest am Hals und verschwand. Nachdem sie weg war, sprang der Hund, nachdem er mich gründlich beschnüffelt hatte, auf die Couch. Aber Lucas verscheuchte ihn schnell in sein Hundebett. Offenbar lebte der Hund unter denselben Reinlichkeitsregeln wie ich. Armer Junge. Wir würden uns wohl später gegenseitig bemitleiden müssen.

„Also, ähm, scheint, du bist eine Art Klaviervirtuose?" Ich zog die Augenbrauen hoch, als ich das sagte.

Er verdrehte die Augen. „Meine Eltern haben mich von vier bis siebzehn zum Unterricht gezwungen. Ich bin nicht übel. Aber definitiv kein Virtuose."

Ich starrte ihn an und runzelte die Stirn, während ich auf meiner Unterlippe herumkaute.

Nach einer Minute Stille schüttelte er den Kopf. „Was?"

Ich klimperte verärgert mit den Augen. „Naja, ich meine. Das ist wahrscheinlich etwas, was ich wissen sollte, oder? Für die Befragung?"

Er blickte finster drein, drehte sich um und ging in Richtung Küche. Ich folgte ihm.

„Weiß ich alles andere?"

Er warf mir einen Blick zu und vergrub sich dann im Kühlschrank. „Es ist unmöglich, alles über einen Menschen zu wissen", antwortete er.

„Naja, spielst du mir dann wenigstens etwas vor? Damit ich wenigstens darüber reden kann, wenn sie mich fragen?"

Seine Augenbrauen wanderten zusammen. „Das ist eine Anhörung, die nur aus den grundlegendsten Fragen besteht. Was sollen sie dich schon fragen, was irgendwie relevant ist?"

Ich zuckte mit den Achseln. „Ich weiß nicht. Spielt er ein Instrument? Ist er gut? Einfache Fragen. Ich meine, wie du sagtest, hast du dir das alles aufgebürdet, damit wir es dann bei der Befragung vermasseln?"

Er schaute erneut finster drein, schlug die Kühlschranktür zu und drehte sich um. „Gut."

Eine Sekunde später war ich die Einzige, die noch in der Küche stand. Mit offenem Mund. Ich folgte ihm ins Wohnzimmer, wo er bereits an dem großen Klavier saß. Es war ein schönes Instrument aus dunklem Holz, das in der leicht erhöhten kleinen Nische hinter dem Wohnzimmer stand. Nachdem er die hölzerne Abdeckung der Tasten geöffnet hatte, stellte er einen Fuß auf eines der Pedale. Dann streckte er die Arme und rollte die Schultern. Ich biss mir auf die Lippen, als ich diese Hände, die leicht gewölbten Finger, die kaum die Tasten berührten, betrachtete.

Ohne schnörkelige oder angeberische Gesten fing er an, mich von den Socken zu hausen, indem er ein berühmtes klassisches Stück spielte, das ich erkannte, aber dessen Namen ich nicht wusste. Seine Finger huschten über die Tasten, während seine Zehen das Pedal tanzen ließen.

Weder las er Noten, noch änderte sich sein Gesichtsausdruck im Geringsten. Naja, nein, das war nicht ganz richtig. Seine Gesichtszüge wirkten, auch wenn sie immer noch ausdruckslos waren, ein wenig entspannt, genauso wie der Rest seines Körpers, besonders, als er das Stück länger spielte.

Und seine starken langen Finger über die Tasten gleiten zu sehen, machte etwas mit mir. Zu beobachten, wie die Hände eines Mannes über eine Klaviertastatur glitten, war unendlich erregender, als seine Hände auf einer Computertastatur oder einem Gamepad zu sehen. *Wow.* Wie konnte ich nicht wissen, dass mein Ehemann ein Mann mit versteckten Talenten war?

Hitze schoss durch mich, als ich mich fragte, welche anderen besonderen Talente er noch haben könnte. Vielleicht sogar im Schlafzimmer? Er spielte wundervoll und diese Hände mussten noch für mehr gut sein als nur die Klavier- oder eine Computertastatur. Wie ... wie es wohl wäre, wenn ich seine Tastatur wäre? Ich kämpfte gegen den Drang an, mir bei dieser Vorstellung mit den Händen Luft zuzuwedeln. Wer hätte gedacht, dass der Sexappeal eines Mannes exponentiell gesteigert werden konnte, indem er so erstklassig Klavier spielte?

Ist das denn die Möglichkeit?

Plötzlich stand er auf und schloss das Klavier. „Keine Kommentare von den billigen Plätzen bitte. Jetzt weißt du es. Und ich bin hungrig."

Mit diesen Worten verließ er den Raum, um weiter nach etwas zum Abendessen zu suchen.

„Warte ..." Ich folgte ihm zum Kühlschrank. „Wie ... was ...? Kannst du das bitte erklären?"

Er legte eine Hand an die Kühlschranktür und drehte sich, eine Augenbraue hochgezogen, zu mir. „Ich dachte, ich habe dir alles gezeigt, was du wissen musst."

„Naja, nein. Du sagtest, du hast den Großteil deiner Kindheit Klavierstunden gehabt. Du hast etwas von Beethoven gespielt und dann –"

„Mozart", korrigierte er mich. *Eine kleine Nachtmusik.*"

„Wenn du so eine Art musikalisches Wunderkind bist, warum –"

„Das bin ich nicht. Ich habe ein fast makellose Technik, aber keine Emotion oder Farbe." Er klang, als hätte er die Kritik von jemand anderem wiederholt.

„Für mich klang es umwerfend."

„Nichts für ungut, aber du hast nicht gerade das geübte Gehör, um zu verstehen, was ich beschreibe. Du wusstest nicht einmal, dass es Mozart war."

Ich zuckte mit den Achseln. „Ich weiß, was gut klingt. Ich würde töten, um so spielen zu können."

Er blickte mich verschärft an, bevor er seine Augen wieder dem Kühlschrank zuwandte und ihn öffnete. „Wenn du es wirklich lernen willst, dann mach, was Michaela macht, und nimm Stunden."

Ich starrte ihn mit zusammengekniffenen und wutentbrannten Augen an. Er könnte auch Stunden im Austausch gegen einen Arschtritt geben. Das war, was ich mir gerade vorstellte.

Ich seufzte schwer und murmelte, dass er in einen Supermarkt gehen müsste, bevor er den Kühlschrank mit leeren Händen schloss.

Ich schüttelte den Kopf. „Aber warum –"

„Warum ich nicht auf Tour gehe, einen Smoking trage und mit einem Kerzenleuchter auf dem Flügel vor Tausenden spiele?", lachte er beißend. „Das ist keine einfache handwerkliche Tätigkeit. Ich habe Unterricht genommen, weil es von mir erwartet wurde. Ich hörte auf, sobald ich konnte. Ja, ich kann spielen. Das sind dreizehn Jahre Unterricht und tägliches Üben, was du da hörst. Nichts weiter."

Ich zuckte mit den Schultern. „Okay. Aber ... es war wirklich gut."

Er seufzte und verdrehte die Augen. „Nun, danke. Ich nehme an, du hast auch versteckte Talente, von denen ich nichts weiß."

Ich lachte. „Naja, ein ehemaliger Freund oder zwei haben mir gesagt, dass ich super blasen kann."

Seine Gesichtszüge erstarrten einen Augenblick, als würde er seinen Ohren nicht trauen. Ich lachte und hoffte, dass ihn das wenigstens zu einem Lächeln veranlassen könnte. Aber stattdessen kniff er nur die Augen zusammen und errötete.

Dann schluckte er sichtbar. „Naja, ich würde ja um eine Demonstration bitten, aber ... Regeln und so."

Ich atmete tief ein und blickte in seine Augen. Ich war verwirrt bezüglich der Anspannung, die sich zwischen uns aufbaute. War er wütend? War er genervt? Wer konnte das schon sagen?

„Deine Eltern haben dich also gezwungen, Klavierunterricht zu nehmen?"

Er zuckte mit den Achseln. „Es sah gut in der College-Bewerbung aus, genauso wie die Privatschule und das Rudern. Sie haben ihren Willen bekommen. Ich wurde in Cambridge angenommen. Ich hasste jede Minute der zwei Jahre, die ich dort war, bevor ich nach Berkeley wechselte. Aber was soll's, zumindest kann ich Klavier spielen."

Meine Augenbraue zuckte und jegliche Sympathie, die ich für ihn gehabt hatte, verdorrte plötzlich. „Zumindest hat dich deine dabei unterstützt, auf die Uni zu gehen. Zeig etwas Dankbarkeit. Meine hat meine Studienersparnisse auf den Kopf gehauen und ich hatte nichts. Als die Zeit kam, sagten sie mir, ich sollte mir einen Job in einem Supermarkt suchen und auf eine Berufsschule gehen. Sie sagten auch, dass es für ein Mädchen Verschwendung wäre, etwas mit Informatik zu machen, da es eine von Männern dominierte Berufssparte ist."

Er sah mich an, als wäre mir ein zweiter Kopf gewachsen. „Was zum Teufel stimmt mit deinen Eltern nicht?"

Ich verkniff mir eine bissige Antwort. *Wie lange hast du Zeit, Freundchen?* Aber ich war noch verärgerter wegen des deutlich erkennbaren Mitgefühls in seinem Gesichtsausdruck. Nein, ich brauchte kein Mitgefühl von General Griesgram. Nicht jetzt.

„Und wie jedes normale Kind habe ich sie ignoriert und gegen sie rebelliert und habe trotzdem mit Informatik angefangen."

Er blinzelte. „Gut, dass du das gemacht hast. Aber Gott –"

„Egal", unterbrach ich ihn, bevor wir zu einem Themengebiet kommen würden, das ich nicht diskutieren wollte – nämlich meine verkorkste Familie. „Ich bin kein Musikwunderkind oder so etwas, aber … ich kann uns etwas zum Abendessen machen. Ich kann gut kochen. Und du bist offensichtlich hungrig."

Er zeigte auf den Kühlschrank. „Da ist nichts zu essen drin."

Ich ging um die Kücheninsel in der Mitte herum. Der Raum war trotz des Alters des Hauses sehr gut ausgestattet und hatte viele moderne Annehmlichkeiten. Ich schubste ihn aus dem

Weg und er wich zurück, als hätte ich ihm einen elektrischen Schlag verpasst. Ich öffnete die Tür des großen Kühlschranks und nahm mir einen Augenblick Zeit, um die Situation zu bewerten. Er hatte recht. Es gab nicht viel. Ein paar Stückchen erlesenen Käse. Ein halbes Dutzend Eier. Etwas Gemüse, das noch gut war – eine grüne Paprika, eine halbe Zwiebel, ein paar frische Pilze. Zwei kleine Tomaten. Ein halber Karton Milch. Zumindest kaufte er Lebensmittel ein, auch wenn ich mich fragte, wann er überhaupt Zeit zum Kochen hatte, da er noch öfter und länger bei Draco war als ich.

Ich fing an, die Zutaten zusammenzusammeln und einen Plan zu formulieren. „Magst du Omelett? Ich kann uns eines machen."

„Ähm, ja …"

„Eier, Paprika, Zwiebel. Etwas von dem leckeren Käse. Ich könnte sogar eine Frittata daraus machen, wenn du Kartoffeln hast? Und ich bräuchte eine große Pfanne."

Er zeigte auf die Speisekammer. „Ich denke, da könnten noch eine oder zwei sein."

Ich wies ihn an, sie zu holen und sie dann zu schälen und zu waschen, während ich begann, das Gemüse zu schneiden. Er kam mit ein paar Kartoffeln zurück, die bereits zu keimen begonnen hatten. Aber sie waren noch gut.

Etwa fünfundvierzig Minuten später hob ich uns ein paar große Stücke einer dampfenden und fluffigen Frittata auf die Teller. Dann setzten wir uns an den rasch gedeckten Küchentisch.

Erst dort bemerkte Lucas die kleine Umdekorierung, die ich nach meinem Einzug vorgenommen hatte. In der Mitte des Tisches stand ein kleiner aufrecht stehender Kaktus. Ich hatte ihn zusammen mit einigen anderen traurig aussehenden

Topfpflanzen hinter dem Haus gefunden. Aber dieser Kerl hatte eine besondere Bedeutung, also hatte ich ihn hereingebracht. Ich musste einfach jede Gelegenheit nutzen, Lucas zu quälen.

Um den Kaktustopf war immer noch ein Geschenkband gewickelt. Die Tatsache, dass Lucas diesen kleinen Kerl letztes Jahr bei Wichteln bekommen hatte, war ganz allein mir zuzuschreiben. Und ich hatte ihn lange gnadenlos mit seinem phallisch aussehenden Sukkulentenkumpel aufgezogen. Ich hatte ihm zu Lucas' Verdruss sogar einen Namen gegeben.

Während dieses kurzen Firmenausflugs auf die Hütte in den Bergen hatten wir noch keine Ahnung gehabt, dass wir einen Monat später gesetzlich verheiratet sein würden. Wer hätte so eine verrückte Zukunft schon vorhersagen können?

Lucas beäugte die Pflanze, aber wirkte nicht überrascht, sie hier zu sehen. „Ah, ich sehe, du hast ihn gefunden."

„Du hast den armen Cocky den Cocktus sehr vernachlässigt." Ich warf ihm ein fieses Grinsen zu. „Das kann so nicht weitergehen. Cocky ist dein bester Freund."

Er sah mich mit zusammengekniffenen Augen an. „Wenn du nicht gerade Essen gemacht hättest, wäre ich vielleicht versucht, Cocky als prickelnde Überraschung in deinem Bett zu platzieren."

„Denk nicht mal dran, Jedi-Junge. Jetzt iss auf."

Er schnüffelte an seinem Teller. „Riecht ausgezeichnet. Du hast es doch nicht vergiftet, oder?"

Ich zog lediglich auf geheimnisvolle Weise eine Augenbraue hoch. Dann nahm er den ersten Bissen und lehnte sich zurück. „Anscheinend bin ich nicht der Einzige mit überraschenden Talenten."

Ich musste lachen und erstickte fast an meinen Eiern. „Es ist nur eine Frittata. Die geht total einfach, wie du gesehen hast."

Er schaufelte das Essen so schnell er konnte in sich hinein, wobei er zwischen dem Schlucken redete. „Dein besonderes Talent ist viel praktischer als meines." Er wartete kurz, dass ich aufblickte, und wackelte dann mit den Augenbrauen. „Oh, und kochen kannst du auch wirklich gut."

Ich warf ihm ein verschlagenes Grinsen zu. „Zu schade, dass du das andere Talent nie selbst erleben wirst." Oder etwa doch?

Verdammt ... ich musste aufhören, daran zu denken, wie heiß es war, dass er Klavier spielen konnte. Wie geregelt sein Leben im Vergleich zu meinem doch wirkte. Und dass er nur ein wenig älter als ich war, aber so viel besser im Erwachsensein.

Ich musste aufhören, ihn als *sexy* zu sehen. Und als guten Küsser. Mit eleganten, langfingrigen Händen, die sich so über jede Art von Tasten bewegen konnten, wie ich sie gerne auf meinem Körper, auf meiner nackten Haut spüren wollte.

Und obendrein war er auch noch ein fähiger Gamer, was sein an der Spitze unserer Abteilungsbestenliste stehender Name bewies. Er war also sexy, fähig, ein Mann, der sich sogar wie ein Erwachsener benehmen konnte, und er war obendrein noch genauso nerdig wie ich.

Verdammt. Ich musste meine schmutzigen Gedanken wieder der Realität zuwenden. Das war eine sexlose Ehe, wie wir es beschlossen hatten – *und* sie würde es auch bleiben. Trotz der Umstände, die uns zwangen, unter demselben Dach zu leben.

„Wo hast du so gut kochen gelernt?"

Ich grinste. „Kochsendungen. Ich musste oft kochen. Meine Eltern waren abends oft weg und Tiefkühlessen und Überbleibsel waren mir irgendwann zu blöd."

Er nickte. „Ich nehme an, es wird uns für die Befragung helfen, diese kleinen Dinge übereinander zu wissen. Nur für den Fall."

„Bist du nervös? Wegen der Befragung?"

Er schüttelte den Kopf. „Ich habe mich etwas schlau gemacht. Ich denke nicht, dass die Fragen schwer sein werden. Diese erste Befragung ist sehr allgemein gehalten. Die Fragen, wie welche Gesichtscreme du benutzt, kommen nur in Filmen vor. Ich denke, wir werden uns gut schlagen. Wir kennen einander gut genug und unsere Beziehung ist dokumentiert."

Ich hingegen fing an, bezüglich der Befragung Schwachstellen in meinem Selbstvertrauen zu entdecken. Ich hatte nach nur ein paar Stunden in seinem Haus schon alle möglichen neuen Dinge über ihn gelernt. Was, wenn wir etwas übersehen hatten? Ich hatte gedacht, ich würde ihn bis dahin gut genug kennen. Immerhin waren wir bereits sechs Monate verheiratet. Aber erst jetzt lernte ich mehr über ihn.

„Außerdem", fuhr er fort, „müssen wir morgen Abend meine Eltern treffen. Im Vergleich dazu wird die Befragung ein Klacks werden."

Meine Gabel schepperte laut, als ich sie auf den Teller fallen ließ. „Wann wolltest du mir *davon* erzählen?"

Er zuckte mit den Achseln. „Heute Abend. Ich wollte nicht, dass du Panik bekommst. Du musst wirklich nicht nervös sein."

Ich blinzelte. Logisch gesehen hatte er recht. Aber das verhinderte das flaue Gefühl in meinem Magen nicht. „Ich meine, soll ich etwas mitbringen? Sind wir bereit dafür?"

Er antwortete mit seinem charakteristischen Achselzucken. „Zieh dich einfach hübsch an. Sie sind altmodisch und eine Familienessen ist eine formelle Sache für sie."

„Ähm ... oh. Okay."

Vermutlich würde die Zeit uns schon zeigen, ob wir überzeugend sein würden oder nicht. Wenn wir die erste Befragung vergeigten, würden sie uns sicher für weitere vorladen, die wahrscheinlich schwerer sein würden.

Ich blinzelte. Bis dahin würde ich in den nächsten zwei Wochen noch viel lernen müssen. Und der morgige Besuch bei den Eltern würde mein erster Test werden.

Meine Feuertaufe.

KAPITEL

FÜNF

LUCAS

„**A**LSO, WAS SOLL ES WERDEN, FLUG-SIMULATOR oder Ego-Shooter?" Hammer hob den Pappkaffeebecher an seine Lippen, nahm einen Schluck und setzte ihn wieder ab.

Ich starrte über den Tisch zu ihm. Das Blatt Papier, das unsere Brainstorming-Ideen sammeln sollte, war immer noch leer. Wir hatten noch keinen Plan für das Spiel, das mich zum ersten Abteilungsleiter von Dracos brandneuer Virtual-Reality-Abteilung machen würde.

Ich ließ den Kugelschreiber in meiner Hand kreisen und lehnte mich in meinem Stuhl zurück. Die Arbeitsplätze im Bau waren alle unbesetzt. Nur er und ich saßen mit einem Stift und einem leeren Blatt Papier zwischen uns am – wie wir ihn nannten – Kriegsrat-Tisch.

„Ja, beide perfekte Formate für das Virtual-Reality-Interface", antwortete ich nüchtern. Keine der Ideen begeisterte mich, auch wenn sie Sinn machten.

Hammer nickte. „Naja, ich kann dir bei beiden helfen. Ich habe eine Kampfausbildung und bin Pilot."

„Genau die Gründe, warum ich um Hilfe hierbei gebeten habe. Das schätze ich wirklich sehr, Alter." Ich warf ihm einen Blick zu und rutschte auf meinem Stuhl herum. „Aber ich suche nach einer Idee, die sie von den Socken haut. Etwas Neues und Einzigartiges."

„– und Machbares." Er nickte. „Du musst definitiv etwas anpreisen, was im Bereich des Machbaren ist. Adam Drake ist ein Genie, wenn es um Programmieren und Spiele geht. Wenn du zu ihm gehst und ihm irgendein Luftschloss anpreist, wird er das sofort erkennen."

Ich massierte die plötzliche Anspannung in meinem Nacken und starrte an die Decke. „Ich weiß ... deshalb sitze ich auf dem Trockenen."

„Naja, Battle Royale ist gegenwärtig die beliebteste Art von VR Ego-Shootern. Wir könnten etwas Neues damit versuchen. Vielleicht noch mehr Spieler oder einen Szenario-Modus oder –"

Ich notierte diese Vorschläge und ließ dann den Stift fallen, sodass er über den leeren Notizblock rollte.

Hammer runzelte die Stirn. „Willst du irgendwann später weitermachen? Du wirkst abgelenkt."

Ich erwiderte seinen Blick und richtete mich aus meiner vorherigen Niedergeschlagenheit auf. „Nein. Das ist okay. Danke, dass du gekommen bist, um mir zu helfen."

Er lächelte schief. „Ich bin ein großer Spielefan, besonders von Draco-Produkten. Ich hatte Zeit. Und ich muss zugeben, dass ich hoffte, mehr von dem Laden zu sehen."

Ich stand auf. „Das kann ich machen. Vielleicht hilft uns ein Spaziergang ja, das Blut wieder zum Zirkulieren zu bringen, und bringt uns auf Ideen."

Also eskortierte ich erneut einen Astronauten durch die Korridore des Draco Campus. Nur heute hatte ich ihn für mich, sodass ich ihn ausfragen konnte, wozu auch immer das gut war.

„Ich habe gehört, du hast vor Kurzem geheiratet. Glückwunsch", sagte er.

Ich zog überrascht die Augenbrauen hoch. Es wirkte seltsam, es von jemandem zu hören, den ich kaum kannte. Noch seltsamer, als es von meinen engsten Freunden zu hören. Ich war mir nicht sicher, warum. Es wirkte nicht wirklich real – hauptsächlich, weil es das nicht war. Und ich hatte mich mental nicht darauf vorbereitet, diese schmerzvolle und peinliche Schauspielerei durchzuführen.

„Ähm ja, danke. Also das hier ist die Ideenschmiede." Ich führte ihn an einem Raum vorbei, der bis auf das kleine in der Tür keine Fenster zur Außenwelt vorwies. Ich konnte ihn aber nicht hineinlassen. Während der Geschäftszeiten wurde der Raum für Gruppenarbeit genutzt. Aber wenn er nicht besetzt war, standen die Türen allen Angestellten offen, um Notizen dort zu lassen oder produktive Ideen für Spiele oder für eine bessere Firmenführung an die Tafeln zu schreiben. Einmal pro Monat wurden die Ideen zusammengeschrieben, ausgedruckt, gebunden und den Abteilungsleitern in gesammelter Form präsentiert. Weiter wusste ich nicht, was mit ihnen geschah. Vermutlich landeten sie im Papierkorb.

Zumindest hatte noch keine meiner Ideen das Tageslicht gesehen. *Noch nicht*, korrigierte ich mich. Es gab für alles ein erstes Mal.

Diese neue Stelle war meine Chance, endlich etwas zu bewirken.

Hammer blickte durch das Fenster in die Ideenschmiede. „Muss ich dich bestechen, um da rein zu dürfen und die Sachen zu lesen? Vielleicht auch eigene Notizen hinzufügen?"

Ich lachte. „Nicht-Angestellte dürfen ihre Ideen gerne über unsere Firmenwebsite einreichen. Dafür gibt es eine ganze eigene Seite."

Wir führten unsere Tour schnell durch alle langweiligen Bereiche fort – Arbeitsplätze, Großraumbüros, Personalabteilung, Risikomanagement usw. Erst im Lagerhaus fing der Spaß an – mit experimenteller Ausrüstung und Prototypen.

„Deine neue Frau ist also die süße Rothaarige, die uns zusammen mit dir herumgeführt hat?", fragte er später. Dann fügte er lachend hinzu: „Kirill wird das nicht gefallen."

Der russische Kosmonaut, der sie angemacht hatte? Naja, gut so. Der Kerl war gebaut wie eine Eiche. Obwohl ich es besser wusste, war ich gewillt gewesen, eine Schlägerei mit ihm anzufangen, weil er während der Tour so unverfroren war, mit Kat zu flirten. Der Kerl hatte Eier aus Stahl, das war sicher.

„Ich bezweifle, dass es ihm schwer fällt, willige Singlefrauen zu finden", war, was ich sagte. Wie üblich vermied ich es, meine gewalttätigen Absichten bezüglich dieser Angelegenheit preiszugeben. Ja, ich hatte mir vorgestellt, jedes Mal seinen Kopf wie eine Melone gegen die Wand zu schlagen, wenn er ihr einen anzüglichen Blick zuwarf, aber das wäre unproduktiv gewesen.

„Wie wäre es mit Covert Operations oder Special Forces?" Ich wechselte das Thema wieder zu dem, was wir zuvor besprochen hatten – mein neues Projekt. „Eine Änderung des

First-Person-Shooter-Formats. Anstatt herumzulaufen und jeden zu erschießen, den man will, so wie in Battle Royale, könnten es doch Geheimagenten in den eigenen Reihen sein. Und man muss herausfinden, wer die Undercoveragenten sind."

Er nickte. „Keine schlechte Idee. Ich weiß allerdings nicht viel über Geheimoperationen. Aber Noah ist auch ein großer Fan von DE. Und er war bei den Army Rangers. Er kann dir vielleicht helfen."

Ich kratzte mich am Kinn und dachte darüber nach. Dann holten wir das VR-Equipment heraus und spielten ein schnelles FPS-Game. Natürlich gewann er.

„Ich weiß nicht, welche Gewehre diese virtuellen Waffen imitieren sollen, aber ich bin damit ein noch beschissener Schütze als mit echten", lachte er. „Es gab einen Grund, warum ich nach der Air Force Academy direkt auf die Testpilotenschule ging."

Ich lachte, als wir die Helme, Brillen und Handschuhe auszogen.

Er warf mir einen Blick von der Seite zu. „Kann hart sein, die Ehe. Besonders, wenn man zusammen arbeitet." Er seufzte.

Alter. Erzähl mir was, was ich noch nicht weiß.

„Wie lange bist du schon verheiratet?", fragte ich, hauptsächlich um abzulenken. Er schien gewillt zu reden, und Beziehungen aufzubauen ist im Arbeitsleben wichtig. Ich könnte das machen, solange es nicht zu persönlich werden würde. Hammer war ein netter Kerl und ich wollte ihn wirklich besser kennenlernen. Er könnte mein Ass im Ärmel sein, wenn es darum ging, ein neues und aufregendes Spiel für diese neue Plattform zu ersinnen.

„Ich *war* verheiratet. Vergangenheit. Der Anfang ist das Schöne. Alles, was danach kommt…", er zuckte reuevoll mit den Achseln.

„Hast du irgendwelche Tipps für einen Neuling?" Mir war irgendwie nicht danach, ihm zu eröffnen, dass ich eigentlich kein Neuling war. Aber dieses erste Mal war kurz und hart gewesen, und ich entschied mich meistens, diesen Teil meiner Vergangenheit zu ignorieren. Es hatte mich aber eines gelehrt. Ehe – echte Ehe, nicht diese Farce – war definitiv *nichts* für mich.

Gut, dass Kat und ich von Anfang an genau wussten, dass das nichts auf Dauer war. Es würde nicht einmal genug Zeit geben, das zu vermasseln.

Hammer neigte nachdenklich den Kopf und sein Gesichtsausdruck wurde todernst. Das verursachte fast Schuldgefühle bei mir. „Gebt einander Raum zum Atmen – besonders wenn ihr nach einem langen Tag, an dem ihr euch die ganze Zeit unter stressigen Umständen gesehen habt, nach Hause kommt. Lass sie einfach atmen."

„Deine Ex ist also Astronautin?"

Er schüttelte den Kopf. „Wissenschaftlerin, aber wir waren zusammen bei der Air Force, bevor ich zu NASA bin. Bevor –" Er hielt inne und runzelte die Stirn über etwas, was nur er wusste und zuckte dann nur mit den Achseln. „Bevor wir Schluss gemacht haben."

Ich runzelte die Stirn. Er hatte eine seltsame Art, über seine Ex zu sprechen. Ich erwartete Verbitterung oder Negativität, aber die gab es nicht. „Scheint, als würdet ihr gut miteinander auskommen. Seid ihr noch Freunde?"

Er schüttelte den Kopf. „Habe sie seit Jahren nicht mehr gesehen. Ich höre nur hin und wieder Sachen ... die Militärwelt ist nicht wirklich so groß."

Wir verbrachten noch etwa eine halbe Stunde in der Lagerhalle und scherzten über verschiedene Ideen. Aber so hatte ich immerhin genug, um eine halbe Notizblockseite zu füllen.

Wir machten Pläne, uns wieder zu treffen, sobald sein Terminplan es erlaubte. Dann war es an der Zeit, nach Hause zu Frauchen zu gehen und nachzusehen, was sie mit dem Haus angestellt hatte ...

Und da ich diesen anstrengenden Rotschopf kannte, konnte das nichts Gutes sein.

KAPITEL

SECHS

KATYA

EIN GÄSTEZIMMERBETT WAR NICHT ALLZU ÜBEL – ein breites Bett mit einer flauschigen Matratzenauflage, durch die ich mich fühlte, als würde ich auf einer Wolke schlafen. Eigentlich war es ziemlich bequem und deshalb war mir egal, dass meine eigene Matratze an der Wand eines der leeren Zimmer lehnte. Ich brauchte einen Augenblick mich daran zu erinnern, wo ich war, als meine Arme beim Strecken gegen ein geschnitztes Echtholz-Kopfteil stießen. Ich studierte es einen Moment lang, während sich meine verschwommene Sicht wieder fokussierte, und räusperte mich.

Lucas hatte wirklich ein Auge für feine Dinge. Schöne Dinge. Es war eine bestimmte Ästhetik an diesem Haus, die ich nicht erwartet hatte. Es war nicht pompös oder lächerlich. Es waren nicht nur weiße Wände, an denen nichts außer Elektronik und moderne Ledermöbel standen wie in einer normalen Junggesellenwohnung.

Es sah so aus, als hätte er viel Zeit und Überlegung in die Einrichtung gesteckt. Er hatte einen guten Geschmack. Das Haus

141

selbst war schön und die Geschichte dahinter eine Seltenheit in dieser Gegend. Und er hatte dieses schöne Haus mit standesgemäßen Dingen gefüllt.

Vielleicht hatte ihm eine frühere Freundin bei der Dekoration geholfen? Hmm. Ich würde ihn danach fragen müssen. Aber ich kannte Lucas. Ich würde wahrscheinlich keine ehrliche Antwort aus ihm herausbekommen, ohne danach seinen Missmut zu spüren.

Ich griff nach meinem Handy, was immer meine erste Handlung war, wenn ich aufwachte, um Updates, News und Messages zu checken. Das Erste, was ich bemerkte, war eine Nachricht von Lucas, in der stand, dass er für ein paar Stunden in die Arbeit fahren und irgendwann nach dem Mittag wieder zurück sein würde. Dann wünschte er mir Glück beim Auspacken.

Ich wäre gerne noch eine Stunde liegen geblieben, um diesen Luxus zu genießen. Aber ich wurde vom Hund gestört. Max wusste irgendwie, wie er sich mit seinem Kopf Zugang zu meinem Schlafzimmer verschaffen konnte, und näherte sich dem Bett. Er stupste mich mit seiner kalten Schnauze an und bestand auf liebevolle Zuwendung.

Ich streichelte ihn einige Zeit und kraulte ihn hinter den Ohren, was er mit einem leisen Knurren wertschätzte. Aber jedes Mal, wenn ich meine Hand wegziehen wollte, stupste er mich wieder mit seiner großen schwarzen Hundeschnauze an und steckte seinen Kopf beharrlich wieder unter meine Hand. Anscheinend war ich, solange ich hier in Reichweite seiner Schnauze lag, dazu verdonnert, ihm Streicheleinheiten zu geben. Offenbar hatte ich einen flauschigen Wecker, falls ich meinen einmal verschlafen würde. Gut zu wissen. Mit einem Stöhnen erhob ich mich aus dem Bett und trottete über den Flur ins Badezimmer. Glücklicherweise konnte Max diese Tür nicht mit seinem Kopf öffnen. Ich könnte diese Menge an hündischer Störung unmöglich ertragen.

Es war an der Zeit loszulegen und meine Sachen auszupacken. Die Küche brauchte die meiste Hilfe. Lucas hatte tolle Haushaltsgeräte, war aber definitiv niemand, der für sich selbst kochte. Kaum Töpfe, Pfannen oder Dinge wie Pfannenwender oder Topflöffel. Da ich genügend davon besaß, packte ich meine Küchenkartons aus, um die leeren Marmorarbeitsflächen zu füllen.

Danach entschied ich mich, meine Elektronikartikel, ein paar persönliche Sachen für mein Zimmer, einige Andenken und meine Kleidung auszupacken. So lange würde ich ja nicht hier sein, oder?

Zum Frühstück suchte ich vergeblich nach Teebeuteln, gab es dann auf und holte mir eine Tasse Kaffee aus Lucas schickem Kaffeevollautomaten. Zum Essen schnappte ich mir eine Banane. Danach, immer noch in Pyjama und Hausmantel, fing ich an, die Boxen zu sortieren und mich zu entscheiden, was ich in dem Wandschrank des leeren Zimmers einlagern würde und was ich herausnehmen konnte.

Ich ignorierte angestrengt meine Updates und meinen Posteingang, inklusive der ständigen Nachrichten, warum ich schon mehrere Tage nicht mehr auf Twitch gestreamt hatte. Ich hatte auf meinem Channel Nachrichten gepostet, bevor ich meine Equipment abgesteckt und für den Transport eingepackt hatte. Trotzdem schrien meine Follower nach dem Star von *Persephones Corner.*

Manchmal war es anstrengend, der Hammer zu sein. Aber nur manchmal.

Ich hatte eine kleine, aber sehr loyale Gruppe von Followern, die mir regelmäßig zusahen. Sie mochten meine bissigen Bemerkungen und meinen Gamertratsch. Die meisten schätzten meine originellen Ratschläge und Kommentare zu den Spielen, die ich spielte – und gut spielte. Ich konnte mich nicht beschweren. Auf Twitch bekam ich Geld durch Spenden und Channel-Abonnements – inklusive eines kleinen Zuschlags für die Werbeclips, die in meinen Streams eingespielt wurden. Es war ein schönes Zusatzeinkommen, das ich mit dem Streamen von Spielen verdiente, sehr zum Ärger einiger meiner neidischen Kollegen.

Natürlich streamte ich nie, wenn ich Dragon Epoch spielte. Dadurch könnte ich meinen Job aufs Spiel setzen. Keiner meiner Follower wusste, dass ich Angestellte bei Draco war, da das streng geheim war.

Da mein Channel schon einige Tage offline war, verspürte ich den Druck, ihnen irgendeine Art Content zu liefern. Da kam mir die Idee – warum nicht streamen, wie ich meinen Rechner in der neuen Wohnung aufbaute? Wenn ich zuerst die Kameras und mein Mikro aufbaute, könnte ich mit meinen Followern reden und ausstrahlen, wie ich meine Ausrüstung verkabelte und das Zimmer einrichtete. So hätten meine Follower Live-Zugriff auf meinen Fortschritt und ich Content, obwohl mein Rechner noch nicht zum Spielen bereit war.

Aber zuvor schwor ich mir, den Tag richtig zu starten, indem ich mit etwas Yoga die durch den Umzug verursachten Muskelverspannungen linderte. Ganz zu schweigen von dringend benötigtem Stressabbau wegen der Geschehnisse der vergangenen Woche! Ich zog meine grün-blaue Leggins und mein schwarzes Tank-Top an, machte ein ganzes einstündiges Video meiner Lieblingsyogalehrerin auf YouTube mit.

Mit frischer Energie und voller Vorfreude, diesen neuen Lebensabschnitt zu beginnen, ging ich in den leeren Raum, von dem Lucas gesagt hatte, ich könnte ihn nutzen. Das andere freie Zimmer war sein Trainingsraum – Gewichte, Langhanteln und eine große, teuer aussehende Rudermaschine. Ich versuchte, nicht zu viel Zeit damit zu verbringen, mir diese Armmuskeln vorzustellen, wenn er sie benutzte. *Hmmm.*

Für den heutigen Stream, bei dem ich Schachteln und Ausrüstung herumtragen würde, entschied ich mich, mein Headset-Mikro zu benutzen. Da ich ein Profi war, waren mein Schreibtisch und mein Computer in weniger als dreißig Minuten aufgebaut. Dann stellte ich meine zwei Kameras auf – eine über meinem Monitor und eine GoPro hoch an der gegenüberliegenden Wand.

Ich gab die Daten von Lucas' WLAN ein – die er mir hilfreicherweise bereits gegeben hatte – und dann ging es los. Die kleinen grünen Lämpchen begannen zu blinken und zeigten an, dass ich erneut live streamte.

In angemessener Entfernung von meinem Monitor stehend, sodass mein ganzer Körper vor die Webcam passte, lächelte ich und winkte. „Hey Leute! *Überraschung!* Eure böse Gebieterin, Persephone, ist bereits früher zurück als erwartet. Ich bin gerade dabei, mich in meiner neuen Bude einzurichten. Gefällt es euch?" Ich öffnete die Arme und drehte mich herum, um den geräumigen Raum zu betonen. „Schön groß und voller Möglichkeiten." Nachdem ich mich kurz selbst im Monitor begutachtete, strich ich eine Haarsträhne aus meinem Gesicht.

Dann machte ich mich an die Arbeit, Schachteln zu öffnen und den Inhalt herauszuholen. Ich verlegte Kabel und steckte meine Ausrüstung an – Controller, Lautsprecher, Beleuchtung –, während ich plauderte.

Ich sprach über alles – sämtliche Komponenten meines Rechners, die immer noch die genau gleichen waren wie zu der Zeit, als ich noch aus einer Ecke in meinem Schlafzimmer in Heaths Wohnung streamte.

„Also, was wollte ich sagen?", schwafelte ich weiter, nachdem ich mich durch die überraschende Resonanz, die ich im Chat meines Streams erhielt, hatte ablenken lassen. Meine Follower reagierten geradezu enthusiastisch darauf, dass ich wieder online war! Ich bekam Spenden und die Anzahl neuer Subscriber stieg schnell.

„Oh, ich wollte von meiner neuesten Besessenheit erzählen, Covert Ops. Ich konnte es auf der E3-Probe spielen und kann kaum erwarten, dass es veröffentlicht wird. Nur noch zehn Tage, bis man es auf Steam downloaden kann!"

Ich drehte mich um und öffnete eine kleine Schachtel mit der Aufschrift Game Controller – Pedale, Lenkrad, ein alter Joystick, PlayStation- und Xbox-Controller und Virtual-Reality-Sticks. Ich ordnete sie auf eigenen Ständern an, griffbereit, wenn ich sie brauchte. Ich musste auch meine PlayStation und Flachbildfernseher aufstellen. Was ich machte, während ich mit meinem nicht zu sehenden Internetpublikum plauderte und kein einziges Spiel spielte.

Ich hatte keine Zeit, den Chat zu lesen, konnte aber von der anderen Seite des Zimmers sehen, dass es ein Hammertag für neue Abonnements war. Allein diesen Morgen hatte ich schon mehrere Hundert neue Follower. Wer hätte gedacht, dass es so interessant sein würde, jemandem beim PC-Aufbau zuzusehen?

„Einige meiner Vorschläge zum Aufstellen eurer Monitore drehen sich natürlich um Ergonomie. Ihr müsst sicherstellen, dass ihr euch nicht den Hals verrenkt oder einen Gamer-Ellbogen bekommt oder –"

Plötzlich schwang die Zimmertür auf und Lucas stürmte so schnell wie der Blitz herein. Er trug etwas in den Armen. Ich drehte mich zu ihm um und legte die Hände an die Hüften.

„Was –"

Aber er schob sich zwischen mich und die Kamera, warf eine Decke über meinen Kopf und wickelte sie schnell um mich. *Was zum ....?*

Ich taumelte schreiend zurück und fiel auf den Hintern. Idiot! Das war kein amüsanter Scherz.

„Lucas, du Arschgesicht!", schrie ich, bevor ich realisierte, dass er redete.

Und er redete nicht mit mir.

„Ihr unzivilisierten kleinen Penner, geht euch einen zu PornHub runterholen und lasst *meine Frau* in Frieden."

Ich kämpfte mich durch lagenweise Decken, um mich aus meiner plötzlichen Unterdrückung zu befreien. Er würde *so dermaßen* den Arsch vollkriegen.

Ich hatte meinen Kopf gerade rechtzeitig herausgesteckt, um zu sehen, dass er ein Sweatshirt über die Kamera geworfen hatte. Jetzt suchte er nach dem Button, um den Videofeed zu beenden.

„Lucas!", schrie ich erneut und richtete mich auf, wobei ich energisch die dumme Decke wegtrat. „Was zum Teufel machst du da?"

„Als Erstes schalte ich diesen Scheiß aus. Dann werde ich bei nächster Gelegenheit einige der IP-Adressen herausfinden und gewissen kleinen notgeilen Pennern eine Abrechnung schicken."

Ich stellte mich neben ihn. Er stand über die Tastatur gebeugt und tippte wild darauf herum. Whoa. Der Chat bewegte sich in rasender Geschwindigkeit und Lucas' Sätze waren in brüllendem Caps-Lock geschrieben.

Aber die Subscriptions trudelten weiter ein ... zusammen mit Spenden. Eine ploppte auf dem Bildschirm auf, während ich dastand und versuchte, mich zu sammeln.

LuvDosBewbz(.)(.) hat $10.00 gespendet. [Bitte komme zurück, schöne Frau!]

Ich blinzelte verwirrt. Lucas hämmerte zähneknirschend immer noch wild auf der Tastatur herum und seine Gesichtszüge waren vor Wut angespannt. Er hatte immer noch kein Wort gesagt, seit er den Stream abgeschaltet hatte.

Aber der Tonfall dieses Chats war ... wäh. Voller Kommentare, wie heiß mein Hintern und meine Brüste in meinen Yogaklamotten aussahen. Dass meine Follower all ihren Freunden schreiben, sich dieses heiße Gamer-Girl anzusehen. Jede Menge Leute erwähnten, dass sie es kaum erwarten konnten, meine regelmäßigen Streams anzusehen. Viele nahmen an, dass ich ein Newbie wäre, der das noch nie gemacht hatte, und ich deswegen Vorzüge präsentieren musste, um Zuschauer anzulocken.

Ja, ekelhaft. Es gab solche Channel, aber meiner war *keiner* davon.

„Warte, was zum?", sagte ich und zeigte auf das Bild, das jemand im Kommentarbereich gepostet hatte. Lucas klickte darauf, um den Screenshot, den jemand gemacht hatte, zu vergrößern. Ich lehnte mich näher heran.

„Was zum...? Ich kniff die Augen zusammen und drehte den Kopf weg.

„Das sind offenbar deine Brüste", sagte er langsam.

Und er hatte recht. In all ihrer Pracht, von nahem. Eine perfekte Aufnahme meines Ausschnitts, wie ich mich vor der Kamera nach unten beugte, um das Standmikro zu montieren. Ich war viel zu konzentriert darauf gewesen, etwas zu erzählen und meine Sachen aufzubauen. Ich hatte definitiv nicht daran gedacht, dass ich immer noch meine Yogasachen trug und wie das vor der Kamera aussehen würde.

Er verzog das Gesicht und klickte auf ein weiteres Bild, um es zu vergrößern. „Und hier haben wir einige Aufnahmen deines Hinterns. Das hier sieht aus, als hättest du etwas aus einer großen Schachtel auf dem Boden geholt." Die Kamera hatte anscheinend den perfekten Blickwinkel erfasst, da mein Hintern genau im Zentrum des Fotos war.

Ich lehnte mich vor, um den Untertitel darauf zu lesen. *Dieser Arsch!*

Hitze kroch meinen Hals hinauf und meine Kehle schwoll an und fühlte sich eng an. Meine Augen schossen zu Lucas. „Ich, ähm, ich denke, ich habe meine Garderobe nicht überdacht."

Er blinzelte und sein Gesicht war rot vor kaum zu kontrollierender Wut. „Es gibt da draußen jede Menge pubertierende Kinder, sowohl körperlich als auch emotional. Tu dir selbst einen Gefallen und lies den Chat nicht."

Natürlich flogen meine Augen bei diesen Worten direkt auf die Chatbox. Bevor er seine Hand darüberlegen konnte, konnte ich aber noch lesen, dass jemand Persephone als den neuesten Zuwachs bei den *Camgirls of Twitch TV* bezeichnete.

Ich wich zurück und verzog angewidert das Gesicht. „Was für ein Haufen Scheiße."

Ich hatte es nicht nötig, enge Klamotten zu tragen und meinen Ausschnitt zu zeigen, um Aufmerksamkeit zu bekommen. Das klappte bei anderen, und das war okay, aber das war nicht meine Art.

Lucas war immer noch errötet und wutentbrannt, als ich die Maus nahm und das Fenster schloss.

Er versteifte sich und drehte sich dann zu mir. „Diese ekelhaften Idioten fantasieren darüber, welche Teile deines Körpers sie in ihrer Wichse baden wollen."

Ich rümpfte die Nase. „Ihhh. Ekelhafte kleine Penner."

Einige dieser Gamerkiddys im Internet konnten besonders vulgär werden, wenn sie durch die Anonymität geschützt waren. Und Sexismus in der Gaming-Community konnte nicht abgestritten werden. Es bestand die Chance, dass ich mit diesem Stunt einiges an Glaubwürdigkeit als echtes Gamer-Girl verloren hatte.

Verdammte Scheiße, zumindest war das Streamen nur eine Nebentätigkeit und nicht mein Vollzeitjob.

Lucas richtete sich von der Tatstatur auf und stand angespannt vor mir. Durch sein offensichtliches Missfallen fühlte ich mich etwas schüchtern. „Ich hatte etwas Yoga gemacht, bevor ich die Idee zum Streamen bekam. Deshalb war ich so angezogen."

Er schüttelte den Kopf. „Du solltest es besser wissen, Kat. Du solltest dir über die Gefahren, denen Streamer ausgesetzt sind, im Klaren sein. Ein SWAT-Team rufen, nur um live im Internet zu sehen, wie eine Polizeirazzia bei einem Streamer durchgeführt wird. So etwas ist gefährlich. Ganz zu schweigen von Stalkern."

Ich blickte finster drein. „Ein winziger Fehler, den ich nicht noch einmal mache. Aber ich werde mich nicht aus Furcht vom Streamen abhalten lassen. Aber ich werde definitiv keine Yoagpants mehr anziehen, selbst wenn mir das jede Menge Subscriptions bringt." Ich streckte ihm die Zunge heraus und er verdrehte die Augen, als er das Zimmer verließ.

Trotz meines oberflächlichen Ärgers war ich dankbar darüber, dass er hereingestürmt war, um das zu unterbinden. Ich hatte keine Ahnung, dass er mir auf Twitch folgte. Wahrscheinlich hatte er auf dem Nachhauseweg die Benachrichtigung bekommen, dass ich live war, und realisiert, was los war. Das hätte noch eine Stunde so weitergehen können, hätte er es nicht beendet.

Gott sei Dank hatte er das.

Draußen im Wohnzimmer drehte ich mich zu ihm. „Ich muss meinen Vorbau und meinen Hintern nicht benutzen, um Subscriber zu bekommen. Ich bin auf dem Channel einfach ich selbst – ein lustiges, verrücktes Gamer-Girl. Ich donnere mich nicht auf oder trage einen Push-up."

Er blies seinen Atem hinaus. „Bitte sag mir nicht, dass du so naiv bist und denkst, dass du jeden deiner Subscriber nur wegen deines Gameplays hast und nicht wegen deines Aussehens."

Ich drehte mich mit den Händen an den Hüften zu ihm. „Wie sehe ich denn aus, Lucas?"

Wenn er mir doof kam, konnte ich das auch, oder? Seine Augen wurden schmal und wanderten langsam meinen Körper hinab. Die Art, wie er mich ansah, war nicht anzüglich oder unanständig. Aber sie erwärmte mich trotzdem, wie eine sanfte Berührung. Ich erkannte, dass ich wollte, dass er mich ansah, mich bemerkte.

Ich wedelte mit einer Hand vor meiner Brust herum. „Ist das alles, was mich ausmacht? Mein Gesicht, meine Titten, mein Arsch?"

Er blinzelte. „Genau das Gegenteil. Die Tatsache, dass diese kleinen notgeilen Arschlöcher nur das sehen und nicht dein eigentliches – und beachtliches – Talent, macht mich sauer."

Ich seufzte. „Willkommen in der Welt einer Frau in der Gaming-Community. Wir werden ständig als Objekte gesehen und unsere Fähigkeiten werden in Frage gestellt. Die Leute nehmen an, dass der einzige Grund, warum wir etwas erreichen, der ist, dass wir unseren Körper und unser Aussehen absichtlich dazu benutzen, unsere echten Fähigkeiten zu ersetzen."

„Naja, du weißt, dass *ich* nicht so denke. Aber dir nicht einzugestehen, dass dein Aussehen dabei einen Einfluss hat, ist unaufrichtig. Du bist viel zu –" Er unterbrach sich und wurde rot, als wäre ihm das, was er sagen wollte, zu peinlich, um es zuzugeben.

Ich starrte ihn erwartungsvoll an. Er blinzelte und erwiderte mein Starren einen langen, angespannten Augenblick lang.

Dann räusperte er sich. „Ich habe immer noch vor, diese kleinen Penner aufzuspüren und ihre Maschinen mit nicht aufzuspürenden Viren zu infizieren."

Trotz allem zog ein Lächeln an meinen Mundwinkeln. Seine beschützerische Art mir gegenüber war mehr als nur ein wenig rührend. Sie ließ mich fast – *fast* – vergessen, dass er angedeutet hatte, mein Aussehen hätte Auswirkung auf meine Onlinepopularität.

Ich nehme an, das Gegenteil zu behaupten, wäre naiv. Und seine Andeutung sollte keine Kritik sein. Er stellte nur eine Tatsache fest. Wenn er dieselbe Meinung wie all diese dummen frauenhassenden Penner da draußen hätte, hätte ich das schon lange mitbekommen.

„Du willst nur nett sein, damit ich dich heute Abend nicht vor deinen Eltern blamiere."

Bei diesen Worten lächelte er. „Zieh einfach ein schönes Kleid an und zeig deine guten Manieren und du wirst es unbeschadet überstehen."

Ich zog eine Augenbraue hoch und dachte darüber nach. „Das klingt wirklich altmodisch."

„Du hast nicht die geringste Ahnung."

Ich beäugte ihn argwöhnisch. Mir war bewusst, dass es noch mehr gab, das er mir nicht über sich, seine Familie und speziell diesen Abend erzählte. „Also, wie schön soll ich mich anziehen?"

Er schaute auf die Uhr. „Formell."

Hmm. „Naja, ich habe das Kleid, das ich auf Adams und Mias Hochzeit getragen habe. Es ist Insel-schick."

Er zog die Augenbrauen hoch. „Und das bedeutet?"

Ich richtete mich auf. „Naja, es ist sehr schön und für warmes Wetter. Draußen ist es heute schön, also werde ich nicht frieren. Und was mich betrifft, ist es stilvoll."

Er zuckte mit den Schultern. „Wenn es schön ist und du es magst, dann zieh es an."

Ich schnaubte spöttisch und erwiderte höhnisch: „Ich bin so froh, dass ich deine Genehmigung habe." Aber plötzlich baute sich in mir eine Welle aus Nervosität auf. Seine Skepsis und sein mysteriöses Verhalten machten mir nur noch mehr bewusst, dass ich das wahrscheinlich nicht vermasseln sollte.

Sein Grinsen weitete sich. „Sei nicht so voreilig. Ich habe es noch nicht gesehen."

Ich hatte etwas mehr als drei Stunden, bevor wir gehen mussten. Unter normalen Umständen hätte das bedeutet, dass ich noch mindestens zwei Stunden Freizeit hätte, bevor ich mich herrichten musste. Aber sein Gerede hatte mich so nervös gemacht, dass ich mir mehr Zeit als üblich nahm, um mich vorzubereiten. Ich nahm mir mehr Zeit für mein Make-up und trug mit leicht zitternder Hand Eyeliner auf. Bestand die Chance, dass sie bemerken würden, dass ich mein Nicht-Designer-Make-up nicht in irgendeinem ausgefallenen Laden kaufte?

Ich nahm mir auch mehr Zeit für meine Haare und bürstete sie auf ganzer Länge, bis sie glänzten. Sie reichten mir weit über die Schultern, fast bis zur Mitte des Rückens. Ich hätte sie schon lange wieder schneiden lassen müssen, weswegen ich Angst hatte, dass seine Eltern genauer hinsehen und Spliss entdecken würden. Um davon abzulenken, holte ich meinen Lockenstab – den ich seit der zuvor erwähnten Hochzeit nicht mehr benutzt hatte – aus einer Pappschachtel mit der Aufschrift *Badezimmer*.

Jede Locke wurde von mir sorgfältig geplant und strategisch gesetzt. Nach einem leichten Augenbrauenzupfen und dem besten Make-up, das mir möglich war, war ich bereit, das Kleid anzuziehen.

Glücklicherweise hatte ich es, nachdem ich es reinigen hatte lassen, in einem Plastiküberzug aufgehängt, sodass es tragebereit war. Es war ein Trägerkleid aus gewalktem, seidigem Stoff in einem zartem Eisblau. Ich hatte es so geplant – schließlich war es eine Winterhochzeit gewesen, auch wenn sie bei dreißig Grad heißem, karibischem Wetter stattgefunden hatte. Es hatte sich nicht wirklich nach Winter angefühlt, aber ich hatte diese Neujahrszusammenkunft irgendwie würdigen wollen.

Außerdem sah diese Farbe zu meiner Haut wirklich gut aus. Sie gab ihr ein strahlendes, porzellanartiges Aussehen. Ich war blass, sowohl wegen meines Erbguts als auch wegen meines Geburtslandes. Und ein paar Jahre in Kalifornien zu leben, hatte nur dazu beigetragen, mich daran zu erinnern. Die südkalifornische Sonne zog jedem sofort die Haut ab, wenn man das Licht nicht gewohnt war. Und selbst dann wurde Sonnenschutz hier wie eine Religion zelebriert. Bei meiner Haut musste ich extra vorsichtig sein.

Ich brauchte über zwei Stunden, um mich vorzubereiten und herauszuputzen, was eine Ausnahme war. Aber jetzt war ich bereit und zierte meine Füße noch mit glitzernden hochhackigen Sandalen.

Als ich mich so im Spiegel betrachtete, fühlte ich mich wie eine Prinzessin und musste kichern. Mich so schick zu machen, war so selten, dass es wirklich etwas Außergewöhnliches war. Auch wenn ich nicht wirklich eine Tussi war, gefiel es mir hin und wieder, mich hübsch zu machen und ganz Mädchen zu sein. Das jeden Tag zu machen, wäre viel zu anstrengend. Und auch langweilig, um ehrlich zu sein. Ich verbrachte selten mehr als eine Stunde mit meiner täglichen Beauty-Routine, hauptsächlich, weil ich nicht interessant fand, mehr Zeit dafür aufzuwenden.

Meine Stöckelschuhe hallten auf dem Parkettboden wider, als ich den Korridor entlang nach vorne ging. Ich war ein paar Minuten zu früh dran und hoffte, Lucas überbieten zu können, dem, wie ich von der Arbeit wusste, Pünktlichkeit überaus wichtig war. Er hatte die Fahrtzeit und die Zeit, zu der er ankommen wollte, eingerechnet und mir eine Uhrzeit gegeben, zu der ich fertig sein musste.

Und hier war ich, fünf Minuten vor dem Zeitplan, und hoffte, die Erste zu sein. Aber nein, er war bereits da, stand in der Nähe der Tür und schaute auf sein Handy.

Ich konnte mich nicht wirklich anschleichen, da meine Schuhe denselben Lärm verursachten wie eine galoppierende Baby-Ziege. Aber ich stoppte trotzdem, als ich in den Eingangsbereich kam, denn …

Denn er sah so unglaublich heiß aus, dass es mir den Atem raubte.

Lucas trug einen dunkelgrauen Anzug und ein Hemd in einem helleren Grau. Der einzige Farbklecks in seinem Ensemble war die dunkelblaue Seidenkrawatte. Aber wow. Ich hatte ihn zuvor noch nie im Anzug gesehen. Alle Angestellten im Bau trugen legere Kleidung zur Arbeit und zu den meisten Firmenveranstaltungen.

Der Anzug war ihm auf den Leib geschneidert. Er akzentuierte seinen durchtrainierten Körperbau. Da er auf dem College gerudert hatte, hatte er einen ausgeprägten Oberkörper und hatte für das Team auch ein gewisses Gewicht halten müssen. Offensichtlich hielt er sich trotz seines anstrengenden Jobs mit seiner Rudermaschine in Form. Beeindruckend. Meine Augen wanderten seinen Körper von Kopf bis Fuß hinab. Ich hatte mich schon mehr als einmal gefragt, wie er wohl unter seinen Klamotten aussehen musste. Und danach hatte ich mich dafür gescholten, nicht hundert Prozent professionell zu bleiben, auch wenn es nur Gedanken waren.

Ich räusperte mich. „Du siehst wirklich gut aus", sagte ich mit einem leichten Lächeln.

Aber die Art, wie er mich bei diesen Worten ansah, sagte, dass ich nicht die Einzige war, die das nicht zu einhundert Prozent professionell behandelte ...

KAPITEL
SIEBEN
LUCAS

ICH WAR DARAUF VORBEREITET, DASS SIE HEIß AUSSEHEN würde. Kat war immer heiß, selbst ohne es darauf anzulegen. Aber dafür war ich nicht wirklich bereit. Sie sah ...

Mein Kopf ratterte eine Litanei an möglichen Ausdrücken herunter, von einfach bis ausschmückend – schön, strahlend, atemberaubend, entzückend. Wunderschön. Ihr Kleid war kurz, es reichte bis zur Mitte ihrer Oberschenkel und schmiegte sich an ihre Kurven. Ein glitzerndes Hellblau mit silbernen Akzenten. Es passte perfekt zu ihrer Hautfarbe. Das Oberteil wurde durch dünne Träger von ihren Schultern gehalten. Es hatte einen tiefen Ausschnitt und zeigte etwa genauso viel Dekolletee, wie sie heute Morgen unabsichtlich ihren notgeilen Zuschauern präsentiert hatte.

Aber ich verdrängte diesen Gedanken schnell, bevor meine Wut wieder hochkam. Ihr schönes dunkelrotes Haar glänzte und hob sich, dort wo es in dichten, lockeren Locken über ihre Schultern floss, wunderschön von der Farbe ihres Kleides ab. Ich hatte noch nie zuvor Haare in dieser Farbe gesehen und war anfangs überzeugt gewesen, dass es nicht ihre natürliche Haarfarbe war. Doch erst als ich bemerkt hatte, dass ihre Augenbrauen und Wimpern ohne Mascara die exakt selbe Farbe hatten, erkannte ich, dass sie von Natur aus rothaarig war.

Es gab ihre eine Erscheinung wie nicht von dieser Welt, wie das einer der ätherischen und mysteriösen Elfen aus unserem Dragon Epoch. Wie eine Fee aus einem dunklen Forst, die Naturmagie beherrschte und so wild und mächtig war wie das Land und die Bäume, die sie umgaben.

Meine Augen kamen auf ihrem Dekolletee zum Ruhen. Das Kleid zeigte all ihre atemberaubenden Vorzüge.

Und sie waren absolut perfekte Vorzüge. Die runden Kurven ihrer Brüste, das Schimmern ihrer Haut, all das bewarb eine cremige Weichheit, die nur danach schrie berührt zu werden. Zusammen mit einem süßen, süßen Geschmack, den ich so gerne kosten würde. Ich war besessen von dem Gedanken, meine Zunge darüber gleiten zu lassen, entlang des seidigen Tals, über diese weichen Hügel. Der Zustand eines gewissen Teils unterhalb meines Gürtels fühlte sich plötzlich unbehaglich an, wie ein Knoten, der zu eng geschnürt war. Ich war stahlhart bei dem Gedanken, sie zu berühren und zu kosten. Ich packte mein Handy so fest, dass ich es fast fallenließ.

Sie sah *so* aus … und ich musste sie heute Abend mit meiner Familie teilen.

Was wahrscheinlich gut war, da ich so verdammt versucht war, etwas zu tun, dass sich so, so gut anfühlen würde, aber das ich später bereuen würde. Ich hatte bereits einmal das beschissene Ende einer Ehe mitmachen müssen. Es war nicht nötig, diese Scheinehe ähnlich beschissen zu beenden.

Heute Abend hatte ich eine neue Ehefrau, die ich meiner ganzen verdammten Familie präsentieren musste. Natürlich hatten sie sofort darauf bestanden, als ich gezwungen war, diese überraschende Heirat zu offenbaren. Schein oder nicht, wir würden die Charade, Mann und Frau zu spielen, durchziehen müssen.

Ja, sicher, ich schlug keine Gelegenheit aus, die Institution Ehe zu verspotten, wenn sich die Gelegenheit bot. Aber nie im Leben würde ich darüber nachdenken, mich erneut in so eine Katastrophe hineinziehen zu lassen wie beim ersten Mal, selbst wenn nur vor dem Gesetz und temporär.

Nichtsdestotrotz kam ich, wenn ich Kat so ansah, nicht umhin, mir zu wünschen, dass mehr zwischen uns war als nur eine Scheinehe. Denn ... *wow*. Ich nahm mir einen Augenblick, durchzuatmen und mein rasendes Herz zu beruhigen. Ich war dankbar, dass mein Jackett eine andere, eine physische Reaktion verbarg.

„Du siehst gut aus", hörte ich mich murmeln. Untertreibung des Jahres. Sie sah zum Vernaschen aus und, oh Junge, mir lief schon das Wasser im Mund zusammen. Hungernde Schmerzen schrien nach ihr, verlangten nach ihr. So laut, dass sie fast zu einem eigenständigen Gesang wurden. Einem Gesang, der drohte, meine Gedanken zu vereinnahmen, bis ich sie endlich berühren würde, sie entkleiden würde, sie kosten würde. Mich zwischen diesen warmen, kurvigen Schenkeln vergraben würde.

Fuck. Ich musste sie wirklich berühren. Und jede Entschuldigung würde mir recht sein.

„Sollen wir gehen?", sagte ich nach einer weiteren Pause, in der ich vergeblich versucht hatte, mich zu sammeln, Gott. Ich hatte mich schon zuvor mit einer schönen Frau getroffen. Ich war mit vielen schönen Frauen zusammen gewesen. Ich war mit einer schönen Frau verheiratet gewesen.

Aber ... es fiel mir schwer, mich an den Rest zu erinnern. Die in der Vergangenheit. Die Vergangenheit, die ich hatte vergessen wollen. Gerade machte mir Kat das *wirklich* einfach.

Für gewöhnlich machte sie es sich nur zur Mission, mich zu nerven. Worin sie auch Erfolg hatte. Aber heute war es anscheinend ihre Mission, mich verrückt zu machen.

Ich hielt ihr die Tür auf, wie ein Gentleman – wie ich es in meinem vergangen Leben automatisch getan hatte. Alte Manieren wurde man nur schwer los. Sie klackerte in ihren Stöckelschuhen mit den glitzernden Riemchen, die sich um ihre schlanken, sexy Knöchel schlängelten, durch die Tür. Ich konnte einfach nicht anders, als meine Hand auf ihr Kreuz zu legen, um sie hindurch zu führen.

Sie brauchte das nicht. Hätte wahrscheinlich nie daran gedacht, darum zu bitten.

Nein, diese kleine, einfache Berührung war für mich. Als wollte ich mich noch einmal versichern, dass sie echt war und dass sie neben all ihren anderen bemerkenswerten – und nicht so offensichtlichen – Vorzügen wirklich so schön war.

Und dass sie noch ein klein wenig länger *mein* war.

Meine liebe Kollegin. Meine gelegentliche Komplizin. Meine ehemalige Erzfeindin. Meine Ehefrau – die ich nicht berühren durfte. Und nein, nicht wegen irgendeines willkürlichen Gesetzes oder einer Regelung. Nicht einmal, weil sie selbst darauf bestand. Nein, diese dumme Abmachung war auf meinem Mist gewachsen und ich hatte niemanden, dem ich die Schuld an meinen dicken Eiern geben konnte außer mir selbst.

Leider hatte ich keine Zeit, mich in meinem Elend zu suhlen. Ich ging zur Beifahrerseite meines mitternachtsblauen Mercedes Benz aus den 80ern, um ihr die Tür zu öffnen.

„Wow, was für ein Gentleman", sagte sie überraschend wenig abfällig. Sie blickte mich an und zwinkerte mir übertrieben zu.

Ich hatte kaum Gelegenheit gehabt, sie irgendwo hinzufahren. Wir hatten nur selten auf privater Ebene interagiert. Sicher, wir hatten oft die Nacht zusammen verbracht – leider nicht im Bett. Nein, nur im *Bau* während der langen Überstunden. Wir waren gelegentlich bei denselben Partys oder nach der Arbeit bei Drinks mit Kollegen. Ich hatte also nur selten die Gelegenheit gehabt, ihr meine eigenen Fähigkeiten zu präsentieren. Aber ich hatte es während meiner Jugend so eingebläut bekommen, dass ich nicht anders konnte, als so zu handeln.

Als ich ihr ins Auto half, bekam ich die wundervolle Gelegenheit, einen Blick tief in ihren Ausschnitt werfen zu dürfen. Sie setzte sich auf den in die Jahre gekommenen Ledersitz und lächelte zu mir herauf, was dem Zustand unterhalb meiner Gürtellinie keine Abhilfe verschaffte.

Kein Wunder, dass all diese Scheißkerle, die ihr auf Twitch zusahen, heute den Verstand verloren hatten. Scheiße. Sie war so verdammt sexy, dass es wehtat. Selbst wenn sie nur ihre Yogaklamotten trug.

Verdammt, ich freute mich insgeheim hämisch darüber, mit dieser absolut heißen Frau in meinem Arm, die ich meine Ehefrau nennen durfte, beim Familiendinner aufzutauchen.

Mein Cousin würde in seiner üblichen ungenierten Art mit ihr flirten. Vater würde vermutlich seinen Cognac verschütten und eine ziemliches Durcheinander verursachen. Und beide würden wahrscheinlich die ganze Zeit schmutzige Gedanken über sie haben.

Aber sie war *mein*. Wenn auch nur auf dem Papier. Und wenn auch nur temporär.

„Also, ich kann es kaum glauben, dass ich das noch nie gefragt habe, aber ... wo leben deine Eltern?"

„Im Süden. Coto de Caza."

Ich warf ihr vom Lenkrad aus einen verstohlenen Blick zu, um zu sehen, ob es bei dem Namen bei ihr klingelte. Doch das tat es offensichtlich nicht. Gut. Umso besser. Ihre Unwissenheit über die umliegende Gegend würde sie nicht so nervös werden lassen. Diese Wohngegend beherbergte locker einige der wohlhabendsten Leute Südkaliforniens. Sie würde es herausfinden, sobald sie all die gewaltigen Häuser in der bewachten Wohngegend sehen würde. Glücklicherweise hätte sie dann nur noch wenige Minuten, um wütend zu werden.

Ich legte die Zündung um und fuhr langsam auf die Einfahrt, bevor ich den Knopf drückte, um das Garagentor zu schließen. Ihr trauriger kleiner Honda Civic stand in der Auffahrt und sah in diesem Viertel mit all den Hybriden, Mercedes und BMWs verloren aus. Trotzdem schien der Wagen sich noch zu behaupten.

Bald waren wir auf dem Freeway. Ich warf ihr einen Blick zu, während sie zusah, wie die trockenen Sommerhügel mit ihren kalifornischen Kreosotbüschen am Fenster vorbeirauschten. Ihre Hände lagen ruhig gefaltet auf ihrem Schoß und es war kein Anzeichen von Unruhe oder Nervosität zu erkennen.

„Das heute sollte nicht so tragisch werden. Meine Eltern wissen es schließlich erst seit ein paar Tagen. Aber sie haben darauf bestanden, dich dieses Wochenende kennenzulernen, nachdem ich es ihnen gesagt hatte. Das war nicht zu vermeiden."

Sie nickte und blickte auf ihre fest gefalteten Hände. „Keine Sorge. Ich verstehe das."

„Wie haben deine Eltern reagiert?"

Sie zögerte mit ihrer Antwort und ich warf ihr einen nachfragenden Blick zu. Sicher hatte sie es ihnen erzählt ... Aber es war immer noch nicht klar, wie genau ihre Familiensituation aussah. Sie schien ihrer Familie überhaupt nicht nahe zu stehen und ich war erneut neugierig. Vielleicht hatte sie es ihnen doch nicht gesagt?

Sie räusperte sich. „Ich habe noch nichts von ihnen gehört."

Meine Augenbrauen schossen überrascht hoch. „Du, ähm ... hast ihnen die Neuigkeit per E-Mail geschickt?"

„So in etwa."

Wow. Ich warf ihr einen Blick von der Seite zu, entschlossen, sie dazu zu bekommen, zu beichten. Aber jetzt war nicht der richtige Zeitpunkt. Sie blickte mich an und drehte sich dann weg, um aus dem Fenster zu sehen.

Als ich den Mund öffnete, um zu antworten, kam sie mir zuvor. „Manchmal vermisse ich die Bäume", sagte sie aus dem Nichts.

„Wie bitte?"

Sie drehte sich zu mir und sah mich an. „Die einzigen großen Bäume hier sind Palmen. Sie sind überall. Und sie passen hierher, aber ich vermisse die Bäume im pazifischen Nordwesten. Sie haben einfach etwas an sich – Tannen, Ahorn, Birken. Im Sommer ist es hier so braun. Aber in Kanada ist das die grünste Jahreszeit."

Ich ließ meine Augen auf der Straße. „Ich bin hier aufgewachsen. Ich bin es so gewohnt."

„Wohnen deine Eltern immer noch in dem Haus, in dem du aufgewachsen bist?"

Einem davon, dachte ich, aber nickte nur als Antwort. Erneut, es war vermutlich besser, ihr so wenige Infos wie möglich darüber zu geben.

Ich verließ den Freeway und fuhr über die vertrauten Durchgangs- und Nebenstraßen, die an einem zweispurigen Highway endeten. Die Straße führte zu einer der bewachten Wohnanlagen, die einen Großteil von Coto de Caza bildeten, das sich an die trockenen Hügel und Canyons des südkalifornischen Hinterlands schmiegte.

Wir fuhren die Serpentinenstraße auf einen der Hügel hinauf und kamen dabei an nicht einer, sondern zwei Wachstationen vorbei. Wenn sie jetzt nicht ausrastete, dann würde sie vermutlich auch den Rest des Abends gut überstehen.

KAPITEL
ACHT
KATYA

E R WAR SUBTIL, ABER ICH BEMERKTE DIE gelegentlichen Blicke, die er mir zuwarf, seit wir den Freeway verlassen hatten. Der Wagen folgte einer zweispurigen Serpentinenstraße, die sich die Hügel hinaufwand. Testete er meine Reaktionen? Ich stellte sicher, meine Umgebung aufzusaugen, aber meine inneren Reaktionen geheim zu halten.

Aber das wurde etwas herausfordernder, als wir an das erste Tor kamen. Lucas zog eine metallische Karte hinter seiner Sonnenblende hervor und führte es an dem Gerät vorbei. Das automatische Schiebetor öffnete sich und erlaubte dem Wagen Zutritt.

Die Häuser, an denen wir vorbeifuhren, waren groß und schön, mit sorgfältig gepflegten Vorgärten und teuren Autos in den Auffahrten. Es war eine ruhige und eher versnobt aussehende Wohngegend – Springbrunnen, Statuen und ausgefallene Formschnittbäumchen in fast jedem Vorgarten. In den reicheren Teilen von Vancouver gab es auch solche Häuser, aber ich war noch nie in einem oder in der Nähe eines von ihnen gewesen.

Aber die richtige Panik – die verschwitzten Handflächen und der rasende Puls – stellte sich ein, als wir an das zweite Tor innerhalb der ersten bewachten Wohngegend kamen. Dieses Tor war von mehreren uniformierten Wachen bemannt. Wie der verdammte Tower of London oder so etwas.

Lucas bremste und ließ sein Seitenfenster herunter. „Van den Hoehnsboek van Lynden."

Nachdem er eine Kamera auf das Auto gerichtet und das Nummernschild eingescannt hatte, nickte einer der Wachmänner. Seine weiße militärisch aussehende Mütze wippte in der späten Nachmittagssonne auf und ab. „Natürlich." Dann ließ er uns durch das Tor.

Naja … heilige Scheiße. Wohin fuhren wir *jetzt*? Uns ging langsam der Hügel aus.

Falls das noch möglich war, übertrafen *diese* Häuser diejenigen, die wir gerade passiert hatten, noch.

Und jeder, der mit dem Konzept einer Villa vertraut war, würde diese Heime definitiv als Villen bezeichnen. Adams und Mias Haus würde hier auf jeden Fall hineinpassen. Natürlich bevorzugten sie ihren kleinen Privatstrand auf ihrer halb privaten Insel in der Bay, aber … *diese Aussicht!*

Ich blickte hinab auf die Städte des südlichen Countys, als wir weiter den Hügel hinauffuhren. Mit jedem Meter Höhenunterschied wurden die Häuser größer und vermutlich um Hunderttausende von Dollar teurer.

Wow. Sie wollten wirklich nicht, dass Gesindel in ihre schöne kleine Oase kam, oder? Zwei verschiedene Tore … bewaffnete

Wachen. Wie bekamen die Anwohner hier ihren jährlichen Vorrat an Pfadfinderkeksen?

Lucas war *hier* aufgewachsen?

„Bist du in Ordnung?", fragte er endlich nach langen schweigsamen Minuten Fahrt. „Du bist sehr ruhig da drüben."

Ausnahmsweise. Ich wusste, dass er diesen letzten Teil dachte, auch wenn er ihn nicht ausgesprochen hatte. Aber ja ... er hatte endlich einen Weg gefunden, mich zum Schweigen zu bringen.

Ich hatte mir praktisch ein Loch in die Lippe gebissen und mit meinen vor der Brust verschränkten Armen quetschten meine Finger so sehr in das Fleisch meiner Oberarme, dass ich wahrscheinlich Blutergüsse bekommen würde.

Als vermutlich kaum noch Hügel zum Erklimmen übrig war, fuhr Lucas in eine Privatstraße. Es führte zu etwas, das ich nur als Anwesen und nicht mehr als bloße Villa bezeichnen konnte.

Fuuuck. Was zum Teufel?

Ich würde es für einen Scherz halten, wenn er nicht mit Karten vor Geräten herumgewedelt hätte. Ganz zu schweigen davon, seinen Nachnamen zu nennen, als wäre er ein verdammter Rockefeller oder Carnegie.

Die Auffahrt war lang, gesäumt von einer scheinbar unendlichen Reihe aus Palmen, und endete in einem dekorativen runden Platz vor der Villa. Ein Bediensteter rannte herbei, um mir die Türe zu öffnen, als Lucas vor dem Haus hielt. Ich blickte zur Fahrerseite, wo Lucas ausstieg und jetzt seltsamerweise meinem Blick auswich. Er gab dem Bediensteten, der ihn mit Namen begrüßte, seinen Autoschlüssel und dieser fuhr das Auto weg, um es irgendwo anders zu parken.

Dann drehte ich mich um, um mit offenem Mund das Haus vor uns zu bestaunen. „Du hast mir nicht gesagt, dass deine Familie in einem Bergresort wohnt. Ist – ist das ein Hotel?"

Lucas antwortete nicht und blickte nur flüchtig auf das gewaltige Bauwerk, das über uns aufragte, ganz aus Stein, Glas und modernen Linien und Kurven. Das Haus selbst war ein Kunstwerk.

Mein Kopf neigte sich zunehmend nach hinten, als ich immer weiter und weiter nach oben blickte. Es gab etwa ein Dutzend schlanke, runde Kamine, die am späten Nachmittagshimmel kratzten. Schluck.

Ich wischte meine verschwitzten Hände an dem Stoff ab, der meine Oberschenkel bedeckte. Der Ring von Lucas' Urgroßmutter zwinkerte mir zu, als er das Sonnenlicht einfing. Als ich innehielt, um ihn zu betrachten, war ich fixiert auf den entsetzlichen Zustand meiner Nagelhäute und meine abgeplatzten Nägel. Mir stockte der Atem. Ich war in meinem Leben noch nie unsicherer gewesen. Die Familie würde heute Abend sicher den Ring an meinem Finger sehen wollen. Ich hatte nicht daran gedacht, wie schäbig dieses schöne Schmuckstück an meiner schlichten Hand aussehen musste.

„Ich hätte eine Maniküre machen lassen oder mir zumindest die Nägel lackieren sollen."

Lucas wirkte nicht besorgt wegen des Zustands meiner Hände, als er mir seine reichte. Langsam nahm ich sie und seine Finger umschlangen die meinen. Er drückte meine Hand, als ob er mich beruhigen wollte. „Wir haben keine Zeit, nervös zu werden. Atme einfach tief durch und schwimm mit dem Strom."

Schwimm mit dem Strom. Riiiichtig. Dafür warf ich ihm von der Seite einen sehr skeptischen Blick zu. Er bemerkte meinen

Gesichtsausdruck und zog die Augenbrauen hoch. Oh, dafür würde er bezahlen müssen. Und es würde schnell und schmerzhaft werden. Ich hoffte, dass er das in meinen Augen lesen konnte. Wir würden schon sehen, wie er mit dem Strom schwamm, wenn er sich von einem nicht-metaphorischen Tritt in die Eier erholte.

Wir gingen die flachen Stufen des Weges aus geometrisch angeordneten Steinplatten hinab, die von flachen Gräben aus plätscherndem Wasser getrennt waren. Es war so designt, dass es aussah, als würden wir auf den Trittsteinen eines stilisierten Stroms wandeln, der von einem Brunnen in der Nähe der Eingangstür gespeist wurde. Anstatt zu klopfen, drehte Lucas den Türknauf und trat ein. Ich hatte schon fast einen uniformierten Pförtner erwartet.

Wir gingen hinein und ich musste mich daran erinnern zu atmen, denn dieses Haus war innen noch viel exquisiter als außen. Mein Kopf neigte sich wieder zurück, um die gewaltige chromverzierte gewundene Treppe und den riesigen Kronleuchter, der über dem gläsern eingefassten Reflexionsbecken im Eingangsbereich hing, auf mich wirken zu lassen.

Ein älteres Paar – vielleicht in ihren Fünfzigern oder so – näherte sich dem Foyer, um uns zu begrüßen. Woher sie wussten, dass wir hier waren, wusste ich nicht, aber ich vermutete, dass der Bedienstete ihnen über Funk Bescheid gegeben hatte. Oder vielleicht sogar die Wachen am Tor.

Oder vielleicht ein unsichtbarer Butler.

Ich hatte keine Ahnung, ob die Van Den Blah Blah Blahs einen Butler hatten oder nicht. Aktuell wäre das die am wenigsten schockierende Enthüllung des Abends.

Es war ziemlich unfreiwillig und rein auf mein Erstaunen zurückzuführen, dass ich ein „Heilige Scheiße" von mir gab. Manchmal bedurfte es einfach dieses universellen – wenn auch profanen – Ausdrucks. Und das gerade war einer dieser Momente. Ich hatte es leise gemurmelt, doch anscheinend hatte die Frau es gehört, da ihre perfekt gezeichneten Augenbrauen auf ihrer Botoxstirn nach oben wanderten.

Ihr Kleid war glitzernd und farblos, wahrscheinlich von irgendeinem berühmten Designer. Außerdem trug sie eine Kette, die vermutlich mehr als mein ganzes Elternhaus gekostet hatte. Ihr aschblondes Haar war kurz, es reichte ihr bis zu den Ohren und war leicht gelockt. Passende, schrecklich teuer aussehende Ohrringe steckten in jedem ihrer Ohrläppchen.

Nachdem sie mich von oben bis unten begutachtet hatte, drehte sie sich zu meinem Ehemann. „Lucas, du bist endlich hier."

Sie küsste ihn auf beide Wangen, anstatt ihn zu umarmen. Das war eine sehr europäische Begrüßung. Sie schien sehr niveauvolle Manieren zu haben, auch wenn sie sehr gewöhnlich amerikanisch klang, wenn sie sprach.

„Mutter", sagte er monoton. „Danke für die Einladung."

Dann trat der Mann vor, um ihm die Hand zu schütteln. „Es ist viel zu lange her, Sohn." Er war groß und gut gebaut und Lucas sah ihm ein wenig ähnlich – von der Hautfarbe und dem Körperbau zumindest. Ihre Gesichtszüge waren jedoch merklich verschieden.

Und die Kälte in ihren Begrüßungen blieb mir nicht verborgen. Nach dem peinlichen Händeschütteln sahen mich seine Eltern erwartungsvoll an, ohne ein Wort zu sagen. Wurde von Lucas erwartet, dass er mich vorstellte? Warum war alles so konservativ und formell? Selbst die Art, wie sie einander ansprachen – *Mutter, Vater, Sohn* – war seltsam.

Naja, scheiß drauf. Das war einfach nicht ich.

Ich setzte ein gewaltiges künstliches Lächeln auf und streckte die Hand aus. „Hi, ich bin Katya."

Man musste ihnen zugute halten, dass sie bei meiner legeren Begrüßung nicht sofort schockiert ihre Juwelen in Sicherheit brachten. Die Frau nahm meine Hand und lächelte. „Ich bin Elaine und das ist mein Ehemann, Arent." Dann lehnte sie sich vor, legte ihre Hände an meine Oberarme und berührte meine Wange mit ihrer und küsste die Luft. Sie wiederholte dasselbe auf der anderen Seite und trat einen Schritt zurück. Ich stand still und badete in ihrem teuren Parfüm, bevor ich steif zurückwich.

Lucas' Vater war als Nächstes dran. Er nahm meine Hand und schüttelte sie. Seine Augen wanderten fast anzüglich blickend meinen Körper hinab, bevor er seinem Sohn ein schnelles Zwinkern zuwarf. War das ein zustimmendes Zwinkern? *Ekelhaft.*

„Das ist kurz für Katharina, nicht wahr?", fragte Elaine.

Ich nickte, wobei mir dieses lächerliche Lächeln immer noch im Gesicht stand. „Ja. Katharina Ellis."

Ohne ihren neutralen Gesichtsausdruck zu wechseln, drehte sie sich zu Lucas. „Sie behält ihren Namen?"

„Wir sind im einundzwanzigsten Jahrhundert. Das machen Frauen heute so", antwortete Lucas' Vater, bevor es einer von uns konnte. „Besonders wenn unser Sohn deinen Namen meinem vorzieht."

Lucas verzog das Gesicht. „Das ist wirklich nichts, worüber wir jetzt reden müssen."

Ich runzelte die Stirn. Hmm. Dahinter gab es eine Geschichte. Van den Dad wirkte verbittert darüber, dass Lucas nicht den extrem langen holländischen Namen benutzte. Aber das war mehr als nur Bequemlichkeit. Offensichtlich war mein neuer Ehemann nicht gut darin, mit der Wahrheit rauszurücken. Diese Villa und das Anwesen enthüllten schnell, was höchstwahrscheinlich nur die Spitze eines sehr großen Eisbergs war.

Hoffentlich würden unsere sorgfältig ausgearbeiteten Pläne und Abmachungen nicht dasselbe Schicksal erleiden wie die *Titanic*.

Lucas' Mutter drehte sich mitten in der daraus resultierenden Anspannung zwischen ihrem Ehemann und ihrem Sohn zu mir. „Wir sind so begeistert, dich kennenzulernen. Was für eine wunderbare Überraschung. Wir freuen uns alle schon darauf, dich besser kennenzulernen, aber erst einmal, willkommen in der Familie. Wir servieren an der Poolbar Champagner. Lucas wird sie dir zeigen."

Erleichtert drehten wir uns von der fröstelnden formellen Begrüßungsszene weg. Ich fühlte Lucas' Hand wieder an meinem Rücken, wie zuvor, als er mich aus seinem Haus zum Auto geführt hatte. Ich spürte sie dort ruhen, aufreizend und unerklärlich besitzergreifend. Die Berührung brannte sich durch die kühle Seide meines Kleids.

Wir gingen durch einen Bogengang in den hinteren Teil des Hauses und in Richtung zweier riesiger Glastüren, die zu einer steinernen Terrasse führten. Ich murmelte leise: „Ich werde dich später ausweiden, Alter."

Ein schnelles Ausatmen, als würde er einen Lachanfall unterdrücken, war seine einzige Antwort. Seine Hand auf meinem Rücken bewegte sich und der Druck wurde fester. Ich wollte seinen Arm wegschlagen, aber machte es aus irgendeinem Grund nicht. Egal wie sauer ich gerade auf ihn war, wir mussten immer noch den Schein wahren, ein wahnsinnig glückliches frisch verheiratetes Paar zu sein.

Wir gingen durch den hohen steinernen Torbogen und durch die Glastüren auf eine ausladende Terrasse, von der aus man einen atemberaubenden Ausblick auf das Tal unter uns hatte. Wenn das ein bloßes Familiendinner war, dann hatte Lucas die wohl größte Familie, die ich seit Langem gesehen hatte. Es waren mindestens fünfzig Leute hier, die mit Drinks in den Händen Livemusik lauschten. Sie umringten den schönen, mit Glasfliesen eingefassten Pool, auf dessen Wasseroberfläche Blumenarrangements schwammen. Eigentlich waren überall weiße Blumenarrangements, die die Luft mit einem Duft aus Rosen und Hortensien parfümierten. Und es gab sogar eine edle Eisskulptur und einen silbernen Champagnerbrunnen.

Was zum ...?

„Das ist ein kleines Familientreffen?", fragte ich in einem schroffen Flüsterton, als er uns zur Freiluftbar lenkte, die mit zwei Barkeepern besetzt war. Sie reichten uns je eine Champagnerflöte und informierten uns, mit dem Trinken bis zum *speziellen Toast* zu warten.

Speziellen Toast? Was zum Teufel war das hier? Wann hatte ich die magische Schwelle überschritten und hatte die echte Version von *Lifestyles of the Rich and Famous* betreten? Und würde dieser Champagnertoast von Kaviarkanapees begleitet werden?

Würg. Ich hatte noch nie zuvor Kaviar gegessen, aber der bloße Gedanke daran, Fischeier zu essen, versetzte meinen

Magen in Aufruhr. Sicher, wir aus British Columbia liebten unseren Fisch, aber ich würde einen frisch gegrillten Sockeye-Lachs jederzeit diesen hochnäsigen Fischeiern vorziehen.

Ich warf meinem Ehemann einen Blick zu. Er wirkte nicht begeistert. Aber bei Lucas konnte man sich natürlich nie sicher sein. Er könnte diesen stoischen Gesichtsausdruck sogar in Augenblicken größter Ektase tragen. Vielleicht war das sogar sein Orgasmusgesicht.

Ich wandte meinen Blick von ihm ab – und versuchte nicht mehr daran zu denken, wie er auf dem Höhepunkt des Vergnügens aussehen könnte. Das war keine gute Idee, wenn man sexuell frustriert war und mit einem gut aussehenden und wahnsinnig nervigen Mann unter einem Dach lebte.

Lucas' Eltern folgten uns schnell zur Bar, wo ihnen die Barkeeper ebenfalls zwei Gläser Champagner überreichten. Ich blickte auf den Stapel Servietten an der Bar – dekoriert mit silbernen Glückwünschen und stilisierten Hochzeitsglocken. Eine Bewegung aus den Augenwinkeln ließ mich den Kopf drehen, nur um von mehreren Blitzen der größten Kamera geblendet zu werden, die ich je gesehen hatte. Zwei professionelle Fotografen tanzen umeinander herum, um jeden Moment einzufangen.

Heilige Scheiße – Lucas' Eltern würden vor dieser riesigen Menschenmenge einen Toast auf uns aussprechen. Diese ganze akribische Dekoration, die Drinks, das Essen und diese Party waren im letzten Augenblick herbeigezaubert.

Plötzlich verunsichert senkte ich den Blick auf den Boden. Lucas' Dad hob sein Glas und schlug mit einem Löffel dagegen, um die Aufmerksamkeit aller Anwesenden zu zu auf sich zu lenken. Im Nu starrten uns alle an. Der Kopf des Van-den-Haushalts sprach mit klarer, gut trainierter, fast Shakespeare-artiger Stimme: „Lasst uns das hier richtig beginnen. Wir wurden vielleicht von diesem liebevollen Zuwachs zu unserer Familie überrascht, aber wir werden sie angebracht willkommen heißen. Liebe Anwesende, das hier ist unsere neue Schwiegertochter, Katharina Ellis. Bitte erhebt eure Gläser auf das frisch verheiratete Paar. Auf Lucas und Katharina."

Alle um uns herum wiederholten den Toast, stießen an. Dann tranken wir. Murmeln folgte den Wünschen meines neuen Schwiegervaters. Dann rief irgendjemand aus der Menge: „Auf Baron und Baronin van den Hoehnsboek van Lynden."

Weiteres Murmeln und ein weiterer Schluck Champagner für jeden. Mein Arm erstarrte, bevor ich trinken konnte. Das war ein Scherz gewesen, richtig? Aber falls ja ... warum lachte niemand? Ich blickte Lucas an, um mir bestätigen zu lassen, dass es wirklich ein Witz war. Aber er lachte nicht. Stattdessen starrte er Dolche in die Richtung desjenigen, der das gesagt hatte. Und Lucas' Vater sah aus, als wäre ihm gerade jemand auf den Fuß getreten. Er stellte demonstrativ sein Champagnerglas ab, ohne auf diesen Toast zu trinken. Was auch immer das bedeuten sollte.

Sein Sohn kippte darauf den restlichen Inhalt seines eigenen Glases hinunter und weigerte sich demonstrativ, mich danach anzusehen. Vielleicht könnte er ebenfalls einen Tritt auf den Fuß vertragen. Der Kerl würde mir einiges erklären müssen.

Jemand klopfte nun ebenfalls mit einem Löffel gegen das Glas – und anders als im Bau mit der Plastikgabel und dem Plastikbecher, klingelte es. Eine Frau in der Menge rief: „Zeit für einen Kuss!"

Lucas drehte sich zu mir und zog fragend die Augenbrauen hoch. Obwohl ich sehr sauer auf ihn war, schlängelte ich mich nur des Scheins wegen an ihn heran. Aber ich warf ihm einen finsteren Blick zu, als sein Gesicht sich für den Kuss meinem näherte.

Egal ob er es bemerkte oder nicht, er reagierte nicht. Immerhin war er beständig. Lucas Hände legten sich um mich und drückten gegen meinen Rücken, um mich an sich zu ziehen. Meine Finger packten den Stoff seines Jacketts. Dann lehnte er sich vor und drückte seinen Mund auf meinen.

Die Leute klatschten und jubelten und ... naja, ich achtete gerade nicht wirklich darauf.

Sobald seine Zunge in meinen Mund eindrang, versteifte ich mich. Die Hände an meinem Rücken drückten ein wenig fester und sein Mund machte dasselbe und vertiefte den Kuss. Für einen Kerl, der oberflächlich nicht viele Emotionen zeigte, wusste er wirklich, wie man wie Casanova küsste. Das war kein kühler Kuss, um die Massen zufriedenzustellen. Und es war auch nicht gespielt. Dafür war er nicht gut genug.

Nein, *das* war mehr.

Unsere Zungen wickelten sich umeinander und Hitze flammte zwischen uns auf, teils von der brodelnden Wut und teils von etwas Heißerem. Sein Geruch, sein Geschmack, der warme Druck seines Mundes auf meinem. Verlangen knisterte zwischen uns, lebendig und greifbar, und drohte, den Moment an sich zu reißen. Mit meinem letzten Fünkchen Wut und der Unsicherheit wegen der Schaulustigen schubste ich ihn weg.

Er leistete ein kleines bisschen Widerstand, weshalb ich ein wenig fester drücken musste. Und sobald unsere Münder sich trennten, konnte ich in seinen Augen sehen, dass er noch nicht bereit dafür war, dass es endete. Unsere Blicke ruhten weiter aufeinander, und selbst wenn es ein atemberaubender Kuss gewesen war, hatte ich immer noch nicht vergessen, dass ich sauer auf ihn war.

Und ich hatte es langsam satt, ihn zur Belustigung und Befriedigung anderer küssen zu müssen. Frisch Verheiratete machten das dauernd, blah blah blah. Aber wir waren keine normalen frisch Verheirateten und anders als normale frisch Verheiratete küssten wir uns nie, außer es war zur Schau oder um den Zuschauern etwas zu beweisen. Ich war frustriert, auf mehr als nur eine Art.

Meine Wangen waren immer noch heiß, aber ob es an der Wut, der Scham oder diesem Kuss lag, konnte ich nicht sagen. Wahrscheinlich eine verwirrende Mischung aus allem Genannten. Ich blickte ihn erneut mit zusammengekniffenen Augen an und legte extra viel Gift in diesen finsteren Blick. Da wich er ganz zurück und ich spürte sofort eine Erleichterung wegen des Abstands zwischen uns – sowohl körperlich als auch emotional. Schließlich konnte ich immer darauf zählen, dass Lucas seine emotionale Distanz einhielt.

Danke für diesen Notschalter.

Es war nicht so, dass ich mir selbst nicht genug traute. Aber es war immer gut, eine Absicherung zu haben. Lucas' Reserviertheit, seine Gabe, Leute auf Abstand zu halten, war ein Ass im Ärmel. Ich hätte mir keinen Besseren aussuchen können, diesen Plan durchzuziehen. Selbst wenn ich es in der Hitze des Gefechts und völlig unbewusst getan hatte.

Aber trotzdem, seine Reserviertheit hatte ihm geholfen, fast alles aus seinem Privatleben vor mir geheim zu halten. Und *das* war nervig.

Es hätte nützlich sein können, zu wissen, dass die Van-den-Eltern reicher als Gott waren. Und offensichtlich ausländischer Adel? Was. Zum. Teufel.

Lucas' Eltern – oder, wie ich sie wohl langsam nennen sollte, meine Schwiegermutter und mein Schwiegervater – fingen an, sich unter die Leute zu mischen und die große Gruppe brach sich in kleinere auf. Bald begrüßte mich fast jeder denkbar Fremde, der nur das kleinste Mikro-DNS mit Lucas teilte, in den Reihen der Van-den-Stinkreichs. Zumindest hoffte ich, mein innerliches Aufschreien und die Tatsache verheimlichen zu können, dass ich sofort aus diesem verdammten Haus abhauen wollte.

Eine bekannt aussehende große, gertenschlanke blonde Frau Mitte dreißig kam mit einem breiten Lächeln auf dem Gesicht näher. An ihrer Seite war ein ziemlich gut aussehender jüngerer Mann, der ihre beiden Drinks hielt, während sie mir die Hand schüttelte.

Ich hatte sie schon einmal gesehen, aber konnte mich nicht erinnern, woher ich sie kannte. Mein Kopf fing sofort zu rattern an, wo und in welchem Zusammenhang.

„Hi! Ich bin Lindsay Walker, Lucas' Cousine mütterlicherseits. Du kommst mir wirklich bekannt vor. Du arbeitest bei Draco, oder?"

Dort hatte ich sie gesehen! Ich würde sagen, sie war eine Freundin von Adam … oder vielleicht von Jordan? Oder von beiden?

Ich nickte und strich eine lose Haarsträhne hinter mein Ohr. Plötzlich wünschte ich, ich hätte sie einfach wild hochgesteckt. Aber das hätte vermutlich die Missbilligung all dieser ausländischen Adligen heraufbeschworen.

Plötzlich erinnerte ich mich, woher ich Lindsay kannte. „Ja. Wir haben uns schon einmal getroffen. War das nicht bei der VR-Demo letztes Jahr? Kurz bevor die Firma an die Börse ging. Du bist eine Freundin von Adam, wenn ich mich richtig erinnere."

Ich lächelte und warf Lucas einen dunklen Blick zu, der ihn wenig überraschend mit ausdrucksloser Miene erwiderte. Moment, hatte Mia nicht erzählt, dass sie und Adam vor langer Zeit einmal zusammen gewesen waren? Das konnte ich mir nicht einmal vorstellen, selbst wenn ich es versuchte.

„Lucas hier schuldet mir dafür noch einen kleinen Gefallen." Sie warf ihm ein einen hänselndes Lächeln zu.

Er blies seinen Atem hinaus, aber wirkte nicht beleidigt. „Ich habe mir den Job selbst verdient."

Sie zwinkerte. „Natürlich hast du das. Aber *ich* habe euch einander vorgestellt. Denk einfach an mich, wenn du ein weltberühmter Spieleentwickler bist."

Er verdrehte die Augen.

„Es geht nicht darum, was man weiß, sondern wen man kennt. Ich denke, das ist wirklich wahr", sagte ich mit einem hämischen Grinsen in Lucas' Richtung. Von mir schien er viel genervter zu sein als von Lindsay.

Aber ich sollte still sein. Ich bekam meinen Job, weil Adam ihn mir angeboten hatte, nachdem ich Canada verlassen und nach Südkalifornien gekommen war. Ich hatte eine gute Stelle aufgegeben, als ich hergezogen war, um während Mias Krebsbehandlung und der Genesungszeit bei ihr zu sein.

Aber das war nicht der einzige Grund gewesen, warum ich weggegangen war. Es war eine nur zu passende Zeit gewesen, um das Land meiner Geburt zu verlassen. Ich hatte irgendwo ganz neu anfangen müssen, wohin mir meine Vergangenheit und der ganze damit verbundene Stress nicht folgen würden. Und lange war das auch so gewesen, dank dem fliegenden Spaghetti-Monster, der großen Katzengöttin, Pan und dem restlichen Pantheon. Ich versuchte, nicht an das Anwaltsschreiben zu denken, das ich nie gelesen hatte. Hoffentlich war es nur eine einmalige Sache.

Lindsay lächelte und ihre blauen Augen schossen zwischen uns hin und her. „Also habe ich indirekt auch eure süße Liebesbeziehung eingefädelt, da ihr euch ja bei der Arbeit kennengelernt habt?"

Liebesbeziehung, ja genau. Wie in Hass-Liebesbeziehung. Wie ich würde ihm gerade *liebend*-gerne auf den Fuß treten, aber konnte es nicht. Gott, Murphy. Ich kippte in einem Schluck meinen restlichen Champagner hinunter, während sie mit ihrem Cousin plauderte.

Ein weiterer Kerl, kleiner und heller als Lucas, tauchte an Lindsays anderer Seite auf, während ihr gelangweiltes Date weggegangen war, um noch ein paar Drinks zu holen. Der Neuankömmling zwinkerte mir anstößig zu und schenkte mir ein flirtendes Lächeln. Ich vermutete, dass er bereits tief ins Weinglas geschaut hatte, bevor wir eingetroffen waren.

Der Neue stieß mit seiner Schulter gegen die von Lindsay, die ihm einen verärgerten Blick zuwarf und seine Hand wegschlug. „Nerv nicht", sagte sie.

„Es ist die Aufgabe eines Bruders, nervig zu sein", warf er zurück.

Lucas grüßte den Neuling mit einer Kinnbewegung, aber lächelte nicht. „Hey, Henry." Dann drehte er sich, ohne mir in die

Augen zu sehen, zu mir und gab mir eine kurze Erklärung. „Lindsays jüngerer Bruder, also auch ein Cousin."

Henry beugte sich übertrieben über meine Hand, als ich sie ihm reichte. Dann toppte er seine geschmacklose Art noch, indem er meinen Handrücken und mir noch einmal zuzwinkerte. Ihh, der hier war wirklich unheimlich. „Da Ihr jetzt Holländischer Adel seid, Baronin."

Lucas versteifte sich. Als Henry sich aufrichtete, warf er seinem Cousin ein selbstgefälliges Grinsen zu, während seine Augenbrauen auf und ab wackelten. Das musste Bro-Code dafür sein, dass ich seiner Meinung nach das erforderliche Minimum an Sexyness aufwies. Gott. Kerle waren so ekelhaft.

„Oh Lucas, nur zu Info. Ich bin mir sicher, dass ich deine Exfrau hier irgendwo gesehen habe. Nur, falls dich noch niemand anderes gewarnt hat."

Lucas Schultern wurden starr und er sah so aus, als hätte ihm jemand einen Stock so weit in den Arsch geschoben, dass er an seinen Nasenlöchern herausdrückte. Dann suchten seine Augen den Poolbereich ab, während er demonstrativ meinem Blick auswich.

Was zum …? Plötzlich gab es eine Exfrau? Was zum Teufel sollte diese Scheiße?

Lucas war doch nicht schon einmal verheiratet gewesen … oder doch? War das nur eine dreiste Art, eine Exfreundin so zu bezeichnen? Meine Augen schossen wieder zurück zu Lucas. Es war an der Zeit, dass er mir einige Erklärungen lieferte. Und ich würde nicht warten, bis wir zuhause waren. Das war Kacke und es war nicht fair von ihm, mich den ganzen Abend im Ungewissen zu lassen.

Ich zwang mich, nicht mit den Zähnen zu knirschen. Was mir gerade so gelang. Aber ich unterbrach Lindsay bei einer lustigen Geschichte über einen ehemaligen Kunden, der den Nachbarshund verklagt hatte, weil dieser seinen Gartenschlauch zerkaut hatte.

Ich räusperte mich laut. „Es war schön, dich wiederzusehen, Lindsay, und nett, dich kennenzulernen, Henry. Aber jetzt müsste ich kurz die Toilette aufsuchen, wenn das in Ordnung geht. Lucas? Kannst du sie mir zeigen?"

Lucas nahm mir meine leere Champagnerflöte aus der Hand und stellte sie auf ein nahegelegenes Tablett. Dann entschuldigte er sich bei seinen Verwandten und bahnte uns einen Pfad durch die Menschentrauben in Richtung Haus. Ich folgte ihm auf den Fersen und glücklicherweise ging er schnell genug, dass wir von keinen Gratulanten mehr aufgehalten wurden.

Sobald wir im Haus waren, legte ich meine Hand fest um seinen starken Arm. Er drehte sich leicht verwundert zu mir. „Ich muss unter vier Augen mit dir sprechen, *Sweetheart*", murmelte ich zähneknirschend und ihn eindringlich anstarrend. Er warf mir einen Blick zu und hatte die Dreistigkeit zu zögern. Als hätte er Angst davor, ich würde ihm etwas antun, sobald wir alleine waren.

Hab ruhig Angst, Freundchen. Hab ruhig große Angst.

Zu schade nur, dass ich nicht meine spitzesten Stöckelschuhe trug. Damit hätte ich große Unterleibsschäden verursachen können. Anders als die meisten Frischverheirateten, hatte ich keinen Nutzen für dieses Teil seiner Anatomie. Er musste während der anstehenden Anhörung nur reden und atmen können. Ich könnte ihn zu einem Eunuchen machen und niemand außer mir und ihm würde es wissen.

Er führte uns bereits in einen ruhigeren Teil des Hauses. Einen einfachen Gang entlang zu etwas, was nur als *Dienstboten-Flügel* beschrieben werden konnte. Vermutlich ein Bereich, in den sich die Blaublütigen des Haushalts nie hineinwagen würden.

Es waren keine Angestellten hier. Nur die Beweise, dass sie hier arbeiteten – eine Toilette mit Putzplan an der Tür. Ein Kalender an der Wand mit Notizen und Nachrichten. Ein gewaltiger Wäscheraum, den wir betraten.

Ich hatte öffentliche Waschsalons gesehen, die kleiner waren als dieser, um Van den Bling Blings willen. Lucas schwang die Tür fest zu und drehte sich mit einem nüchternen Gesichtsausdruck zu mir.

Als Antwort darauf verschränkte ich meine Arme vor der Brust. „Was zum verdammten Teufel, Lucas?"

Er zuckte mit den Schultern. „Es tut mir leid. Meine Familie übertreibt immer. Sie sagten *Familiendinner* und ich hatte dummerweise angenommen, dass es auch *nur* ein Familiendinner sein würde – nicht das öffentliche Event des Jahres."

Ich blinzelte. Wow. Er hatte wirklich keine Ahnung.

„Die Party könnte mir nicht weniger egal sein, Jedi-Junge. Aber, weißt du, eine angemessene Vorwarnung bezüglich dieser Downton-Abbey-Scheiße wäre nett gewesen."

Er runzelte die Stirn, aber antwortete nicht.

„Ich meine ... *das* ist deine Familie? Stinkreiche Europäer? Wer zum Teufel *bist* du und warum finde ich das alles erst jetzt heraus?"

Seine Reaktion darauf machte mich verrückt. Er zuckte nur mit den Schultern und blickte dann weg, als würde ich ihn mit

186 | BRENNA AUBREY

meiner weiblichen Hysterie langweilen. „Ich dachte nicht, dass es einen Unterschied machen würde, da du sie sowieso nur ein oder zwei Mal sehen würdest, bevor das alles vorbei ist. Ich meine, wäre alles nach Plan verlaufen, hättest du sie gar nicht kennengelernt."

Ich starrte ihn ungläubig an und gestikulierte wild. „Wie du es *mal wieder* schaffst, mir für alles die Schuld zu geben."

Sein Blick war direkt und scharf, wie ein gnadenloser Pfeil, der über das Schlachtfeld flog. „Ich gebe nur Fakten wieder."

„*Alternative* Fakten."

Er fuhr sich mit der Hand durchs Haar und verdrehte die Augen.

„Was um Himmels willen wolltest du damit bezwecken, mich über all das hier im Dunkeln zu lassen und mich nicht darauf vorzubereiten? Wolltest du mir eine Lektion erteilen, weil ich die Katze aus dem Sack gelassen hatte?"

Er seufzte. „Ich versuche einfach, die zukünftigen Auswirkungen dieses Abends auf dich *oder* mich zu minimieren."

Was zum Teufel sollte das bedeuten?

„Ich will nur sagen, dass du fast die ganze Woche hattest, mich aufzuklären, dass ich in die Königliche Familie der Niederlande eingeheiratet habe."

„Gut ... meine Familie hat Geld. Macht das einen Unterschied? Nächstes Jahr sind sie alle wieder Fremde für dich."

„Was ist mit diesem Baronin-Ding? Was zum Teufel hat das zu bedeuten? Warum nannten sie uns Baron und Baronin Van den Lucas Ist Ein Arsch?" Sein Kiefer verkrampfte sich und zeigte seine deutliche Verärgerung über mein neueste Abwandlung seines Familiennamens.

Er griff sich ins Gesicht und massierte seinen Nasenrücken, wobei das schwache Licht seinen Ehering und seine teuer aussehenden Manschettenknöpfe schimmern ließ. „Du solltest den Namen wahrscheinlich lernen, besonders da du jetzt Teil der Familie bist."

„Du benutzt ihn ja selbst nicht. Warum eigentlich? Damit du als Teil der Königlichen Familie unter uns gewöhnlichen Bürgern und ungewaschenen Massen herumspazieren kannst?"

Er biss die Zähne zusammen. „Wir sind kein Teil der königlichen Familie." Dann griff er nach oben, um seine Krawatte leicht zu lockern, während er sich räusperte. Ich blinzelte verblüfft. Dann sprach er wieder. „Mein Vater ist ein Baron."

„*Was?*"

Er seufzte, als würde ich ihn langweilen. „Familienmitglieder ersten Grades und ihre Ehepartner bekommen den Titel automatisch. So funktioniert das, wenn man Teil einer Adelsfamilie ist. Mein Großvater ist von den Niederlanden in die USA ausgewandert und ja, er hatte einen Adelstitel, aber das bedeutet jetzt nichts mehr. Dort sind Adelige wie jeder andere auch – und hier sogar noch mehr. Man benutzt den Titel bei Unterhaltungen eigentlich nicht mehr, was meinen Cousin noch mehr zu einem Arsch macht, weil er uns so angekündigt hatte."

Meine Augen zitterten, als ich versuchte, die Flut an neuen Infos zu verarbeiten. „Aber er hat keinen Fehler gemacht, oder? Das sind wirklich unsere Titel?"

Er zögerte und seine Hände hingen unruhig an seinen Seiten. Es war interessant, den normalerweise ruhigen und gefassten Lucas in dieser Situation zu sehen. Aber ja, ich war immer noch verdammt sauer auf ihn. „Ja."

Mein Gesicht errötete vor Wut und ... Erschütterung. „Arschloch."

„Ja, ähm, du solltest vermutlich auf deine Ausdrucksweise achten. Der Adel missbilligt exzessives Fluchen."

Oh, versuchte er jetzt lustig zu sein? Ich ballte meine Fäuste und hob sie, während ich einen Schritt auf ihn zumachte, um ihn zu fragen, wie er zu häuslicher Gewalt steht. Seine Augen weiteten sich höhnisch.

Verdammt nur, dass ich ihn für die Anhörung in ein paar Wochen unversehrt brauchte. Ich würde ihm nur allzu gerne in den Arsch treten. „Das ist der falsche Zeitpunkt, um Witze zu machen. Und was war diese kleine Anmerkung bezüglich einer Exfrau?"

Er schüttelte den Kopf. „Nichts, wofür wir gerade Zeit haben."

Ich hob die Hände mit offenen Handflächen und zeigte um uns herum. „Was, du willst mir jetzt eine Abfuhr erteilen, nachdem du mir dieses kleine Detail vorenthalten hast? Gott, Lucas –"

„Ich werde dir später alles erklären. Aber wenn Claire sich uns heute nähert, meide sie wie die Pest."

Mein Gesicht brannte nur noch heißer. Wie zum Teufel sollte ich *das* anstellen? Ich hatte keinerlei Infos. Wir hatten in zwei Wochen eine Anhörung. Und weder wusste ich irgendetwas über seine Familienverhältnisse, noch dass er eine Exfrau hatte. Eine, wegen der ich in Zugzwang kommen könnte! „Dummes A-Loch. Ich werde dir wirklich –"

Dieses Mal führte ich einen Schlag aus. Aber trotz meiner Worte machte ich nicht wirklich ernst. Es war nur ein Schuss vor den Bug, da er das Ausmaß meiner Wut offensichtlich nicht erkannte.

Er wich meiner Faust ohne großen Aufwand aus und starrte mich an, als wäre ich eine Verrückte.

Er bekam aber keine Chance auf eine Antwort, da wir von einem gespielten, aber höflichen Husten in der Tür unterbrochen wurden. Unser beider Köpfe streckten sich in Richtung der Unterbrechung.

Eine junge Frau, etwa genauso groß wie ich, stand dort. Ihr dunkles Haar war hochgesteckt, wobei sich eine Strähne künstlerisch an ihre Kieferpartie schmiegte. Sie war sehr modisch gekleidet. Von ihren glitzernden, mit Kristallen besetzten Zehn-Zentimeter-Louboutins bis zu ihrem orangen schulterfreien Minikleid. Als wäre sie direkt aus der Modesparte des *People Magazine* gestiegen. Oder als wäre sie einfach aus einer Kardashian-Jenner-Familienfeier herausgepflückt worden. Wenn man mit Familienfeier einen Clubbesuch bis vier Uhr morgens meinte.

War das die besagte Exfrau? Mir wurde flau im Magen.

Vorsichtig studierten ihre großen braunen Augen erst Lucas, dann mich und dann wieder ihn. „Ähm, hey. Man hat mich geschickt, um euch zwei zum Essen zu holen. Alle machen sich Sorgen und denken, dass ihr euch hinten rausgeschlichen habt. Was keine Überraschung wäre."

Nein, stattdessen hatte sie unserem *Ehestreit* inklusive meines Schlags gegen Lucas miterlebt. *Großartig.*

Lucas rieb sich verlegen das Kinn, als hätte ich ihn wirklich geschlagen.

„Naja, ich muss zugeben, das ist uns nicht in den Sinn gekommen." Sein Gesicht teilte sich in ein für ihn uncharakteristisches breites Grinsen. „Hey, Schwesterchen. Schön, dich zu sehen."

Ihre dunklen Brauen wölbten sich. „Hey, Fremder."

Ich war erleichtert, dass sie nicht seine Exfrau war, aber erschrocken, dass unsere Besucherin meine Schwägerin war. Ich seufzte innerlich. Die Augen der jungen Frau schossen zu mir. Dann warf sie Lucas einen demonstrativen Blick zu, um ihn darauf hinzuweisen, dass er uns vorstellen sollte.

Er machte einen Schritt auf mich zu. „Oh, das ist meine Schwester Julia. Julia, das ist Katya, meine Frau."

Julia schien gegen den Drang anzukämpfen, ihrem Bruder gegenüber die Augen zu verdrehen, als sie näherkam, um mir die Hand zu schütteln. „Mein Bruder hat immer so schlechte Manieren. Es ist so schön, dich kennenzulernen." Sie lächelte angestrengt und studierte mein Outfit, bevor sie sich wieder zu ihrem Bruder drehte. „Durchgebrannt? Wie romantisch. Ich wäre ja stinkig, weil ich nicht bei der Hochzeit helfen durfte. Aber um ehrlich zu sein, ich hatte mit deiner ersten schon genug. Ich hoffe, ihr hattet eine schöne Trauung."

Lucas und ich blickten uns an und ich hatte Visionen von roten Palmen auf weißen Fliesen im Kopf. Und diese dumme Musik der In-N-Out-Werbung. *Darum dreht es sich bei Hamburgern.*

„Ähm ja, es war eine großartige Hochzeit. Schlicht. Das Wichtigste war dabei. *Liebe.* Darum dreht es sich bei einer Hochzeit." Ich war so versucht, den letzten Satz zur Musik der Werbung zu singen. Den Blick auf Lucas' Gesicht zu sehen, wäre es sicher wert gewesen.

„Gut", sagte Julia mit einem weiteren sorgsam kontrollierten Lächeln. „Ich freue mich darauf, dich besser kennenzulernen.

Und hoffentlich bedeutet das auch, dass wir mehr von dir sehen, Lucas. Aber jetzt warten alle auf auch, damit wir mit dem Dinner beginnen können. Wir sind bei solchen Events sehr formell", erklärte sie.

Julia drehte sich um, vermutlich um die Augen zu verdrehen und ihre Verachtung mir gegenüber zu verbergen – ich war mir sicher, dass sie mich bereits hasste. Sofort danach schickte ich Lucas den vernichtendsten Blick, den ich zusammenbrachte.

Er packte trotzdem meine Hand, fädelte seine Finger zwischen meine und zog mich hinter sich her.

Eine Prozession zum Dinner. Wie absolut Van den Downton Abbey. Ich fragte mich schon fast, ob ihre Majestät die Königin auch anwesend sein würde.

KAPITEL

NEUN

LUCAS

„CLAIRE IST HIER", FLÜSTERTE JULIA MIR ZU. AN DER Art, wie Kats Kopf sich drehte, konnte ich erkennen, dass sie es gehört hatte. „Es tut mir leid. Ich habe sie eingeladen, bevor Mutter mich informiert hat, dass es hierbei um deine Überraschungshochzeit geht."

Natürlich hatte sie das. *Verdammt.* Meinen Verwandten schien es wirklich schwer zu fallen, zu akzeptieren, dass Claire kein Teil der Familie mehr war. Wenn man bedachte, wie kurz sie ein Mitglied gewesen war, war das besonders schockierend.

Das Dinner war so formell, wie Julia uns vorgewarnt hatte, inklusive mehrerer Gänge, Platzkarten und so weiter. Ich saß zwischen meiner Mutter und Kat, während mein Vater neben meiner Braut Platz genommen hatte und diese mit Fragen löcherte. Er hielt während des ganzen Dinners einen steten Strom aufrecht – das meiste davon bekam ich mit, da meine Mutter kaum mit mir sprach. Vermutlich schmollte sie, weil sie von der Hochzeit ausgeschlossen worden war. Und der Vorankündigung. Und der Chance, mir das auszureden.

Oder vielleicht ließ sie sich auch nur nichts anmerken, um als liebenswürdige Gastgeberin dazustehen. Es war schon immer ihre oberste Priorität gewesen, ein perfekt konstruiertes Image aufrechtzuerhalten.

Kats Tischmanieren waren spitze, sehr zu meiner Erleichterung. Auch wenn sie nicht die europäische Art zu essen zeigte, die meine Eltern präferierten. Aber das unterschied sie nicht von den meisten unserer Gäste.

„Du arbeitest also unmittelbar mit Lucas in der Firma zusammen?", fragte Vater sie.

Kat, die sich gerade ein Stück Fleisch in den Mund geschoben hatte, nickte enthusiastisch, während sie kaute. „Wir sind in der Testabteilung."

„Ihr sitzt also den ganzen Tag herum und spielt Videospiele? Ich verstehe, warum Lucas den Beruf so liebt", sagte er mit einem sanften Lachen und demselben anklagenden Ton, den er schon mein ganzes Leben nutzte. *Toll, Arschloch.*

„Eigentlich ist es viel mehr als das", antwortete sie, nachdem sie geschluckt hatte. „Es geht nicht darum, ein Spiel zu spielen. Es ist eine sehr akribische Arbeit. Wir müssen jeden Aspekt des Spiels testen. In Wirklichkeit ist es unser Job, das Spiel auf jede erdenkliche Weise zu *stressen*, um sicherzustellen, dass es stabil und sauber spielbar ist, sobald es auf dem Markt ist. Dazu braucht es ein gut geschultes Auge, viel Geduld und eine gewisse besondere Detailverliebtheit. Und man muss schnell sein, für gewöhnlich arbeiten wir unter hohem Zeitdruck. Deshalb ist Lucas so gut darin. Seine Fähigkeit, sich auf Details zu konzentrieren, ist bewundernswert."

Meine Augenbrauen zuckten überrascht. Ich hatte noch nie zuvor gehört, dass sie mir wegen meiner Fähigkeiten ein direktes Kompliment gemacht hatte. Sie hatte hier und da ihre Bewunderung ausgedrückt – aber eher in der Rolle einer Cheerleaderin. Und ich dachte nicht, dass es daran lag, dass sie nur eine von zwei Frauen in unserer Abteilung war, nein. Kats Enthusiasmus und überdurchschnittliche Arbeitsethik waren das, was unser Team anspornte und dafür sorgte, dass wir auf alles Erdenkliche vorbereitet waren. Sie war die perfekte Teamspielerin und brachte uns mit ihrem Humor und ihrer Energie durch alle schwierigen Situationen.

All das zusätzlich dazu, dass sie meine Geheimwaffe war.

„So war er schon immer", sagte Vater und blickte Kat mit zusammengekniffenen Augen an. „Und wie ich sehe, hat er das gut eingesetzt. Zusammen mit seinem vorzüglichen Geschmack für schöne Frauen."

Ekelhaft. Ich lehnte mich hinüber, um eine Ablenkung zu inszenieren, damit Kat sich sein dummes Gelaber nicht länger anhören musste, doch meine Mutter unterbrach mich.

„Du bringst Katharina hoffentlich nächsten Monat zu dem Familientreffen mit", sagte sie mit einem Stupser in meine Seite.

Um ehrlich zu sein, würde ich mir lieber ohne Betäubung die Weisheitszähne ziehen lassen.

Ich fühlte mich fast gar nicht mehr als Teil dieser Familie und ich hatte gewaltige Zweifel, dass sie Katya das Gefühl geben würde, auch nur im Geringsten willkommen zu sein. Dazu kannte ich sie zu gut. Entweder man passte in das Bild, das sie der Welt zeigen wollten, oder man musste bereit sein, ihren Zorn zu spüren.

Oder man machte, was ich gemacht hatte, und verschwand über ein halbes Jahr von der Bildfläche.

„Vermutlich nicht. Wir haben diesen Sommer viel zu tun in der Arbeit. Und Kat hat auch Pläne für den Sommer. Und da ist diese neue Stelle, um die –"

„Das wäre wirklich eine schöne Gelegenheit, um sie in der Familie willkommen zu heißen, Lucas. Und von dir würden wir natürlich auch gerne mehr sehen. Bitte rede mit ihr darüber." Sie ließ sich offensichtlich nicht abbringen.

Ich knirschte mit den Zähnen und hielt meine Wut, unterbrochen worden zu sein, im Zaum. Wie üblich war sie nicht im Geringsten daran interessiert, etwas über meine Arbeit oder meine Pläne zu hören. Oder, bis auf diese neue Entwicklung, über mein Leben im Allgemeinen. Ich war dumm zu glauben, dass sich vielleicht etwas geändert haben könnte.

„Wir werden sehen." Aber ich hatte nicht die Absicht, Kat – oder mir selbst – diese peinlichen Familienfeiern anzutun. Ganz zu schweigen von der gekünstelten Beziehung, die bis auf die DNA, die wir teilten, praktisch keine Gemeinsamkeiten aufwies.

„Ich sehe, du trinkst deinen Wein gar nicht, Katharina …", sagte mein Vater gegen Ende des Hauptgangs.

„Ähm, ja, ich bin keine große Weintrinkerin. Aber ich mag Bier."

Man hätte denken können, sie hätte zugegeben, dass sie Tieren bei lebendigem Leib die Haut abzog oder so etwas. Köpfe drehten sich, Besteck klirrte an Tellern und von allen Seiten war ein Ringen nach Luft zu hören. Die Leute starrten, Vaters Augenbrauen wanderten seinen Kopf hinauf. *Gütiger Gott.*

„Wir müssen dich wohl in die Freuden der Weintrauben einführen. In deinem Glas ist etwas des feinsten Cabernet Sauvignons des Familienweinbergs. 2008, glaube ich. Ein trockenes Jahr. Je rauer das Wetter, umso besser der Wein."

Kat blinzelte sichtbar schockiert. „Der Familienweinberg …
Sie meinen, *Ihr* Familienweinberg?"

„Und Weingut, ja. In Napa. *Turning Windmill Winery,*
gegründet 1986."

Kats Gesicht färbte sich in ein dunkles Rosa. „Oh, naja, dann
sollte ich definitiv etwas Wein trinken." Sie schnappte sich ihr
Glas und trank die Hälfte davon in einem Schluck. Ich musste
meine Faust vor meinen Mund heben, um das Kichern hinter
meiner Hand zu verbergen. Glücklicherweise hatte Mutter es
nicht gesehen. Sie war mehr auf ihre Unterhaltung mit meiner
Cousine Lindsay und ihrem neuen Freund konzentriert als auf
Kats ungehobelten Versuch, die Familienmarke zu kosten.

Als Kat endlich wieder Luft holte, konnte man einen
violetten Schnurrbart in ihrem Gesicht erkennen. Sie nickte
begeistert. „Oh ja, das ist ein ausgezeichneter Wein. So lecker."
Dann tupfte sie ihre Lippen mit einer farblich abgestimmten
Serviette ab.

Der Rest des Dinners folgte einem ähnlich amüsanten Pfad.
Besonders unterhalten fühlte ich mich, als Vater herausfand,
dass sie Kanadierin war. Seine Augen weiteten sich und es hätte
nicht mehr viel gefehlt, dass er fragte, ob sie regelmäßig auf
Elchjagd ging, alles mit Geweihen dekorierte und in einer
Holzhütte lebte.

Ja. Manche Dinge änderten sich nie.

Nach dem Dinner verließen die Leute nacheinander das
Esszimmer und begaben sich wieder auf die Terrasse, um sich
den Sonnenuntergang anzusehen. Anstatt mit ihnen zu gehen,
legte Vater eine Hand um meinen Arm und bat mich, ihn in
seinem Arbeitszimmer zu treffen. Ah, offensichtlich war es an

der Zeit für das ernste Gespräch. Ich hatte gehofft, dass er sich entscheiden würde, darauf zu verzichten, aber kein Glück.

Und wie es das Pech so wollte, wartete die erste Ehefrau, nicht die zweite, in der Eingangshalle auf mich. Aber ich redete mir ein, dass es nur Zufall war und Claire nur wartete, bis sich das Gedränge auflöste und alle auf der Terrasse waren.

„Lucas –"

Meine Augen schossen zu ihr, aber ich drehte mich schnell weg, als wäre ich unter großem Zeitdruck. Anders als Kat war Claire eine gertenschlanke Size Zero mit glänzend dunklem Haar. Als würde sie Effekthascherei betreiben, wrang sie mit den Händen. Einst hatte ich sie für schön gehalten. Aber sie konnte Kat nicht das Wasser reichen.

Claire war auch eine Frau, die ich lange kaum ansehen konnte, ohne mich frustriert und wütend zu fühlen. Aber das lag nun schon mehrere Jahre hinter mir.

Jetzt fühlte ich gar nichts mehr. *Gott sei Dank.*

Wir waren vielleicht einmal verheiratet gewesen, aber seit damals war sie eine Fremde für mich. Und das zwölfmal länger schon, als die Ehe gehalten hatte. Hätte sie sich nicht irgendwie an meine Familie geklammert, hätte ich sie nie wieder sehen müssen. Aber leider tauchte sie bei praktisch jeder Familienveranstaltung auf, was mir nur noch mehr Gründe gab, diesen fernzubleiben.

Heute Abend war ich nicht in der Stimmung, ihr ein *Hallo* oder ein *Wie geht es dir* entgegenzubringen. Ich stoppte nur und wartete, als sie sich mir in den Weg stellte, um irgendeine melodramatische Darbietung aufzuführen.

„Ähm." Sie biss sich fest in die Unterlippe und sah sich um. „Ich wollte dir … ich wollte dir nur meine Glückwünsche aussprechen. Ihr beide seht sehr glücklich aus." Sie klimperte ein paarmal mit den Augen, als wollte sie die Illusion erwecken, gekünstelte Tränen zurückzuhalten. Nicht existierende Tränen.

Ich nickte. „Danke. Wir sind sehr glücklich." Dann drehte ich mich um, um zu gehen.

Sie blickte mich mit offenem Mund an. „Hast du *mir* nichts zu sagen? Vielleicht hättest du mich vorwarnen können?", kreischte sie beinahe.

Völlig perplex drehte ich mich wieder um. „Vorwarnen? Weswegen?"

Sie zuckte mit den Schultern und blickte nach unten, wobei sie immer noch wild blinzelte. Dieses Mal fügte sie ihrer Stimme ein Zittern hinzu. „Dass du wieder geheiratet hast. Damit ich es nicht von deiner Familie hätte hören müssen, als ich heute hier ankam."

Ich blickte finster drein. „Ich hatte keine Ahnung, dass du überhaupt eingeladen warst. Also nein, ich habe dir nichts zu sagen."

Vermutlich hatte sie schon allen in unseren Kreisen erzählt, wie unfair ich gewesen war. Oder sie hatte sich darüber beschwert, dass ich sie nicht zurückgenommen hatte, als sie das gewollt – nein, *verlangt* – hatte. Oder sie hatte sich laut gewünscht, dass meine neue Frau und ich uns vor unserem ersten Hochzeitstag trennen würden. Ich bedauerte nur, dass Claire erleben würde, dass sich diese Vorhersage erfüllen würde. Eine Bestätigung für sie, dass ich wirklich ein beschissener Ehemann war.

Aber selbst das war mir egal.

Ihre Augen wurden zu schmalen Schlitzen. „Nun, ich hoffe, dass du sie nicht mit deiner kalten Art verjagst, so wie –"

„Wir sind hier fertig." Ich unterbrach sie, bevor sie wieder mit ihrem Vorwurfsspiel anfing. Wir waren schon seit sechs Jahren geschieden. Es war nicht nur Schnee von gestern. Der Schnee war bereits geschmolzen und als Wasser in irgendeinem Fluss in den Pazifik geflossen, wo es verdunstet und zu einem Tropensturm geworden war. „Bye, Claire."

Als ich ihr den Rücken zudrehte, um den Flur zum Arbeitszimmer hinunterzugehen, konnte ich spüren, wie sie dastand und mich anstarrte.

Trotzdem hielt ich an der Tür an und richtete unbewusst mein Jackett, bevor ich eintrat. Vater saß an seinem riesigen Eichenschreibtisch, der einst meinem Großvater gehört und davor das große Studierzimmer im Haus meiner Vorfahren in Utrecht geziert hatte. Das weiche rote Leder knarzte, als er sich auf seinen Stuhl setzte und mit einer schwungvollen Geste auf den gegenüberliegenden Platz zeigte, einen bequemen Ohrensessel. Dessen Anblick weckte in mir unverzüglich Erinnerungen an seine strengen disziplinarischen Vorträge, die er mir als Kind gehalten hatte. Oder die vielen Stunden unerwünschter und unnötiger Ratschläge, mit denen er mich als Teenager überhäuft hatte. Ich entschied mich, mich nicht zu setzen, aber knöpfte mein Jackett auf und steckte die Hände in die Hosentaschen.

Er zog eine Augenbraue hoch und holte wortlos einen kristallenen Dekanter und zwei dazu passende Gläser hervor. Speziell gealterter Scotch, seine Lieblingsspirituose. Nachdem er eingeschenkt hatte, schob er mir eines der Gläser herüber und fing sofort an, an seinem zu nippen. Ich lachte beinahe darüber, wie dies für irgendeinen Außenstehenden – wie Kat, mit ihrer Anspielung auf dieses Downton-Abbey-Ding – aussehen musste. Uns fehlten lediglich noch ein paar kubanische Zigarren, ausgefallene Seidensmokings und der noble britische Akzent.

Ich ließ mein Glas unberührt auf dem Tisch stehen, während er noch einmal an seinem nippte, bevor er es abstellte und mir einen grübelnden Blick zuwarf. Vater war Mitte fünfzig und bevorzugte die europäischen Manieren und Verhaltensrichtlinien seiner aristokratischen Vorfahren aus der alten Welt. Hier in Südkalifornien wirkte er wie ein lebender, atmender Anachronismus. Die Widersprüchlichkeiten wären bei Weitem nicht so hervorstechend, hätte er sich an der anderen Küste dieses Landes niedergelassen. Aber formell und verklemmt und Kalifornien passten einfach nicht zusammen.

Ich wartete darauf, dass er zu sprechen begann. So war ich erzogen worden und alte Angewohnheiten waren nur schwer abzulegen, auch wenn man es wirklich wollte.

Er räusperte sich laut und schmetterte schließlich unverblümt heraus: „Also, wie lautet die wahre Geschichte bezüglich dieser Frau. Hast du sie geschwängert?"

Ich kniff in die Haut an meinem Nasenrücken, um zu verbergen, dass ich die Augen verdrehte, denn ich war nicht überrascht, dass er sich entschieden hatte, damit anzufangen.

„*Diese Frau.* Du meinst meine *Ehefrau?*"

Er winkte ab – ja er winkte buchstäblich ab, mit ausgebreiteten Fingern in einer respektlosen Geste. „Du weißt, was ich meine. Ich frage nur, weil alle das denken."

Ich zog die Augenbrauen hoch. „Oh, tun sie das?"

Er zuckte halbherzig mit den Achseln. „Viele deutliche Blicke auf ihren Bauch. Vielleicht ist es dir nicht aufgefallen."

„Ich habe nur bemerkt, dass die Leute eine schöne Frau bewundern." Es stimmte, dass ich ihm auch einfach eine direkte

Antwort hätte geben können. Das hätte nicht nur seine, sondern offenbar auch die Ängste aller anderen beruhigt. Aber ich fand einen nicht nur geringen Gefallen daran, den alten Mann etwas schwitzen zu lassen.

Die Vaterfigur hob den Kopf und warf mir einen Blick zu, den ich nur als durchtrieben bezeichnen konnte. „Es stimmt, dass deine Frauen immer schöner werden, das muss ich zugeben. Hoffen wir nur, dass du die hier nicht auch davonjagst."

Ich ignorierte diesen offensichtlichen Köder. „Ich bin sicher, du hast dir deine erste Frage bereits selbst beantwortet, indem du sofort Champagner serviert hast, als wir das Haus betreten haben. Und außerdem hast du sie beim Dinner gefragt, warum sie ihren Wein nicht anrührt."

Erneut eines dieser Achselzucken, die mich so wütend machten. „Ich wollte nur sichergehen, dass ich nicht überraschend Großvater werde."

„Warte einfach ab, vielleicht kann dir meine Schwester ja damit helfen." Ich verschränkte die Arme und lehnte mich gegen die Bücherregalwand hinter mir. Zumindest wahrten die Angestellten den Schein, indem sie dafür sorgten, dass sich dort nie Staub ansammelte.

Sein kaltes Starren ruhte lange Minuten auf mir, bis ich die angespannte Stille brach, die sich zwischen uns aufbaute. „Welchem Umstand verdanke ich die Ehre dieses riesigen Publikums?"

Er lehnte sich zurück und blies seinen Atem hinaus. „Du sparst heute Abend nicht gerade mit Sarkasmus, oder?"

Ich grinste verschmitzt. „Du kannst genauso gut einfach zur Sache kommen."

Als er sich bewegte, um die Beine zu überkreuzen, und eine arrogante Pose einnahm, knarzte das Leder protestierend. „Du bist wirklich nicht in der Position, diese Einstellung an den Tag zu legen. Du hast diese Person ohne irgendeine Vorwarnung in unsere Familie gebracht. Nicht einmal eine Vorstellung vorab. Ich hätte gedacht, du hast nach der letzten der Ehe abgeschworen. Selbst als sie dich angefleht hat, ihr noch eine Chance zu geben. Hast du ein hübsches Gesicht gesehen und dich von deinen Hormonen leiten lassen? Oder ... war es etwas anderes?"

Ich kratzte mich mit einem Fingernagel an der Stirn, direkt über der Augenbraue. „Es klingt sehr danach, dass du meine geistige Gesundheit in Frage stellst." *Erneut.* „Was kommt als Nächstes? Soll ich mit Drohungen rechnen, gegen meinen Willen verheiratet zu werden?"

Vaters Augen wurden schmal. „Das war vor langer Zeit –"

„Und doch fängst du immer wieder mit Claire an und dem Theater, dass sie abzog, als wir uns trennten. Das war auch vor langer Zeit. Toll übrigens, sie heute einzuladen. Das war gar nicht peinlich."

Er zuckte mit den Achseln. „Das war deine Mutter, nicht ich. Sie ist Julias beste Freundin." Vaters Blick löste sich von meinem und er wirkte gedankenversunken. „Ich werde ehrlich mit dir sein. Dein Verhalten macht uns Sorgen."

Ah. Da war es. *Sorge.* Lucas hatte wieder einen Nervenzusammenbruch. *Was sollen wir nur machen! Was werden die Nachbarn denken?*

„Soweit ich mich erinnere, muss ich für meine Lebensentscheidungen nicht um eure Erlaubnis bitten. Ich bin sechsundzwanzig Jahre alt."

Diese Gedächtnisstütze gefiel ihm gar nicht. Sämtliche Entscheidungen seit dem Tag, an dem ich mein altes Leben hinter mir gelassen hatte, hatte ich eigenständig getroffen. Eine Tatsache, mit der er nicht zurechtkam.

„Soweit *ich* mich erinnere, bin ich immer noch dein Vater und du immer noch Teil dieser Familie. Sie uns vorher vorzustellen, wäre angemessen gewesen."

Ich schwieg und strengte mich an, meine Worte nicht meinem Mund entkommen zu lassen. *Ich habe euch die Vorwarnung gegeben, die ihr verdient.* Verdammt. Das war eine Scheinehe, ja. Diese Scheiße, die er mir an den Kopf warf – die Vergangenheit, diese eigennützige *Sorge* – sollte mich kalt lassen.

Stattdessen ließ sie mich vor unterdrückter Wut kochen und erzielte genau das, was ich vermeiden wollte – dass sie meine Vergangenheit aufwühlte und sie mir an den Kopf warf.

Dieser Arsch deutete an, dass der einzige Grund, warum ich mich herablassen würde, jemanden wie Katya zu heiraten, der wäre, dass ich sie geschwängert hatte. Oder dass ich ihr erlaubt hatte, mich und meine Hormone zu manipulieren. Oder dass ich psychisch krank war. Das machte mich noch wütender. Er wusste weder genug über sie, noch schien es so, als würde er mehr über sie wissen wollen. Seine eigene Schwiegertochter.

Sein Vater hob das Glas erneut an seine Lippen und nahm einen weiteren Schluck. Dann lehnte er sich mit einem langgezogenen Seufzen in seinen Stuhl zurück. „Ich hoffe, du hast einen Ehevertrag gemacht."

Weiteres Öl, das er auf die glühende Kohle meiner Wut goss, die drohte in Flammen aufzugehen. Ich rieb mir das Kinn und verkniff mir ein Lächeln, bevor ich diese Bombe platzen ließ. „Es gibt keinen Ehevertrag."

Er wurde sichtlich blass und sein Mund verzog sich, als hätte er an einer Zitrone geleckt. *Das ist eine Eins mit Stern für Dramaturgie, lieber Vater.*

„Er wird auch nicht nötig sein." Ich konnte nicht anders, als das Messer in seinem Rücken auch noch umzudrehen. „Ich habe den Treuhandfond nicht angerührt und habe es auch nicht vor."

Er rieb sich die Stirn. „Niemand außer dir hat Zugriff auf das Geld. Dagegen kann ich nichts machen. Es war der Entschluss deines Großvaters."

Sehr zu deinem Ärger, ich weiß.

„Es kann im Treuhandfond bleiben und Zinsen anhäufen. Vielleicht wird mein Erbe, falls ich einen haben werde, es genießen können."

Dieser angewiderte Blick auf seinem Gesicht brachte mich zum Lachen. Wer bei klarem Verstand würde einen neunstelligen Treuhandfond ablehnen? Aber da sie schon vor langer Zeit entschieden hatten, dass ich nicht richtig tickte, warum sollte ich das ändern?

„Dein Benehmen in den vergangenen sechs Jahren hat mich ratlos gemacht. Ich verstehe dich nicht."

Ich nickte cool. „Offensichtlich."

Er schüttelte den Kopf mit gespielter Besorgnis. „Du behandelst das wie ein Spiel. Selbst jetzt. Du musst dich zusammenreißen. Ich hoffe, dieses Mädchen –"

„Ihr Name ist Katya. Deine Schwiegertochter, Katya."

„– ist die Richtige für dich und dass es klappt. Vielleicht hast du gelernt, dieses Mal ein besserer Ehemann zu sein. Falls nicht, wird das eine verdammt teure Scheidung."

Oh, er hatte keine Ahnung. Nicht die *geringste.* Eine neue Idee sprießte in meinem Kopf. Vielleicht sollte ich ihr alles überschreiben, wenn wir uns scheiden lassen. *Problem gelöst.*

Und diese Scheiße bezüglich ein besserer Ehemann zu sein schmerzte, auch wenn es lächerlich war, dass sie von einem Mann kam, für den Treue ein Fremdwort war.

„Gibt es noch etwas oder darf ich wieder auf die Party zu meiner Frau?" Leider schaffte ich es nicht, meine Wut aus meiner Stimme zu nehmen.

Er stand auf, füllte sein Glas auf und hob es an. Dann nahm er einen weiteren Schluck und sah mich kühl über den Rand an. „Du kannst tun, was auch immer du willst, Sohn. So hast du schon jahrelang gehandelt. Zu blöd nur, dass man sich nur von Ehepartnern und nicht von Familienmitgliedern scheiden lassen kann, hm?"

Er schüttelte den Kopf und ließ mich in seinem eigenen Arbeitszimmer stehen. Die einzige Möglichkeit, wie er das letzte Wort haben konnte, war es vermutlich, einfach zu gehen, sobald er es ausgesprochen hatte.

Fick dich, Arent van den Hoehnsboek van Lynden.

Ich ging zu seinem Tisch, schnappte mir das unberührte Glas Whisky, das er mir eingeschenkt hatte, und kippte es hinunter. Es brannte so sehr, dass meine Augen zu tränen anfingen, als die rauchige Flüssigkeit sich meine Speiseröhre hinunterbrannte.

Dachten sie das alle? Dass ich den Verstand verloren hatte? Ich entkorkte den teuren Dekanter und goss mir ein weiteres Glas ein. Auf ein Neues.

Erinnerungen an eine vergangen Zeit – der ständig gegenwärtige gewaltige Ball aus Angst in meinem Bauch und meiner Kehle. Die Art, wie alles, in was ich gebissen hatte, in meinem Mund zu Asche wurde. Die ständigen Anrufe.

Der Schlafmangel. Das enge Band um meine Brust, das mir das Atmen erschwerte. Ich schloss die Augen so fest, als wollte ich das Kaleidoskop aus Bildern, Gefühlen und Worten, die mir durch den Kopf huschten, ausblenden. Ein weiterer Drink.

Ich hörte nicht auf, bis ich das dritte Glas geleert hatte.

Der Raum fing an zu verschwimmen. Eine Wärme breitete sich in mir aus, doch sie schaffte es nicht, meine innerliche Wut zu ersticken. Auf gewisse Weise trauerte ich immer noch um diesen naiven Mann, der ich einst gewesen war. Er war in jener Nacht getötet worden, als die Leute, denen ich auf der weiten Welt am meisten vertraut hatte, mir ein Messer in den Rücken gejagt hatten.

Fickt euch ebenfalls. Claire. Mutter. Julia.

Ich verließ das Arbeitszimmer und war mir schwach bewusst, dass ich nicht wirklich in einer geraden Linie ging. Unerklärlicherweise wollte ich in Kats Nähe sein. Ihr konnte ich vertrauen. Von all den Leuten hier – inklusive derer, die ich schon mein ganzes Leben kannte – war sie die einzige Person, der ich vertrauen *konnte*.

Wir hatten unsere Momente, aber unsere Beziehung war auf Augenhöhe. Immer ehrlich. Kein Scheiß.

Diese Familie bräuchte mehr von dieser Ehrlichkeit. Ich wollte dieses gottverdammte Mausoleum mit Kat verlassen. *Sofort.*

Ich brauchte sie jetzt und für kurze Zeit war sie immer noch mein.

Mein.

Ich fand sie auf der Terrasse, wo sie sich mit meiner Schwester Julia und Julias zwei engsten Freundinnen unterhielt – Claire und der neuen gerade angesagten, deren Name mich nie wirklich interessierte. Eine quirlige Blondine mit einer Stimme, die klang, als hätte sie gerade hundert Liter Helium eingeatmet.

Die drei hatten meine arme Frau in die Enge getrieben, auch wenn Katya gar nicht wie in einer Notlage wirkte. Meine Hand ballte sich an meiner Seite zu einer Faust. Bei dieser Ansammlung von Harpyien würde ich um jeden an ihrer Stelle Angst haben.

Julia und Wieauchimmer nickten und forderten sie auf fortzufahren. Kat nahm immer wieder kleine Schlucke von ihrem Glas Wasser, während sie redete und nebenbei diskret ihre Umgebung beobachtete. Sie sah ebenfalls so aus, als würde sie gerne flüchten.

Nun, hier war ich, Kats weißer Ritter. Ich würde mich sogar mit dem Harpyien-Schwarm und der bösen Ex anlegen, um sie zu retten. Vielleicht würde sie sogar dankbar sein.

Natürlich bedeutete die Tatsache, dass ich unbedingt hier weg wollte, dass meine Motive nicht gerade selbstlos waren. Ich würde sie von der Gruppe wegholen und dann könnten wir unsere Flucht planen. Ich knöpfte mein Jackett wieder zu und näherte mich der Gruppe. Dort angekommen legte ich eine Hand an Kats Rücken, während ich den neugierigen Blicken der anderen drei Frauen auswich.

„Lucas!", sagte meine Schwester mit sich weitenden Augen. „Ich habe gerade Katharinas hübsches Kleid bewundert." Sie hielt ihr Handy hoch, welches ein schmeichelndes Bild von Kat zeigte, das sie gerade geschossen haben musste. Sie drehte sich zu Kat.

„Mit deiner Erlaubnis würde ich das gerne posten. Die Follower meiner Lifestyle-Marke werden es lieben."

Julia fing an auf ihrem Handy zu tippen, als würde sie bereits ohne Kats Zustimmung anfangen. Kat blinzelte überrascht. „Du hast eine Lifestyle-Marke?"

Ohne aufzublicken nickte Julia. „Mmm, hmm. Vielleicht hast du schon davon gehört? Fløe. F-L-O mit einem Schrägstrich-E – wie in *Go with the Fløe*. Letzten Monat habe ich die zwei Millionen Follower geknackt, also werden viele Leute dein Foto sehen. Darf ich dich verlinken? Du hast Instagram, oder?"

Kat blinzelte, als würde sie immer noch die Nachricht verdauen. Julia hatte sich schon mehrere Jahre als Influencerin und Markenbotschafterin hervorgetan. Schließlich, nachdem sie alt genug war, um auf ihren Treuhandfond zuzugreifen, hatte sie das College geschmissen und ihre eigene Lifestyle-Marke gegründet. Zumindest hatte sie Interesse daran, *irgendetwas* zu tun – auch wenn es nur bedeutete, ihre Reisen, Clubbesuche, Shopping-Touren und Partys für ihre Follower zu dokumentieren.

„Öhm, ja. Sicher. Mein Instagram ist @PersephoneGamer. Es ist mit meinem Twitch-Account verlinkt."

Eine Augenbraue wanderte nach oben. Wieauchimmer flüsterte Julia etwas zu, das ich nicht hören konnte. Claire starrte Kat und mich weiter mit einer seltsamen Mischung aus Schmerz und Neugier an. Peinlich. Gott, von dieser Scheiße heute Abend hatte ich wirklich genug.

„Das stimmt", sagte Julia und blickte von ihrem Handy auf. „Ich wusste, dass du eine Gamerin bist. Ich muss mir deinen Channel irgendwann einmal ansehen." Sie biss sich auf die Lippe und tippte weiter ihren Post. „Sorry, ich füge nur noch Hashtags hinzu. Das ist von der Stange, oder? Kein Designerkleid?"

„Ja", antwortete Kat. „Wenn ich den Namen nicht aussprechen kann, ziehe ich es nicht an." Kat lachte. Ich lachte. Die anderen drei starrten uns mit Blicken an, die nach Demütigung aussahen.

„Ähm: Entschuldigt die Störung, aber ich muss meine Frau kurz entführen." Sie drehte sich in meine Richtung und nickte entschlossen. Kat war subtil darin, aber ich konnte erkennen, dass sie immer noch sauer auf mich war. Egal. Nach dreieinhalb Gläsern von Vaters Scotch konnte mich nicht viel entmutigen, nicht einmal eine wütende Ehefrau. Und auch keine eingeschnappte Ex-Ehefrau.

Ich hatte keinen Blickkontakt hergestellt, aber ich konnte spüren, dass Claire jede unserer Bewegungen beobachtete. Mein Arm hakte sich um Kats Taille und zog sie an mich. Ich konnte ihren ganzen Körper auf eine Art an meinem spüren, die mir bis jetzt unbekannt gewesen war. Nach der anfänglichen überraschten Verkrampftheit entspannte sie sich und legte ihre Hand auf die meine, die an ihrer Hüfte ruhte. Unsere Finger verschlangen sich und plötzlich …

Mein alkoholisiertes Blut entzündete sich und brannte schnell nach mehr. Nach *ihr*. Ohne einen weiteren Gedanken, neigte ich mich hinab und küsste innig diesen weichen, süß duftenden Hals.

Und dann tat sie es … Sie zitterte neben mir. Dieses Zittern ließ ein Verlangen in mir explodieren, welches mich sofort hart werden ließ.

Sie warf mir einen fragenden Blick zu – ihre Wangen waren rosa, ihr Mund geöffnet und ihre Brust hob sich schneller als zuvor. Ich hatte nicht realisiert, dass mein Griff um sie unwillkürlich fester geworden war, weshalb ich widerwillig lockerer ließ. Aber nicht ohne die Schreie in meinem Kopf wahrzunehmen, die mit der Kultiviertheit eines Neandertalers riefen: *Mein!* Mein, mein, mein.

Ganz mein.

„Bist du in Ordnung?", flüsterte sie, als die anderen zu tuscheln anfingen.

Ich lehnte mich zu ihr, um ihr flüsternd zu antworten, wobei mir bewusst wurde, dass die Welt um mich herum immer noch etwas wackelig war. „Lass uns nach Hause gehen."

Sie starrte mich an und ihre rosafarbenen Lippen öffneten sich wieder. Ich wollte sie *wirklich* küssen. In meinem angenehm angetrunkenen Zustand war das alles, an das ich denken konnte. Und ich wollte diese Lippen überall auf meinem Körper spüren.

Sie zog an meinem Arm und zeigte mit dem Kopf in Richtung Haus, um mich wortlos zu bitten, unter vier Augen mit ihr zu reden. Vielleicht wollte sie mich wieder anschreien, wie schon vor dem Dinner. Ich konnte es ihr nicht verübeln.

Und ich hätte gewiss nichts dagegen, alleine mit ihr zu sein. Aber nicht, weil ich reden wollte.

Kat glitt langsam von mir weg und ich ließ sie widerwillig los. Aber sie nahm meine Hand und zog mich mit einem sanften Ruck weg, während sie dem Rest der Gruppe zuwinkte.

Sobald wir drinnen und alleine waren, drehte sie sich zu mir und sprach das Offensichtliche an. „Du bist betrunken und stinkst nach Whisky." Ich antwortete, indem ich meine Hand zu ihrem Gesicht hob und mit dem Daumen über ihre Unterlippe strich. Diese köstliche, volle Lippe musste gekostet werden. Ihr

Blick verfinsterte sich und sie schlug meine Hand weg. „Ich bin gerade immer noch verdammt sauer auf dich."

Ich lächelte und zuckte mit den Achseln. Ihre Wut musste sich erst durch mehrere Schichten angenehm betrunkener Euphorie schneiden, um irgendeine Wirkung auf mich zu haben. Ich war in diesem perfekten Zustand, gerade genug getrunken zu haben, um mich gut zu fühlen, und nicht so viel, um in Melancholie abzudriften.

„Willkommen in der Ehe, Cranberry."

Und dann stürzte ich mich trotz ihrer angeblichen Wut auf mich für einen Kuss auf sie. In dieser Verfassung konnte ich ihr einfach nicht widerstehen, also entschied ich mich, es nicht zu tun. Als ich spürte, dass sie den Kuss leicht erwiderte, wanderten meine Hände an ihren Nacken und zogen ihren Kopf näher an meinen.

Mein Körper an ihrem Körper. Mein Mund auf ihrem Mund. Meine Hände griffen in ihr glänzendes, dichtes Haar. Ihre Hände wanderten nach oben und klammerten sich ein paar Sekunden an das Revers meines Jacketts, bevor sie mich grob wegschubsten.

Das hatte ich vermutlich verdient.

„Ich sagte, ich bin sauer. Was ich *wirklich* meinte, ist, dass ich angepisst bin", zischte sie mit leiser Stimme, damit niemand es hören würde.

Ich schluckte. „Kat –"

Stöckelschuhe klackerten über den importierten Steinboden auf uns zu. Bevor ich mich umdrehen konnte, um nachzusehen, wer es war, verriet es der deutliche Hauch von Designerparfum, Chanel No. 5.

Alles, was ich tun konnte, war, mein Jackett zu richten, damit mein erregter Zustand nicht zu offensichtlich war, bevor ich mich zu meiner Mutter umdrehte.

„Ich habe überall nach euch beiden gesucht. Seid ihr nicht einfach unglaublich süße Turteltauben?" Sie benutzte ihre gekünstelt freundliche Singstimme, die bedeutete, dass sie sauer auf mich oder einfach wütend wegen dieser Situation war, was sie aber nie offen zeigen würde. Besonders nicht vor ihrer neuen Schwiegertochter. Aber ich erkannte es sofort, nachdem ich es mein Leben lang schon hatte ertragen müssen.

Kat zog schüchtern den Kopf ein, als wäre es ihr peinlich, und rollte ihre geschwollenen Lippen in ihren Mund.

„Es ist meine Schuld", sagte ich, nachdem ich mich geräuspert hatte. „Meine Frau ist so wunderschön, dass ich es einfach nicht mehr ausgehalten hatte, sie nicht küssen zu können."

Mutter legte eine Hand auf meinen Arm und lächelte, lachte dann falsch und drehte sich zu Kat. „Natürlich. Ich war auch einmal frisch verheiratet, weißt du. Und es ist noch nicht so lange her, dass ich mich nicht daran erinnern könnte, wie sich das anfühlte. Lucas *war* schließlich ein Hochzeitsnachtbaby."

Ihh. Vielen Dank für *dieses* Bild in meinem Kopf.

Meine Mutter, die sich immer noch auf Kat konzentrierte, setzte eines ihrer ekelhaft süßen High-Society-Lächeln auf, während sie ihre freie Hand auf ihr Herz legte. *Trägst du nicht ein bisschen dick auf?*

„Ich wollte dich nur wissen lassen, wie froh wir sind, dass du jetzt Teil dieser Familie bist."

Kats Augen weiteten sich und sie schenkte ihr ein sanftes Lächeln. „Oh, danke. Das ist sehr nett. Ich freue mich, hier zu sein."

Mutter warf mir einen unlesbaren Blick zu und redete dann schnell weiter. Ein plötzliches flaues Gefühl in meinem Magen warnte mich nur Sekunden, bevor die Worte ihren Mund verlassen hatten.

„Wir haben nächsten Monat ein Familientreffen auf dem Weingut. Da wir nicht in der Lage waren, bei der Hochzeit dabei zu sein, würden wir euch sehr gerne dabei haben –"

„Mutter, ich sagte bereits, dass ich arbeiten muss –"

Sie drehte sich zu mir. „Es ist nur für ein verlängertes Wochenende. Niemand – nicht einmal du – musst so viel arbeiten. Und es werden Verwandte da sein, die du schon ewig nicht mehr gesehen hast. Sie kommen extra von der Ostküste und aus den Niederlanden."

Mein Rücken wurde steif vor Wut, weil ich frustriert war, dass sie sich wie üblich weigerte, auf irgendetwas zu hören, was ich zu sagen hatte. Kats Kopf schnellte herum, um mich anzusehen. Unsere Blicke trafen sich und da war etwas. Diese Wut von zuvor und auch ein wenig von ihrer charakteristischen Streitsucht.

Ich drehte mich wieder zu meiner Mutter, um Kat in eine Richtung zu lenken. „Zum letzten Mal –"

„Wir würden sehr gerne kommen. Das klingt wunderbar", fiel mir Kat ins Wort.

Mutter ignorierte mich völlig und wandte sich ganz zu ihrer neuen Schwiegertochter, die sie gerade höchstwahrscheinlich als Alliierte sah. *Fuuuuck.*

Ich warf Kat einen finsteren Blick zu und Mutter bemerkte es. „Ach Lucas, sei nicht so. Das wird lustig. Romantisch. Ihr bekommt das *Lover's Villa*-Gästehaus ganz für euch allein. Das Familientreffen wird toll werden. Ausgezeichnetes Essen, Spiele und da ist auch noch das neue Spa, das wir gerade erst bauen ließen. Das wird die Hochzeitsreise, die du ihr nach eurer Hochzeit schuldig gewesen wärst."

Großartig. Noch mehr Schuldzuweisungen. Noch mehr Erwartungen, denen ich gerecht werden musste. Warum auch nicht? Ich hatte sie ja noch nicht genug enttäuscht, was sie in jedem Satz, den sie von sich gaben, mitklingen ließen. Und jetzt war Kat, meine einzige Verbündete, übergelaufen.

„Wir müssen *jetzt* gehen", knurrte ich zähneknirschend. Offensichtlich benutzte ich einen so schroffen Tonfall, dass Kat mich schockiert ansah, und Mutter … Mutter wich einfach nur zurück und schenkte mir diesen Blick. Diesen *Lucas-ist-verrückt*-Blick. Ich hatte ihn in den letzten sechs Jahren oft genug gesehen.

Ohne ein weiteres Wort drehte ich mich um und stürmte aus dem Zimmer und direkt in Richtung Eingang. Mir war scheißegal, ob Kat mir folgte. Ich hörte das Wort *getrunken* hinter mir, als würde Kat sich für meinen Zustand entschuldigen.

Was mich noch wütender machte.

Fuck. Ich würde sogar eine Anzeige wegen Trunkenheit am Steuer riskieren, wenn das die einzige Möglichkeit wäre, hier zu verschwinden. Ich schrie bereits einen der armen Angestellten an – einen neuen Kerl, den ich nicht kannte –, mir mein Auto zu bringen.

Kat war kurz darauf neben mir. „Lass mich fahren."

„Sicher", murmelte ich. „Was willst du mir noch antun, mein Auto zu Schrott fahren?"

Der Mann vom Parkservice blickte zwischen Kat und mir hin und her, als sein Boss, Armando, der Chauffeur der Familie, heraneilte. „Die Dame des Hauses möchte, dass ich Sie beide sicher nach Hause bringe. Jerry kann uns in Ihrem Wagen folgen, Mister Lucas."

Kats Augen weiteten sich und sie warf mir einen flüchtigen Blick zu. Ich wich ihren Augen aus und rieb mir die Stirn. Das war ausnahmsweise ein vernünftiger Vorschlag meiner Mutter. „Ja, okay. Das klingt gut."

Kurz danach wurden wir von meinen Eltern verabschiedet. Vater hatte immer noch den finsteren Blick von zuvor aufgesetzt und Mutter machte gute Miene zum bösen Spiel, wobei ihr Mund nur ein wenig zitterte. Und mir war in meinem angetrunkenen Zustand scheißegal, dass ich für meine Eltern eine nie versiegende Quelle von Frustration, Händeringen und Besorgnis darstellte. Nur weil ich mich entschieden hatte, das Leben zu verfolgen, das ich für mich wollte, anstelle des Lebens, das sie für mich geplant hatten.

Wir wechselten kurze Worte zum Abschied, bei dem Kat sich wegen ihres Ärgers mit mir offensichtlich eine flüchtige Umarmung meiner Mutter und ein höfliches *Willkommen in der Familie* meines Vaters verdient hatte.

Mein Kiefer verkrampfte, als ich dieser Farce beiwohnte. Nun, sie würde ihre Rache nicht mehr genießen können, sobald wir in Napa festsitzen und keine Chance haben würden, diesem verfluchten *Familientreffen* zu entkommen.

Wir setzten uns auf die Rückbank der Limousine und sie seufzte laut. „Heilige Scheiße. Ich brauche einen Drink."

So wie ich. Aber soweit ich wusste, hatte Vater nie Alkohol im Auto. Das war schließlich keine Partylimousine. Und *Party* wäre das letzte Wort, mit dem ich diese Fahrt nach Hause beschreiben würde, angetrunken oder nicht.

KAPITEL

ZEHN

KATYA

ETWAS BEUNRUHIGTE IHN OFFENSICHTLICH. GEWALTIG. Er saß in der Limousine, die Ellbogen auf den Knien und den Kopf in die Hände gelegt. Seine Finger wühlten in den dunklen Haaren und er blickte nicht ein einziges Mal auf. Entweder war er kurz davor, sich zu übergeben, oder die Begegnung mit seiner Familie hatte ihn in gewaltigen Aufruhr versetzt. Vermutlich beides.

Aber auch mich plagten viele Dinge – *er* zum Beispiel und sein Benehmen heute Abend. Ich wollte ihn anschreien und musste mich gewaltig anstrengen, es nicht zu tun und meine eigene brennende Wut im Zaum zu halten.

Ich brauchte eine Minute, bis ich herausfand, was der richtige Knopf war, um die Trennscheibe zwischen uns und dem Fahrer hochzufahren. Es war nicht nötig, dass er alle pikanten Details unserer Nicht-Ehe erfuhr. Ich war noch nie in so einem Fahrzeug gewesen, aber ich hatte genügend Filme gesehen, um zu wissen, dass es möglich war. Als wir endlich unsere Privatsphäre hatten, räusperte ich mich und drehte mich zu ihm.

Lucas' starke Hände stützten seinen Kopf. Sie waren überzogen von hervorstehenden Adern und einem leichten Flaum aus dunklen Haaren. Aus irgendeinem Grund faszinierten sie mich und meine Augen wanderten zu ihnen, als ich mit ernster Stimme zu ihm sprach.

„Es interessiert dich vielleicht nicht, aber meine Zusammenfassung dieses Abends kann man in drei kleinen Worten ausdrücken. Was zum Teufel."

Er massierte seine Schläfen mit den Daumen und presste seine Handballen gegen die Augen. Immer noch schwieg er.

„Und auf einer Skala von eins bis zehn stehst du als Ehemann heute Abend ganz weit unten."

„Großartig. Du und Claire könnt einen *Lucas-ist-ein-beschissener-Ehemann*-Club gründen, wenn das alles vorbei ist. Ihr könnt euch um die Stelle der Präsidentin und Vizepräsidentin streiten. Sag mir etwas, was ich nicht weiß."

Ich verschränkte die Arme fest vor der Brust. „Ja, wann wolltest du mir von dieser winzigen Kleinigkeit erzählen? Nachdem ich die Befragung durch die Einwanderungsbehörde vergeigt habe, weil ich nichts von deiner ersten Ehe wusste?"

Sein Kopf zuckte hoch und er blickte mich mit zusammengekniffenen Augen an. Ganz tief in ihnen konnte man etwas erkennen. Einen tiefen Schmerz, den ich nicht benennen konnte, aber von dem ich instinktiv wusste, dass er schon lange da gewesen war. Nicht erst, seitdem ich in diese verkorkste Familie gekommen war. Irgendwie hatte unser heutiger Besuch das Ganze wieder in ihm aufgewühlt.

Das konnte ich erkennen – und viel zu einfach. Aber obwohl er mir leidtat, gab ihm das keine Entschuldigung dafür, sich mir gegenüber wie ein komplettes Arschloch zu verhalten.

Er sprach mit zusammengebissenen Zähnen. „Es ist ja nicht so, dass du bezüglich deiner Familie wirklich mitteilsam bist, oder? Ich weiß auch kaum etwas über meine Schwiegereltern oder meinen Schwager. Ich habe auch keine Ahnung, warum du ihnen so sehr aus dem Weg gehst, dass du alles hinter dir gelassen und dein Heimatland verlassen hast. Und warum es dir gewaltige Angst einjagt, dass du einen Brief von irgendeiner Kanzlei in British Columbia bekommen hast."

Ich blinzelte und schluckte ein bisschen Schuld bei dieser Erinnerung. Ja, er hatte in allen Anklagepunkten recht. Aber heute ging es nicht um mich und meine Familie.

„Schön, wie du mir wieder den schwarzen Peter zuschiebst, aber du musstest keiner Exfrau gegenübertreten, von der du nicht einmal wusstest, dass sie existiert. Und das wirst du auch nicht müssen, weil *ich* noch nie zuvor verheiratet war. Zumindest *das* hättest du erwähnen können."

Aus irgendeinem Grund war das die Enthüllung, die bei mir am meisten hängengeblieben war – mehr als die Van-den-Richie-Rich-Eltern und die glamouröse Society-Schwester. Mehr als der ausgefallene europäische Adelstitel und die gewaltige Villa und das Familienweingut. Es gab jemanden, den Lucas vor einigen Jahren geheiratet hatte. Vermutlich aus Liebe. Vermutlich bevor er sich verschlossen hatte und verbittert geworden war. Bevor er dem Konzept der Ehe abgeschworen hatte.

Sein Blick verschärfte sich. „Und welchen Unterschied macht es, dass ich schon einmal verheiratet war? *Das hier* ist nicht einmal echt. Und vielleicht solltest du dankbar sein, dass ich die Ehe für einen Witz halte. Meine Ehe mit Claire hat gerade einmal fünf Monate gehalten. Nur damit du es weißt. Wenn ich die Ehe ernst nehmen würde, hätte ich dem Ganzen wahrscheinlich nie zugestimmt."

Whoa … ich blinzelte ein paarmal. „Dann ist das hier ein Witz für dich?"

Er zuckte verkrampft mit den Schultern. „Nicht dass du eine Greencard brauchst, nein. Oder dass du deinen Job behältst, was mir gewaltig geholfen hat. Aber ich habe nichts dagegen, eine veraltete Institution lächerlich zu machen, die ich persönlich verabscheue. *Das* ist der Witz."

Ich schüttelte den Kopf und blickte finster drein. „Wieso bist du allem gegenüber so verbittert? Du bist noch nicht einmal dreißig."

Er biss die Zähne zusammen, seine Wangenmuskeln spannten sich an und er starrte einfach nur geradeaus. „Ich habe verdammt gute Gründe."

Ich verschränkte die Arme und veränderte meine Position, um ihn scharf anzublicken. „Vielleicht ist es endlich an der Zeit, dass du ein paar davon mit mir teilst. Da mich das jetzt auch betrifft."

Er murmelte leise eine Ansammlung von Schimpfwörtern vor sich hin, während er sich noch ein paarmal mit den Fingern durch die Haare fuhr. Sie standen steil nach oben, wie vor Entsetzen. Normalerweise hätte ich ihn damit aufgezogen, aber nicht wenn er bereits so gereizt war.

„Gut." Er seufzte lange und richtete sich auf. Dann ließ er sich steif in den Sitz fallen. „Wieso sollte ich dir nicht noch etwas geben, mit dem du mich aufziehen kannst? Als ich noch viel zu jung war, habe ich Mist gebaut und ein paar beschissene Entscheidungen getroffen, nur um andere Leute glücklich zu machen. Herauszufinden, dass es fast unmöglich ist, einige dieser beschissenen Entscheidungen rückgängig zu machen, ist sehr hilfreich dabei, schnell verbittert zu werden."

Ich rieb mir die Stirn und versuchte aus Sorge um ihn meine Wut zu zügeln. Seine Stimme klang seltsam ... flach, emotionslos. Und nicht auf die für ihn typische, emotional unerreichbare Weise.

„Ich habe nicht vor, dich damit aufzuziehen, nur damit du es weißt." Dann wartete ich einen Augenblick, bevor ich meine Frage stellte. „Also hast du, ähm, geheiratet, um andere Leute glücklich zu machen, anstatt dich selbst?" Meine Augenbrauen verknoteten sich zu einem ungläubigen Gesichtsausdruck. Das klang seltsam. Vielleicht machten Leute, die Titel und viel Geld hatten, das immer noch so.

Er verdrehte die Augen und blickte zum Fenster hinaus, vermutlich, um sich nicht zu mir drehen zu müssen. „Ich war neunzehn. Sie war meine High-School-Freundin. Die Hochzeit war die aufgeblasene, absolut überteuerte Party, die jeder wollte. Ich hatte sie aus vielen falschen Gründen geheiratet."

Hmm. Ich sank in das luxuriöse Leder der Limousine zurück und es quietschte, als ich mich zu ihm bewegte. „Was waren denn die Gründe?", fragte ich leiser als zuvor.

Je aufgewühlter er durch diese Geständnisse zu werden schien, umso ruhiger wurde ich. Und das, obwohl ich immer noch von diesem ganzen Abend erschüttert und wegen seiner vielen Geheimnisse sauer auf ihn war. Aber ich war gewillt, ihn anzuhören.

„Jugendliche Dummheit. Damals schien es das Richtige zu sein. Wir haben uns in der zehnten Klasse kennengelernt und waren ein paar Jahre zusammen. Aber ich war auf dem Weg nach Cambridge, ein großes, unbekanntes, fremdes Land. Sie wollte mitkommen. Meine Familie mochte sie. Sie wollte es. Meine Eltern wollten es."

„Alle außer *dir* wollten es?"

Er zuckte mit den Achseln. „Ich hatte keine Ahnung, was ich wollte. Ich war noch ein Kind. Ich wollte nur alle glücklich machen. Den Erwartungen meiner Familie gerecht werden. Der brave Erstgeborene sein und tun, was ich tun sollte. Bis ich nicht mehr konnte. Ich fand heraus, dass mich unglücklich zu machen, um der Welt um mich herum zu gefallen, keine gute Idee war. Außerdem war ich noch nicht bereit, ein Ehemann zu sein – weder ihrer noch der einer anderen."

Ich machte eine Pause, als er regungslos aus dem Fenster starrte. Mein Kopf schmerzte. Ich erkannte ein vertrautes Echo seiner Geschichte in meiner eigenen. Wir waren beide motiviert gewesen, es der Familie recht zu machen und das perfekte Kind zu sein, wenn auch aus unterschiedlichen Gründen.

Ich blickte ihn wieder an. Es war schwierig, das Bild loszuwerden, wie Claire ihn angesehen hatte. Sie hatte ihre Augen nicht eine Sekunde von uns genommen und das war ... unangenehm gewesen. Um Gottes willen, sie waren bereits seit sechs Jahren getrennt.

„Könnte Claire immer noch in dich verliebt sein?"

Eine Hand wanderte hoch, um sein Gesicht zu bedecken, als er lachte. „Oh, interpretiere bitte nicht so viel in ihr Verhalten heute Abend hinein. Das sind nur Selbstmitleid und die ständige Suche nach Aufmerksamkeit. Sie liebte mich nie mehr, als ich sie geliebt hatte."

Ich schüttelte den Kopf. Wie kaputt war das alles? „Nun, wenn das der Fall ist, dann haben deine Eltern keine Rücksicht auf deine Gefühle genommen, als sie sie heute Abend eingeladen haben."

Er zuckte mit den Achseln. „Oder deine. Was, wenn du wirklich meine neue Braut wärst, die mich liebt? Sie haben uns nicht die geringste Vorwarnung gegeben. Ich sollte nicht überrascht sein. Claire war in den letzten sechs Jahren oft hier gewesen. Sie wollen ein gutes Verhältnis zu ihren Eltern beibehalten, damit sie progressiv und gastfreundlich wirken. Es geht immer nur darum, wie alles nach außen hin wirkt."

Ich schüttelte den Kopf. „Verdammt, es ist wirklich unsensibel von ihnen, nicht darüber nachzudenken, wie es dir damit geht."

Er lachte erneut trocken. „Nicht wirklich schockierend, da sie in einer Million Jahren nicht behaupten würden, sensibel zu sein. Claire hat es geschafft, ihre Klauen in unsere Familie zu schlagen. Sie ist schließlich Julias beste Freundin."

„Ihr wart alle zusammen auf der High School?"

Er drehte sich um und sah mich bitter aus den Augenwinkeln an. „Du hast gerade das Haus meiner Familie gesehen, denkst du wirklich, dass ich auf einer normalen High School war, selbst wenn ich gewollt hätte?"

Ich biss mir auf die Lippe. „Lass mich raten, eine angesehene Privatschule irgendwo in New England?"

„Bingo. New Hampshire, um genau zu sein. Claire war aus der Upper East Side New Yorks. Geld aus dem Finanzdistrikt. Meine Eltern sehen sich selbst als offen und aufgeschlossen genug, um Neureiche in ihren inneren Zirkel hineinzulassen."

Ich lachte und das Auto machte einen Schlenker, vermutlich, um einem Schlagloch auszuweichen. Der Fahrer rief etwas, das ich durch die Trennscheibe nicht verstehen konnte. Vermutlich eine Entschuldigung. Ich verlor die Balance und fiel gegen Lucas, der mich schnell in seinen Armen auffing. Ich drehte mich zu ihm, um mich zu entschuldigen, als ich bemerkte, wie nahe sich unsere Gesichter waren. Elektrizität funkte. Ich konnte nicht abstreiten, dass es zwischen uns knisterte. Und dann war da noch sein Geruch, dieser saubere Duft von Goldmelisse und Wildleder. So köstlich, so maskulin.

Und betrunken und nach Whisky riechend oder nicht, er sah immer noch so atemberaubend aus in diesem Anzug.

Unsere Blicke lösten sich nicht und ich musste mich zwingen, gleichmäßig zu schlucken, als ich mich langsam zurücklehnte. Er schien ebenfalls den Atem anzuhalten. Und genau da wusste ich, dass wir uns im nächsten Moment geküsst hätten, wenn ich nicht zurückgewichen wäre, und … naja, *das* wollte ich ja nicht, oder doch?

Oder *doch*?

Nach einer unbehaglichen Minute, in der wir beide durch unsere jeweiligen Seitenfenster hinausstarrten, sprach Lucas erneut, doch jetzt ohne diese vorherige Anspannung in seiner Stimme. Jetzt schien es so, als hätte er etwas Abstand gefunden, als würde er die Geschichte von jemand anderem erzählen.

„Ein Gutes hat das aber. Ich habe gelernt, dass ich nicht für die Ehe tauge. Ich war jung und dumm und habe nichts davon durchdacht. Ich habe das Leben von jemand anderem gelebt."

„Wessen Leben?", fragte ich.

Er zuckte mit den Schultern. Die Hand, die neben seinem Oberschenkel auf der Rückbank lag, hatte sich geballt. „Das von Lucas van den Hoehnsboek van Lynden."

Ich blinzelte. „Aber … bist das nicht du?" Gott, würde er mir gestehen, dass er eine multiple Persönlichkeitsstörung oder so etwas hatte? Wie viele Lucasse lebten in diesem Kopf?

Er schüttelte den Kopf und seine Lippen wurden schmal. „Nicht mehr."

Ich öffnete den Mund, um ihn weiter auszufragen, aber entschied mich um, da er so wirkte, als würde er seine Geschichte auf seine Art erzählen wollen.

„Ich erwarte nicht, dass du das aufgrund des Bruchteils, den du weißt, verstehst. Was du heute Abend gesehen hast, war die funkelnde Schale, der glamouröse Reichtum und die Leichtigkeit, in der sie leben. Aber dieses Leben kommt mit gewissen … Erwartungen." Er schüttelte den Kopf, wobei er immer noch aus dem Fenster blickte. „Ich habe es versucht. Mein ganzes verdammtes Leben lang habe ich versucht, in dieses Bild zu passen, zu tun, was sie von mir erwarteten – auf die richtige Schule gehen, die richtigen Fächer studieren, das richtige Mädchen heiraten. Alles." Seine Stimme klang jetzt abgewürgt, als würde es ihm wehtun, das alles herauszulassen. Er war einen langen Augenblick still und wir sahen zu, wie die Lichter der Stadt am Fenster vorbeirauschten.

Plötzlich wurde der Wagen langsamer, als wir vom Freeway abfuhren und auf der Landstraße nach Hause fuhren. Das schien ihn aus dem zu reißen, wohin er abgedriftet war.

Er fuhr mit einer Hand durch sein Haar und lachte verlegen. „Entschuldige, dass ich so schwafle. Das ist viel für eine Nacht, in der du bereits viel durchstehen musstest."

Ich ahmte sein Achselzucken nach. „Naja, ich habe danach gefragt."

Er warf mir einen schnellen Blick zu und legte dann seinen Kopf gegen die Lehne, um an die dunkle Decke des Wagens zu starren. „Ich habe über all das noch nie laut gesprochen. Ich hatte lange niemanden, mit dem ich darüber reden konnte, eigentlich sogar nie. Vielleicht habe ich einfach zu viel getrunken."

Plötzlich wurden wir langsamer und hielten am Bordstein vor Lucas' Haus. Bevor Armando aussteigen konnte, um Lucas die Tür zu öffnen, war dieser bereits weg und schon auf halbem Weg zum Eingang. Er dankte dem Fahrer, der mir freundlich die Tür öffnete.

Der andere Fahrer parkte Lucas Wagen in der Auffahrt neben meinem. Ich nahm den Autoschlüssel entgegen und wollte ihm ein Trinkgeld geben. Daraufhin wurde er ganz blass und weigerte sich, das Geld überhaupt zu berühren. Er winkte nur ab, als wäre es Hundekacke – oder kanadische Dollars. Ein weiterer Punkt auf meiner Faux-Pas-Liste an diesem Abend.

Gott.

Als ich Lucas im Haus endlich einholte, stand er bereits an dem kleinen Weinwagen im Wohnzimmer. Er hatte sein Jackett und seine Krawatte abgenommen und aufs Sofa geworfen. Max war von seinem Bettchen aufgesprungen, um sein Herrchen zu begrüßen. Er schnüffelte an Lucas' Hand und wedelte wild mit dem Schwanz. Lucas streichelt seinen Hund abwesend am Kopf, während er auf die Auswahl vor sich konzentriert war.

Der Wagen beinhaltete diverse Flaschen Alkohol, aber ironischerweise keinen Wein. Anscheinend nutzte Lucas ihn als kleine Bar. Es war ein schöner Wagen, ausgefallen und verspiegelt. Als wäre er vielleicht ein Hochzeitsgeschenk gewesen. Ich stellte mir plötzlich vor, wie Lucas und Claire all ihre Sachen durchgingen, um sich zu entscheiden, wie sie sie aufteilen sollten. Wie viel in diesem Haus hatte sie einrichten geholfen, falls sie das überhaupt hatte?

Er hatte sich noch einen Drink eingeschenkt und hatte ihn bereits halb hinuntergekippt. Scheiße. Er litt offensichtlich immer noch und ich wusste nicht, wie ich damit umgehen sollte. Sollte ich es ihn hier mit seinem Drink aussitzen lassen und in mein Zimmer gehen? Oder sollte ich die gute Ehefrau sein und sichergehen, dass er in Ordnung war?

Er hatte gerade sein erstes Glas geleert und entkorkte die Flasche, um sich ein weiteres einzuschenken. Max schnüffelte in der Luft herum, aber schlich beiseite, als ich zu Lucas ging. So sehr ich auch aus meinem Kleid schlüpfen und mich abschminken wollte, ich konnte ihn so einfach nicht zurücklassen.

Aber sobald ich neben ihm stand, entfernte er sich von mir und schlug mit dem Drink in der Hand einen sehr entschlossenen Weg in Richtung des Klaviers ein. Max und ich blickten ihm beide hinterher, dann drehte sich der Hund um und schlich durch die Küche und durch das Hundetürchen hinaus in den Garten.

Nach einem weiteren tiefen Schluck setzte sich Lucas auf die Klavierbank. Ich musste zugeben, dass ich ihm wieder zuhören – und noch mehr *zusehen* – wollte, seit dem ersten Abend, an dem er mir dieses geheime Talent offenbart hatte.

Und ich musste auch bewundern, wie er den Alkohol vertrug. Ich meine, er war offensichtlich betrunken, aber sein Gang war nicht schwankend. Er hatte immer noch dieselbe aufrechte – fast versnobte – Haltung, bei der ich mich immer fragen musste, ob er insgeheim Tänzer oder Trapezkünstler war. Jetzt wusste ich, dass dieses so genannte sagenumwobene *aristokratische Gebaren* einen Ursprung hatte, inklusive Adelstitel und allem!

Er fing an, eine düstere Melodie zu spielen, die ich noch nie zuvor gehört hatte – langsam und mit vielen tiefen Noten in einer Molltonart. Ich wusste nicht gerade viel über Musik, aber ich wusste genug, um zu erkennen, dass dies ein Äquivalent zu irgendeinem traurigen betrunkenen Lied war. Ich stellte mich zu ihm und er warf mir einen unlesbaren Blick zu, während er weiterspielte.

Ich konnte nicht anders. Er tat mir leid. Familie konnte scheiße sein. All die Erwartungen, die an einen gestellt wurden, nur aufgrund der Tatsache, von wem man abstammte und wessen DNA man teilte. Davon wusste ich genug, auch wenn meine Familie nicht stinkreich und adelig war. Familie konnte in jeder Gesellschaftsstufe ziemlich scheiße sein. Und niemand wusste das mehr als ich.

Mein Mund krümmte sich zu einem leichten ermutigenden Lächeln und ich legte eine Hand auf Lucas' Schulter. „Bist du in Ordnung? Heilige Scheiße, bist du angespannt." Besonders wenn man bedachte, dass er betrunken war … Sein Körper fühlte sich an, als hätte man ein dickes Tau um Felsen gelegt und mit unnachgiebigen Knoten zusammengebunden.

Er reagierte nicht abweisend auf meine Berührung, er reagierte einfach überhaupt nicht darauf. Er spielte einfach seine langsame, traurige und dunkle Melodie weiter.

„Hey – ich könnte dir den Rücken massieren. Mein Mitbewohner – naja mein *ehemaliger* – na, du weißt schon. Heath mag Massagen und anscheinend bewertet er meine mit zwei Daumen nach oben. Das ist einer der Vorteile, wenn man mich im Haus hat … falls du möchtest."

Seine Finger glitten über die Tasten. Er sprach immer noch nicht – warf mir lediglich einen weiteren rätselhaften Blick aus diesen unergründlichen dunklen Augen zu und zuckte nur mit den Schultern. Ich runzelte die Stirn, aber wertete die Geste als schweigsame Zustimmung.

Ich stellte mich hinter ihn. Dann ließ ich meine Fingerknöchel knacken und rollte wie ein Profi-Wrestler, der bereit war, in den Ring zu steigen, mit den Schultern und dem Nacken. Sanft legte ich meine Hände an seinen Halsansatz.

Die traurige Melodie spielte ununterbrochen weiter, aber schließlich sprach er mit leiser, heiserer Stimme. „Versuch, mich nicht zu erwürgen."

„Verlockend, aber nein." Meine Hände kneteten sanft seinen extrem angespannten Hals bis hinunter zu seinen Schultern. Ich massierte in kleinen Kreisen durch das weiche, glatte Material seines Hemds.

Er traf seine erste falsche Note, als meine Daumen parallel zu seiner Wirbelsäule sanft seinen Nacken hinaufstrichen. Seine Haut war rot, vermutlich vom Alkoholkonsum. Er traf eine weitere falsche Note, als meine Fingerspitzen seinen Haaransatz berührten. Diese falsche Note ging mit einem scharfen Atemzug einher.

Und als ich mich wieder seinen Hals hinabarbeitete, war es offensichtlich, dass er nur angespannter wurde anstatt lockerer. Plötzlich verfehlte er einen Haufen Noten in schneller Folge und hörte dann ganz mit dem Spielen auf. Vielleicht lag es daran, dass meine Finger unter sein Kinn glitten, während ich mit den Daumen in sanften Kreisen die Stellen unterhalb seiner Ohrläppchen massierte. Seine Haut fühlte sich heiß an und war rau von seinen Bartstoppeln, obwohl er sich rasiert hatte, bevor wir zu diesem *Familiendinner* – oder wie auch immer man dieses Spektakel sonst nennen sollte – aufgebrochen waren.

Lucas saß jetzt völlig regungslos und mit gespreizt auf der Klaviertastatur ausgebreiteten Fingern da. Ich atmete tief ein und blies die Luft langsam hinaus, während ich meinen Händen erlaubte, sich von seinem Gesicht zu lösen. „Es tut mir leid. Magst du das nicht?" Meine Hände ruhten leicht auf seinen Schultern, aber bevor ich irgendetwas anderes machen konnte, kam seine rechte Hand hoch und ergriff mein Handgelenk. Sein Griff war fest, eng ... besitzergreifend.

„Ich mag es. Ich mag es zu sehr", murmelte er mit belegter, tiefer Stimme.

Dann stand er auf und drehte sich zu mir um. Unsere Blicke trafen sich und mein Atem erstarrte in meiner Brust. Er war sichtlich erregt. Aber obwohl ich schwor, meine Augen auf sein Gesicht zu fokussieren, war es deutlich erkennbar. Ich musste nicht einmal *dort* hinunterblicken, um meine Annahme bestätigt zu wissen. Seine dunklen Augen verbrannten mich zu Asche und bohrten tief in mich. Ich löste meine Augen nicht von seinen und schluckte schwer, während ich hoffte, dass er mich berühren würde. Hoffte, dass er etwas anfangen würde.

„Willst du ... willst du noch etwas mehr über das reden, was dich so plagt?" Meine Stimme war ein heiseres Flüstern.

Ich wusste verdammt gut, dass er nicht reden wollte, aber was sollte ich sonst sagen? *Bitte zieh deine Klamotten aus und fick mich wenigstens?* Ja, vielleicht wollte ich das sagen. Vielleicht brodelte es in mir, weil ich unbedingt diese starken, begabten Hände auf meinem Körper spüren wollte. Aber ich sagte es nicht. Niemals würde ich ihm das sagen.

Sein Blick war intensiv, lebendig, wie eine sanfte Berührung. Und seine Stimme war rau vor Verlangen. „Ich will nicht reden ... überhaupt nicht." Mit seiner freien Hand, der, die gerade nicht mein Handgelenk festhielt, griff er nach oben und fuhr mit dem Daumen mein Kinn entlang. Dann legte er seine Hand um meinen Nacken und zog meinen Kopf sanft zu seinem.

Feste Lippen auf meinen – feurig und rauchig, mit dem Geschmack von Whisky, beharrlich. Er öffnete innerhalb weniger Momente meine Lippen und seine Zunge schob sich in meinen Mund, kostete mich, nahm mich.

Und mit einem erstickten Wimmern ließ ich mich mitreißen. Dieser Kuss knisterte meinen Nacken hinunter, über meine Wirbelsäule direkt in mein Zentrum, wo er die glühende Kohle in Flammen aufgehen ließ. Meine Brüste sehnten sich nach seiner Berührung und Gänsehaut kräuselte mein Fleisch.

Nur durch einen Kuss konnte er das mit mir anstellen. Ich musste zugeben, dass kein anderer Kerl das je so schnell geschafft hatte. Entweder hatte er insgeheim irgendwo einen Doktortitel in Küssen bekommen oder es war etwas an ihm und mir und unserer Verbindung. Ein Knistern, ein Funken. Eine schwelende Energie, die schon immer zwischen uns geherrscht hatte und jetzt endlich Funken schlug.

Vielleicht war es wie eine chemische Reaktion, die zu brodeln und rauchen anfing, sobald zwei inerte Substanzen in Kontakt kamen. Wir waren wie Ammoniak und Salzsäure – zwei Reaktanten, die in einer heißen exothermen Reaktion in Rauch aufgingen, sobald sie zusammenkamen.

Er löste seine Lippen nur, um zu sprechen. Sein und mein Atem waren schnell und die warmen und feuchten Luftströme verbanden sich in der Luft zwischen uns. Es war ein Wunder, dass er die Worte überhaupt formen konnte. „Ich will dich *überall* kosten."

Seine Stimme war eindringlich, voller Verlangen, voller Hitze und voller Sehnsucht. Mit einem lauten Klacken schloss er die Abdeckung der Klaviertastatur. Mit einem Stoß seines Beins schob er die Klavierbank aus dem Weg. Dann zog er mich ohne Hindernis zwischen uns eng an sich.

„Du hast getrunken …", murmelte ich gegen seine Lippen, die fest auf meinen lagen.

„Aber du nicht. Und ich weiß, was ich schon viel länger will als erst seit heute Abend. Das ist kein plötzlicher Impuls aus heiterem Himmel. Wie schmeckst du?"

Ich schluckte und alles in mir sackte hinab in Richtung Boden. Die Welt um mich herum drehte sich leicht. Als wäre auch ich plötzlich betrunken – berauscht von seinem hartnäckigen Mund und seinen Lippen. Den Lippen, die gerade mein sehr williges und prickelndes Ohrläppchen einhüllten.

Heilige Scheiße. Wie … bevor ich überhaupt realisierte, was ich machte, waren meine Arme bereits um seinen Hals geschlungen und hielten ihn an mir fest. Als wäre er ein Rettungsboot und das fast perfekte Vorspiel meine Rettungsboje. Das Küssen dieses Mannes knisterte wie eine Bratpfanne voller Bacon.

Und er servierte mir, was er wollte.

Das war völlig in Ordnung für mich, da ich mich von diesem reißenden Strom mitreißen ließ, wohin auch immer er führte. Er wollte mich kosten? Ich wollte von ihm gekostet werden. *Perfekt.*

Seine Lippen wanderten zu meinem Hals hinab und knabberten dort an der sensiblen Haut. Seine Hände glitten von meinem Rücken hinab zu meinem Hintern, wofür er sich leicht hinabbeugen musste. Lucas war groß und ich war etwas kleiner als der Durchschnitt. Vielleicht hätte ich ihn die Klavierbank nicht wegschieben lassen sollen, dann hätte ich sie nun als Erhöhung benutzen können.

Er schien eine ähnliche Idee zu haben, als er entschlossen seinen Griff anpasste und mich hochzog. Ohne nachzudenken, hakte ich meine Beine um seine schlanken Hüften, wodurch sich der Saum meines Kleides zusammenschob. Unsere Münder waren erneut in einem wilden Gefecht der Zungen verbunden. Er gab ein leises Stöhnen von sich und ich antwortete mit einem kleinen Seufzen.

Ich stand in Flammen und hoffte, wir würden uns bald in sein Schlafzimmer begeben, um es zu löschen.

Aber offensichtlich wollte er nicht einmal bis dorthin gehen. Stattdessen zog er mich noch weiter hoch und setzte mich auf sein Klavier. Das seidige Material meines Kleides glitt reibungslos über die glänzende schwarze Oberfläche des Instruments und meine Füße baumelten über die Vorderseite. Ich trat mir meine Stöckelschuhe von den Füßen.

Sex auf einem Klavier. „Wie bei *Pretty Woman*", flüsterte ich, während ich fast zitterte, weil der Gedanke an das, was kommen würde, mich so erregte. Mein Höschen war schon völlig durchnässt.

Seine dunklen Augen lösten sich nicht von meinen, als er langsam mit einer warmen Hand meinen Oberschenkel hinaufglitt. „Wenn es für den Kerl in dem Film gut genug ist, dann auch für mich", antwortete er.

Ohne einen Augenblick zu zögern, schob Lucas den Saum meines Kleides bis zu meinen Hüften hoch, zog mir das Höschen aus und ließ es auf den Boden fallen. Ich war froh, dass ich heute Nachmittag so penibel gewesen war und mich rasiert hatte. Seine Hände glitten meine weiche Haut hinauf und kamen an meinen Hüften zur Ruhe. Dann positionierte er mich genau am Rand des Klaviers.

Kurz darauf beugte er sich hinab und küsste die Innenseite meiner Oberschenkel. Überall, wo sein Mund und seine Zunge mich berührten und sich auf die zarte Haut pressten, blühte Gänsehaut auf. Ich stieß einen Atemzug aus, von dem ich nicht wusste, dass ich ihn angehalten hatte, bis ich nach Luft rang. Lucas' Hand umfasste mein Knie und schob es beiseite, um meine Beine weiter zu öffnen.

Oh mein Gott. Gleich. Er würde ... ich konnte nicht einmal den Gedanken formen, da mein Kopf raste und mein Herz vor heißer Aufregung, kaltem Nervenkitzel und vielleicht sogar ein wenig Angst pochte. Was würde als Nächstes passieren?

Ich sehnte mich schon so lange nach einem schönen Schäferstündchen. Es war schon viel zu lange her. Und nur Arbeit und kein Spielen machten Katya zu einem gelangweilten Mädchen, aber ...

Würde das hier etwas ändern? Würden wir eine Grenze überschreiten? Wäre das ein Fehler, den wir nicht rückgängig machen könnten? Und warum zum Teufel machte ich mir darüber Sorgen, während sein Mund – und dieses schöne stoppelige Kinn – näher und näher zu meinem Zentrum glitt. Oh Gott. Meine Augenlider schlossen sich und ich lehnte mich zurück auf meine Ellbogen.

Seine Hände waren fest, sicher, aber sanft. Sie streichelten mich auf eine Art, die seine Erfahrung widerspiegelte. Er hatte das schon früher gemacht – oft. Und wenn er mich dort genauso küssen würde, wie er meinen Mund geküsst hatte, würde dieser Abend mit einem atemberaubenden Orgasmus enden.

„Lucas", krächzte ich, als sich meine Beine plötzlich verkrampften.

Er hielt inne, hob aber nicht den Kopf. Stattdessen wartete er. Als ich nichts sagte, fragte er. „Willst du, dass ich aufhöre?"

Ich schluckte. Mein Kopf drehte sich. Meine Kehle war zugeschnürt und mein Körper kam in Fahrt und war bereit loszulegen. Ich war hochsensibilisiert und war mir allem um mich herum bewusst, inklusive des leichten Luftzugs. „Nein ... Willst du?"

„Teufel, nein. Ich will dich kosten, bis du durch meine Zunge kommst. Ich will wissen, ob es so atemberaubend ist, wie ich es mir vorstelle."

Mein Mund klaffte auf. „Du – du hast dir das vorgestellt?"

Sein Mund verband sich mit dem Scheitelpunkt meiner Schenkel und seine Zunge glitt heraus, um mich dort zu lecken. Ich rang nach Luft.

„Ja, habe ich. Und jedes Mal warst du heißer als zuvor."

Er hatte Fantasien von mir? Mehr als einmal? Mit seiner vom Whisky gelockerten Zunge gab er jetzt offen eine Menge Dinge zu.

Und ich, ich würde es nicht zugeben – die Unmenge an schmutzigen Träumen und anderen, ähm, privaten Momenten, wenn sein hübsches Gesicht ungebeten in meine Gedanken trat. Aber ich vergaß all das, als sein Mund über meinem Geschlecht schwebte und sein heißer Atem mich in aufgeregter Erwartung badete.

Ich seufzte. „Naja … das ist ein bisschen viel verlangt. Ich bin mir nicht sicher, ob ich dieser Fantasie gerecht werde. Ich hoffe, du erwartest nicht –"

„Das tust du bereits, Kat. Das tust du bereits." Ein Finger drang in mich und ich rang nach Luft. Dann ein zweiter. Er hob seine dunkeln Augen, um mir ins Gesicht zu blicken, als wollte er meine Reaktion beurteilen. Da er anscheinend zufrieden mit dem war, was er sah, fuhr er fort. Sein Daumen spreizte mich und plötzlich legte sich sein Mund um mein Zentrum und saugte erbarmungslos an meiner Klitoris. *Heilige Scheiße.*

Die Hand auf meinem Knie übte erneut Druck aus, um mich weiter zu öffnen, und ich kam seinem Wunsch mit beiden Knien nach und erlaubte ihm vollen Zugang. Mein Kopf fiel zurück in meinen Nacken. Hinter meinen geschlossenen Augenlidern flackerten glänzende Lichter im Einklang mit seinem Mund auf meiner sensiblen Mitte. Mein Gleichgewichtssinn begann zu versagen, als ich mich ihm völlig hingab. Jede Bewegung seiner Zunge spürte ich in meinem ganzen Körper und ließ geschmolzene Lava in meinem Innersten zusammenlaufen.

Ich schwöre bei Gott, dass ich fast vergaß zu atmen. Ziemlich sicher wusste ich in diesem Augenblick meinen eigenen Namen nicht mehr. Alles was noch in meinem Kopf existierte, waren seine Hand auf meinem Bein, seine Finger, die rhythmisch in mich glitten, und sein heißer Mund, der unnachgiebig an mir saugte. Seine Zunge schleckte wieder und wieder über dieses kleine Bündel aus Nerven.

Mit voller Kraft voraus – von leichter Erregung bis kurz vor einen Orgasmus in weniger als einer Minute. Guter Gott. Das war wie das Formel-Eins-Rennen der Orgasmen.

„Sag meinen Namen", erwiderte er mit rauer Stimme, als ich nach Luft rang. Gott, ich konnte gar nichts sagen. Vermutlich hatte ich sogar meine eigene Muttersprache vergessen.

Er stoppte, seine Finger hielten still und sein Mund löste sich. Alles in mir war so angespannt und baumelte an einem Abgrund und er spielte mit mir und ließ mich warten. Ich hob meinen Arm, um hinabzugreifen und es selbst zu Ende zu bringen. Doch er schlug sie einfach weg. „Sag ihn, Kat."

Meine Zunge fuhr über meine spröden Lippen und das Blut brodelte in meinen Adern. Ich war unfähig, mich auf irgendetwas außer dieses süße tiefe Verlangen zu konzentrieren. Dieser bebende flüchtige Höhepunkt war so nah. *So nah.* „Lucas", hauchte ich.

Er leckte weiter und ich schrie auf. So heiß und doch noch nicht ganz dort. Nicht genug Druck, nicht genug Kontakt. „Nicht genug", stöhnte ich.

Er lachte. Es war ein trockenes Lachen. Er schien diese Kontrolle, die er über mich hatte, zu genießen. Und wäre ich nicht so überwältigt, wäre ich wütend auf ihn gewesen. Ich bewegte meine Hand erneut und er packte sie am Handgelenk.

„Sag, dass du mein bist", knurrte er.

Meine Augen flogen schockiert auf und meine Beine verkrampften.

„Lucas..."

Er senkte seinen Kopf, um mich weiter zu lecken und meine Augen drehten sich in meinen Kopf zurück, während meine Augenlider zu flattern begannen. Hier kam er. Auf einer gewaltigen Welle, die kurz davor war, über mir hereinzubrechen und mich ganz zu verschlingen. Oh Gott.

Verdammt. Ja. *Ja.* Ich bin dein, Lucas. Ich bin dein. Lass mich kommen. *Lass mich kommen.*

Mein Körper zuckte, als ich zum Höhepunkt getrieben wurde. Ich rang nach Luft, so als hätte ich stundenlang den Atem angehalten. Ein Rausch aus Vergnügen und Glückseligkeit und erschöpfter Euphorie prasselte auf mich herab, wie Nebeltropfen an einem perfekten Herbstmorgen im pazifischen Nordwesten. Sämtliche Anspannung fiel von mir ab.

Ich starrte auf die Stuckarbeiten an der altmodischen abgeschrägten Decke. Was. Zum. Teufel. War. Gerade. Passiert?

Lucas richtete sich auf und starrte neugierig auf mich herab. Seine Lippen wiesen eine fast arrogante Wölbung an den Mundwinkeln auf. Als wäre er ziemlich stolz auf sich selbst, weil er es geschafft hatte, mir den Verstand zu rauben. Und dafür, es so schnell geschafft zu haben.

Jetzt, wo ich hier lag und mich fühlte, als wären meine Knochen und Muskeln aus Wackelpudding, stimmte ich ihm sogar zu, dass er das Recht hatte, arrogant zu sein. Der Kerl war gewandt. Was er wohl mit anderen, interessanteren Teilen seines Körpers anstellen könnte?

Langsam stützte ich mich auf die Ellbogen, während er schweigend am Saum meines Kleides zog, um mich wieder zu bedecken. Er wich meinem Blick aus und drehte sich mit einem schweren Seufzen um, um sich müde auf die nahegelegene Couch fallenzulassen.

Ich blinzelte. Er hatte nach alledem nichts zu sagen? Wie war es überhaupt dazu gekommen? Das Letzte, was ich wusste, war, dass er sauer auf mich war und sich den Whisky literweise in den Rachen gekippt hatte.

Aber ich hatte deswegen einen wahnsinnigen Orgasmus geschenkt bekommen. Wieso sollte ich also protestieren? Und das Mindeste, das ich tun konnte, war, ihm eine Gegenleistung anzubieten ... was ich, wenn ich ehrlich mit mir war, wirklich wollte. Ganz zu schweigen davon, dass ich nach sechs Monaten Ehe mehr als neugierig war, was für eine Waffe er mit sich herumtrug.

Der Gedanke daran ließ mein Herz rasen, als eine weitere Welle der Erregung durch meinen schwachen, gesättigten Körper schwappte. Schluckend setzte ich mich auf und glitt vorsichtig vom Klavier.

Er lag unbeholfen auf der Couch, also trat ich hinter ihn und küsste seinen Nacken. Dann fuhr ich mit meiner Zunge sein Ohr entlang. „Jetzt bin ich dran. Ich würde gerne diesen Schwanz kosten, den du gerade an mich gepresst hast."

Er stieß ein leises Stöhnen aus und sein Kopf fiel zur Seite. Ich ging ums Sofa herum und kniete mich vor ihm hin. Hungrig machte ich mich an seinem Reißverschluss zu schaffen, hatte jedoch schwer zu kämpfen, da er sich verklemmt hatte. Er hielt still und half mir trotz meiner Anstrengungen nicht. Dabei begrabschte ich ihn absichtlich ein paarmal. Er war immer noch stahlhart und in meiner Kehle sammelte sich Vorfreude.

Er würde mir in der Oralsex-Abteilung nichts vormachen. Jetzt hatte ich die Chance, ihm zu zeigen, warum meine Fellatiofähigkeiten als weit über dem Durchschnitt angesehen wurden. Bald würde er sich winden und unter der Macht meiner mächtigen Wunderzunge nach Luft ringen.

Ich versuchte meine Hand durch den Eingriff hineinzuschieben, doch das war unbequem, weshalb ich seine Hose aufknöpfte. Und gerade als ich kurz davor war, den Preis meiner Anstrengung zu Gesicht zu bekommen, hallte ein Schnarchen aus seiner Brust wider. Mein Kopf schoss hoch. *Was zum....?*

Lucas' Augen waren geschlossen, sein Mund stand offen und sein Kopf lag zusammengesackt an der Lehne der Couch. Weiteres Schnarchen folgte dem ersten. Ich blinzelte und piekte ihn ein paarmal fest in die Brust, um ihn aufzuwecken, doch es kam keine Reaktion.

Ach ... *Scheiße.*

Ich ließ geschlagen die Schultern sacken und gab klein bei. Vorsichtig knöpfte ich seine Hose wieder zu. Dann zog ich ihm die Schuhe aus und rollte ihn sanft auf die Seite. Nie im Leben würde ich es schaffen, ihn ins Bett zu verfrachten. Er wog sicher doppelt so viel wie ich.

Nachdem ich ihm ein Kissen und eine Decke geholt hatte, stellte ich ihm ein Glas Wasser auf den Couchtisch. Dann machte ich es ihm so bequem, wie ich nur konnte. Als ich fertig war, holte ich meine Schuhe unter dem Klavier hervor und ging in mein abgeschiedenes Zimmer, um dort zusammenzubrechen.

Frustrierend? Ja. Aber ich hatte bei der ganzen Sache definitiv nicht den Kürzeren gezogen ... ich konnte mich also nicht wirklich beschweren. Morgen war auch noch ein Tag, um mich zu revanchieren. Vielleicht sogar in der Horizontalen.

Ein heißes Bild von Lucas und mir, wie wir die Laken seines tollen alten Holzbetts durcheinanderbrachten, kam mir in den Sinn. Was für eine schöne Vorstellung, mit der ich ins Schlummerland driftete und auf einen weiteren schönen Sextraum hoffte.

KAPITEL

ELF

LUCAS

IRGENDEIN UNBEDEUTENDER SCHOTTE SAGTE EINST, WENN die Liebe die Welt zum Drehen bringen würde, würde Scotch sie doppelt so schnell drehen lassen. Heute Morgen musste ich zugeben, dass ich dem zustimmte. Obwohl er in dem Moment viel Spaß gebracht hatte, sorgte dieser Scotch für viel Bedauern, und das auch noch an einem Montag.

Meine Augen brachen auf und meine Lippen waren mit getrocknetem Sabber überzogen, der wohl daher rührte, dass ich die ganze Nacht mit offenem Mund geschlafen hatte. Mein Gesicht würde wahrscheinlich den Rest des Tages das Waffelmuster des Couchbezugs tragen.

Und von dem Trommelkonzert, das gerade zwischen meinen pochenden Schläfen stattfand, wollte ich gar nicht erst anfangen. Ich hustete und rieb mir den Sand aus den Augen. Unter normalen Umständen hätte ich die Tatsache verflucht, dass ich mir das angetan hatte. Aber das unglaubliche Ende dieser beschissenen Nacht machte mir das extrem schwer.

241

Ich atmete tief ein, als ich an Kats weiche, glatte Haut dachte. An ihre blassen Beine, wie sie von meinem Klavier herunterbaumelten. An das Gefühl ihrer seidigen Oberschenkel an meinen Wangen, an ihren Geschmack. An die Art, wie sie auf mich reagiert hatte. *Fuck.* Sie war so stark gekommen, so schnell, dass es mich umgehauen hatte – buchstäblich. Ich muss kurz darauf weggetreten sein. Aber was für eine schöne Art einzuschlafen ...

Scheiße. Jetzt war mein Kopf nicht mehr das einzige Körperteil an mir, das pochte.

Ich rieb mir die Stirn und versuchte dadurch den dumpfen Schmerz zu lindern, während ich darüber nachdachte, was zum Teufel zu diesem atemberaubenden Ausrufezeichen am Ende des Tages geführt hatte. Ich sollte mich dafür verurteilen, eine Grenze überschritten zu haben, die ich selbst aufgestellt und dann monatelang durchgesetzt hatte. Aber irgendwie konnte ich das einfach nicht.

Ich hatte sie schon seit dem Tag kosten wollen, an dem ich sie vor fast zwei Jahren das erste Mal gesehen hatte. Dieses schöne glänzend rote Haar, diese atemberaubenden, intelligenten blauen Augen. Dieser scharfe Verstand, dieser gesellige, gewitzte Charme. Ja, sie machte mich täglich verrückt mit ihren Sticheleien. Aber ich genoss es auch, ihr genauso stark Kontra zu geben – oder sogar stärker.

Und all das hatte sich als monatelanges, langgezogenes und frustrierendes unerfülltes Vorspiel herausgestellt.

Und endlich, als ich letzten Abend stockbetrunken war, hatte ich die Chance bekommen, sie stöhnen zu hören. Sie meinen Namen sagen zu hören, sie zu betrachten, während sie kam, und zu wissen, dass ich der Grund dafür war. Verdammt. Ich war schon wieder hart und suchte nach Wegen, wie ich dort weitermachen könnte, wo wir mit dem Untertitel *Fortsetzung folgt* aufgehört hatten.

Meine viel zu angenehmen Gedankengänge wurden plötzlich von einem bekannten, doch hartnäckigen Klingeln und einem noch ärgerlicherem Vibrieren auf dem Holz des Couchtisches unterbrochen.

Was zum –?

Es war der Alarm meines Handys. Ich griff nach dem Gerät, da war nichts. Dann drehte ich mich stöhnend um – und die Welt drehte sich mit mir. Da der Alarm nicht endete, tastete ich auf dem Wohnzimmertisch nach dem zweiten Handy, das dort lag. Aus irgendeinem verfluchten Grund musste Kat für heute Morgen einen Alarm gestellt haben. Wild drückte ich darauf herum, um das verdammte Ding abzustellen. Gott, Kat.

Max kam aus Richtung meines Schlafzimmers näher. Vermutlich hatte er sich entschieden, in seinem Hundebettchen zu schlafen, obwohl ich hier auf der Couch zusammengesackt war. Er fing an, seine Nase in mein Gesicht zu drücken, und hechelte mir seinen heißen feuchten Atem entgegen.

Übelkeit gesellte sich zu meinen Kopfschmerzen. *Vielen Dank, Hund.*

Ich blinzelte auf den Bildschirm, als das Vibrieren und der Alarm endlich aufgehört hatten. Kats Handy war natürlich gesperrt, aber der grelle Bildschirm stach mir in die Augen. Ich dachte über die Uhrzeit nach, sechs Uhr dreißig an einem Montagmorgen. Meine Augen fielen automatisch auf die ungelesene Nachricht direkt darunter. Neugierig, sicherlich. Aber es war eine unbewusste Handlung, die darauf beruhte, immer auf meinen eigenen Bildschirm zu sehen.

Aber als ich die Nachricht dort las, wünschte ich mir sofort, es nicht getan zu haben.

Heißer russischer Astronaut: Hey Rotschopf. Steht der Kaffee nach der Arbeit noch? Soll ich dich mitnehmen?

Der Kontakteintrag hieß *Heißer russischer Astronaut*, gefolgt von fünf goldenen Sternen. Mein Kiefer verkrampfte sich sofort, was nur noch größere Schmerzen in meinen pochenden Schläfen verursachte. Hitze stieg in meinem Hals auf und wenn ich nicht vorsichtig war, bestand die Gefahr, dass ich vor Wut platzen würde. Er hatte sie mit einem Spitznamen angesprochen, *Rotschopf*. Rot war genau die Farbe, die ich gerade sah, als sich die Wut schnell in meiner Kehle breitmachte.

Fuck.

Das bedeutete, dass Kat den russischen Kosmonauten, der mit ihr während der Führung durch den Draco Campus geflirtet hatte, angerufen hatte. Trotz der Tatsache, dass ich seine Visitenkarte gleich in den Müll geworfen hatte.

Verdammt.

Ich drückte Max' Schnauze von mir weg und bedeckte mein Gesicht mit den Händen, wobei ich meine Handballen auf die geschlossenen Augenlider presste, als würde das helfen, den Schmerz zu verjagen. Ja sicher. Den physischen Schmerz vielleicht. Aber ich schäumte vor Wut wegen etwas, das natürlich nur eine unschuldige Nachricht sein könnte, aber es vermutlich nicht war.

Wir hatten ausgemacht, uns nicht mit anderen Leuten zu treffen, weshalb sie die Regeln brach. Ich hatte das Recht, deswegen wütend zu sein. Aber dieses Brodeln in meinem Bauch und das brennende Feuer in meiner Kehle waren nicht nur bloße Wut. Es war ein Vulkan lodernder Eifersucht, der drohte, jeden Augenblick auszubrechen.

Ich stellte mir vor, wie dieser blöde Russe sich mit ihr unterhielt, mit ihr flirtete, ihr einen Kaffee ausgab und dann seine Hände auf ihre legte.

Verdammt, nein. *Verdammt, nein.*

Mit einem aggressiven Knurren sprang ich von der Couch auf und trampelte in mein Schlafzimmer, wo ich das Kissen und die Decke auf mein Bett warf, bevor ich ins Badezimmer ging. Als ich meine Morgenroutine abarbeitete, zu der sich heute noch Kopfschmerztabletten und ein Glas Wasser gesellten, waren meine Gelenke immer noch steif vor Wut.

In meinem Kopf brannte sich die Eifersucht eine gewaltige Schneise durch meine Gedanken und verwandelte alles andere in Asche und Staub. Das nahm solche Ausmaße an, dass ich unter der Dusche das Wasser so heiß aufdrehte, dass es fast kochte. Auch wenn es schon fast unangenehm war, ließ ich es über meinen Körper laufen, bis es eiskalt wurde. Ich hatte meine Boiler für eine einzige vergeudete Dusche geleert. Und bis auf eine schnell wachsende Besessenheit, mir Kat mit diesem russischen Kosmonauten vorzustellen, war nichts dabei herausgekommen.

Was zum Teufel dachte sie sich dabei, mit ihm auszugehen?

Wenn es nur etwas Harmloses oder Freundschaftliches wäre, hätte sie mir davon erzählt. Aber nein. Sie hielt es vor mir geheim.

Und sie war nicht die erste Frau in meinem Leben, die das getan hatte.

Ich zog meinen Rasierer über mein Kinn und meinen Kiefer und schaffte es gerade so, mir nicht aus Versehen die Halsschlagader aufzuschneiden. Wegen meiner Frustration konnte ich es nicht vermeiden, an dieses *andere* Mal zu denken. An den Morgen, an dem ich eine Nachricht eines meiner besten Freunde in Cambridge auf Claires Handy gesehen hatte. Ich hatte das verdammte Ding geknackt – ihren Pin hatte ich in genau drei Versuchen erraten – und Nachrichten zwischen den beiden gefunden, die mehr als zwei Monate zurückreichten. Anfangs war es nur Unverfängliches, dann Frustablassen, dann Unangebrachtes für eine frisch Verheiratete, bis es schließlich zu unbestreitbarer Untreue wurde.

An dem Tag, an dem ich das gelesen hatte, hatte ich mich leer gefühlt, taub und seltsamerweise unerklärlich erleichtert. *Erleichtert*, dass meine neue Frau ihre Liebe für einen anderen bekundet hatte, auch wenn es ein Freund war. Ich nahm einen tiefen, schmerzlichen Atemzug und betrachtete mein halbrasiertes Gesicht im Spiegel. Diese Erinnerungen kamen zusammen mit einer Welle noch dunklerer, unangenehmerer Erinnerungen – dem Anfang des Endes meines alten Lebens. Ich hatte nicht alles daran gehasst. Und bestimmte Teile meines jungen Lebens vermisste ich immer noch.

Aber nicht genug, um sie zurückhaben zu wollen. *Das nicht.*

Ich ließ meinen Rasierer fallen, nachdem ich das zweite Mal Blut abgewaschen hatte, und verarztete danach mein Gesicht. Ich versuchte, nicht daran zu denken, wie ich mich bei dieser Nachricht im Vergleich zu den damaligen fühlte. Diese Nachricht auf Kats Handy zu finden, verschaffte mir keine Erleichterung. Keine Taubheit oder Gleichgültigkeit. Tatsächlich sogar das genaue Gegenteil.

Diese *eine* Nachricht hatte mich in einen gedankenlosen Hochofen aus Wut verwandelt. In meinem Kopf formten sich bereits Pläne, wie ich dieses Date zum Kaffee verhindern könnte.

Dieser Vorfall mit meiner Scheinehefrau bedrückte mich mehr als der mit Claire. Denn ich hatte Scheiße gebaut.

Weil ich es hätte besser wissen müssen, als mich sexuell mit Katya einzulassen. Und bis sie zu mir gezogen war und wir vierundzwanzig Stunden am Tag, sieben Tage die Woche Zeit miteinander verbrachten, hatte ich sie erfolgreich auf Abstand halten können.

Aber weniger als achtundvierzig Stunden, nachdem sie eingezogen war, war mein Mund zwischen ihren exquisiten Schenkeln gelandet. Wäre ich nicht aus den Latschen gekippt, wäre all das sicher noch weiter gegangen. Nur daran zu denken, was hätte geschehen können, ließ selbst in meiner Wut meinen Schwanz zucken.

Ich wollte sie zu sehr.

Und ich wollte sie schon viel zu lange.

Und genau das war der Hauptgrund, warum ich sie *niemals* bekommen sollte.

Ich zog mir schnell Jeans und T-Shirt an und schnappte mir ein Paar Sneaker. Meine Bewegungen waren immer noch steif und ruckartig. Da es jetzt nach sieben war, sollte ich sie vermutlich aufwecken, damit sie sich für die Arbeit herrichten konnte. Aber der kleinkarierte Teil von mir wollte sie gerade nicht einmal ansehen.

Verdammt, war es nicht komisch? Man konnte seinen Namen, seine Ziele ändern. Man konnte alles ändern, was man sich für seine Zukunft ausgemalt hatte. Man konnte seine Vision für die Zukunft ändern. Aber man musste sich immer noch auf andere Leute verlassen und ihnen vertrauen. Und man hatte keine Kontrolle über ihr Tun. Und egal wie sehr man sich bemühte, etwas zu ändern, die Geschichte würde sich trotzdem wiederholen.

Vielleicht war ich einfach nur ein beschissener Ehemann, der seine Frauen – echt *und* falsch – dazu trieb, ihn zu betrügen. Wie war dieser Psycho-Gebrabbel-Ausdruck? Emotional unerreichbar. Das hatte ich während meiner ersten Scheidung und den darauffolgenden Therapiesitzungen schon ein paar hundert Mal gehört.

Ich stopfte gerade die letzten Dinge in meinen Rucksack, entschlossen mir in der Cafeteria von Draco etwas zu holen und an meinem Schreibtisch zu frühstücken, als Kat in die Küche kam. Sie war schon für die Arbeit angezogen und ihr langes glänzendes Haar war gebürstet und floss über ihre Schultern.

„Verdammt. Da ist es." Sie schnappte sich ihr Handy vom Wohnzimmertisch. Dann sah sie mich an mit diesen schönen blauen Augen und ihre sinnlichen Lippen teilten sich zu einem breiten Lächeln. „Hey du! Guten Morgen. Wie fühlst du dich? Ich könnte dir einen Caesar machen, wenn wir nicht zur Arbeit müssten."

„Einen Caesar?", biss ich etwas schneller als beabsichtigt heraus. Ich nahm mein Handy und steckte es in die Fronttasche meines Rucksacks. „Was zum Teufel ist das?"

„Oh, tut mir leid. Ich denke, ihr nennt es Bloody Mary. Hilft sehr gut gegen Kater."

Ich verzog das Gesicht. „Nein, danke." Da ich nicht in der Stimmung für weiteres Geplauder war, wandte ich mich um, drehte den Türknauf der Eingangstür, um zu gehen.

Ich blickte mich um und sah, dass Kats Augen auf ihrem Handy lagen. Ich hielt inne, als sie es entsperrte, da ich zu neugierig auf ihre Reaktion auf die Nachricht war. Würde sie meinen Verdacht bestätigen? Anscheinend stand ich auf Schmerzen.

Ihre Augen überflogen die Nachricht und sie blickte etwas finster drein. Dann tippte sie schnell eine Antwort. „Scheiße, ich habe vergessen, dass ich heute eine Verabredung zum Kaffee mit diesem russischen Kosmonauten habe."

„Heißes Date?" Ich konnte einfach nicht anders. Es sprang mir einfach von den Lippen.

Sie sah mich schief an. „Kaum. Er hat meine Nummer von Jordan. Anscheinend will einer seiner Freunde einen Twitch-Channel anfangen und er hätte gerne ein paar Tipps von mir. Ich will eigentlich gar nicht hin. Ich habe es auf ein anderes Mal verschoben und gesagt, dass ich einen Kater habe."

„Du hast gestern doch gar nichts getrunken", sagte ich und versuchte angestrengt, die gewaltige Erleichterung zu ignorieren, die gerade über mir hereinschwappte. Sie wollte nicht hingehen. Zwischen ihr und dem Kosmonauten war nichts.

Aber trotzdem, die unbestreitbare Tatsache, dass ich fast den Verstand verloren hatte, als ich gedacht hatte, es wäre anders, erschütterte mich.

„Wollen wir zusammen zur Arbeit fahren?" Sie steckte ihr Handy in die Tasche und blickte erwartungsvoll zu mir auf. Keine Diskussion oder Anspielung auf die Geschehnisse der letzten Nacht. Sie ging sehr cool damit um.

Ich schluckte und mein Kopf raste. „Ich fahre mit dem Rad. Wir sehen uns dort."

Sie streckte ihren Arm aus. „Ich kann deinen Rucksack im Auto mitnehmen."

„Passt schon. Bis dann."

Sie stand wie erstarrt da und betrachtete mich mit geweiteten Augen, als ich mich umdrehte und die Tür öffnete und dann hinter mir fest schloss. Auf der Treppe hielt ich inne und nahm einen tiefen Atemzug. *Verdammt.* Diese Frau brachte mich dazu, durchzudrehen. *Reiß dich zusammen, Lucas. Konzentrier dich aufs Wesentliche.*

Entschlossen holte ich mein Rad aus der Garage und stieg auf. Dann raste ich die Straße hinunter, als wäre der Teufel hinter mir her. Die Fahrt würde länger dauern und ich hatte nicht geplant, heute Morgen das Fahrrad zu nehmen. Aber es war eine praktische Ausrede gewesen, um zu vermeiden, mit Kat im selben Wagen zu sitzen.

Ich sah Kat erst während der Mittagspause wieder, da ich fast den ganzen Vormittag in Team-Meetings war. Glücklicherweise hatten meine Kopfschmerzen nachgelassen. Aber meine Gedanken – meine schnelle Besessenheit – an meine heutige Reaktion auf diese harmlose Nachricht erschütterten mich bis ins Mark.

Und als der Tag fortschritt, wusste ich, dass ich mich nie wieder in diese Lage bringen durfte, komme, was wolle. Und egal, wie gerne ich mit ihr schlafen wollte.

Und ich wollte wirklich *wirklich* mit ihr schlafen.

Aber ich musste aufhören, daran zu denken, und an die Nacht zuvor, als sie vor mir auf dem Klavier lag und ihre seidigen, weichen Beine für mich gespreizt hatte …

Gottverdammtnochmalwannhörtdasallesendlichauf.

Ich sah sie kaum an, als sie mir an meinem Arbeitsplatz näherkam und sich auf den leeren Stuhl neben mir setzte. „Wie geht es dir? Kopfschmerzen weg?"

Ich starrte starr auf meinem Monitor und protokollierte Fehlerberichte, sobald sie hereinkamen. „Ich hatte gar keine Kopfschmerzen", log ich.

Eine Pause. „Ist alles in Ordnung? Du bist … du bist doch nicht sauer wegen dem, was gestern Abend passiert ist, oder?"

Meine Augen fielen auf meine Tastatur und dann wieder auf den Monitor. Ich wünschte, ich könnte meine Nasenlöcher ebenso einfach schließen wie meine Augenlider, denn sie roch genauso atemberaubend wie immer. Dieser Kokosnuss-Muskat-Duft war einfach berauschend – und vervierfachte möglicherweise den die Welt drehenden Effekt des Scotchs. Sie beugte sich vor und ihr seidenes Haar kitzelte meinen Arm. Ich wischte es weg, als hätte sie mich verbrannt. Dann wich sie zurück.

„Oh, okay, also ist die Antwort ein Ja." Da gerade Mittagspause war, waren kaum Leute im Bau und alle, die anwesend waren, hatten ihre Kopfhörer auf. Ihre Stimme war immer noch leise genug, dass alle um uns herum sie auch ohne Kopfhörer nur schwer hören würden.

Sie machte immer noch eine Pause, doch als ich nichts sagte, wurde ihr Tonfall frostig. „Wow, Lucas. Ich hätte nie gedacht, dass ich gerade dir das sagen würde, aber du bist einfach so klischeehaft."

Ich biss mir auf die Unterlippe, aber wie ein Arschloch sagte ich immer noch nichts. Ich würdigte sie nicht einmal eines Blickes.

Mit einem empörten Schnauben schob sie ihren Stuhl quietschend zurück und stand auf. Dann verließ sie mit lauten Schritten den Bau. Sobald die Tür zugefallen war, legte ich mein Gesicht in meine Hände. Gott, ich war so ein gewaltiger Arsch. Ich hätte ihr wenigstens ein Mindestmaß einer Entschuldigung geschuldet. Aber alles in allem war es so wohl das Beste.

Es *würde* das Beste sein. Indem ich sie auf Abstand hielt, beschützte ich sie. Ja, und auch mich selbst.

Wenn man mit Lava spielte, war es sehr wahrscheinlich, dass man sich verbrannte. Und Kat? Sie war reines geschmolzenes Magma bis hin zur Farbe ihrer Haare.

Nach dem Mittagessen zog sich der Tag. Ich hatte Max nicht mit zur Arbeit genommen, da ich in letzter Minute auf das Fahrrad als Transportmittel umgestiegen war. Deshalb schrieb ich Michaela, damit sie nach ihm sah. Sie antwortete, dass sie bereits auf dem Weg zum Haus war, da sie auf dem Klavier üben wollte. Max war also versorgt. Als ich meine Arbeit beendete, war es schon fast Zeit fürs Abendessen. Da ich Kat nicht finden konnte, bevor ich ging, nahm ich an, dass sie bereits nach Hause gefahren war.

Als ich also mit einer Handvoll Post durch die Eingangstür trat, war ich nicht überrascht, dass Leute im Haus waren. Aber ich erwartete, dass es sich dabei um Michaela und Kat handelte. Stattdessen saß Michaela mit zwei Kerlen im Wohnzimmer, die ich noch nie gesehen hatte. Ich schloss die Tür und stellte meinen Rucksack ab. Max, der die Aufmerksamkeit der Neuankömmlinge gesucht hatte, trottete zu mir herüber. Während ich mich hinabbeugte, um ihn zur Begrüßung zu streicheln, studierte ich die beiden Kerle.

Aus der nervösen Art, wie Michaela am Rand der Couch saß, konnte ich schließen, dass es sich nicht um zwei ihrer Freunde handelte. Einer von ihnen sah etwas ungehobelt aus, wie das klischeehafte Aushängeschild für jemanden, der die High School geschmissen hatte, weil er jeden Morgen zu viel Gras geraucht hatte. Er trug ein schwarzes T-Shirt mit dem Logo einer 80er-Jahre Metal-Band, zerrissene Jeans mit Ketten an den Taschen und Bikerstiefel.

Der andere Kerl sah sehr jugendlich aus. Er besaß ebenfalls nicht den besten Kleidungsgeschmack mit seiner tief sitzenden Jeans und dem löchrigen T-Shirt. Doch er sprang von seinem Stuhl auf und kam mit einem Lächeln auf mich zu.

„Hey, Kumpel. Du hast einen coolen Hund! Ich liebe Hunde." Max drehte sich wieder zu dem Kerl und der junge Mann kraulte ihn sofort wieder am Kopf. Der Fremde hatte hier zumindest einen neuen besten Freund gefunden.

Ich legte den Stapel Post ab und meine Augen fielen auf den obersten Brief. Es handelte sich um ein weiteres Anwaltsschreiben, das an Katya adressiert war.

Dann drehte ich mich wieder zu dem Besucher. „Kenne ich euch? Oder seid ihr hier, um eure religiösen Ansichten zu verkünden? Weil ... nein, danke."

Der jung aussehende Mann warf seinen Kopf in den Nacken und lachte, als hätte ich gerade das Witzigste gesagt, was er je gehört hatte. Vielleicht dachte er, dass ich scherzte.

„Ich bin Derek." Er hob seine Hand von Max' Kopf und reichte sie mir. „Du musst Luke sein, eh? Freut mich, dich kennenzulernen." Er grinste und präsentierte ein Grübchen, als wüsste er, dass es da war und sein beeindruckendstes Merkmal darstellte.

Ich runzelte die Stirn, aber schüttelte ihm trotzdem die Hand. Manieren und so. Seine strahlend blauen Augen wirkten irgendwie vertraut …

„Lucas", korrigierte ich ihn prägnant. Derek? Derek wer? Ich kenne keinen Derek.

Er zögerte und seine Augen weiteten sich. „Oh, sorry." Und da war er. Der kanadische Akzent bei diesem einen Wort war unverkennbar. „Ich nehme an, Kat hat nie von mir erzählt? Ich bin dein Schwager, Derek Ellis."

„Ah, ja." Ich runzelte die Stirn, verwirrt, dass Katya mich nicht vorgewarnt hatte, dass ihr Bruder vorbeikommen würde. Vielleicht war das die Sache gewesen, die sie mir in der Mittagspause hatte erzählen wollen, als ich sie abgewimmelt hatte. „Sorry, es war ein langer Tag und ich stand auf der Leitung. Katya hat mir schon viel über dich erzählt." Es könnte die Wahrheit sein, wenn ich mit viel *überhaupt nichts* meinte.

Meine Augen wanderten zu Michaela, die definitiv so aussah, als würde sie gerne gehen. „Danke, dass du mit Max Gassi warst."

„Jederzeit." Sie sprang von der Couch auf und schnappte sich ihre Tasche. Dann ging sie in Richtung Vordertür. „Und wie immer, danke, dass du mich hast üben lassen."

Michaela öffnete die Tür, aber wurde von Kat blockiert, die gerade ihre Schlüssel in der Hand hatte und aufsperren wollte. Bevor sie irgendetwas zu Michaela oder mir sagen konnte, landeten ihre Augen auf ihrem Bruder.

Ein finsterer Blick verdunkelte ihr Gesicht und sie trat wortlos an Michaela vorbei. Meine Freundin floh sofort, da sie vermutlich die angespannte Stimmung spürte und schnellstmöglich verschwinden wollte. Ich wünschte mir, ich hätte mit ihr abhauen können. Dereks ungehobelter Kumpel auf der Couch hatte noch nichts gesagt, aber er blickte auf, als Kat hereinkam. Ihre Augen sprangen beim Anblick der beiden wie in einem Comic fast aus ihrem Kopf.

„Was machst du hier?", fauchte sie ihren Bruder an.

Seine dunklen Augenbrauen zogen sich verwirrt zusammen. „Ich war so stolz, weil ich dachte, ich würde dich überraschen. Aber anscheinend war das keine so gute Idee? Aber es ist schön, dich zu sehen."

„Hey, Kätzchen", sagte der andere Kerl mit einem breiten Grinsen. Der Spitzname – und die Art, wie er sie ansah – brachten mein Blut unverzüglich zum Kochen.

„Verdammt nochmal, nenn mich nicht so, Mike." Sie stürmte an uns allen vorbei in die Küche.

Die Jungs blickten einander an und Mike fing an zu lachen. „Sie ist *sauer*."

Derek warf ihm einen ermahnenden Blick zu und schaute dann zu mir. „Also, das ist peinlich."

Bevor ich antworten konnte, war Kat wieder im Zimmer, nachdem sie ihre Sachen in der Küche abgestellt hatte. Mit vor der Brust verschränkten Armen stand sie ihrem Bruder gegenüber. „Was machst du hier?", wiederholte sie, während sie den grinsenden Arsch auf der Couch ignorierte.

Derek wirkte bestürzt und seine Augen weiteten sich. „Ich kann nicht glauben, dass du immer noch sauer auf mich bist. Es ist schon fast zwei Jahre her. Als wir hörten, dass du geheiratet hast –"

„Von deinem Anwalt? Hat dein Anwalt dir das gesagt?"

Mike rutschte unbehaglich auf der Couch herum und Derek wich dem Blick seines Freundes aus. Die Anspannung in der Luft war so dick, dass man ein magisches Breitschwert +2 gebraucht hätte, um sie zu zerschneiden. Ich wollte unverzüglich türmen und sie das ausdiskutieren lassen, aber das wäre scheinheilig gewesen, wenn man all das bedachte, dem ich sie auf der Familienfeier ausgesetzt hatte.

„Komm schon, sei nicht so. Unsere Eltern waren besorgt. Du bist in ein anderes Land abgehauen und hast geheiratet. Und du hast uns nichts gesagt. Es ist, als würden wir nicht mehr existieren."

Sie zog eine Augenbraue hoch. „Warum sind *sie* dann nicht gekommen?"

„Mum wollte, aber sie bekam nicht frei. Sie schiebt Doppelschichten im Krankenhaus. Und Dad ist mitten in einem großen Projekt für die Dokuserie. Ich habe mich freiwillig gemeldet und Mum hat dir sogar ein großes Carepaket zusammengestellt." Seine Augen schossen zu mir. „Außerdem wollte ich meinen neuen Schwager kennenlernen und etwas vom sonnigen Kalifornien sehen."

Mit jeder kleinen Neuigkeit, die er Kat überbrachte, schien sie angespannter zu werden.

Ich trat vor und blickte auf ihre Taschen. „Es ist zu spät, noch irgendwo ein Zimmer zu bekommen. Ihr könnt gerne hierbleiben. Aber nur zur Vorwarnung, ich habe kein eingerichtetes Gästezimmer, aber wir haben ein paar Luftmatratzen."

Vielleicht sagte ich das, um freundlich zu sein und die Anspannung zu lindern. Vielleicht tat ich es, um ihr heimzuzahlen, dass sie mich zu diesem beschissenen Familientreffen verdonnert hatte, von dem meine Mutter so besessen war. Oder vielleicht machte ich es, weil es sicherer wäre, wenn noch andere Leute im Haus waren. Diese eine

Tatsache verminderte die Wahrscheinlichkeit, dass wir dieses Stelldichein von gestern Nacht wiederholten. In diesem Augenblick war ich mir nicht genau sicher, was der wahre Grund war.

Kats Augen wurden gigantisch groß und bevor sie sprechen konnte, stellte sich Derek neben sie und legt einen Arm um ihre Schultern. „Komm schon, Schwesterchen, Waffenstillstand? Bitte? Ich komme in Frieden und bringe Aero Bars und Mackintosh's Toffee. Außerdem All-Dressed Chips, Smarties und Swedish Berries. Ich habe gehört, die bekommt man in den Staaten nicht."

Kats Kiefermuskeln schwollen an. „Du bist der, der Toffee mag, nicht ich."

„Dann helfe ich dir dabei … oder vielleicht mag Lucas ja Toffee. Teil ein bisschen deiner Kultur mit ihm, eh? Aber die Aeros und die Chips und die anderen Sachen kannst du dir reinstopfen. Leckeres Junkfood. Sorry, dass ich dir keine frischen Timmy's Donuts mitgebracht habe, aber die wären hart geworden."

Kats Haut wirkte noch blasser und sie blickte vor sich auf den Boden. Ich hatte sie noch nie zuvor so gesehen, so als hätte sie keine Ahnung, was sie sagen sollte. Derek musste es auch bemerkt haben, da sich seine kastanienbraunen Augenbrauen runzelten.

Er blickte zu mir hinauf. „Danke für die Einladung, Lucas. Das ist sehr freundlich von dir und wir nehmen deine Gastfreundschaft dankend an."

Kat wand sich vorsichtig aus der Umarmung ihres Bruders und er ließ den Arm fallen. Wow, das war so bizarr. Nicht nur die offensichtliche Anspannung zwischen ihnen, sondern auch der völlige Wandel in ihrem Verhalten.

„Nichts für ungut, aber ich verstehe nicht einmal, wie es euch erlaubt war, das Land zu verlassen", knurrte sie.

Hm, diese Andeutung und die über den Anwalt ließ mich wieder über diese Anwaltsschreiben nachdenken. Ein weiteres war heute in der Post gewesen. Hatten sie etwas mit ihrem Bruder zu tun? Oder irgendwelchen Schwierigkeiten, in denen sie beide steckten? Oder vielleicht war es irgendeine Klage? Waren Kanadier auch so prozessfreudig wie Amerikaner? Ich hatte keine Ahnung.

„Wir sind ins Auto gestiegen und losgefahren. Es war nicht schwierig." Er beugte seinen Kopf, um ihr in die Augen zu blicken, während er sie anlächelte. „Komm schon Schwesterchen, alles gut zwischen uns? Weil falls ja, dann sollte ich ein Selfie mit dir schießen und es Mum schicken."

Sie blies ihren Atem hinaus und verdrehte die Augen, während Derek sich an sie schmiegte und seine Handkamera auf sie beide richtete. Kat strich eine Locke ihrer Haare hinter ihr Ohr und lächelte angespannt für das Selfie.

Während Derek mit seinem Handy herumspielte, vermutlich um das Foto an ihre Mutter zu schicken, drehte sich Kat zu mir und deutete auf mein Schlafzimmer. „Babe, kann ich kurz unter vier Augen mit dir sprechen?"

Ich nickte und folgte ihr den Gang hinunter zu meinem Zimmer, wobei ich unseren seltsamen neuen Gästen noch einen Blick über die Schulter zuwarf. Sie schauten beide in ihre Handys und schenkten uns keine Aufmerksamkeit.

Nachdem ich die Tür hinter uns geschlossen hatte, wartete ich.

Kat ließ sofort die Schultern hängen und fuhr mit einer Hand durch ihr dichtes, langes Haar, um es nach hinten zu schieben. Wie ein Hund, dem man sein Lieblingsleckerli vor die Nase hielt, folgte ich den Bewegungen. Wie üblich ging der mächtige Drang, dieses Haar zu berühren, damit einher. Ich verdrängte die Sehnsucht und konzentrierte mich auf die aktuelle Situation.

„Was zum Teufel hast du dir dabei gedacht, sie einzuladen, hier zu bleiben?", fragte sie schließlich.

Ich blinzelte. „Ich wollte nett zu einem Mitglied deiner Familie sein. Außerdem scheint dein Bruder wirklich in Ordnung zu sein. Sein Kumpel ist irgendwie ein Penner, aber…" Ich zuckte mit den Achseln. Ihr Blick auf mir wurde hart und ich runzelte die Stirn. „Was? Wolltest du wirklich, dass ich deinen Bruder wegschicke?"

Sie schüttelte abwesend den Kopf und blickte an die Decke. „Ich weiß nicht. Ich … ich denke einfach, dass es eine blöde Idee ist."

„Was ist falsch daran, ihm einen kurzen Besuch zu erlauben? Er bleibt ein paar Tage, bis ihm langweilig wird. Dann verabschieden wir ihn, damit wir mit unserer Arbeit und unserem Leben weitermachen können. Und das beinhaltet eine gewisse sehr wichtige Anhörung, die bald ansteht. Das wird schon."

Ihr Blick auf mir hatte sich, falls das möglich war, noch mehr verhärtet. „Du realisierst, dass sie denken, dass unsere Ehe echt ist, richtig?"

Ich zuckte mit den Achseln. „Ja, meine Familie tut das ja auch."

Sie blinzelte erneut, als wäre ich irgendein Idiot. „Was *bedeutet*, dass wir im selben Zimmer schlafen müssen, wenn sie hier übernachten. Im selben Bett." Sie zeigte auf mein Bett, als wollte sie ihren Standpunkt noch hervorheben.

Meine Augen folgten ihrer Hand zu meinem perfekt gemachten Bett. In dem, um ehrlich zu sein, schon sehr lange keine Frau mehr gelegen hatte. Die letzte Frau, mit der ich ausgegangen war, hatte immer bei sich zuhause übernachten wollen, was ich selten gemacht hatte, weil ich das nicht besonders gern mochte. Seit der Scheidung war niemand in meinem Haus über Nacht geblieben.

Aber jetzt würde Kat bei mir schlafen müssen. Durch meine eigene Dummheit war aus dem Schauspiel für die Arbeit und gelegentliche Veranstaltungen und Treffen ein Vierundzwanzig-Stunden-Schauspiel geworden.

Da die Nacht zuvor auf dem Klavier aber ganz und gar nicht als *Schauspiel* bezeichnet werden konnte, begab ich mich nun in eine große Gefahrenzone. Ich blinzelte, starrte aufs Bett und dann wieder zu ihr, bevor ich tief Luft holte.

„Ich, ähm, denke, dass wir das eine oder zwei Nächte schaffen werden."

Sie schnaubte. „Bis aus einer Nacht oder zwei eine Woche oder ein Monat wird. Du kennst meinen Bruder nicht. Er ist wie Unkraut – er taucht überall auf und ist schwer loszuwerden."

Ich blickte wieder aufs Bett und versuchte angestrengt, mir aus dem Kopf zu schlagen, wie sie sich gestern Nacht in meinen Händen und unter meiner Zunge angefühlt und geschmeckt hatte. Das Geräusch, das sie bei ihrem Orgasmus von sich gegeben hatte, tiefes kehliges Stöhnen und hohes Quietschen, als sie sich gewunden hatte. *Scheiße.*

Das Bett war groß, aber nicht groß genug, um zu vermeiden, was ich nicht wirklich vermeiden wollte. Ich sehnte mich danach, ihren schönen, geilen Körper im Schlaf an meinen zu ziehen. Ich wollte den Kokosduft ihrer Haare auf dem Kissen riechen. Plötzlich fragte ich mich, ob sie in einem knappen Negligee oder sexy Unterwäsche schlief. Das wäre untypisch für sie, aber ... sobald ich es mir vorgestellt hatte, konnte ich das Bild nicht mehr aus meinem Kopf bekommen.

Verdammt nochmal. Wo hatte ich mich da hineinmanövriert?

Sie tippte mit dem Zeigefinger gegen ihren Mund, während sie offensichtlich grübelte, und hatte keine Ahnung, in welche schmutzigen Gefilde meine eigenen Gedanken soeben abgetaucht waren. „Vielleicht könnten wir in ein paar Tagen Schädlingsbekämpfer kommen lassen oder so."

Ich lachte. „Schädlingsbekämpfer, um unerbetene Familienmitglieder loszuwerden. Wenn das nicht schon ein Geschäftszweig ist, dann sollte es das werden. Damit könnte man sich eine goldene Nase verdienen."

„Oder wir könnten einfach umziehen."

„Hmm." Mein Kopf raste. Ich versuchte eine Möglichkeit zu finden, wie wir nicht das Bett teilen mussten. Aber mir fiel nichts ein. Auf dem Boden war nicht genug Platz für eine Luftmatratze und außerdem hatte ich nur zwei, die wohl an unsere Gäste gehen würden.

Vielleicht ein Schlafsack? Aber auf dem Parkettboden wäre das die Hölle. Nach nur einer Nacht oder zwei würde ich wie ein Achtzigjähriger herumlaufen.

Ich fuhr mir mit der Hand durchs Haar. „Okay, du kannst hier schlafen, aber ... ich habe einige Regeln."

Sie blies ihren Atem hinaus und verschränkte die Arme vor der Brust, was natürlich ihr Shirt an ihren perfekten Brüsten spannen ließ. Diese köstlichen Brüste, die ich immer noch nicht hatte berühren können. Über die ich so gerne meine Handflächen legen würde – *fuck*.

„Natürlich hast du Regeln. Wieso auch nicht? Wir hatten Regeln für diese Ehe –"

„– und du hast die wichtigste gebrochen, sie geheim zu halten."

Sie blickte finster drein, aber unterbrach mich. „Regeln für unser Zusammenleben hier, die ich übrigens alle gehalten habe. *Du* hast die beiden eingeladen, hier zu bleiben, und uns dadurch in diese Zwangslage gebracht."

Ich schüttelte den Kopf. „Wir brauchen Regeln, besonders jetzt." Ich musste nicht hinzufügen, dass wir uns so einen Ausrutscher wie letzte Nacht nicht noch einmal erlauben konnten. Das war ganz und gar *mein* Fehler gewesen, aber trotzdem. Die Regeln waren offensichtlich mehr für mich als für sie.

„Wir beide müssen im Bett voll bekleidet sein. Oben und unten. Keine sexy Negligees."

Ihre zimtfarbene Augenbraue schoss hoch. „Scheiße, ich habe gehofft, dass du schwarze Spitze und Netzstrumpfhosen tragen würdest."

Ich warf ihr einen meiner *Keine-Scheiße-labern*-Blicke zu, die ich mir normalerweise für die Arbeit aufhob. Und sie reagierte wie üblich mit ihrer *Dein-ernster-Blick-ist-mir-scheißegal*-Miene.

Sie fuchtelte mit ihrem Finger vor meinem Gesicht herum. „Hör zu, ich schlafe nicht in so etwas, aber ich trage nichts an den Beinen, wenn ich schlafe. Das macht mich irre. Ein altes Baumwollnachthemd geht in Ordnung."

„Okay. Also, du kannst die rechte Bettseite haben. Ich schlafe normalerweise eh auf der linken."

„Die rechte Seite? Ist das die, wo Claire geschlafen hat?"

Ich ignorierte die bissige Frage und fuhr fort, die Regeln an meinen Fingern abzuzählen. „Ich dusche abends. Du kannst die Dusche entweder nach mir benutzen oder auch gerne morgens."

Sie schüttelte den Kopf und verdrehte die Augen gen Himmel. „Morgens geht in Ordnung. Noch etwas? Ist es mir erlaubt, zu schnarchen?"

„Du schnarchst?"

Ihre eisblauen Augen waren so kalt wie die verschneiten Ebenen Kanadas. „Nein." Ihre Augenlider flatterten. „Was noch? Soll ich so eine Haube wie in *The Handmaid's Tale* tragen? Gesegnet sei die Frucht?"

Ich atmete laut aus. „Beruhige dich, ich ... ich will einfach nicht ..."

„Du willst nicht, dass ich dich schamlos verführe, so wie letzte Nacht. Ich verstehe."

Ich rieb mir die Stirn. „Ich denke wirklich nicht, dass es das ist, was passiert ist."

Sie warf ihre Hände hoch. „Nun, da du deutlich gemacht hast, dass du nicht darüber reden willst, woher soll ich dann wissen, was du denkst?"

„Ich weiß, ich habe Mist gebaut und ich fühle mich deswegen schlecht. Das ist, was ich denke. Es tut mir leid."

Sie blinzelte, schockiert von meinem plötzlichen Geständnis und meiner Entschuldigung. Das war nichts, was normalerweise passierte, wenn wir uns in unserem typischen Geplänkel befanden. Aber das, was letzte Nacht passiert war, war auch nicht typisch für uns.

„Okay", sagte sie langsam, als würde sie noch auf irgendeinen bissigen Kommentar von mir warten. Der aber nicht kam.

„Ich war betrunken und ich weiß, dass das keine Entschuldigung dafür ist, unsere Regeln zu brechen. Es wird nicht noch einmal passieren."

Ihr Blick senkte sich und sie starrte an die Wand, als wäre sie stark konzentriert oder gedankenverloren. Aber ausnahmsweise biss sie nicht zurück. Gott sei Dank, denn ich gab mir wirklich Mühe.

„Also, gibt es irgendetwas, das ich über deinen Bruder und seinen Freund wissen muss?"

Sie erwachte aus ihrer Trance und blickte mich stirnrunzelnd an. „Ähm, wie zum Beispiel?"

Ich winkte vage mit der Hand in der Luft. „Was ist seine Geschichte? Ich meine, du hast Anspielungen auf seinen Anwalt gemacht und warst offensichtlich überrascht, dass er das Land verlassen konnte. Steckt er in irgendwelchen Schwierigkeiten? Und Mike sieht aus wie ein Möchtegern-Biker-Gangster. Sollte ich die Wertsachen wegschließen?"

Kats Gesichtsausdruck ernüchterte und sie blickte mir kurz in die Augen, bevor sie wieder wegsah. „Ehrlich gesagt habe ich keine Ahnung, wie Dereks aktuelle Rechtslage ist. Es ist schon über ein Jahr her, aber die Situation war nicht wirklich toll, als ich wegging. Ich denke, ich versuche Details herauszufinden, da er hier bei uns wohnen wird. Und ja, sperr die Wertsachen weg. Apropos, besteht die Möglichkeit, das Gästezimmer abzuschließen? Nicht dass sie hineingehen und sich fragen, warum all meine Sachen dort sind."

Ich kratzte mich am Kinn und dachte nach. Ihre Ablenkung war raffiniert, aber genau das – eine Ablenkung vom Thema, ohne meine Frage wirklich zu beantworten. Hoffentlich würde ich später Zeit haben, genauer nachzubohren.

„Die Tür hat außen ein Schlüsselloch im Türknauf. Ich suche dir den Schlüssel, damit du sie abschließen kannst."

Sie zögerte und machte dann einen Schritt vorwärts. „Ich weiß, dass ich sauer war, weil du sie eingeladen hast zu bleiben, aber das war nett von dir. Und, naja, danke dafür."

Entgegen meinem besseren Urteilsvermögen streckte ich die Hand aus und berührte ihren Oberarm. „Wir schaffen das schon, Kat. Keine Sorge. Falls er deine Sachen im Gästezimmer sieht, sag einfach, dass ich gestern betrunken war und so sehr geschnarcht habe, dass du umgezogen bist."

Sie biss sich auf die Lippe. „Ich werde es ihnen auch nicht zu gemütlich machen. Nur die Luftmatratzen und ein paar Decken auf dem Boden des Esszimmers. Vielleicht verscheucht sie das schnell."

Ich nickte. „Gute Idee. Wir werden sie so schnell wie möglich los und alles wird wieder seinen normalen Gang nehmen." Was auch immer *normal* bedeutete.

Sich ein paar Nächte dieses Bett mit ihr zu teilen, wenn ich nicht in der Lage sein würde, sie zu berühren, würde mir Schlafstörungen verursachen. Aber ich hatte dabei geholfen, uns in dieses Schlamassel hinein zu manövrieren. Also konnte ich ihr auch helfen, sie da herauszuholen.

Ich wollte ihr helfen. Ehrlich gesagt konnte ich einfach nicht anders, als ihr helfen zu wollen. Und ich war mir ziemlich sicher, dass, wenn sie mich bitten würde, ich mir noch mehr Unannehmlichkeiten für sie machen würde, als nur ein paar Tage lang dieses Schlafzimmer mit ihr zu teilen.

Wenn das eine echte Ehe wäre, wäre ich in Schwierigkeiten.

Gott sei Dank war sie das nicht.

KAPITEL

ZWÖLF

KATYA

HEILIGE SCHEISSE. WAS ZUM TEUFEL WAR GERADE passiert? Das Universum dachte wohl, dass die Kombination aus drohender Abschiebung, einer Schnellhochzeit, um das zu verhindern, und einer überraschenden Enthüllung unserer Ehe vor all unseren Bekannten noch nicht genug war? Oh, und die Tatsache, dass mein Ehemann insgeheim einer europäischen Adelsfamilie entstammte. Jetzt mussten wir auch noch meine verkorkste gestörte Familie dazu addieren. Was einen perfekten Chaoseintopf ergab.

Schmatz, schmatz. *Würg.*

Mike wirkte enttäuscht, dass kein Bier im Kühlschrank war. Ich unterbrach Lucas, bevor er anbieten konnte, ihm einen Sixpack aus dem nächsten Schnapsladen zu holen. Und sehr zu meiner Erleichterung ritt niemand auf diesem Thema herum. Derek zeigte überhaupt keine Reaktion darauf, was mir trotz meiner Skepsis einen Funken Hoffnung gab.

„Hey, cooler Kaktus", stellte mein Bruder fest und zeigte mit einem Kopfnicken auf Cocky, der in der Mitte des Tisches stand. Zu sehen, wie die Verärgerung langsam in Lucas' Gesicht aufstieg, war mein Highlight des Abends.

Zu sagen, dass ich keinen Appetit hatte, war eine Untertreibung – weder auf den Chaoseintopf noch auf die Pizza, die wir bestellten, um unsere unerwarteten Gäste zu versorgen. Beides lag mir wie ein Stein im Magen und ich sagte nur wenig während des Abendessens.

Ich studierte meinen Bruder, während er sich mit den anderen beiden Männern unterhielt. Er schien wie derselbe alte Derek. Lustig und süß und gesprächig. Er konnte ein toller Kerl sein, wenn der Berg seines Ballasts ihn – und alle, die ihn liebten – nicht erdrückte.

Niemand, der ihn gerade mit seiner entspannten Art und seinem Lächeln sah, würde vermuten, dass er auch der egoistischste Mensch auf dem ganzen Planeten sein konnte. Und alle in seinem Umfeld, die ihn liebten, warteten auf die oft versprochene, aber nie kommende Veränderung.

Ich blinzelte und war immer noch überrascht, dass es er war und nicht Mum oder Dad, die gekommen waren oder sich gemeldet hatten. Wenn sie meine Adresse herausgefunden hatten, dann doch genauso gut meine Telefonnummer oder meine E-Mail. Sie hätten mich direkt kontaktieren können. Stattdessen hatten sie Derek mit seinem Junkfood-Carepaket geschickt.

Und das tat weh. Sie waren offensichtlich zu sehr von ihrer Arbeit vereinnahmt. Und diese tollen geprägten Briefe von dieser teuren Kanzlei in Vancouver waren ohne Zweifel der

Grund dafür. Diese alte Welle der Verbitterung tief in mir erinnerte mich, dass dies auch Dereks Schuld war.

Und es bestand kein Zweifel, dass dieser Besuch mit diesen rechtlichen Problemen und all den Gründen zu tun hatte, wegen denen ich diese Scheiße überhaupt hinter mir gelassen hatte. Ja, das war ich, Katya die Mutige, die lieber aus ihrem Heimatland geflohen war, als für sich selbst einzustehen.

Aber wie Lucas gesagt hatte, war dieser Besuch zeitlich begrenzt. Für eine kurze Weile konnte ich alles überleben, nicht wahr? Verdammt, ich war bereits sieben Monate insgeheim mit dem mürrischsten Mann auf Erden verheiratet. Das musste ein Beweis dafür sein, dass ich alles aushalten konnte!

Ich quartierte unsere Gäste in dem leeren Raum neben der Küche ein, der eigentlich ein formelles Esszimmer sein sollte, aber nie von Lucas eingerichtet worden war. Es hatte einen Parkettboden und hallende leere weiße Wände. Ich gab ihnen Lucas' Luftmatratzen, aber stellte mich dumm bei der Frage, ob es eine Handpumpe gab, obwohl ich sie in der Abstellkammer gesehen hatte. Naja. Sie würden sie einfach mit Hilfe ihrer eigenen Lungen aufblasen müssen.

Mein Bruder war so schlau, deswegen den Mund zu halten. Sein Freund Mike hingegen meckerte lautstark, was mir aber scheißegal war. Er war schon immer der Staatsfeind Nummer Eins gewesen, der ständig die kleine Schwester seines besten Freundes quälen musste – mich.

Ich warf ihnen die zusammengelegten Laken und Decken, die Lucas ihnen ebenfalls angeboten hatte, auf einen Haufen und stöhnte. Die Jungs blickten von ihren Handys auf, als ich murmelte: „Wenn ihr noch etwas braucht, im Wäscheschrank sind Handtücher."

„Ihr habt wirklich ein schönes Haus, Schwesterchen. Habt ihr es zusammen gekauft?"

Ich schüttelte den Kopf. „Lucas wohnt schon fünf Jahre hier. Ich bin eingezogen, als wir geheiratet haben."

„Das ging ja schnell." Mike legte sein Handy zur Seite. Ich warf ihm einen scharfen Blick zu und drehte mich dann weg. Wen interessierte schon, was dieser Trottel zu sagen hatte. Mich nicht. Und ich bat ihn auch nicht, das genauer auszuführen. Aber trotz des bösen Blicks, den ich ihm zugeworfen hatte, blickte er auf und fuhr fort. „Dass ihr beide geheiratet habt, meine ich. Warum habt ihr nicht erst eine Weile zusammen gewohnt? Was war der Grund dafür, so übereilt zu heiraten?"

Nerviger Penner. So etwas machte er immer. Um Dereks unerwartetem Auftauchen die Krone aufzusetzen, hatte er Mike mitgebracht. Er und Derek waren schon seit der Grundschule enge Freunde gewesen. Für viele von Dereks Problemen gab ich Mikes Einfluss auf ihn die Schuld. Aber hatten meine Eltern auf mich gehört und waren eingeschritten? Niemals.

„Oh, tut mir leid, Mike, bist du sauer, dass ich nicht mehr zu haben bin? Woher sollte ich wissen, dass du all die Jahre nach mir geschmachtet hast?" Das war eine Anspielung auf die Zeit, als er die Nerven gehabt hatte, mich um ein Date zu bitten. Er war so arrogant gewesen, sich berechtigt zu fühlen, mit mir zu gehen, weil er so viel Zeit mit meiner Familie verbrachte. Ich war erst sechzehn und hatte Mike nicht einmal annähernd auf diese Weise gesehen. Und natürlich war sein Verhalten mir gegenüber noch schlimmer geworden, nachdem ich ihm einen Korb gegeben hatte.

Mike lachte. „Wow, das Kätzchen hat scharfe Krallen. Hoffentlich benutzt du die nur, um deinem Mann den Rücken zu kraulen."

Ich ignorierte ihn, ging zum Wandschrank und holte ein paar Kissen heraus. Und anstatt sie zu dem restlichen Bettzeug zu legen, warf ich sie auf Mike. Ich zielte direkt auf seinen dummen Hohlkopf. Er knurrte ein leises *Schlampe*, als eines ihn mitten im Gesicht traf, worauf ich, zufrieden mit mir, lächelte.

„Lass sie in Ruhe, verdammt." Derek blickte endlich von seinem Handy hoch, um seinen besten Freund zurechtzuweisen. *Danke, dass du für mich eintrittst, großer Bruder.* Ich knirschte mit den Zähnen.

„Ja, also morgen Früh fahren Lucas und ich um halb acht zur Arbeit. Da müsst ihr auch aus dem Haus. Ihr könnt ja das ganze Touristenzeugs erledigen. Ich will euch aber nicht anlügen, hier Tourist zu sein, ist nicht billig. Ein Tagesticket für Disneyland allein kostet eure halbe Seele. Und bei dem aktuellen Wechselkurs sogar noch mehr in kanadischen Dollars. Nur damit ihr es wisst."

Ich warf Derek einen Blick von der Seite zu, da ich annahm, dass Mum und Dad diesen Trip finanziert hatten. *Großartig.* Jemandem mit ihrem Geld helfen und dabei unterstützen, das Land zu verlassen. Und dabei die Bewährungsauflagen zu verletzen. So typisch von ihnen. Von ihnen *allen*.

Derek lächelte. „Du weißt, dass ich kein Morgenmensch bin, aber wir bekommen das hin. Zu blöd, dass ihr nicht mit uns nach Disneyland kommen könnt. Mum hat mir Geld gegeben, um euch zwei Tickets zu kaufen. Ihr könnt euch nicht zufällig in den nächsten Tagen freinehmen?" Ich schüttelte nur den Kopf. Wahrscheinlich wäre es möglich, aber ich wollte nicht. Als

Antwort zuckte ich nur mit den Achseln. „Naja, ich lasse euch das Geld hier, dann könnt ihr beide irgendwann alleine gehen."

Ich schüttelte den Kopf. „Danke, aber das ist okay. Ich bezweifle, dass wir das in nächster Zeit schaffen werden."

Sein Blick senkte sich und er nickte. „Wirklich schade. Du solltest dir wirklich hin und wieder Zeit nehmen, dein Leben zu genießen. Gute Nacht, Schwesterchen. Schlaf gut."

Ich drehte mich zur Tür um. Mike sprach laut mit Derek, da er offensichtlich wollte, dass ich das Gespräch hörte. „Vielleicht können wir morgen irgendwo Gras kaufen. Nach einer Nacht auf dem Boden werden wir das brauchen. Falls die Turteltauben uns mit ihrem lauten Stöhnen nicht die ganze Nacht wach halten."

Ich drehte mich nicht um oder machte irgendeine Andeutung, dass ich ihn gehört hatte. Nichts, was ihm auch nur die geringste Befriedigung verschaffen würde. Es war schwer, weil ich diesem Arsch ins Gesicht treten wollte. Seine hässliche Fresse war genau in der richtigen Höhe. Er war schon immer unerträglich gewesen und hatte Derek immer wieder zu neuen Dingen angestiftet, um mich zu terrorisieren.

Ich machte schnell Halt in meinem Gästezimmer und schnappte mir mein Nachthemd und die Klamotten für den nächsten Tag. Mit dem Schlüssel, den Lucas mir gegeben hatte, sperrte ich dir Tür ab, damit sie nicht darin herumschnüffeln und Fragen stellen konnten. Dann nahm ich alle meine Toilettenartikel aus dem Badezimmer im Gang, um sie in das von Lucas zu bringen.

Als ich zu Lucas' Schlafzimmer kam, war die Tür einen Spalt offen. Bis auf Max, der müde von seinem Hundebettchen aufblickte, war das Zimmer jedoch leer. Ich schlüpfte leise hinein und schenkte ihm ein paar Streicheleinheiten. Da die Badezimmertür geschlossen war, legte ich meine Sachen aufs Bett. Dann wartete ich, bis ich an der Reihe war, doch er schien eine Ewigkeit da drinnen zu brauchen. Er hatte mich gewarnt, dass er gerne abends duschte.

Aber was dauerte da so lange? Nahm er die längste Dusche in der Geschichte des Duschens? Zog er sich an? Rasierte er sich? Zupfte er sich seine Barthaare eines nach dem anderen mit einer Pinzette? Zählte er die Fliesen am Boden? Was?

Plötzlich stellte ich ihn mir mit nichts außer einem Handtuch um die Hüften gewickelt vor. Mit vom Dampf der Dusche feuchter muskulöser Brust, von der noch ein paar Wassertropfen abperlten. Wenn er schon so ewig da drinnen brauchte, konnte ich wenigstens mental meine Vorteile daraus ziehen. Ich lag auf dem Bett, starrte an die Decke und ließ mich von einer netten kleinen Fantasie verwöhnen. Seine leckeren Arme, sein Bizeps, der sich anspannte, während er seinen Rasierer bewegte. Ich fragte mich, ob er am Ansatz seiner Wirbelsäule Grübchen hatte. Trainierte er immer noch regelmäßig oder war sein guter Körperbau das Überbleibsel seiner athletischen Jugend?

Trotz dieser angenehmen Gedanken kochte ich immer noch wegen Mikes dummer Anmerkung über lauten Sex. Er wollte die ganze Nacht von lautem Sex wach gehalten werden? Ich war mehr als glücklich, dem nachzukommen, wenn auch nur seinetwegen. Nachdem ich mich wieder erhoben hatte und zu Tür gegangen war, öffnete ich sie einen Spalt und begann laut zu stöhnen, so wie Meg Ryan in *Harry und Sally*. „Oh Baby, gib's mir!", wimmerte ich praktisch. Ich versuchte, am Kopfteil des

Bettes zu rütteln, aber es wollte sich nicht bewegen – antikes Massivholz, vermutlich von alten Mammutbäumen.

Ich versuchte, an der Wand zu hämmern. Kein Glück ... da es ein altes Haus war, waren die Wände aus massivem Gips. Kein Geräusch wurde über die Wände übertragen. Gar keines.

Also ging ich wieder zur Tür, um noch mehr zu schreien. „Oh, oh, oh! Ja, Baby. Härter!" Und ich fügte als Zugabe noch ein unheimliches Heulen hinzu, bevor ich die Tür schloss.

Stille, bis auf die Beschwerderufe alter Scharniere. Ich drehte mich um und da stand Lucas im Türrahmen zum Badezimmer. Er umklammerte den Türknauf, als würde er ein Schild tragen, um sich vor irgendeinem unerwarteten Überfall zu schützen. Seine Augen waren noch größer als normal.

Mein Gesicht wurde heiß und ich blinzelte und versuchte, mich zu erklären. „Ich, ähm. Nun, sie ... Mike, ähm ..."

Seine Augenbrauen wanderten nach oben und er nickte mir erwartungsvoll zu, damit ich fortfuhr.

Ich schnaubte und zeigte steif aufs Badezimmer. „Bist du da drinnen fertig?"

Er betrat den Raum in einem dunkelblauen Baumwollpyjama. Man konnte Falten sehen und er wirkte noch steif, so als wäre er gerade erst aus der Verpackung genommen worden. Als hätte er den Schlafanzug von seinem Großvater zu Weihnachten geschenkt bekommen und dann sofort in einem leeren Schub verschwinden lassen, denn ... denn er schlief für gewöhnlich nackt oder so etwas.

Doch er sah heißer aus, als ich erwartet hatte, dass ein Kerl in einem Baumwollpyjama aussehen könnte. Normal hatte er etwas so ... so Sauberes und Ehrenwertes und Aufrechtes an sich. Der Pyjama unterstrich dieses Bild nur noch. Aber gestern Nacht war nichts Sauberes und Ehrenwertes an dem gewesen, was sein Mund mit mir gemacht hatte, als ich auf dem Klavier vor ihm ausgebreitet war und er mich mit wie Kohle glühenden Augen betrachtet hatte. Ich schluckte.

Er zeigte auf das leere Badezimmer. „Gehört ganz dir."

Ich hatte nicht viel zu erledigen, außer mir das Gesicht zu waschen, die Zähne zu putzen und meine Klamotten zu wechseln. Ich würde wie üblich am Morgen duschen. Aber als ich wieder ins Schlafzimmer zurückkehrte, erkannte ich plötzlich, wie klein so ein Doppelbett doch sein konnte. Besonders wenn man es mit einem gut aussehenden Nicht-Sexualpartner teilte. Vor allem, wenn ein gewaltiger Haufen sexueller Spannung zwischen uns lag.

Ich wartete am Rand des Betts und er blickte von dem E-Book auf seinem Tablet zu mir hinauf.

„Ähm, also, wie sollen wir das machen?" Ich räusperte mich. „Kopf an Fuß? Oder ich auf der Decke und du darunter? Oder –"

Er blinzelte und verdrehte die Augen. „Steig einfach ins Bett. Ich werde versuchen, meine Triebe zu kontrollieren."

Ich biss die Zähne zusammen und fragte mich, ob ich meine kontrollieren könnte.

Wie ich es von Lucas erwartet hatte, waren seinen Bettbezüge frisch gewaschen und von höchster Qualität. Vermutlich mit einer Fadenzahl von einer Milliarde, aus handgepflückter tunesischer Baumwolle und von Jungfrauen gewebt. Und sie fühlten sich himmlisch auf meiner Haut an. Ich glitt ins Bett und drehte mich dann zur Seite, sodass ich ihn ansehen konnte. Mit dem Kopf auf meine Hand gelegt studierte ich sein Profil, während er mit seinem Tablet hantierte.

Als fühlte er mein Starren, drehte er den Kopf und fixierte mich mit seinen dunklen, unerschütterlichen Augen.

Unsere Blicke trafen sich und die Luft zwischen uns schien zu knistern. Ich betrachtete den dunklen Saum aus Wimpern um seine Augen, während sein Blick über mein Gesicht wanderte und auf meinem Mund zum Ruhen kam.

Ich schluckte. Er schluckte. Die Stille dehnte sich aus.

Der Lichtschein auf seinem Gesicht veränderte sich, als er sein Tablet ausschaltete. Von den Geistern der unvollendeten Tat von gestern Nacht heimgesucht starrten wir einander an. Wobei das Wort *Tat* nicht einmal annähernd beschrieb, was letzte Nacht geschehen war.

Nein .... nein ...

Ich hatte ihn überall gespürt. Plötzlich formte sich eine Sehnsucht zwischen meinen Beinen, in meinem Magen, in meinem Zentrum. Alles in mir wurde heiß, als ich daran dachte, welch wunderbare Gefühle er gestern in mir heraufbeschworen hatte. Und wie sehr ich mir wünschte, dass er das wieder tat.

Und wie gerne ich dasselbe für ihn machen wollte.

Offensichtlich hatte es ihn ausflippen lassen, wenn man bedachte, wie kalt und distanziert er heute in der Arbeit gewesen war.

Trotzdem konnte ich nicht still daliegen. Ich lehnte mich vor, nur ganz leicht, so als hätte mich eine Windböe gestoßen. Und diese kleine Bewegung brach den Zauber. Unverzüglich setzte er sich auf, um sein Tablet auf dem Nachtkästchen abzulegen.

Und mit einem schroffen „Gute Nacht" schaltete er seine Nachttischlampe aus und drehte mir den Rücken zu. Ich lag in die Dunkelheit blinzelnd da und wusste nicht genau, was ich denken sollte. Innerhalb weniger Minuten atmete er langsam mit dem friedlichen Rhythmus des Schlummerns ein und aus.

Mit einem Seufzen legte ich mich auf den Rücken und starrte stundenlang an die Decke. Es wäre ein Wunder, wenn ich heute Nacht bei all dem, was geschehen war, einschlafen könnte. Meine Gedanken rasten und sprangen von einem Thema zum nächsten. All die vergangenen Ängste hatten sich jetzt mit der gegenwärtigen Energie und Spannung vermischt, von der ich hoffte, Lucas würde mir helfen, sie zu lösen.

Ich konnte Dereks plötzliches Auftauchen an unserer Haustür nicht aus dem Kopf bekommen. Nach fast zwei Jahren, in denen ich nichts von meiner Familie gehört hatte. Plötzlich war gerade er hier aufgetaucht, als wäre nicht die geringste Zeit vergangen. Als wäre ich nicht mitten in der Nacht mit Sack und Pack und ohne Abschiedsworte verschwunden.

Dieser Trip von ihm war nicht einfach eine Vergnügungsreise, um sich Hollywood anzusehen und berühmte Strände und Vergnügungsparks zu besuchen. Irgendetwas ging hier vor sich. Ich war mir fast sicher, dass irgendetwas kommen würde, um mich zur Rückkehr nach Kanada und zu all den unerledigten Dingen, die ich zurückgelassen hatte, zu zwingen. Das stand fest.

Nie im Leben.

Nichts funktionierte ... nicht, mich von einer Seite auf die andere zu wälzen, nicht, mein Kissen aufzuschütteln, nicht, aufzustehen und ins Badezimmer zu gehen – und dabei im Dunkeln fast auf den schlafenden Max zu treten. Ich lang stundenlang schlaflos da und in meinem Kopf rasten die Gedanken Haarnadelkurven und Passstraßen entlang. Plötzlich wünschte ich mir, ich könnte einfach aufstehen und beim

Computerspielen etwas Dampf ablassen. Aber dazu müsste ich am Esszimmer vorbeigehen und ich hatte keine Ahnung, was diese zwei Idioten da drinnen veranstalteten. Ich musste die Illusion aufrechterhalten, dass wir nach atemberaubendem, ehelichem Sex glücklich und eng umschlungen im Land der Träume schwebten.

Gott, ich könnte gerade wirklich Sex brauchen, wilden, halb athletischen, oder einfach nur langweiligen Missionarsstellungssex. An diesem Punkt war ich nicht mehr wählerisch.

Stattdessen beruhigte ich mich, indem ich auf seine regelmäßige Atmung hörte und die Schatten anstarrte, die die Reflexionen des Pools der Nachbarn durch das Fenster warfen. Ich fühlte mich fast getröstet. So als müsste ich das nicht alleine durchstehen.

Aber vielleicht war das alles nur eine Illusion.

Nichtsdestotrotz, kurz nach vier Uhr morgens schlossen sich endlich meine Augen.

KAPITEL

DREIZEHN

LUCAS

E S WAR OFFENSICHTLICH, DASS SIE KAUM GESCHLAFEN
hatte. Ich würde es ihr nie sagen, aber ihre Rastlosigkeit
hatte mich in der Nacht ein paarmal geweckt. Es war
schon eine Weile her, seit ich mit jemandem das Bett geteilt
hatte – wie in buchstäblich nebeneinander im Bett schlafen. Die
Erfahrung der letzten Nacht war ein seltsamer Rückblick auf
meine Ehe.

Oder, besser gesagt, meine andere Ehe.

Am Morgen waren wir still und sprachen kaum. Sie hatte
vorausgedacht und ihre Klamotten bereitgelegt. Ich überließ ihr
das Badezimmer als Erste und zog mich an, während sie duschte.
Danach schaltete ich die Kaffeemaschine ein.

Unsere Überraschungsgäste schliefen noch. Ich überließ es
Kat, sich mit ihnen auseinanderzusetzen – was sie tat. Sie weckte
sie vor dem Frühstück und schmiss sie geradezu aus dem Haus,
nachdem sie ihnen etwas zu essen gegeben hatte. Sie meckerten,
aber mit genügend Ansporn verließen sie das Haus zur selben
Zeit wie wir.

Derek stand am Fuß der Treppe zum Haus und blickte zu uns. „Wir sehen uns heute Abend hier wieder, eh? Wann habt ihr aus?"

„Theoretisch um fünf", sagte Kat trocken. „Aber meistens schaffen wir es nicht pünktlich."

„Verkehr?"

„Überstunden und noch mehr Überstunden. Viel zu tun."

Mike schnaubte. „Aber warum? Ihr verdient euren Lebensunterhalt, indem ihr den ganzen Tag Computerspiele spielt. Es ist ja nicht so, als würdet ihr Leben retten oder so."

Sich über den Job der Leute lustig zu machen, in deren Haus man untergekommen war, war nicht die feine englische Art. Hmm. Dieser Kerl, Mike, schaffte es bei jedem Satz, dass ich ihn weniger und weniger mochte.

Derek streichelte Max' Kopf, winkte freundlich und warf seinem Freund einen verwirrten Blick zu. Kats Bruder schien in Ordnung zu sein, aber aus irgendeinem Grund schaffte er es, dass seine Schwester angespannter war als meine Schultern nach einer Stunde Training auf meiner Rudermaschine.

Die beiden gingen zu dem heruntergekommenen Viertürer, mit dem sie gerade über tausend Meilen hierher gefahren waren. Ich nahm Kat am Arm und führte sie zu meinem Auto. Sie blickte mich mit fragenden Augen an, aber sagte nichts. Wir mussten schließlich den Schein wahren, und nicht nur für die beiden Hohlköpfe, die in unserem Haus wohnten, sondern auch für unsere Kollegen.

Ich öffnete ihr die Beifahrertür und sie stieg wortlos ein. Dann ging ich zur Hintertür und ließ Max auf seinen üblichen Platz, den er fröhlich einnahm. Mit mir zur Arbeit zu gehen, war ein großes Abenteuer für ihn, doch meine Kollegen waren viel deprimierter als er, wenn ich ihn nicht mitbrachte.

„Du bist heute Morgen sehr still", sagte ich endlich, nachdem wir bereits ein paar Minuten lang gefahren waren. Unser Arbeitsweg war nicht besonders lange – nur etwa fünfzehn Minuten, wenn wir so früh losfuhren.

„Dieses ganze Überraschungsgäste-Ding tut mir leid. Danke, dass du das so gelassen nimmst."

Ich zuckte mit den Achseln. „Mit angeheirateten Verwandten zu tun zu haben ist eine der Sachen, die man nicht vermeiden kann, wenn man verheiratet ist." Gott, ich fühlte mich wie irgendein toller Ehe-Guru mit einem Handbuch mit all meinen dummen Beobachtungen. Als hätte mich mein erster Auftritt in diesem besonderen Zirkuszelt nicht völlig verbittert gemacht, obwohl das der Fall war.

Ich hatte geschworen, das nie wieder zu tun. Und doch war ich jetzt an diesem Punkt.

Ich warf ihr einen Blick zu. Sie hatte ihre Finger in ihrem Schoß fest überkreuzt und wirkte sehr angespannt. „Bist du in Ordnung? Du hast letzte Nacht nicht viel geschlafen."

Sie drehte sich zu mir. Ihr Gesicht sah frisch aus und sie hatte ihre schönen Haare zu einem festen Zopf geflochten, der zwischen ihren Schulterblättern hinabhing. Sie war blass und trug nur einen Hauch Make-up. Doch wie immer war sie trotzdem unglaublich schön. Sie würde sich eine Tüte über den Kopf – und den Rest ihrer Körpers – stülpen müssen, um diese Tatsache zu verbergen.

Ich umklammerte das Steuer ein wenig fester und erinnerte mich zum milliardsten Mal, nicht daran zu denken, wie sehr ich mich zu ihr hingezogen fühlte. Diesen Gedanken zu folgen war gefährlich – und führte fast sicher zu einer gefährlichen Entgleisung.

„Mir ging viel im Kopf rum. Kyle wird mich wieder bitten, seine Klasse-A-Questreihe zu validieren. *Erneut.*"

Ich runzelte die Stirn und suchte in meiner Erinnerung nach diesen Bug-Reports. Kat hatte mir die Questreihe als extrem problematisch beschrieben. Schlampig zusammengeschustert und voller Bugs und Schreibfehler. Natürlich hatte sie mir das unter vier Augen gesagt.

Denn für die Entwickler waren wir der Staatsfeind Nummer Eins. Wir waren diejenigen, die ihnen sagten, wo sie Mist gebaut hatten, und das gefiel ihnen nicht.

„Und du denkst, wir sind noch nicht bereit, das Game-Update zu veröffentlichen?"

Sie biss die Zähne zusammen und blickte auf ihre Hände, während sie ihre Finger weit spreizte. „Nicht einmal annähernd."

„Dann sag ihm das." Es war ja nicht so, dass sie je ein Problem damit gehabt hatte, das zu tun. „Diese Änderungen können nicht live gehen, bis er dein Okay bekommt, und das weiß er."

„Ja, er ist sehr angepisst wegen des Ganzen und ich habe heute keine Lust, mich mit ihm herumzuschlagen."

Ich runzelte die Stirn. Das war so gar nicht ihre Art. Unsere Arbeit verlangte nach einem starken Rückgrat. Wir mussten den Entwicklern, Projektmanagern und manchmal sogar den Firmenchefs die Stirn bieten. Wenn wir die Qualität des Produkts nicht gewährleisten konnten, durften wir nicht erlauben, dass es veröffentlicht wurde. Ihr Rückgrat war einer der Gründe, warum sie so gut in ihrem Job war. Denn es war aus glänzendem rostfreien Edelstahl. *Normalerweise.*

„Erinnere ihn daran, dass die Scheiße nicht live geht, bis du dein Okay gibst."

Sie gab ein scharfes Lachen von sich. „Oh, das weiß er. Aber anstatt mir Honig ums Maul zu schmieren, damit ich es mache, war er ein wenig ..."

„Wie ein Arsch?"

„Einschüchternd", sagte sie zur selben Zeit. Dann zogen sich ihre Augenbrauen wegen irgendeiner unausgesprochenen Besorgnis zusammen und sie starrte wieder aus dem Fenster.

„Behandelt er dich scheiße?" Meine Frage klang in meinen Ohren ein wenig kräftiger, als ich beabsichtigt hatte. Sie warf mir einen unleserlichen Blick zu, aber falls meine Reaktion sie überraschte, zeigte sie das nicht.

Plötzlich spielte sie an ihrem Ehering und drehte ihn an ihrem Finger. Dann strich sie mit einer Hand über die Jeans, die ihre langen, wohlgeformten Beine bedeckte. Dann landete eine Hand auf dem Türgriff, während die andere auf der Handbremse ruhte und den Knopf am Ende des Griffs drückte und losließ. Wieder und wieder.

Ohne überhaupt daran zu denken, es zu tun, legte ich meine Hand auf ihre und drückte sie. „Mach dir keine Sorgen, Kat. Du schaffst das. Und ich gebe dir Rückendeckung, wenn er dir dumm kommt. Du schaffst das", wiederholte ich.

Sie drehte sich zu mir. Ihr Gesicht war immer noch blass, aber da war etwas Neues in ihren Augen – Dankbarkeit? Wertschätzung?

„Danke", flüsterte sie.

Aber ich wusste, dass es nicht das war, was ihr wirklich Sorgen machte. Nein, der Quelle dieses Problems würden wir erneut gegenüberstehen, sobald wir wieder nach Hause zu unseren unerwünschten Hausgästen kommen würden. Da stimmte definitiv etwas nicht zwischen ihr und ihrem Bruder – und eigentlich auch dem Rest ihrer Familie.

Vielleicht würde sie bald auspacken. Oder vielleicht würde ich gezwungen sein, sie direkt zu fragen.

Wie üblich gingen wir in der Arbeit getrennte Wege. Ich zu Meetings und sie zu den Gesprächen mit den Entwicklern, die sie für die White-Box-Tests brauchte. Kat war wegen ihrer umfangreichen Programmierkenntnisse ein wertvolles Mitglied unserer Abteilung. Sie war in der Lage, den Code im Zusammenhang mit dem fertigen Produkt anzusehen und mögliche Probleme zu erkennen. Es ging das Gerücht um, dass sie bald ein eigenes White-Box-Test-Team leiten würde, wenn nicht sogar die ganze Abteilung, falls ich diese heißbegehrte Beförderung bekommen würde.

Da wir gerade davon redeten, kurz nach meinem letzten Vormittagsmeeting tauchte mein selbsternannter *Mentor* auf, als ich mir schnell einen kleinen Happen in der Kantine gönnte. Jordan ließ sich mit einem Apfel in der Hand in einen der Stühle an meinem Tisch fallen, während ich aufaß und einige Notizen auf meinem Tablet durchging. Ich machte mir nicht einmal die Mühe aufzublicken.

„Hey, junger Padawan. Wie läuft das Eheleben?"

„Einfach prima", antwortete ich trocken.

Ich beendete meine gegenwärtige Arbeit und schloss die App. Nachdem ich das Tablet zur Seite geschoben hatte, drehte ich mich zu Jordan. Er hatte einen Ellbogen auf dem Tisch und stützte sein Kinn auf seiner Faust ab, während er mich seinen Apfel kauend anstarrte.

„Hast du schon an deinem Konzept für die neue Abteilung weitergearbeitet? Die Uhr tickt und ich will, dass du diese Stelle bekommst."

Ich machte ihn nach, kniff die Augen zusammen und legte mein Kinn auf meine Hand. „Und warum genau ist es so wichtig für dich, dass ich diese Stelle bekomme?"

Jordan zuckte leger mit einer Schulter, lehnte sich in seinen Stuhl zurück und blickte weg. „Weil wir Freunde sind? Ist das nicht genug?" Er biss in seinen Apfel und kaute wieder, wobei er meinen Blick mied.

„Ich arbeite mit einem der Astronauten. Wir haben einige Ideen."

Am Rand meines Sichtfelds bemerkte ich jemanden, der sich uns näherte. Wir beide blickten zu Jeremy hinauf. Mein Mitbewerber. Er nickte Jordan zu und lächelte nervös. Jordan gab ihm ein Zeichen, sich zu setzen, doch Jeremy schüttelte den Kopf und tippte auf sein Handgelenk. Er hatte vermutlich eine Deadline.

„Ich bin nur schnell hergekommen, um mir etwas zu essen zu holen. Ich werde an meinem Schreibtisch essen, während ich meine Sachen fertig mache." Jeremy drehte sich zu mir. „Ich wollte dir nur für die Links danken, die du mir geschickt hast. Die Unreal Engine ist eine großartige Idee."

Ich nickte. „Sicher, kein Thema. Viel Glück. Richte Michaela schöne Grüße aus."

Jeremys Mund zuckte und sein Gesicht verdunkelte sich. Hmm. Irgendetwas ging hier vor sich? Ich warf Jordan einen Blick zu. Wenn das der Fall war, würde ich ihn nicht jetzt fragen. Jordan und Jeremy standen sich nicht wirklich nahe.

„Naja, mit all deinen guten Ideen ist die Konkurrenz groß", schnaubte er. „Ich dachte, ich hätte dich geschlagen, bis du diese unmögliche Deadline geschafft hast. Und jetzt, wo sich deine kreative Seite zeigt..."

Ich zog eine Augenbraue hoch. „Tu nicht so überrascht."

Jeremy lachte. „Ich bin es nur so gewohnt, dass du mich ständig wegen der ganzen Bugs anschreist. Ich wusste nicht, dass du all diese anderen Sachen auch kannst."

Jordan beobachtete unseren Schlagabtausch und knabberte weiter an seinem Apfel herum, während sich seine Stirn immer mehr runzelte.

„Egal, ich wollte nicht stören. Genießt euer Mittagessen." Jeremys Augen wanderten von mir zu Jordan und dann wieder zurück, als wäre sein Verdacht geweckt, dass Jordan mich ihm vorzog. Jeremy hob seine Hand und drehte sich um und ich blickte ihm kurz nach.

Wie seltsam es war, mit einem Freund um diese Führungsstelle zu wetteifern. Aber ich hatte schon Jahre darauf hingearbeitet. Das Resultat dieses Wettkampfs würde das Leben von einem von uns dramatisch verändern und möglicherweise unsere Freundschaft für immer beeinflussen.

Als ich Jordan wieder ansah, musterte er mich mit zusammengekniffenen Augen. Ich blinzelte. „Was?"

„*Danke für die Links*? Was zum Teufel soll das bedeuten?" Seine Gesichtszüge verzogen sich argwöhnisch. „Du gibst ihm doch keine Tipps oder Ideen, oder?"

Ich zuckte mit den Achseln. „Er hat mir auch geholfen. Hier geht es nicht um Leben und Tod."

Jordan legte das Kerngehäuse seines Apfels auf eine Serviette und wischte sich die Hände ab. Dann drehte er sich zu mir und sagte mit gezwungener Geduld, so als ob er etwas zum vierten Mal einem Zehnjährigen erklärte: „Das ist ein Geschäft, Lucas. Mit den Worten eines meiner Vorbilder, dem Vorsitzenden und Mitgründer von Nike, *Geschäft ist Krieg ohne Kugeln*. Dabei geht es von Natur aus um Leben oder Tod."

Ich schüttelte den Kopf. „Jeremy ist mein Freund. Ich werde keinen Krieg gegen ihn führen."

Jordans Augenbrauen wanderten nach oben. „Habe ich aufs falsche Pferd gesetzt?"

Ich lachte. „Ich bin weder ein Soldat noch ein Pferd. Hab dich nicht so."

Jordan schüttelte den Kopf und unterdrückte ein Lächeln. „Die Ehe hat dich offensichtlich weich werden lassen. Wir müssen dich wieder stark machen, Padawan."

„Hör mit den Star-Wars-Anspielungen auf, Obi-Wan." Er wusste, genauso wie alle anderen, die mich kannten, dass ich diese Anspielungen nicht ausstehen konnte. Man konnte nicht den Großteil seines Erwachsenenlebens als Lucas Walker durchs Leben schreiten, ohne mindestens einen solchen Satz pro Woche zu hören.

Jordan drückte sich mit einem hämischen Grinsen vom Tisch hoch. „Nutze die Macht, Luke. Ich meine, Lucas."

„Zisch ab", schnaubte ich freundlich und er winkte auf dem Weg hinaus.

Als ich wieder in den Bau kam, war Kat nicht an ihrem Arbeitsplatz. Ich nahm an, dass sie mit ihren eigenen Terminen zu tun hatte. Plötzlich tauchte Kyle, einer der Entwickler, mit seinem Tablet neben mir auf. „Jemand muss heute noch diese beseitigten Bugs absegnen."

Ich blickte ihn an und dann auf die Checkliste auf seinem Tablet. „Du wirst dafür auf Katya warten müssen. Ich kann sie da nicht übergehen."

Er starrte mich einen Augenblick ungläubig an und setzte dann eine saure Miene auf. „Du *kannst* oder du *willst* nicht? Was, hast du Angst, dass sie dir eine mit der Bratpfanne überzieht?"

Ich beschäftigte mich wieder mit meiner Arbeit, weil ich nicht gewillt war, seinen Kommentar mit einer Antwort zu würdigen.

Er stöhnte frustriert. „Sie ist unmöglich. Kann ich das nicht einfach mit dir ausmachen?"

Ich drehte meinen Stuhl zu ihm und blickte ihn mit versteinertem Gesichtsausdruck an. „Nein, kannst du nicht. Und wenn sie deine Qualitätskontrolle nicht abzeichnet, dann gibt es einen verdammt guten Grund. Das ist nicht nur irgendeine Laune."

Kyles Gesichtsausdruck wurde eingebildet. „Oh, richtig. Du willst das Feuer in eurer Beziehung am Brennen halten, richtig? Für deine kleine Frau eintreten?"

„Bist du mit deinem kindischen Trotzanfall fertig?"

Er kniff die Augen zusammen. „Kannst du mir nicht einmal einen Gefallen tun? Ich komm mit ihr einfach nicht klar."

Ich trommelte ungeduldig mit meinen Fingern auf dem Schreibtisch herum und hoffte, dass diese Unterhaltung endlich zu Ende gehen würde. Ich fühlte mit Kat, dass sie sich täglich mit dieser Einstellung herumärgern musste. Ich erinnerte mich an ihre erschöpfte Resignation heute Morgen im Auto, als sie nervös herumgezappelt war und es ihr vor Kyles drängender Art und Weise gegraut hatte. Normalerweise war sie eine Löwin, die für sich selbst und andere einstand, wenn es nötig war. Aber nicht so heute Morgen...

„Dann musst du dich bei deiner Arbeit vielleicht einmal anstrengen, damit sie nicht voller Bugs ist. Katya macht ihre Arbeit, und sie macht sie gut. Wie ich über ihre Arbeit denke, hat also nichts mit der Tatsache zu tun, dass wir verheiratet sind. Verstanden?" Kyles Mund öffnete sich, um mich zu unterbrechen, aber ich kam ihm zuvor. „Wenn dieses Spiel mit Qualitätsmängeln in den Verkauf geht, stehen unser aller Eier auf dem Spiel."

Sein Gesicht teilte sich plötzlich zu einem Grinsen und er spottete. „Nun, nicht ihre, weil sie keine hat."

„Danke für die Anatomielektion." Sexistischer Arsch.

„Ich habe eine kilometerlange To-Do-Liste", jammerte er.

„Dann mach, was wir machen, und leg Nachtschichten ein, bis sie abgearbeitet ist. Oder du sagst deinem Boss, dass du überfordert bist. Aber wenn du bei deiner Arbeit mit der Qualitätssicherung zu tun hast, zeig Respekt oder du bekommst es mit mir zu tun. Und zwar weil sie eine sehr kompetente Kollegin ist und nicht weil ich mit ihr verheiratet bin. Verstanden?"

„Scheiß drauf. Was auch immer." Er warf seine Hände kapitulierend hoch und nahm dann sein Tablet vom Tisch.

„So läuft das hier bei uns", sagte ich zu seinem Rücken, worauf ich schwören konnte, ein *Pantoffelheld* unter den leisen Worten, die er vor sich hinmurmelte, gehört zu haben.

Was für ein Penner. Gott. Ich wusste, dass es viel Sexismus in dieser Branche gab. Mir war diese Tatsache bewusst, doch es ärgerte mich, das live mitzuerleben. Es ins Gesicht gesagt zu bekommen, besonders, wenn es dabei um jemanden ging, der einem wichtig war.

Ich blinzelte. Dieser Gedanke war herausgeschlüpft, bevor ich ihn mental wieder einholen konnte. Ich korrigierte mich zwanghaft – Kat war mir nicht wichtiger als der Rest meines Teams. *So.*

Ich musste am eigenen Leib erfahren, dass es andere schwerer hatten als ich. Frauen und Minderheiten in dieser Branche mussten wirklich doppelt so hart arbeiten, wenn nicht sogar noch härter, um sich Respekt zu verschaffen. Ich rieb mir das Kinn, dann meine müden Augen und entschloss mich, mit meinen Vorgesetzten darüber zu reden, wenn ich einen freien Moment hatte.

Und wenn ich so viel Glück hatte, die Beförderung zu bekommen, schwor ich mir, die Dinge in der neuen Abteilung anders anzupacken.

Ich holte mein Handy heraus und schrieb Kat eine Nachricht. Ich wollte dabei sein, wenn sie mit Kyle über die Bugs sprach. Dann machte ich mich wieder an die Arbeit.

Eine halbe Stunde später hatte sie immer noch nicht geantwortet. Ich winkte Warren herbei und fragte ihn, ob er sie gesehen hatte. „Ja, sie schläft seit der Mittagspause in der Grube. Sie ist auf der Couch zusammengesackt." Dann warf er mir ein hinterhältiges Grinsen zu. „Muss an dem ganzen Sex liegen, den ihr Frischverheirateten habt. Habt ihr die kanadischen Sexstellungen ausprobiert?"

„Die *was?*"

Er nickte völlig ernst. „Es gibt eine ganze Internetseite darüber. Canadian Sex Acts. Wahrscheinlich hast du den Full

Mountie bei ihr ausprobiert, hm? Oder den Eisbärgriff? Den Iglu-Schmelzer?"

Ich verdrehte die Augen und drückte mich aus meinem Stuhl hoch. „Werd' erwachsen, Warren."

„Alter! Und was ist mit Winnipeg in ihrer Regina?", rief er mir hinterher.

Ich antwortete ihm mit einem Mittelfinger.

„Genau!", lachte er schallend.

Was zum Teufel war das überhaupt? Gott, hatten alle hier den Verstand verloren, nur weil Kat und ich geheiratet hatten? Mussten alle Paare, die zusammenarbeiteten, diesen Scheiß über sich ergehen lassen, oder lag das nur daran, dass wir hier im Nerd-Hauptquartier waren?

Normalerweise war ich stolz darauf, ein Nerd zu sein, aber nicht heute.

Ich fand Kat auf der Couch in der Grube vor. Sie lag auf dem Bauch schlafend da, ihre langen Haare hatten sich aus dem festen Zopf gelöst und bedeckten ihr Gesicht. Da ich wusste, dass sie eine schlaflose Nacht gehabt hatte, zögerte ich, sie aufzuwecken. Nicht, dass ich viel besser geschlafen hatte als sie. Der bloße Gedanke, dass ihr Körper so nahe neben meinem lag – in meinem Bett – hatte mich viel zu sehr abgelenkt, um zu schlafen.

In der jüngsten Vergangenheit hatte ich vielleicht ein oder zwei Fantasien darüber, wie sie genau an dieser Stelle lag. Aber ohne dass sie dieses dünne grüne Baumwollnachthemd trug, durch das sich ihre Kurven angedeutet hatten. Nein, in meinem Kopf lag sie nackt in meinem Bett, ihre seidige Haut auf meinen dunkelblauen Bettlaken. Ihr wundervolles rotes Haar auf meinen weißen Kissenbezügen. Und in jeder dieser Fantasien war dieser sehr verlockende nackte Körper unter meinem. Und diese Haut fühlte sich genauso weich an, wie sie aussah.

Gott, wie sehr ich sie berühren wollte, um zu sehen, ob die Realität meiner Fantasie gerecht werden würde.

Letzte Nacht, als ich auf meinem Tablet gelesen hatte und sie mich angesehen hatte, hatte sie diese Lippen geöffnet und sich zu mir gelehnt – fast so, als wollte sie mir einen Gutenachtkuss geben. Das war zu viel gewesen. Es war zu nahe an dem gewesen, wie meine Fantasien immer begannen. Und meine sehr körperliche Reaktion auf diesen Moment hatte mich dazu gebracht, mich so schnell wie möglich umzudrehen und das Licht auszuschalten.

Denn ich wusste, dass ich verloren gewesen wäre, wenn ich mich auch zu ihr gelehnt hätte. Und ich hätte mich nicht mehr von ihr lösen können.

Wenn ich Kats Anziehung nachgab, würde ich mir erlauben, in einen Strudel hineingezogen zu werden, der meinen Untergang bedeuten könnte. Das erste Mal war ich nur entkommen, weil ich erschöpft von meinen Scotch-Eskapaden eingeschlafen war.

Noch einmal würde ich nicht so viel Glück haben.

Und die nächsten wer weiß wie vielen Nächte, die wir zusammen in einem Bett verbringen müssten, würden zu einer Folter werden. Einer köstlichen Folter, ja, aber nichtsdestotrotz einer Folter.

Ich sah schon viele Duschen in meiner nahen Zukunft. Zumindest würde ich sehr sauber aus diesem Martyrium hervorgehen.

Ich sank neben ihr auf die Couch und hoffte, dass sie das wecken würde, doch sie schlief tief und fest. Also strich ich ihr langsam und sanft die Haare aus dem Gesicht, als würde ich ein lange verborgenes, zerbrechliches Kunstwerk unter Schichten von Schmutz und Ablagerungen hervorholen. Denn genau das war ihr Gesicht. Ihre strahlende Haut, die zierliche, leichte Stupsnase, die dichten Augenbrauen, das glänzende Haar... diese Lippen. Diese köstlichen zarten Lippen. *So verlockend.*

Nachdem ich ihr die Haarsträhnen hinter ihr Ohr geschoben hatte, fuhr ich mit meinem Daumen über ihre markanten, hohen Wangenknochen. Sie war so unglaublich schön. *So gefährlich.* Ich schluckte.

„Kat", sagte ich mit leiser Stimme. „Katya, wach auf."

Ihre Augenlider flatterten und öffneten sich schließlich. Diese blauen Augen fokussierten sich sofort, als sie mich verschlafen ansah. Dann verdrehte sich ihr Körper in einem langen katzenartigen Strecken, das ihr T-Shirt an ihrer Brust eng werden ließ. Ihre kurvigen Beine spreizten sich. Und jetzt tat ich mehr, als nur ihre Schönheit zu bewundern ... ich reagierte auf eine sexuell sehr frustrierte Art. Ich drehte mich weg, um die Erektion in meiner Hose zu verbergen und biss frustriert die Zähne zusammen. Verdammt. Selbst so eine Kleinigkeit war gefährlich.

Ich stand auf. „Du bist eingeschlafen", knurrte ich, ohne sie wieder anzusehen. „Wir bezahlen dich nicht, um während der Arbeitszeit zu pennen."

Sie seufzte. „Sir, ja, Sir." Dann setzte sie sich aufrecht hin, blinzelte und dehnte ihren Nacken. Sie war gerade wirklich etwas verpeilt.

„Kyle ist vorbeigekommen. Er sollte jetzt nicht mehr so fies zu dir sein. Aber ich will nicht, dass du dich ohne mir mit ihm triffst, nur um sicherzugehen."

Sie atmete noch einmal lange und laut aus und blickte mich dann mit einem unleserlichen Gesichtsausdruck an. „Danke."

„Gern geschehen. Wir fahren um fünf heim." Und dann ging ich.

Ja, ich war schroffer gewesen, als ich vorgehabt hatte. Aber es war nicht ihre Schuld, dass ich sie so unwiderstehlich fand. Aber ich hatte einen eisernen Willen und ich *würde* es schaffen, ihr zu widerstehen. Ich würde schaffen, worin ich zuvor gescheitert war.

Als wir zuhause ankamen, saßen unsere Hausgäste an der Türschwelle und tranken Bier. Mehrere Sixpacks standen auf dem Boden zwischen ihnen. Sie hatten ihre Jeans hochgekrempelt und Mike trug ein rotes Angels-Baseballcap, das er vermutlich in irgendeinem Souvenirladen gekauft hatte.

„Dieses amerikanische Bier schmeckt wie Elchpisse. Ich habe keine Ahnung, warum wir so viel gekauft haben", sagte Mike langsam, als wir näher kamen.

„Als wüsstest du, wie Elchpisse schmeckt", erwiderte Kats Bruder.

„Wir konnten es nicht mal am Strand trinken. Absoluter Schwachsinn."

Kat versteifte sich, als wir stoppten, und starrte ihren Bruder mit einem feindseligen Blick an.

„Wie war euer Tag?", fragte ich neutral, als Kats Schweigen die Situation unbehaglich werden ließ.

„Wir sind an den Strand gegangen. Schöner Strand. Irgendetwas Spanisch klingendes, wie das Bier. Corona de la ..."

„Corona del Mar", entgegnete Katya. „Und nein, hier darf man keinen Alkohol am Strand trinken. Genau wie zuhause."

„Naja, zuhause gibt es Möglichkeiten", sagte Mike mit einem selbstgefälligen Grinsen. „Aber hier wollten wir das nicht wagen. Die amerikanischen Cops sind verrückt. Das hat dem Strand den ganzen Spaß geraubt."

Erst nach einer weiteren langen Pause drehte sich Kat zu ihrem Bruder. „Du solltest *überhaupt nicht* trinken."

„Wir sind im Urlaub", antwortete Derek mit einem leichten Wimmern. „Ich bin das erste Mal in Cali. Kannst du nicht mal ein Auge zudrücken, Schwesterchen?"

Ahh. Ja, niemand, der hier lebte, nannte es *Cali*. Niemals. Sein Lächeln wirkte ein wenig trotzig, als er seine Schwester anblickte und einen weiteren Schluck aus seiner Flasche nahm.

Sie verschränkte die Arme vor der Brust. „Und wofür genau haben Mum und Dad dann Tausende für einen Entzug ausgegeben?"

Derek blies seinen Atem langsam hinaus, verdrehte die Augen, antwortete ihr jedoch nicht. Er und Mike wechselten einen Blick und beide brachen in Gelächter aus, als hätten sie vorhergesehen, dass sie so etwas sagen würde.

Ich konnte spüren, wie meine Arme sich verkrampften, und musste dem Drang widerstehen, etwas zu sagen, dass ich bedauern würde.

Als Kat ihn weiter mit ihrem verdammenden Blick fixierte, stellte er seine leere Flasche auf die Stufe und hob resignierend die Hände. „Okay, okay. Das war das Einzige, das ich hatte. Ich verspreche, brav zu sein und nichts mehr zu trinken."

Mike neigte seine Flasche mit einem Lachen. „Ich werde kein solches Versprechen abgeben."

Sie standen auf, als ich an ihnen vorbeikletterte, um die Haustür aufzusperren. Ich ging hinein und hielt sie ihnen auf.

Keiner von beiden sagte noch ein Wort zu Kat, die unverändert in verkrampfter Pose dastand. Aber Mike schnappte sich noch die restlichen Sixpacks, um sie mit hineinzunehmen.

„Ich bin am Verhungern. Was gibt es zum Abendessen?"

Mit einem langen resignierenden Seufzen bückte sich Kat, um die Flaschen aufzuheben, die sie liegen gelassen hatten. Dann ließ sie die Schultern hängen, als würde sie vor meinen Augen verwelken. Als hätte das harte Mädchen endlich genug durchgemacht und müsste ihre Erschöpfung zeigen. Ich kochte leise vor Wut.

Verdammt. Das würden ein paar lange Tage werden. Ich würde anfangen müssen, etwas Stärkeres als Bier zu trinken, um das durchzustehen. Leider sorgte Scotch dafür, dass ich sehr unangebrachte Dinge mit meiner Ehefrau anstellte. Scotch war also auch raus.

KAPITEL

VIERZEHN

KATYA

ICH KOCHTE SPAGHETTI, OBWOHL ICH VERSUCHT WAR, ihnen einfach kalte Pizza von gestern Abend vorzusetzen. Dabei ging ich zähneknirschend verschiedene Möglichkeiten durch, wie ich sie aus dem Haus bekommen würde. Die letzten zwei Jahre hatten Derek kein bisschen verändert. Und Mike würde selbst nach der Apokalypse immer noch ein dummes Arschloch sein.

Als ich mich über den kochenden Topf Nudeln beugte, drohten Tränen in meine Augen zu steigen, da derselbe alte Groll wieder in mir aufstieg. Ich dachte daran, wie Mum und Dad mir sagten, dass sie sich nicht leisten konnten, mir das neue Konsolenspiel zu kaufen, auf das ich so lange gewartet hatte und das das Einzige gewesen war, was ich mir zu Weihnachten gewünscht hatte. Stattdessen hatte ich Klamotten bekommen, aus dem Schlussverkauf. Das Spiel kostete zu viel, weil Derek einen neuen ambulanten Entzug machte, der ein Vermögen kostete. Oder sie hatten Anwaltsrechnungen zu begleichen oder was auch immer es in dem Monat gerade war.

Plötzlich erinnerte ich mich an den Sonntagnachmittag, an dem ich von einem Wochenend-Camping-Trip mit Freunden auf einer Insel in der Nähe von Victoria zurückgekommen war. Ich hatte nicht bemerkt, dass mein Auto nicht auf seinem üblichen Parkplatz stand. Aber als ich ins Haus ging, hatte Mum mich händeringend abgefangen. Sie hatte mir tränenüberströmt erzählt, dass Derek einen Autounfall gehabt hatte und gerade erst aus dem Krankenhaus entlassen worden war. Aber es ging ihm gut, war das nicht großartig?

Oh und übrigens, das Auto, auf das ich monatelang gespart hatte? Ich hatte ihm strikt verboten, ihm auch nur zu nahe zu kommen. Ja, aber sie hatten ihm in der Minute die Schlüssel in die Hand gedrückt, in der ich aus der Stadt war, und ihm nach seinem stundenlangen Jammern erlaubt, damit zu fahren. Doch mein armer kleiner Ford Focus hatte nicht so viel Glück gehabt wie Derek. Er hatte es nicht überlebt, von meinem betrunkenen Bruder in einen Telefonmast gerammt zu werden.

Oh, und Überraschung, Überraschung. Unsere Eltern hatten nicht das Geld, um mir die Versicherungssumme auf den Wagenwert aufzustocken. Also hatte ich noch länger arbeiten müssen, um mir einen Ersatz zu kaufen. Und all das, während ich mich mit Vancouvers weniger als optimalen öffentlichen Transportmitteln zu meinem dritten Nebenjob schleppte. Oder mich von Freunden fahren ließ, wenn das möglich war.

Die kleinen Batzen Geld, die ich mir durch Babysitten oder andere Jobs während der High School angespart hatte ... ich hatte sie immer dort versteckt, wo ich dachte, niemand würde sie finden. Doch Derek hatte es immer geschafft. Und es genommen – *alles davon.*

Und jetzt war er hier und besaß die Frechheit, auf meiner Veranda Bier zu trinken und Anspruch auf alles zu erheben, was ich hatte und *verdiente*. Erneut.

Ich nahm einen tiefen Atemzug und schwor mir, eine lokale Selbsthilfegruppe für Familienangehörige von Alkoholikern zu suchen. Diese Meetings hatten mir damals dabei geholfen, die schwierigsten Zeiten durchzustehen. Ich hatte schon vor langer Zeit gelernt, dass Derek sich nie ändern würde, egal ob ich ihn liebte oder hasste.

Nicht wenn alle, mit denen er zu tun hatte, ihm erlaubten, der kolossal selbstsüchtige Arsch zu bleiben, der er war.

Und selbst jetzt, wo ich wütend auf ihn war, fühlte ich mich schuldig dafür, diese schrecklichen Gedanken hinsichtlich meines Bruders zu haben.

Das Kind, mit dem ich in unserer Jugend so viele Abenteuer erlebt hatte. Wir hatten uns sehr nahegestanden. Hatten zusammen Skateboarden gelernt. Fahrradfahren. Ich zog ihn ständig bei allen Videospielen ab, die wir spielten. Zwischen uns lagen nur elf Monate. Wir waren praktisch Zwillinge, scherzte meine Mutter gerne.

Und obwohl er älter war als ich, war ich immer die Verantwortungsvollere. Während unseres ganzen Lebens hatten alle immer Nachsicht mit Derek walten lassen.

Und ich konnte einfach nicht anders, als deswegen verbittert zu sein, besonders jetzt. Besonders seit seine Fehltritte mich mein Zuhause, meine langjährigen Freunde, meine Heimatstadt gekostet hatten. Mein eigenes verdammtes Land.

Mittlerweile kochte ich vor Wut, genauso wie der Topf Nudeln.

„Bist du in Ordnung?", sagte Lucas, der plötzlich an meiner Schulter stand, weswegen ich vor Überraschung fast bis in den Orbit sprang. „Sorry, ich wollte dich nicht erschrecken. Ich habe mich eigentlich nicht angeschlichen."

Ich atmete tief durch. „Nein", sagte ich zittrig, während mein Herz mit einer Million Schläge pro Minute pochte. „Nur tief in Gedanken, vermute ich." Tief in wütenden, rasenden Gedanken.

„Ich will dir nicht zu nahe treten, aber … ist dein Bruder immer so zu dir?"

Ich prüfte, ob die Nudeln schon *al dente* waren, aber sie waren immer noch zu hart. Ich wandte mich wieder Lucas zu. „Wenn du mit *so* meinst, dass er ein Arsch ist und denkt, er kann sich alles erlauben, dann ja."

Er zog seine Augenbrauen hoch und rieb sich nachdenklich das Kinn. „Okay. Gibt es irgendetwas, was ich tun kann, um die angespannte Stimmung zu lockern?"

„Danke für das Angebot, aber das wird sich nicht ändern, bis sie gehen." Er sah mir beim Arbeiten zu, als ich vom Herd zum Ofen ging, wo das Knoblauchbrot gerade backte.

„Wir sollten herausfinden, wann das sein wird. Mir wäre früher lieber als später."

Ich zog die Augenbrauen hoch. „Ich habe dich gewarnt. Hoffentlich ist dieses Schlafarrangement nicht zu schlimm für dich."

Ich blickte nach oben in seine Augen und einen langen Augenblick gab es keine Worte. Kein Geräusch außer das Brodeln des Wassers und das Brutzeln der Soße auf dem Ofen.

Aber so viel wurde gesagt. Für eine kurze Minute sah ich es, ein Flackern desselben Funkens, der am Abend der Familienfeier in seinen Augen aufgeblitzt war. Dem Abend, an dem wir uns so intensiv geküsst hatten. Dem Abend, an dem er mir auf seinem Klavier dieses atemberaubende Glücksgefühl bereitet hatte.

Dieser Moment reihte sich weit oben unter den Rekordhighlights meines bisherigen Sexlebens ein. Und wollte nicht glauben, dass es nur eine kurze Begegnung – und die erste zwischen uns – gewesen war. Ich sehnte mich einfach danach, herauszufinden, wie es zwischen uns sein könnte, wenn wir weiter gingen.

Und gottverdammt, ich wollte mehr. Und er anscheinend auch.

Aber er würde sich mit jeder Faser seines Körpers dagegen wehren.

Auch das konnte ich in seinen Augen sehen, in der kalten distanzierten Art, wie er sich manchmal verhielt. Wenn er sich zurückhielt, nett und offen zu sein. Als würde ihn alles andere in Gefahr bringen.

Ich schämte mich nicht zuzugeben, dass ich mich nach derselben Gefahr sehnte, die er vermeiden wollte. Mit einem tiefen Atemzug brach ich den Blickkontakt und bat ihn leise, das Knoblauchbrot auf den Tisch zu stellen.

Unsere Gäste aßen mein Gericht mit Begeisterung und ließen wie vermutet die Teller auf dem Tisch stehen. Sie waren offensichtlich zu abgelenkt, da sie entdeckt hatten, dass Lucas' Spielekonsole an einen brandneuen 4K Fernseher angeschlossen war und er eine beeindruckende Sammlung an Spielen hatte. Ein leidgeplagter Lucas machte sich daran, ihnen einen Account für das System einzurichten. Vielleicht dachte er, das würde sie beschäftigen und von Ärger fernhalten.

Aber er kannte sie nicht so gut wie ich.

Und ich, ich musste den Tisch alleine abräumen, nachdem ich bereits alles gekocht hatte. Doch das gab mir die Chance, mir zu überlegen, wie ich sie hier rausschaffen könnte.

Die Schädlingsbekämpfer rufen?

Oder Maler?

Oder einen Hundefänger, um sie einzufangen und dort unterzubringen, wo sie wirklich hingehörten?

Ich musste Lucas zugutehalten, dass er danach zu mir kam und mir half. Er übernahm die restlichen Aufgaben, räumte die Spülmaschine ein und dankte mir für das köstliche Abendessen. Danach leisteten wir den zwei Idioten im Hobbyraum eine Zeit lang Gesellschaft, während sie spielten. Sie hatten sogar die Dreistigkeit, Lucas um Cheat-Codes zu bitten, was dieser aber ablehnte.

Die beide waren wirklich in fast jedem Spiel scheiße. Als ich ihnen sagte, ich wolle mitmachen, startete Derek das Spiel absichtlich, ohne mich hinzuzufügen. Doch er reichte Lucas den Controller und stand auf.

„Ich müsste kurz die Toilette besuchen und ich würde gerne eine Minute mit Kat reden, wenn du nichts dagegen hast."

Ich blickte zu Lucas, der mich ansah, als würde er fragen, ob es okay war, dass er Mike in Grund und Boden stampfte.

„Ich wollte mich nur ein bisschen auf den neuesten Stand bringen", drängte Derek. Ich warf ihm einen Blick zu und seufzte dann. „Okay, gut."

Nachdem er das Badezimmer aufgesucht hatte, gingen wir in das leere Esszimmer, wo sie ihr Nachtlager hatten. Lucas hatte ein paar große Sitzsäcke hineingestellt, um es etwas gemütlicher zu machen. Derek setzte sich in einen davon, während ich mir einen Stuhl vom Küchentisch holte. Wenn ich flüchten müsste, wollte ich mich nicht erst aus einem Sitzsack kämpfen. Als ich zurück kam, hatte er seinen großen Seesack auf dem Schoß und kramte darin herum. Nach einem kurzen Moment zog er eine zugeklebte Schachtel heraus und hielt sie mir hin. Ich konnte sehen, dass mein Name mit schwarzem Edding und in Mums unverkennbarer Handschrift darauf stand.

„Das Carepaket mit den Süßigkeiten, wie versprochen. Mum hat es sogar zugeklebt, damit Mike und ich nicht rangehen. Aber wenn du die Toffees mit mir teilen möchtest …"

Ich riss das Klebeband von der Schachtel und öffnete sie. Meine Sinne wurden von dem Geruch von Süßigkeiten angegriffen – vor allem der leichten luftigen Milchschokolade der Aero Bars. Das brachte die Erinnerungen an die Einkäufe in dem kleinen Laden am Ende unserer Straße zurück. Ich hatte dort immer Milch oder Gemüse fürs Abendessen geholt und das Wechselgeld genutzt, um mir etwas Schokolade als Seelentröster zu kaufen. Hin und wieder musste sich ein Mädchen etwas gute Schokolade gönnen.

Ich nahm einen der Toffeeriegel heraus und warf ihn Derek vorsichtig zu, der das Ding auf traditionelle Art auf den Boden warf. Normalerweise warf man den Riegel gegen die Wand, aber die war zu weit entfernt. Dann öffnete er die Verpackung und zog die bissgerecht zerbrochenen Stücke heraus.

Er hielt mir die Verpackung hin und ich schüttelte den Kopf. „Ich mag nicht, wie mir das Zeug an den Zähnen kleben bleibt." Meine Hand kramte wieder durch die Schachtel, an den Chipstüten und Süßigkeiten vorbei. Kein Brief oder eine Karte. Ich runzelte die Stirn. Nur eine Schachtel Junkfood?

„Hast du gesehen? Ich habe auch einen Canucks-Sticker auf die Schachtel geklebt. Stimmt etwas nicht?", fragte Derek, als er das Toffee geschluckt hatte. „Haben wir etwas vergessen?"

Ich warf ihm einen Blick zu und schüttelte den Kopf. „Ich hätte nur gedacht, das Mum vielleicht eine Nachricht oder so eingepackt hätte."

Derek zögerte. Er nahm die Augen von der Schachtel und warf mir einen grübelnden Blick zu. „Sie, ähm, ich denke, sie wollte. Aber ... sie fühlt sich schlecht. Sie weiß nicht wirklich, wo sie und Dad bei dir stehen. Du weißt schon, dass du dich nicht bei uns gemeldet hast. Sie wollten dir deinen Freiraum und deine Unabhängigkeit geben. Und ..." Er zögerte, als würde er über etwas nachdenken. Dann nahm er sich ein weiteres Dreieck Toffee aus der Verpackung und kaute langsam darauf herum.

„Und ... was?", bohrte ich mit hochgezogenen Augenbrauen nach.

„Ich denke, Mum fühlt sich ein wenig schuldig deswegen, wie das alles abgelaufen ist. Wegen der Abmachung, die ihr zwei hattet. Und du so wütend geworden bist. Und dann hatte sie nie wirklich eine Chance, eine Lösung dafür zu finden, weil ... du weg warst."

Ich blickte Derek blinzelnd an und beobachtete, wie er diese Version der Geschehnisse, die am letzten Wochenende zuhause bei meiner Familie passiert waren, erzählte. Er wirkte so traurig, aber nicht nur weil er es war, sondern auch weil er die Traurigkeit unserer Mutter widerspiegelte. Gab er sich die Schuld? Und warum zum Teufel fühlte ich mich jetzt schuldig? Ich hatte nichts falsch gemacht, als die drei mit dem Finger auf mich gezeigt hatten, mich angestarrt und gebeten hatten, etwas Falsches zu tun, gottverdammt.

Ich atmete tief durch, antwortete jedoch nicht, da mich plötzlich Traurigkeit überkam. Glaubten sie alle, dass ich die Dinge so zurücklassen *wollte?* Dass ich diejenige war, die unsere Familie zerstörte? Weil ... weil ... meine Hände packten die Schachtel fester.

„Mum sagte, sie vermisst dich so sehr. Dad natürlich auch. Du warst immer sein Lieblingskind."

Wie konnte ich sein Lieblingskind – oder das von Mum – sein, wenn sie kaum wussten, dass ich existierte? Ich war das andere Kind, das, um das sie sich keine Sorgen machen mussten, weil es nicht all diese Probleme hatte. Das, dessen sechzehnten Geburtstag sie völlig vergessen hatten, weil Derek im Krankenhaus der Magen ausgepumpt werden musste.

Mein Bruder legte den Rest des Toffees vorsichtig auf seiner Luftmatratze ab und drehte sich mit den Händen auf den Knien wieder zu mir. „Hast du nie daran gedacht, vielleicht einmal auf einen Besuch zurückzukommen? Wir könnten alles klären. In Kontakt bleiben. Das muss nicht so bleiben."

Ich verschränkte die Arme vor der Brust, als er sprach. Ich konnte spüren, wie sich meine Schultern schützend verkrampften. Aber meine einzige Antwort war ein energisches Kopfschütteln.

„Hast du nicht daran gedacht, wie einfach es sein könnte? Ich meine, wie sehr du mir helfen könntest –"

Ich verkrampfte. Hier kam es, das, was er schon die ganze Zeit gewollt hatte. Warum er den ganzen Weg hierhergefahren war. Das musste der Grund sein. Er war nicht der große Retter unserer Familie. Das Einzige, was er retten wollte, war seine eigene Haut.

„Komm schon, Kat, nur diese eine Sache und all das wird für uns alle vorbei sein. Und du könntest das machen. *Du.* Willst du nicht, dass Lucas auch den Rest unserer Familie kennenlernt?"

Ich stand auf und stellte die Schachtel auf den Stuhl. Ich musste mir das nicht anhören und ich würde es auch nicht. „Genug, Derek", knurrte ich zähneknirschend. Mein Blutdruck fing an, in die Höhe zu schießen, und ich konnte meinen Herzschlag in der Ader an meiner Schläfe spüren.

Derek sprang schneller aus seinem Sitzsack, als ich es für möglich gehalten hätte, und packte mich kurz über dem Ellbogen am Arm, um mich aufzuhalten. „Komm schon, Kat. Ich flehe dich an. Ich brauche deine Hilfe, nur dieses eine Mal."

Nur dieses eine Mal. Scheiße. Wie oft hatte ich *das* schon von ihm gehört? Meine Hände ballten sich zu Fäusten und ich riss mich von ihm los. „Mach das noch einmal und ich trete dir so fest in die Eier, dass sie dir zum Mund rauskommen."

Dereks Gesicht wurde rot und er öffnete den Mund, um hitzig zu antworten, als die Dielen im Gang quietschten. Lucas tauchte aus dem dunklen Teil des Flurs auf.

Er blickte von Derek zu mir und wieder zurück. „Ist alles in Ordnung?"

Ich schluckte und Derek erstarrte und warf mir einen Blick zu. „Ähm, ja", sagte ich atemlos. „Er will mir die Smarties abschwatzen und ich sagte ihm, er soll sich seine eigenen kaufen. Erst hat er mir die Süßigkeitenschachtel gegeben und jetzt will er sie plündern."

Lucas beobachtete Derek während der ganzen Zeit, in der ich sprach, und ich wusste, dass er mir das nicht abkaufte. Dafür war Lucas viel zu clever. Und ich war sowieso keine so gute

Lügnerin, dass ich damit durchkommen könnte, was diese ganze Situation noch ironischer machte.

Gelächter blubberte in meiner Kehle hoch. Geboren aus Ironie und Angst und all den Konsequenzen, die als Resultat einer einzigen Entscheidung in mein Leben gedrungen waren. Davonzulaufen und all meine Probleme hinter mir zu lassen. Diese Probleme fanden einen jedoch früher oder später. Egal, wie schnell oder wie weit man davonlief.

Ich schluckte und täuschte ein lächerliches Gähnen vor, wobei ich meine immer noch geballten Fäuste über meinen Kopf hob. „Mann, ich bin fertig. Ich denke, ich haue mich hin. Ihr Jungs könnt ja noch ein paar Spiele spielen. In Mario Kart ist Derek nicht ganz so mies."

„Hey! Ich bin kein *so* schlechter Spieler", protestierte er. Dereks Stimme klang natürlich, als wäre gerade nichts Negatives zwischen uns vorgefallen.

Lucas sagte nichts und ging aus dem Weg, als Derek sich auf den Weg in den Hobbyraum machte. Ich winkte Lucas, damit er ihm folgte. „Geh nur. Mir geht es gut."

Dann drehte ich mich in die andere Richtung, um für morgen noch ein paar Sachen aus meinem Zimmer zu holen und sie in Lucas' Schlafzimmer zu bringen. Ich musste schließlich den Schein wahren.

Ich ignorierte das schwere Gewicht in meinem Magen, das durch die Unterhaltung mit Derek entstanden war. Stattdessen konzentrierte ich mich darauf, was ich für morgen brauchte, und schob meine rasenden Gedanken so weit wie möglich in den Hintergrund. Ich würde nicht zulassen, dass Derek sein Spiel mit mir trieb, so wie er es immer machte.

Verdammt. Ich musste zu einer Selbsthilfegruppe, damit ich das alles rauslassen konnte. Ich schwor mir, auf meinem Handy nach einer in der Nähe zu suchen, wenn ich wieder im Schlafzimmer war. In der Zwischenzeit musste ich mich entscheiden, was ich heute Nacht und Morgen anziehen würde. Ich sollte nicht daran denken, wie sehr ich eigentlich wollte, dass Lucas mich mit seinen Händen und seinem himmlischen Mund ablenken würde.

Die kleine Teufelin auf meiner Schulter sagte mir, ich sollte mir ein knapperes Nachthemd schnappen. Etwas aus Seide mit Spaghettiträgern und Spitze. Würde das als Negligee gelten, was er ja ausdrücklich verboten hatte? Regeln waren da, um gebrochen zu werden, nicht wahr? Vielleicht würde ich ja einen Orgasmus daraus ziehen können. Oder zwei. Ich hatte viel Anspannung, die gelöst werden musste.

Aber stattdessen hörte ich auf das Engelchen auf meiner Schulter und schnappte mir dasselbe ausgefranste Baumwollnachthemd, das ich in der Nacht zuvor getragen hatte. Es war locker und bedeckte mich vom Hals bis zu den Knien. Sicherlich würde mich darin niemand verführerisch finden.

Trotz meiner Anstrengung, vor Lucas in seinem Zimmer zu sein, war er bereits im Badezimmer, als ich eintraf. Vielleicht hatte ich doch länger damit verbracht, mir den Streit zwischen meinem Engelchen und meiner Teufelin anzuhören, während ich unentschlossen vor meinem Kleiderschrank gestanden hatte.

Ich setzte mich und wartete ein paar Minuten, aber ich war einfach zu entrüstet wegen Derek und seiner ständigen Bitten. Es erschöpfte mich, nur daran zu denken. Ich wollte mich einfach nur so schnell wie möglich im Bett verkriechen. Aber

Lucas würde sicher noch mindestens zehn oder fünfzehn Minuten brauchen.

Frustriert zog ich mich einfach mitten im Schlafzimmer aus, entschlossen ins Bett zu kriechen und vor Erschöpfung zusammenzubrechen. Aber dann realisierte ich, dass ich mich dringend eincremen musste. Das trockene Wetter hier in Kalifornien machte meiner Haut oft zu schaffen und in letzter Zeit war es besonders trocken gewesen. Also schnappte ich mir meine Feuchtigkeitslotion und fing an, die kühle cremige Mixtur auf meine Ellbogen, Arme und Knie aufzutragen. Während ich sie in meine Haut einmassierte, genoss ich den schwachen Duft von Kokosnuss und Jasmin, der meine Nase kitzelte.

Offensichtlich hatte ich nicht im Blick, wie lange ich brauchte. Noch hatte ich gehört, dass die Dusche abgedreht worden war, da ich splitterfasernackt dastand, als die Tür zum Badezimmer aufging. Die kleine Teufelin hatte doch gewonnen. Ich konnte hören, wie sie in einer entfernten Ecke meines Kopfes jubelte.

Lucas blieb in der Tür stehen. Ich erstarrte an Ort und Stelle und bot ihm einen frontalen Blick auf mich.

Seine Augen wanderten von Kopf bis Fuß über mich und ich hatte nicht einmal den Anstand zu erröten. Ich meine … ich hatte das nicht geplant, aber ich würde definitiv nicht versuchen, mich verzweifelt zu bedecken, und schreiend verlangen, dass er die Augen schloss. Stattdessen ließ ich sie den Anblick genießen.

Sie waren wie Flammen, flackerten und brannten. Überall, wo sein Blick meinen Körper berührte, versengten sie mich wie ein Lauffeuer. Sein Blick war dürstend. Ausgetrocknet wie die Mojave-Wüste. Und er erregte mich wie nichts anderes.

Meine Nippel wurden hart und langsam wandte er seinen Blick ab – fast als täte es ihm körperlich weh, es zu tun. Doch er sagte immer noch nichts.

Ich griff nach meinem Nachthemd und zog es über den Kopf, während ich eine Entschuldigung murmelte.

Er ließ seine Augen auf den Boden gerichtet und trat aus der Tür. „Ganz deins", sagte er mit angespannter Stimme.

Warum so sauer? Dachte er, ich hatte das absichtlich geplant, weil ich nicht aus falschem Anstand schrie? Ich wusch mir schnell das Gesicht, putzte mir die Zähne und bürstete meine Haare. Fertig.

Das Licht war aus und Lucas lag bereits mit dem Rücken zu mir im Bett. Ich legte mich schüchtern unter die weiche Decke, wobei ich aufpasste, ihn nicht zu streifen. Doch meine Teufelin, dieses hinterlistige Luder, drängte mich.

Dann räusperte ich mich. „Tut mir leid. Ich hatte nicht geplant, dass du mich so siehst."

Einen Augenblick lang sagte er nichts, rollte sich dann herum und sah mich an. „Warum denkst du, dass ich das denken würde?"

„Ich weiß nicht. Vielleicht, weil ich nicht schockiert oder verärgert reagiert habe, dass du mich so gesehen hast?"

Er machte eine Pause. „Und warum warst du das nicht?"

Ich zuckte mit den Achseln. „Es fühlte sich nicht seltsam an, dass du mich nackt gesehen hast. Es hat sich irgendwie normal angefühlt. Wir sind schließlich verheiratet."

„Aber das ist nicht echt."

„Mmm." Mein Herzschlag wurde schneller. Es fühlte sich von Tag zu Tag realer an, doch ich wagte nicht, ihm das zu sagen. Er würde wieder so kalt und distanziert werden wie an dem

Morgen nach der Party. Lucas war das Paradebeispiel eines emotional unerreichbaren Mannes. Außer wenn er das nicht war. Und wenn er das nicht war, faszinierte er mich. Wie ein Mysterium, für dessen Lösung ich meinen Schlaf opfern würde.

„Gerade hätte ich nichts gegen ein bisschen Echtheit", sagte ich schließlich mit leiser Stimme. In dem düsteren Licht trafen sich unsere Augen und wir hielten den Kontakt. Bildete ich mir ein, dass sein Blick intensiver wurde oder seine Zunge herauskam, um seine Lippen zu befeuchten?

Aber ich bildete es mir definitiv nicht ein, dass er die Hand an mein Gesicht hob und sanft mit dem Daumen über meine Unterlippe strich. Vielleicht war es nur eine unschuldige Geste, aber sie ließ meinen Körper vibrieren, als wäre es die erotischste Berührung, die ich je gespürt hatte. Meine Lippen zitterten und der Daumen stoppte. Dann drang er weiter vor, in meinen Mund. Meine Lippen schlossen sich um seinen Daumen und er gab ein raues Knurren von sich, ein leises Stöhnen.

„Wir können das nicht tun", flüsterte er.

Meine Zunge liebkoste seine Daumenspitze und schlängelte sich darum. Vielleicht wollte ich ihm so ein wenig von den versteckten Fertigkeiten zeigen, mit denen ich vor ein paar Tagen angegeben hatte. Ich wusste, wie man einem Kerl einen blies und ihm dabei den Verstand raubte. Und ich war sehr gut darin.

Und ich schuldete ihm sowieso einen Blowjob. Vielleicht könnte ich mich heute Nacht für die orale Glückseligkeit revanchieren, die er mir auf dem Klavier bereitet hatte.

Seine Atmung klang jetzt etwas abgehackter, erregter.

„Wir sollten", sagte ich, als er langsam seinen Daumen zurückzog. Dann, weil ich mich mutig und ausgehungert fühlte, nahm ich seine Hand, legte sie auf meine Brust und drückte sie fest gegen meinen harten, geilen Nippel.

Das Atmen wurde lauter – teils meinetwegen, um ehrlich zu sein – als sein Daumen meinen Nippel durch den dünnen abgetragenen Stoff meines Nachthemds rieb. Als sein Kopf näher zu meinem wanderte, stöhnte auch er leise und langsam.

Doch zwei Millisekunden, bevor unsere Münder sich berührt hätten, ertönte ein lauter Schlag und ein splitterndes Geräusch aus dem Hobbyraum. Wir erstarrten und sahen einander erschrocken an, in unserem Nebel aus Verlangen plötzlich an unsere Hausgäste erinnert.

Ich sprang binnen weniger Sekunden aus dem Bett und rannte in den Flur, folgte dem Klang überschwänglichen Lachens und dem vertrauten süßen Duft von Marihuana.

Jesus Murphy! Diese Arschlöcher kifften mitten in unserem Haus. Ich stieß die Tür auf und blickte die Jungs böse an. Sie lachten und spielten ihr Spiel auf der Konsole, wobei sie das Durcheinander, dass sie mit dem zertrümmerten Glas auf dem Parkett zwischen ihnen veranstaltet hatten, ignorierten.

Sie blickten zu mir hinauf, dann sahen sie einander an und lachten noch lauter. Mike hielt die Controller und Derek einen rauchenden Joint in den Händen. „Oh, hey Schwesterchen, kannst du das sauber machen? Es ist umgefallen."

Ich schaute auf die verstreuten Glassplitter und dann wieder zu ihm. „Nein, das machst du, nachdem du das Ding ausgemacht hast. Rauch verdammt nochmal kein Gras im Haus."

„Es ist hier doch legal, oder? Wir sind in Cali. Es ist legal."

„In meinem Haus ist es nicht legal. Ich kann den Gestank nicht ausstehen. Mach es aus."

„Gott, Kat, flipp nicht gleich aus." Doch er machte keine Anstalten, das Ding auszumachen, und Mike spielte einfach weiter, als hätte ich gar nichts gesagt. Ich schnappte mir das halbleere Glas Bier, bevor er auch das umwerfen würde. Dann riss ich Derek den Joint aus der Hand und löschte ihn in dem Bier.

„Was zum Teufel!", sagte er und setzte sich auf. „Ich war damit noch nicht fertig."

„Doch, bist du. Nur weil Mum und Dad dich so viel Gras rauchen lassen, wie du willst, bedeutet das nicht, dass du das Recht hast, das hier zu machen. Das ist *mein* Haus. Und ihr werdet es nicht mit euren Dübeln vollstinken."

Lucas betrat den Raum mit einem Besen und einer Kehrschaufel, doch bevor er sich bücken konnte, um aufzuwischen, hob ich die Hand. „Lass sie das machen."

Unsere beiden Hausgäste blickten einander an und begannen erneut zu lachen. Dann drehte sich Mike zur Seite und versuchte, an mir vorbei auf den Bildschirm zu schauen. „Würdest du bitte? Du stehst im Bild."

Doch anstatt das zu tun, ging ich zur Steckdose und steckte die Konsole ab. „Game over."

„Miststück!", murmelte Derek.

Mikes Kraftausdruck war schlimmer, ein lustiges Wort für eine Frau, das mit S anfing. Nett.

Lucas warf den Besen und die Kehrschaufel mit einem lauten Klappern auf den Boden. Die Jungs machten sich fast vor Schock ein und starrten ihn mit geweiteten Augen an. „*Nein*. Wagt es nicht, *noch einmal* so mit ihr zu reden. Entschuldigt euch."

„Sie ist meine Schwester." Als ob ihm das das Recht gäbe, mich zu beleidigen. Derek setzte sich steif auf, als spielte er mit dem Gedanken, sich mit Lucas anzulegen.

Lucas wich nicht zurück. In seinen Augen blitzte die Wut. „Und ich bin ihr Ehemann. Du bist in meinem Haus. Nenn sie nie wieder so, oder du bekommst es mit mir zu tun und das wird dir nicht gefallen." Er zeigte auf den Besen und die Kehrschaufel auf dem Boden. „Jetzt beweg deinen Arsch. Mach diese Scheiße sauber und entschuldige dich bei deiner Schwester." Er blickte zu Mike. „Und das gilt auch für dich, außer du willst heute Nacht auf der Straße schlafen. Und nenn meine Frau nie wieder so."

Wortlos und schockiert betrachtete ich Lucas, wie er in einer einschüchternden Pose über meinem Bruder stand. Lucas wirkte bereit, seine Forderungen physisch zu unterstreichen, falls das nötig sein sollte.

Und das machte etwas mit mir. Unglaublich starke Emotionen stiegen in meiner Kehle auf, sodass ich nicht einmal sprechen konnte. Ich blinzelte und registrierte es kaum, als Derek eine Entschuldigung murmelte und halbherzig begann, die Unordnung aufzufegen.

Er machte natürlich beschissene Arbeit, aber kurze Zeit später verließen sie den Hobbyraum und schlichen zu ihren Luftmatratzen im Esszimmer. Ich beugte mich hinab, aber Lucas nahm mir wortlos den Besen aus der Hand und kehrte den Rest zusammen.

Ich war vor Rührung so sprachlos, dass ich ihm nicht einmal danken konnte.

Ich holte mir ein Glas Wasser aus der Küche und ging wieder ins Schlafzimmer. Schluckweise trinkend versuchte ich, das

Wirrwarr aus Emotionen in mir zu sortieren. War ich glücklich? War ich traurig? War ich ängstlich?

Ich hatte keine Ahnung.

Es war ein einzigartiger und perfekter Sturm aus Gefühlen, die mich wie ein gewaltiger Tornado umkreisten.

So stand ich da, mitten im Schlafzimmer, als er wieder hereinkam und die Tür hinter sich schloss. Er stellte sich neben mich und blickte mir ins Gesicht. „Hey, bist du in Ordnung?"

Und lächerlicherweise –und genauso überraschend für mich wie für andere – brach ich in Tränen aus. Das wäre noch schockierender für Menschen, die mich schon mein ganzes Leben lang kannten, die wussten, dass ich nie weinte. Nicht als meine Schildkröte gestorben war, als ich dreizehn war – obwohl ich mich so traurig gefühlt hatte, dass ich hatte weinen wollen. Nicht als Derek meine Nintendo DS kaputtgemacht hatte, auf die ich ewig und drei Tage gespart hatte, um sie mir kaufen zu können.

Nein, meine übliche emotionale Reaktion war Wut und mein Antrieb kam von Entschlossenheit.

Ich erlag den Problemen nicht, ich überwand sie. Und für mich bedeutete weinen unterliegen. Es war eine Schwäche.

Aber jetzt gerade heulte ich mir, sehr zu meiner Scham, die Augen aus.

„Kat, hey." Er nahm mir das Glas aus der Hand und stellte es auf die Kommode. Dann legte er einen Arm um mich und ich vergrub mein Gesicht unverzüglich in seiner Brust und tränkte seinen Pyjama mit meinen Tränen und meinem Rotz. An diesen Tränen gab es nichts Schönes. Nein, dieses Weinen war verdammt hässlich und scheußlich – inklusive Schluckauf,

Schluchzen und hier und da einem tiefen Wimmern. Er stand ganz unbeweglich da und ertrug alles.

Nach ein paar Minuten beruhigte ich mich genug, um Dinge zu bemerken. Die Art, wie er mich hielt, wobei eine Hand leicht meinen Rücken streichelte. Hin und her, von einem Schulterblatt zum anderen, ohne ein Wort zu sagen. *So geduldig.*

Ich fing an zu schniefen und da wusste ich, dass ich dringend ein Taschentuch brauchte. Er erwartete das und löste sich kurz, um eine Packung von der Kommode zu holen. Ich vergrub mein Gesicht in einem Haufen davon und schnäuzte so viel Rotz heraus, dass ich damit die verdammte *Titanic* hätte versenken können. Ohne ein Wort zu sagen, ging ich ins Badezimmer, wusch mir das Gesicht und betrachtete mich dann im Spiegel über dem Waschbecken.

Meine Augen waren aufgedunsen und meine Nase geschwollen. Ich blies noch ein paarmal in die Taschentücher, damit ich wieder einfacher atmen konnte. Aber ich nahm an, dass ich wie ein Grizzly im Winterschlaf schnarchen würde, falls ich bald einschlief. Nicht gerade eine schöne Vorstellung, so das Bett mit meinem heißen Scheinehemann zu teilen.

Als ich ins Zimmer zurückkehrte, erhaschte nun ich einen unerwarteten Blick auf nackte Haut, da Lucas sein nasses Pyjamaoberteil ausgezogen hatte. Oben ohne ging er zur Kommode, um sich ein Ersatzoberteil zu holen. Ich stoppte und beobachtete ihn. Er hatte einen tollen Körper – nicht aufgepumpt, aber definitiv athletisch. Die vielen Jahre in der Rudermannschaft an der High School und am College hatten seinen Körper wohl definiert. Seine Arme waren beeindruckend, was mich zu dem Schluss führte, dass die

Gewichte in seinem Hobbyraum nicht nur Dekoration waren. Und seine Brust ... breite Schultern und feste Brustmuskeln.

Oh. Wie. Lecker.

Leichtes Brusthaar führte in einem verführerischen Pfad über seinen flachen Bauch hinab in seine Pyjamahose. *Sabber.* Er bemerkte mich, als er sich das Shirt über den Kopf zog, und zögerte, bevor er seine Arme durch die Ärmel steckte. Er ertappte mich dabei, wie ich ihn begaffte. Doch anstatt mich dafür zu schämen und zu versuchen, es zu verbergen, lächelte ich ihn an.

Wie du mir, so ich dir. Er hatte bereits ein Auge auf mich werfen dürfen. Bis auf die Tatsache, dass er meine Brüste gesehen hatte, ich jedoch nichts unterhalb seiner Gürtellinie. Als das strahlendweiße T-Shirt über seinen Bauch glitt, erwiderte er mein Lächeln mit einem eigenen.

„Geht es dir jetzt besser?", fragte er.

Ich nickte.

Wir standen in peinlicher Stille da, weil sich offenbar keiner von uns sicher war, was wir als Nächstes sagen sollten. Also versuchte ich, mich zu erklären. „Das Ganze tut mir leid."

Er zuckte mit den Achseln. „Du kannst nichts für deinen Bruder."

Ich schüttelte den Kopf. „Nein, ich meine ... das war mehr als nur ein hässliches Weinen. Es war ein abstoßendes Weinen. Und du hast mich dich vollschleimen lassen."

Er zuckte erneut mit den Achseln. „Ich vermute, du musstest viel rauslassen."

Ich seufzte und ging in seine Richtung. Als meine Schienbeine den Bettrahmen berührten, hielt ich an. Wir standen einander nur durch das Bett getrennt gegenüber. „Danke."

Er klopfte sich auf eine Schulter. „Die Schulter ist relativ gut zum Ausheulen."

Ich schüttelte den Kopf und betrachtete ihn mit großen Augen. Dieses verwunderte Gefühl, das ich hatte, seit er meinen Bruder in meinem Namen zusammengestaucht hatte, war immer noch nicht verschwunden. „Nein, nicht das – ich meine – natürlich auch danke dafür. Aber ich meinte das andere ... Niemand hat sich je so für mich eingesetzt."

Seine Augenbrauen wanderten nach oben. „Niemand?"

Ich schüttelte den Kopf. „Nein."

„Nicht einmal deine Eltern?"

Ich stieß ein trockenes Lachen aus. Wenn er nur wüsste. „Besonders nicht sie."

Er runzelte die Stirn. „Was, sie haben einfach zugelassen, dass er dich so behandelt?"

Ich rieb mir die Stirn mit dem Handrücken. „Sie haben zugelassen, dass er uns alle so behandelt. Alle hatten zu viel Angst, ihn zurechtzuweisen, weil er – ich weiß nicht – es nicht verkraften könnte oder so. Er hat all die Hilfe bekommen und da ich die Stabile war, wurde ich ignoriert."

Seine dunklen Augen betrachteten mein Gesicht, als würde er nach etwas suchen. Er sah so gut aus, dass es wehtat. Und da meine Augen bereits von meinem kürzlichen Heulkrampf schmerzten, fielen sie auf das Bett zwischen uns. Ich wollte wieder spüren, wie seine tröstenden Arme mich hielten. Es hatte sich in diesen kurzen paar Minuten so gut angefühlt, daran zu erinnert werden, dass ich auf dieser Welt nicht alleine war. Für diesen kurzen Augenblick zumindest.

Sein Gesicht verdunkelte sich und er schluckte. „Das klingt, als hätte deine Familie keine Ahnung."

Ich sank aufs Bett und setzte mich mit einem langen Seufzen auf die Kante. „Ich vermute, das ist dir nicht fremd."

„Ich, ähm", er ließ sich auf seiner Bettseite nieder und fuhr sich mit der Hand durch sein dunkles Haar. „Ich habe ein wenig von deiner Unterhaltung mit deinem Bruder gehört. Ich wollte nicht lauschen."

Ich seufzte. „Ist okay. Ich dachte mir das schon." Meine Augen fixierten die Wand, da ich mich zu sehr schämte, um ihn anzusehen.

„Steckst du – Steckst du in irgendwelchen Schwierigkeiten?"

Ich blinzelte, runzelte die Stirn und drehte mich dann zu ihm. Er musste mehr gehört haben, als ich dachte. „Ich bin mir eigentlich nicht sicher."

„Geht es darum in den Anwaltsschreiben?"

Mein Mund wurde schmal. „Ehrlich gesagt, weiß ich das nicht. Ich habe sie, ohne sie zu lesen, zerrissen."

Er runzelte die Stirn und sein Gesicht verdunkelte sich. „Wie kann ich dir helfen?"

Meine Augen schlossen sich einen Herzschlag lang. Dann öffnete ich sie wieder und spürte plötzlich, wie diese Welle der Niedergeschlagenheit erneut über mich hereinbrach. „Du hast mir bereits geholfen. Vermutlich mehr, als ich es verdiene."

Und mit diesen Worten ließ ich mich aufs Bett zurückfallen und starrte an die Decke, während die Gefühle wieder in meiner Kehle aufstiegen. Schockierenderweise drohten erneut Tränen in meine Augen zu schießen. Sie stachen wie kleine Speere von hinten in meine Augäpfel und ich musste wild blinzeln.

Lucas beobachtete mich, legte sich dann auf die Seite und streckte die Hand aus, um meine Schulter zu streicheln. „Hey, hey. Ich sage, was du verdienst, verstanden? Wir finden eine Lösung."

Ohne überhaupt nachzudenken, was ich tat, griff ich nach oben und legte meine Hand um seine. Unsere Finger verschränkten sich sofort. Dann hob Lucas seine freie Hand und schaltete das Licht aus.

Sobald es dunkel war, zögerte ich keine Sekunde. Das konnte ich nicht. Ich drehte mich zu ihm um und warf meinen Arm in einer unbequemen seitlich liegenden Umarmung um ihn. Langsam befreite er seinen Arm, legte ihn um mich und streichelte mir beruhigend den Rücken.

Dann küsste er mein Haar. Ich schloss die Augen. *Das.* Das fühlte sich so gut an.

Und das war es. Durch diese eine Geste war ich verloren. Das war die Kirsche auf dieser atemberaubenden männlichen umsorgenden Sahnehaube. Ich hob den Kopf und Sekunden später war mein Mund auf seinem. Unsere Lippen verschmolzen in einem der wildesten und heißesten Küsse, die ich je gespürt hatte. Unsere Münder machten in brennendem Einklang genau dort weiter, wo wir aufgehört hatten, als wir zuvor so rüde unterbrochen worden waren.

Gott sei Dank. Ich hatte gedacht, mir würde dieses heiße erotische Spiel, das sogar noch weiter gehen könnte, verwehrt bleiben. Sein Mund bewegte sich über meinen und nahm meine Lippen in Besitz, während seine Zunge mit meiner tanzte. Und während wir diesen Tanz fortsetzten, ergriff er mehr und mehr die Kontrolle, indem er sie mir vorsichtig entriss, wie einem kleinen Kind ein gefährliches Objekt.

Sein Mund war zielstrebig, aber sanft. Leidenschaftlich, heiß, und doch lag noch etwas anderes darin – ein fast vollständiger Kontrollverlust. Aber selbst jetzt, als diese gewaltige Hitze zwischen uns loderte, konnte ich spüren, dass er sich zurückhielt.

Und das Erste, was ich wissen wollte, war, was wohl passieren würde, wenn dieser Mann sich gehen ließ, wenn *dies* noch Zurückhaltung war? Und wie konnte ich ihn dazu bringen, das zu tun – und *bald*?

Denn ... wow.

Er setzte mich in Brand, nur indem er mich küsste. Wie viel heißer konnte das noch werden? Jede Berührung seiner Lippen zischte meine Nerven hinunter in mein Zentrum, wo sie sich in einem glühenden Strudel aus Erregung sammelten.

Mein Gleichgewichtssinn verabschiedete sich und die Welt drehte sich, als seine Hand meinen Arm hinunter glitt und meine Brust meisterhaft umfasste. Dann wanderten seine Finger zielstrebig zu meinem Nippel und massierten ihn gnadenlos. Mein Rücken wölbte sich und ich schluckte ein erschrockenes Quietschen.

In wenigen Minuten würde er alles kontrollieren – meinen Körper, meine Lust, alles. Und ich war so weit, bereitwillig meine Kapitulation zu unterzeichnen. Um genau zu sein, war ich bereit, mein Höschen als weiße Flagge zu schwenken – wenn ich eines tragen würde.

Er schien sich an diese Tatsache zu erinnern, da seine Hand weiter nach unten wanderte. Vorbei an meiner Taille zu meinem Oberschenkel und dann in einer zärtlichen Liebkosung zu meinem Po. Mit einem Knurren tief aus seiner Kehle tauchte seine Zunge tief in meinen Mund, während seine Hand den Saum meines Nachthemds packte.

Oh Gott, *ja*. Übernimm das Kommando, mein General. Ich stöhnte gegen seine Lippen und der Druck seines Kusses wurde fester, während seine Zunge mich kostete. Das erinnerte mich an die Dinge, die er in jener Nacht auf dem Klavier mit mir gemacht hatte. Die Erinnerung an sein talentiertes Zungenspiel löste einen warmen Strom der Erregung am Scheitelpunkt meiner Schenkel aus. Wenn er mich jetzt auf den Rücken drehen und auf mich steigen würde, wäre ich ohne weiteres Vorspiel bereit für ihn.

Ich war so bereit für Sex. Für *ihn*. Besonders für ihn.

Es war höchste Zeit, dass wir diese Ehe vollzogen. Oder zumindest diesen einen Teil. Seine Hand wanderte entschlossen meinen Oberschenkel hinauf. In der Zwischenzeit entschied ich mich, dass er einen Gegenangriff verdiente. Meine Hand löste sich aus seinen Haaren, um zielstrebig über seine Brust und seinen flachen, harten Bauch zum Objekt meiner nicht enden wollenden Begierde zu wandern.

Ich hatte selten so eine Genugtuung empfunden wie in dem Augenblick, als Lucas als Antwort auf meine Berührung scharf einatmete. Ich packte ihn durch die dünne Baumwollhose seines Pyjamas und lernte endlich, nach über sechs Monaten Ehe, den großen Schwanz meines Ehemannes kennen.

Und heilige Scheiße, ich wurde nicht enttäuscht.

Er war so lang und dick und völlig steif. Meine Genugtuung wuchs weiter an und mein Körper wurde heißer, als ich realisierte, dass mein Körper, meine Küsse und meine Berührung diese Reaktion in ihm hervorgerufen hatten. Ja, er hatte mich innerhalb weniger Sekunden feucht gemacht, aber ich hatte ihn genauso schnell hart wie Granit gemacht.

Abgesehen von einer kurzen Pause, im ersten Augenblick, als ich ihn berührt hatte, hatte er seine Mission nicht unterbrochen. Er ließ seine Hand mein Bein hinaufgleiten, fuhr unter mein Hemd und legte sie an meine Hüfte. Haut auf Haut vermischte sich glühende Hitze mit klebrigem Schweiß. Ich wölbte meinen Rücken und presste meine Brüste gegen seine harten Brustmuskeln. Wenn ich nicht bald Erlösung erfahren würde, könnte ich durch den Druck, der sich in mir aufbaute, explodieren. Überall – hinter meinen Nippeln, in meinem Bauch, in meinem Zentrum. Alles in mir rief nach Erlösung.

Scheiß drauf. Ich wollte auch Haut unter meiner Handfläche spüren. Meine Hand glitt unter den Bund seiner Pyjamahose und beanspruchte den Hauptpreis unverzüglich für mich. Seine Hüften bewegten sich vorwärts und ein Bein schob sich zwischen meine. Seine Hüfte berührte meine, als er mich auf den Rücken drückte. Ich ließ ihn nicht los. Stattdessen glitt meine Hand die weiche Haut auf und ab, wobei meine Finger die steife, weiche Geografie seines Glieds erforschten.

Seine Größe erregte mich, das musste ich zugeben. Ich hatte angenommen, dass er gut bestückt war, doch bis jetzt hatte ich das nicht beschwören können. Und ja, man sagte, es kam nicht auf die Größe an und bla, bla, bla. Aber *verdammt*, er hier war … beeindruckend. Es waren immer die Ruhigen und Griesgrämigen, die die größten Überraschungen bereithielten. Und Lucas' *Überraschung* war wirklich gewaltig und perfekt zum Erforschen.

Seine Atmung war schnell und heiß. Sein Herzschlag unter meinen Lippen, die an seinem Hals lagen, fühlte sich an, als würde er seine Adern platzen lassen. Es schien einen Moment lang so, als würde der General mir sein Kommando übertragen.

Aber nur einen Augenblick lang.

Dann glitt seine Hand zwischen meine Schenkel, während sein Mund durch mein Nachthemd an meinem Nippel saugte und er wieder die Kontrolle hatte. Erneut wölbte sich mein Rücken. Diese neuen, noch intensiveren Stimulationen brachten mich dazu, an meinem elastischen Kragen zu zerren und den Stoff hinunter zu ziehen, um meine Brust zu entblößen. Mit einem rauen Stöhnen hielt er die Vorderseite meines Nachthemds unten, während er meine Nippel verschlang und ihn begierig in seinen Mund saugte.

Aber in seiner Aufregung hatte er sich auf mich gerollt, wodurch ich frustrierenderweise meinen Griff lösen musste. Mit meiner freien Hand drückte ich gegen seine Schulter und zwang ihn wieder auf die Seite, sodass ich meine Erkundung fortsetzen konnte.

Ich würde nicht zulassen, dass dies erneut eine einseitige Erfahrung wurde.

Unsere Münder fanden sich erneut, wieder und wieder in heißen, feuchten Küssen, die zwischen Mündern, Wangen, Nacken und Schlüsselbeinen hin und her wechselten. Kein Zentimeter unserer Körper blieb unerforscht.

Es war ein regelrechtes Kriegsgebiet voller winziger Explosionen. Seine Finger glitten jetzt in mich und er spreizte meine Beine, um sich Platz zu verschaffen. In der Zwischenzeit fing ich an, ihn fest zu streicheln. Sein Atem ging abgehackt, begierig und meiner tat es seinem gleich.

„Ich werde dich wieder kommen lassen", erklärte er.

„Ich werde dich auch kommen lassen", kam von mir als Antwort.

„Du kommst zuerst, Kat." Um seine Worte zu unterstreichen, machten seine Finger etwas in mir. Sie verbogen oder verdrehten sich. So erreichte er eine Stelle, die nur wenige Männer – zumindest meiner Erfahrung nach – kannten. *Heilige Scheiße.*

Mein ganzer Körper wurde steif durch diese neuen, noch intensiveren Wellen des Vergnügens. Verdammt, er hatte recht. Ich würde zuerst kommen – und das sehr *sehr* bald. Dann nahm er seinen Daumen hinzu und rieb damit im Einklang mit seinen Fingern – seinen durchs Klavierspielen beweglichen und starken Fingern – über meine Klitoris.

Und er spielte auf mir damit genauso gut.

Ich sah brennende Meteore über den schwarzen Himmel hinter meinen geschlossenen Augenlidern ziehen. Mein Atem stockte kurz, bevor Welle nach Welle befriedigender Erlösung über mich hereinbrach, wobei der Höhepunkt genauso intensiv war wie der, den er in jener Nacht mit dem Mund bei mir ausgelöst hatte.

Oh mein Gott. Was zum Teufel ...

Er hatte mich noch nicht einmal gefickt und hatte mir bereits zwei meiner besten Orgasmen beschert. So gerne hätte ich mich auf den Rücken gedreht und alles Schlimme vergessen, während ich mich in einem Nachglühen sonnte, das fast so stark war wie der Orgasmus selbst. Doch meine Hand war immer noch fest um seinen Schwanz geschlungen. Fast, als würde mein Leben davon abhängen – was mich an das Versprechen erinnerte, das ich ihm gegeben hatte.

Ich wollte, dass er ebenfalls kam. Anstatt mich also auf den Rücken zu rollen, lehnte ich mich vor und legte meinen Mund auf seinen. Dann bewegte ich meine Lippen über seine stoppelige Wange zu seinem Ohr. „Jetzt wirst du kommen, Lucas. Komm in mir."

Seine Atmung stockte, so als hätte er mit diesem Vorschlag nicht gerechnet. Als wäre er der Meinung gewesen, dass es keinen Sex zwischen uns geben würde. Aber diese Illusion würde ich ihm jetzt nehmen.

„Bitte, Lucas, ich will dich in mir spüren."

„Nein", sagte er schroff, fast so als würde es ihn schmerzen, das zu sagen. Er atmete schwer aus. „Wir können nicht."

Ich saugte sein Ohrläppchen in meinen Mund und sammelte Munition für meinen nächsten Angriff. „Wir können. Wir *sollten*. Ich kann es nicht erwarten, dich in mir zu spüren." Ich drückte ihn, um keinen Zweifel daran zu lassen, was ich meinte.

„Fuck", sagte er barsch und legte seine Hand dann über meine, um mir zu zeigen, wie ich sie bewegen sollte, wie er es mochte. „So, Kat."

„Aber –"

„Nein. Wir werden heute nicht miteinander schlafen." Seine Stimme klang angespannt und eindringlich. Sein Tonfall – unverkennbar endgültig.

Ich blies frustriert meinen Atem hinaus und er wich zurück und suchte meinen Blick in dem düsteren Licht. „Lass mich so kommen", sagte er mit derselben Stimme, die kein Widerwort duldete. Wie der Befehl eines Generals.

Also bewegte sich meine Hand, streichelte langsam und sanft seinen Schwanz. Ich war entschlossen, ihn so in den Wahnsinn zu treiben. Seine Atmung war abgehackt. Das spürte ich auf meinem Hals, während seine Hand meine Brüste erforschte.

Aber als sich meinen Bewegungen nicht änderten, wurde er verzweifelt und rieb sich an meiner Hüfte. „Schneller", murmelte er.

Nach einer weiteren halben Sekunde Protest kam ich seinem Wunsch nach und wurde schneller. Ich genoss das Gefühl, wie sein Schwanz in meiner Hand noch weiter anschwoll, als er sich seinem Orgasmus näherte.

Aber das war nicht genug für ihn. In den letzten Sekunden vor seinem Höhepunkt drückte er mich auf den Rücken, setzte sich zwischen meine Beine und rieb sich wild und roh an mir. Als er verkrampfte und den Atem anhielt, fand er seine Erlösung und spritzte seinen heißen Samen auf mein Nachthemd.

Mist, ich würde heute Nacht wohl nackt schlafen müssen. Und wenn das nicht zu Sex führte, dann wäre ich überaus schockiert.

Fast unverzüglich stand Lucas aus dem Bett auf und holte zwei Waschlappen aus dem Badezimmer, damit wir uns sauber machen konnten. Ohne mir darüber Gedanken zu machen, was er sehen würde, zog ich mein Nachthemd aus. „Das war nicht wirklich schlau, wenn du mich nicht nochmal nackt sehen wolltest", sagte ich leise mit einem fiesen Grinsen. Die kleine Teufelin auf meiner Schulter hätte dem sicher zugestimmt, hätte sie sich für heute nicht bereits schlafen gelegt.

Ohne mich anzusehen, ging Lucas zur Kommode und zog eine weitere Pyjamahose und ein großes T-Shirt heraus, das er mir zuwarf. Dann verschwand er im Badezimmer.

Ich seufzte und erwartete mehr von seiner kalten, emotional distanzierten Art, die er mir schon zuvor entgegengebracht hatte.

Als er zurückkehrte, war es nicht exakt so wie erwartet. Eher eine Art leichter Scham. Ich blickte zu ihm hinauf und konnte die Müdigkeit in seinen Augen erkennen, bevor er das Licht ausschaltete.

„Warum konnten wir nicht –?", fragte ich.

„Können wir das morgen bereden? Wenn ich nicht so erschöpft bin."

„Na-natürlich. Ja", murmelte ich immer noch verwirrt.

Das Licht ging aus und er schlief innerhalb weniger Minuten ein. Ah. Nicht gerade das Umdrehen-und-einschlafen-Manöver der Männer vergangener Zeiten, aber fast. Ich starrte an die Decke und badete mich immer noch in dem vergnüglichen Rausch aus Dopamin, doch sehnte mich bereits nach mehr.

Wir waren schließlich immer noch nicht quitt. Ich schuldete ihm immer noch Oralsex. Vielleicht morgen … Und mit einem Anflug neuer Erregung fing ich an, darüber zu fantasieren, wie es dazu kommen könnte – und wie es sein würde.

Das war meinem Schlaf aber nicht förderlich, weswegen ich stundenlang nicht in der Lage war, ins Land der Träume einzutauchen. Doch es war eine angenehme Art, an Schlaflosigkeit zu leiden.

KAPITEL
FÜNFZEHN
LUCAS

MEINE AUGEN ÖFFNETEN SICH ZWANZIG MINUTEN, bevor mein Wecker losging. Doch anstatt aus dem Bett zu springen und ins Badezimmer zu gehen, starrte ich in ihr liebliches Gesicht. Es wird mir nie langweilig, sie anzusehen, und so wie sie gerade dalag, hätte ich mich ewig an ihr sattsehen können. Aber nach ein paar Minuten musste ich gegen den Drang ankämpfen, ihr das rostfarbene Haar aus dem Gesicht zu streichen. Ich wollte diese weiche Wange berühren, mit meinen Daumen über diese vollen, rosigen Lippen streichen.

Wow, sie war atemberaubend ... selbst mit zerzausten Haaren und ohne Make-up. Diese langen zimtfarbenen Wimpern, die friedlich auf ihren blassen Wangen lagen. Diese sanfte Atmung. Und die Art, wie sie mich gestern Nacht berührt hatte. Etwas in mir regte sich und ersetzte diese zarten Gefühle.

Schlüpfrige, heiße Erregung. Ich wollte sie erneut. Nun, eigentlich – ich gestand mir diesen Gedanken ein – wollte ich sie *immer noch*. Mein Orgasmus letzte Nacht war nur ein Schatten dessen gewesen, was hätte sein können, wenn ich ihrer Bitte nachgekommen wäre, wenn ich in ihr gekommen wäre. Der bloße Gedanke daran durchflutete mich mit elektrischer Energie. Die üblichen Triebe, die mit einer Morgenlatte einhergingen, verbanden sich zu etwas Stärkerem, dessen Verlangen fast schmerzhaft war. Ich wollte sie sanft auf den Rücken drehen, ihre Beine spreizen und sie erneut kosten. Danach würde ich meinen Durst tief in ihrer Hitze stillen und mich während meines Höhepunkts von diesen seidigen, weichen Schenkeln fesseln lassen.

Verdammt ... vielleicht würde eine extra lange Dusche helfen. Mir einen runterzuholen, könnte vielleicht mein Verlangen lindern. Doch diese Frau musste so schnell wie möglich aus meinem Bett verschwinden oder ich würde heute Nacht meiner Versuchung fast sicher nachgeben.

Und das konnte ich nicht. Das konnten wir nicht. Gerade war sie mir wegen des Gefallens, den ich ihr getan hatte, verpflichtet. Ich konnte das zwischen uns nicht geschehen lassen, da das Kräftegleichgewicht nicht ausgeglichen war. Sie sollte nicht mit ihrem Körper für meine Kooperation zahlen.

Aber um Himmels willen, ich war kein verdammter Heiliger. Ich konnte nur eine gewisse Zeit nein sagen.

Als ich aus der Dusche stieg, erinnerte ich mich verspätet daran, dass ich in meiner Ablenkung vergessen hatte, mir die Klamotten für den heutigen Tag mitzunehmen. Normalerweise duschte ich abends und hätte nicht noch einmal duschen müssen. Es war eine Impulsentscheidung gewesen, als ich im Badezimmer war. Ich war mit der aussichtslosen Hoffnung unter die Dusche gesprungen, dass es mir in meiner Situation helfen würde. Entweder das oder im Bett bleiben und mit etwas beginnen, was definitiv in glühend heißem Morgensex enden würde.

Ein Badetuch um die Hüften gewickelt, schlich ich wieder ins Schlafzimmer und blickte auf die Uhr. Normalerweise wachte sie etwa um diese Zeit auf, aber ich hatte meinen Wecker frühzeitig ausgeschaltet. Ich würde sie wecken, nachdem ich mich angezogen hatte, weshalb ich mein Handtuch fallen ließ und in meiner Kommode nach Klamotten suchte.

„Mmm. Schöne Aussicht", murmelte sie im Bett, von dem aus sie uneingeschränkten Blick auf meinen nackten Hintern hatte. Eilig zog ich meine Boxershorts an, bevor ich mich umdrehte.

„Du dachtest wohl nicht, dass heute Morgen der Vollmond zu sehen sein würde, oder?", schnaubte ich.

Sie lächelte und streckte ihren ganzen Körper, wobei ihr ihre Bewegung eine fast katzengleiche Anmut verlieh. Absolut sexy.

„Komm her", sagte sie.

Ich schluckte. Ich würde ihr definitiv nicht zu nahe kommen, wenn ich nur teilweise angezogen war und sie so dalag.

„Können wir kurz reden? Oder soll ich aufstehen und nackt ins Badezimmer gehen, um deine Aufmerksamkeit zu bekommen?"

Ich atmete tief ein, stieg in meine Jeans und zog sie hoch. Dann ging ich hinüber ans Bett. Sie klopfte auf meine Seite, als wollte sie, dass ich mich setzte. In der Zwischenzeit erhob sie sich und stützte sich auf ihre Ellbogen. Ihr Shirt – *mein Shirt* – war ihr viel zu groß und der Kragen hing so weit hinab, dass eine ihrer cremefarbenen Brüste fast bis zum Nippel entblößt war. Sie schien sich dieser Tatsache nicht bewusst zu sein und ich versuchte angestrengt, meine Augen nicht von ihrem Gesicht nach unten schweifen zu lassen.

„Was ist los?", fragte ich, als wüsste ich es nicht.

„Können wir über gestern Nacht reden?"

Ich blickte auf die Uhr. „Wir haben nicht viel Zeit."

„Es wird nicht lange dauern. Ich wollte nur wissen –"

„Warum wir gestern nicht das volle Programm durchgezogen haben?"

Sie lachte. „Gott, du lässt es so klingen, als wären wir sechzehn. Aber ja. Ich meine, ich werde nicht schüchtern sein und sagen, dass es daran lag, dass du mich nicht wolltest. Weil ich weiß, dass es anders war."

Ich biss mir auf die Innenseite meiner Lippe, um mich davon abzuhalten, zu lächeln. Typisch Kat. So ehrlich wie eh und je. Keine Überheblichkeit. Keine Spielerei. Keine Manipulationen. Keine Komplimenthascherei. Auch wenn es für Außenstehende danach geklungen haben könnte.

„Ich dachte einfach nicht, dass es eine weise Entscheidung wäre, so etwas zu überstürzen, ohne …"

„… es zuerst zu besprechen?" Sie nickte und ihre Augen öffneten sich mit offensichtlicher Hoffnung. „Deswegen mein Wunsch, das *jetzt* zu besprechen."

Ich schluckte. „Ich habe in der Vergangenheit einige Dinge überstürzt und das waren die größten Fehler meines Lebens."

Sie runzelte leicht die Stirn und nickte dann. „Okay. Also was sollen wir bereden? Ich nehme die Pille und ich habe keine Krankheiten. Ich habe mich seit meinem – seit dem letzten Mal testen lassen."

Dem letzten Mal. Hm. Ein Anfall von Eifersucht schnitt durch mich hindurch, als ich daran dachte, dass ein anderer Kerl das bekommen hatte, was ich mir letzte Nacht verwehrt hatte.

Was ich mit jedem Tag, der verging, mehr und mehr wollte und mir doch nicht erlauben würde.

„Okay. Das ist nicht wirklich das, über das ich mir dir reden wollte, obwohl das auch wichtig ist. Ich habe auch keine Krankheiten und es ist auch schon eine Weile her."

Sie blinzelte, als wäre sie überrascht.

Ich räusperte mich. „Aber da gibt es noch mehr. Ich möchte – ich denke nicht, dass wir etwas Körperliches miteinander anfangen sollten."

Ihr Gesicht verdunkelte sich. „Ähm, Eilmeldung. Wir hatten bereits etwas Körperliches. Und du hast angefangen."

Ich fuhr mir mit einer Hand durch mein Haar und biss die Zähne zusammen, sodass sich meine Kiefermuskeln anspannten. „Ich meine, wir sollten nicht weiter gehen."

„Warum ...?"

„Weil wir zusammen arbeiten ..."

„Aber wir sind verheiratet."

Ich schüttelte den Kopf. „Aber bald werden wir wieder geschieden sein, erinnerst du dich? Und glaub mir, zusammen zu arbeiten wird mehr als nur peinlich sein, wenn wir eine körperliche Beziehung hätten und sie beendeten."

Ihre Augenbrauen zuckten. „Warum machst du dir über Peinlichkeiten sorgen. Darüber habe ich mir noch nie Gedanken gemacht. Wen interessiert das schon?"

„Ja, mir ist auch egal, was andere Leute denken." Ich zuckte mit den Achseln. „Ich rede über unsere Gefühle, unsere ..." Ich räusperte mich und suchte nach den richtigen Worten.

Sie kniff die Augen zusammen. „Unsere Emotionen? Du denkst, dass ich Gefühle für dich entwickle?"

Ich warf ihr einen Blick zu. Ich machte mir nicht nur um sie Sorgen, aber ich hatte keine Probleme damit, sie das glauben zu lassen.

„Und ich will auch nicht, dass du denkst, dass ich Sex als Bezahlung dafür erwarte, dass ich dieses ganze Eheding für dich gemacht habe."

Ihr Blick verdunkelte sich und sie drückte sich ein eine sitzende Position hoch. „Ähm, warum zum Teufel denkst du das?"

Ich zuckte mit den Achseln. „Wegen des Kräfteungleichgewichts. Wenn ich dein Boss wäre ..."

„Wenn du mein Boss wärst, würde ich dir jeden Tag in den Arsch treten müssen. Aber dieses ganze *Bezahlungsding* ... es impliziert, dass ich keinen Sex möchte und es nur wegen dir tue."

Ich erstarrte. Vermutlich hatte sie damit recht ...

Sie lehnte sich zu mir und ich bekam einen wundervollen Ausblick auf ihr verlockendes Dekolletee. Widerwillig wandte ich meine Augen davon ab. Ich war frustriert wegen meines Körpers und meiner ständigen Reaktionen auf sie. Ich hatte nicht die geringste Selbstbeherrschung, wenn es um sie ging. *Und* ich hatte in den letzten zehn Stunden zwei Orgasmen gehabt, die aber nicht genügt hatten, um mich davon abzulenken, wie sehr ich sie wollte. Ich war immer noch so hungrig wie ein Raubtier in der Wanderzeit.

„Eilmeldung. Mädchen mögen auch Sex. Einige von uns lieben ihn sogar."

Oh, Gott. Das war das Letzte, was ich hören wollte. Blinzelnd fuhr ich mit einer Hand durch mein Haar. Ich musste daran denken, wie sie geklungen hatte, als sie gekommen war. „Ja, das war eine dumme Aussage von mir."

Sie schüttelte den Kopf. „Bist du nicht wenigstens ein bisschen neugierig, wie das mit uns sein könnte?"

Neugierig? Nein. Eher besessen. Ich presste die Lippen zusammen. „Ich denke nur, dass das zu viel Potenzial für Probleme bereithält."

„Das mit uns hat ein vereinbartes Verfallsdatum, richtig? Wir sind erwachsene Menschen." Ihre Augen fielen auf meine Lippen und mit ihrer rosafarbenen, teuflischen Zunge leckte sie über die ihren. Der Zunge, die letzte Nacht meine Sinne komplett durcheinandergebracht hatte. Der Zunge, die in mir den Wunsch geweckt hatte, all meine Bedenken in den Wind zu schlagen.

Aber jedes Mal, *jedes verdammte Mal*, wenn ich das in der Vergangenheit gemacht hatte, hatte es in einer Katastrophe geendet. Und zu versuchen, mich aus dieser Katastrophe zu befreien, hatte die Schlinge um meinen Hals nur noch enger zusammengezogen. Es war noch gar nicht so lange her, dass ich mein altes Leben komplett hatte aufgeben müssen, um meine Freiheit zu erlangen.

Ich war nicht bereit, das erneut zu tun. Denn dieses Mal hatte ich zu viel zu verlieren. Zu viel, das mir wichtig war.

Und bei Kat, wusste ich – ich wusste es einfach – dass es schlimmer sein würde. Wie ein Gasbrand würde sie mein Leben explodieren lassen und alles, was sie berührte, verwüsten. Ohne es zu wollen oder sich der Auswirkungen überhaupt bewusst zu sein.

Ich atmete tief ein. „Ich denke, es ist das Beste, langsam zu machen, egal wie wir uns entscheiden."

Ihr Mund wölbte sich – fast verführerisch, dachte ich. „Sechs Monate Ehe ist nicht langsam genug für dich?"

Das ist nicht echt, sagte ich fast. Ich wollte es nicht erneut wiederholen. Sie wusste es selbst. *Das ist nicht echt* würde in der nächsten Zeit mein verdammtes Mantra werden müssen, während wir zusammen wohnten, während wir ein verheiratetes Paar waren.

Das ist nicht echt. *Nicht echt.*

„Ich muss darüber nachdenken. Über vieles." Ich bewegte mich, um den Blick in ihr Shirt zu vermeiden. „In der Zwischenzeit wollte ich dich fragen, ob du mich die Situation mit deinem Bruder und seinem Kifferfreund regeln lässt."

Ihre Augenbrauen runzelten sich. „Wie regeln? Sie zu einem Duell herausfordern oder so?"

„Nein, ich meine nur ... sie loszuwerden und noch mehr so Scheiß wie gestern Abend vermeiden. Es macht mich wirklich sauer, wie sie dich behandeln."

Ihre Gesichtszüge glätteten sich und diese großen blauen Augen wurden sogar noch größer, als sie mich studierte. Eine Weile sagte sie nichts, als würde sie darüber nachdenken, was sie antworten sollte. Dann nickte sie. „Ja, ja, das wäre toll. Bitte."

Ich stand auf, schnappte mir mein Hemd und zog es an. „Zeit zu gehen. Ich denke, wir müssen uns in der Arbeit Frühstück in der Cafeteria holen."

„Würg", sagte sie, doch stieg aus dem Bett. Ich verließ kurz darauf das Zimmer, um meine Sachen zusammenzusuchen – und zu vermeiden, noch einmal einen Blick auf diesen wunderschönen nackten Körper zu werfen. Ich musste wirklich völlig verrückt sein, um mir den Anblick dieser weichen, cremefarbenen Haut verwehren zu wollen. Dieser kurvigen Hüften, dieser schönen wohlgeformten Brüste. Dieser blassrosafarbenen Lippen. Dieses kleinen Streifens zwischen ihren Schenkeln, der bewies, dass sie wirklich von Natur aus rothaarig war.

Nur daran zu denken, machte mich wieder hart, obwohl ich mir erst vor weniger als einer halben Stunde einen runtergeholt hatte. Es war fast so, als wäre ich achtzehn und mein ganzer Körper auf dauergeil eingestellt.

Ich machte mich auch daran, die Versager aufzuwecken, damit sie sich bereit machten. Zu sagen, dass sie widerwillig waren, war eine Untertreibung. Letztendlich ließ ich Queen über die Anlage in meinem Wohnzimmer durchs Haus dröhnen. Nach halber Laufzeit von *Bohemian Rhapsody* bewegten sie sich endlich.

„Was zum Teufel soll *Scaramouche* eigentlich sein?", hörte ich Mike Derek fragen, als sie in Richtung des Gästebadezimmers taumelten.

Bald gesellte sich Kat zu mir. Ihre schönen kupferfarbenen Haare waren gebürstet und schimmerten auf ihrem olivgrünen Hoodie. Sie neigte den Kopf und ich sah sie – die Knutschflecke, die ich ihr gestern Nacht gemacht hatte.

Verdammt. Das machte mich heiß wie kaum etwas anderes – außer ihre Hände an mir, natürlich. Diese kleinen Andenken daran, dass mein Mund ihren Hals gekostet hatte. Ich musste wieder daran denken, wie meine Hände ihre runden, weichen Brüsten liebkost hatten. Wie sie sich gegen mich gepresst und geklungen hatte, als sie zum Höhepunkt kam.

Ah. Diese Erektion würde wohl nie weggehen. Sie sollte mit derselben Warnung kommen, die auf der Verpackung von Viagra zu finden war – dass dadurch Erektionen entstehen können, die mehr als vier Stunden andauern. Ich würde bis auf absehbare Zeit wohl an einer Dauererektion leiden müssen.

Die Rädchen in meinem Kopf ratterten verzweifelt, um endlich eine Möglichkeit zu finden, wie ich sie schnell aus meinem Haus bekommen konnte. Der erste Schritt würde sein, sie wieder ins Gästezimmer zu bekommen. Aber das war erst möglich, wenn ihre unerwünschten Hausgäste wieder auf dem Heimweg waren.

„Jungs", sagte ich, als sie gerade ihre Sachen für den Tag zusammensuchten. Ich griff nach meiner Geldbörse und zog ein paar Scheine heraus. „Wir haben darüber gesprochen und wir denken, es ist das Beste, wenn ihr zwei in ein Hotel in der Nähe geht." Ich gab ihnen einen Zettel, den ich gerade ausgedruckt hatte. „Hier sind fünf Stück mit guten Bewertungen, die nicht zu weit entfernt sind." Ich hielt ihnen das Geld hin. „Und hier ist etwas, um euch bei den Kosten für das Zimmer zu helfen."

Die beiden blickten einander an und als Derek den Mund öffnete, um zu protestieren, hob ich die Hand. „Nein, stopp. Ich werde nicht zulassen, dass sich das von gestern Abend wiederholt. Und mir gefällt nicht, wie ihr mit meiner Frau sprecht. Aber belassen wir das auf sich, okay? Wir werden nach der Arbeit und am Wochenende Zeit mit euch verbringen. Wir können ja mit euch nach Hollywood oder Disneyland fahren."

Kat betrat mit ihrem Rucksack über der Schulter den Raum, als ich gerade am Ende meiner Ansprache war. Der Blick, den Derek ihr zuwarf, sah verletzt aus. „Ist das okay für dich, dass dein Mann uns rauswirft?"

Sie machte eine Pause, während sie ihm in die Augen blickte. Ich sah etwas in ihren Augen, fast so, als würde sie instinktiv auf Dereks verletzte Gefühle reagieren. Dann schüttelte sie den Kopf, als würde sie sich aus irgendetwas reißen. „Letzte Nacht war zu viel. Als ihr das Gras rausgeholt habe, habt ihr die

Entscheidung getroffen, dass ihr keine angemessenen Gäste seid, um hier zu bleiben."

Er nahm den Zettel, lehnte aber das Geld ab und sagte, dass er genug hätte. Kat bestand nicht darauf, weswegen ich es wieder in meine Geldbörse steckte. „Ich mache uns heute Abend etwas zu essen. Gib mir deine Nummer und ich lasse euch wissen, wann wir zuhause sein werden."

Mike verdrehte die Augen und Derek zuckte mit einer Schulter. „Lass uns das wieder gutmachen. Wenn diese Stadt einen halbwegs anständigen Chinesen hat, bringe ich dir dein Lieblingsessen. Cashew-Hähnchen." Er warf seiner Schwester ein zittriges Lächeln zu, als sie ihre Hand ausstreckte, um ihre Nummer in sein Handy einzuprogrammieren. Ich konnte sie von hier aus spüren, ihre Unentschlossenheit.

Aber ich würde ihnen definitiv nicht mehr erlauben, hier zu bleiben, damit sie sie wieder so behandeln könnten wie letzten Abend. Ansonsten würde ich ihn krankenhausreif schlagen für den Scheiß, den er seiner Schwester unvermeidbarerweise sagen oder antun würde. Das war alles so seltsam. Kat ließ sich von den Pennern, mit denen sie in der Arbeit zu tun hatte, nie etwas gefallen. Aber bei diesem Versager von Bruder schien sie Schwäche zu zeigen.

Die Jungs machten sich daran, unter leisem Murmeln – hauptsächlich von Mike – ihre Sachen zusammenzupacken. Derek schien sich eher mit seinem Schicksal abgefunden zu haben. Aber auf dem Weg nach draußen, umarmte er Kat. „Bis später, Schwesterchen."

Dann ließ er den Kopf hängen und ging deprimiert auf den Boden starrend hinaus zum Wagen. Kat sah ihm mit unlesbaren blauen Augen und einem vielschichtigen Gesichtsausdruck hinterher. Als würden ihr fünfzehn Dinge gleichzeitig durch den Kopf gehen.

Ich lud den Hund und eine ungewöhnlich ruhige Kat in mein Auto. Abgesehen von Max' ständigem Hecheln und den Fahrtgeräuschen war es im Wageninneren still, als wir die breiten Alleen Irvines mit ihren sorgsam platzierten Bäumen entlangfuhren. Irvine war der Inbegriff einer geplanten Stadt. Viele beklagten sich über den Mangel an Charakter, aber mir gefiel die Ordnung, die das mit sich brachte. Eine saubere und ruhige Stadt.

Kat hatte sich nicht bewegt. Eine ihrer Hände war zu einer Faust geballt, die andere hielt ihr Handy, auf dem sie mit dem Daumen herumscrollte.

Schließlich brach ich die Stille. „Was ist los?"

Sie atmete tief ein und aus. „Ich suche nach einer Selbsthilfegruppe in der Nähe."

Ich zog meine Augenbraue hoch. „Wofür …? Nervende rothaarige im Ausland lebende Kanadierinnen?", scherzte ich. Doch insgeheim machte ich mir Sorgen. Gab es etwas, das sie mir nicht sagte? Hatte sie ähnliche Probleme wie ihr Bruder?

Sie warf mir einen schiefen Blick zu, zögerte dann und senkte dann ihr Handy. „Für Angehörige oder Freunde von Suchtkranken."

Ich blinzelte, blickte sie jedoch nicht an. „Oh."

„Ich denke, dass mir so ein Treffen gerade guttun würde."

Ich zog eine Augenbraue hoch. „Bist du oft dorthin gegangen? Als du noch in Kanada gewohnt hast?"

Sie zuckte mit den Achseln. „Ja, eine Weile. Als ich mit dem College angefangen habe. Ich hatte noch nie davon gehört. Aber auf meinem College Campus gab es eine Gruppe. Ich fing an hinzugehen und mit anderen zu reden. Dadurch habe ich mich weniger alleine gefühlt."

Ich nickte. „Ich nehme an, deine Eltern sind nie hingegangen."

„Mein Dad ist zu einem Treffen gegangen, hat es als einen Haufen Müll bezeichnet und ist nie wieder hin. Meine Mum hat sich von Anfang an geweigert. Die beiden hassen alles, was auch nur im Entferntesten mit einer etwas strengeren Erziehung zu tun hat. Sie ziehen eine verweichlichende Herangehensweise vor, weil *das* ja so gut bei ihm funktioniert hat." Ihre Stimme klang scharf und verbittert – etwas was ich nicht von ihr gewohnt war.

Ich dachte über ihre Unterhaltung nach, die ich vergangene Nacht gehört hatte. Wie er sie angegangen und gepackt hatte und sie anflehte, etwas für ihn zu tun. *Nur diese eine Sache*, hatte er gesagt. Und *wie sehr sie ihm damit helfen könnte*.

Ich schluckte und entschied mich, sanft an die Sache heranzugehen und zu versuchen, das Thema wieder aufzugreifen, das sie gestern Abend so schnell beiseitegeschoben hatte. „Derek scheint wirklich zu wollen, dass du wieder nach Kanada gehst. Ist mit deinen Eltern alles in Ordnung?"

Sie warf mir einen kurzen Blick zu, bevor sie wieder mit ihrem Handy herumspielte. „Ich denke, dass es ihnen gut geht. Er hat mir nicht viel erzählt."

Wir fuhren noch einen Block weiter, bevor die nächste Frage sich in meinem Kopf formte und ich mich entschlossen hatte, wie ich sie auf nichtbedrohliche Weise formulieren könnte. „Gibt es etwas, das ich wissen sollte? Zum Beispiel, warum du Kanada verlassen hast?"

Sie drehte den Kopf und sah mich an. Dann sagte sie mit flacher Stimme: „Ich bin hergekommen, weil Mia krank war. Meine beste Freundin brauchte mich."

Davon hatte ich schon gehört, weshalb es keine Überraschung war, dass sie es wiederholte. „War das der einzige Grund?"

Sie blinzelte und umklammerte ihr Telefon. „Warum fragst du mich das alles?"

„Weil ich es wissen muss. Die Einwanderungsbehörde führt doch einen Background-Check in deinem Heimatland durch, richtig? Wenn es etwas gibt ..."

Sie runzelte die Stirn. „Ich habe den Background-Check bekommen und eingereicht. Da hat alles gepasst. Ich bin insgeheim also keine Verbrecherin, falls du das wissen wolltest."

Ich verdrehte die Augen, als ich den Blinker betätigte und auf den Parkplatz von Draco fuhr. Max bellte aufgeregt. Er liebte es, mit zur Arbeit zu kommen, weil das bedeutete, dass er von allen verwöhnt wurde.

„Ich weiß, dass du keine Verbrecherin bist. Ich – ich will nur sagen, dass ich für dich da bin, wenn du reden willst. Über deinen Bruder und auch über alles andere."

Sie lächelte zaghaft. „Danke."

Ich runzelte die Stirn und dachte über die letzten zwei Tage nach, als ich aus dem Auto stieg, meinen Rucksack und die Hundeleine herausholte und absperrte. Kats Haare schwangen über ihren Rücken, als ich ihr durch den Haupteingang ins Gebäude folgte.

Irgendetwas Seltsames ging in ihrer Familie vor sich – und nicht nur das beschissene Verhalten, das Derek seiner Schwester gegenüber an den Tag legte. Irgendetwas stimmte mit ihren

Eltern nicht. Es schien so, als wäre Derek der Herr im Haus und hätte seine Eltern im Griff. Damit aufzuwachsen musste wirklich scheiße gewesen sein.

Aber ich durfte nichts sagen. Meine Eltern waren so in ihre eigenen Leben und ihr Image vertieft. Und sie waren so besessen davon, dass ihre zwei Kinder wie Accessoires in dieses Image passten. Ich bezweifelte, dass sie uns je als echte Menschen gesehen hatten.

Ja, die Falle, aus der ich mich herausgewunden hatte, indem ich mir praktisch meinen eigenen Arm abgebissen hatte, um endlich frei zu sein, hatte nicht erst mit der todgeweihten Ehe mit Claire begonnen. Meine Füße hatten schon lange zuvor in diesen Stahlklemmen festgesteckt.

Diese alte unterdrückende düstere Stimmung zog mich runter, wenn ich nur daran dachte, und ich musste mich daran erinnern, dass dies Vergangenheit war. Bald hoffentlich weit entfernte Vergangenheit.

Beim Mittagessen, kam Warren auf mich zu und gab mir einen Klaps auf den Rücken. „Du musst gestern noch eine mit ihr ausprobiert haben. Ich habe ihren Hals gesehen. Nicht schlecht." Er streckte seine Faust für einen Fistbump aus. Ich sah sie nur an und knurrte mürrisch, worauf er sie zurückzog. „Den Ahornsirup geleckt, eh? Mann, toll, immer mit einem heißen Mädchen Sex haben zu können, wenn man möchte. Verheiratet zu sein muss spitze sein."

Ja, wann immer ich möchte. *Sicher.* Weil es *darum* bei einer Ehe geht.

„Geh wieder zu deinen Bugs, Warren", knurrte ich, „bevor ich deine Deadlines kürze."

Ich lief Kat ein paarmal über den Weg. Sie war heute irgendwie seltsam, distanziert und etwas abwesend. Und sie blieb auf Abstand.

Ich konnte nicht sagen, ob es an unserem Gespräch heute früh lag, an dem, was ihr Bruder zu ihr gesagt hatte, oder an meinen Fragen deswegen. Ein Teil von mir war entschlossen, die Geschichte hinter all dem herauszufinden. Aber wenn ich in ihr Leben eintauchte und sie in meines, könnte es nur noch schwieriger werden, das alles wieder zu trennen.

Wie ich mir praktisch täglich in Erinnerung bringen musste, hatte diese Ehe ein Verfallsdatum. Es war besser, Distanz zu wahren und unbeschadet aus der Sache herauszukommen. Schließlich wusste ich, wie man das machte – emotional distanziert zu sein. Es machte mich vielleicht zu einem beschissenen Ehemann – und ich wusste, dass ich beim ersten Mal einer gewesen war – aber ich hoffte, dass es mich wenigstens zu einem guten Ex machte.

Ich suchte mir einen leeren Konferenzraum, um meine Konzeptnotizen und rudimentären Entwürfe für das VR-Spiel auszubreiten, und arbeitete etwa eine Stunde daran. Um fünf etwa kam Kat auf der Suche nach mir herein. Sie blickte auf den Tisch und dann zu mir, wobei sie eine lange Haarsträhne hinter ihr Ohr schob. „Ähm, hi. Du arbeitest also noch?"

„Hast du von deinem Bruder gehört? Will er sich immer noch mit uns zum Abendessen treffen?"

Sie schüttelte den Kopf. „Ich habe nichts gehört und um ehrlich zu sein, auch wenn er davon gesprochen hat, etwas vom Chinesen zu holen, ist das für gewöhnlich nur so dahingesagt gewesen. Wenn er mir nicht vorher schreibt, melde ich mich später wegen des Wochenendes bei ihm."

Sie kam weiter ins Zimmer, als etwas auf dem Tisch ihre Aufmerksamkeit weckte. Sie nahm einen der Zettel und kniff die Augen zusammen, während sie versuchte, mein Gekritzel zu entziffern.

„Ist das die Sache, an der du arbeitest? Die du den Chefs vorstellen willst? Wegen der neuen Stelle?"

Ich räusperte mich und wünschte mir plötzlich, dass ich ihr die Notiz aus den Händen reißen könnte. Ich fühlte mich irgendwie verlegen, ohne zu wissen, warum. Vermutlich weil ich ihre Meinung wirklich hoch schätzte, wenn es um irgendetwas ging, das mit Spielen zu tun hatte. Und dieses Konzept war bei Weitem noch nicht weit genug entwickelt, um sie um ihr Feedback zu bitten.

Kat lehnte ihre kurvige Hüfte gegen den Tisch, als sie über die Notiz nachdachte. Dann legte sie den Zettel ohne ein Wort zu sagen zurück auf den Tisch und nahm sich einen neuen. Ich beobachtete sie, während diese blauen Augen über das Blatt Papier wanderten und sie abwesend auf ihrem Daumennagel kaute. Sie war überwältigend, selbst wenn sie es nicht darauf anlegte ...

„Hmm", murmelte sie und schnappte sich noch einen Zettel. „Ich sehe, worauf du hinauswillst. Eine Mischung aus einem Battle-Royale-Shooter und einem Sandbox-Game, damit du deine eigene Festung bauen kannst. Interessant."

Ich lehnte mich zurück und spielte aufgebracht mit dem Bleistift in meiner Hand. „Du hasst es."

Sie richtete sich verwundert auf. „Neeeein. Das würde ich so nicht sagen. Ich denke nur, dass es ... origineller sein könnte. Passender zu Draco?"

Ich sah sie stirnrunzelnd an. „Aber darum geht es ja. Ich zeige, wie Draco über das originelle Konzept von Dragon Epoch hinaus expandieren kann."

Sie zuckte mit den Achseln. „Sicher, aber …"

„Aber?"

Sie blickte mir in die Augen und lehnte sich vor. Ihr weiches Haar strich über mein Gesicht. Ich hatte gestern Nacht meine Hände darin vergraben, als ich sie geküsst hatte, sie berührt hatte und sie stöhnen ließ. Es war so heiß gewesen, als sie meinen Schwanz berührt und gerieben hatte, als hätte sie es schon hunderte Male getan. Ihr Anliegen, mir meinen zu geben, nach dem ich ihr ihren verschafft hatte, war wirklich sehr süß gewesen.

Und sehr willkommen.

Sie zeigte auf einen meiner Zettel. „Warum machst du kein mittelalterliches FPS-Game daraus? In Dragon Epoch gibt es kein Player-vs.-Player-Feature. Warum gibst du ihnen also nicht die Chance, sich in diesem Spiel miteinander zu messen? Aus den Festungen kannst du mittelalterliche Burgen machen. Es könnte eine Phase zum Sammeln von Ressourcen geben, wie in Minecraft. Und zum Bauen. Und die Spieler könnten das Terrain bearbeiten dürfen. Das Spiel könnte in einem ausgeglichenen Gebiet starten und sich dann in von Spielern designte Areale verzweigen.

„Und womit sollen sich die Spieler beschießen, wenn es keine modernen Sturmgewehre gibt?"

„Oh, das ist einfach. Das übliche Fantasy-Zeug – Pfeil und Bogen, Armbrüste, Zauberstäbe. Man kann magische Geschosse verschießen, Meteore, Feuerbälle. Man könnte sogar einige

Steampunk-Versionen von Handgranaten einführen. Alles Mögliche – Speere, Wurfsterne."

Ich setzte mich auf und starrte sie einen Augenblick an. Dann schnappte ich mir ein leeres Blatt Papier und fing an, das aufzuschreiben. Es war einfach brillant. Sie sprach erneut. „Man könnte es sogar mit Dragon Epoch verknüpfen. Lass die Leute Dinge, die sie gebaut oder gewonnen haben ins Hauptspiel übernehmen. Als Bonus, wenn sie eine gewisse Anzahl Punkte oder Kills angehäuft haben. So könnten sie ihre Kreationen in Dragon Epoch integrieren, wenn sie wollen."

Sie hörte nicht auf zu reden und ich hörte nicht auf, mir Notizen zu machen.

„Und für die nächste Phase könntest du es mit einer Mobile-App versuchen. Wie unsere eigene Version von Pokemon Go. Die Leute könnten in ihrer Stadt herumwandern und Schätze oder Waffen finden, die sie im Spiel benutzen könnten. Und alles natürlich im Stil von Mittelalterfantasy, damit es sich nahtlos zusammenfügt und zu den anderen Spielen passt. So kannst du auch die Lore von Dragon Epoch benutzen. Ineinandergreifende Abenteuer und Crossover-Quests erstellen. So wird unsere Playerbase angespornt, auch die anderen Draco-Produkte zu testen und zu spielen. Das ist einfacher, als sie für zeitgenössische oder futuristische Shooter zu begeistern. Außerdem gibt es von denen schon jede Menge. Und mit denen musst du so nicht konkurrieren."

Ich nickte, kritzelte und nickte noch mehr. Sie beobachtete mich leise. „Oder du verwirfst diese Idee komplett. Ich wäre nicht sauer."

„Wieso sollte ich das? Das ist eine gute Idee."

Sie warf ihr Haar über ihre Schulter, wodurch ein Hauch dieses atemberaubenden Kokosnussdufts in meine Richtung wehte. „Naja, deine Idee war auch schon gut, ich habe nur darauf aufgebaut."

Ich sagte nichts, sondern machte mir nur weiter Notizen.

Ich spürte ihren Blick auf meinem Gesicht. „Du bist deswegen wirklich gestresst, oder?"

Ich hob meinen Blick zu ihr, während ich weiterschrieb. „Ich will diese Stelle unbedingt, Kat."

Sie nickte. „Ich weiß. Glaub ein wenig an dich selbst. Du hast ziemlich gute Chancen darauf."

Ich atmete laut aus.

Sie grinste. „Naja, zumindest hast du einen Treuhandfond als Ausweichmöglichkeit, solltest du die Stelle nicht bekommen." Sie verzog das Gesicht, als würde sie sich vorbereiten, wegen meiner Reaktion auf ihr Necken flüchten zu müssen."

Mit zusammengekniffenen Augen schüttelte ich den Kopf. „Du hast Glück, dass ich weiß, dass du nur scherzt."

Sie biss sich auf die Lippe. „Ich bin ein wenig neugierig. Wie viel ist dieser böse Junge eigentlich wert?"

Ich warf ihr einen schiefen Blick zu. „Das willst du nicht wirklich wissen. Ich denke selbst nicht mehr wirklich darüber nach."

Sie setzte sich neben mich an den Tisch und schlug die Beine übereinander. „Warum das?"

„Mein Vater hat sich völlig auf sein Erbe verlassen, um etwas aus seinem Leben zu machen. Ich bin ein besserer Mann als er. Und ich brauche definitiv kein Erbe, um etwas zu schaffen."

Sie verschränkte die Arme vor der Brust und studierte mich mit schräg geneigtem Kopf. „Du willst dich also beweisen."

Ich lachte. „Ich muss ihm nichts beweisen. Er hasst, dass ich die Entscheidung getroffen habe, dieses Leben hinter mir zu lassen und mir die Hände schmutzig zu machen und für jemand anderes zu arbeiten."

Sie schüttelte den Kopf und lächelte freundlich. „Nein, nicht dich vor ihm zu beweisen. Aber du willst dir viel selbst beweisen."

Ich blinzelte und erwiderte ihren grübelnden Blick. „Vielleicht."

„Ich habe hierbei ein gutes Gefühl. Ich denke, du schaffst das. Und nein, nicht weil ich Mias Freundin bin. Es ist einfach ein Gefühl."

„Naja, ich brauche mehr als nur ein Gefühl, um mich bei all dieser Ungewissheit besser zu fühlen."

„Gib einfach das Beste, um deine Vision zu präsentieren, denn du hast eine großartige Vision. Adam hat vielleicht als Programmierer angefangen. Aber in Wirklichkeit ist er ein *Visionär*. Diese Firma, dieses Spiel waren die Produkte seiner Vision. Und du *kannst* der Visionär sein, den er sehen will. Es ist egal, dass du in der Qualitätssicherung bist und Jeremy bei der Entwicklung."

Ich lächelte, ermutigt durch ihre aufmunternden Worte. „Danke."

Sie stand auf. „Wenn du das Game-Design-Dokument fertig hast, werde ich es gerne durchsehen, wenn du das möchtest."

Dann legte sie ihre Hand auf meine Schulter und ließ ihn meinen Arm hinuntergleiten. Kurz bevor sie mich losließ, kniff sie mich leicht. Ihre Berührung verbrannte mich durch mein T-Shirt und ich schluckte eilig.

Kurz darauf stand sie auf und verließ den Raum. Ich starrte noch einen langen Moment auf die Tür und fragte mich, wieso es mir schwerfiel zu atmen. Als wäre all die frische Luft aus dem Raum gesaugt worden und ihrer sonnigen Persönlichkeit gefolgt.

***

Wir trafen uns noch ein paarmal mit unseren ehemaligen unerwünschten Hausgästen. Einmal, um mit ihnen nach Hollywood zu fahren für etwas *Walk-of-Fame*-Tourismus. Und einmal nach Disneyland, wo wir sie einen halben Tag lang begleiteten und sie danach den Rest alleine genießen ließen.

Kurz darauf verschwanden sie. Aber ich hatte bemerkt, dass Kat sich entschlossen hatte, nie wieder alleine mit ihrem Bruder zu sein. Er hatte noch ein paarmal erwähnt, wie sehr er sich wünschte, dass sie bald wieder nach Kanada kommen würde. Und jedes Mal, wenn er das erwähnte hatte, war sie angespannt geworden.

Also war ich erleichtert, als sie ein paar Tage später endlich auf dem Weg nach Hause waren.

Unsere gemeinsame Zeit als Mann und Frau – nach der Ära der unerwünschten Gäste – pendelte sich wieder bei dem neuen Normal ein. Kat zog sich nachts – Gott sei Dank – wieder in ihr Zimmer zurück und ich schlief allein. Wenn auch nicht so gut. Ich lag jede Nacht stundenlang wach im Bett und sehnte mich danach, sie neben mir zu haben, ihren Körper neben mir und unter meinen Händen zu spüren. Ich hungerte danach, ihr seidenes Haar zu berühren. Sie war nur zwei Nächte in meinem Bett gewesen, doch ich hatte mich so schnell daran gewöhnt.

Wir gingen freundlich miteinander um, aber blieben beide auf Abstand. Kat ließ die Diskussion über eine körperliche Beziehung auf sich ruhen. Sie war auch so schon eine zu köstliche Verführung und schlief nun glücklicherweise wieder ein paar Meter von mir entfernt, mit einer Wand zwischen uns.

Aber hin und wieder ging ich in ihr Zimmer und sie trug ihre Leggins und ihr Tank-Top, machte Yoga und hatte ihren festen kleinen Po in der Luft. Oder sie lief am Wochenende in ihrem Bademantel herum, der halb offen die Spitzenunterwäsche darunter erkennen ließ.

Ganz zu schweigen von dem Vorfall, als sie versucht hatte, einen tropfenden Wasserhahn im Gästebadezimmer zu reparieren, wobei sie sich literweise Wasser über ihr dünnes T-Shirt gespritzt hatte. Ihre harten Nippel waren so gut erkennbar, als wäre sie nackt, als sie zu mir kam und mich um Werkzeug bat. Gott. Ich hatte ein schön hartes Werkzeug, mit dem sie gerne arbeiten durfte. *Erneut.*

Selbst die Geräusche ihrer Bewegungen auf der anderen Seite der Wand waren genug, um mich nachts wach zu halten. Weil ich zwanghaft darüber nachdachte, was sie machte und was sie anhatte, falls überhaupt irgendetwas. In welcher Position sie schlief.

Gottverdammt. Sexuelle Frustration schien zurzeit mein Normalzustand zu sein. Mir ein-, zwei- oder dreimal am Tag einen runterzuholen, brachte mir einfach nichts. Ich wollte sie Tag und Nacht und das machte mich langsam verrückt. Und kalte Duschen halfen auch nicht im Geringsten. Das war einfach nur ein lächerlicher Mythos. Die Lügen der Gesellschaft. Kalte Duschen bewirkten lediglich, dass man zusätzlich zur sexuellen Frustration auch noch zitterte und angepisst war.

Um diese Verführungen zu bekämpfen, machte ich viele Überstunden im Büro und wir fingen an, getrennt in die Arbeit und wieder nach Hause zu fahren. Wir führten ein entspanntes, aber distanziertes Muster in unserem Alltag und unserer Ehevereinbarung ein. Ich versuchte, nicht zu sehr daran zu denken, warum es nicht so befriedigend wie bequem war.

Der Sommer befand sich in seinen letzten Wochen, als wir für die unausweichliche Befragung ins Büro der Einwanderungsbehörde berufen wurden. Wenn alles gut lief, würde das unsere einzige sein. Und da wir ganz einfach eine über einjährige Beziehung vor der Heirat aufweisen konnten, lief alles perfekt. Es war nicht nötig gewesen, mir einzuprägen, welche Gesichtscreme oder welche Zahnpasta sie benutzte oder – Gott bewahre – wie oft wir Sex hatten oder ähnliches.

Der Beamte der Einwanderungsbehörde versicherte uns, dass er von seiner Seite keine Probleme sah und eine Empfehlung für Kats Greencard ausstellen würde. Wir feierten nach dem Interview mit Smoothies und machten uns dann wieder auf dem Weg zur Arbeit, wo wir beide bis Mitternacht schufteten, um den freien Nachmittag wieder hereinzuholen.

Alles verlief reibungslos und unser Verfallsdatum, wann immer es auch war, kam näher. Ich hätte auf ein Gefühl der Erleichterung gezählt, doch es blieb aus. Stattdessen fühlte es sich wie ein schwerer Stein in meinem Magen an. Als würde ich nur auf die nächste Hiobsbotschaft warten.

Weil die Vergangenheit mir das eingeimpft hatte. Immer wenn alles gerade gut lief, würde etwas passieren, das alles zunichtemachen würde – selbst wenn dieses Etwas auf meinen eigenen dummen Entscheidungen basierte.

Also hoffte ich, dass diese Hiobsbotschaft für keinen von uns beiden kommen würde.

KAPITEL

SECHZEHN

KATYA

WIR ERHIELTEN UNSERE ERSTE NICHT-Einwanderungsbehörden-Post als verheiratetes Paar. Der übergroße Umschlag aus dickem Pergamentpapier war in perfekter Kalligrafie an *Mr. and Mrs. Lucas van den Hoehnsboek van Lynden* adressiert. Der Umschlag selbst war von goldenen Linien gesäumt und die Einladung darin war in golden geprägter Schrift verfasst. Heiratete jemand?

Eine meiner Augenbrauen zuckte verärgert über die altmodische Adressierung auf dem Umschlag – nur Lucas' Name, nicht unsere beiden. Dann wanderten meine beiden Augenbrauen hoch auf meine Stirn und blieben praktisch dort, als ich bemerkte, dass wir auf der Einladung als Baron und Baronin angesprochen wurden.

Also echt … das war nicht nur irgendein dummer Witz. Ich hatte kurzzeitig in eine europäische Adelsfamilie eingeheiratet. Mit Titeln und so Zeug. Durch die Heirat hatte *ich* nun ebenfalls einen Titel bekommen. Also echt. Und ich war mir sicher, dass keiner von ihnen jemals etwas wie *also echt* sagte.

Als ich weiterlas, stellte sich heraus, dass es gar keine Hochzeitseinladung war, sondern eine Einladung zu dem Familientreffen in Napa Valley, zu dem ich zugesagt hatte. Der Van-den-ReicheralsGott-Clan versandte offensichtlich geprägte Einladungen an ihre eigenen Kinder. Inklusive Titel und allem drum herum.

Scheiße. In meiner Wut hatte ich uns dazu verdonnert, auf diese verrückte Veranstaltung zu gehen. Das war vor über einem Monat gewesen, als ich mich in die Enge getrieben gefühlt hatte, da ich über Lucas' Familiensituation im Dunkeln gelassen worden war.

Seit damals hatte ich mich wieder beruhigt, aber trotzdem stand die Zusage. Und ich musste zugeben, dass ich langsam ein wenig Panik deswegen verspürte. Besonders, als ich Lucas die Einladung zeigte, als er nach Hause kam. Er überflog sie, zuckte mit den Achseln und warf seine Sachen, ohne auch nur ein Wort dazu zu sagen, in sein Zimmer.

„Also ... wir könnten das immer noch abblasen", sagte er, als er zurückkam und neben mir auf die Couch sank. „Ich habe ihnen schon oft abgesagt. Das juckt mich nicht."

Mein Mund verzog sich zu einem schiefen Lächeln. „Ich würde dich sofort beim Wort nehmen, aber das hier klebte innen im Umschlag." Ich reichte ihm das Post-it, das ich gefunden hatte.

Darauf stand: *Bitte, bitte sag, dass du kommst, und lass mich nicht alleine mit den Wölfen. Bitte! – J*

Er lachte. „Hm, sieht so aus, als hätte Mutter die arme Julia zum Postdienst verdonnert."

Ich blinzelte ihn an. „Ist es so schlimm? Ich meine, sie scheint gut zu diesem Lifestyle zu passen."

Lucas drehte sich zu mir und biss sich auf die Lippen. „Der Schein kann trügen. Niemand weiß wirklich, mit was ein anderer Mensch zu kämpfen hat, wenn man nur die Oberfläche sehen kann. Sie und meine Mutter sind noch nie miteinander ausgekommen."

Ich dachte einen Augenblick über seine Worte und seine Schwester nach. Das eine Mal, dass ich sie gesehen hatte, hatte sie gewirkt, als wäre sie direkt der alten Serie *Gossip Girl* entsprungen. Sie hatte alles, inklusive Designerklamotten, einem Treuhandfond, dem Aussehen eines It-Girls und sogar einen Adelstitel, um das Bild zu vervollständigen. Es war also einfach, zu denken, dass jemand, der alles hatte, glücklich mit seinem Leben sein musste.

„Es tut mir leid, dass ich uns da reingeritten habe, aber ich denke, das bedeutet, wir kommen nicht aus, oder?", fragte ich, während ich hoffte, dass er mir widersprechen würde.

Aber nein, anscheinend wollte er Julia wirklich nicht den Wölfen überlassen. *Seufz.*

Er schüttelte den Kopf. „Wir werden hingehen. Wenn wir Glück haben, können wir vielleicht frühzeitig verschwinden."

Meine Augen flogen über die Litanei an geplanten Aktivitäten und ich spürte, wie mein Angstpegel stieg. Anscheinend würde das eine ganze Woche voller Ausflüge, Sightseeing-Touren, Sportwettkämpfen, Spielen, einer Weinverkostung und … irgendeiner Art Themenball werden. Scheiße. Vermutlich wollte mir das Karma heimzahlen, dass ich meinem neuen Ehemann ein paar Seitenhiebe hatte verpassen wollen. *Mea culpa.*

In diesem Moment sprang Max zwischen uns auf die Couch und schob seine Nase unter meine Hand, um gestreichelt zu werden. Bevor Lucas ihn wieder wegschicken konnte, schlang ich meine Arme um den zotteligen Kerl und zog ihn an mich. „Ich weiß nicht. Wie wäre es, wenn du gehst und einen auf Familie machst und ich zuhause bleibe und auf Max aufpasse?"

Er warf mir einen ernsten Blick zu. „Du hast es verschuldet, also musst du es auch ausbaden. Ich werde definitiv nicht ohne dich dort auftauchen. Außerdem, Max darf in dieses Hundicamp, und das liebt er." Er wuschelte durch Max' Haare.

Ich kicherte. „Wenn du mich da rauslässt, verspreche ich, unseren Kollegen nicht zu erzählen, dass du es Hundicamp nennst."

Er stand von der Couch auf, zog sein Handy heraus und fing an, darin herumzuscrollen. „Keine Chance, Cranberry. Ich habe versucht, dich zu warnen. Du hast uns dieses Schlamassel eingebrockt, also kommst du mit."

Max stupste mich mit dem Kopf an und hob ihn, um am Kinn gekrault zu werden. Ich kam seinem Wunsch nach, während ich meinem Ehemann hinterherblickte, bis er in der Küche verschwunden war. Dann drehte ich mich zu Max. „Ist er nicht ein Idiot", murmelte ich.

„Ich habe das gehört!", ertönte es aus der Küche.

Mein Mund verzog sich frustriert.

Gut. Aber wenn ich diesen Scheiß schon machen musste, dann wenigstens richtig. Vielleicht hätte ich es gelassener angehen müssen. Schließlich würden sie nur noch kurze Zeit meine angeheiratete Verwandtschaft sein. Aus irgendeinem Grund machte ich mir über diese Tatsache aber mehr Sorgen, als ich eigentlich sollte.

Am folgenden Wochenende war ich dann in der Lage, bei einer weniger formellen Veranstaltung meine Freunde um mich zu scharen und sie um Hilfe in dieser Angelegenheit zu bitten.

Adam und Mia veranstalteten am Freitagabend eine Poolparty für ihre engsten Freunde, was mich und meinen neuen Gatten miteinschloss. Lucas wirkte etwas nervös, dem *Inneren Zirkel* beizutreten. Aber hey, das würde ihm eine Kostprobe dessen geben, was ich während des Familientreffens mit *seinem* inneren Zirkel erleben würde.

Es war ein heißer Abend im Spätsommer und ehrlich gesagt, war ich wirklich aufgeregt, meine Leute wieder zu sehen. In der letzten Zeit hatten wir kaum Zeit. Mia war sehr mit dem Medizinstudium beschäftigt. All die Draco-Leute schoben Überschichten, um die Erweiterung fertigzustellen. Und meine Freundinnen, Jenna und April, hatten viel mit ihren Praxissemestern zu tun.

Jenna erfreute uns mit Geschichten über ihre Unterrichtseinheiten, die sie für ihre Zertifikate brauchte. Sie war nur noch wenige Monate davon entfernt, als Lehrerin für Naturwissenschaften an einer öffentlichen Schule unterrichten zu dürfen. Sie lachte und ihre hellblauen Augen funkelten. „Ja, es war seltsam, als man mich in der Schule, in der ich unterrichtete, für eine Schülerin gehalten hat. Der Kerl wollte einfach nicht glauben, dass ich dort unterrichtete, bis einer meiner Schüler mich davor bewahrt hat, zum Direktor geschickt zu werden."

Jenna, April und Mia entspannten sich im Whirlpool. Jede von ihnen hatte ein Glas Weißwein in der Hand. Ich saß auf der Ummauerung des Pools und ließ nur meine Beine in das blubbernde, heiße Wasser hängen. Mia blickte zu mir und ihre dunklen Augenbrauen zogen sich in einem Stirnrunzeln nach oben. „Komm rein zu uns."

Ich schüttelte den Kopf. „Da würde ich wegschmelzen. Kanadisches Blut hält so eine Hitze nicht aus." Es war bereits ein heißer Abend im August und ich schwitzte schon, seit ich angekommen war. Die Jungs hatten die richtige Idee. Sie waren in dem kühleren, erfrischenderen Wasser des Swimmingpools, wo sie entweder auf Luftmatratzen herumschwammen oder im flachen Teil saßen und Bier tranken.

Jemand ließ sich mit einem Glas gekühlten Sangria neben mir nieder. Alex war schön gebräunt und sah in ihrem aquafarbenen Bikini umwerfend aus. „Hey du. Ich hatte noch nicht einmal die Chance, deinen Stein zu begutachten, weißt du das?"

Pflichtbewusst streckte ich meine Hand aus, damit sie den wunderschönen antiken Ring studieren konnte, den Lucas mir gegeben hatte. Ich musste ihn noch eine kurze Weile länger tragen, solang ich mich noch als verheiratete Frau ausgeben musste.

„Ohh, der ist wunderschön! So einzigartig. Ist der antik?"

Ich wackelte mit den Fingern, um den Diamanten funkeln zu lassen. „Ja. Er gehörte Lucas' Urgroßmutter aus den Niederlanden. Sie hatten in den Stürmischen Zwanzigern geheiratet."

Alex beugte sich für einen weiteren Blick hinab. „So schön. So filigran. Ich stelle mir gerade die Partys und die wunderschönen Perlenkleider mit Fransen und tiefen Taillen und Gentlemen, die Charleston tanzen, vor."

Ich brachte den Ring an meine eigenen Augen. „Mich interessiert am meisten die Frau, die diesen Ring getragen hat.

Was waren ihre Hoffnungen und Träume? War sie glücklich? Ich frage mich, wer der Mann war, der ihn ihr gegeben hat. Hat er sie wirklich geliebt? Wollte er sie auch dann noch, als ihre Schönheit durchs Alter verwelkte?"

Alex lächelte. „Wer hätte gedacht, dass du eine Romantikerin bist, Kat?"

Verlegen zog ich den Kopf ein. „Du hast mich ertappt. Bitte häng das nicht an die große Glocke. Ich habe einen Ruf zu verlieren."

„Ich bin froh, dass du glücklich bist. Ich hatte gehört, dass du und Lucas in der Arbeit nicht miteinander ausgekommen seid. Aber ich mache dir keine Vorwürfe, dass du deine Meinung geändert hast. Dein Ehemann ist ein *Schnuckel*."

Ich vergaß fast, ihr für das Kompliment zu danken, da ich von einer Bewegung zu meiner Linken abgelenkt wurde. Ich drehte den Kopf, da ich mich beobachtet fühlte. Tatsächlich, ich blickte Lucas in die Augen. Er saß mit Jordan an den Stufen zum tiefen Ende des Pools und trank ein Bier mit ihm. Aber er war nicht so weit weg von uns. So wie er mich ansah und dann lächelnd auf meinen Ring hinabblickte, ließ mich schließen, dass er gehört hatte, was ich gesagt hatte.

Und aus irgendeinem Grund wurde ich deswegen plötzlich schüchtern. Besonders wenn er dachte, dass ich wegen all der Dinge, die Alex von mir behauptet hatte, romantisch und überschwänglich wurde. Ahh. Das war nicht gerade eine gute Zeit für die harte Kat, ihr weiches marshmallowartiges Innerstes zu zeigen. Ich hatte so sehr daran gearbeitet, all das verborgen zu halten. Aber in dieser Zeit wollte meine weiche Füllung wohl einfach aus mir herausfließen und die Macht ergreifen.

Nicht lange später, auf meinem Weg zurück vom Badezimmer, fing Heath mich ab. „Komm, lass uns etwas zu essen holen, dann können wir ein wenig reden."

Ich folgte ihm zu einem Tisch, auf dem alle möglichen leckeren Snacks aufgereiht waren. Chips, Salsa, Guacamole, Rohkostgemüse und verschiedene Salate. Aufschnitt und russische Eier und ausgefallene Sandwiches.

„Ist alles in Ordnung?", fragte ich Heath.

Heath sah so gut aus wie schon lange nicht mehr. Er hatte den extremen Gewichtsverlust nach der schrecklichen Trennung letztes Jahr fast wieder wettgemacht und trainierte offensichtlich wieder. Sein Körper war extrem drahtig, ohne ein Gramm überflüssiges Fett. Und da er so gut aussah, bezweifelte ich, dass es ihm zurzeit an Bettpartnern fehlte. „Ja, alles gut. Es ist nur so, dass du und ich in letzter nicht wirklich geredet haben."

Eigentlich schon mehrere Wochen lang. Was seltsam war, da wir uns jeden Tag gesehen hatten, als ich noch mit ihm zusammengewohnt hatte. Ich spürte einen stechenden Schmerz des Bedauerns, weil ich mich nicht regelmäßig bei ihm gemeldet hatte. Bald würde es mit Lucas wahrscheinlich ebenso sein. Wie würde es sein, wenn wir einander nicht mehr jeden Tag sahen – außerhalb der Arbeit? Darüber nachzudenken, verursachte einen weiteren stechenden Schmerz. Bedauern? Angst? Wer konnte das schon sagen?

„Es tut mir leid. Die Arbeit hat mich fertig gemacht. Und auch all die anderen Sachen – die Anhörung bei der Einwanderungsbehörde und das ganze Zeug."

Ich nickte in Richtung des heißen Kerls, den Heath mitgebracht hatte. Ein *extrem* durchtrainierter und sehr gut aussehender hispanischer Mann Mitte zwanzig mit dunklem lockigem Haar und schönen geraden weißen Zähnen. Er hatte in seiner engen Badehose meinen weiblichen Blick auf sich gezogen. „Wer ist der heiße Kerl, den du mitgebracht hast? Du hast mich ihm nicht vorgestellt."

„Weil du und dein Ehemann erst so spät eingetroffen seid. Das ist Adan."

„*Noch ein* Adam?"

„Nein, *Adan*. Mit einem N. Wir gehen schon ein paar Wochen miteinander aus. Er wird wahrscheinlich den ganzen Abend im Pool verbringen. Er ist ein toller Schwimmer."

Ich sah Heath an und wackelte mit den Augenbrauen. „Hoffentlich ist er auch woanders toll."

Heath warf mir einen entgeisterten Blick zu. „Natürlich. Andernfalls wäre er nicht hier."

Wir kicherten und ich legte Heath ein paar grüne Oliven auf den Teller. Er hasste grüne Oliven und warf sie mir deswegen fluchend auf meinen Teller. „Apropos. Du könntest mal über deinen süßen Ehemann auspacken. Was hat er so in der Hose? Hast du das schon rausgefunden?"

„Sehr clever, Hank." Ich grinste ihn an und nannte ihn bei dem nervigen Spitznamen, mit dem wir ihn hin und wieder aufzogen. Der hatte seinen Ursprung in einem Schreibfehler auf einem Kaffeebecher bei Starbucks. Die Leute hatten hin und wieder Probleme mit seinem Namen und Hank war hängengeblieben. Ich hatte bald Mia und die anderen soweit, ihn Hank zu nennen. Und je mehr er sich darüber ärgerte, umso öfter benutzten wir den Namen.

Er ignorierte den Spitznamen und blieb bei seinem Lieblingsthema – Penisse. „Sag mir nicht, du hast seinen

Zauberstab noch nicht geritten. Ich hätte gedacht, es würde nur eine Woche dauern, nachdem ihr zusammengezogen seid."

Ich seufzte laut. „Eine Lady schweigt und genießt."

„Gut, dass du keine Lady bist."

Ich verdrehte die Augen. „Ich habe nichts zu erzählen."

„Komm schon … nicht einmal ausgiebiges Fummeln? Die sexuelle Anspannung zwischen euch ist so stark wie Henry Cavills Oberschenkel."

Ich beäugte ihn skeptisch. „Und das hast du von der anderen Seite des Pools aus feststellen können."

„Das hätte sogar ein gehörloser Blinder bemerkt, Babe."

Wir wechselten das Thema, als William zu uns an den Tisch kam und sich Chips und Dips nahm und auf seinen Pappteller drapierte. Er nickte uns zu. „Wie geht es euch?"

„Hey William. Ich habe das Geld, das ich dir schulde. Du nimmst doch einen Scheck, oder?", fragte Heath.

William blickte finster drein. „Ich erinnere mich genau, dir gesagt zu haben, dass ich das pro bono mache."

Meine Augenbrauen wanderten nach oben. Worum ging es hier? Heath warf mir einen Blick zu. „Er hat die Artwork für eine Website gemacht, die ich neu designt habe." Er drehte sich wieder zu William. „Und nein, das kann ich nicht annehmen. Künstler sollten nicht umsonst arbeiten."

Adams Cousin zuckte mit den Achseln. „Das war keine Arbeit. Das war ein Gefallen für einen Freund."

„Ich schicke dir den Scheck trotzdem", sagte Heath William hinterher.

William blieb stehen und rief über seine Schulter. „Ich werde den Scheck zerreißen."

Heath murmelte etwas über die Sturheit dieses Kerls, während ich William weiter betrachtete, wie er neben seiner geliebten Jenna saß und seine Chips mit ihr teilte. Sie belohnte ihn mit einem Kuss auf den Hals und er lächelte.

Er war weit gekommen. Früher war er derjenige gewesen, der immer darauf bestand, die Regeln zu befolgen. Arbeit erledigen, bezahlt werden. Aber im vergangenen Jahr war er viel lockerer geworden. Ohne Zweifel aufgrund von Jennas Einfluss. Meine Augen schossen zu meiner blonden Freundin und ich fragte mich, welche Auswirkungen sein Einfluss auf sie gehabt hatte. Und ob es immer so war?

Hatte Mia Adam verändert oder umgekehrt? Wie war es bei April und Jordan?

Und würde auch Lucas irgendeinen bleibenden Effekt auf mich haben? Oder waren wir dazu bestimmt, getrennte Wege zu gehen und erneut Fremde zu werden? Es wirkte so seltsam, darüber nachzudenken, selbst jetzt. Wir waren nicht intim, aber ich fühlte mich, als würde ich ihn genauso gut kennen wie meine anderen Freunde, und in manchen Fällen sogar besser. Würden wir Freunde bleiben? Oder würden wir in der Arbeit wieder zu Rivalen werden? Oder vielleicht würden wir, wenn wir uns nicht mehr oft sahen, Fremde werden.

Ich blickte immer noch auf den Tisch, als Heath mich verließ und eine Arschbombe in den Pool machte, um Adan vom Schwimmen abzuhalten. Mia gesellte sich kurz darauf zu mir. Sie sah wirklich hübsch aus in ihrem schwarzen Bikini mit den dünnen silbernen Streifen und ihren langen dunklen Haaren, die zu einem hohen Pferdeschwanz zusammengebunden waren. Ihr Ehemann hielt es nicht für notwendig, zu verbergen, dass er sie ständig beäugelte, egal wo sie gerade war.

Sie bemerkte es ebenfalls und winkte mit der Faust in seine Richtung, wobei ihr Daumen und ihr kleiner Finger abgespreizt waren, um ihm zu signalisieren *alles easy.* Er lachte und wandte sich wieder seiner Unterhaltung mit April zu.

Plötzlich schaltete Adams 80er-Playlist auf die bekannten Anfangsbeats von *Never Gonna Give You Up.* Ah, nur Adam Drake würde auf seiner eigenen Party *Rickrolling* praktizieren. Ich blickte zu Lucas und zeigte auf einen der Lautsprecher. Er schien meine Anspielung zu verstehen. *Sie spielen unser Lied,* wollte ich sagen. Aber das würde allen unseren kleinen Insider-Witz verraten.

Wenn man genauer darüber nachdachte, war unsere ganze Ehe unser kleiner Insider-Witz, nicht wahr? Zu blöd nur, dass es sich nicht wie ein Witz anfühlte, wenn ich nachts alleine im Bett lag. In meiner heißen und geplagten Erinnerung durchlebte ich immer wieder seine Küsse und seine Hände auf meinem Körper.

Mia strahlte ihren Ehemann an und drehte sich dann kopfschüttelnd zu mir. „Ich kann ihn wirklich nirgends mit hinnehmen."

Ich nickte unbeeindruckt. „Acht Monate Ehe und ihr zwei seid immer noch ganz wild aufeinander. Ich liebe es."

Sie stieß mich mit dem Ellbogen. „Ihr müsst gar nichts sagen. Jedes Mal, wenn ich deinen Ehemann dabei ertappe, wie er dich ansieht, erinnert mich das an einen verhungernden Wolf, vor dem nur ein paar Zentimeter außerhalb seiner Reichweite ein blutiges Steak baumelt."

Ich konnte spüren, wie die Hitze sofort mein Gesicht röstete, und wusste, dass ich so rot wie eine Kirsche wurde. Manchmal war es ein Nachteil, eine blasse Rothaarige zu sein, besonders, wenn man versuchte, gewisse Emotionen zu verbergen.

„Ist das so?" Ich zuckte mit den Achseln und grinste verschmitzt, als wüsste ich nur zu gut, wovon sie sprach, auch wenn es nicht so war. Ich warf einen Blick in Lucas' Richtung, aber dieser war gerade in eine Unterhaltung mit Jordan vertieft.

„Wie läuft es so? Gewöhnt ihr euch ans Eheleben? Ich meine ... bei euch kam das alles ja so plötzlich. Ich bin immer noch positiv überrascht."

„Naja, ich denke, ich habe einige impulsive Tendenzen – wie damals, als ich sofort zu dir gekommen bin, als ich erfahren hatte, dass du krank warst, erinnerst du dich?"

Sie lächelte und warf mir einen Arm um die Schultern. „Du hast keine Ahnung, wie viel mir das bedeutet hat. Das war eine so tolle Geste und so selbstlos. Du hast alles, dein ganzes Leben wegen mir stehen und liegen lassen. Und das, obwohl wir uns vorher nur einmal persönlich getroffen hatten."

Ich zuckte mit den Achseln und blickte weg. Ich hatte das gerne gemacht, als ich herausgefunden hatte, dass Mia Krebs hatte. Aber was ich ihr nie gesagt hatte, war, dass es gut in meine Pläne gepasst hatte. Ich hatte aus der Stadt – verdammt, aus dem Land – verschwinden müssen, um meinen eigenen Problemen zuhause aus dem Weg zu gehen. Um zu vermeiden, wozu meine Familie mich drängen wollte.

Was Mia als Zeichen von Selbstlosigkeit auffasste, war eigentlich Feigheit in Aktion.

Ich erwiderte Mias Umarmung. „Du weißt, dass ich das gerne gemacht habe. Und jetzt bin ich hier."

„Und hier ist, wo du deine wahre Liebe kennengelernt hast!" Sie lächelte mich an. Und erneut wich ich ihrem Blick aus. Meine wahre Liebe. *Ja.* Erneut wurde ich von einer schmerzhaften Emotion heimgesucht. Doch der Schmerz war nicht so schlimm wie die Tatsache, dass dieses Gefühl in mir existierte und zu stark war, um es zu ignorieren.

„Was ist hier denn los?", fragte April, die plötzlich an Mias Schulter auftauchte. „Ein Kaffeeklatsch und ich bin nicht eingeladen?"

April sah wirklich hübsch aus in ihrem dunkelvioletten Badeanzug mit glitzernden Brustschalen, einem Kleidungsstück, das eher dazu diente, ihre kurvige Figur zur Geltung zu bringen, anstatt wirklich darin zu schwimmen.

Danke für die perfekte Ausrede, um das Thema zu wechseln. „Du musst die Guacamole probieren", sagte ich. „Alex' Mum hat sie gemacht und sie ist der Hammer."

Sie presste ihre Hand auf ihren flachen Bauch. „Ahh. Ich bin so voll, ich bringe erstmal nichts mehr rein. Hey, sieht Jordan gerade her? Ich will ihn in Panik versetzen, indem ich deinen Ehering anschmachte. Er ist übrigens wunderschön, aber ich will keine große Show abziehen, wenn er nicht mein verängstigtes Publikum ist."

Mia kicherte. „Du bist so listig brillant."

April zwinkerte ihr zu. „Wenn ich die Chance bekomme, meinen Teufel zu ärgern, dann mach ich das."

„Ich lasse dich wissen, wenn er herschaut und dann ziehen wir eine große Show ab." Ich lachte mit. „In der Zwischenzeit müssen wir aber darüber reden, wie seltsam es ist, dass Heath einen dunkelhaarigen, dunkeläugigen heißen Kerl namens Adan datet. Hat er wirklich etwas mit einer Kopie deines Ehemanns?"

Mias Mund verzog sich, als wäre ihr dieser Gedanke ebenfalls gekommen. „In einer Million Jahre würde ich ihn nicht darauf ansprechen, aber es ist schon ein wenig seltsam."

„Stell einfach sicher, dass Adam und Adan nicht alleine zusammen in einem Raum eingesperrt sind. Wenn sie sich zu nahe kommen, könnte das Universum explodieren. Wie wenn Materie und Antimaterie aufeinander prallen", scherzte ich.

„Vielleicht ist er ja Bizarro Adam – wie Bizarro Superman", erwiderte Mia und wir lachten, während April uns finster anblickte.

„Mit einem flotten Kinnbart könnte er Adam aus einem Paralleluniversum sein!", warf ich zurück.

April warf uns einen Blick zu. „Ihr beide seid echt viel zu nerdig für mich Bücherwurm."

Alex und Jenna gesellten sich bald ebenfalls zu uns an die Snackbar, während die Jungs im Pool blieben. Sobald wir diskret Jordans Aufmerksamkeit auf uns gelenkt hatten, streckte ich demonstrativ meine Hand aus, während April übertrieben meinen Ring bewunderte. Als wir wieder zu ihm sahen, hatte Jordan den Kopf von uns weggedreht. Wir lachten trotzdem.

„Also, was ist hier bei euch los?", fragte Jenna, als sie sich ein weiteres Glas Limonade einschenkte. „Vergleicht ihr eure Notizen über das Eheleben?"

Mia und ich wechselten einen Blick und ich nippte an meinem Eistee. „Sicher doch."

„Und gibt es irgendwelche Einsichten bezüglich der *Spezies Mann*, die für uns wichtig wären?", fragte Jenna.

Mias Mund verzog sich. „Verheiratet zu sein ist irgendwie so, als würde man sehen, wie die Wurst gemacht wird."

Wir alle grunzten, während Mia, die vermutlich erst gerade realisierte, was sie gesagt hatte, so rot wie Jennas Bikini wurde. „Ich meinte nicht *diese* Wurst."

„Und du Kat? Welche Einsichten hast du bezüglich deines neuen Ehemannes gewonnen?", fragte Jenna.

„Naja, der größte Schock war, herauszufinden, dass er dem europäischen Adel angehört", sagte ich nüchtern heraus. Die Mädels dachten alle, dass dies ein weiterer Witz war. Ich klärte sie über ihren Irrtum auf.

Aprils dunkelblaue Augen weiteten sich wie zwei große glänzende Toonies. „Was, im Ernst? Welche Art von Adel?"

„Sein Dad ist ein niederländischer Baron, denke ich."

Zwei Sekunden später hatte April ihr Handy in der Hand. Wo hatte sie das Ding nur versteckt? Hatte ihr Badeanzug eine geheime BH-Tasche oder so?

„Sein Familienname ist Walker, richtig?" Ihre manikürten Finger sausten über das Glas des Displays. „Kling nicht wirklich niederländisch."

„Nein, das ist eigentlich sein zweiter Vorname."

Mias Kopf schoss in meine Richtung. „Was, hat er eine Art Geheimidentität?"

Ich zuckte mit den Achseln und blickte in die Richtung, wo er mit den anderen Jungs im tiefen Teil des Pools war. Würde es ihn stören, wenn ich diese Tatsache offenlegte? Er hatte nie davon gesprochen, dass es ein Geheimnis war.

„Ich denke, er findet es einfacher, seinen zweiten Vornamen zu benutzen. Und er will nicht, dass man ein großes Tamtam darum macht, also versprecht mir bitte, dass ihr das nicht macht."

Die Mädels nickten und bekundeten ihre Zustimmung und April reichte mir ihr Handy. „Nur um unsere Neugier zu befriedigen …"

Ich tippte Lucas' Familiennamen bei Google ein, wobei ich mir den Kopf zerbrechen musste, um ihn richtig zu buchstabieren. Es war lächerlich, dass ich nicht daran gedacht hatte, seine Familie selbst zu googeln. Sobald sie das Handy wieder in ihren Händen hatte, klickte April auf Suchen. Ihre Augen weiteten sich. „Heilige Scheiße! Du hast echt nicht gescherzt. Stammsitz in Utrecht. Da ist ja ein richtiges Schloss. Wow, wunderschön!"

Sie reichte das Handy herum und alle scrollten durch die Suchergebnisse – Society-Webseiten, Schlagzeilen, Julias Lifestyle-Brand und ihre Social-Media-Accounts.

Jenna clickte auf einen der Links. „Hier geht es um eure Hochzeit!"

Ich runzelte die Stirn. Das war wirklich seltsam. Wirklich? Hatte seine Familie irgendwie unsere Heirat verkündet? Ich streckte die Hand nach dem Handy aus, nachdem Jenna die Seite durchgeblättert hatte und sehr verwirrt wirkte.

Es ging um Lucas' Hochzeit. Seine erste. Mit Claire. Und es sah so aus, als hätte seine Familie wirklich keine Kosten gescheut. Wie in Höhe einer mindestens sieben- bis achtstelligen Summe. Wow. Ihr Kleid sah nach etwas aus wie aus dem inneren Kreis der Duchess of Cambridge. Ganz sicher ein Designerstück, vermutlich maßgeschneidert.

Wie glamourös. Und er sah atemberaubend aus. Was für ein schönes Paar sie unter dem Blumenbogen in der Nähe eines Pavillons auf dem Familienweingut abgaben. Etwas verknotete sich in meinem Magen.

Ich drückte auf das X, um das Fenster im Browser zu schließen. Ich wollte das heute Abend definitiv nicht erklären.

„Ah, muss ein Cousin gewesen sein." Ich gab April ihr Handy zurück.

Sie steckte es weg. In meinem kurzen Blick hatte ich neben den Bildern des glücklichen Paares jedoch eine formelle Hochzeitsankündigung gesehen. Offensichtlich war es die ultimative Society-Hochzeit mit einem gewaltigen Budget gewesen.

Und er sah so jung aus auf diesen Fotos. Frisch und noch so weit entfernt von der zynischen Gegenwart. Er sah *so* gut aus in diesem Smoking und mit seinem *Lächeln*. Es schmerzte, wenn ich daran dachte, wie er mir bei unserer Hochzeit in dem Hamburgerladen gleichmütig gegenübergesessen und Dokumente unterschrieben hatte. Ohne auch nur den geringsten Hauch von Glamour. Ich fragte mich, wie dieser jüngere, weniger zynische und stoische Lucas wohl gewesen war.

Die Mädels sprachen jetzt von Urlaub in Europa. Sie fragten sich, wie es wohl wäre, wenn wir jetzt *zurück* in die Niederlande gehen würden, wo noch andere Zweige seiner aristokratischen Familie lebten. Mia musste einwerfen, wie sehr sie ihren kurzen Aufenthalt in Amsterdam vor ein paar Jahren geliebt hatte.

„Sein Familientreffen", murmelte ich, als wäre ich alleine. Köpfe drehten sich.

„Was?", fragte Mia. „Fliegst du in die Niederlande? Die königliche Familie kennenlernen?"

„Nein." Ich schüttelte den Kopf. „Napa Valley. Seiner Familie gehört dort ein Weingut."

April und Mia sahen sich an und ihre Münder formten perfekte Kreise. Dann drehten sich beide zu mir. „Wann ist das?"

Ich verzog das Gesicht. „Übernächste Woche. Ich bin irgendwie nervös deswegen und bin mir sicher, ich habe nicht die richtigen Klamotten dafür." Und das gewann jetzt noch an Bedeutung, nachdem ich seine verdammte Hochzeit im Internet gesehen hatte und realisierte, wie umwerfend sie zusammen ausgesehen hatten. Ich schwor mir, dort aufzutauchen und mindestens doppelt so umwerfend auszusehen, falls möglich.

April blickte plötzlich interessiert auf. „Die Ärztin empfängt dich nun und ich verschreibe dir eine Shopping-Therapie."

Ich rieb mir die Stirn. „Ich weiß nicht. Ich brauche ein Art Goldene-Zwanziger-Kleidung."

„Für eine Mottoparty?" Aprils Augen erstrahlten wie die Feuerwerke in Disneyland. „Ein Art-déco-Kleid ... mit tiefer Taille und vielen Perlen und Fransen und ein dazu passender Federkopfschmuck. Mit farblich abgestimmten Schuhen ... und Seidenhandschuhe, die bis über die Ellbogen gehen! Meine Güte, du würdest so süß aussehen, wenn du dir die Haare hochsteckst, damit sie wie ein Bob aussehen. Juwelenfarbene Töne – alles außer rot. Zu deiner Haarfarbe würde smaragdgrün oder strahlendblau am besten aussehen. Schwarz würde dich zu blass machen."

Ich blinzelte ihr zu. „Kann ich dich für eine Shoppingtour in der nächsten Zeit ausleihen?"

Ihr Lächeln wurde noch größer. „Ich dachte, du würdest nie fragen. Aber ich komme nur mit, wenn wir Jordan anflunkern und sagen, dass wir Hochzeitskleider ansehen."

Wir alle brachen in schallendes Gelächter aus und alle Köpfe drehten sich zu Jordan, der uns vom Pool aus wie ein Reh im Scheinwerferlicht anstarrte. Das brachte uns noch mehr zum Lachen. Kurze Zeit später machten wir aus, uns nächstes Wochenende für eine qualvolle Shoppingtour zu treffen. April würde meine Modeberaterin sein und Mia würde als moralische Stütze dabei sein.

Ich war so dankbar für meine Freundinnen.

Als die Poolparty sich dem Ende näherte, verabschiedeten sich langsam alle. Heath und Adan waren die ersten beiden, die gingen, vermutlich um ihr Glück woanders zu suchen – wahrscheinlich in irgendeinem angesagten Club. Zum Abschied drückte Heath mich ganz lange und fest, wie er es immer tat.

„Denk daran, nicht so viel nachzudenken", murmelte er mir ins Ohr, als niemand zuhörte. „Lass den Zauberstab Funken sprühen."

Ich schlug ihn. Fest. Dann lachte ich, als er mit der Hand auf dem Hintern seines heißen Dates wegging.

**

Am folgenden Wochenende trafen mich Mia und April wie versprochen im Fashion Island in Newport Beach – das oft nicht gerade freundlich als Fascist Island bezeichnet wurde. Der Laden war mein absoluter Gegenpol. Ich kaufte die meisten meiner Klamotten in Second-Hand-Läden oder Thrift-Stores.

Ich wusste, dass Mia Verständnis dafür hatte. Auch sie war einst eine hungernde Studentin gewesen und im Inneren eher auf meiner Wellenlänge als auf der all dieser Milliardärsfrauen aus Newport Beach. Sie war als meine moralische Stütze anwesend und um mir die Hand zu halten. April fungierte als meine persönliche Einkaufs- und Modeberaterin.

Und ich sage euch, dieses Mädchen hatte ein Auge für Mode. Sie bat die Verkäuferinnen eine Auswahl basierend auf ihrer Beschreibung herauszubringen. Dann legte sie autoritär gegen alles Veto ein, was ihr nicht zusagte, bevor ich es überhaupt sah. Ich war froh, dass sie das alles erledigte, denn sie war in dieser Welt geradezu zuhause.

Und nach ein paar Stunden probieren legte ich meine Kreditkarte auf den Tisch. Auch wenn ich gerne gejammert hätte, als sie sie durch die Kasse zogen. Aber ich konnte es mir leisten, da ich genug auf meinem Sparkonto hatte. Trotzdem, es war für meine Eigentumswohnung gedacht ... meinen Traum, ein Eigenheim zu besitzen – in einem Ort, an dem eine Eigentumswohnung das Bruttosozialprodukt einer kleinen Inselnation kostete.

„Gut", erklärte April, als sie sich nach der erledigten Arbeit die Hände abklopfte. „Als Nächstes geht's nach Downtown Orange in einen Antiquitätenladen für Schmuck für das Kostüm und als Letztes in ein Dessousgeschäft."

Ich blinzelte erschrocken. „Dessous?"

„Agent Provocateur, würde ich vorschlagen." Sie zwinkerte. „Du hast gesagt, deine Schwiegermutter will euch die Honeymoonsuite geben, oder? Außerdem, was solltest du sonst unter diesem schönen Flapper-Kleid tragen? So kannst du gleich zwei Fliegen mit einer Klappe schlagen und deinen Ehemann aus den Socken hauen – ganz zu schweigen von seiner restlichen Unterwäsche."

Ich schluckte. Ich könnte etwas schöne Unterwäsche vertragen. Es war schon einige Zeit her, dass ich mir etwas anderes als praktische, langhaltende und bequeme Baumwollschlüpfer für die Nachtschichten im Bau gegönnt hatte. Aber ich würde sie nicht dafür kaufen, dass Lucas sie sehen und bewundern konnte.

Meine Ehe war eine weite und sexuell ausgetrocknete Wüste. Nicht meinetwegen. Aber ich musste akzeptieren, dass Lucas sich entschlossen und nein gesagt hatte. Und nein bedeutete *nein.*

Trotzdem kaufte ich die Dessous. Was machte es schon, dass nur ich wusste, dass ich sie unter meinem aufwändigen Kleid trug? Dadurch würde ich mich schöner, erotischer und zuversichtlicher fühlen. Also waren sie selbst dann von Wert, wenn niemand sie je sah.

Meine arme Kreditkarte hatte heute einen herben Schlag versetzt bekommen. Aber wenn das bedeutete, dass ich einen Hauch Glamour erfahren durfte und meinen geheimen europäischen Adelsehemann nicht in Verlegenheit bringen würde, wäre es das wert.

Als wir aus dem letzten Laden kamen, biss April sich auf die Lippen und beäugte meine Einkaufstaschen. „Ahh, das ist ja fast wie im Märchen. Das treibt mir die Tränen in die Augen."

KAPITEL
SIEBZEHN
LUCAS

A M WOCHENENDE NACH DER POOLPARTY SCHRIEB Jordan mir und bat mich, mit ihm laufen zu gehen. Ich kam seinem Wunsch nach. Wir trafen uns in seinem schicken Strandhaus am sogenannten *Wedge* von Newport Beach. Wenn es nicht so weit gewesen wäre, wäre ich zu Fuß gegangen, da es fast unmöglich war, dort einen Parkplatz zu finden.

Es war ein perfekter warmer Strandtag und die Surfer nutzten dies en masse aus. Ich fragte mich, warum Jordan sich für einen Lauf anstatt für Surfen, seiner Lieblingstrainingsmethode, entschieden hatte. Diese Frage beantwortete sich selbst, als wir losgingen. Auf einem Brett auf den Wellen konnte man sich nicht wirklich gut unterhalten.

Er löcherte mich gründlich über meinen Fortschritt bei dem *Großen Projekt, das den Vorstand von den Socken hauen würde ™*. Als wir wieder zurück auf seiner Veranda waren und er mit dem, was er gehört hatte, zufrieden war, holte er uns Wasser und gab mir ein Handtuch, damit ich mir mein verschwitztes Gesicht abwischen konnte.

„Mir ist zu Ohren gekommen, dass du adelig bist oder so etwas."

Ich runzelte die Stirn, schüttelte den Kopf und nahm einen großen Schluck aus meiner Wasserflasche.

Jordan redete weiter. „Ich wusste, dass dein Dad reich ist, aber nicht, dass er einen Adelstitel hat."

Kurz bevor ich schluckte, atmete ich zu früh ein und fing an zu spucken und zu husten, was mir noch mehr die Luft raubte und Jordan veranlasste, mir kaum hilfreich auf den Rücken zu klopfen.

„Hör auf!", krächzte ich schließlich heraus, als ich endlich genug Luft hatte, um zu reden.

Ich wischte mir die Tränen, die mein Hustenanfall verursacht hatte, aus den Augenwinkeln, während Jordan mich vorsichtig ansah. „Du solltest mit dem Trinken aufhören."

Ich verdrehte die Augen. „Sehr lustig. Wer hat dir vom Titel meines Vaters erzählt?"

Jordan kippte seinen Kopf zur Seite. „Alter, deine Frau hat es ihren Freundinnen letzte Woche auf der Poolparty erzählt. Frauen reden. Das kannst du nicht verhindern. Und natürlich erzählen sie es ihren Partnern weiter."

Ich kniff die Augen zusammen. *Verdammt*, Kat! „Sie hat es Mia erzählt?"

Jordan folgte meinem Gedankengang. „Mach dir keine Gedanken, Lucas. Ich bezweifle, dass dein blaues Blut Adam interessiert. Aber die Mädels waren laut April ziemlich beeindruckt. Du hättest diese kleine Tatsache über dich echt benutzen sollen, um dich flachlegen zu lassen." Er zuckte mit den

Achseln. „Ach, aber deine Frau ist heiß, also ist es wohl nicht ganz so schlimm."

Ich seufzte. „Nicht alle denken wie du, Jordan."

Auf dem Heimweg grübelte ich über diese neue Info nach. Und erneut war ich sauer auf Kat, weil sie die Katze aus dem Sack gelassen hatte. Aber andererseits erinnerte ich mich, dass ich ihr nicht explizit verboten hatte, es irgendjemandem zu erzählen.

Kat machte uns Abendessen und ich entschied mich, es nicht sofort anzusprechen. Was sollte das schon bringen? Irgendwann würde ich ihr sagen, was ich darüber dachte. Aber das Pesto und der Ceasar Salad waren so lecker, dass meine Verärgerung abklang, bevor ich etwas sagte. Ich hatte schon jahrelang nicht mehr so gut gegessen wie in der Zeit, in der Kat bei mir wohnte. „Danke für das Abendessen. Ich mache den Abwasch", sagte ich nach dem Essen, während dem wir nicht wirklich viel gesprochen hatten.

Von der Küche aus hörte ich, wie Kat sich in das Zimmer aufmachte, in dem sie ihr Spiel-und Streaming-Equipment aufgebaut hatte. Während ich die Küche sauber machte, versuchte ich über die Dinge nachzudenken, die ich diesen Abend bezüglich des Game-Design-Dokuments und meiner Präsentation noch erledigen musste.

Als ich in meinem Arbeitszimmer an meinem Schreibtisch saß, ging ich den Haufen an Post durch, der sich seit Freitag angesammelt hatte. Dabei fand ich ein weiteres an Kat adressiertes Anwaltsschreiben, auf dessen Umschlag in großen roten Buchstaben *DRINGEND* stand.

Hm. Sie hatte erwähnt, dass sie die anderen ungeöffnet weggeworfen hatte, da sie nichts davon wissen wollte. Steckte sie vielleicht wirklich in Schwierigkeiten? Es hatte definitiv mit ihrem Bruder zu tun, aber warum wollten sie etwas von ihr? Und hatte das irgendetwas mit Dereks Bestreben zu tun, Kat wieder nach Kanada zu holen? Meine Finger zögerten am Saum des Umschlags. Ich war versucht, ihn selbst zu öffnen und nachzusehen.

Aber mein Gewissen gewann die Oberhand. Auch wenn wir rechtmäßig verheiratet waren, gab mir das nicht das Recht, ihre Post zu konfiszieren und sie zu lesen, wenn nicht auch mein Name auf dem Umschlag stand. Und das war hier nicht der Fall.

Das Beste, was ich tun konnte, war, sie ihr persönlich zu geben und sie direkt danach zu fragen. Sie schuldete mir schließlich eine ehrliche Antwort, da sie ihrem Freundeskreis mein Nicht-so-geheimes-Geheimnis verraten hatte. Zwar war ich jetzt nicht so verärgert wie noch vor ein paar Stunden, doch trotzdem könnte ich dies als Druckmittel benutzen, um einige Antworten zu diesem Thema zu bekommen.

Ich klopfte an der Tür und sie bat mich sofort hinein. Sie drehte sich von ihrem Computermonitor weg und lächelte. „Hey."

Sie war voll im Gamer-Modus, obwohl sie gerade nicht auf ihrem Channel streamte. Ihr brandneues und sehr beeindruckendes Sennheiser-Headset saß auf ihrem Kopf und das Mikro war so eingestellt, dass es etwas oberhalb ihrer vollen Lippen lag. Ihr glänzendes Haar war zu einem praktischen Zopf geflochten. Und sie trug knappe Hotpants aus Jeansstoff, die ihre kilometerlangen blassen und wohlgeformten Beine zeigten. Ein Augenschmaus.

Sie machte meine sexuell frustrierte Situation nicht wirklich einfacher, gottverdammt. Gerade bereute ich es, hierhergekommen zu sein.

„Bist du gerade beschäftigt?" Ich blickte auf den Bildschirm und meine Augenbrauen schossen nach oben. Sie war bei Dragon Epoch eingeloggt. Am Hintergrund konnte ich erkennen, dass es sich um die Liveversion handelte und nicht die unveröffentlichte Testversion der Erweiterung. Außerdem war es schwierig, von zuhause aus den Testserver zu benutzen, und man benötigte eine spezielle Genehmigung – wegen der möglichen Sicherheitslücken. Sie spielte dieses Spiel wirklich zum Spaß?

„Was ist los?", fragte sie, wobei sie eine Seite des Kopfhörers von ihrem zarten Ohr schob. „Nein, nein, ich frage meinen Mann, was los ist, nicht dich, Trottel", sagte sie ins Mikro. „Einen Augenblick. Bin kurz afk. Außerdem sind die anderen noch nicht einmal eingeloggt, also mach mal halblang." Sie drehte sich wieder zu ihrem PC und stellte den Voicechat stumm.

Ich schüttelte mit auf den Monitor fixierten Augen den Kopf. „Wie schaffst du es, dass dir dieses Spiel nicht zu viel wird, wenn du schon den ganzen Tag in der Arbeit damit zu tun hast?"

Sie zuckte mit den Achseln und ihr Lächeln wurde breiter. „Meine Leute – die, mit denen ich vor einer Ewigkeit in der Open Beta zu spielen angefangen habe – kommen heute alle für eine leider viel zu seltene Gaming-Session online. Da darf ich nicht fehlen. Willst du mitspielen? Hast du einen hochleveligen Charakter auf dem Omni-Server?"

„Keine Ahnung. Ich, ähm, muss wegen deiner Post mit dir reden, falls du kurz Zeit hast."

Sie warf mir einen fragenden Blick zu, nahm dann ihr Headset ab und drehte mir ihr hübsches Gesicht zu. Ich schnappte mir den Hocker, der neben der Tür stand, und setzte mich. „Ja, ich habe noch etwa zehn Minuten, bevor sich die anderen beiden einloggen."

Ich gab ihr den Umschlag. „Du hast wieder einen Brief von der Kanzlei bekommen und ich denke wirklich, du solltest ihn öffnen."

Sie warf mir einen finsteren Blick zu. Die unausgesprochene Frage. Was ging mich das an?

„Bitte, könntest du das machen? Das würde mich beruhigen. Du hast gesagt, dass du nicht weißt, ob du in Schwierigkeiten steckst. Ich würde es gerne wissen. Ich möchte helfen."

Ihre großen blauen Augen fixierten mich einen langen Augenblick, bevor sie blinzelte und den Brief mit einem leichten Achselzucken von mir nahm. Mit dem Fingernagel fuhr sie unter die Lippe des Umschlags und riss ihn auf. Das dicke Papier glitt heraus auf ihren Schoß. Sie schluckte und nahm es vorsichtig auf, als wäre es eine Schlange, die sie vielleicht beißen könnte. Dann entfaltete sie das Papier und las es. Nachdem sie fertig war, knüllte sie das Blatt Papier in einer Hand zusammen und knirschte mit den Zähnen.

„Ist alles in Ordnung?"

Sie zog eine ihrer zimtfarbenen Augenbrauen hoch und legte den zerknüllten Brief dann beiseite. „Ich sage es dir nur, wenn du heute Abend mit uns spielst."

Ich runzelte die Stirn. „Dragon Epoch?"

Sie schnaubte. „Nein, Donkey Kong. Ja, natürlich Dragon Epoch."

Ich starrte an ihr vorbei auf den Bildschirm. Der Gedanke, Dragon Epoch zum Spaß zu spielen, begeisterte mich nicht wirklich, aber ich zuckte mit den Schultern. „Wie auch immer."

Meine Augen schossen wieder zu ihr. „Also, jetzt erzähl mir, was los ist."

„Ich stecke in keinerlei Schwierigkeiten. Und du wirst es nicht verstehen, weil es eine lange schwierige Geschichte ist. Auf jeden Fall wollen sie, dass ich wegen eines Falls, in den mein Bruder involviert ist, wieder nach Kanada komme. Sie drohen mir mit einer Vorladung, aber das ist mir egal, weil ich nicht mehr in diesem Land wohne. Und ich habe nicht vor, wieder zurückzugehen, sobald ich meine Greencard habe. Zufrieden?"

Ich lehnte mich vor. „Du willst freiwillig im Exil bleiben? Das wirkt etwas drastisch."

„Ich habe deine Frage beantwortet." Sie drehte sich wieder zum Monitor, wo sich ihre Gruppe gerade bildete. „Hol deinen Laptop und nutz deine Admin-Privilegien, um dir einen Charakter auf Omni zu transferieren."

Ich war mir bewusst, dass sie mir keine wichtigen Details genannt hatte, doch zumindest hatte sie mich wenigstens ein wenig beruhigt. Deshalb kehrte ich wie gewünscht schnellstmöglich mit meinem Laptop und einem Headset zu ihr zurück und setzte mich neben sie. Es dauerte nur kurz, bis ich einen Charakter mit passendem Level auf ihren Server transferiert hatte und in die Gruppe eingeladen werden konnte.

Nun würde ich also Kats Gamerfreunde kennenlernen. Aus irgendeinem Grund machte mich das nervös. Nachdem ich die Gruppeneinladung akzeptiert hatte, rückte ich noch einmal mein Headset zurecht. Kat sagte: „Hey Leute, das ist mein neuer Ehemann. Er spielt den Dunkelassassinen Knüppler."

Hm, ich hatte nicht wirklich auf den Charakternamen geachtet. Ich hatte wirklich Dutzende, mit denen ich in meiner Freizeit das Spiel nach dem Release von Updates und Expansions für mich selbst testete. Aber der Name dieses Charakters schien wirklich sehr passend, wenn man den Dauerzustand des Dings unterhalb meiner Gürtellinie bedachte – sowohl wenn ich wach war als auch wenn ich schlief. Und das hauptsächlich wegen der heißen Frau, die gerade neben mir saß.

Ich räusperte mich und sprach ins Mikro. „Hi zusammen."

„Hey Knüppler", sagte eine Männerstimme. „Schön, endlich Mr. Persephone kennenzulernen. Ich bin Fragged, der Tank. Wir haben Crowd Control durch unsere Zauberin Eloisa. FallenOne, der seltsam aussehende Mönch da drüben, ist unser DPS. Und deine wundervolle Braut ist unsere Heilerin."

Ich runzelte die Stirn. Die Stimme des Kerls klang vertraut. Kat warf mir mit einem schiefen Grinsen auf den Lippen einen Blick von der Seite zu. Vermutlich wartete sie darauf, dass ich mich blamierte. „Okay, ich bin Teamspieler und schließe mich einfach an. Welche Quests macht ihr gerade?"

Während der nächsten Viertelstunde lernten wir einander besser kennen. Die anderen beiden waren auch sehr nett. Aber verrückterweise blieb mir das Offensichtliche noch bis zu einem sehr fordernden Kampf verborgen.

„Mia, da kommen immer weiter Adds. Versuch, sie zu verlangsamen!", sagte Fragged, der Tank.

Mein Kopf zuckte in Kats Richtung und sie fing unkontrollierbar zu lachen an, während sie weiter über ihre Tastatur Heilzauber verteilte. Mia, hm? Kein Wunder, dass diese Leute alle so vertraut klangen. Ich kannte sie bereits alle.

„Ich nehme dann mal an, FallenOne ist Adam? Und Fragged Heath", murmelte ich zu Kat, die gerade noch einen Heal auf Fragged wirken konnte, bevor dieser umfiel.

„Verdammt, Kat. Nächstes Mal nicht im letzten Moment, bitte!", meckerte er.

„Ich war abgelenkt", sagte sie in ihrem Lachanfall, der ihr die Tränen in die Augen trieb. „Das Spiel ist aus, Leute. Er weiß, wer ihr seid."

„Hat auch lange genug gedauert", sagte Mia aka Eloisa. „Aber Heath hat es vergeigt. Er musste ja meckern und mich mit meinem echten Namen ansprechen."

„Wenn du die Adds besser unter Kontrolle gebracht hättest, wäre das kein Problem gewesen", erwiderte Heath. „Kat hatte Aggro von ihnen."

Ich rieb mir verwirrt die Stirn. „Spielt ihr alle oft zusammen?"

„Früher ja", sagte FallenOne-Schrägstrich-Adam. „Jetzt haben wir wegen unserer unterschiedlichen Terminpläne kaum noch Zeit."

Ich blinzelte verdutzt. Adam und Kat überraschten mich besonders. Sie hatten immer noch so viel Spaß an dem Spiel, an dem wir als Teil unseres Jobs jeden Tag arbeiteten. Besonders Adam. Würde er nicht alle Geheimnisse des Spiels kennen? Würde seine Gruppe nicht versuchen, sie ihm zu entlocken?

„Die Geschichte hierzu musst du mir erzählen", sagte ich zu Kat, nachdem wir uns ausgeloggt hatten. Ich fing an, meine Sachen zusammenzusammeln. Es war bereits spät und morgen lag ein weiterer anstrengender Tag vor uns.

Sie runzelte sichtlich bestürzt die Stirn. „Loggst du dich nicht hin und wieder einfach ein, um etwas Spaß zu haben?"

Ich seufzte und schüttelte den Kopf. „Berufsrisiko, vermute ich. Ich habe irgendwie meine anfängliche Liebe für Dragon Epoch verloren."

Sie zuckte mit den Achseln. „Naja, weißt du, es bedarf nicht viel, um sich wieder ins Spiel zu verlieben. Besonders wenn es dabei mehr um die Leute, mit denen du spielst, als um das Spiel selbst geht."

„Habt ihr vier euch so kennengelernt? Im Spiel?", fragte ich.

Sie nickte. Dann verdunkelte sich ihr Gesicht und sie zuckte mit den Achseln. „Heath und Mia kennen sich eigentlich schon ewig. Seit ihrer Kindheit. Sie haben zusammen während der Beta mit Dragon Epoch angefangen. Ich bekam ebenfalls einen Beta-Zugang und spielte nachts während eines sehr nervigen Jobs in einem Rechenzentrum. Wir alle spielten zu seltsamen Zeiten."

„Okay ... und Adam spielte einfach sein eigenes Spiel und ist euch dort begegnet? Wusstet ihr, wer er war?"

Sie schüttelte lächelnd den Kopf. „Nein. Komisch, nicht wahr? Dass Adam und Mia über das Spiel etwas miteinander angefangen haben. So viele Beziehungen wurden durch dieses Spiel geknüpft oder gingen dadurch in die Brüche."

Ich lachte. „Du kennst Leute, die sich wegen des Spiels getrennt haben?"

Sie nickte. „Oh ja. Sogar Leute aus unserer Gilde. Was für ein Drama. Da gab es dieses verheiratete Paar, das das Spiel zusammen gespielt hat. Sie waren Hardcore-Gamer. Ständig online. Der Mann war unser Raid-Leader. Seine Frau fing an, mit anderen Leuten zu questen, und verliebte sich dann in einen der anderen Kerle aus unserer Gilde. Letztendlich endschied sie sich, ihren Ehemann deswegen zu verlassen. Sie lebten in unterschiedlichen Staaten, also war es keine wirkliche Affäre, aber –"

Ich verkrampfte. „Es war eine Affäre." Mein Magen verknotete sich bei dieser vertrauten Geschichte. Ich konnte mich nur zu gut mit diesem Ehemann identifizieren. Vielbeschäftigt und ständig eingebunden, vermutlich mit der Arbeit, seinem *Reallife* und dem Spiel, das auch zu einer Art Job werden kann. Und sie suchte anderswo nach Trost, weil sie sich vernachlässigt fühlte.

Ja, ich kannte diese Art von Geschichte nur zu gut. „Betrügen ist betrügen. Emotionale Affären können genauso zerstörerisch sein wie körperliche." Etwas energischer als beabsichtigt packte ich meine Sachen und stand auf. Kat erhob sich ebenfalls, wobei sie ihr Headset so schnell ablegte, dass es auf den Boden fiel. Sie ignorierte es.

„Hey! Bist du okay?", fragte sie.

Ich riss meinen Kopf in ihre Richtung. „Was? Wieso sollte ich nicht okay sein?"

Ihre Augen weiteten sich und sie blinzelte. „Weil du sehr *laut* redest und dein Blutdruck gerade hundert Punkte in die Höhe geschossen ist. Und du bist so rot wie ein Hummer."

Anstatt zu antworten, bückte ich mich, hob mit meiner freien Hand ihr teures Headset auf und legte es vorsichtig auf dem Tisch ab.

„Hat – ähm, hat deine Ex dich betrogen?"

Ich biss die Zähne zusammen. „Hängt davon ab, ob du eine emotionale Affäre als betrügen ansiehst oder nicht."

Sie runzelte die Stirn und blickt nach unten. Ich wollte nicht weiter darüber sprechen und spürte, wie sich Kopfschmerzen an meiner Schläfe aufbauten. Der Tag war einfach zu anstrengend gewesen.

„Gute Nacht", murmelte ich leise und ging zurück in mein Zimmer, wo ich meine Sachen auf mein Bett legte.

Ich hatte jedoch nicht einmal Zeit gehabt, mir meine Schlafsachen aus der Kommode zu nehmen und mich fürs Bett herzurichten, als ich eine Bewegung in der Tür wahrnahm. Kat stand dort. Sie sah immer noch so wunderschön aus in ihrem engen rosa T-Shirt und ihren kurzen Shorts. Ihr Kinn war nach oben gekippt und ihre großen blauen Augen waren voller Entschuldigungen.

„Lucas, es tut mir leid."

Ich hielt inne und sah zu, wie sie sich mir näherte. „Du musst dich für nichts entschuldigen."

Sie schüttelte den Kopf. „Meine Worte haben dich verletzt. Ich wurde noch nie betrogen – zumindest nicht, dass ich wüsste – und ich habe keine Ahnung, wie sich das anfühlt. Es – es tut mir leid."

Ich sah weg und wich ihrem Blick aus. „Es geht nicht nur darum, betrogen zu werden. Es – nun, es war einfach eine beschissene Zeit in meinem Leben. Ich hatte keine Ahnung, was für eine Art Mensch ich war, und ich habe mir viel zu viel vorgenommen. Letztendlich war das alles einfach viel zu viel und …" Ich schüttelte den Kopf. „Ich denke, man könnte sagen, ich habe überschätzt, wie stark ich sein konnte. Zumindest haben mir das alle damals gesagt."

Sie runzelte so stark die Stirn, dass sie tiefe Furchen warf. „Was – haben die Leute dir die Schuld gegeben, dass sie dich betrogen hat? Und dich schwach genannt? Das ist krank. Ich hoffe, du hast ihnen nicht geglaubt."

Ich atmete tief durch und erinnerte mich entfernt an jene Tage und das erbärmliche Danach. Und auch an das Gefühl in meinem Körper. Alles in mir hatte sich so schwer angefühlt, dass ich mich nicht bewegen wollte und es nicht einmal schaffte, für die einfachsten Dinge aus dem Bett zu steigen. Und daran, wie ich mich dadurch nur noch schlechter gefühlt hatte.

Meine Stimme klang heiser, als ich wieder sprach. „Das war keine gute Zeit."

Kat machte einen weiteren Schritt auf mich zu. Ihre großen runden Augen waren immer noch voller Empathie. Sie hob ihre Hand zu meinem Gesicht, doch überlegte es sich anders und ließ sie fallen. „Das ist vergangen. Du bist toll und du solltest dich wegen dieser Scheiße nie wieder schlecht fühlen. Du verdienst etwas Besseres, Lucas."

Etwas in mir bewegte sich, veränderte sich, schmolz. Die Wände, die ich um diese tiefsitzenden Gefühle aufgebaut hatte, um mich zu schützen, fingen leicht zu bröckeln an. Ich schluckte. Ich wollte nichts mehr, als Kat an mich zu ziehen. Zu spüren, wie sie meine Umarmung erwiderte, ihr Haar zu riechen und meine Wange daran zu reiben. Mich in dem Trost zu baden, den sie mir anbot.

Ich sollte sie bitten zu gehen. Ich wollte sie wegschieben. Sie stand weniger als drei Meter von meinem Bett entfernt und sah *so* atemberaubend aus. Ein Hauch dieses süßen, warmen Dufts ihres Haars wehte zu mir. Ich konnte nur noch daran denken, wie sehr ich sie wieder in meinem Bett haben wollte. Ohne Kleidung, die zwischen uns stand. Ich wollte einfach nur vergessen...

Ich schwankte und sie machte einen weiteren Schritt auf mich zu. Es war so, als wären wir verbunden – als würde uns ein unsichtbares Seil aufeinander zu ziehen, langsam, aber unaufhaltsam.

Ich blinzelte und versuchte, den Zauber zu brechen. „Es ist spät. Wir sollten schlafen."

Sie biss sich auf die Lippe und nickte langsam. „Okay." Dann seufzte sie. „Aber zuerst ..." Sie stellte sich auf die Zehenspitzen und legte ihre Arme um meinen Hals. In einer engen Umarmung drückte sie ihren verlockenden Körper gegen meinen, wobei ihr Haar meine Wange liebkoste. Der warme Duft salziger Kokosnuss. *Gott.* „Gute Nacht, Lucas. Danke für alles."

Unsere Oberkörper rieben aneinander. Ihre Nippel piekten durch den dünnen Stoff ihres T-Shirts. Diese harten Punkte pressten gegen meine Brust und erregten mich unverzüglich. *Verdammt.* Ich wich zurück.

Mit einem leichten, verlegenen Lächeln senkte sie den Kopf und drehte sich um, um das Zimmer zu verlassen. Etwas in mir fühlte sich fast an, als wäre es ihr nach draußen gefolgt. Alles war viel einfacher, wenn wir aneinander herumnörgelten oder uns gegenseitig auf die Palme brachten. Alles war einfacher, wenn ein Sicherheitsabstand zwischen uns war.

Wenn ich ganz für mich bewundern konnte, wie toll sie doch auf jede erdenkliche Art und Weise war, solange eine Barriere aus abfälligen Bemerkungen zwischen uns errichtet war.

Aber diese Mauern stürzten ein. Schnell. Es war egal, wie sehr ich mich an alles erinnerte, was ich beim letzten Mal durchgemacht hatte. Es war nicht nur Claires Betrug gewesen, sondern der dramatische Appell meiner Familienangehörigen, sie zurückzunehmen. Der Druck und die Schuldzuweisungen. Doch all das war nichts im Vergleich zu der Erkenntnis, dass ich zwanzig Jahre lang das Leben eines anderen Mannes geführt hatte. Dass ich jede Sekunde dieser Zeit damit verbracht hatte, es allen um mich herum recht zu machen, und es noch stärker versucht hatte, wenn ich darin versagt hatte.

Nur um zu erkennen, dass ich mich in diesem Prozess selbst ausgelöscht hatte.

Die Monate seelenzerfressender Depressionen. Der lange, harte Weg, mich daraus zu befreien. Die Verbindungen, die ich hatte beenden müssen, um das zu erreichen.

Das würde ich – das *durfte* ich – nie wieder zulassen. Und ja, Kat war nicht Claire. Aber... sie könnte mich noch viel mehr verletzen.

Mit jedem Tag wurde es schwieriger, ihr zu widerstehen. Und heute Nacht, als der Traum von dem heißen Gamer-Girl mit dem Herzen aus Gold real wurde, schoss das Risiko durch die Decke.

Taktischer Rückzug. Das war das hier. Alles weniger als weit entfernt von Kat war eine Gefahrenzone.

Ich betete, dass sie bald ihre Greencard bekommen würde. Denn wenn das nicht bald geschah, würde ich entweder nachgeben und das Risiko, unser beider Leben wirklich zu versauen, eingehen ...

Oder einfach meinen verdammten Verstand verlieren.

KAPITEL
ACHTZEHN
KATYA

DER FLUG NACH SACRAMENTO – DESSEN FLUGHAFEN IN
der Nähe von Napa Valley lag – dauerte nur neunzig
Minuten. Kurz darauf waren wir mit unserem
Mietwagen auf der Straße und auf dem Weg zum
Familienweingut. In etwa zwei Stunden würden wir seine Eltern
treffen … erneut.

Hoffentlich würde es dieses Mal besser laufen, jetzt wo ich
mit Vorkenntnissen bewaffnet war. Wenn ich auch nicht alles
wusste, so hatte ich doch mehr, um mit der Dynamik
zurechtzukommen, als an jenem desaströsen Abend der Dinner-
Party.

„Hast du schon etwas bezüglich der Beförderung gehört? Ich
meine, ich weiß, dass du mir erzählen würdest, wenn du sie hast,
aber … ich frage mich einfach, ob es schon neue Infos gibt."

Seine Augen waren auf die Straße gerichtet, doch sein Mund
wurde schmal und seine Schultern verkrampften sich. Er war
offensichtlich angespannt deswegen. Hatte er etwas gehört?

„Ich habe Adam und Jordan heute Morgen meinen Vorschlag geschickt. Die ganze Präsentation, inklusive Leitbild und einem Game-Design-Dokument. Sie haben alles, um das sie gebeten haben. Jeremy hat dasselbe getan, also heißt es jetzt warten. Ich denke, sie werden nicht lange brauchen, um ihre Entscheidung zu fällen."

Ich nickte. „Ich drücke dir die Daumen. Hoffentlich hilft das."

Er warf mir einen Blick aus den Augenwinkeln zu und dankte mir leise.

Da mir im Auto immer leicht übel wurde, las ich nichts auf meinem Handy, sondern bewunderte stattdessen die Landschaft, die an uns vorbeizog. Im Gegensatz zu den weit ausgedehnten urbanen Gebieten Südkaliforniens war der Ausblick hier viel angenehmer.

Doch ohne eine wirkliche Beschäftigung kam ich ins Grübeln. Okay, vielleicht war ich ein wenig nervös. Ich rutschte auf meinem Sitz herum, verschränkte die Finger, öffnete sie wieder. Es bereitete mir scheinbar viel Spaß, meinen Ehering wieder und wieder um meinen Ringfinger zu drehen.

„Wenn du so weitermachst, rutscht er dir noch vom Finger. Ich wusste, ich hätte ihn verkleinern lassen sollen, damit er dir besser passt."

Meine Augenbrauen schossen hoch und ich blickte zu Lucas hinüber. Mir war nicht bewusst gewesen, dass er seine Augen auch nur eine Millisekunde von der Straße genommen hatte. Er war ein sehr pedantischer Fahrer, die Hände immer auf zehn und zwei Uhr, perfekt angewinkelte Beinposition, regelmäßige Blicke in den Rückspiegel und der ganze Kram.

„Ich verspreche, ich werde ihn nicht verlieren. Das würde mich umbringen. Er ist so schön und hat eine so lange Vorgeschichte. Außerdem ist es nicht meiner."

Ich streckte die Hand aus und wackelte mit den Fingern, um das Licht mit dem Diamanten einzufangen. Dann schweiften meine Gedanken ab und ich warf ihm einen Blick zu. „Hat ... hat Claire ihn auch getragen, als ihr beide verheiratet wart?"

Anstatt verärgert zu sein, weil ich sie erwähnte, schnaubte er nur und verdrehte die Augen. „Ich habe ihr mit diesem Ring den Antrag gemacht. Das war, glaube ich, das letzte Mal, dass sie ihn gesehen hatte. Sie lehnte ihn ab und bestand darauf, dass ich ihr einen neuen kaufe."

Völlig verblüfft zog ich meine Hand zurück, um ihn genauer anzusehen. Der Ring war so einzigartig und schön und einfach ... ich schüttelte den Kopf.

„Sie wollte einen größeren Diamanten und mag anscheinend keine alten Sachen. Der Ring fasst noch den alten Stein und ich bin froh, ihn aufgehoben zu haben, weil du ihn offensichtlich mehr schätzt, als sie das je würde."

Ich blinzelte und starrte wieder auf meine Hand. Ja, ich wusste den Ring zu schätzen, doch bald würde ich ihn wahrscheinlich zurückgeben. Ich würde ihn keinesfalls behalten, egal, wie sehr er mir gefiel. Ein seltsames Gefühl kam plötzlich in mir hoch, der Schmerz von Verlust. Komisch, dass ich so über einen Ring dachte.

„Ich habe gehört, wie du mit deinen Freundinnen auf der Party über den Ring gesprochen hast. Das waren wirklich schöne Gedanken über meine Großmutter und alles. Das war der Grund, warum ich ihn für meine zukünftige Hochzeit aufgehoben hatte. Um ehrlich zu sein, bin ich froh, dass Claire ihn nicht angenommen hat. So ist er durch das ganze Chaos nicht verdorben worden."

Ich ließ meine Augen auf dem Ring. „Ist sie … ist sie mit dem Kerl zusammengekommen, mit dem sie dich betrogen hat?"

„Ne", schnaubte er und schüttelte den Kopf. „Das ganze Chaos hat zu nichts geführt. Keine Ahnung, ob er ihre Gefühle nicht teilte oder ob sie beide das Interesse verloren haben, als ich mich von ihr getrennt habe. Aber sie kam wieder angekrochen und flehte mich um eine zweite Chance an."

Ich runzelte die Stirn, sagte aber nichts.

„Da war ich bereits wieder in den Staaten. Wegen der ganzen Scheiße, die ich durchmachte, wurde ich aus dem aktiven Ruderteam genommen. Und ich fiel in meinen Fächern durch. Also sprang ich ins nächste Flugzeug und verschwand. Sie rief meine Familie an und behauptete, dass ich sie ganz allein in England zurückgelassen hatte."

Ich blinzelte. „Wow."

„Ja. Und anstatt wieder zu ihren Eltern nach New York zurückzugehen, flog sie nach Kalifornien, um meine Familie dazu zu bekommen, mich unter Druck zu setzen, dass ich sie zurücknahm."

Von der Geschichte fasziniert starrte ich auf sein schönes Profil. „Was hast du gemacht?"

Er atmete tief durch und warf mir einen Blick von der Seite zu. „Ich hatte damals einige … Herzprobleme und das machte das noch schlimmer. Also bin ich einfach verschwunden. Ich sagte niemandem, wohin ich ging. Was sie betraf, wurde ich einfach vom Erdboden verschluckt."

Okay, also *das* klang sehr vertraut. Denn ich hatte fast dasselbe gemacht. Nur aus einem völlig anderen Grund. Es war fast unheimlich, wie ähnlich unsere Leben doch verlaufen waren. Wir waren fast gleich alt, doch in verschiedenen Ländern und in völlig unterschiedlichen Gesellschaftsschichten aufgewachsen. Unsere chaotischen Leben waren in parallelen Linien verlaufen und hatten sich nie gekreuzt. Bis zu jenem schicksalsträchtigen Augenblick, an dem sie es getan hatten. Als hätten Zufall und Geometrie sich verschworen und diese verrückte Sache geschaffen, die Lucas und ich waren. Diese kurzlebige, zeitlich begrenzte Verbindung, die wir erschaffen hatten.

Aber bald würden wir uns wieder voneinander entfernen. Vielleicht würden wie wieder zu den Parallelen zurückkehren, die sich nie mehr schneiden würden.

Meine Brust fühlte sich plötzlich schwer an.

„Was ist los? Du siehst so blass aus. Hast du meine Geschichte so gehasst?"

Ich lächelte schwach, um ihn zu beruhigen, doch entschied mich, das Thema zu wechseln, anstatt mit ihm zu teilen, was wirklich in mir vorging. „Wann hast du deine Familie verlassen und bist verschwunden? Hast du da auch deinen Namen in Walker geändert?"

Er blickte weg, fast als wüsste er, dass ich ihm auswich. „Walker war schon immer mein Name. Mein zweiter Vorname. Ich habe einfach meinen Familiennamen weggelassen."

„Den aus vielen Namen bestehenden Familiennamen." Ich räusperte mich und verstellte meine Stimme, um den Monolog zu Beginn jeder Folge von *Arrow* nachzuahmen. „Mein Name ist Lucas Walker. Und ich ging nach Lian-Yu, um jemand anderes zu werden. Um *etwas* anderes zu werden."

Er lächelte. Doch er antwortete nicht.

„Also bist du praktisch die Geheimidentität eines Superhelden."

„Hmm. Ich denke, das ist eine Verbesserung zu Jedi-Junge."

Wir fuhren etwa fünf bis zehn Minuten schweigend weiter. Unsere Körper schwankten im Einklang mit den Kurven der Straßen und den Steigungen und Gefällen des Bodens. Wir fuhren gerade durch ein hügeliges Gebiet und die Straße wand sich häufiger. Da es Spätsommer war, waren die Hügel, die eigentlich mit grünem Gras bedeckt sein sollten, ausgetrocknet und warfen einen gelblichen Kontrast zum blassblauen Himmel. Als wären alle Farben ausgewaschen.

Ich brauchte etwas Luft, weshalb ich das Fenster einen Spalt öffnete. Die Spitzen meines Haars fingen an, wie kupferfarbene Schlangen auf meinen Schultern zu tanzen und ich musste einfach lachen.

Er lachte mit mir.

Ich warf ihm einen verstohlenen Blick zu. „Ich habe dich angelogen, als ich sagte, dass ich nur über deine Namensänderung nachgedacht habe."

Er zog seine Augenbrauen hoch, wirkte jedoch nicht überrascht. „Oh?"

„Ja ... ich war irgendwie schüchtern. Weil ich so tiefgründige Gedanken darüber hatte, wie ähnlich wir uns doch sind. Ich habe dasselbe gemacht wie du. Ich habe mein Elternhaus verlassen und bin, was sie betrifft, einfach verschwunden. Ich bin nach Kalifornien gekommen, weil Mia krank war, aber ich wäre so oder so weggegangen. Die Umstände hatten mir einfach eine Antwort darauf gegeben, wohin. Aber ich wusste, dass ich fortmusste. Wenn auch nur wegen meiner Feigheit."

Er blinzelte nicht einmal und starrte weiter auf die Straße. „Ich denke nicht, dass in dir auch nur ein Funken Feigheit steckt, Katya Ellis."

„Doch, wenn es um meine Familie geht. Zu verschwinden war einfacher, als nein zu sagen."

„Zu was hast du *nein* gesagt?"

Mir wurde flau im Magen. Oh, Gott. Würde er mich verurteilen? Würde er denken, dass ich ein schlechter Mensch war, genauso wie der Rest meiner Familie – oder einige meiner Freunde – es taten? Manchmal dachte ich selbst, dass ich ein schlechter Mensch war. Es würde mir nicht viel abverlangen, Derek vor unangenehmen Konsequenzen zu schützen. Selbst, wenn er sie verdiente.

„Mein Bruder ist in Schwierigkeiten geraten und meine Familie besteht darauf, dass ich ihm helfe, und ist sauer auf mich, weil ich mich weigere. Anstatt für mich einzutreten, bin ich von zuhause weggegangen." Mein Herz hämmerte. Wow. Ich hatte noch nie mit jemandem in meinem *neuen* Leben darüber gesprochen. Warum gab ich jetzt diese Infos so bereitwillig weiter?

Vielleicht, weil er mir seine Seele ausgeschüttet hatte? Aus irgendeinem Grund hatte ich das Gefühl, dass es unglaublich wichtig war, ihm nichts schuldig zu sein. Und nicht nur in sexueller Hinsicht. Auch wenn es viel mehr Spaß machte, in sexueller Hinsicht quitt zu sein.

Was mich daran erinnerte, dass ich ihm immer noch einen Orgasmus schuldete.

„Warte, was? Wie sollst du ihm helfen? Und welche Art von Schwierigkeiten?"

Ich atmete tief durch. „Lange Geschichte und eine, auf die ich nicht wirklich stolz bin", wich ich aus.

Er warf mir einen scharfen Blick zu, aber ich konnte nicht sagen, ob er auf mich oder auf meine Familie sauer war. „Klingt, als wäre diese Sache wohl kaum deine Schuld."

Mein Magen verknotete sich und ich schnappte mir meinen Getränkebecher, obwohl ich wusste, dass er leer war, und schlürfte sehr laut den letzten geschmolzenen Eiswürfel heraus. Warum hatte ich das alles gesagt? So würde ich nur wie ein gewaltiger Arsch und Weichei aussehen.

„Du solltest ja bereits wissen, dass ich unter Perfektionismus leide. Ich meine, wir arbeiten schon viel zu lange zusammen, als dass du abstreiten könntest, dass du es bemerkt hast."

Er nickte leicht, wobei seine Augen immer noch auf der Straße klebten. „Oh, das habe ich bemerkt. Und ich habe schon oft davon profitiert."

„Ich setze mich immer unter diesen gewaltigen Druck, in allem perfekt zu sein – in meinem Job, sogar beim Computerspielen. Das kommt davon, dass ich in diesem Haushalt aufgewachsen bin. Alles drehte sich nur um Derek und seine Fehltritte, *alles*. Im College musste ich sogar eine wichtige Laborübung für eines meiner Fächer streichen, weil meine Eltern zur selben Zeit eine Familientherapie geplant hatten, deren Termin sie nicht ändern wollten. Und natürlich war diese Familientherapie für Derek. Weil es ihm wieder besser gehen sollte. Wie konnte ich da nein sagen?"

„Das ist nicht wirklich fair."

Ich schnaubte. „Du solltest besser als jeder andere wissen, dass *fair* hier keine Rolle spielt. Und ein Teil des Drucks kam von innen, weißt du? Wir waren auf derselben High School, nur ein

Jahr auseinander. Ich hatte viele derselben Lehrer, die er das Jahr zuvor hatte. Er hat sich im Unterricht danebenbenommen, blau gemacht, ist eingeschlafen oder war einfach nur eine Nervensäge. Am ersten Tag jedes neuen Schuljahrs ins Klassenzimmer zu gehen, war nicht einfach. Sagen wir einfach, dass die Lehrer sehr voreingenommen waren und erwarteten, dass auch ich eine Versagerin war. Ich musste so viel härter arbeiten, um zu beweisen, dass ich rein gar nicht wie er war. Doch selbst dann legten einige von ihnen ihre Vorurteile nicht ab."

Lucas neigte den Kopf nachdenklich zur Seite, sagte aber nichts. Das war genug Zuspruch, um fortzufahren.

„Ich denke, ich will sagen, dass ich es verstehe, wenn du sagst, du hast versucht, allen bis auf dir selbst zu gefallen. Ich habe dasselbe getan, obwohl ich es nie so betrachtet hatte. Ich hatte die Vorstellung, ich müsste perfekt sein, weil mein Bruder so eine Enttäuschung war. Und trotzdem hat er die ganze Aufmerksamkeit bekommen."

Lucas nahm die Augen von der Straße, um mir einen langen, grübelnden Blick zuzuwerfen. Es war etwas Gewichtiges in diesem Blick. Es war weder arrogant noch richtend. Es war nicht fordernd oder defensiv. Irgendetwas war da, als ich aufblickte und seinen gefassten Blick erwiderte. Ein *Klicken*, so mächtig, dass man es fast hören konnte.

Ein Austausch von ... schweigendem Verständnis ohne ein Quäntchen Emotionen. Ein *Durchbruch.*

Er nickte bedächtig und wandte seinen Blick wieder der Straße zu. Aus einer seltsamen Laune heraus legte ich meine linke Hand auf seine Rechte, die auf dem Schaltknauf ruhte. Fast unverzüglich streichelte sein Daumen sanft über meinen kleinen

Finger. Eine ruhige und einfache Geste der Solidarität. Des Danks.

Als wir das Schweigen brachen, war es fast störend, dieses wortlose Verständnis, das sich zwischen uns aufgebaut hatte, zu unterbrechen. Seine Stimme klang anders, als wären Gefühle hinter seinen Worten. „Du bist zu hart zu dir selbst. Ich erkenne das, weil ich genauso bin."

„Das bist du. Ich meine, du hast mir am Abend der Dinner-Party deiner Eltern erzählt, dass du ein beschissener Ehemann warst. Aber du darfst dir für ihr Fremdgehen nicht die Schuld geben."

Er blinzelte. „Ich denke gerne, dass ich erwachsen genug bin, um zuzugeben, dass wir beide Schuld am Scheitern dieser Ehe hatten. Sicher, ihr Fremdgehen hat sie beendet, doch sie war von Anfang an nicht wirklich toll. Ich habe die Beziehung begonnen, war aber dann zu beschäftigt, um mich darum zu kümmern. Dieser Teil war meine Schuld. Sie war eine beschissene Ehefrau, ja, aber das bedeutet nicht, dass ich ein weniger beschissener Ehemann war. Das alles hat mich eines gelehrt. Ich war nicht dafür geschaffen, ein verheirateter Mann zu sein – zumindest nicht im realen Sinn."

Ich biss mir auf die Lippe und dachte aus irgendeinem Grund über diese Worte nach, weil mich die Wendung in der Unterhaltung ärgerte. Es war an der Zeit das Thema zu wechseln. „Da wir beide so auf Perfektion getrimmt sind, ist es kein Wunder, dass wir beide Spieletester geworden sind. Wir sind besessen davon, jede Imperfektion zu finden und zu beseitigen."

Er lächelte zustimmend. „Ich bezweifle, dass die Entwickler das so sehen."

„Ach, scheiß auf die. Das sind nur ein Haufen Jammerlappen", schnaubte ich.

Zum ersten Mal während dieser ganzen Reise warf Lucas seinen Kopf zurück und lachte. „Du bekommst die Hälfte meines nächsten Gehaltsschecks, wenn du ihnen das ins Gesicht sagst, sobald wir wieder zurück sind."

Als wir die Greater Sacramento Area verließen, schaltete das Radio auf einen Oldie-Sender. Ich achtete nicht wirklich auf die Lieder, bevor ein vertrauter Synthesizer-Beat einsetzte. Ja, es war Rick Astleys Versprechen an seine Liebe, dass er sie nie gehen lassen, enttäuschen oder verlassen würde.

Ich konnte nicht widerstehen. Ich drehte die Lautstärke auf und sang mit, bevor ich ihn mit dem Ellbogen stieß. „Alter, sie spielen unser Lied. Wirst du nicht auch ganz sentimental und nostalgisch beim Gedanken an unsere Fast-Food-Hochzeit und den tollen Hochzeitstanz, den wir nicht hatten?"

Er spottete. „Ich hasse diesen Song."

„Lass dich davon treiben, Lucas! Es ist unser Hochzeitslied. Du magst ihn nur nicht, weil deine Kollegen es sich zur Lebensaufgabe gemacht haben, dich zu rickrollen, wen du sie wieder mit Terminplänen und Deadlines nervst. Sie brauchen doch ein harmloses Ventil, um ihren Frust abzulassen, wenn du ihnen ihre unvollständigen Bug-Reports wieder auf den Tisch klatschst."

Er zuckte mit den Schultern. „Der Fluch der Perfektion."

„Apropos Hochzeit, ich muss zugeben, dass ich einige der Fotos deiner ersten im Internet gesehen hab. Ich meine ... wie viele kleine Dörfer hätte man mit dem Budget für diese Hochzeit ein Jahr lang versorgen können?"

„Keine Ahnung. Und die Tatsache, dass du mich gegoogelt hast, ist übrigens sehr unheimlich." Er stellte seine Schultern gerade und warf den Kopf zurück. Wie eine arrogante Frau, die ihre Haare nach hinten warf. „Warum bist du so besessen von mir?", fragte er.

Ich krümmte mich vor Lachen und rang nach Luft. Er lächelte zufrieden darüber, dass ich ihn so amüsant fand. Bis vor Kurzem waren solche Momente sehr selten gewesen.

„Wirklich gut gespielt." Ich wischte mir die Tränen aus den Augen und stellte das Radio leiser, um seinen Ohren weitere Qualen zu ersparen.

„Aber ich habe noch ein Hühnchen mit dir zu rupfen. Du hast deinen Freundinnen von meinem Adelstitel erzählt." Seine Stimme war flach und sein Gesichtsausdruck todernst.

Oh scheiße. Das war ihm schnell zu Ohren gekommen. Ich biss mir auf die Lippe und drehte mich zu ihm. „Tut mir leid. Bist du sauer?"

Er warf mir einen seitlichen Blick zu, dann setzte er ein schiefes Lächeln auf. „Naja, ich bin nicht wirklich froh darüber. Aber nein, nicht wirklich sauer. Mach es einfach nicht wieder."

Ich runzelte die Stirn. „Wer hat mich verpetzt?"

„Jordan."

Ich atmete laut aus. „Wer hätte *das* vermutet. Ich werde mich wohl an ihm rächen müssen."

Er schüttelte den Kopf. „Bitte erst, wenn ich meine neue Stelle in der Tasche habe."

„Wenn ich mich dadurch von all meinen Sünden freisprechen kann?"

„Cranberry, du hast eine beschissene Erfolgsbilanz, wenn es darum geht, Geheimnisse für dich zu behalten."

Mein Mund verzog sich. „Gutes Argument." Er traf ein Schlagloch und plötzlich erinnerte mich meine Blase daran, dass sie auch noch existierte und bis oben hin voll war. Dieser Jumbobecher Limo suchte mich heim. „Ähm, bitte sei nicht sauer, aber ... ich bräuchte einen Boxenstopp."

Er verdrehte übertrieben die Augen, aber kam meiner Bitte nach. „Du wirst immer nerviger, weißt du das?"

Ich hob beschwichtigend die Hand. „Ich mache das wieder gut. Versprochen."

Eine dunkle Augenbraue schoss attraktiv nach oben. Gott, war er heiß. „Hmm. Ich bin interessiert. Lass hören, wie?"

„Ich lasse mir etwas einfallen. Aber es wird gut sein."

An der nächsten Ausfahrt fuhr er vom Highway ab und fand fast unverzüglich einen sauberen und verlassenen Rastplatz. Meine Blase war ihm so unglaublich dankbar dafür.

Wir waren jetzt noch etwa eine halbe Stunde vom Weingut entfernt, informierte mich Lucas, als er das Navi checkte. Deshalb nutzten wir beide die Gelegenheit, um uns etwas die Beine zu vertreten. Lucas wirkte nicht motiviert, unser Ziel früher als geplant zu erreichen. Wie ein Verdammter, der seinem Verderben immer näherkam.

Auf dem Rückweg von der Toilette kaufte ich ihm eine Packung Lemon Oreos an einem Automaten und überreichte sie ihm. „Blicket auf meine Wiedergutmachung."

Um ehrlich zu sein, ich hatte keine Ahnung, ob er Lemon Oreos mochte, aber ich war süchtig nach ihnen, seit ich in den Staaten lebte. In Kanada gab es nur die langweiligeren Geschmackssorten. Wie sich herausgestellt hatte, war meine neue Wahlheimat ein Himmel voller Oreos, von deren fünfundzwanzig möglichen Geschmackssorten ich mich bereits siebzehn genüsslich hingegeben hatte.

Lucas war scheinbar kein Fan davon. Aber das war nicht so schlimm. Weil das bedeutete, dass ich die ganze Packung für mich hatte. „Du wirst wohl einen anderen Weg finden müssen, das wiedergutzumachen", sagte er, wobei er mich mit zusammengekniffenen Augen anblickte.

„Oh, ich habe noch ein paar Ideen. Aber laut deiner Aussage stehen die alle auf der Untersagt-Liste." Ich zwinkerte ihm zu und leckte dann verführerisch über meine Oberlippe. Eine kleine Neckerei hatte er sich verdient.

Seine Antwort darauf war ein finsterer Blick, während dem er aber rot wurde. Dann setzte er seine Sonnenbrille wieder auf.

Bevor wir wieder ins Auto stiegen, machte ich noch eine volle Drehung, um die Umgebung in mich aufzusaugen. Wenn man die Vegetation und die Landschaft betrachtete, konnte man kaum glauben, dass man immer noch in Kalifornien war. Ich atmete tief ein und schmeckte die frische, süßlich riechende Luft. Und hier gab es wirklich noch andere Bäume als die im Süden vorherrschenden Palmen und Zypressen. Ich streckte meine Hände in die Luft und genoss das Gefühl der frischen Brise auf meinem Gesicht. War es hier oben im Sommer auch kühler?

Ich bemerkte Lucas' Blick und stoppte mitten in der Drehung, da mir nicht bewusst gewesen war, dass er mich beobachtete. Unsere Augen trafen sich und ich fühlte … etwas.

Mein Herzschlag wurde etwas schneller. Das Blut stieg mir ins Gesicht und erwärmte angenehm meine Haut. Vielleicht lächelte ich ihn an. Und vielleicht tanzte das kleine Teufelchen auf meiner Schulter einen Freudentanz und flüsterte mir unanständige Ideen ins Ohr. Es war wirklich ein ungezogenes Ding.

Atemlos erklärte ich mich. „Ich liebe es einfach, dass es hier so viele Bäume gibt. Es ist so anders als dort, wo wir wohnen."

„Wir sind fünfhundert Meilen von zuhause entfernt."

Unter dem Schutz seiner Sonnenbrille war sein seltsamer Stoizismus zurückgekehrt. Diese distanzierte Kälte, die nicht wirklich unfreundlich, sondern eher ... reserviert wirkte.

Ich runzelte die Stirn. „Stimmt etwas nicht? Bist du wirklich verärgert, weil ich von deinem Titel erzählt habe?"

Er blinzelte und wandte sich von mir ab, während er das Auto aufsperrte und mir galant die Tür öffnete, bevor er sich hinters Steuer setzte.

Angesichts der verstrichenen Zeit erwartete ich keine Antwort mehr. Doch als er vom Parkplatz und in Richtung der Auffahrt zum Highway fuhr, kam sie doch noch.

„Nein", sagte er schließlich. „Aber wenn es in der Arbeit Thema wird, schaffst du es aus der Welt? Mir ist egal, was du erzählst. Dass es ein Witz war oder du gelogen hast oder was auch immer."

Ich nickte und beobachtete ihn vorsichtig. „Okay. Das ist fair."

Wir redeten nicht, während ich meine Kekse mampfte. Lucas fuhr vom Highway ab auf die kurvige und zweispurige Pope Valley Road, die an noch mehr Bäumen vorbeiführte. Hier konnte ich bereits die ersten Weinberge direkt an der Straße sehen. Saftig grüne Reben, die aussahen, als wären sie auf jedem Quadratzentimeter Boden angepflanzt worden, der sie halten würde. Sie erklommen die Hügel in fein säuberlichen Reihen, wie die Wellen eines gewaltigen grünen und fruchtbaren Ozeans, der bis in den Himmel reichte.

Leider erhaschte ich ab und zu einen Blick auf einen der entfernten Hügel oder Landstriche, die immer noch die Narben verheerender Flächenbrände trugen. In den letzten Jahren waren diese oft durch das Tal gezogen und hatten auf ihrem Weg nur kargen, verbrannten Boden zurückgelassen. Da ich aus British Columbia stammte, waren mir die verheerenden Auswirkungen von Waldbränden nicht fremd.

Den Kopf von einer Seite zur anderen wendend, beugte ich mich vor, um durch die Windschutzscheibe in den mit fluffigen Wolken übersäten blauen Himmel hinaufzusehen. Der Horizont war in der Ferne zu beiden Seiten mit zerklüfteten Bergen gespickt. „Hier ist es wunderschön."

„Gewöhn dich nicht zu sehr an das schöne Wetter, das du unten am südlichen Teil des Tals erlebt hast. Groenveld Vinyard liegt ganz im Norden des Tals und dort kann es im Sommer heißer als in der Hölle werden."

„Warte, ich dachte, dein Dad sagte, das Weingut heißt Turning Windmill?"

„Das ist die Weinkellerei, der Ort, an dem der Wein gemacht wird. Der Weinberg, wo die Trauben wachsen, heißt Groenveld Vinyard."

Wir waren auf unserem Weg auf dem Highway bereits an einigen der größeren Weingute vorbeigekommen. Einige davon waren riesig und opulent und sahen wie gewaltige toskanische Schlösser aus, während andere romantischen europäischen Anwesen ähnelten.

Meine Augen wanderten zu seinen auf dem Lenkrad liegenden Händen. Diese schönen, starken Hände, die sich gerade um das Steuer ballten. Der Junge war wirklich nicht froh darüber, eine Woche mit seinen Eltern verbringen zu müssen. Mein Kopf ratterte, wie ich ihn beruhigen könnte. Eine gute Gamerin wusste immer, wie sie ihre Fähigkeiten einsetzen konnte, um etwas zu erledigen.

„Wie kommt eine holländische Adelsfamilie eigentlich zu einem Weingut in Kalifornien? Wieso nicht in Südfrankreich oder so?"

„Mein Großvater hatte sich in Nordkalifornien verliebt, als er Stanford besuchte. Er ist derjenige, der das Weingut erworben hat. Sein Vater hat ihm bei der Finanzierung geholfen, da er damals noch sehr jung war. Nach dem Studium ging er zurück in die Niederlande, doch dort war er nicht sehr glücklich. Also brachte er seine Frau und seine Kinder nach Kalifornien, um hier zu leben. Vater ist in Utrecht geboren, aber hier aufgewachsen. Er hatte kein Interesse daran, auf dem Land zu leben und Weintrauben anzubauen. Sobald er konnte, zog er weg. Für ihn ist das Weingut nur eine Nebensache. Nur ein weiterer Teil seines gewaltigen Geschäftsimperiums."

„Hmm, ein Multimillionär der alten Schule, eh?"

„Meine Familie ist ein wandelndes Klischee. Vater hat als ehrgeiziger Geschäftsmann das Familienvermögen vervielfacht. Mutter war Model für Modemagazine. Sie haben sich auf irgendeinem High-Society-Event kennengelernt und sechs Monate später geheiratet. Sie bekamen die erforderlichen zwei Kinder – Junge und Mädchen – und führten weiter ihr High-Society-Leben. Vater behandelt die Leute in seinem Leben wie Requisiten und Trophäen. Niemand kann ihn leiden, aber alle tun so."

Das war hart. Lucas' sexy Lippen hatten sich verzogen, so als hätte er etwas Ekelhaftes gekostet und könnte den bitteren Geschmack in seinem Mund nicht loswerden.

Ich legte meine Hand wieder über seine. Dieses Mal schlossen sich meine Finger um seine. „Weißt du, Familie ist mehr als nur die Leute, in deren Haus du hineingeboren wurdest. Es gibt die Familie, von der du abstammst, und die, die du dir aussuchst."

Er zog seine Augenbrauen hoch, doch hielt seine Augen weiter auf die Straße gerichtet. Meine Finger schlossen sich noch enger um seine. „Ich weiß, dass das zwischen uns nicht real ist. Aber aktuell sind wir real verheiratet. Und solange wir verheiratet sind, sind wir eine Familie. Eine Familie, die wir uns ausgesucht haben. Und das ist etwas Besonderes. Und solange ich deine Familie bin, halte ich dir den Rücken frei."

Er sagte nichts, aber ich wusste, dass er mich verstanden hatte, als sich seine Finger um meine schlossen. Er atmete tief durch und schluckte dann sichtlich. So, als hätte er eine Entscheidung getroffen. Dann drehte er seine Hand um und unsere Finger umschlangen sich. Er musste mir nicht danken, musste mir nicht sagen, dass er diese Geste wertschätzte. Unsere verschlungenen Finger sagten all das genauso deutlich. Eigentlich sogar *deutlicher.*

Und hoffentlich nahm ihm das einen Teil der Nervosität, die sich in den vergangenen Tagen in ihm aufgebaut hatte. Vermutlich würde dieser Trip die längste Zeit sein, die er mit seiner Familie in den letzten sechs Jahren verbracht hatte. Seit er sein altes Leben hinter sich gelassen hatte.

„Dasselbe gilt auch für mich", sagte er mit leiser Stimme.

„Das weiß ich schon. Du hast mir mit meinem Bruder geholfen. Dafür bin ich dir sehr dankbar."

Kurz darauf ließ Lucas meine Hand los, um das Lenkrad wieder mit beiden Händen zu greifen. Dann bog er auf einen einspurigen Weg, der auf eine Ansammlung von Gebäuden in der Ferne zuführte. Wir folgten der langen Straße, die von schönen alten kalifornischen Eichen gesäumt war. Mit ihrem ausladenden Blattwerk schenkten sie den Fahrern angenehmen Schatten. Doch das hier war keine gewöhnliche Auffahrt. Wir brauchten eine Weile, bis wir aus dem erfrischenden Schatten der stattlichen Bäume wieder ins blendende Sonnenlicht kamen.

Heilige Scheiße. Das Hauptgebäude war gewaltig ... und ähnelte einem Palast aus der Zeit der französischen Renaissance. Ich war plötzlich froh darüber, nicht länger seine Hand zu halten. Andernfalls hätte ich mich für meine verschwitzen Hände extrem schämen müssen. Als ich überzeugt war, dass er nicht hersah, wischte ich mir die Handflächen heimlich an meiner Jeans ab.

Das war es also, ein gewaltiger Palast hinter einer runden Auffahrt; eine aufragende Fassade mit Zinnen, Brüstungen und Ornamenten. *Und* einem riesigen weißen Springbrunnen mit Statuen nackter griechischer Götter. Der unbestreitbare Beweis, dass ich *weit* über meinem sozialen und wirtschaftlichen Stand geheiratet hatte. Rein gar nicht einschüchternd. Nein. *Nicht im Geringsten.*

„Bist du okay?" Lucas bemerkte offensichtlich meine Blässe und die Art, wie ich mich an meinen Sitz klammerte.

Ich drehte mich mit geweiteten Augen zu ihm. „Hast du eine Papiertüte griffbereit, falls ich hyperventilieren sollte?"

Er lachte. „Du hast uns das eingebrockt, Cranberry. Jetzt müssen wir es auch auslöffeln."

Schluck. Da fiel mir noch etwas ein. Wir würden vermutlich wieder ein Bett teilen müssen, während wir hier waren. Und naja ... das letzte Mal, als wir das getan hatten, hätten wir fast unsere Ehe vollzogen.

Doch er hatte deutlich klargestellt, dass *das* nicht passieren würde.

Und es war egal, wie toll sein Hintern in dieser Jeans aussah oder wie schön dieses T-Shirt seine muskulösen Bizepse umschmeichelte. Oder wie diese verträumten braunen Augen mich ansahen, als würde er mich *vernaschen wollen.*

Es würde nicht passieren.

Aber ein Mädchen durfte doch träumen, richtig?

Ein Butler und ein Fahrer begrüßten uns, als wir ausstiegen. Der Fahrer parkte unseren Wagen Gott weiß wo auf diesem gewaltigen Anwesen. Und ja, richtig gehört – ein *Butler.* Und anscheinend nicht einfach der Butler des Hauses, sondern *unser eigener persönlicher* Butler.

Als wir dem Butler, Mr. Deleon, hineinfolgten, stupste ich Lucas mit dem Ellenbogen an. „Wieso haben wir einen Butler?"

„Weil wir im Gästehaus wohnen und das einen Butler hat." Als wäre das normal, als würde das reichen, damit ich verstand. Ja, ich *verstand.* Mehr als je zuvor verstand ich, dass Lucas und ich aus zwei völlig verschiedenen Welten stammten.

Ich blinzelte. „Oh."

Drinnen wurden wir von Lucas' Mutter und seiner Schwester Julia formell empfangen – anders konnte ich es an einem Ort wie diesem nicht ausdrücken. Sein Vater war beim Golfen.

Während wir uns der Gastgeberin näherten, hörte man ununterbrochen das Klicken einer Kamera. Meine

Schwiegermutter lehnte sich vor und gab mir an beiden Wangen Luftküsse, wobei ihre mit Ringen geschmückten Hände leicht auf meinen Schultern ruhten, als könnte das Material meines T-Shirts sie beschmutzen. Ihr Parfum war nicht erdrückend, doch viel stärker, als ich es normalerweise gewohnt war. Und sie trug eine Art Designer-Hosenanzug, aufwendiges Make-up und Stöckelschuhe, als wäre sie gerade aus einer Vorstandssitzung gekommen, anstatt im Urlaub zu sein.

„Ah, da sind sie ja endlich!" Die Kamera klickte noch ein paarmal. Danach näherte sich uns eine Frau aus der Gruppe in der Nähe des Fotografen. Sie fragte, ob Lucas' Mutter mich erneut küssen könnte, damit sie den Winkel von der anderen Seite einfangen könnten.

Ich blickte zu Lucas und er starrte auf die Gruppe, als wären es Marsianer, die gerade in ihrer fliegenden Untertasse gelandet waren. Dies war also kein typisches Prozedere.

Waren sie wirklich so aus dem Häuschen, dass Lucas hier war, dass sie das Ereignis für die Nachwelt professionell dokumentieren mussten?

„Der verlorene Sohn ist angekommen." Julia schloss ihren Bruder grinsend in die Arme. „Lasst uns ein Festgelage geben."

Elaine van den Hoehnsboek van Lynden warf ihrer Tochter einen unheilvollen Blick zu. „Julia, *bitte.*" Ihre Mutter warf dem Fotografen und den beiden Personen neben ihm, von denen eine mit einem Eingabestift Notizen auf einem Tablet machte, einen ausdrucksvollen Blick zu. Elaine wandte sich an die Frau, die die Notizen machte, und setzte ein breites Lächeln auf. „Sie ist unser kleiner Spaßvogel." Dann murmelte sie leise zu Lucas und mir: „Schenkt ihr keine Beachtung."

In Erwartung eines Kusses ihres Sohnes, hob Elaine ihr Kinn. Lucas gehorchte pflichtbewusst.

Hm. Mein Blick schoss von Julias ruhiger Belustigung zu Lucas' steifer Haltung zur kühlen Förmlichkeit ihrer Mutter. Die Unbehaglichkeit war stark in dieser Familie.

Elaine erhob ihre Stimme, sodass sie leicht gehört werden konnte. „Ich freue mich so, euch beiden die Lovers-Villa geben zu können. Ich hoffe, sie gefällt dir, Katharina." Oh, ja, Lucas hatte mich wegen dieses Volle-Namen-Dings gewarnt. Seine Mutter hatte nichts für Spitznamen übrig. Sie winkte die Dreiergruppe herüber. „Das ist Georgina Weldon und ..." Elaine zögerte.

Die neue Frau, Georgina, trat hervor. Sie war klein und fest gebaut, Mitte vierzig, mit wuscheligen graubraunen Haaren, die in ihre Stirn hingen, aber an den Seiten ausrasiert waren. „Mein Fotograf, Gary Spencer. Und unsere Assistentin, Sarah." Sie zeigte auf die anderen beiden, einen Hipster mit Vollbart und einem Man-Bun Mitte zwanzig. Neben ihm stand ein schlankes Mädchen im Collegealter, das eine Jeansjacke über einem Minikleid trug. „Wir freuen uns, an dem Artikel über Ihr Familientreffen in der *New American Monthly* arbeiten zu dürfen. Es wird eine Sonderausgabe über den Adel in Amerika. Und Sie beide müssen die frisch Verheirateten sein! Ich würde mich freuen, wenn Sie etwas Zeit für ein Interview für mich hätten."

Okay, was war das jetzt?

Lucas sah genauso verwirrt aus wie zuvor. Und was das betraf, ging es mir nicht anders. Wir wandten uns beide zu Elaine. Was sollte das, uns hierüber nicht vorzuwarnen? Sie musste das schon seit Monaten gewusst haben.

Außer ... außer sie hatte es uns nicht gesagt, weil sie fürchtete, Lucas wäre dann nicht gekommen. Und vermutlich war der Grund, warum Lucas und ich unbedingt kommen mussten, genau das hier. Ich erinnerte mich an die Sache, die Lucas mir im Wagen erzählt hatte. Darüber, dass das äußere Erscheinungsbild alles für sie bedeutete.

Verdammte Scheiße.

Wir mussten gerade wie entflohene Sträflinge unter Suchstrahlern wirken.

Meine Schwiegermutter hatte ein gewaltiges, aber sehr künstliches Lächeln aufgesetzt. „Kommt, lasst mich euch herumführen. Wir können das alles später besprechen. Wir haben die ganze Woche."

Ich nahm Lucas' Hand und folgte Elaine in die Eingangshalle des Hauptgebäudes. Lucas ging verkrampft neben mir her, da er offensichtlich sehr verärgert über seine Mutter war. Nichtsdestotrotz verbarg er es gut.

„Danke. Was ich bis jetzt gesehen habe, ist wirklich atemberaubend." Ich warf einen Blick um mich. Es wirkte alles so hell wegen des strahlendweißen Marmors, der überall verwendet worden war. Im Zentrum der Halle stand eine Onyxstatue auf einem alabasterfarbenen Sockel. An den Wänden hingen wunderschöne Gemälde, deren Qualität eines Museums würdig waren. Ohne Zweifel waren sie authentisch und unglaublich teuer.

Und der Kronleuchter! Das Rundfenster darüber erlaubte dem Sonnenlicht, sich in all den Kristallen zu brechen. Soweit ich es erkennen konnte, war er nicht elektrisch. All das Funkeln und Leuchten kam vom Sonnenlicht, welches winzige Regenbögen auf den schimmernden Boden und die Wände warf.

Lucas' Mum ertappte mich beim Starren. „Er ist aus Österreich. Swarovski-Kristalle. Er leuchtet alleine durch das Sonnenlicht."

„Heilige Scheiße. Oh, ich meine – ähm, wie cool." Elaine starrte mich mit unschuldsvoller Miene an. Vom Eingang ertönte das Klicken der Kamera und ich krümmte mich. Dann blickte ich zu Lucas und flehte ihn schweigend an, mich aus dieser peinlichen Situation zu retten. „Ich meine – ich habe noch nie etwas Vergleichbares gesehen. Einfach atemberaubend, ähm, und –"

Lucas drückte meine Hand. „Wir sind etwas müde und würden uns gerne frisch machen ..."

Elaines Gesichtsausdruck erhellte sich. „Natürlich, natürlich. Deleon hat eure Sachen bereits in die Villa gebracht. Du weißt ja noch, wo sie ist, oder? Wollt ihr das Golfmobil nehmen?"

„Ich denke, wir vertreten uns die Beine."

Lucas führte mich durch eine Art Salon, der wie ein Set von *The Crown* aussah und dann durch eine Glastür auf eine Terrasse hinaus. Von hier aus hatte man einen wundervollen Ausblick auf einen französischen Garten mit in geometrischen Formen getrimmten Sträuchern, sich kreuzenden Pfaden und vielen farbenprächtigen Blumenbeeten.

Ich konnte einfach nicht anders. Ich musste ein paar Kraftausdrücke loswerden. Anstatt mir das Wort zu verbieten, lachte Lucas. „Ich wünschte, ich könnte das gerade durch deine Augen sehen", sagte er mit leiser Stimme.

„Meine Augen sind gerade etwas geblendet, wenn ich ehrlich bin."

Er sagte nichts, sondern sah mich nur mit einem breiten Grinsen an.

In Richtung der Schnellstraße erblickte ich einen gewaltigen schimmernden Swimmingpool, der von Naturstein eingefasst war und den ein komplexes Wasserfallsystem speiste. Direkt vor uns, am hinteren Ende des Gartens lagen weitere Gebäude und rechts von uns gab es eine Art altmodisches Kutschenhaus. Lucas deutete in diese Richtung. „Die Villa ist dort hinter dem Kutschenhaus."

„Das ist ein ganz schöner Fußmarsch."

Er blies seinen Atem hinaus. „In ein paar Tagen wirst du für die Abgeschiedenheit so dankbar sein, dass es dir egal ist, so weit gehen zu müssen."

Ich warf ihm einen flüchtigen Blick zu. „Apropos Privatsphäre, was sagst du zu dieser Reporter- und Fotografen-Sache?"

Er schüttelte den Kopf und sein Lächeln verschwand. „Ich denke, das war der wahre Grund, warum sie uns angefleht hat, auf das Familientreffen zu kommen. Ich dachte mir damals schon, dass es seltsam war, wie beharrlich sie war. Nur war ich der Meinung, sie würde sich lediglich Sorgen machen, wie es für meine Verwandten aussehen würde, wenn wir nicht anwesend wären. Etwas wie das hier ist mir nicht einmal in den Sinn gekommen."

„Wirklich seltsam …"

„Ja." Er nickte. „Hoffentlich werden sie mit den anderen Leuten so beschäftigt sein, dass sie uns in Ruhe lassen oder den jungen Leuten nur minimale Aufmerksamkeit schenken. Nur sehr wenige Leute in unserem Alter lesen dieses Magazin. Wenn überhaupt ein Magazin."

„Gutes Argument. Außerdem, falls sie das nicht tun, können wir immer noch auf unsere Privatsphäre bestehen, da dies ja theoretisch unsere *Hochzeitsreise* ist."

Der Spaziergang war schneller vorbei, als ich dachte. Unser *Butler*, Mr. Deleon, begrüßte uns an der Tür. Der Gedanke, dass wir beide, die regelmäßig voll bekleidet auf der heruntergekommenen Couch in unserem Büro schliefen, eine ganze Woche lang einen Butler haben würden, war seltsam.

Mr. Deleon gab uns sofort eine Führung durch die Villa. Sie war größer als das Haus, in dem ich aufgewachsen war. Voll eingerichtete Küche, formelles Ess- und Wohnzimmer, Büro und Fitnessraum im Erdgeschoss. Schlafzimmer und ein Hobbyraum im ersten Stock. Und im obersten Stockwerk, dem besten Teil dieses atemberaubenden Hauses, war ein Dachgarten im Stil einer italienischen Gartenvilla. Ich hatte nur einen flüchtigen Blick darauf geworfen, war aber entschlossen, ihn später, wenn ich Zeit hatte, genauer zu erforschen.

Wie es aussah, hatten wir gerade genügend Zeit, um uns für das zwanglose Dinner mit den Frühankömmlingen frisch zu machen. Die meisten Gäste würden erst am späten Abend oder frühen Morgen ankommen. Das Abendessen war relativ ereignislos, doch Lucas wirkte nicht wirklich erfreut darüber, dass nicht nur seine Exfrau, sondern auch ihre Eltern anwesend waren.

Und ich dachte, m*eine* Familie wäre seltsam.

Glücklicherweise waren genügend Leute anwesend, die eine Schutzmauer bildeten. Jedoch musste ich mich über die Unsensibilität von Lucas' Eltern wundern, sie eingeladen zu haben. Sie zu behandeln, als würden sie immer noch zur Familie gehören, und mehr auf ihre Gefühle einzugehen als auf die ihres eigenen frisch verheirateten Sohnes und ihrer neuen Schwiegertochter.

Nach dem Dinner machten wir noch einen weiteren Spaziergang, bevor wir wieder in unsere Villa gingen. Ich ließ mich sofort erschöpft ins Bett fallen, während Lucas noch duschte. Ich registrierte kaum noch, dass er sich ins Bett legte, als er schließlich fertig war. Ich war bereits in dem Schlummerland, wo meine Realität hauptsächlich das Produkt meiner sanften Träume war. Diese federleichte Berührung auf meiner Wange war sicherlich nur ein Hirngespinst meiner Vorstellungskraft. Und vermutlich auch dieses Gefühl eines Daumens, der mein Kinn entlangfuhr, als hätte er dies das vergangene Jahr jeden Abend gemacht. Obwohl das offensichtlich nicht der Fall gewesen war. Was fast sicher bedeutete, dass dies ein Traum war.

Fast. Sicher.

Als Resultat meines frühen Zubettgehens öffneten sich meine Augen kurz vor dem Morgengrauen. Und so sehr ich es auch versuchte, ich konnte sie nicht wieder schließen. Die Gedanken hatten sofort zu rasen begonnen, als ich erwacht war. Lucas' Atmung war immer noch dieses ruhige regelmäßige Ein- und Ausatmen des Tiefschlafs. Ich schlich mich so leise ich konnte aus dem Bett und schnappte mir eine kurze Hose und ein T-Shirt.

Normalerweise würde ich etwas Yoga machen, um wach zu werden. Aber heute Morgen hatte ich den viel größeren Wunsch, hinauszugehen. Ich war aufgeregt, die Umgebung und den großen Garten zu erforschen, von dem ich gestern nur einen kurzen Blick erhascht hatte. Die Luft war noch frisch und kühl und ich machte mich daran, den künstlerisch angelegten *Waldweg* neben dem Garten zu erkunden. Er war rein gar nicht wie die Wälder im pazifischen Nordwesten, aber dieser Hain beherbergte ein paar der riesigen Mammutbäume, die in Kalifornien heimisch waren. Weiter nördlich wuchsen sie wegen der Kälte nicht. Es waren beeindruckende Bäume, selbst für ein Mädchen, dass zwischen Bäumen aufgewachsen war.

Das Wäldchen war auf allen Seiten bis auf eine von den sorgfältig angelegten Rebstöcken der umliegenden Weinberge umgeben. An die vierte Seite grenzte der Schotterpfad des französischen Gartens an. Und es gab sogar ein Heckenlabyrinth.

Ein paar Stunden später war die Sonne aufgegangen und erstrahlte am Himmel, als ich gerade am Nebeneingang des Haupthauses vorbeiging. Ich war schon fast vorbei, als ich ein leises verächtliches Schnauben und ein heruntergeschlucktes Schluchzen hörte.

Neugierig wie ich war, drehte ich mich um und blickte um die Ecke. Dort, in der Nähe einer Lieferanteneinfahrt stand Julia, Lucas' Schwester, in Designerjeans, Prada-Stiefeln, einem sorgsam drapierten Hermès-Schal und einer über die Schulter geschlungenen Louis-Vuitton-Tasche. Sie hielt ihr Handy, das in einer funkelnden Hülle steckte, in der Hand und tippte verzweifelt mit ihrem Zeigefinger darauf.

Ich räusperte mich. „Hey! Was machst du denn hier?"

Julias Kopf zuckte in meine Richtung. Ihre Augen weiteten sich und sie verlor an Farbe, als wäre sie erschrocken, dass ich hier war und mitbekam, was hier vor sich ging. Vielleicht weil sie gerade dabei war zu fliehen? Vielleicht aber auch, weil sie gerade einfach ein normaler Mensch war und dabei ertappt wurde. Wer konnte das schon sagen …

Sie schien sich zu erholen und deutete steif auf ihr Handy. „Kannst du glauben, dass Uber hier keine Autos herschickt? Wir sind zu weit in der Pampa."

„Der *was?*"

Sie seufzte. „Ich weiß nicht, wie ihr Kanadier dazu sagt. In der Provinz? Am Arsch der Welt?"

„Ah", ich nickte. „Wir sagen am Arsch der Welt."

Ich runzelte die Stirn. Warum brauchte sie einen Uber? Hatte sie kein eigenes Auto – oder sogar mehrere – oder einen Fahrer, der sie überall hinbringen würde? Vermutlich zu irgendeinem Shoppingnotfall oder so.

„Brauchst du jemanden, der dich fährt? Deine Mum hat gesagt, dass ein Fahrer –"

Sie hob die Hand. „Ich kann es nicht brauchen, dass meine Eltern immer wissen, wo ich bin, danke." Sie blickte gedankenverloren auf ihr Handy hinab und biss sich auf die Lippe. „Es, ähm, es ist etwas, dass ich tun muss, ohne dass sie es mitbekommen. Besonders jetzt, wo diese Journalistin überall herumschnüffelt."

Meine Augen fielen auf etwas Farbiges, das an einem der Ringe an ihrer Tasche befestigt war. Irgendeine rote Scheibe. Etwas daran kam mir bekannt vor.

„Naja, ich sollte –" Ich trat einen Schritt zurück.

Im selben Augenblick verkrampfte Julia, als sie auf ihr Handy tippte. „Scheiße, wenn das so weitergeht, ist das Meeting vorbei, bevor der doofe Wagen überhaupt hier ist."

Meeting? Ich neigte meinen Kopf zur Seite und blickte erneut auf die rote Scheibe, wobei ich die Form eines Dreiecks darauf erkannte.

Ein Abstinenzchip. Julia machte einen Entzug. Der rote bedeutete einen Monat lang trocken. Und sie hatte ein Meeting. Plötzlich fühlte ich mich schlecht, weil ich ihren Wunsch hier weg zu kommen als Shoppingnotfall abgetan hatte. Ich war anscheinend genauso schuldig, Leute vorschnell zu verurteilen, wie alle anderen auch.

„Bestell den Uber ab", sagte ich und streckte die Hand aus. „Lucas und ich haben einen Wagen gemietet. Ich könnte dich fahren."

Sie blickte auf und ihre Augen weiteten sich. „Könntest du das? Danke. Ich muss nur ..."

Ich zog mit den Fingern einen bildlichen Reißverschluss an meinen Lippen zu. „Ich werde nichts verraten."

Unsere Blicke trafen sich und sie lächelte. Dann winkte sie jemanden vom Personal herbei, um meinen Wagen holen zu lassen. Kurz darauf waren wir auf der Straße und ich war erleichtert, dass Lucas den Wagen auf unser beider Namen gemietet hatte.

„Hast du die Adresse? Du kannst sie im Navi eingeben."

„Ich habe sie auf meinem Handy." Sie öffnete eine App und plötzlich hörten wir die roboterartigen Richtungsanweisungen.

Die Fahrt von unserem Teil des Tals zurück nach Napa dauerte etwas über eine halbe Stunde, während der wir schwiegen. Julia verbrachte die meiste Zeit damit, durch ihr Handy zu scrollen und Nachrichten zu schreiben.

Ich setzte sie vor einer kleinen Kirche in der Stadt ab. Sie machte mir einige Vorschläge, was ich in der Stunde, die das Meeting dauern würde, machen könnte.

„Keine Sorge, ich finde schon etwas", antwortete ich lächelnd. „Viel Erfolg beim Meeting."

Sie runzelte verlegen die Stirn und ging schnellen Schrittes in die Kirche, nachdem sie mir gedankt hatte. Ich spazierte die Hauptstraße der Stadt entlang, vorbei an den Geschäften, die gerade öffneten, und beobachtete, wie die Straßen sich mit Touristen füllten.

Mein Magen knurrte, doch ich ging an mindestens drei Coffee-Shops vorbei. Ich war keine große Kaffeetrinkerin, aber ich hätte nichts gegen eine gute Tasse Tee einzuwenden. Leider waren Amerikaner Tee-behindert. Seit ich Kanada verlassen hatte, hatte ich nicht eine gute Tasse gehabt.

Um die Zeit totzuschlagen, ging ich in das Touristeninformationszentrum und schnappte mir eine Broschüre, um irgendetwas halbwegs Spannendes zu finden. Ich brauchte einen Plan, falls Lucas wegen seiner Familie die Geduld – oder den Verstand – verlor. Wir könnten wandern gehen oder eine Tour durch die Weinberge machen oder sogar mit einem Heißluftballon fliegen oder zu einer natürlichen Quelle in Calistoga fahren.

Mit einer Handvoll glänzender Broschüren und einer Entschuldigung an all die Bäume, die wegen ihrer Anfertigung hatten sterben müssen, verließ ich das Informationszentrum. Dann machte ich einen Abstecher in einen kitschigen Souvenirladen, entschlossen, eine Kleinigkeit für Lucas zu besorgen. Im hinteren Teil gab es Sukkulenten, auf deren Töpfen in bunten Farben die Namen von lokalen Sehenswürdigkeiten standen. Mit einem Kichern schnappte ich mir zwei kleine kugelförmige Kakteen und bezahlte sie schnell.

Als ich kurz darauf zur Kirche zurückkehrte, wunderte ich mich, wie stark besucht dieses Meeting war. Es war ein Meeting der anonymen Alkoholiker, das im Herzen von Kaliforniens

Weinanbaugebiet abgehalten wurde ... Vielleicht war das hier ein besonders besorgniserregendes Problem?

Etwas später saßen Julia und ich wieder im Wagen auf dem Weg zurück zum Familienanwesen. Sie wirkte jetzt Gott sei Dank viel entspannter und ich hoffte, dass ihr das Meeting gutgetan hatte. Doch ich bohrte nicht nach.

„Wenn du, ähm, wenn du in den nächsten paar Tagen wieder hierher musst, fahre ich dich gerne wieder. Es ist eine schöne Spazierfahrt und die Stadt ist wirklich schön."

Sie spielte abwesend mit dem Träger ihrer Tasche, während sie aus dem Fenster starrte. Ihrem Handy musste der Akku ausgegangen sein. Dann drehte sie sich langsam zu mir. „Ich nehme an, du weißt, was das für ein Meeting war?"

„Ich habe den roten Chip an deiner Tasche gesehen. Ich, ähm, ich war früher auf Treffen für Familienangehörige von Alkoholikern. Deswegen habe ich ihn erkannt." Ich behielt meine Augen fest auf die Straße gerichtet und vermied, sie anzusehen, damit sie sich nicht unbehaglich fühlte.

Ich bemerkte durch eine Bewegung in meinem äußeren Sichtfeld, dass sie ihre Hand zu besagter Münze bewegt haben musste. „Hah, lustig. Ich habe sie dort festgemacht, um sie vor meinen Eltern zur Schau zu stellen. Nicht dass sie wüssten, was sie bedeutet. Sie wollten nicht, dass ich bei dem Programm mitmache, weil ich ja *im Fokus der Öffentlichkeit stehe.* Jemand könnte ja davon erfahren. Welch ein Horror! Wenn das öffentlich würde, müssten sie sich so schämen. Sie wollten, dass ich das Ganze in einer privaten und isolierten Entzugsklinik mache."

Ich blinzelte. „Sie unterstützen dich nicht wirklich dabei, oder?"

Sie schob sich eine Locke ihrer dunklen Haare über die Schulter. „Untertreibung. Besonders wegen des *schlechten Timings*, wegen der Reporter und all der entfernten Verwandten. Bei der Sache bin ich ganz auf mich allein gestellt. Nicht einmal meine Freunde stehen hinter mir. Weil ich nicht mehr *lustig* bin und mit ihnen *Party mache*. Als ob das alles im Leben ist. Claire und Liz haben nicht aufgehört, deswegen rumzujammern, seit sie hier sind."

Hm. Noch ein Grund, Lucas' Ex nicht leiden zu können. Die Gründe dafür schienen sich schnell anzuhäufen. „Tut mir leid. Das muss schwer sein. Und dann noch diese große Feier."

„Ja, genau. Ich bräuchte all die Unterstützung, die ich bekommen könnte, aber ich bekomme keine. Claire hat mir bereits gesagt, ich sollte mir einen Abend freinehmen und einfach Spaß haben."

Ich wusste, dass ich damit Grenzen überschritt, aber ich musste es einfach loswerden. „Ist es weise, sie hier bei dem Familientreffen zu haben, wenn du noch am Anfang deines Entzugs bist?"

Julia warf mir einen spekulativen Blick zu. Sie dachte vermutlich, dass es nur darum ging, dass die zweite Frau sich wegen der ersten unsicher fühlte. Außerdem realisierte ich, dass sie vermutlich nicht dieselbe Geschichte darüber kannte, wie schlimm die Ehe wirklich gewesen war.

„Es ist kompliziert. Sie ist meine Freundin. Außerdem stehen ihre Familie und meine sich sehr nah. Ich meine … ich denke, meine Eltern fühlen sich irgendwie verantwortlich für das Chaos, als das sich Lucas' Ehe herausgestellt hat."

Meine enorme Verwirrung und mein Unglaube standen mir vermutlich ins Gesicht geschrieben, da sie wieder sprach, um zu versuchen, meine unausgesprochenen Fragen zu beantworten.

„Ich meine, niemand gibt Lucas die Schuld. Er war emotional nicht wirklich auf der Höhe und so. Aber für Claire war es auch hart. Als es wegen seiner Depression schlimm wurde, ging er einfach weg und verschwand. Niemand von uns wusste fast ein Jahr lang, ob er tot oder lebendig war. Besonders wenn man seine Krankheit bedachte. Er hätte sich etwas angetan haben können, weißt du?"

Ich blinzelte. Was zum ...? Ich wusste davon, dass er verschwunden war. Und Lucas hatte etwas über ihre Sorge bezüglich seiner Gesundheit erwähnt, aber ich hatte vermutet, dass es um seine körperliche Gesundheit ging – nicht um seine geistige. Das hier klang viel ernster, als er es dargestellt hatte.

Julia konnte meine offensichtliche Verwirrung anscheinend von meinem Gesicht ablesen. Sie schlug sich die Hand vor den Mund. „Gott, ich habe so eine große Klappe und verrate alles. Vielleicht wollte er nicht, dass du das weißt."

Ich zwang mich zu einem Lächeln und zuckte mit den Achseln. „Ach nein, wir sind sehr offen miteinander und erzählen uns alles." Wann zum Teufel war ich eine so gute Lügnerin geworden? „Es nimmt mich nur jedes Mal mit, wenn ich von dieser Zeit in seinem Leben höre. Wie traurig er gewesen sein musste."

„Depressionen sind kein Witz."

Ich schluckte. „Nein, definitiv nicht." Tief durchatmend schwor ich mir, ein Gespräch mit Lucas zu führen. Ich musste sichergehen, dass es ihm gut ging und dass er nicht wieder in diesen Zustand abrutschte, solange er hier war und seinen ziemlich unsensiblen Familienangehörigen ausgesetzt war.

Ich drehte mich wieder zu ihr. „Und? Hast du eine Strategie wegen der Feier? Hast du die Möglichkeit, deinen Sponsor zu kontaktieren?"

Sie nickte. „Ja, ja. Sie sagte mir, ich kann sie dieses Wochenende jederzeit anrufen. Selbst wenn es zwei Uhr morgens ist. Ich mache den Entzug, weil ich wegen Trunkenheit am Steuer verhaftet wurde. Mein Führerschein wurde eingezogen. Deshalb kann ich nicht selbst zu den Meetings fahren." Ihre Schultern sackten nach unten, als würde sie all die Gedanken daran plötzlich traurig machen.

„Aber du machst das super", ermutigte ich sie. „Über einen Monat trocken ist eine gewaltige Leistung."

Sie nickte und spielte wieder an dem Chip herum. „Fünfunddreißig Tage, um genau zu sein. Es ist also erst der Anfang. Aber was Mutter und Vater betrifft, ist es das Ende. Das ist alles, was nötig war, um *gesund* zu werden. Sie verstehen es einfach nicht. Niemand hier tut das."

„Ich bin hier. Ich weiß, dass wir uns nicht besonders gut kennen, aber ich kann dich unterstützen. Und dein Bruder –"

Sie hob die Hand. „Sag Lucas nichts. Bitte."

„Oh." Ich drehte meinen Kopf zu ihr und sie sah ein wenig panisch aus. „Keine Sorge. Ich verrate nichts. Aber ich denke, dass er dir auf jeden Fall helfen würde. Und er wäre stolz auf dich."

Sie seufzte und drehte sich wieder zum Fenster, um hinauszublicken. „Ja, naja, das war vielleicht einmal so, aber wir stehen uns schon lange nicht mehr wirklich nah."

Ich hatte keine Ahnung, was ich darauf sagen sollte, also wandte ich meine Aufmerksamkeit wieder der Straße zu. Wenn sie weiter reden wollte, würde sie das tun.

Und es dauerte nicht lange, bis sie fortfuhr. „Darf ich dich fragen, wegen wem du zu den Meetings für Angehörige von Alkoholikern gegangen bist?"

Ich zögerte nur einen Sekundenbruchteil. Sie hatte mir so viel über sich verraten. Also könnte ich das ebenfalls.

„Ich bin wegen meines Bruders dort gewesen. Und unsere Eltern sind deinen nicht wirklich unähnlich." Bis auf die Bankkonten voller Geld, fügte ich in meinem Kopf hinzu. „Sie wollen, dass alle Probleme verschwinden, ohne etwas dafür zu tun. Mein Bruder machte das Programm aber nur zum Schein mit." Ich wollte nicht ins Detail darüber gehen, wie oft er aufgehört und wieder angefangen hatte. Ganz zu schweigen von den anderen Versuchen eines Entzugs – die alle nur leere Versprechungen seinerseits gewesen waren.

Ein Entzug war hart. Es war etwas, für das man kämpfen musste. Und Derek hatte in seinem Leben nie für etwas kämpfen müssen.

„Sind deine Eltern mit dir hingegangen?"

Ich schüttelte den Kopf. „Ich habe das eigentlich für mich gemacht. Ich fing an, einen Groll gegen ihn zu hegen."

Sie nickte, kramte in der Tasche nach ihrem Handy und zog es heraus. Dann sah sie kurz auf das Display und legte es wieder weg. „Hat es geholfen?"

Ich zuckte mit den Achseln. „Ja, ein bisschen. Familiäre Beziehungen sind von Haus aus schwierig. Wenn dann noch eine Sucht dazukommt …"

Sie seufzte. „Ja, genau das ist der Grund, warum ich mit meinem Bruder nicht wirklich darüber reden will."

Ich nickte. „Wenn du es tust, würdest du vielleicht herausfinden, dass er dich nicht so verurteilt, wie du denkst."

„Ja, naja." Sie zuckte mit den Achseln. „Ich beneide ihn irgendwie. Er ist der Clevere. Alle geben seinem damaligen Gemütszustand die Schuld, doch er hat getan, was er tun musste, und ist vor der ganzen Scheiße geflohen, bevor sie ihn kaputtmachen konnte. Er hat sein Leben neu aufgebaut, damit er sich nicht ändern musste, um in dieses Leben hier zu passen."

„Für dich ist es sicherlich noch nicht zu spät, das Gleiche zu tun."

Nach einer Pause antwortete sie: „Vielleicht nicht."

Ich kochte vor Wut auf dem restlichen Weg zurück. Weil ihre Eltern und ihre Freunde sie nicht unterstützten. Wie konnte man sich nur mit den Problemen und der Abhängigkeit geliebter Menschen arrangieren, anstatt ihnen beim Kampf für ein besseres Leben beizustehen?

Das erinnerte mich daran, dass es bei meinen Eltern genauso war. Anstatt etwas zu unternehmen, wollten sie, dass ich den Preis zahlte, um Derek zu beschützen. Es ging ständig nur darum, Derek zu verhätscheln und zu beschützen. Darum, all unsere Leben nach dem Monster auszurichten, das ihn in seinen Fängen hielt. Derek war süchtig, und bis er selbst die Entscheidung traf, zu tun, was nötig war, würden weder sie noch ich etwas unternehmen können, um das zu ändern. Und in der Zwischenzeit würden wir einfach weiter unsere Leben ruinieren, um ständig auf ihn aufzupassen und ihn aufzufangen, wenn er einen Fehler machte.

Ich hatte die irreversible Entscheidung getroffen, diese Zukunft, die meine Eltern für mich ausgesucht hatten, zu ändern. Aber das hatte bedeutet, alles zurückzulassen, was Gift für mich war. Übelkeit, Bedauern und Erschöpfung wegen alledem wirbelten wie die Zutaten für einen Sturm in meinem Magen herum und ließen ihn mehr und mehr verkrampfen. Ich hatte mich noch nie so alleine gefühlt wie auf dem Flug nach Kalifornien, als ich meine Freunde, meine Familie und sogar viele meiner wertvollsten Besitztümer zurückgelassen hatte.

Auf Julias Vorschlag hin bogen wir in Richtung Garage ab, anstatt zum Vordereingang zu fahren, um neugierigen Augen aus dem Weg zu gehen. Sie lächelte und dankte mir und machte dann etwas sehr Überraschendes und Liebes.

Sie legte ihre Hand auf meine Schulter. „Ich liebe deine Haare. Sie haben eine so schöne Farbe. Hast du ein Kostüm für die Gatsby-Themenparty?"

Ich nickte.

„Ich habe mich ausgiebig mit dem Thema und all den Details befasst – um mich von dem Party-Teil abzulenken. Meine Visagistin und meine Frisörin kommen heute Nachmittag vorbei. Kann ich sie zu dir schicken? Ich will dir etwas Gutes tun, als Dankeschön für heute."

Ich lächelte. „Julia, du musst dir mein Schweigen wirklich nicht erkaufen. Ich verspreche –"

Ihre Augen weiteten sich. „Oh, ich weiß, dass du nichts verraten wirst. Ich … ich hätte einfach gerne, dass du von ihrem Können profitierst, anstelle meiner Freundinnen, die mich nicht wirklich verstehen oder unterstützen. Sollen sie ruhig ihre Haare und ihr Make-up selber machen."

Und mit diesen Worten öffnete sie die Tür und stieg aus. Ich blickte ihr verwirrt und auch etwas überwältigt hinterher.

Aber ich dachte auch über ihren Bruder und das, was sie mir über ihn und seinen Gemütszustand nach der Scheidung erzählt hatte, nach. Es war so schwierig, zu sagen, was unter dem sehr ruhigen Äußeren meines Ehemanns vor sich ging. Er hielt alles in sich verborgen – naja, bis auf seine schroffe und mürrische Art.

Gott. Kein Wunder, dass er so sauer war, weil ich, ohne ihn zu fragen, einfach zugesagt hatte, an diesem Familientreffen teilzunehmen. Ich schluckte diesen großen Ball aus Schuld hinunter. Ich schuldete ihm eine Entschuldigung. Und ich schuldete ihm Offenheit, denn es war nicht fair, sie von ihm zu erwarten, wenn ich sie ihm im Gegenzug verweigerte.

Als ich wieder in unser Gästehaus kam, hatte ich pochende Kopfschmerzen und eine erschreckend mürrische Einstellung. Zusätzlich brauchte ich dringend ein Nickerchen, obwohl ich letzte Nacht so lange geschlafen hatte.

Doch ich hatte keine Zeit, mich um irgendetwas davon zu kümmern.

KAPITEL
NEUNZEHN
LUCAS

ICH HATTE VIEL ZU LANGE GESCHLAFEN. ALS ICH aufwachte, war die Villa leer. Ich stand auf, putzte mir die Zähne und ging meiner üblichen Morgenroutine nach. Workout an der Rudermaschine im Trainingsraum im Erdgeschoss. Frühstück aus einer Auswahl an Obst, Gebäck und Kaffee, die der Butler bereitgestellt hatte.

Aber immer noch keine Katya.

Ich schaute auf mein Handy, aber da war keine Nachricht. Also schrieb ich ihr.

Etwa fünf Minuten, nachdem ich auf Senden gedrückt hatte, kam sie herein, ohne auf meine Nachricht geantwortet zu haben. Mit einem verzweifelten Seufzen ließ sie sich auf die Couch im Wohnzimmer fallen. Dort fand ich sie, ausgebreitet auf der Couch, ihr langes kupferfarbenes Haar um ihr wundervolles Gesicht herum aufgefächert.

„Hey", sagte ich, als sie ihre Turnschuhe davontrat und die Füße auf den gläsernen Couchtisch hochlegte. „Wo warst du?"

Sie rieb sich in kleinen Kreisen die Stirn. „Es fängt schon an, draußen heiß zu werden. Ich bin spazieren gegangen und habe deine Schwester getroffen. Sie brauchte eine Mitfahrgelegenheit nach Napa, also habe ich sie in unserem Mietwagen gefahren."

Ich verdrehte die Augen. „Shoppingnotfall oder Instagram-Fotomission?"

Sie richtete sich auf und sah mich an. Sie wirkte bereits müde, obwohl es noch nicht einmal Mittag war. „Du könntest wirklich etwas nachsichtiger mit ihr sein."

Ich runzelte die Stirn. „Ähm, oh, habt ihr euch angefreundet?"

Sie seufzte und presste ihre Handballen auf die Augen, als hätte sie Kopfschmerzen. „Haben wir Aspirin da?"

„Ich schaue nach." Ich suchte in beiden Badezimmern – dem unten und dem oben neben unserem Schlafzimmer –, aber beide Medizinschränkchen waren leer. Also schrieb ich Deleon und bat ihn, uns welche zu bringen. Weniger als zehn Minuten später hielt sie eine Flasche Wasser und eine Kopfschmerztablette in den Händen.

„Willst du dich etwas hinlegen? Wir können ausfallen lassen, was auch immer heute Nachmittag auf dem Plan steht. Sicher nur ein Ausflug oder eine Weinverkostung oder so." Sie zögerte einen Augenblick lang. Ich ließ mich neben ihr auf der Couch nieder. „Ich schreibe meiner Mutter und lasse sie wissen, dass es dir nicht gut geht."

Sie richtete sich auf und drehte sich zu mir. Ihr Gesicht war nur ein paar Zentimeter von meinem entfernt, als würde sie etwas in meinen Augen suchen. Oder an meiner Nase, meinem Kinn oder dem Rest meines Gesichts. Sie roch nach Sonnenschein und warmen Kokosnüssen.

„Sei ehrlich zu mir, Lucas. Wird die Woche hier mit deiner Familie sie auslösen?"

Ich blinzelte. „Was auslösen?"

„Deine Depression?", antwortete sie leise.

Hm? Julia hatte scheinbar Zeit gehabt, Schaden anzurichten. Ich atmete tief aus und lehnte mich zurück. „Ich weiß nicht, was Julia dir erzählt hat, aber es geht mir gut."

„*Jetzt.*" Sie blies ihren Atem hinaus. „Aber ich fühle mich verantwortlich, weil ich uns in diese Lage und wieder in dieses Umfeld gebracht habe. Ich wusste es nicht, aber es war kleinkariert von mir, weil ich sauer war, aber es tut mir leid. Können wir –"

„Hör auf, Kat. Es geht mir gut."

Sie blinzelte. „Ich wünschte nur, du hättest es mir erzählt. Ich hätte –"

Ich verkrampfte und drehte mich zu ihr. „Es gibt viel, was wir uns nicht erzählt haben, oder?"

Sie blinzelte und ihre Augen schossen von einem meiner Augen zum anderen. Ich nahm mir einen Augenblick, zu bewundern, wie schön und blau sie waren. Es war schwierig, ihre Stimmung einzuschätzen. Sie wirkte angespannt, aber auch traurig.

„Du hast recht. Ich habe dir auch nicht alles gesagt, was bei mir los ist. Also hätte ich nicht erwarten sollen ..." Ihre Stimme verstummte.

Ich neigte den Kopf zur Seite und studierte sie. Sie benahm sich *wirklich* seltsam. „Geht es dir gut? Warst du zu lange in der Sonne oder so?"

Sie wich zurück. Ihr ausdrucksloses Starren fing wirklich an, mir Sorgen zu machen. Vielleicht *war* etwas wirklich nicht in Ordnung…

„Ich bin mir ziemlich sicher, dass ich in ernsten Schwierigkeiten stecken würde, wenn ich wieder nach Kanada ginge." Sie atmete tief durch, als wäre diese Tatsache lange eine gewaltige Last gewesen. Vielleicht war es ja so?

Ich blinzelte. „Okay, was hast du gemacht?"

Sie biss sich auf die Lippe. „Es geht nicht darum, was ich gemacht habe. Es geht darum, was ich nicht gemacht habe."

Ich schüttelte den Kopf. „Ich bin verwirrt."

Sie starrte nachdenklich zur Decke und rieb sich die Stelle zwischen den Augen, als würden ihre Kopfschmerzen ihr immer noch zu schaffen machen. „Ein paar Monate, bevor ich Kanada verlassen hatte, wurde mein Bruder in etwas verstrickt, das zu groß für ihn war. Er hatte diese Gruppe von Freunden, die wir kaum kannten. Ich nehme an, dass sie es waren, die ihn mit dem Scheiß versorgten, auf dem er war. Egal, ich kenne die genauen Umstände nicht, aber er war in einen Einbruch verwickelt und wurde mit einigen der anderen von einer Überwachungskamera aufgenommen."

Wow. Ich runzelte die Stirn. Derek war vermutlich nicht der Hellste, aber als *Kriminellen* hätte ich ihn nicht eingestuft. Ich nickte, um sie zu ermutigen fortzufahren.

Sie biss einen Moment lang die Zähne zusammen, als würde sie sich an etwas erinnern, das sie besonders verärgerte. Dann fing sie an, eine lange Strähne ihrer kupferfarbenen Haare um ihren Zeigefinger zu zwirbeln. Seltsam fasziniert beobachtete ich das Schauspiel.

„Die Sache ist, dass alle Bilder von ihm verschwommen oder sehr dunkel oder so waren. Im Gegensatz zu einigen der anderen war er nicht eindeutig erkennbar. Aber die übrigen nannten aus irgendeinem Grund bereitwillig seinen Namen – vielleicht hatte man ihnen einen Deal angeboten oder so."

Ich rutschte auf der Couch umher, wobei meine Augen immer noch auf ihrer gelockten Haarsträhne lagen. „Was hat das mit dir zu tun?"

Ihr Mund zog sich verbissen zusammen. „Dazu komme ich jetzt... also, die Leute, die ihn angeschwärzt hatten, hatten keine konkreten Beweise dafür, dass Derek bei ihnen war. Er war so schlau gewesen, ihnen keine Nachrichten bezüglich der Sache zu schicken, und es gab auch keine anderen Beweise, dass er darin involviert war. Aber Derek hatte auch kein Alibi. Er hat uns immer wieder geschworen, dass er unschuldig war, aber ich wusste, dass er ziemlich sicher etwas damit zu tun hatte, da er plötzlich jede Menge Bargeld hatte. Ich fand es sehr schwer zu glauben, dass seine Freunde ihm etwas von der Beute abgeben würden, ohne dass er dabei gewesen war. Aber meine Eltern glauben ihm natürlich zu einhundert Prozent."

Ich blies meinen Atem hinaus. „Deine Eltern sollten sich wirklich eine Lupe kaufen. Sie wollen die Wahrheit einfach nicht erkennen."

Sie schnaubte und blickte hoch. Zu meiner Enttäuschung ließ sie ihre Haarlocke fallen und fing an, stattdessen ihren Ehering zu drehen. „Der Spruch ist neu."

Ich sagte nichts mehr und sie erwiderte mein Starren. Ich fragte mich, ob sie mit der Geschichte fortfahren würde und ob ich nachhaken sollte, falls sie abschweifte? Sie schwieg so lange, dass ich fast sicher war, sie würde nicht weitererzählen.

438 | BRENNA AUBREY

Aber schließlich nahm sie einen tiefen Atemzug, der wirkte, als würde sie gegen einen Gefühlsausbruch ankämpfen. „Sie sind so überzeugt von seiner Unschuld, dass sie einen wirklich teuren Anwalt angeheuert haben, der den Fall übernehmen sollte. Sie haben extra einen Kredit und eine Hypothek aufs Haus aufgenommen, um all die Rechtskosten zu zahlen."

Ihre Stimme verkrampfte zu einer Mischung aus Wut, Frustration und Trauer. „Aber Derek hatte kein Alibi für jene Nacht. Und er brauchte etwas Wasserdichtes. Etwas Dokumentiertes. Also suchte der Anwalt nach etwas und fand heraus, dass ich an besagtem Abend live auf Twitch gestreamt hatte. Genau zu der Zeit, als das alles passiert war ..." Sie nahm einen weiteren zittrigen Atemzug und setzte sich besorgt auf. „Also sagten sie, dass ich eine wichtige Zeugin sein könnte, wenn ich mich melde und schwöre, dass er die ganze Nacht mit mir im Haus war. Unsere Zimmer liegen sich genau gegenüber. Theoretisch hätte ich ihn sehen – oder bezeugen können, dass er da war –, während ich meinen Livestream hatte."

„Aber er war nicht zuhause ...", sagte ich zähneknirschend, während das ungute Gefühl in meinem Magen mir genau sagte, wohin das führen würde.

„Ja, er war nicht zuhause. Ich hatte ihn sogar den ganzen Tag nicht gesehen, seit ich von meiner Nachtschicht nach Hause gekommen war. Wie üblich kam ich morgens nach Hause, aß etwas und schlief dann bis in den Nachmittag hinein. Dann stand ich auf, erledigte etwas Hausarbeit und loggte mich bei Twitch ein. In jener Nacht hatte ich frei, weswegen der Livestream länger dauerte. Doch bis zum nächsten Tag hatte ich Derek nicht gesehen."

„Und natürlich drängen dich die Anwälte nun, dass du für ihn bürgst."

Sie schüttelte den Kopf. „Sie hatten es nur hintenherum vorgeschlagen. Auf die Art *Wenn sie sagen würde, dass er die ganze Nacht bei ihr war....* Aber meine Eltern klammerten sich daran. Sie bestanden darauf, dass ich genau das tun sollte."

Ich blinzelte. „Oh ja, keine große Sache, leiste einfach einen Meineid."

Mit zitternder Hand kratzte sie sich am Kinn und schluckte schwer. Hätte ich sie nicht besser gekannt, hätte ich gesagt, dass sie den Tränen nahe war. Das machte etwas mit mir. Wäre ihr Vater gerade im Raum gewesen, hätte ich dieses Arschloch wahrscheinlich geschlagen. Ihre Eltern, die Menschen, deren Job es war, auf sie aufzupassen, anstatt von ihr zu erwarten, sich strafbar zu machen, um ihrem nichtsnutzigen Bruder die Haut zu retten.

„Als ich sagte, dass ich das nicht tun würde, sind sie ausgerastet. Meine Mum hat mich angeschrien und mein Dad drohte, mir mein Auto und meine elektronischen Geräte, meinen Computer, einfach alles wegzunehmen. Wobei ich das alles von meinem erarbeiteten Geld selbst bezahlt hatte. Ich wohnte nur zuhause, weil ich nach meinem Abschluss aus meinem billigen Studentenwohnheim ausziehen musste. In Vancouver zu leben kostete ein Vermögen und ich sparte auf eine eigene Wohnung. Wieder zurück zu meinen Eltern zu ziehen, war wegen der ganzen Probleme mit Derek, die sogar noch schlimmer geworden waren, der größte Fehler meines Lebens gewesen."

Ich setzte mich auf, nahm ihre stark zitternde Hand und legte meine darüber. „Das tut mir leid. Diesen Druck auf dich auszuüben war wirklich extrem scheiße von ihnen."

„Das war Standard, seit er angefangen hatte, Drogen zu nehmen. Sie nahmen immer Rücksicht auf ihn, egal was für Fehler er machte. Und dadurch machte er einfach weiter. Ich weigerte mich also auszusagen. Und da er ein paar kleinere Vergehen in seiner Akte hat, wird er wahrscheinlich einige Zeit ins Gefängnis müssen, sollte er verurteilt werden. Meine Eltern wollten mir deswegen natürlich Schuldgefühle einreden. *Willst du wirklich, dass dein Bruder ins Gefängnis muss? Was für ein Mensch bist du nur? Du musst nur eine Aussage machen, um ihn zu retten.*"

Sie machte eine Pause.

„Und je mehr ich mich weigerte, desto mehr rasteten sie aus und drohten mir. Also schnappte ich mir einen Koffer, packte meine Sachen in einer Nacht-und-Nebel-Aktion und verschwand frühmorgens, als alle noch schliefen. Dann stieg ich in ein Flugzeug nach Los Angeles."

„Und das Anwaltsschreiben … damit wollen sie versuchen, dich zum Zurückkehren zu bewegen, damit du aussagst?"

Sie nickte. „Ja, sie wollen meine eidesstattliche Aussage, um sein Alibi zu bestätigen. Eine Zeit lang hatten sie mich nicht ausfindig machen können. Aber dann trudelten plötzlich immer wieder Briefe ein. Ich denke, dass sie einen Privatdetektiv angeheuert haben, um mich zu aufzuspüren."

Ich blinzelte. „Und ich wette, dass sie auch diejenigen waren, die die Einwanderungsbehörde über deine Arbeitssituation informiert haben. Als du nach Adams und Mias Hochzeit wieder ins Land eingereist bist, muss beim Scannen deines Reisepasses eine Meldung aufgetaucht sein."

Eine kleine Falte tauchte zwischen ihren Augenbrauen auf und sie blinzelte. „Ja, das habe ich auch vermutet. Und in letzter Zeit sind die Briefe schlimmer geworden. Sie sagen, dass, wenn ich nicht auf die Vorladung antworte, ein Haftbefehl ausgestellt wird und ich wegen Missachtung des Gerichts belangt werde." Sie biss sich auf die Lippen und gab ein leises Quieken von sich. „Ich kann einfach nicht glauben, dass sie so weit gehen. Dass meine Eltern lieber mich im Gefängnis sehen würden als meinen Bruder. Ich habe nie etwas Falsches gemacht. Um Himmels willen, ich halte mich sogar an Geschwindigkeitsbegrenzungen."

„Komm her", sagte ich und rutschte näher zu ihr. Dann zog ich ihren bebenden Körper in meine Arme. Sie weinte nicht, war aber sichtlich aufgewühlt. Ich drückte sie fest und schloss die Augen. Ihr seidenes Haar rieb an meiner Wange. In meiner Brust flossen die Gefühle zusammen. Mitgefühl, Verständnis, Verbundenheit. Und noch etwas anderes. Ich wollte sie vor diesen Arschlöchern beschützen, die es nicht verdienten, mit ihr verwandt zu sein.

Sie verdienten nicht, dass sie Teil ihrer Leben war.

Arschlöcher. Alle von ihnen. Meine Arme schlossen sie wie aus Reflex fester um ihren Körper und sie entspannte sich sofort. „Ich weiß, wie es sich anfühlt, wenn man von den eigenen Eltern betrogen wird, Kat. Das ist einfach scheiße. Du hast jedes Recht wütend zu sein."

„Du verurteilst mich nicht?"

„Verurteilen? Warum sollte ich dich verurteilen? Du hast das Richtige getan."

„Weil ich nicht viel tun müsste, um meinen Bruder vor etwas zu beschützen, was wirklich sehr schlimm für ihn werden könnte."

„Davor, sich Konsequenzen zu stellen ... Es ist genau wie bei mir. Als meine Eltern mich angeschrien hatten, Claire zurückzunehmen, obwohl sie sich den Konsequenzen hätte stellen müssen. Ohne auf meine Gefühle einzugehen. Sie hatten diese Zeit als Schwäche oder Rückfall angesehen. Laut ihnen war ich *psychisch krank* und damit konnten sie nicht umgehen. Obwohl es etwas ist, dass Tausende – vielleicht sogar Millionen – von Menschen in diesem Land durchmachen."

Ich wich ein wenig zurück, damit ich sie ansehen konnte. Abgesehen von einem etwas blassen Gesicht wirkte sie in Ordnung. Keine feuchten Augen.

Ich legte meine Hände an ihre Schultern. Sie sah mit ihren wunderschönen großen blauen Augen zu mir auf. Ich erwiderte ihren Blick und hielt ihn. „Wenn sie aufhören, sich um unser Wohlbefinden und unser Glück zu sorgen, dann sind sie es nicht länger wert, von uns beachtet zu werden."

Etwas in mir bewegte sich, oder öffnete sich. Wie ein stures, verrostetes Schloss, dessen Schließmechanismus sich quietschend löst, nachdem es über Jahre hinweg eingerostet und verschlossen war. Und der Schlüssel, der dies so schnell geschafft hatte? Ihre rohe und offene Ehrlichkeit. Die Tatsache, dass sie ihre tiefsten und dunkelsten Ängste mit *mir* teilte. Die Tatsache, dass sie mir so sehr vertraute ...

Ich atmete zittrig ein und ließ meine Hände fallen, bevor ich ganz zurückwich. Diese Warnung, die ich ständig wiederholt hatte, als sie bei mir eingezogen war, schrie in meinem Kopf auf. Sie war gefährlich. Ich war ihr viel zu nahegekommen und die

Gefahrenschilder in meinem Kopf waren nicht mehr nur Paranoia.

Verdammt, sie waren real. Ich hatte meine eigenen Warnungen nicht beachtet.

Sie blinzelte und legte eine Hand an meine Wange. „Wir sind Familie, Lucas. Zumindest noch ein wenig länger. Und ich stehe hinter dir."

Meine Kehle zog sich zusammen und eine seltsame und unbekannte Emotion erhob sich in mir. All die früheren Streitigkeiten verblassten. Ich lehnte mich vor und, ohne es wirklich zu realisieren, bevor ich es tat, küsste ich ihre Stirn. „Du bist süß."

Dann machte ich die nächste logische Sache und rannte, als wäre der Teufel hinter mir her. Okay, ich *rannte* nicht wirklich. Stattdessen stand ich langsam auf und verließ, so als müsste ich zur Toilette, den Raum, um mich aus ihrem Griff zu befreien.

Eine Unzahl an Gefühlen schwirrte in meiner Brust herum und ich brauchte eine Minute oder tausend, um sie zu sortieren. Ich war nicht gut, wenn es um Gefühle ging, weshalb es eine Weile dauern würde, sie wieder ins Kühlhaus zu stecken.

Leider stand sie auf und folgte mir die Treppe hinauf ins Schlafzimmer. *Verdammt.* Ich würde mir eine Ausrede einfallen lassen müssen, um etwas Abstand zwischen uns zu bringen, und das schnell.

In der nächsten Sekunde stand sie hinter mir und schlang ihre Arme um mich. Sie legte ihren Kopf auf meine Schulter und ich stand da, wie angewurzelt und mit den Armen an meinen Seiten baumelnd. „Danke, Lucas. Dass du für mich da bist. Und ich will, dass du weißt, dass auch ich für dich da bin."

„Für die kurze Zeit, die uns noch bleibt, richtig?" Ich musste das sagen. Ich musste uns beide daran erinnern, dass dies hier nichts für die Ewigkeit war. Dass es das nie gewesen war. Etwas tief in mir wollte mir widersprechen. Aber mein Kopf erinnerte den Rest meines Körpers daran, dass wir das am Anfang in Stein gemeißelt hatten. „Du weißt schon ... da unsere Scheidung ja praktisch schon im Kalender steht, sobald du deine Greencard bekommst."

Sie wich zurück und blickte in mein Gesicht, wobei ihre Augen die meinen suchten. Sie war nicht beleidigt. Sie verstand genau, was ich sagte, aber sie wich nicht zurück. Stattdessen stellte sie sich auf die Zehenspitzen und küsste mich auf die Wange. „Ich erreiche deine Stirn nicht, also muss das reichen. Da, jetzt sind wir quitt."

Ich versuchte, nicht zu grinsen. Dann senkte ich meinen Kopf und küsste sie ebenfalls auf die Wange. Diese weiche, duftende Wange. Ihr sinnliches Haar streifte mein Gesicht und Hitze stieg in mir auf. „Nein, sind wir nicht."

Ihr Gesicht verdunkelte sich und ich bemerkte dieses Glühen in ihren Augen, dasselbe, das sich immer entzündete, wenn wir konkurrierten. Verdammt, wem machte ich etwas vor? Wir beide konkurrierten immer. Bevor ich auch nur einen Gedanken fassen konnte, stand sie bereits auf den Zehenspitzen und küsste mich auf die Lippen. Es war ein langer, anhaltender Kuss. Warm, einladend, aber mit geschlossenem Mund.

Als sie wieder auf ihre Fußsohlen zurücksank, folgte ich ihr hinab, wobei mein Mund sich in keinem Augenblick weiter als einen Zentimeter von ihrem entfernte. Ich hatte diese Lippen erneut küssen wollen – hatte mich danach gesehnt, wie ein

Ertrinkender sich nach Sauerstoff sehnte. Wie ein Kind, das sich verlaufen hatte, sich nach seinem Zuhause sehnte.

Ihre Lippen öffneten sich, bereitwillig, freigiebig. Ich schob meine Zunge aggressiv in ihren Mund, weil ich sie unbedingt kosten musste. Meine Hände umklammerten fest ihre Oberarme, weil sie diesen frisch ausgehobenen Schatz nicht aufgeben wollten. Ich plünderte sie wie ein skrupelloser Pirat und würde nicht aufhören, bis ich alles hatte, was ich begehrte.

Sie drückte sich gegen mich, während sie ihren Kopf anwinkelte, um meinem Verlangen nachzukommen, und erwiderte es mit ebenso starker Leidenschaft. Dieses schwere Atmen, dieses tiefe Stöhnen. Innerhalb weniger Sekunden war ich stahlhart.

Sie war einfach so verdammt sexy.

Und fürsorglich. Und ehrlich.

Und süß.

Und Kat…

Sie war *sie selbst* und auf jede nur erdenkliche Weise unwiderstehlich. Seit ich sie kannte, hatte ich gegen diese Tatsache angekämpft.

Doch ich wollte nicht mehr kämpfen. Wir beide kannten die Grenzen hiervon, das Enddatum. Ich würde mich nicht mehr gegen das wehren, wonach wir uns beide so sehr sehnten. Und bis zu diesem Enddatum gab es noch soviel zu erkunden, so viel zu genießen.

Meine Hände wanderten unter ihr Shirt und schmiegten sich an die weiche Haut ihrer Taille. Sie presste sich stöhnend an mich und ließ ihre Finger durch mein Haar gleiten. Langsam und ohne meinen Mund von ihrem zu lösen, führte ich uns in Richtung Bett.

Sie verstand sofort und bewegte sich mit mir. Unser Küssen vertiefte sich, wurde heißer und verzweifelter. Ich wollte – nein ich *musste* – in ihr sein. Ich brauchte das so dringend, wie ich Wasser, Nahrung und Luft brauchte. Und ich spürte dieses Verlangen überall auf meiner Haut – auf meiner heißen, fiebrigen und sich nach ihr verzehrenden Haut.

Noch nie hatte ich eine Frau so sehr begehrt, wie es mich nach ihr hungerte.

Hier lauerte die Gefahr. Wie in den unbekannten Gefilden, vor denen an den Grenzen antiker Landkarten mit Skizzen mythischer Bestien und den Worten *Vorsicht Drachen* gewarnt wurde.

Und diese Gefahr lag nun in Form einer zierlichen, kurvigen Rothaarigen mit dem größten Herzen, das ich kannte, vor mir. Köpfchen, Schönheit und Mitgefühl. Eine verdammt gefährliche Kombination. Und ich hatte die Segel gehisst und war bereit, über die Grenzen der Karte hinauszufahren, Drachen oder nicht.

Denn ich hatte keine Angst.

Mit einem schnellen Ruck zog ich mir mein Shirt über den Kopf und warf es auf den Boden. Ich schloss die Augen und genoss das Gefühl ihrer Hände, als sie meinen Körper erforschte. Ihre Handflächen glitten über meine Brust, meine Nippel, hinab über meinen Bauch und über meinen Rücken wieder hinauf zu meinen Schultern. Sie ließ nichts unberührt.

„Ich will dich", flüsterte sie mir zu. Drei einfache Worte, die wie eine Droge durch meinen Blutkreislauf wanderten. Ich fühlte mich *fiebrig*. Wenn ich nicht bald in sie eindrang, würde mein Blut zu kochen beginnen.

Meine Hände wanderten nach oben und meine Finger wanden sich in ihr seidenes feuerrotes Haar. Sanft zog ich ihren

Kopf nach hinten, um ihr ins Gesicht blicken zu können. „Ich werde dich nehmen, Kat."

Ihre Augen wurden dunkel und ihre Pupillen weiteten sich. In dem Blassblau ihrer Iris konnte ich ihre Reaktion sofort erkennen. Sie rieb sich an mir. Ihr Atem stockte. Innerhalb weniger Sekunden lag ihr Shirt auf dem Boden. Dann griff sich nach hinten und ihr BH gesellte sich zu dem wachsenden Kleiderhaufen.

Kurz darauf waren ihre Hände am Reißverschluss meiner Hose und versuchten, ihn zu öffnen. Als sie meine Erektion streifte, konnte ich mein Stöhnen nicht unterdrücken. Ich half ihr dabei, meine Hose zu öffnen, und entledigte mich ihrer so schnell, als würde sie in Flammen stehen. Meine Haut fühlte sich zumindest so an.

Kat umfasste mich durch den Stoff meiner Boxershorts und ich packte sie wieder und zog sie eng an mich. Dann senkte ich uns langsam zum Bett hinab und legte mich so vorsichtig, wie ich konnte, über sie. Ich war nun nackt und bei ihr fehlte ebenfalls nicht mehr viel, lediglich ihre Shorts.

Aber die würde sie noch früh genug loswerden. Erst einmal musste ich mich anderen Dingen widmen. Mein Mund sank auf ihre Brüste und ich saugte einen ihrer Nippel in meinen Mund, während ich mit den Fingern den anderen rieb. Wild saugte ich daran und spürte, wie ihr ganzer Körper lebendig wurde, als sie nach Luft rang und den Rücken wölbte.

Heilige Scheiße. Wie hatte ich es nur geschafft, mich so lange von ihr fernzuhalten? Vor Wochen hatte sie schon deutlich gemacht, dass sie Sex mit mir wollte. Sie hatte in nichts mehr als einem dünnen Nachthemd in meinem Bett geschlafen. Und doch hatte ich Idiot größtenteils die Hände von ihr gelassen. Ich hatte keine Ahnung gehabt, dass ich solch eine Willensstärke besaß. Noch nie zuvor war ich so versucht gewesen.

Aber meine Willenskraft müsste stärker als Ironmans Rüstung und mächtiger als Thors Hammer, Mjölnir, sein, um dem hier zu widerstehen. Ihrem Anblick, ihrer weichen Haut, ihrem gewölbten Rücken, ihren Fingern, die sich in meine Schultern gruben.

Wie lange war es her gewesen, dass ich nach oben gegangen war – um mich wenigstens physisch von dieser Versuchung zu trennen? Stunden? Minuten?

Es fühlte sich an, als wäre die Zeit stehengeblieben und wir beide würden uns in unserem eigenen kleinen Universum befinden, blind gegenüber der Bewegung der Wolken, der Sonne und der Sterne, der ganzen Welt um uns herum. Wir genossen nur den Körper des anderen. Ohne Worte.

Ihre Nippel antworteten auf meine Berührungen und wurden hart. Stöhnend rieb sie ihre Hüften gegen meine. Langsam glitt meine Hand zwischen ihre Beine und ich begann, sie durch ihre Shorts zu liebkosen.

Plötzlich, mit einem raschen Atemzug, setzte sie sich auf und legte eine Hand auf meine Schulter.

Das war es, dachte ich. Dieses Mal war sie die Verantwortungsvolle, die den außer Kontrolle geratenen Bus vor einem Abhang abbremste. Und trotz dieses rationalen Gedankens wurde ich fast von einem Anfall von Enttäuschung erdrückt.

Bis ich realisierte, dass sie mich auf den Rücken rollte, damit sie sich über mich setzen konnte.

Heilige Scheiße. Gerade als ich dachte, dass es nicht heißer werden konnte, überzeugte sie mich vom Gegenteil.

Sie beugte sich vor und küsste mich wild. Ihre sinnlichen Lippen umhüllten die meinen, während ihre Zunge in meinen Mund eintauchte und ihre Hände über meine Schultern und über meine Oberarme hinabglitten. Langsam bewegte sie sich zu meinem Kinn und fing an, meinen Hals zu küssen. Ihr Haar fiel wie flüssiger Satin über meine Haut. Es fühlte sich so verdammt gut an. Meine Hände glitten hinein und drehten es zwischen meinen Fingern.

Dann wanderte ihr Kopf hinab zu meiner Brust und kopierte meine Handlungen an ihr. Ich hob die Hände, um ihre üppigen Brüste zu umfassen. Sie waren so weich und das blasse Rosa ihrer Nippel bot einen wunderschönen Kontrast zu ihrer strahlenden Haut. Ein visuelles und sinnliches Festgelage.

Ich wollte in diesem Ozean ertrinken und mich über seinen gefährlichen Rand treiben lassen. Ich konnte mir keine bessere Art und Weise vorstellen, mein Ende zu finden, als tief in dieser Frau.

Als ihr Mund meinen Bauch erreichte, fuhr ihre Zunge meinen Bauchnabel entlang und tauchte hinein. Dann wanderte sie noch weiter nach unten und ihre Finger legten sich um meinen Schwanz, bevor sie ganz plötzlich daran leckte, als wäre es eine Eiswaffel, von der sie nicht genug bekommen konnte.

Ich spannte meinen Bauch an, da die Erregung darin plötzlich in schwindelerregende Höhen katapultiert wurde. *Fuck.*

Ihre Augen fixierten meine und saugten genüsslich meine Reaktion auf, als sie ihre vollen Lippen um meine Eichel legte. Hitze und Lust schwappten wie eine Welle desselben Ozeans, in dem ich zu ertrinken drohte, über mich. Ich wollte die Augen schließen und das Gefühl ihres Mundes und ihrer Hände an mir genießen, doch ich konnte meinen Blick nicht von ihrem losreißen. Ihre Augen waren wie die hungrigen Augen eines Raubtiers.

Und sie gab mir nicht nur den besten Oralsex meines Lebens, es machte ihr obendrein sichtlich verdammten Spaß. Noch ein Punkt für ihre beeindruckende Liste an Erfolgen.

„Dein Schwanz ist atemberaubend", murmelte sie, als sie ihren Mund von ihm löste. „Ich kann gar nicht genug davon bekommen."

Ich neigte meinen Kopf zurück und blickte zur Decke, während ich tief durchatmete, um ihr antworten zu können. Ihr Mund war viel atemberaubender als mein Schwanz, das war sicher. Doch bevor ich ihr das sagen konnte, waren ihre Lippen bereits wieder an mir und saugten mich tief in ihren Mund, während ihre Zunge die Unterseite meines Schwanzes entlangglitt.

Ich blickte wieder zu ihr und beobachtete, wie sich ihr kupferfarbenes Haupt auf und ab bewegte, wobei sie mit gelegentlichem Stöhnen mein schweres Atmen begleitete. Sie wusste, wann sie langsamer und wann sie wieder schneller werden musste. Als würde sie meine Hinweise lesen.

Es war lange her, seit ich das letzte Mal Sex gehabt hatte, und das bedeutete, dass es dieses Mal nicht lange dauern würde. Aber sie schien zu wissen, wie sie auch damit umzugehen hatte. Meine Hüften zuckten und ich wollte die Kontrolle übernehmen und ihren Kopf auf und ab führen. Ich wollte in ihrem Mund kommen, was auch jede Sekunde passieren würde. Meine Augen verdrehten sich nach oben und ...

Das war der Moment, als das Klopfen und Türklingeln anfing.

Fuuuuuuuck.

Kats Kopf schoss nach oben. Es war, als hätte man meinen Körper mit eiskaltem Wasser übergossen. „Wer ist das? Sollen wir –"

„Verdammt nein", unterbrach ich sie. Gott. Das hatte sich so gut angefühlt.

Dann fing mein Handy zu klingeln an. Weil es ja genau *das* war, was ich gerade brauchte. Ich ignorierte es, doch Kat griff nach meinem Handy.

„Es ist Julia."

„Lucas?", rief eine Stimme von unten. Die Stimme meiner Mutter.

Katya sprang vom Bett auf und zog sich hastig wieder an.

Ich lag einfach da und presste meine Handballen auf meine Augen. Großartig. Ein weiterer Grund, meine Mutter zu hassen. Jetzt konnte ich auch noch Coitus Interruptus auf die Liste setzen. Warum auch nicht?

Scheinbar hatte ich mich beim Zeitplan verlesen, wie ich herausfand, nachdem ich mich angezogen und im Erdgeschoss wieder zu Kat gesellt hatte. Meine Mutter, meine Schwester und ein paar andere warteten mit ihr in der Küche auf mich. Kat hatte ihnen bereits etwas zu trinken angeboten und sie unterhielten sich über irgendetwas.

Julia lächelte und lachte dann, als sie mich sah. „Wow, da sieht jemand aus, als wäre er gerade erst aus dem Bett gestiegen." Ihre Augen flitzten spekulierend zu Kat und dann wieder zu mir.

Nun, was unsere Gäste betraf, waren wir frisch verheiratet. Sollten sie doch ruhig annehmen, dass wir beide gerade kurz davor waren, einander das Hirn heraus zu vögeln.

Wie verdammt enttäuscht ich doch gerade war, dass es nicht dazu gekommen war.

Aber das war egal, weil wir losmussten, um uns dem Rest der großen Gruppe auf einer *lustigen* Tour durch das Weingut anzuschließen. Inklusive einer Weinverkostung vor dem Abendessen.

Ich hätte die Zeit lieber für etwas Zweisamkeit im Höschen meiner Frau genutzt. Denn jetzt war ich davon besessen, ihr an die Wäsche zu gehen.

Als sie auf einem der großen Heuwägen saß, die angemietet wurden, um uns herumzukutschieren, konnte ich meine Augen einfach nicht von ihrem wunderschönen Profil nehmen. Sie hatte die Augen geschlossen und ihren Kopf in Richtung Sonne gerichtet, wobei ihre Haare wie ein kupferfarbener Fluss über ihren Rücken hinabflossen.

„Die Farben hier in der Umgebung sind so wunderschön", sagte sie. „Siehst du, wie sie sich aufbauen? Erst das saftige Grün des Grases und der Weinberge, dann das Gelb und Braun der Hügel, die tiefblauen Berge und letztendlich der blassblaue Himmel. Es sieht wie ein Gemälde aus."

„Ja", ich starrte sie direkt an und ignorierte, worauf sie zeigte. „Unglaublich schön."

Als sie meinen Blick erwiderte, lächelte sie, da sie offensichtlich verstand, dass ich nicht an der Schönheit der Landschaft interessiert war.

„Sei ein braver Junge", flüsterte sie mir zu.

„Das war ich viel zu lange ...", antwortete ich, bevor der Heuwagen auf einen holprigen Weg abbog und ihre Aufmerksamkeit auf etwas anderes gezogen wurde.

Die Weinverkostung verlief so gut, wie eine Weinverkostung verlaufen konnte. Ich fand sie hauptsächlich langweilig und überaus prätentiös, auch wenn ich den Wein an sich wertschätzen konnte.

Von der Veranda aus, auf der wir an verschiedenen Stehtischen gruppiert standen, konnte ich einen flüchtigen Blick auf unseren Hipster-Fotografen mit seinem Man-Bun erhaschen. Was bedeutete, dass die Reporterin, vermutlich auf den Wunsch meiner Mutter hin, ebenfalls in der Nähe sein musste. Ich überflog die Weinkarte, da mir vage bewusst war, dass die Kamera bereits einige Minuten in unsere Richtung zeigte. Als ich wieder aufblickte, bemerkte ich jedoch, dass die Kamera nicht auf *uns* gerichtet war. Der Hipster machte offensichtlich nur Fotos von Kat. Jedes Mal, wenn sie ihm ihr Profil präsentierte, oder in seine Richtung blickte, hörte man dieses verräterische Klick-Klick-Klick, was es offensichtlich machte.

Sie jedoch bemerkte überhaupt nicht, dass sie zur neuesten Obsession des Fotografen geworden war. Mit einem leisen Lachen gab Kat zu: „Ich habe keine Ahnung, was ich damit machen soll." Sie blickte hinab auf einen leeren Bewertungsbogen.

Mit einiger Genugtuung wechselte ich an ihre andere Seite, um dem Fotografen die Sicht auf sie zu versperren. *Denk nicht einmal dran, Hipster. Sie gehört mir.* Dem Objekt seiner Begierde beraubt, wandte er seine Aufmerksamkeit etwas anderem zu. Ich beugte mich über die Bewertungskarte und begann eine Runde Tic-Tac-Toe mit ihr zu spielen.

„Mach dir darüber keine Gedanken." Ich machte mein erstes X. „Den meisten hier geht es genauso. Sie tun alle nur so."

Sichtlich zweifelnd zog sie eine ihrer Augenbrauen hoch. Sie kritzelte ein O. „Bist du dir da sicher? Zeig es mir ..."

Ich legte meinen Stift beiseite und nahm mir ein frisches Probierglas unseres 2016er Cabernet Sauvignon. Dann schwenkte ich es und hielt es dann mit einer versnobten Handbewegung ins Licht. „Eine kräftige violette Farbe. Keine Anzeichen von Verfärbung."

Dann zog ich eine Augenbraue hoch und schnüffelt mit erhobener Nase am Glasrand, wobei ich eine perfekte Angeber-Impression zum Besten gab. Sie lachte und das war wie Musik für meine Ohren. „Gut entwickeltes Bouquet. Vollmundig, mit einem Hauch von Beeren-, Zeder- und Kaffeenoten."

„Kaffee ...?", wiederholte sie und beugte sich vor, um mit ihrer süßen Nase an meinem Glas zu schnüffeln. „Ich rieche gar nichts davon."

„Wir spielen doch nur."

Sie grinste und nickte wieder. „Okay, und ...?"

Ich nahm einen winzigen Schluck und bewegte die Flüssigkeit lange in meinem Mund herum, wobei ich meine Lippen spitzte. Mit dem dümmsten Gesichtsausdruck, den ich aufbringen konnte, wackelte ich mit der Nase, während sie kicherte. „Und der Geschmack? Nach ... Cranberry. Ich kann einfach nicht genug von Cranberry bekommen."

Ihre Augenbrauen schossen überrascht nach oben und unsere Augen trafen sich. Mein Blick brannte sich in ihre Augen ein. Hätte ich eine Ausrede parat gehabt, um sie an der Hand zu nehmen und sie irgendwo in eine private Kammer zu führen, hätte ich es sofort getan. Denn verdammt, diese Tür zwischen uns, die ich so fest verschlossen gehalten hatte, war aufgetreten worden. Und das Einzige, was ich gerade – und zumindest für die nächsten paar Tage – tun wollte, war, mit meiner Frau zu schlafen. *Und* ihr Orgasmen zu bescheren, bei denen sie laut meinen Namen rief. So oft wie nur möglich.

„Ja", fuhr ich fort. „Ich liebe den Geschmack von Cranberry. Das ist alles, was ich die nächsten Tage ... oder auch Wochen schmecken möchte."

Ihr Blick wurde heißer und plötzlich lag ein Knistern in der Luft. Sie schluckte deutlich und biss sich auf die Lippen.

„Du siehst gerade etwas ängstlich aus", merkte ich an.

Einer ihrer Mundwinkel wanderte nach oben. „Das bin ich irgendwie auch ... denn ich habe anscheinend ein Monster erschaffen."

Ich legte einen Arm um ihre Taille und zog sie an mich, wobei mir egal war, ob uns gerade jemand beobachtete. Wir waren schließlich frisch verheiratet. Vielleicht würde der Hipster endlich abziehen, wenn er sah, dass wir die Finger nicht voneinander lassen konnten. Ich flüsterte ihr ins Ohr: „Vielleicht hast du das. Ein Monster, das nichts anderes will, als zu hören, wie du stöhnst ... und nach mehr bettelst."

Einen kurzen Augenblick lang weiteten sich ihre Augen und sie schmiegte sich an mich, bis wir unterbrochen wurden. Julia stand mit einer Flasche gekühltem Wasser in jeder Hand vor uns. „Ich schenke heute das Wasser aus. Wollt ihr euren Gaumen etwas beruhigen oder befeuchten?"

Leider stand Claire neben ihr und hatte all ihre Aufmerksamkeit auf Kat gerichtet. Oh oh.

„Warum machst du bei der Weinverkostung nicht mit?", fragte ich meine Schwester.

Sie und Kat wechselten einen langen Blick, bevor sie mit den Achseln zuckte und sich das Kondenswasser von den Händen wischte, nachdem wir ihr die Flaschen abgenommen hatten. „Ich mache gerade eine Pause von der Weinverkostung."

„Für immer", murmelte Claire, während sie leicht die Augen verdrehte.

Kat stellte ihr Glas auf den Tisch und stieß ihre Wasserflasche gegen meine. „Ich denke, ich tue es Julia gleich und mache ebenfalls eine Pause."

Julia strahlte sie an und umarmte sie fest. Was zum Teufel ging hier vor sich? Heute Morgen hatten sie ein paar Stunden zusammen verbracht und plötzlich waren sie die besten Freundinnen? Etwas Dunkles braute sich in meinem Magen zusammen. War das nur ein unschuldiges Anfreunden oder wiederholte sich meine Vergangenheit?

Claire beobachtete sie ebenfalls. Und sie versuchte nicht einmal, die Angst in ihren Augen zu verschleiern. Dann warf sie Kat einen giftigen Blick zu, bevor sie Julia am Arm packte und sie, über irgendwelche Gerüchte plappernd, die sie online gelesen hatte, davonzog.

Kat nahm einen Schluck Wasser, während sie mit einem verwirrten Gesichtsausdruck hinterherblickte.

„Ich würde mich von diesem Durcheinander so weit wie möglich fernhalten, wenn ich du wäre", sagte ich.

Kat wandte sich zu mir. „Deine Schwester ist gar nicht so. Sie versucht wirklich, sich zu ändern. Und sie würde sich über deine Unterstützung sicher sehr freuen."

Meine Augenbraue zuckte nach oben. „Ich habe von Claire gesprochen. Ich kenne diesen Blick, den sie dir zugeworfen hat. Bald wird sie ihre Krallen ausfahren."

Kat legte ihren Kopf mit einem eingebildeten Lächeln auf ihren wunderschönen Lippen zur Seite. „Oh, vor der habe ich keine Angst. Soll sie nur kommen."

Das ist meine Cranberry, dachte ich fast automatisch, bevor ich realisierte, dass ich sie als meine bezeichnete. Dass ich das irgendwie schon die ganze Zeit gemacht hatte.

Nichts kam an sie heran. Sie war ein taffes Mädchen... außer wenn sie das nicht war. Die Nacht, in der sie in meinen Armen geweint hatte, war der positive Beweis dafür, dass nicht weit unter dieser harten Schale eine verletzliche, leidenschaftliche Frau steckte.

Und unter dieser, ihre Hüften umschmeichelnden Jeansshorts steckte ein sexy Körper, den ich gerne in den nächsten paar Tagen auf intime Weise kennenlernen wollte. Und das, sobald wir heute Abend wieder in unser Gästehaus zurückkommen würden.

Viel Zeit hatten wir nicht übrig. Warum sollten wir die wenige, die uns noch blieb, also nicht nutzen?

Nur leider kamen wir erst sehr spät in unsere Unterkunft zurück. Zuvor war noch Schwimmen bei Sonnenuntergang, ein spätes Dinner und ein paar lächerliche Runden Charade angesetzt gewesen. All diese dummen Aktivitäten hatten eine Mauer zwischen mir, ihr, ein paar Orgasmen und jeder Menge nackten Spaß aufgebaut.

Um etwa zehn Uhr ging Kat zurück, doch meine Mutter verdonnerte mich dazu, ihr bei einer seltsamen Aufgabe für die Dinner-Party am morgigen Abend zu helfen.

Es dauerte nicht lange, bis ich den wahren Grund herausfand, aus dem ich dort war. Während ich Namen vorlas, die sie auf die Platzkärtchen schrieb, legte sie eine Hand auf mein Handgelenk.

„Hat die Reporterin schon einen Interviewtermin mit Kat und dir vereinbart? Und denk bitte daran, dass am Sonntag nach einem kleinen Brunch ein Fotoshooting für uns fünf angesetzt ist. Zieht euch entsprechend an."

„Ich habe Reportern nicht viel zu sagen. Ich werde also nicht wirklich gesprächig sein."

Sie fing nicht zu diskutieren an, doch wandte sich sichtlich verärgert von mir ab. Zähneknirschend las ich ihr ein paar weitere Namen vor. Dann unterbrach sie mich erneut. Wenn es in diesem Tempo weiterging, würden wir um drei Uhr morgens noch hier sitzen. Und ich war jetzt schon völlig geschlaucht.

„Und bitte gib dir etwas Mühe bei Claire und ihrer Familie. Das würde einen besseren Eindruck machen, besonders vor all unseren Gästen."

Ich kämpfte dagegen an, die Augen zu verdrehen – und sarkastisch zu fragen, warum Claire und ihre Eltern überhaupt bei unserem Familientreffen waren. Besonders, da sie seit sechs Jahren kein Mitglied der Familie mehr war.

„Du hast dich entschieden, sie einzuladen. Daraus ergeben sich Konsequenzen. Sie macht aus allem ein Drama. Und aus irgendeinem Grund soll ich das jetzt richten? Nun, das habe ich vor sechs Jahren gemacht. Ich habe mich von ihr scheiden lassen. Jetzt ist sie dein Problem." Ich legte die dumme Liste auf den Tisch. Ich war *fertig.*

Ich nickte einem Cousin aus den Niederlanden, der meiner Mutter half, zu und wünschte ihm eine gute Nacht, bevor ich mich umdrehte und verschwand. Draußen an der frischen Nachtluft hoffte ich, dass mich ein paar Augenblicke der Ruhe und des Durchatmens beruhigen würden.

Meine Mutter schaffte es immer, mich in Rage zu versetzen, doch der lange Spaziergang zu unserer Unterkunft tat mir gut.

Als ich das Haus betrat, lag Kat bereits tief und fest schlafend in unserem Bett.

Zugegebenermaßen war ich nicht gerade leise, als ich meiner Bettroutine – inklusive Dusche – nachging, da ich hoffte, sie würde aufwachen. Doch sie bewegte sich nicht einmal. Sie musste von dem vollen Terminplan des Tages wirklich erschöpft gewesen sein. Aber verdammt, mit dieser nicht verschwinden wollenden Erektion würde ich nicht einschlafen können.

Als ich mich zu ihr ins Bett gesellte, drehte ich ihr den Rücken zu und zwang mich, nicht an *sie* zu denken. Doch ich konnte ihre Gegenwart nicht ausblenden. Ich lauschte dem Geräusch ihrer Atmung, genoss das Gefühl ihres Atems in meinem Nacken.

Mein letzter Gedanke war, dass ich *wirklich* verrückt werden würde, wenn ich nicht bald in sie eindringen konnte.

Als ich erneut sehr spät aufwachte, war sie nicht mehr im Bett. *Verdammt.* Würde ich die Frau festbinden müssen, um endlich zum Schuss zu kommen?

Dieser Gedanke half rein gar nicht gegen meine Morgenlatte. Ich stellte mir vor, ihre Handgelenke über ihrem Kopf zu fesseln, während ich mich an ihrem Körper erfreute …

Verdammt. Ich fuhr mit einer Hand durch meine Haare und stand dann auf, um mich anzuziehen. Ein weiterer Tag dieses dummen Familientreffens, an dem ich lächelnd diese langweilige und lächerliche Party ertragen musste, ohne auch nur eine Minute Zeit zu haben, meine eigene Frau zu verführen.

Heute war Spa-Tag. Großartig, *einfach großartig.* Die halbnackte Paarmassage und die kurze Zeit zusammen in einer

Privatsauna halfen rein gar nicht, meine Anspannung zu lindern. Aber zumindest konnte ich da drinnen eine heiße – buchstäblich – und nackte Make-Out-Session mit ihr anfangen, bis sie sich geschlagen gab.

„Mein armes kanadisches Blut erträgt diese Hitze nicht", keuchte sie, als sie den Raum verließ und ihr weißes Handtuch um ihre üppige Oberweite und ihre wohlgeformten Hüften wickelte ... verdammt. Sie war einfach so sexy.

„Fortsetzung folgt?", fragte ich.

Sie warf mir ein hinterhältiges Grinsen zu. „Oh, ja."

Und so musste ich mich für den Rest des Tages mit einer unangenehmen Erektion herumschlagen.

Während sie sich fertig machte, loggte ich mit ins VPN ein und erledigte etwas Arbeit. Mein Outfit und ich waren für die Vorbereitungen in ein anderes Zimmer verbannt worden.

Ich hatte den Butler gebeten, uns vor dem Dinner noch Cocktails an der Bar zu machen – Sea Breaze, Vodka mit Cranberrysaft –, was ich für den Anlass als angemessen erachtete. Dann hatte ich ihm noch ein paar halbgeheime Anweisungen für die Afterparty gegeben. Es war an der Zeit, dass wir diesen privaten Dachgarten endlich genießen konnten. Falls – nein, sobald – ich sie von der Party entführen konnte.

Deleon fungierte auch als mein Kammerdiener und half mir mit meinem Smoking. Im Einklang mit dem Gatsby-Thema handelte es sich dabei um einen klassischen Tailcoat mit einer weißen Fliege, der mit Hilfe zweier geliehener Art-Deco-Manschettenknöpfe mit Diamantbesatz so authentisch wir nur möglich aussah.

Als Kat gefolgt von der Stylistin, die Julia für sie organisiert hatte, die Treppe herunterkam, bürstete er gerade mein Jackett ab.

Heilige Scheiße, sie war einfach so verdammt schön. Ich hätte nicht gedacht, dass Perfektion noch verbessert werden konnte, doch hier stand sie.

Das Kleid umschmeichelte ihre Kurven und ging ihr bis knapp über die Knie. Jeder Schritt und jede Bewegung, die sie machte, waren begleitet von tanzenden schwarzen Fransen, die ihrem Befehl folgten. Das Kleid selbst war pfauenblau und mit goldenen, grünen und violetten Pailletten in Form von Pfauenfedern bestickt. Ihre Schultern waren von kurzen Flügelärmeln bedeckt, die ebenfalls mit Fransen geschmückt waren. Und ihr Dekolletee war tief ausgeschnitten und zeigte die Kurven ihres üppigen Brustumfangs. Sie trug farblich abgestimmte Handschuhe aus Satin, die ihr bis über die Ellenbogen hinauf reichten.

Die Stylistin hatte Kats schimmernde Haare nach oben gesteckt, um sie dem für die Zwanziger üblichen Bob-Cut-Stil ähneln zu lassen. Und ihr schmales Stirnband war mit Strass besetzt und mit Pfauenfedern verziert.

Köstlich.

Und ich realisierte, zu meinem Schrecken, dass Tailcoats nutzlos waren, wenn man eine Erektion verstecken wollte. Da ich den ganzen Abend an ihrer Seite sein und Pläne schmieden würde, um sie ins Bett zu bekommen, würde ich kreativ werden müssen, um die Beule in meiner Hose zu verbergen.

KAPITEL
ZWANZIG
KATYA

MEIN EHEMANN SAH HEUTE ABEND EINFACH umwerfend aus. Etwas, von dem ich am Anfang des Jahres nie gedacht hätte, es zu sagen, doch ... das hier war kein typisches Jahr meines noch jungen Lebens gewesen. Der Smoking mit der weißen Weste darunter akzentuierte seinen durchtrainierten Körper und schmiegte sich perfekt an seine breiten Schultern und seine schlanken Hüften.

Er sah aus wie der perfekte galante Gentleman – groß, dunkel, welliges Haar. Sogar mit weißen Handschuhen an den Händen. *Verdammt.*

„Herr Baron van den Hoehnsboek van Lynden", sagte ich, nahm den Drink entgegen und führte ihn an meine Lippen, während ich ihn noch einmal von oben bis unten begutachtete. Er war heiß ... so verdammt heiß.

Seine Augenbrauen zuckten.

Ich blinzelte zu ihm hinauf. „Ich dachte, ich hätte es endlich richtig ausgesprochen?"

„Ja, hast du. Aber du brauchst kein *Herr*, wenn du den Titel benutzt. Und es wäre mir sowieso lieber, wenn du das nicht tust."

„Ich werde den Titel nicht benutzen, wenn du das nicht magst." Ich stellte mich vor ihn und presste meine Brust gegen seine. „Aber heute Abend siehst du einfach nach europäischem Adel aus."

Er hob seine Hand an mein Kinn und winkelte es so an, dass ich in sein Gesicht blickte. „Und du siehst einfach wunderschön aus."

Er sagte die Worte mit solcher Intensität, dass sie sich fast wie ein feuriger Pfeil anfühlten, der durch mich hindurchschoss und mein Innerstes entzündete. Die Hitze war ehrlich gesagt so stark, dass sie drohte, mein Höschen hier auf der Stelle schmelzen zu lassen. Meine Augenlider senkten sich und meine Kehle brannte. Eine Sekunde lang stellte ich mir vor, wir würden wieder nach oben gehen, uns unsere ungewöhnlichen Kleider vom Leib reißen und zusammen eine Weile lang Spaß haben.

Aber nein, so zu tun, als wären wir aus den Goldenen Zwanzigern, würde ebenfalls Spaß machen. Und wie oft hatten zwei Spieletester von Draco Multimedia schon die Chance, sich herauszuputzen und eine andere Welt zu betreten?

„Frag nicht einmal, wie viel mich dieses Kleid gekostet hat."

Seine Augen brannten einen Pfad über die Vorderseite meines Kleides hinab, von meinem Hals bis zu meinen Knien. „Was auch immer es gekostet hat, es war jeden verdammten Penny wert."

Ich grinste und er trat beiseite und bot mir seinen Arm an. Da es heute Abend noch immer sehr warm in diesem Teil des Tals war, brauchte ich den Schal nicht, den ich passend zum Kleid gekauft hatte. Nun ja. Ich würde mich einfach mit nackten

Schultern und entblößtem Dekolletee ins Gedränge werfen. Angesichts seiner Reaktion würde das für einen großen Auftritt nicht allzu übel sein.

Ich nahm seinen Arm und er geleitete mich zur Tür hinaus. Zu unserer Belustigung wartete Mr. Deleon neben einem Golfmobil, um uns zum Ballsaal des Haupthauses zu fahren. Wir lachten und witzelten, während er uns durch das Weingut kutschierte.

„Ich habe viel Holländisch gehört, seit wir hier sind.“

„Naja, ich habe viele Verwandte in den Niederlanden.“

Ich runzelte die Stirn. „Das hast du mir nie erzählt ... sprichst du es selbst auch?“

Er schüttelte den Kopf. „Ich verstehe viel, aber spreche nur genug für eine leichte Konversation.“

„Hmm. Ich denke nicht, dass ich überhaupt irgendwelche holländischen Wörter kenne. Warte, nein. Ich habe bei *Friends* ein Wort gelernt. Gunter hat Ross einen *ezel* genannt.“

Er lachte. „Esel? Ich glaube nicht, dass du das heute Abend brauchen wirst.“

Ich zog eine Augenbraue hoch. „Man weiß nie. Okay, wie sage ich Hallo?“

„Heute Abend kannst du *goedenavond* sagen. Guten Abend.“

Ich übte das ein paarmal, bis er sagte, dass ich es draufhatte.

„Okay, jetzt sag mir noch schnell, wie ich mich verabschiede, wenn wir gehen müssen.“

„Du willst da schnell wieder weg?“ Er zog, Überraschung vortäuschend, seine Augenbrauen hoch.

„Tu nicht so, als würdest du das nicht auch wollen, Jedi-Junge. Jetzt sag schon.“

„Okay, auf Wiedersehen heißt *tot ziens*." Auch das übte ich ein paarmal.

Meine Hand ruhte leicht auf dem Oberschenkel meines Ehemannes ... bis er sie sanft entfernte. Wenn man die nicht zu übersehende Beule in seiner Hose betrachtete, war nicht schwer zu erahnen, warum. Ich schwor, heute Abend ein braves Mädchen zu sein. Zumindest die meiste Zeit. Dem kleinen Teufelchen auf meiner Schulter hatte ich den Abend freigegeben, bis wir wieder gingen. Quälen konnte ich ihn auch noch, wenn wir wieder in unserer Unterkunft waren.

Und selbst mit all dem Spaß, den ich auf dieser ausgefallenen Party erwartete, hoffte ich, dass dies bald sein würde. Schließlich mussten wir ja endlich zu den lohnenswerten Teilen der Ehe kommen, nicht wahr?

Der große Ballsaal war atemberaubend. Jede Lampe strahlte, jeder Kronleuchter funkelte und der weitläufige Parkettboden schimmerte golden im Licht. Riesige Blumengestelle waren in regelmäßigen Abständen aufgestellt. Elegante Banner in den Farben eines sommerlichen Sonnenuntergangs – rostfarben, golden und pflaumenblau – hingen vom Zwischengeschoss. Dort oben sammelten sich Zuschauer an der geschmiedeten Brüstung, um das Treiben unter ihnen zu beobachten.

Wir wurden sogar vom Butler des Haupthauses angekündigt, inklusive Titel und allem Drum und Dran. Die Reporterin stand in der Nähe und der Fotograf hielt alles fest. Obwohl es nur eine einmalige Sache war, war es ein unglaublicher Nervenkitzel, vor all diesen Leuten als Baroness angekündigt zu werden. Ein Nervenkitzel, von dem ich nie gedacht hätte, dass ich ihn wollte. Köpfe drehten sich zu uns, als wir die Treppe in den Hauptraum hinabschritten. Es wirkte alles so wie in Downton Abbey, dass ich erwartete, irgendwo Carsons zustimmendes Nicken oder Mrs. Hughes' stolzes Lächeln zu sehen. Ich schüttelte den Kopf, um aus diesem Traum zu erwachen.

Das war die Welt, in der Lucas aufgewachsen war – und die er kurzerhand zurückgewiesen hatte. Denn sie erlaubte nicht, dass jemand sich abspaltete und sein eigenes Leben führte. Als einmalige Sache war es wirklich schön, doch ich konnte mir nicht vorstellen, so ein Leben zu führen.

Die Party fing gerade erst an, als wir eintrafen. Cocktails und Appetizer wurden auf der hinteren Veranda serviert, als die Sonne unterging und sich unsere langen Schatten abgewandt von den spektakulären Farben am Horizont erstreckten. Ein klassisches Quartett, das die Musik von Vivaldi spielte, begleitete uns in unserem Glamour der Goldenen Zwanziger, während die Gäste sich untereinander unterhielten.

Ich achtete darauf, meinem Ehemann nicht von der Seite zu weichen, und bestellte mir zu Ehren seiner Zuvorkommenheit einen weiteren Sea Breeze. Die paar Schlückchen in der Villa hatten bereits Wirkung gezeigt und mir den Anfang eines leichten Schwipses beschert. Ganz zu schweigen von dem dringend benötigten Mut, diese Veranstaltung, bei der ich von Dutzenden von Leuten, die ich nicht kannte, umgeben war, durchzustehen.

Julia tauchte gerade auf, als Lucas sich aufmachte, unsere Drinks zu holen. Er zögerte, als wollte er sie nach ihrer Bestellung fragen, doch ich unterbrach ihn und sagte, dass ich mit Julia alleine sprechen musste.

Sie nahm meine Hand und drückte sie. „Danke." Julia trug ein rotes Kleid mit silberfarbenen Pailletten und jeder Menge roter Federn.

„*Goedenavond*", sagte ich mit einem Grinsen, bereit Eindruck zu schinden.

Sie schenkte mir ein breites Lächeln. „*Goedenavond! Hoe gaat het me je?*"

Mein Lächeln verschwand. „Ähm. Das geht über mein Holländisch hinaus."

Sie lachte. „Hat Lucas dir das beigebracht? Hat er dir erzählt, dass wir einige Jahre auf eine Sprachenschule für Holländisch gehen mussten, als wir jung waren?"

Ich runzelte die Stirn. „Er sagt, er spricht es kaum."

Sie lachte. „Er lügt. Egal, ich bin vorbeigekommen, um dir zu sagen, wie toll du aussiehst! Dieses Kleid. Diese Farben an dir ... *magnifique*." Sie hob ihre gebündelten Finger wie ein Sternekoch an die Lippen und machte ein Kussgeräusch, wobei sie sie ausbreitete.

Ich hob eine Hand und glättete eine der Federn an ihrer Schulter. „Das kann ich nur zurückgeben! Ach, manchmal wünsche ich mir, ich würde in einer Zeit leben, in der sich Frauen immer so kleiden konnten. Bis ich dann an die Details denke, wie kein Frauenwahlrecht, keine Verhütungsmittel und die Rassentrennung."

Sie grinste. „Wir sollten eine Bewegung ins Leben rufen, um die Mode der Zwanziger wieder zurückzubringen. Aber ohne all diese schrecklichen Dinge, die mit dieser Ära einhergingen." Sie studierte mein Gesicht. „Violet hat bei deinen Haaren und deinem Make-up wirklich tolle Arbeit geleistet. Ich brauche ein paar Fotos für –"

Ich hob die Hand. „Bei Social Media muss ich leider nein sagen, wenn es dir nichts ausmacht. Mein Discord-Server quillt über vor Nachrichten von Leuten, die sich beschweren, dass ich in letzter Zeit nicht genug streame. Ich will lieber keine Werbung machen, dass ich neben meinem Job und meinem Online-Streaming noch ein Leben habe. Sonst gibt es noch einen Aufstand."

Sie wackelte mit dem Zeigefinger. „Du darfst ein Leben abseits von dem haben, was deine Follower von dir erwarten. Du kannst nicht vierundzwanzig Stunden am Tag arbeiten. Sieh mich an ..." Sie unterstrich ihre Aussage mit einem schüchternen Lächeln.

Ich legte meine Hand sanft auf ihren Oberarm. „Wir Powerfrauen müssen zusammenhalten. Du machst das toll, Julia. Weiter so."

Sie legte ihre freie Hand auf meine. „Ich habe dich gerade erst kennengelernt und trotzdem bist du schon wie eine Schwester für mich. Danke, Schwägerin."

Ja, das war der erste Moment, in dem ich einen Anflug von Schuld empfand. Denn ich wusste, dass dies nur temporär war. Und ich hatte mir nie vorgemacht, dass es etwas anderes sein könnte. Auch Lucas war sich seiner gestrigen Aussage nach dieser Tatsache bewusst.

Aber Julia wusste das nicht. War es fair von mir, diese Beziehungen zu knüpfen, die ich nicht fortführen würde, sobald ich meine Greencard in den Händen hielt?

Wie vorherzusehen war, tauchte Claire in diesem Moment an Julias Schulter auf und blickte von ihr zu mir und wieder zurück. „Oh, was ist das hier? Lernen sich die Schwägerinnen besser kennen?" Sie drehte sich zu Julia. „Erinnerst du dich noch an all die Partys, die wir zusammen besuchten, als Lucas und ich uns verlobt hatten? Ich kann mich kaum noch an die Details erinnern, aber ich erinnere mich daran, dass es jede Menge Spaß gemacht hat."

Ich setzte das falscheste und lächerlichste Grinsen auf, das mir möglich war. „Ja, mit einem Filmriss und Kotze auf den Designerklamotten aufzuwachen muss einfach *spitze* sein."

Julia unterdrückte einen Lachanfall und Claire starrte mich mit großen Augen an, als wäre ich eine Besucherin vom Planeten Blergh.

Glücklicherweise tauchte in diesem Augenblick mein extrem gut aussehender und charmanter Ehemann mit unseren Cocktails auf. Ich zwinkerte Julia zu und sagte: „Entschuldigt uns."

„Was war das gerade?", fragte Lucas, als wir alleine waren.

Ich nahm einen Schluck von meinem Cocktail und blickt zu ihm hinauf. „Ach, ich habe nur diesen Plagegeist verscheucht."

Lucas blickte in die Richtung, aus der wir gekommen waren. „Du hast es vielleicht selbst schon gemerkt, aber sie ist ein sehr hartnäckiger Plagegeist."

Ich zog die Augenbrauen hoch und nahm einen weiteren Schluck. „Keine Sorge. Du hast meinen Plagegeist für mich entsorgt, vielleicht kann ich für dich dasselbe tun."

Er lachte. „Viel Glück damit. Sie hat ihre Krallen tief und fest in meine Familie geschlagen."

Dieser Kommentar beunruhigte mich und ich grübelte auch immer noch darüber nach, als wir zu Tisch gerufen wurden. Offensichtlich war Claire mit Julias Transformation nicht einverstanden und verhielt sich, als würde diese eine Bedrohung für sie sein. Wenn Julia das Partyleben aufgab, welche Rolle würde Claire dann in ihrem Leben einnehmen? Vielleicht waren die Partys alles, worauf ihre Freundschaft aufbaute.

Das Abendessen war wundervoll und ich war dankbar, dass wir dieses Mal nebeneinandersaßen. Ich flirtete ungeniert mit Lucas und legte meine Hand zwischen den Gängen auf seinen Oberschenkel. Er ließ Oliven auf seinem Teller und als ich ihn fragte, ob ich sie haben konnte, nahm er seine Gabel zur Hand.

„Nein ... füttere mich mit deinen Fingern", murmelte ich so, dass nur er es hören konnte.

Falls er schockiert oder überrascht war, ließ er es sich nicht anmerken, als er eine Olive mit Daumen und Zeigefinger aufhob. Er hielt sie mir hin und ich lehnte mich vor und nahm sie und die Hälfte seiner Finger in den Mund. Seine Augenlider senkten sich und seine Augen glühten, als ich langsam zurückwich. Dann, ohne den Blickkontakt zu trennen, kaute und schluckte ich.

Ohne Aufforderung hob er eine weitere auf und tat das Gleiche noch einmal. Die Leute konnten uns sicher dabei sehen, aber das war uns egal. Wir waren beide zu besessen von der Vorstellung, was passieren würde, sobald wir heute Abend alleine waren, um uns darüber Gedanken zu machen.

Denn nach fast sieben Monaten Ehe war es endlich soweit.

Nach dem Essen wurde getanzt und obwohl Lucas beharrlich erklärte, kein Tänzer zu sein, überzeugte ich ihn, ein paar der langsamen Tänze mit mir zu tanzen. Er war ein guter Tänzer, was mich überhaupt nicht überraschte. Er schien die Art Kerl zu sein, der in allem, was von ihm erwartet wurde, einfach gut war. Oder zumindest fachkundig.

Irgendwann kamen einige seiner Cousins, um sich zu unterhalten. Ich nutzte dies als Ausrede, um mir die Nase pudern zu gehen – wie man in den Zwanzigern sagte. Beim Weggehen hörte ich einen von ihnen noch sagen: „Alter, deine Frau ist echt der Hammer. Du glücklicher Hund."

So schmeichelnd es auch war, ich tat so, als hätte ich es nicht gehört, und ging auf die Damentoilette. Danach hing ich noch eine Weile an der Bar herum, um ihm genug Zeit zu geben, alle Neuigkeiten mit seinen Verwandten auszutauschen. Denn wir würden bald gehen. Und wenn ich einen verstauchten Knöchel oder eine schreckliche Migräne vortäuschen musste, wir würden *definitiv* bald von hier verschwinden und uns endlich Zeit für Zweisamkeit nehmen.

Ich stellte mir gerade vor, wie ich ihm jedes Stück seines Smokings vom Körper schälte, als ich jemanden neben mir wahrnahm. Eine dunkelhaarige Frau.

Sie trug Lachsfarben mit Silber. Ich drehte mich zu ihr und sah Lucas' Ex, die mich mehrmals ganz ungeniert von oben bis unten begutachtete.

Ich nippte an meinem Drink und lächelte. Hier war sie also, meine Chance, etwas Schädlingsbekämpfung zu betreiben. Aber ich würde keine Zicke sein, außer sie fing damit an.

Die erste Regel der Zickigkeit. Nicht zuerst zicken. Aber wenn dich jemand anzickt, dann hab keine Angst, eine gewaltige Zicke zu sein. Denn die, die am lautesten und besten zickt, zickt als Letzte.

Ich konsumierte langsam meinen Drink und setzte ein unschuldiges Lächeln auf, während Claire mit ihrer offensichtlichen Begutachtung fortfuhr. „Schon fertig mit Tanzen?", fragte sie schließlich mit etwas, was ich als ironisches Lachen einordnen würde.

„Noch nicht, aber bald."

Sie zog ihre Augenbrauen hoch. „Oh. Du hast ihn wirklich zum Tanzen gebracht?" Sobald ihr Drink auf der Theke abgestellt wurde, nahm sie ihn auf und toastete dann gekünstelt in meine Richtung, bevor sie einen großen Schluck von ihrem Martini nahm. „Nun, Hut ab, falls du es geschafft hast, diesen gigantischen Eisberg namens Lucas Mr. Emotional-Unerreichbar zum Auftauen zu bringen."

Das *falls* hatte dabei einen sehr skeptischen Unterton. Ich nippte erneut an meinem Drink und dachte darüber nach. „Ich habe ihn eigentlich nie für einen Eisberg gehalten. Mehr wie *stille Wasser sind tief.* Er ist tiefgründig, aber wenn man sich nicht die Mühe gibt zu ergründen, was unter der Oberfläche schlummert, wird man es nie herausfinden."

Sie kniff die Augen zusammen und trank ihren Martini aus. Dann stellte sie das leere Glas auf den Tresen und kam näher, als würde sie eine längere Konversation beginnen wollen. *Nicht mit mir, das konnte sie sich abschminken,* mein Drink war fast leer und ich würde verschwinden, sobald der letzte Tropfen meine Zunge berührt hatte.

Sie hob ihr Kinn, als würde sie als eine Art Autorität in Sachen Beziehung sprechen. „Nun, ich wünsche dir viel Glück mit dem Eisberg oder den stillen Wassern oder was auch immer. Mehr Glück, als ich je hatte, glaub mir. Ich hoffe aufrichtig, dass er besser für dich sorgt, als er es bei mir gemacht hat." Sie legte eine Hand auf ihr Herz, um diese *Aufrichtigkeit* zu unterstreichen.

„Für dich *sorgen?*" Ich starrte sie ungläubig an. „Was wolltest du, einen Ehemann oder einen Vater? Danke für die lieben Wünsche, aber ich brauche kein Glück. Ich bin verrückt nach ihm. *Tot ziens.*" Ich kippte den Rest meines Drinks hinunter und stellte das Glas ab. Und weil ich eine kleinliche Zicke war, fügte ich hinzu. *„Ezel."*

Sie sah völlig verwirrt aus, als sie mir hinterherstarrte. *Gut.*

Wow, kein Wunder, dass Lucas dachte, er wäre ein schlechter Ehemann gewesen. Welcher normale Mensch würde solche Erwartungen an einen neunzehnjährigen Jungen stellen? Für einen anderen – zumindest *körperlich* – erwachsenen Menschen zu *sorgen*? Ich konnte die Vorstellung nicht begreifen, einen Partner zu suchen, der für mich sorgt. Ich hatte bereits Eltern und selbst sie waren bestenfalls Mittelmaß. Was für eine seltsame Vorstellung von Ehe. Ich schüttelte den Kopf. Sie war es nicht einmal wert, einen weiteren Gedanken an sie zu verschwenden.

Ein paar Minuten später fand ich Lucas und flüsterte ihm ins Ohr, dass ich mir gleich auf schreckliche Weise den Knöchel verstauchen würde. Ich bat ihn eindringlich, mich hier wegzuschaffen, bevor das passierte. Ich schaffte es auch, meine Hand unter seinen Smoking zu bekommen, und fuhr mit meinen Fingernägeln seinen Rücken entlang.

Er vergeudete keine dreißig Sekunden, in denen er sein Glas abstellte, sich zu seinen Cousins lehnte, um ihnen etwas zu sagen, und dann seinen Arm um meine Taille legte.

Seine Hand lag auf meinem Kreuz und führte mich sanft, während ich in meinen Stöckelschuhen die Treppe hinunterschritt. Es fühlte sich beruhigend an und ließ mein Innerstes vor Vorfreude ein wenig zittern. Es war kein kurzer Fußmarsch zurück und er trug meine Schuhe, sobald wir auf dem kleinen Weg angekommen waren, da ich definitiv nicht den ganzen Weg in meinen High Heels gehen würde. Trotz alledem sagten wir praktisch nichts zueinander und aalten uns in Vorfreude.

Ich war mir seiner Gegenwart völlig bewusst. Sein Atem, das Aneinanderstreifen unserer Gliedmaßen, der Außenseiten unserer Hände. Jede Berührung entfachte einen neuen Feuerherd. Das einzige Geräusch, abgesehen von der Nacht um uns herum, waren seine Schritte. Und als wir den Rasen vor unserer Villa erreichten, hob er mich hoch und trug mich den letzten Abschnitt des Weges.

Ich legte einen Arm um seinen Hals, als er mich an seine Brust legte und hielt, als würde ich nicht mehr als eine Tüte Fastfood wiegen. „Mr. Walker", sagte ich in meinem besten Südstaatenakzent. „Wenn Sie so weitermachen, könnte ich mich in sie verlieben."

Er lachte, als wir die Türschwelle erreichten und versuchte etwas unbeholfen mit mir in den Armen die Tür zu öffnen. Ich beendete dieses Schauspiel schließlich, indem ich laut klopfte. Deleons Vertretung tauchte kurz darauf auf und ließ uns hinein. Zu diesem Zeitpunkt hatte Lucas mich bereits abgesetzt, doch ich presste mich immer noch eng an ihn.

„Mr. Lucas, alles ist oben für sie vorbereitet", sagte er mit einem Nicken.

Ich drehte mich zu Lucas, der vorsichtig seine Manschettenknöpfe entfernte. Er lächelte und nickte dem Butler zu. „Danke. Sie können sich die Nacht freinehmen. Danken Sie Deleon von mir."

Er lächelte. „Sicherlich. Sie haben meine Nummer, wenn Sie etwas benötigen."

Ich wartete, bis er weg war, bevor ich mich wieder zu Lucas drehte, der mich mit einem sehr eingebildeten Lächeln auf den

Lippen ansah. Er wurde gerade mit seinen Manschettenknöpfen fertig und ließ sie laut in eine Glasschale fallen, dann zog er sein Jackett aus und fing an, seine Ärmel nach oben zu krempeln.

Ich zog eine Augenbraue hoch. „Was war das gerade?"

Er grinste noch breiter. „Wirst du noch sehen."

Ich blickte ihn stirnrunzelnd an. „Ich bin es nicht gewohnt, dass du so viel lächelst. Ich denke, dass ich Angst haben sollte, große Angst."

Er zog seine Schuhe aus, stellte sie neben meine und löste dann seine Fliege. Er trug immer noch die weiße Weste, sein Hemd und seine schwarze Hose mit dem Satinstreifen an der Außenseite der Beine. Da er seine Ärmel hochgekrempelt hatte, konnte ich die starken Muskeln an seinen Unterarmen sehen.

Mein Höschen fing nun offiziell an, feucht zu werden. Ich leckte über meine Lippen und dachte daran, dass wir gestern nicht in der Lage gewesen waren, unser unerledigtes Geschäft fortzuführen. Er war darüber zweifellos noch weniger erfreut als ich.

Jetzt entledigte er sich der Fliege und knöpfte die zwei obersten Knöpfe seines Kragens auf. Dann streckte er seine Hand in meine Richtung. „Komm."

Ich wölbte eine meiner Augenbrauen und nahm seine Hand. „Ja, das will ich sogar *wirklich* gerne."

Er lachte und zog mich zur Treppe. Wir gingen hinauf ins Schlafzimmerstockwerk und ich zog meine langen Satinhandschuhe aus und warf sie aufs Bett. Dann zog Lucas mich eine weitere Treppe hinauf, die zu unserem privaten Dachgarten führte. Eine Seite wurde von einem kleinen, doch wunderschön gefliesten Infinitypool dominiert, der mit dem Rand des Dachs abschloss. So konnten die Badegäste vom Pool aus über den Rand blicken. Die anderen drei Seiten waren von großen hölzernen Pergolen eingefasst, die mit hauchdünnen Tüchern verhangen und mit wunderschönen herabhängenden Blumen und Reben geschmückt waren. Dahinter waren niedrige Wände, die Privatsphäre gewähren sollten, obwohl keine weiteren so hohen Gebäude in der Nähe standen.

Mehrere Brunnen unterstrichen das himmlische Aussehen, inklusive einer griechischen Göttin, die eine bodenlose Vase voller Wasser in den Pool goss. Und einer konzentrisch zulaufenden Stahlschüssel, die in tiefen Tönen summte, während sie sich füllte. Der ständige Klang des tropfenden Wassers entspannte mich fast unverzüglich.

Verdammt, hier oben könnte ich leben. Ohne jegliche Entbehrungen.

Liegestühle standen am Rand des Pools, doch Lucas führte uns zu einem Bereich, der von keinem Punkt unter uns oder um unser herum eingesehen werden konnte. Eine dicke Futonmatte war unter den Sternen ausgebreitet und mit Decken und Kissen belegt worden. In der Nähe stand ein Wagen mit Essen und Trinken, inklusive eines glänzenden Eiskübels mit einer Flasche Champagner. Es gab Käsehäppchen und feines Gebäck, erlesene Schokolade und Macarons in allen Farben des Regenbogens. Und alles wurde vom goldenen Schein eines Kerzenleuchters erhellt.

Wow.

Ich meine ... er hatte wirklich alle Register gezogen. „Das ist wunderschön", sagte ich leise, als ich mich mit weiten Augen umsah. Es war so *verdammt romantisch*. Nicht einmal frühere Freunde hatten je so etwas für mich gemacht. Das Beste, was ich je bekommen hatte, war ein Sonnenuntergang und eine Portion Fish and Chips auf einer Decke am Strand von English Bay.

Ich hatte in meiner Vergangenheit wirklich ein paar verdammt einfallslose Kerle gedatet. Oder Lucas überstrahlte sie einfach alle. Und das scheinbar mühelos.

Ich zitterte ein wenig vor Erwartung, als er zur Decke ging. Er übersah nichts und blickte sich um. „Kalt? Ich kann dich in eine Decke wickeln."

Ich lächelte in schüchtern an, wobei mein Kinn und meine Augen zu ihm hinaufblickten. „Ich denke, deine Arme wären mir lieber als eine Decke."

Er erwiderte das Lächeln und öffnete die Arme, sodass ich mich an ihn schmiegen konnte. Es war nicht wirklich kalt, doch die Wärme seines Körpers ließ den meinen sofort schmelzen. Er roch so atemberaubend, waldig – wie Zedernholz. Ich vergrub mein Gesicht in seiner Schulter, die noch von seinem Hemd bedeckt war.

„Tut mir leid, falls ich dich von etwas weggezogen habe", sagte ich.

„Muss es nicht", antwortete er. Dann bewegte er seinen Kopf und ich war mir fast sicher, dass er mein Haar küsste. Ich legte meinen Kopf zurück, um zu ihm aufzublicken, während mein Herz bis in meine Kehle schlug. Ich lächelte schüchtern und er erwiderte mein Lächeln, bevor er den Kopf senkte, um mich zu küssen.

Er wich schnell zurück, bevor es noch inniger wurde. „Ich will dein Haar öffnen. Aber ich weiß nicht, wie."

Ich lachte, griff nach oben und zog einige Haarnadeln heraus, mit denen die Stylistin sie hochgesteckt hatte. Ich war noch nicht einmal fertig, da fuhr er bereits mit seinen Fingern durch mein Haar und stöhnte lange. „So schön. Deine Haare sind so schön."

Ich verzog meinen Mund zu einem schiefen Lächeln. „Das Beste an mir."

Er blickte mir wieder in die Augen, todernst, und seine Hände stoppten ihre Bewegung. „Das ist nicht einmal ansatzweise das Beste an dir, Cranberry."

Ich neigte meinen Kopf zurück und schloss die Augen, während ich das Gefühl seiner Hände genoss und mich in dem warmen Glühen seiner ernstgemeinten Komplimente sonnte. Wir hatten uns über ein Jahr lang im Zweikampf gemessen, aber nie eine wirkliche Schlacht ausgetragen. All diese Zeit, keiner von uns hätte je zugegeben, dass das alles nur Vorspiel gewesen war.

Bevor ich wusste, wie mir geschah, war sein Mund wieder auf meinem und drückte ihn sanft auf. Er schmeckte nach Whisky und Zimt. Und als seine Zunge meinen Mund betrat, wurde dieser Kuss so intensiv wie ein Sportwagen, dessen Fahrer auf freier Strecke das Gaspedal durchdrückte. Und genau so, als wäre ich die Beifahrerin in besagtem Sportwagen, schoss das Adrenalin durch meinen Körper. Mein Atem stockte und die Welt drehte sich, als er mich küsste und küsste und küsste.

Wir atmeten beide schwer, als er gerade genug zurückwich, um zu sprechen. „Ich will dem, wonach ich mich seit Monaten sehne, wirklich *wirklich* nachgeben."

„Dann tu es", sagte ich, ebenso außer Atem wie er. „Denn das ist genau das, was ich auch schon so lange will."

„Unsere Zeit ist kurz, Kat."

„Mmm, dann wissen wir zumindest schon vorher, wann es enden wird. So schlecht ist das nicht ..."

Er atmete durch die Nase ein, als würde er wieder an meinen Haaren riechen. „Wir sollten Regeln aufstellen."

Ich lachte. „Keine Regeln mehr, Jedi-Junge. Es ist Zeit, dass wir uns nackt ausziehen."

Seine Hände fielen auf meine Schultern und umfassten sie fest, bevor er mich schroff umdrehte, sodass ich mit dem Rücken zu ihm stand. Langsam öffnete er den Reißverschluss meines Kleides. Kühle Luft traf auf die nackte Haut meines Rückens und verschaffte mir eine Gänsehaut. Eine seiner warmen Hände glitt sanft meine Wirbelsäule hinab und sein Mund sank in das Tal, in dem mein Hals und meine Schulter aufeinandertrafen. Ein wildes kitzelndes Gefühl raste so elektrisierend durch all meine Nervenenden, dass ich zitterte. Ich legte mein Kinn zur Seite, sodass ich ihm meinen ganzen Hals darbot. Seine Hände glitten in mein Kleid.

„Du warst heute Abend die schönste Frau auf dem Ball. Alle Männer haben dich angesehen und ich war der arrogante Bastard, der wusste, dass es meine Frau war, die sie beäugten."

Ich lachte. „Du bist ein Lügner. Es waren viele schöne Frauen anwesend."

„Keine, die mir bewusst war", warf er zurück, während sein Mund über meinen Hals glitt und den Gänsehautfaktor locker vervierfachte. Die Gefühle überwältigten mich schneller, als ich sie verarbeiten konnte, und schickten mir geschmolzenes Verlangen direkt in mein Zentrum.

„Ich habe nur daran gedacht, wie heiß du in deinem Smoking aussiehst. Oh, und daran, dass es noch heißer sein würde, ihn dir endlich auszuziehen und dich nackt vor mir zu haben."

Er lachte.

Ich drehte mich um und blickte ihn an, wobei ich meine Hand an sein weiches Kinn hob. „Ich konnte auch nicht aufhören, daran zu denken, wie atemberaubend es sein wird."

Diese braunen Augen wurden dunkel vor Verlangen. „Oh ja", sagt er leise, bevor er mir mit zwei schnellen Handbewegungen mein Kleid von den Schultern streifte. Es fiel zu einem Ring um meine Füße hinab.

Jetzt trug ich nur noch meine von den Zwanzigern inspirierte Unterwäsche – einen durchsichtigen Spitzen-BH und einen dazu passenden, kaum vorhandenen Slip. Schwarze Strapse waren an einem schwarzen Spitzen-Strumpfhalter um meine Hüften befestigt. Als ich das gekauft hatte, hätte ich nie gedacht, dass er es je zu sehen bekommen würde.

Und nun sah er es nicht nur. Er verschlang mich praktisch mit seinen Augen. Sein Blick brannte vor Verlangen und Hunger und ich hätte schwören können, dass er den Atem anhielt. „Gott", krächzte er.

Ich trat aus meinem Kleid, aber bevor ich mich bücken und es vom Boden retten konnte, hatte er es bereits aufgehoben und ehrfürchtig über seinen Arm gelegt. Dann brachte er es zum nächsten Liegestuhl und legte es dort vorsichtig ab. Er knöpfte seine weiße Weste auf und tat dasselbe mit ihr. Dann streifte er sich noch seine schwarzen Hosenträger von den Schultern und kehrte zu mir zurück.

„Ich konnte es kaum erwarten, dich nackt zu sehen, doch jetzt will ich dich noch eine Weile so genießen", sagte er grinsend.

Meine Hände schossen zur Vorderseite seines Hemds und ich fing an, es aufzuknöpfen, wobei meine Finger von einem zum nächsten emaillierten Knopf flogen. Im selben Augenblick, als ich den letzten Knopf geöffnet hatte, zog er das Hemd aus und warf es auf den Liegestuhl. Danach folgte sein Unterhemd, das er über den Kopf zog und auf ähnliche Weise loswurde. Endlich stand er mit nacktem Oberkörper vor mir, den Göttern sei Dank.

Es war schon so lange her, dass ich mit einem Mann im Bett war, dass ich mich fast fragte, ob ich mich noch erinnerte, wie man es machte. Den Blowjob gestern hatte er definitiv genossen, bis er durch das Auftauchen seiner Familie im Gästehaus jäh unterbrochen worden war.

Meine Hände glitten über seine Brust und ich las ihn mit meinen Fingern und lernte mit jeder verstreichenden Minute mehr darüber, wo er gerne berührt wurde. Dabei dirigierte er uns langsam zu der ausgebreiteten Decke.

Wir legten uns auf den Futon, so dass wir einander ansahen. Keiner von uns griff trotz der kühlen Luft nach der Decke. Unsere Münder verbanden sich erneut und seine Hände wanderten über meine Schultern und meinen Rücken, packten meinen Po und zogen mich an ihn. Seine Erektion war stahlhart und, wie ich bereits wusste, größer als normal.

„Ich kann es kaum erwarten, dich in mir zu spüren", stöhnte ich gegen seinen Hals.

Sein Schwanz zuckte, als wäre ich mir seiner noch nicht bewusst gewesen. *Wow.*

Seine Finger glitten in meinen Spitzen-BH und schoben ihn beiseite, sodass er meinen Nippel erreichen konnte, an dem er gnadenlos herumspielte, bis ich aufschrie und mich wand. Glühendheiße Funken schossen durch all meine Nervenenden.

Bald darauf ersetzte sein Mund den Finger und Zähne kratzten sanft an der sensiblen Knospe aus Nerven. „Ich war seit der Minute verdammt, als ich gesagt hatte, wir sollten keinen

Sex miteinander haben", sagte er leise. „Doch ich hatte nicht die geringste Chance, dir zu widerstehen."

„Mm, du findest wirklich immer die richtigen Worte." Ich grinste und schob meine Hand in seine Hose, um seinen festen Hintern zu packen. Gott, selbst seine Pomuskeln waren trainierter als alles an meinem Körper. Ich hätte mich vielleicht verlegen angehalten gefühlt, mehr Sport zu machen. Doch er äußerte sich immer lautstark darüber, wie sehr er meinen Körper genau so mochte, wie er war.

Mit einer gekonnten Handbewegung, die mir sagte, dass er erfahrener war, als er zeigte, öffnete Lucas meinen BH. Ich zog ihn aus und er verbrachte mehrere Minuten damit, mir wortlos zu sagen, wie sehr er meinen Körper und ganz speziell meine Brüste mochte. Er konnte einfach nicht von ihnen lassen und ich genoss jede Sekunde davon. Mit einem Nippel in seinem Mund ließ er mich das Wirbeln seiner Zunge und das Knabbern seiner Zähne spüren, während er den anderen fest zwischen seinen Fingern rollte.

Ich konnte nur daliegen und zwischen meinem Stöhnen nach Luft ringen, so überwältigend war es. Mein Spitzenhöschen war bereist völlig durchnässt und ich rieb mich durch seine Smokinghose an ihm.

„Ich schwöre dir, wenn du nicht in den nächsten zehn Sekunden nackt bist, reiße ich deine Hose einfach in Stücke", knurrte ich zähneknirschend.

Mit einem Lächeln auf den Lippen wich er zurück. „Wie du wünschst."

Dann knöpfte er seine Hose auf und wand sich heraus. Als er sich zurücklehnte, um sie auf den Kleiderhaufen zu werfen, griff ich hinab und umfasste seine Erektion durch seine Boxershorts. Jetzt war er an der Reihe, nach Luft zu ringen.

„Zeit zur Sache zu kommen, Jedi-Junge. Hol dein Lichtschwert heraus."

Er warf den Kopf zurück und lachte lauthals. „Der war schlecht, Cranberry. Wirklich mies."

„Ich bin gewillt, alles zu tun, was dich dazu bringt, dich auszuziehen und so schnell wie möglich in mich einzudringen."

Dann stieg er aus seinen Boxershorts und griff nach unten, um meinen Strumpfgürtel zu öffnen. Zu meiner Belustigung, hatte er damit mehr zu kämpfen als mit meinem BH. Verständlicherweise. Ich bezweifelte, dass viele seiner früheren Partnerinnen oft einen Strumpfgürtel und Strapse getragen hatten. Deshalb half ich ihm, damit es schneller ging.

Sobald der Strumpfhalter weg war, hob ich meinen Po nach oben und zog mir ebenfalls mein Höschen aus.

Und endlich waren wir beide nackt. Zur selben Zeit. Am selben Ort. Und gegeneinander gepresst. Er war hart und ich war feucht. Und wenn keine verdammte Katastrophe, wie etwa ein Alienangriff, passieren oder ein Meteorit vom Himmel stürzen würde … wenn – Gott verbiete – kein gewaltiges Erdbeben kommen würde, würde das hier passieren.

Endlich.

Ich küsste mich seine Brust hinab, so wie ich es gestern gemacht hatte, aber er stoppte mich, bevor ich an meinem Zielort ankam.

„Nein." Er rollte uns herum und brachte meinen Mund zu seinem. Er lag jetzt auf mir und schob ein Bein zwischen meine Knie. Als sein Kopf sich hob, blickten wir uns tief in die Augen.

Seine waren dunkel vor Verlangen und glühten durch die Spiegelung des Kerzenlichts.

„Nicht noch länger warten. Ich werde endlich tun, was ich mir schon seit über einem Jahr vorgestellt habe."

Ich schluckte ulkig. Das Geräusch war so laut, dass man es wahrscheinlich noch im nächsten Postleitzahlbereich hören konnte.

„Ich hoffe, du hast deine stärkste Waffe zu diesem Raid mitgebracht", sagte ich lachend. Ja, ich war *diese* Person – das nerdige Mädchen, das Gamer-Witze beim Sex machte.

„Oh?", sagte er, wobei sein Gesicht eine Mischung aus Belustigung und Verwirrung war.

„Ja, weil du sie brauchen wirst, um mich fertig zu machen."

Er lachte und überzog mein Kinn mit weiteren Küssen, wobei seine Zunge immer wieder herausschlüpfte und mich noch heißer machte. „Ich denke, dass du dir absolut bewusst warst, wozu meine *Waffe* fähig ist, als du sie gestern in den Mund genommen hast."

„Mmm. Ja. Sie wird sich unglaublich anfühlen."

„Das wirst du gleich herausfinden."

Und schon war er zwischen meinen Beinen und drang behutsam in mich ein. So langsam. Als wäre ich noch Jungfrau und er hätte Angst, mir wehzutun. Ich drückte ihm meine Hüften entgegen, um ihn von dieser Ansicht abzubringen, sollte sie wirklich existieren.

Als er ganz in mir war, musste ich ein überraschtes Stöhnen zurückhalten. Er war groß, das wusste ich bereits, und ich konnte nicht abstreiten, dass das Gefühl, ihn zu spüren, befriedigend war. Doch das war noch nicht alles. Er lag ganz regungslos und beobachtete mich. Also bewegte ich mich als Erste.

Beide stöhnten wir im Einklang und ich schloss die Augen. Ich blendete alles bis auf ihn aus. Sein Gewicht auf mir, sein Schwanz in mir, der mich dehnte und das Verlangen nach euphorischer Erlösung in mir schürte.

„Gott, du fühlst dich so gut an", knurrte er atemlos, als er sein Tempo erhöhte.

Ich war an diesem Punkt bereits nicht mehr in der Lage, verbal zu kommunizieren.

Doch bald hatten wir eine intensive Unterhaltung voller Bedeutung, Empfindungen und sogar Gefühlen, und das ganz ohne Worte. Die Aussagen, Fragen und Antworten waren die verzweifelten Bewegungen von Händen, Mündern und Zungen und der stärker werdende Druck unserer Hüften, die sich im Einklang bewegten.

Die Anspannung in mir erhöhte sich unaufhörlich und als könnte er spüren, dass ich kurz davor war, wurde er schneller. Er stützte sich auf seine Arme, um noch stärker in mich stoßen zu können. Seine Lippen verbanden sich mit meinen und dämpften unser lustvolles Stöhnen.

Die Anspannung stieg bis zu einem Punkt an, an dem ich seinen Namen schreien musste. Ein aufwändig geknüpfter Knoten in mir zog sich enger und enger zusammen, während eine Welle des Vergnügens über meinen ganzen Körper hereinbrach und die Anspannung sich in pulsierenden Wellen löste. Mein Rücken wölbte sich, obwohl sein Körper auf mir lag. Ich wand mich unter ihm, während Spasmen sich wie die konzentrischen Kreise um einen Kiesel, der ins Wasser geworfen wurde, in mir ausbreiteten.

Meine Augen verdrehten sich in meinen Kopf und ich bemerkte es kaum, als er aufhörte, sich zu bewegen und sich aus mir zog. Ich war mir nicht einmal sicher, ob er gekommen war, denn ich lag einfach nur schlapp und abwesend da, während ich mich im Nachglühen unseres Liebesspiels sonnte. Plötzlich realisierte ich, dass sein Kopf zwischen meinen Beinen war und seine Zunge meine Klitoris gefunden hatte. Mein ganzer Körper spannte sich an, als er wortlos meine Beine zur Seite drückte und den Kontakt nicht löste, bis ich innerhalb weniger Minuten erneut kam.

Dieser Orgasmus ließ mich meine Muttersprache vergessen, verdammt, er ließ mich sogar das Atmen vergessen. Er kam wieder hoch und legte sich erneut neben mich. Dann drehte er mich langsam zur Seite, sodass ich mit dem Rücken zu ihm lag. Ich bemerkte sofort, dass er immer noch hart war. Anscheinend war ich doch nicht so unaufmerksam gewesen, seinen Orgasmus nicht zu bemerken, denn er war noch nicht gekommen.

Von hinten glitt er erneut in mich und drückte sich eng an mich. Er flüsterte mir versaute Dinge darüber ins Ohr, dass er nicht genug von mir bekommen konnte und wie sehr es ihn erregte, wenn er mich kommen hörte, und wie gut ich mich anfühlte. Ich spannte jeden Muskel in meinem Unterleib an, worauf er endlich einbrach und laut atmend seinen eigenen Höhepunkt erreichte.

Ja, im Gegensatz zu meinen multiplen hatte er nur einen Orgasmus gehabt, doch ich konnte spüren, dass dieser unglaublich für ihn gewesen war. Er brauchte sehr lang, um wieder zur Ruhe zu kommen, während er lange Augenblicke angespannt dalag, bis er schließlich erschöpft gegen mich zusammensackte.

Gute zehn Minuten sagte keiner von uns ein Wort, während wir in den schwarzen Nachthimmel starrten und das schwache Funkeln der Sterne beobachteten. Er stupste mich an, als ich anfing, einzudösen. Nacheinander suchten wir das nahegelegene Badezimmer auf und machten uns frisch, bevor wir wieder zu den Decken liefen. Dort kuschelten wir uns nackt aneinander und schliefen unter einer warmen Decke ein.

Mein letzter Gedanke, bevor ich ins Traumland driftete … dass ich es kaum erwarten konnte, das zu wiederholen.

KAPITEL
EINUNDZWANZIG
LUCAS

D IE NACHT WAR KÜHLER GEWORDEN. DAS WAR DAS Erste, was ich bemerkte, als ich aufwachte. Ich griff nach meiner Uhr und sah, dass es schon früher Morgen war. Sie lag eng an mich angeschmiegt, fast so, als würde sie frieren, obwohl es unter der Decke warm war.

Es war nicht gerade spaßig, aufzustehen und splitterfasernackt das Badezimmer aufzusuchen. Doch da ich mich nicht wieder in meinen abgelegten Smoking quetschen wollte, waren meine Kleidungsoptionen hier oben etwas limitiert. Als ich schließlich wieder zu unserem kleinen Liebesnest auf dem Dach zurückkehrte, zitterte sie im Schlaf.

Ich legte sanft meine Hand auf ihre Schulter und flüsterte ihr ins Ohr. „Kat, komm, lass uns reingehen."

Sie zog die Decke noch fester an sich und schüttelte verschlafen den Kopf. „Ich will nicht."

„Komm schon. Ich helfe dir hoch. Im Bett ist es viel bequemer."

„Mmm", seufzte sie, hakte jedoch ihre Arme gehorsam um meinen Hals, wobei ihre Augen immer noch fest verschlossen waren. Ich hob sie in meine Arme, stand auf und ging zur Treppe, die zur Schlafzimmerebene führte. Bis wir dort ankamen, war sie aufgewacht und sah mich schweigend an.

Ich legte sie auf ihre Seite des Betts, doch sie ließ mich nicht los, als ich versuchte aufzustehen.

„Was ist los?"

Sie blinzelte und starrte mir direkt in die Augen.

„Willst du etwas zu trinken?"

Sie räusperte sich und zog mich zu sich hinab. „Will ... mehr."

Mein Mund traf ihren und wir küssten uns, wobei sich ihre Brust hob, als würde sie meine suchen, um sich dagegen zu pressen. Als das passierte, schrie sie protestierend auf und sagte, dass ich eiskalt wäre.

„Deshalb wollte ich uns hier runterbringen."

Ein müdes Lächeln wanderte über ihr wunderschönes Gesicht. „Dann lass mich dich aufwärmen."

Als ich mich neben sie legte, drehte sie mich auf den Rücken und breitete ihren warmen Körper auf mir aus. Es fühlte sich so gut an und ohne zu überlegen, legte ich meine Arme um ihre Taille und zog sie an mich. Ihr langes, seidenes Haar, das wie ein tropischer Garten roch, fiel über mein Gesicht, meinen Hals, meine Schultern. Gott. In weniger als einer Minute war aus dem Frieren ein in Flammen Stehen geworden.

Sie setzte sich wieder auf mich, so wie sie es gestern bereits getan hatte, doch anstatt mir wieder einen zu blasen, bewegte sie langsam ihre Hüften zurück, bis sie über meinen lagen. Dann rieb sie sich an mir, bis ich in sie eindrang, so hart, als hätte ich nicht erst vor ein paar Stunden extrem befriedigenden Sex gehabt.

Genauso wie zuvor verzehrte ich mich wie eine bodenlose Grube des Verlangens nach dem Gefühl ihrer Hüften in meinen Händen. Sie wanden sich, während ich durch ihre feuchte Hitze schnitt wie ein euphorischer junger Forscher durch einen vergessenen Dschungel.

Ihre Hände klammerten sich an das Kopfteil hinter mir, als ihre Bewegungen schneller wurden, während ich ihre wippenden Brüste umfasste und sie liebkoste. Sie waren so weich, so üppig wie der Rest von ihr. Doch darunter lag eine starke, wilde Frau, die mich ungeniert zu ihrem eigenen Vergnügen ritt.

Ihr Rücken wölbte sich und ihre Brüste glitten mir aus den Händen. Als sie in ihrem Höhepunkt aufschrie, führte ich ihre Hüften wieder und wieder auf und ab, bis ich meinen eigenen Gipfel erklomm und zusammen mit ihr hinabsprang.

Wie im freien Fall, unfähig zu atmen, unfähig zu denken, hielt ich sie fest und stieß tief in sie, bis ich erledigt war. Dann, erschöpft vom Nachglühen meines Orgasmus und mit wachen Sinnen, gaben meine Muskeln im Augenblick meiner ultimativen Erlösung nach.

Ich beobachtete sie, wie sie von mir herunterstieg und sich atemlos und verschwitzt neben mir aufs Bett fallen ließ. Wer zum Teufel war sie und was stellte sie mit mir an?

Was hatte sie bereits mit mir angestellt, wider besseres Wissen?

Ich nahm einen tiefen Atemzug, der sich wie der erste nach vielen Jahren anfühlte, und bemerkte, wie meine Augen sich schwer und wehmütig schlossen. Sie sagte etwas mit leiser Stimme, doch ich entschwand dieser Welt bereits und war schon zu weit, um zu antworten.

„Vielleicht hatten unsere Kollegen doch recht. Vielleicht mussten wir einfach miteinander schlafen und es hinter uns bringen."

Der Morgen kam viel zu schnell. Als wir aufwachten, hatten wir kaum eine halbe Stunde, um uns für das lächerliche Familienfrühstück auf der hinteren Terrasse des Haupthauses fertig zu machen. Da ich völlig vergessen hatte, den Wecker zu stellen, war es ein Wunder, dass wir es nicht verschlafen hatten. Diese Frau hatte mich ausgelaugt und jeder Muskel in meinem Körper fühlte sich so herrlich verbraucht und schmerzend an.

Und ich konnte dieses euphorische Gefühl, die Nacht zuvor atemberaubenden Sex gehabt zu haben, nicht bestreiten. Besonders nicht nach so einer langen Zeit der Enthaltsamkeit.

Nach einer kurzen Katzenwäsche – nach der sie wie immer ohne großen Aufwand einfach wunderschön aussah – waren wir auf dem Weg zum Frühstück. Kat stoppte uns auf dem Weg durch den Weinberg. Ihre Haare hingen lockig über ihre Schultern. Sie trug ein ärmelloses Skaterkleid und weiße Sneakers.

Unser Weg grenzte an die saftigen grünen Reben, die schwer mit violetten Trauben beladen waren. Kat sah erholt und frisch wie ein sonniger Frühlingsmorgen aus. Als sie anhielt und sich umsah, öffnete sie in Ehrfurcht ihren Mund ein wenig und warf mir einen Blick zu. „Hier ist es so verdammt schön." Mit ihrem charakteristischen verruchten Grinsen hielt sie ihr Handy hoch. „Selfie Time!"

Sie presste sich eng an mich und streckte die Hand mit ihrem Handy aus, um uns beide einzufangen. Der Duft ihres Haars war so berauschend, dass meine Beine fast schwach wurden.

„Wäh, ich hasse diesen Winkel, aber ich will den Himmel im Hintergrund haben." Sie grinste für die Kamera. „Komm schon, lächle, um Himmels willen. Das ist ein Foto, keine Beerdigung."

Sie drückte den Auslöser mehrmals und drängte mich, mehr zu lächeln. „Wir haben noch ein Essen mit meinen Eltern, also gibt es keinen Grund zu lächeln", zischte ich zähneknirschend.

„Komm schon, Grummelchen. Man könnte fast sagen, du müsstest mal flachgelegt werden, aber ich weiß, dass *das* nicht mehr stimmt."

„Vielleicht versuche ich einen weiteren Blowjob zu ergaunern." Ich gab ihr einen sanften Kuss auf den Hals und sie macht auch davon einen Schnappschuss.

„Nur noch ein paar. Wir müssen noch ein Duckface machen."

„Duckface?"

„Ja, ein Social-Media-würdiges Foto braucht ein Duckface."

Sie spitzte die Lippen, als würde sie ein Stachelschwein küssen wollen. „Komm schon, Duckface."

„Das sieht für mich eher wie ein Blowjob-Face aus."

Sie verdrehte die Augen. „Duckface, oder deine Chancen auf einen Blowjob fallen um hundert Prozent."

Ich schob meine Lippen, so weit ich konnte, nach vorne, bis ich wie eine lächerliche Imitation dieses langschnäbligen Wasservogels aussah. „Wenn das der Preis für einen Blowjob ist, dann kannst du mich für den Rest des Tages Daffy Duck nennen."

„Motivation. Damit erreicht man etwas", zwitscherte sie fröhlich. „Und ich wollte dich eigentlich nur wieder in deinem dunkelblauen Pyjama sehen."

„Der hat dir gefallen, stimmt's?"

Sie lachte, während sie durch die Fotos wischte, die wir gerade gemacht hatten. „Ja! Ich vermisse ihn." Sie klimperte mich mit ihren blassblauen Augen an. „Sag mir nur eines, war er ein Geschenk?"

Ich lächelte. „Um genau zu sein, war er das."

„Von deiner Oma?"

Ich schüttelte verwirrt den Kopf. „Meiner Tante."

„Zu Weihnachten?"

„Worum geht es hier?"

Sie grinste, während sie ihr Handy wegsteckte. „Ich war nur neugierig. Aber ich habe nicht gescherzt, als ich sagte, dass du ihn heute Nacht anziehen sollst. Damit ich ihn dir wieder ausziehen kann."

„Wird gemacht. Wenn du mich so fragst, musst du nicht zweimal fragen."

Kat ging den Rest des Wegs zum Haupthaus voraus und ich betrachtete sie, mit ihrem feuerroten Haar, das im Sonnenschein leuchtete, und ihren Händen, die sie in die Taschen ihres luftigen Kleids gesteckt hatte. Bevor wir geheiratet hatten, hatte ich sie nie in einem Kleid gesehen. Ich hatte keine Ahnung gehabt, was mir entgehen würde, abgesehen davon, dass sie in den ausgewaschenen Jeans, die sie immer zur Arbeit trug, einen umwerfenden Hintern hatte.

Meine Augen wanderten ihre schlanke Taille hinab auf diesen vollen, runden Po. Ich konnte nicht aufhören, an den heißen Sex der vergangenen Nacht zu denken. Dieses ganze Gerede von Blowjobs ließ mich daran denken, wie dieser hübsche Rotschopf auf und ab wippte. Allein dieser Gedanke reichte, um mich so hart werden zu lassen, als hätte ich schon wochenlang keinen Sex mehr gehabt.

Scheiß aufs Frühstück, ich wollte ihre Hand packen und kehrt machen und den ganzen Tag damit verbringen, in jeder erdenklichen Stellung mit meiner Frau zu schlafen. Heiß und verschwitzt. Elektrisierend und unermüdlich. Nackt und sich unter mir windend.

Ich hatte gestern Nacht die Büchse der Pandora geöffnet.

Doch trotz dieser heißen Erinnerungen zogen unerwünscht andere, dunklere Gedanken auf. So funktionierte mein Gehirn jetzt, in dieser älteren, zynischeren Version von mir. Ich konnte dieses flaue Gefühl in meinem Magen nicht ignorieren. Den Warnruf tief in mir, der mir sagte, dass das hier – wenn man nach der Vergangenheit ging – wahrscheinlich den Bach runtergehen würde. Und wenn das passierte, würde es schlimm, *sehr schlimm* enden.

Was der Grund war, warum ich mich – und auch sie – immer wieder daran erinnern musste, dass wir ein Verfallsdatum hatten. Und an die Tatsache, dass wir, sobald wir Napa verließen, das hier hinter uns lassen mussten, auch wenn es noch einige Monate dauern würde, bis sie ihre Greencard erhalten würde.

Denn wenn die Sache zwischen uns explodierte, könnte sie sich schnell in nichts auflösen.

Ich würde die Vergangenheit sich nicht wiederholen lassen. Ich würde mich nie wieder in diese Lage bringen, die so viel harte Arbeit und Therapie verursacht hatte. Ich hatte mein ganzes Leben wieder aufbauen müssen. Ein *neues* Leben nach dem Wrack, das eine andere Frau hinterlassen hatte.

Auch wenn ich mich anders *fühlte*, war ich immer noch derselbe Mann, der Claire ein schlechter Ehemann gewesen war.

Und ich hatte mir geschworen, dass das nie wieder passieren würde.

Und doch stand ich nun hier. Ich hatte all diese Regeln aufgestellt, um das zu verhindern, doch …

Gestern Nacht und heute Morgen hätte niemand sagen können, dass dies hier eigentlich nur eine Ehe auf dem Papier hätte sein sollen. Denn wir machten einen wunderbaren Job, so zu tun, als wäre es echt.

Wie angewiesen erschienen wir im oberen Garten. Ein großer schmiedeeiserner Tisch mit Glasplatte war unter einem noch größeren Sonnenschirm aufgestellt worden. Der Ort war perfekt – am Ende der Treppe neben einem plätschernden Brunnen und umgeben von in voller Blüte stehenden Blumen in großen Tontöpfen. Angestellte hatten den Tisch zur Perfektion eingedeckt, so als wäre er das Herzstück der perfekten Gartenparty, inklusive Namenskärtchen für alle an den zugewiesenen Plätzen. Daneben stand ein weiterer Tisch, beladen mit Speisen für das Frühstücksbuffet.

Für nur uns fünf. Das war typisch Mutter. Sie machte keine halben Sachen und dieses Mal hatte sie einen noch wichtigeren Grund, ihr Äußerstes zu geben. Die Reporterin, ihre Assistentin und Mr. Man-Bun warteten natürlich in der Nähe.

Meine Eltern dagegen waren nirgends zu sehen.

Julia kam kurz nach uns an. Ihr dunkles Haar war unter einem dunklen Satin-Baseball-Cap zu einem Pferdeschwanz zusammengebunden. Ihre Augen versteckte sie hinter einer riesigen verspiegelten Sonnenbrille und sie trug kirschroten Lippenstift, der zu ihrem mit Kirschen bedruckten Overall passte. In der Vergangenheit hätte diese Brille einen Kater oder blutunterlaufene Augen versteckt, doch mir fiel auf, dass ich Julia seit unserer Ankunft hier keinen Tropfen hatte trinken sehen.

Julia hatte eine Ausgabe der französischen *Vogue* unter ihren Arm geklemmt. Sie legte das Magazin neben ihr Gedeck und nahm ihre Sonnenbrille ab, um sie ebenfalls dort zu platzieren.

„Hey! Guten Morgen, ihr Turteltauben", zirpte sie in einer so munteren Stimmlage, wie ich sie noch nie von ihr gehört hatte. Wow. Sie wirkte wie eine ganz neue Person, nicht mehr wie der mürrische und zynische Teenager, den ich so gut kannte. Meine kleine Schwester wurde anscheinend erwachsen.

Julia schnappte sich eine der adrett gefalteten bunten Papierservietten und legte sie neben ihr Arrangement. Sie neigte den Kopf von einer Seite zur anderen und betrachtete ihr kleines Stillleben, bevor sie ihr Handy zückte, um Fotos zu schießen. Alles was noch fehlte, war eine Champagnerflöte, um das Bild *Lifestyle oft the rich and internet-famous* zu komplettieren.

Danach richtete sie ihre Kamera auf Kat und mich. „Die glücklichen Frischvermählten beim Frühstück", murmelte sie die Bildunterschrift, als sie abdrückte.

„Das wird *nicht* gepostet. Dass uns die hier auf Schritt und Tritt verfolgen, ist nervig genug." Ich deutete mit den Augen auf das Dreigespann, das vermutlich neben einem Strauch darauf wartete, dass meine Eltern auftauchten. Wobei Man-Bun seine Kamera bereits auf meine Frau gerichtet hatte.

Mit ihm würde ich bald ein *Wörtchen* reden müssen.

Julia zuckte mit einer Augenbraue. „Ich poste nicht jedes Foto, das ich mache. Manchmal will ich einfach eines machen, aus dem Moment heraus. Außerdem ist deine Frau wunderschön."

Ich warf einen Blick auf Kat. Es stimmte, natürlich. Ich war schon immer der Meinung, dass sie wunderschön war. Aber heute Morgen, im Licht der tiefstehenden Sonne, in diesem Kleid und mit einer sanften Brise, die ihre Haarspitzen tanzen ließ, war sie mehr als nur wunderschön.

Trotzdem kam nichts dem Anblick gleich, wenn sie nackt und auf einer Decke ausgebreitet unter mir lag.

Julia setzte sich und fing sofort an, die Fotos durchzusehen, die sie gerade geschossen hatte. Aus dem Augenwinkel sah ich, wie sich jemand von den Magazin-Fuzzis uns näherte. Ich riss den Kopf herum und wollte Man-Bun gerade anschnauzen, als ich erkannte, dass es stattdessen die Reporterin war. Wie hieß sie gleich wieder?

„Katharina und Lucas? Ich habe mich gefragt, ob wir nach dem Brunch einen Termin mit Ihnen ausmachen könnten. Sie wohnen in der *Lover's Villa*, korrekt? Würde Ihnen vierzehn Uhr passen? Ich verspreche, wir werden ihnen nicht viel ihrer Zeit stehlen, nur ein paar ungestellte Fotos von Ihnen und ein paar vorbereitete Fragen. Ihre Mutter hat sie bereits durchgesehen und genehmigt."

Ich blickte Kat in die Augen und zögerte. Sie sah beinahe so begeistert aus wie ich. „Nun ja –"

„Sie haben Zeit. Bis heute Abend ist der Terminplan des Familientreffens leer. Das Bridge-Turnier und das Feuerwerk sind erst nach dem Dinner." Meine Mutter sprach mit ihrem üblichen Oberschicht-Akzent. Es war ihre Lebensaufgabe gewesen, die Prärie des Mittleren Westens ihrer Kindheit aus ihrer Persönlichkeit zu tilgen. Es sah so aus, als wäre sie gerade wieder rechtzeitig erschienen, um uns gegen unseren Willen zu irgendeiner dummen Sache zu verpflichten.

Ich blickte sie mit zusammengekniffenen Augen an. „Woher weißt du, dass wir keine eigenen Pläne haben?"

Mutter ignorierte mich völlig, während sie durch ihre juwelenbesetzte Sonnenbrille hindurch den Tisch musterte.

„Julia, leg die Serviette wieder zusammen und nimm deine Sachen vom Tisch! Sie werden das alles fotografieren und ich habe es nicht ohne Grund so herrichten lassen", befahl sie in *jenem* Ton. Dem, der sowohl meine Schwester als auch mich instinktiv mit perfekt gerader Wirbelsäule dasitzen ließ, bevor wir auch nur wussten, was passiert war.

Kats große blaue Augen wanderten von mir zu Julia und wieder zurück. Dann meldete sich die Reporterin zu Wort. „Oh, frühstücken Sie einfach ganz ungezwungen, während wir unsere Fotos schießen. Beim Toast knipsen wir dann ein paar gestellte Posen."

Ein Toast? Plötzlich stand ein uniformierter Angestellter hinter Katya und goss Champagner in ein Glas, während ein weiterer mit einem Pitcher Orangensaft hinter ihm wartete. Mimosas. Großartig. Ich hasste Champagner.

Julia sprang von ihrem Stuhl auf und gab Kat ein Zeichen, mit ihr zum Buffettisch zu gehen, um ihre Teller zu beladen. Ich folgte ihnen, während Mutter der Reporterin und Man-Bun einige Anweisungen gab.

„Niemand rührt den Champagner an, der ist für den Toast", befahl Mutter.

Was hatte es überhaupt mit diesem Toast auf sich? Versuchte sie das Ganze als irgendeinen Oberschichten-Brauch darzustellen, den wir regelmäßig veranstalteten?

Wir saßen schweigen da, während die Eltern sich Zeit nahmen, um sorgsam ihr Essen auszuwählen. Man-Bun tanzte um den Tisch und schoss Fotos. Oh, das war so dermaßen nervig. Als er sich uns näherte, um eine Nahaufnahme davon zu machen, wie Kat aus ihrem Wasserkelch trank, rutschte ich absichtlich mit dem Stuhl nach hinten und stellte ihm eines der Beine direkt auf den Fuß.

„Autsch!", jammerte er und hüpfte zurück, während er mir einen finsteren Blick zuwarf.

„Entschuldigung", murmelte ich, wobei ich mein verschmitztes Grinsen hinter meiner Serviette verbarg. Hoffentlich verstand er die Warnung, sich von ihr fernzuhalten. Andernfalls würde ich noch fieser werden müssen. Kat schien seine Fixierung auf sie ebenfalls bemerkt zu haben. Sah ich da etwas Dankbarkeit in ihren Augen, als sie mich anblickte und lächelte? Danach drehte sie sich demonstrativ aus seinem Blickfeld. Erst dann verschwand er, um Panoramaaufnahmen des Gartens zu machen. Ich blickte ihm finster hinterher. *Was für ein Penner.*

Neben mir wirkte Julia nervös. Sie rutschte auf ihrem Stuhl herum und warf immer wieder Blicke in Richtung der Rücken unserer Eltern. Wir alle sahen zu, wie die zwei ältesten Familienmitglieder mit ihren beladenen Tellern zum Tisch zurückkehrten.

Mutter positionierte ihren Teller sorgfältig auf ihrem Platzdeckchen und rückte dann das Besteck zurecht.

„Arent, der Toast?", sagte sie zu meinem Vater, bevor sie der Reporterin und ihren Lakaien winkte. „Wir wollen anfangen."

Vaters Gesichtszüge verhärteten sich, fast so, als wäre er mit dieser Show – was auch immer sie darstellen sollte – nicht einverstanden.   Oberklassen-Schwülstigkeit?   Mit zusammengepressten Lippen legte er die Gabel, die er gerade nur leicht angehoben hatte, wieder ab. Lange seufzend stand er auf und räusperte sich.

Die Reporterin meldete sich zu Wort. „Okay, wir bitten Sie alle, für diesen ersten Teil, wenn der Baron den Toast spricht, zu kooperieren. Wir würden gerne einige Bilder davon machen, wie alle ihre Gläser im Einklang erheben und dabei wegen des Lichts verschiedene Winkel ausprobieren. Wenn Sie sich also langsam bewegen und stoppen würden, wenn wir es Ihnen sagen? Und dann, wenn die Zeit zum Trinken gekommen ist, nippen Sie bitte nur und bewegen Sie Ihre Gläser nicht. Sobald wir mit diesem Teil fertig sind, lassen wir Sie Ihren Brunch ganz ungezwungen zu sich nehmen, doch wir denken, dass der Toast ein großartiges Titelbild für die Ausgabe sein würde."

Würg. Was auch immer. Es würde mich wundern, wenn ich nicht auf jedem gottverdammten Foto die Augen verdrehte. Aber ich war schon zu dümmeren Sachen gezwungen worden und es würde bald vorbei sein.

Und Kat war hier, um es gemeinsam mit mir durchzustehen. Gott sei Dank. Doch sie sah mich nicht an. Stattdessen runzelte sie die Stirn und beobachtete Julia aufmerksam.

Vater erhob seine Champagnerflöte und neigte sie in unsere Richtung, um uns anzuhalten, dasselbe zu tun. Ich war überzeugt, dass die Ansprache, die er geben würde, kitschig und wenig authentisch sein würde. Außer er ließ sich herab und überraschte mich.

„Hat jemand etwas dagegen, wenn ich stattdessen mit Wasser anstoße?", platzte Julia heraus, gerade als Arent seine wichtigtuerische Rede von sich geben wollte. Mein Vater starrte sie an. Seinem Gesichtsausdruck nach zu urteilen, hätte man denken können, dass sie gefragt hatte, ob sie statt dem Essen auf ihrem Teller einen Haufen Dreck aus dem Blumenbeet zu sich nehmen dürfte.

Er blinzelte und Mutter schnaubte. „Es wäre besser, wenn du eine Flöte halten würdest ..." Sie drehte sich zu Man-Bun, um Bestätigung zu suchen, und die Reporterin stimmte zu, dass es besser aussehen würde, wenn alle eine Champagnerflöte halten würden. Kat verzog das Gesicht, stellte den Kelch ab und erhob die Flöte. Sie wirkte beunruhigt und in Gedanken versunken.

Was zum Teufel war hier los?

Vater dröhnte weiter über die Familienfeier und den Ort seiner Kindheit und der Verbindung unserer Familie zu diesem Land, wobei er unsere Herkunft betonte und bla bla bla. Laber laber laber. Schließlich, mit einem kurzen Nicken in Kats Richtung, sagte er: „Und hiermit heiße ich unser neuestes Familienmitglied, Katharina, willkommen. Wir hoffen, dass du lange bei uns bleibst." Ich blinzelte. Was er offensichtlich unausgesprochen ließ – *anders als die Letzte.*

„Okay, könnten Sie jetzt anfangen, ein paar kleine Schlückchen zu trinken?", warf die Reporterin ein. „Wir werden um den Tisch gehen und die Fotos schießen, geben Sie uns etwa fünf Minuten oder so?"

Wir alle setzten die Flöten an unsere Münder, bis auf Julia. Doch Kat stellte, als sie Julias Zögern sah, ihr Glas ab.

„Gibt es ein Problem?", fragte Mutter.

Kat verschränkte ruhig die Arme vor der Brust. „Ich werde nichts trinken und ich denke sogar, dass es sicher genügend schöne Fotos gibt, die sie benutzen können. Also muss nicht jeder hier etwas trinken, besonders nicht, wenn derjenige nicht will. Oder lasst uns zumindest unsere Gläser mit Orangensaft füllen."

Mutter verlor ihre Gesichtsfarbe, als sie ihren Blick zu Julia wendete. Meine Schwester hatte kein Wort gesagt. Sie starrte lediglich mit hängenden Schultern nach unten und wirkte sehr unbehaglich.

Vater blies seinen Atem hinaus. „Wisst ihr, ich würde dieses Jahrhundert noch gerne mein Frühstück zu mir nehmen."

Zur selben Zeit schüttelte Mutter, fixiert auf ihre Tochter, den Kopf. „Jetzt ist nicht die Zeit, dich in den Vordergrund zu drängen, Julia. Wir haben *Journalisten* hier. Hör auf, wegen ein paar Schlückchen Champagner so ein Theater zu machen und sei eine Teamplayerin."

Ich stellte mein Glas ebenfalls ab, aber nicht so sehr aus Solidarität, sondern weil mein Arm müde wurde. Was war Julias Problem? Sie wirkte emotional, den Tränen nahe.

Die Reporterin und der Fotograf starrten einander an. Katja wurde feuerrot und hatte einen Blick in den Augen, den ich sofort erkannte. Oft in der Vergangenheit war ich Ziel dieses Blicks gewesen. Das bedeutete nichts Gutes für meine Mutter. Und ich war plötzlich sehr neugierig, was meine Eltern tun würden, wenn sie mit Kats ganzem Zorn konfrontiert wurden.

„Warum ist immer alles so kompliziert? Du wirst genauso schlimm wie dein Bruder", knurrte Vater. Und mit einer kräftigen Bewegung stellte er seine Champagnerflöte auf den Tisch. Sie kippte um und der Orangensaft breitete sich auf dem strahlend weißen Tischtuch aus. *Gut. Karma is a bitch, alter Mann.*

„Einmal im Leben würde ich gerne erleben, dass meine Kinder etwas erreichen, anstatt weinerliche, verzogene Gören zu sein, die sich in Selbstmitleid suhlen. Besonders, wenn man ihnen alles gegeben hat, was man sich nur wünschen konnte."

Wow. Das Arschloch hielt sich heute nicht zurück. Ich biss mir auf die Zunge. Es machte keinen Sinn, jetzt die Fassung zu verlieren. Ich musste nichts beweisen und ich würde nach diesem Ausbruch definitiv nicht hier sitzen und weiter essen. Was mich anging, war dieses Frühstück zu Ende. Ich zog meine Serviette vom Schoß und warf sie auf den Tisch. Dann griff ich nach Kats Hand. Doch sie sah mich nicht an und vermutlich war sie sich meiner Gegenwart gar nicht bewusst.

Wenn Blicke töten könnten, wäre ich jetzt ein Waisenkind. Aus Kats Augen schossen praktisch glühend heiße Flammen. „Ich denke, ihr habt nicht den geringsten Plan, was eure Kinder direkt vor euren Augen erreichen. *Trotz dir.*" Ihr Blick wanderte zu meiner sprachlosen Mutter, deren Mund weit offen stand. „Und dir."

Vater verkrampfte, weil er Widerworte nicht gewohnt war. Mein erster Instinkt war es, Kat zu warnen, dass er weder die Anstrengung noch den Atem, den sie vergeuden würde, wert war.

„Lukas ist in der engen Auswahl für eine sehr angesehene Stelle, eine brandneue Abteilung unserer Firma zu leiten. Er ist einer der besten Angestellten, die wir haben. Und auch einer der klügsten."

„Jetzt ist nicht die Zeit für so etwas!", zischte Mutter. Die Journalisten hatten sich zurückgezogen, doch die Reporterin machte weiterhin Notizen, während Man-Bun insgeheim Fotos der Auseinandersetzung schoss.

Ich war geneigt, meiner Mutter zuzustimmen, aber eher Kats als ihretwegen.

Scheinbar war es Vater scheißegal, dass wir Zuschauer hatten. Er wollte nur meine Frau niedermachen. „Ich bin froh, dass du nach der kurzen Zeit, die ihr euch kennt, schon so viel von ihm hältst. Aber davor hat er in allem versagt, inklusive einer Ehe mit einer sehr netten jungen Dame. *Dir* zuliebe, Katharina, hoffe ich, dass er nicht sabotiert, was er jetzt hat. Er hat bereits alle Vorteile, die er in seinem Leben hatte, weggeworfen, um inkognito irgendwo in einem sinnlosen Bürojob zu arbeiten. Und wir wollen gar nicht von der Zeit reden, als selbst das Aufstehen eine zu schwere Aufgabe für ihn war."

Kat blinzelte erstaunt und ihre blauen Augen versprühten azurfarbenen Tod. Ich legte meine Finger um ihr Handgelenk und zerrte. Ich würde mich nicht in diese Scheiße hineinziehen lassen und wenn ich es vermeiden konnte, würde sie das auch nicht. „Das ist es nicht wert", murmelte ich. Julia nickte zustimmend, doch Kat riss ihre Hand frei.

„*Du* bist es wert." Kat wandte sich zu Julia. „Und deine Schwester ebenfalls."

Dann stellte sie sich wieder meinem Vater entgegen. Mutter war vor Schrecken erstarrt und blickte zu den Journalisten. Ich konnte sehen, dass sie versuchte, eine Möglichkeit zu finden, wie sie sie hier wegschaffen konnte.

Kat sah aus wie ein Stier, den man mit einem gigantischen roten Tuch herausforderte.

„Warum sagst du so schreckliche Sachen? Du quälst deine Kinder."

„Das tue ich nicht", warf der alte Mann zurück.

„Dann zieh den Kopf aus deinem Arsch und hör auf, deine eigenen Kinder so zu behandeln."

Mutter ließ ihre Flöte fallen und sie zerbrach in tausend Stücke. Das unterbrach die Konfrontation jedoch nicht. Es führte nur dazu, dass noch mehr Leute herbeieilten, Angestellte, die die Scherben zusammenkehren wollten. Und die Journalisten rührten sich keinen Meter.

„Ich kenne Julia erst seit ein paar Wochen, doch ich weiß auch, dass das, was ihr über sie sagt, nicht stimmt. Wenn ihr euch herablassen würdet, eure Kinder als Individuen richtig kennenzulernen, vielleicht würdet ihr dann erkennen, wie falsch ihr liegt. Aber das würdet ihr wahrscheinlich nie zugeben, da sie euch völlig egal sind."

Jetzt verlor Vater die Beherrschung und wurde rot. Er deutete auf meine Schwester und mich. „Ich sorge mich genug um sie, um enttäuscht zu sein, dass sie eine Alkoholikerin ist und der andere ein trübseliger Trottel. Er konnte sich wochenlang nicht motivieren, aus dem Bett zu steigen, und musste alles an sich ändern, um im Leben zurechtzukommen. Gib einem Kind alles, was es braucht, und es wird es vergeuden."

Julias Kopf schoss hoch. Ihr Mund stand offen und Tränen funkelten in ihren Augen. „Ich kann nicht –", sie unterbrach sich, als ihre Stimme zitterte. Dann nahm sie ihre Sonnenbrille und setzte sie auf.

Kat war aufgestanden und hätte ihn vermutlich angefallen, wäre nicht ein zwei Meter breiter Tisch zwischen ihnen gestanden. „Wie kannst du es nur wagen?", schrie sie.

Vaters Augen fielen ihm fast aus dem Kopf, als er mit flatternden Nasenlöchern zurückwich. Zumindest schien dieser Ausbruch ihn wenigstens kurz zum Schweigen gebracht zu haben. Nur zu schade, dass es nicht ewig so sein würde.

„Julia und Lucas tun ihr Bestes, damit sie gesund werden und es geht ihnen gut so –"

„Wenn man an Trostpreise glaubt, ja –"

„Ich glaube an toxische Eltern und genau das seid ihr. Ihr sorgt euch mehr darum, wie *schlimm* es aussieht, wenn ihr Kinder habt, die eine Therapie benötigen oder einen Entzug machen, anstatt daran zu denken, wie ihr ihnen helfen könnt, gesund zu werden. Oder was *ihr* getan habt, um diese Probleme erst zu verursachen."

Dann drehte sie sich zu meiner Mutter, der die Demütigung ins Gesicht geschrieben war. Sie bewegte sich nicht und war sichtlich verängstigt.

„Ihr solltet auf Knien dafür danken, dass Lucas und Julia die Stärke besitzen, ihren Dämonen entgegenzutreten und sie zu besiegen. Einige Familien haben nicht so viel Glück. *Liebevolle Strenge* ist keine *Liebe.* Wenn das also eure Absicht ist, dann habt ihr versagt. Auf ganzer Linie."

Ich stand jetzt neben ihr und bemerkte, dass sie zitterte. Vater hatte diesen bizarren Gesichtsausdruck, eine Mischung aus Schrecken und Genugtuung. Ich nahm Kat am Arm. „Wir sind hier fertig. Wenn ihr je wieder wollt, dass ich bei irgendeinem Familienereignis anwesend bin, dann entschuldigt euch bei meiner Frau und hört auf, meine Frau als Druckmittel zu benutzen, mich dazu zu zwingen."

„Deine Frau hat ein interessantes Vokabular."

„Meine Frau hat so viele interessante Seiten, was mehr ist, als ich über dich und deine langweilige Vorhersagbarkeit sagen kann. Aber seid zufrieden, dass ihr mittleren Alters und mittelmäßig seid und nichts habt außer das Geld, dass du von deinen hartarbeitenden Vorfahren geerbt hast." Mit diesen Worten legte ich meinen Arm um Kats Schultern und führte sie immer noch zitternd vom Tisch weg. Julia legte, ohne ein Wort zu sagen, ihre Serviette beiseite und folgte uns.

Ich konnte mir meine letzten Worte nicht verkneifen: „Oh und mein Treuhandfond, um den ihr euch solche Sorgen macht? Er geht an eine wohltätige Einrichtung nach Kats Wahl. Jeder letzte Cent. Und ich werde den Gedanken genießen, dass euch das zur Weißglut bringt und ihr nichts dagegen tun könnt."

Julia begleitete uns zurück zur Gästevilla. Es war ein stiller, schwerer Fußmarsch, bei dem keine Worte gesprochen wurden. Wir schienen alle in unseren eigenen Gedanken und den Nachwehen dieser hitzigen und unangenehmen Konfrontation gefangen zu sein.

Als wir die Villa erreichten, drehte ich mich zu Julia. Unter ihrer Sonnenbrille waren ihre Wangen tränenverschmiert. Ich zog sie in meine Arme. „Es tut mir leid. Ich wusste nicht, was du gerade alles durchmachst. Hör nicht auf dieses Arschloch. Ich bin stolz auf dich." Dann hielt ich sie fest, während sie schluchzte.

Ich setzte mich mit ihr auf die Couch im Wohnzimmer und hielt sie, bis sie ruhiger wurde. Kat musste sich diskret zurückgezogen haben, um uns Freiraum zum Reden zu geben. Sobald Julia aufgehört hatte zu weinen, holte ich ihr eine Flasche Wasser. Dann setzten wir uns zusammen und redeten. Redeten *wirklich*. Wir redeten, wie wir es schon jahrelang nicht mehr gemacht hatten.

Über … alles.

Einige Stunden später, als Julia sich das Gesicht gewaschen und gegangen war, um zusammenzupacken, suchte ich Katya. Ich fand sie auf dem Bett, wo sie mit Mia auf ihrem Tablet skypte. Als sie mich hereinkommen sah, drehte sie das Tablet in meine Richtung. „Sag Lucas hallo!", entgegnete sie.

Auf dem Bildschirm lachte Mia und winkte. „Hey Lucas. Hast du Spaß bei der Weinverkostung?"

Ich schnitt eine Grimasse und erwiderte ihr Winken. „Hey Mia. Auf der ganzen Welt gibt es nicht genug Wein, um mir dieses *Familien-Chaos* schön zu saufen."

Sie lachte und sah weg. Ich fühlte mich plötzlich unwohl, da ich dachte, Adam könnte im Zimmer sein und meine Aussage gehört haben. Ich wollte ihm keinen falschen Eindruck geben – von was auch immer. Guter Gott. Er hatte meine Präsentation schon fünf Tage auf seinem Tisch liegen und ich hatte noch nichts gehört. Nicht dass ich erwartet hatte, so schnell ein Feedback zu bekommen.

Glücklicherweise war ich zu beschäftigt – und meistens glücklich – gewesen, um mir deswegen Sorgen zu machen, während wie hier in Napa waren. Aber Mia auf dem Bildschirm zu sehen, erinnerte mich plötzlich daran und mir wurde flau im Magen. Ich würde schon noch erfahren, ob ich die Stelle bekommen würde. Und das sicherlich sehr bald.

„Also, ich sollte los", sagte Mia. „Treffen wir uns die Tage mal zum Mittagessen, Kat?"

Kat drehte den Bildschirm wieder zu sich. „Definitiv. Nächste Woche."

„Dann steht das. Kommt gut nach Hause."

Kat seufzte. „Ich wünschte, wir wären schon zuhause."

„Warum, damit du wieder arbeiten kannst?", erwiderte sie lachend.

Kat verabschiedete sich traurig und legte ihr Tablet beiseite. Ihr Kleid war ihre wohlgeformten blassen Beine hinaufgerutscht, während sie barfuß auf dem Bett gelegen war. Sie sah etwas zerzaust aus, da sie zuvor ein Nickerchen gemacht hatte. Ihre unordentlichen Haare lagen wie eine Zimtwolke um ihre Schultern und ihre rosa Wangen gaben ein warmes Leuchten von sich. Sie sah einfach ...

Zum Vernaschen aus.

Und genau das wollte ich tun. *Erneut.* So bald wie möglich. Allein daran zu denken, wie es sich anfühlte, diese starken Beine um meine Hüften geschlungen zu haben, während ich in ihr steckte, ließ mich wieder hart werden. Sofort.

Um meine verräterische Reaktion auf ihren Anblick zu verbergen, setzte ich mich auf meine Seite des Betts.

„Wie geht es Julia?" Sie rollte sich auf die Seite, um mich anzusehen.

Ich lächelte. „Es geht ihr gut. Musste sich einfach ausweinen. Danke, dass du uns Zeit zum Reden gegeben hast. Ich – es ist lange her. Ich glaube, ich bin genauso schuldig wie meine Eltern, weil ich nicht früher erkannt habe, dass sie tiefgründiger ist, als ich gedacht habe. Ich kann wirklich die Veränderung in ihr sehen.

Sie biss sich auf die Lippe und sah mich mit großen Augen an. „Also ist keiner von euch wütend auf mich?"

Ich runzelte die Stirn und wich zurück. „Sauer, auf dich? Warum sollten wir das sein?"

„Weil ich sehen konnte, dass ihr euch auf keine Konfrontation mit eurem Dad einlassen wolltet. Aber ich habe einfach angefangen. Ich konnte mich nicht zurückhalten. Es tut mir leid, aber wenn ich sehe, dass jemand schlecht behandelt wird, muss ich einfach für denjenigen eintreten. Ich wurde so sauer, dass ich nicht aufhören konnte."

„Du trittst für andere ein, wenn sie schlecht behandelt werden, aber nicht für dich, wenn du schlecht behandelt wirst ..."

Diese süße Falte zwischen ihren Augen tauchte wieder auf und sie sah in die Ferne und dachte nach. „Du hast recht. So habe ich das noch nie gesehen. Vielleicht wurde ich es einfach leid zu kämpfen, da meine Eltern sich immer auf Dereks Seite gestellt haben? Es ... es ist einfacher für andere einzutreten als für mich selbst."

„Irgendwann musst du bei der ganzen Sache auf die dumme Idee gekommen sein, dass du den Ärger nicht wert bist."

Sie blickte zu mir hoch. „Ich bin froh, dass du letztes Mal da warst. Ich denke, mit heute sind wir quitt."

Ich lachte. „Das ist dir sehr wichtig, oder? Dass Gleichstand herrscht, beziehungsweise du führst. Du kannst es nicht ausstehen, wenn du meinst, du schuldest mir etwas."

Sie nickte. „Genau."

„Naja, egal, keiner von uns ist sauer auf dich und Julia ist dir unglaublich dankbar dafür, dass du für sie eingetreten bist. Sie wird sich etwas Zeit nehmen, um sich klar zu werden, wie sie bezüglich der Eltern weitermachen wird, und sie wird mich hierbei um Rat fragen. Ich denke, für sie wird alles gut werden."

Kats Augen fokussierten weiter die meinen und ihr Blick wurde intensiver. „Ich mag Julia sehr. Aber ich habe es nicht für sie getan."

Ich erwiderte ihren Blick und sah ... *etwas* tief in diesen himmelblauen Augen. Plötzlich überkam mich dieses Gefühl – als wäre ich im freien Fall, pumpte mein Herz so stark, dass mich fast eine Art Atemlosigkeit überfiel.

Sie hatte es für mich getan.

Nach einer viel zu langen Pause räusperte ich mich. „Äh ... danke."

Sie lächelte und legte ihre Hand auf meine. „Ich habe dir gesagt, dass wir Familie sind. Selbst wenn es nur vorübergehend ist. Und Familie hält zusammen. Und unterstützt einander. Gute Familien zumindest."

Ich zuckte mit einer Augenbraue und starrte auf die Hand, die auf meiner lag, ohne etwas zu tun, um auf diese Berührung zu reagieren. Und seltsamerweise empfand ich es auch als schwierig, überhaupt etwas zu sagen.

Sie neigte den Kopf zu mir. „Wir hatten beide ein wenig Pech damit, in welche Familien wir geboren wurden. Aber du und ich, wir sind kluge und liebe und gute Menschen. Wir können füreinander da sein."

Ich schluckte schwer, da mich ihre gefühlvolle Art bewegte. Als ich wagte, den Kopf zu heben und sie anzusehen, lächelte sie süß.

Ohne überhaupt zu realisieren, was ich tat, hob ich meine Hand und streichelte ihre Wange. Gott, sie war unglaublich – und nicht nur ihr Aussehen, und nicht nur in der Kiste. Und ich realisierte, dass wir in der Vergangenheit nur so oft aneinandergeraten waren, weil ich es schon immer gewusst hatte. Sie war unglaublich. Zu unglaublich, um sie zu ignorieren, weshalb ich mich entschieden hatte, ich müsste sie wegstoßen. Wieder und wieder.

Damit sie diese vorsichtig erarbeitete Balance, die ich für mein Leben erreicht hatte, nicht durcheinanderbringen würde.

„Ich kann dasselbe für dich tun, das weißt du. Für dich da sein, wenn du zum Beispiel wieder nach Kanada gehen und deiner Familie entgegentreten willst. Das schulde ich dir für all die Scheiße, die du dieses Wochenende ertragen musstest."

Dieses Mal zeigte ihr Lächeln ihre geraden, weißen Zähne. „Vielleicht komme ich auf dieses Angebot zurück, wenn ich dieses Land als amerikanische Staatsbürgerin verlassen darf."

„Ich werde mit dir kommen. Du kannst mir einen dieser berühmten Donuts kaufen, von denen du immer so schwärmst. Tom irgendwas."

„Tim Hortons." Ihr Grinsen weitete sich und sie lehnte sich vor und warf ihre Arme mit der Überschwänglichkeit eines kleinen Mädchens um meinen Hals. Der seidig frische Duft ihrer Haare kam über mich und da traf es mich, wie ein physischer Schlag. Als sie zurückwich, kämpfte ich dagegen an, mir etwas anzumerken lassen.

Ich hatte Geheimnisse, ja. Geheimnisse vor ihr und sogar vor mir selbst. Was zum Teufel genau war das, was ich gerade fühlte? Es war so, als würde ein Teil meines Gehirns panisch schreien, während der Rest völlig erstarrt war und nicht wusste, was er tun oder denken sollte.

Mein Handy klingelte. Froh über die Unterbrechung dieser aufwühlenden inneren Entwicklung, stand ich auf, um es von der Kommode zu holen. Es war eine Nachricht meiner Schwester, die ich las und dann lachte. Ich wusste, es gab einen Grund dafür, dass ich meine Schwester liebte.

Kat runzelte die Stirn. „Was ist los?"

„Ich habe keine Ahnung, wie sie es angestellt hat, aber Julia hat den Privatjet, den unser Vater gechartert hat, in Beschlag genommen. Sie hat eingerichtet, dass er heute Abend startet und will wissen, ob wir mitwollen."

Kats Stimmung schlug um. „Also müssen wir nicht weitere drei Tage hierbleiben? Cool. Auf geht's."

Ich machte eine Handbewegung, um sie zu unterbrechen, während ich dem Butler schrieb. „Deleon will unsere Sachen packen, aber ich werde ihn lieber meinen Leihwagen zurückbringen lassen. Wir können unsere Sachen selbst in unsere Koffer werfen. Aber das Flugzeug wird erst um Mitternacht starten, was bedeutet, wir müssen hier erst um zehn Uhr weg. Was das Problem aufwirft ..." Mein Blick hob sich. „Dass wir fast sechs Stunden nichts zu tun haben."

Ein Lächeln breitete sich langsam auf ihrem Gesicht aus. „Oh, ich bin sicher, wir finden etwas, um die Zeit totzuschlagen."

Oh ja. Wie ich gehofft hatte, dass sie das sagen würde. In mir schienen sich all meine Muskeln vor Vorfreude anzuspannen. Ich verschränkte die Arme vor der Brust. „Ich scheine mich daran zu erinnern, dass du gerne quitt mit mir bist, aber –"

„Aber?"

„In Bezug auf Oralsex sind wir noch nicht wirklich quitt, oder? Und ich hatte noch nicht die Gelegenheit gehabt, dein verstecktes Talent zu beurteilen, mit dem du immer so angibst."

Ohne zu zögern stand sie auf, kam zu mir herüber und legte ihre Hand auf meine Brust. An der Stelle, die sie berührte, fühlte es sich wie Feuer an. Als sie ihren Kopf hob, war ihr kesser Blick nicht zu übersehen. „Nun, das können wir natürlich nicht zulassen. Mach dich bereit, denn ich werde dich umhauen, Jedi-Junge."

Ich grinste. „Nennst du das dann einen ... *Macht-Stoß*?"

„Eher einen *Macht-Fick*." Und ohne mir Zeit für eine Antwort zu geben, waren ihre Hände an meiner Gürtelschnalle. Während sie mir weiter in die Augen blickte und über ihre verführerischen Lippen leckte, löste sie meinen Gürtel. Gekonnt zog sie meine Hose herunter, sofort gefolgt von meinen

Boxershorts. Mein Körper summte vor Erregung und meine Kehle war so zugeschnürt, dass ich kaum schlucken konnte. Ich war fast überwältigt von dem Gedanken, gleich ihren Mund an mir zu spüren. Sie vor mir auf den Knien zu sehen. Wie sie mich ganz in sich aufnahm und ihre Lippen eng um meinen Schwanz legte.

Sie umfasste meine Erektion und atmete tief aus, während wir einander in die Augen blickten. Dann sank sie langsam auf die Knie, fast so, als würde sie schweben. Ich legte den Kopf in den Nacken, als ich ihren heißen Atem auf meiner sensiblen Haut spürte, und mein Schwanz war so hart, dass es fast schmerzhaft war.

Als die Hitze und Feuchtigkeit ihres Mundes sich um mich hüllte, verlor ich fast die Beherrschung.

„Fuck", keuchte ich, da ich nicht auf dieses Gefühl vorbereitet war, obwohl ich genau das erwartet hatte. Wie bei allem, stellte die Realität alles, was ich mir mit ihr vorgestellt hatte, in den Schatten. Ich legte meine Hand auf die Kommode neben mir, um mein Gewicht darauf abzustützen. Zwar dachte ich nicht daran, dass ich so mitgenommen sein würde, dass ich umfallen konnte, doch *verdammt*, man konnte es nie wissen. Sobald ihre Zunge im Spiel war, würde ich für meine Handlungen keine Verantwortung mehr übernehmen.

Sie glitt mit ihrem Mund an mir herunter und, bei Gott, ich konnte sie dabei nicht ansehen. Denn würde ich das tun, würde das viel kürzer werden, als ich wollte. Wir hatten in den letzten vierundzwanzig Stunden zweimal miteinander geschlafen und selbst das hatte meine Erregung nicht gelindert. Ich wollte sie jetzt sogar noch mehr als vor der Zeit, als ich wusste, wie unglaublich heiß es zwischen uns sein würde.

Ich griff hinab, grub meine Hand in ihr weiches Haar und genoss das Gefühl, wie es sich um meine Finger schlängelte. Ihre Zunge glitt an der Unterseite meines Schwanzes hinab und in weniger als einer Minute war ich nur noch Sekunden davon entfernt zu kommen.

Meine Finger wanden sich tiefer in ihre Haare. Ich zog sie sanft weg, wobei ich tief einatmete und versuchte, mich nicht zu sehr dafür zu hassen, ihren heißen und sinnlichen Mund von mir zu entfernen. Doch ich musste etwas tun oder das würde peinlichst schnell zu Ende sein.

Ich zog sie hoch und sie blickte mich verwirrt an. Offensichtlich hatte noch niemand zuvor so etwas getan – einen verdammt geilen Blowjob ausgeschlagen.

Ich wollte mehr. Mehr von ihrer cremigen Haut, mehr von ihrem leidenschaftlichen Stöhnen, mehr von diesen seidenen Schenkeln um mich. Ich wollte ihren Kitzler in meinem Mund, vor Erwartung pochend. Ihr Orgasmus war *mein* Ziel.

„Ich will dich kosten", sagte ich als Antwort auf die unausgesprochene Frage in ihren Augen.

Ihr Gesichtsausdruck wandelte sich von verwirrter Überraschung zu verträumter Erregung. Meine Hände wanderten an den Rücken ihres Kleids und zogen den Reißverschluss so weit, wie es ihnen möglich war, nach unten. Sie streifte es von ihren Schultern und drehte sich dann zum Bett, wobei sie mich mit sich zog. Als wir dort ankamen, zog ich ihr die Unterwäsche aus und entledigte mich meines Shirts.

Dann, mit einer Hand auf ihrer Schulter, drückte ich sie nach unten, bis sie auf dem Bett saß, bevor ich mich zwischen ihre Beine kniete. Mit einem kräftigen Stoß legte ich sie flach vor mich, und zog sie an die Kante, sodass nur noch ihre langen

Beine vom Bett hingen. Überrascht rang sie nach Luft, spreizte jedoch ihre Beine weiter, bereit loszulegen. Ich vergeudete keine weitere Zeit und positionierte mich zwischen diesen weichen, blassen Schenkeln. Dann beugte ich mich vor, umfasste mit meinem Mund ihre Klitoris und saugte daran. Das gedämpfte überraschte Quietschen, das Ringen nach Luft, das lange Stöhnen, als ich mit meiner Zunge gnadenlos über sie leckte. Das war die Belohnung, nach der ich strebte.

Mein Körper sehnte sich schmerzhaft nach ihr, während sie mit jedem fiebrigen Atemzug meinen Namen kundtat.

Angespannt und schmerzvoll schoss meine Erregung in die Höhe und mein ganzer Körper war in Alarmbereitschaft. Die Muskeln ihrer Schenkel spannten sich an und lockerten sich. Sie griff ziellos in die Bettlaken, umklammerte sie in ihren Fäusten. Ihre Atmung war schwer, angestrengt und von fast animalischem Stöhnen untermalt. All das, jeder kleinste Teil davon war mein Verdienst. *Und* mein Verderben.

Und in diesem Augenblick stufte ich ihre köstliche Reaktion als eine meiner größten Errungenschaften ein.

„Lucas, ich komme!", keuchte sie etwa eine halbe Sekunde, bevor sich ihr Rücken wölbte und sich ihr ganzer Körper anspannte, während ihr Atem stockte. Ich saugte weiter und sie schrie. *Laut.* „Oh Gott. Heilige Scheiße", wiederholte sie wieder und wieder wie ein Mantra.

Ja. Sie hätte wissen sollen, dass ich ihr bei diesem kleinen Spiel zwischen uns keinen Vorsprung geben würde.

Ich wich zurück und blickte sie an. Verschwitzt und ausgelaugt lag sie auf den zerwühlten Laken. Ich verspürte einen Hunger, eine intensive Sehnsucht, die ich, soweit ich mich erinnern konnte, noch nie zuvor verspürt hatte. Ich verlangte nach ihr auf eine Art, die mich erschrecken würde, würde ich länger darüber nachdenken.

Aber alles, was ich jetzt tun wollte, war, in ihr Zentrum zu tauchen und sie zu spüren, wie sie sich unter mir wand. Sie hatte sich kaum erholt und öffnete endlich die Augen, um mich mit einem süßen, glückseligen Lächeln anzusehen.

Ich packte ihre Schulter und ohne ein Wort drehte ich sie herum, um mein eigenes Verlangen zu stillen. Mich nach vorne beugend, hakte ich einen Arm um ihre Taille und zog ihre Hüften zu mir. Dann positionierte ich mich für harte, schnelle Stöße.

Ich hatte mehr als einmal darüber fantasiert, sie so zu nehmen. Mit der Energie all der im letzten Jahr aufgestauten Frustration über mein unerfülltes Verlangen nach ihr stieß ich in sie.

Kat atmete scharf aus. Ich hatte ihr buchstäblich den Atem geraubt. *Gut*, denn jetzt ging es uns beiden so. Mit harten Bewegungen stieß ich wie der Kolben eines Hochleistungsmotors wieder in sie. Wieder. Und wieder. Schnell, kraftvoll, unerbittlich. Und als sie nach vorne fiel, riss ich sie erneut hoch, nur um sie wieder nach unten zu stoßen.

Mein Geist entfloh mir, verloren in dem Gefühl, sie, die Enge zwischen ihren Schenkeln und ihre verschwitzte Haut zu spüren. Ich schloss die Augen, glücklich in ihr verloren.

Kapitel

Zweiundzwanzig

Katya

F UCK. Heilige Scheiße. Das war ... Ich konnte keinen klaren Gedanken fassen. Nach diesem überwältigenden Orgasmus ertrank ich in einem Meer aus Befriedigung. Jetzt hatte er mich auf den Bauch gerollt und behielt ein gnadenloses Tempo bei. Meine Empfindungen waren so intensiv, dass ich nicht zu Atem kam.

Wer hätte gedacht, dass der ruhige, kühle und distanzierte Lucas im Bett so ein wildes Tier sein konnte?

Ich hatte es definitiv nicht vermutet, obwohl ich es mir mehr als einmal vorgestellt hatte. Er war definitiv fit genug, um dieses halsbrecherische Tempo durchzuhalten, und ich hielt mich gerade einfach nur fest, während er mich mitriss.

Meine Arme schmerzten, da ich mich auf sie stützte und mich gegen ihn drückte, um seinen wilden Stößen standzuhalten. Aber trotzdem konnte ich spüren, wie die Spannung sich in mir wieder aufbaute. Schockiert stellte ich fest, dass ich kurz davor war, erneut zu kommen.

Und fast so, als hätte er es gespürt, stoppte er so abrupt, dass ich nach Luft rang. Sanft hakte er eine Hand um meine Kehle und zog mich hoch. Ich kniete jetzt und mein Rücken war gegen seine sich hebende Brust gedrückt. Er war erschöpft. Schweiß überzog uns beide und klebte unsere Haut zusammen. Und auch wenn er sich nicht bewegte, war er immer noch in mir. Ich zuckte an ihm und er legte seinen anderen Arm um meine Taille, um mich zu halten.

Sein Mund war an meinem Ohr. „Du bist so verdammt heiß, Kat. Du raubst mir den Verstand."

Anstatt ihm mit Worten zu antworten, versuchte ich mich wieder gegen ihn zu bewegen. Verdammt, ich war so kurz davor gewesen und sehnte mich gierig nach meinem nächsten Orgasmus. So wie er mich hielt, wie er mit seinem Daumen über meine Kehle strich, aber nicht zu fest drückte … Irgendwie fand ich das unglaublich erregend.

„Sag mir, was du willst", sagte er mir rauer Stimme.

„Lass mich kommen, verdammt."

„Du willst kommen? Schon wieder? So gierig?"

Ich griff über meine Schulter, um seinen Kopf zu packen. Meinen eigenen zurücklegend zog ich ihn in einen heißen, fieberhaften Kuss, bei dem meine Zunge tief in seinen Mund tauchte. Währenddessen bewegten sich unsere Oberkörper im Einklang und rangen nach jedem bisschen Luft. Während ich mich von seinem Kuss löste, ließ ich meine Zähne in ihn sinken. Es gefiel ihm … das konnte ich an der Art erkennen, wie er in mir zuckte.

„Fick mich", murmelte er.

„Ja, das tue ich doch gerade. Jetzt fick mich hart."

Er stieß wieder in mich, stoppte dann und blieb tief in mir. „Gefällt dir das? Willst du mehr davon?"

Ich versuchte, mich zu widersetzen. „Nicht so großspurig." Dann lachte ich und er lachte mit mir.

Ohne weiteres Zögern ließ mich die Hand, die mich an der Taille festhielt, los und wanderte zu meiner Klitoris. Während er seine Hüften langsam kreisen ließ, rieb er sie. Oh Gott, noch mehr Verlangen durchströmte mich. Es dauerte weniger als eine halbe Minute, bis sich dieser aufgestaute Orgasmus wie ein Tornado anfühlte, wie ein Wirbelsturm, der sich aus dem Nichts bildete und mich einsaugen wollte. Mein Rücken wölbte sich. Ich schrie seinen Namen. Er zuckte erneut und warf seinen Kopf in den Nacken, während er sich darin labte, meinen Orgasmus zu spüren, und sein eigenes, heiseres „Ja" murmelte.

Ich brach auf dem Bett zusammen und er stützte mich, während er sich selbst zum Abschluss trieb. Mit einem lauten Atemzug kam er. Und ich konnte ihn spüren ... überall. An dem Punkt, an dem wir verbunden waren, auf jedem Quadratzentimeter meiner Haut, in meinem Innersten.

Als er sich neben mir niederließ, sagte er kein Wort ... er kuschelte sich lediglich mit der ganzen Länge seines Körpers an mich. Wir lagen da, genossen die frische Nachmittagsbrise, die durch das offene Fenster hereinströmte. Ich döste weg, nur mit dem Gedanken, dass sich so absolute Zufriedenheit anfühlen musste. Ich hatte das noch nie zuvor empfunden und musste es zugeben. Ich könnte davon noch viel mehr vertragen.

Etwa eine halbe Stunde döste ich immer wieder ein, bevor ich wieder zu mir kam. Ich war am Verhungern, da ich nichts von diesem verfluchten Brunch gehabt hatte und wir auch nach unserer Rückkehr nichts gegessen hatten.

Lucas war nicht bei mir im Bett. Die Tür zum Badezimmer war geschlossen und die Dusche lief. Ich stand auf und plünderte den Kühlschrank, wo ich die Reste der Dacheskapade von gestern Abend ordentlich verpackt vorfand. Der Göttin sei gedankt für diese unsichtbaren Engel, auch bekannte als persönliche Butler.

Wow, war das echt? War dies mein Leben, wenn auch nur für eine kurze Zeit? Hochtrabende Themenpartys, romantischer Sex neben dem Dachterrassenpool und Flüge in Privatjets?

Kurz nach dem Snack, nachdem wir uns angezogen und unsere Sachen gepackt hatten, waren wir bereit, einen Wagen zum Flughafen zu nehmen. Aber ich hätte fast das spezielle Souvenir vergessen, das ich in Napa gekauft hatte. „Hey, *Ehemann*", summte ich. „Ich habe ein besonderes Geschenk."

Er zog eine Augenbraue hoch. „Warum habe ich das Gefühl, ich sollte jetzt Angst haben?"

Ich warf ihm ein übertriebenes Grinsen zu und zog meine Hände hinter dem Rücken hervor, in denen ich je einen kleinen kugelförmigen Kaktus hielt. „Guck, Freunde für Cocky! Wir können sie auf eine sehr … zweideutige Weise arrangieren, wenn du möchtest."

Er kniff die Augen zusammen, als sein Blick auf meinem Geschenk landete, doch ich konnte sehen, dass er sich das Lachen verkniff. Er wollte mir nicht die Genugtuung geben, doch ich wusste, dass es ihn sehr amüsierte. „Man könnte denken, du hast einen Penis-Fetisch."

Ich zog eine Grimasse. „Das ist das Dümmste, was ich je gehört habe. *Natürlich* habe ich einen Penis-Fetisch. Gott. Vor allem du solltest das wissen."

Darauf änderte sich sein Gesichtsausdruck. Ich konnte nicht wirklich sagen, was er zu bedeuten hatte – stärkere Belustigung, sicherlich, doch auch etwas wie Bewunderung. Sorgfältig packte ich die neuen Kronjuwelen ein, damit sie den Flug überleben würden.

Nach Hause zu kommen war so einfach wie *Ich-habe-eine-private-Gulfstream-mit-persönlichem-Piloten-und-Flugbegleitern-in-Beschlag-genommen.* Von dem exklusiven Airport in Napa aus dauerte es nur einen neunzig Minuten langen Flug und einen kurzen Abstecher auf den Freeway, bis wir zuhause ankamen.

Als wir dort um fast drei Uhr morgens eintrafen, brachen wir erschöpft zusammen.

Leider schliefen wir nicht lange, weswegen wir beide am nächsten Morgen wie Zombies durchs Haus steuerten. Lucas war vor mir aufgestanden, um ein paar Sachen fürs Frühstück einzukaufen. Ich putzte gerade das Haus, als es an der Tür klingelte.

Michaela schrie von der anderen Seite und ich lief los, um aufzumachen. Max warf mich vor Freude fast um, als er mich mit wackelndem Schwanz und sabberndem Maul begrüßte. Ich kniete mich hin und knuddelte den Rabauken. „Hey Max! Hattest du Spaß im Hundecamp?"

Michaela lachte. „Einen Mordsspaß. Er hat sogar ein paar neue Freundinnen."

Ich löste Max' Leine von seinem Halsband und nahm sie Michaela ab. „Max, du bist so ein *Hund!*"

„Ich denke, er war nicht begeistert, schon so früh wieder weg zu müssen, aber Lucas hat mir gestern geschrieben, dass ihr früher als geplant zurückkommen würdet. Ich wusste, dass er seinen Hund sehr vermissen würde, also entschied ich mich, ihm einen Gefallen zu tun und Max für ihn abzuholen."

Ich kraulte den Kopf des Hundes. „Komm rein. Lucas wird jede Minute mit dem Frühstück zurück sein."

Michaela schüttelte den Kopf. „Ich fange eine neue Stelle an der Uni an und ich muss bald dort sein. Aber ich dachte, ihr würdet eure Post wollen." Sie gab mir eine Einkaufstasche, die sie über die Schulter geworfen hatte.

Nachdem ich sie ihr abgenommen hatte, verabschiedete ich mich und wünschte ihr alles Gute. Lucas kam gerade die Auffahrt herauf, als sie sich zum Gehen wandte. Sie unterhielten sich noch kurz, während ich den Beutel Post auf dem Tisch ausleerte. Lucas kam kurz darauf mit dem Einkauf in die Küche. *Und* einer Schachtel Donuts.

Die Donuts waren nicht übel. Und als ich die Adresse auf der Box sah, realisierte ich, dass er dafür sogar einen Umweg gemacht hatte. Nach unserer gestrigen Diskussion über Timmys Donuts war das eine süße Geste.

Doch als ich es ansprach, tat er es lediglich mit einem Achselzucken ab. Er würde nie zugeben, dass er etwas Nettes getan hatte. Mit ernsten Augen studierte ich ihn. Er schien wieder in seinen üblichen Mürrischer-alter-Mann-Modus zu verfallen. Als hätte das Wochenende nie stattgefunden.

Aber ich wusste es besser. Denn das *hatte* es.

Lucas fing an, die Post durchzugehen, die Michaela in unserer Abwesenheit für uns gesammelt hatte. Er sortierte sie auf mehrere Stapel. Werbung. Rechnungen. Und dann, ohne ein Wort, nahm er einen dicken, weißen Umschlag und legte ihn vor mich auf den Tisch, während ich gerade meinen letzten Donut verputzte.

Ich las den Absender, blinzelte und las ihn erneut.

„Einwanderungsbehörde? Oh scheiße, was wenn darinsteht, dass mich euer Land nicht will?"

Er zog eine Augenbraue hoch. „Hast du irgendetwas Spezielles gemacht, weswegen sie dich nicht wollen könnten?"

Ich biss mir nervös auf die Lippen und warf ihm einen ängstlichen Blick zu. Mein Herz hämmerte, als hätte ich gerade einen Schnapsladen überfallen und wäre zu Fuß auf der Flucht. Ich konnte es bis in meiner Kehle spüren. „Was, wenn sie noch eine Befragung brauchen? Was, wenn die denken, dass wir bezüglich der Ehe lügen?"

Er verzog das Gesicht. „Ich denke, wir könnten ihnen ein Sexvideo schicken."

Ich schüttelte den Kopf. „Das ist nicht lustig. Außerdem hat es von denen keiner verdient, mich nackt zu sehen."

„Das stimmt auch wieder." Er deutete auf den Umschlag. „Hör auf zu grübeln und mach das verdammte Ding endlich auf."

Ich konnte nicht. Ich war so verängstigt, dass ich plötzlich pinkeln musste. Aber würde ich aufstehen, wären vielleicht meine Knie zu weich. Und … ganz langsam schob ich ihm den Umschlag zu. „Mach du es und schnell, bevor ich mich noch übergebe."

Er starrte mich einen langen Augenblick an und runzelte dann die Stirn. „Werden die Neuigkeiten – wie auch immer sie lauten – besser sein, wenn sie von mir anstatt von einem Blatt Papier kommen?"

„Lucaaaassss, bitte!"

Er seufzte laut und hob den Brief auf. „Okay, okay."

Er riss den Umschlag auf, entfaltete den Brief und fing an, leise zu lesen. Wirklich, ich hatte noch nie jemanden so langsam lesen gesehen. Oder so reaktionslos. Er war wie eine Statue. Und man hätte denken können, der Brief wäre auf einer Papierrolle geschrieben und er würde warten, bis der Text Wort für Wort an seinen Augen vorbeizog. Er las. Und las. Seine Augen wanderten bis zum Seitenende, ohne ein gottverdammtes Wort zu sagen.

Ich konnte es nicht länger aushalten. „Lucas!"

Er legte den Brief weg und schaute mich mit todernsten Augen an. Mir wurde flau im Magen. „Nun, sie haben sich entschieden ... dir zu erlauben, im Land zu bleiben."

Ich traute meinen Ohren nicht. „Was?"

„Deine Greencard kommt in den nächsten achtundvierzig Stunden per Einschreiben."

Mein Mund öffnete sich, doch es kamen keine Töne heraus. Ich war erstarrt. Also ... war es das?

Jetzt wirkte er wirklich beunruhigt. Er lehnte sich vor und sprach wirklich laut. „Du kannst bleiben, Kat. Alles ist rechtmäßig."

Ich schnappte mir den Brief und las in wieder und wieder. Nein, er veraschte mich definitiv nicht. Jeder Muskel in meinem Körper entspannte sich vor Erleichterung. Aber etwas tief in mir fühlte sich, zwar dankbar und glücklich, mehr als ein wenig schuldig. Ich legte den Brief weg und reflektierte darüber.

„Obwohl das Monate gedauert hat, bis es so weit gekommen ist, kommt es mir vor, als hätte es viel schwieriger sein müssen. Wenn man die Nachrichten sieht ..." Meine Stimme versagte, als ich mich an die Bilder erinnerte, die ich in den Nachrichten gesehen hatte. Asylsuchende, die an den Grenzen festgehalten wurden, nachdem sie tausende Kilometer gereist waren, um hierher zu kommen. Getrennt von ihren Familien, ihren kleinen Kindern.

Tränen sammelten sich in meinen Augen. Ich sollte glücklich sein, richtig? Aber warum ich? Verdiente ich es mehr als sie, um das alles so relativ einfach zu erhalten? Dasselbe, wofür sie mit allen Mitteln und unter Lebensgefahr kämpften? Mein Kiefer verkrampfte.

Lucas wirkte verwirrt. „Du wirkst traurig."

Ich schüttelte den Kopf. „Es gibt so viele Menschen, die versuchen, in dieses Land zu kommen. So viele, die in Not sind und Asyl brauchen. Warum war es für mich so einfach?"

Er streckte die Hand aus und nahm meine. „Ich würde es aber kaum *einfach* nennen."

Ich schob den Brief von mir weg und verspürte eine leichte Übelkeit. „Ich meine relativ gesehen. Ich hatte Vorteile ... weil ich weiß bin und Englisch meine Muttersprache ist. Ich habe ein Studium und war in der Lage, mir einen guten Anwalt zu leisten."

Er nickte. „Ja, du hattest viele Vorteile. Aber ich verstehe, warum du aufgewühlt bist."

Ich zuckte mit den Achseln. „Ich wünschte, ich könnte etwas tun. Ich fühle mich so hilflos."

„Hmm. Ja, naja, eine Greencard gibt dir das Recht, hierzublieben, aber du darfst nicht wählen. Aber vielleicht gibt es andere Dinge, die du tun kannst."

Ich fing an, eine Haarsträhne um meinen Finger zu wickeln, während mir Ideen durch den Kopf jagten. Ich wusste, dass ich glücklich sein sollte. Und dadurch fühlte ich mich undankbar. *Ach verdammt.*

„Ich fühle mich schlecht. Ich will anderen helfen."

Er blies seinen Atem mit einem schiefen Lächeln hinaus. „Naja, du kannst niemanden heiraten, solange wir nicht geschieden sind."

Ich wusste, dass er scherzte und versuchte, mich aufzuheitern. Oder dachte er vielleicht, dass ich undankbar für all das wäre, was er für mich getan hatte – was viel war. Ich nahm seine Hand. „Danke, ich bin dir wirklich dankbar, für alles, was du für mich getan hast. Aber gerade muss ich eine Möglichkeit finden, das weiterzugeben. Ich denke an ehrenamtliche Arbeit. Und wenn ich meinen Jahresbonus bekomme, werde ich ihn einer gemeinnützigen Einrichtung oder einer Bürgerrechtsorganisation spenden."

Er neigte seinen Kopf zu mir. „Oder du hilfst mir dabei, zu entscheiden, welcher wohltätigen Einrichtung wir das Geld aus meinem Treuhandfond zukommen lassen. Das waren nicht nur Abschiedsworte an meinen Vater. Ich meinte es ernst. Ich will dieses Geld nicht."

Er raubte mir fast den Atem. Ich brauchte einen Augenblick, um mich zu erholen. „Das würdest du tun?"

„Ja. Ich bin deiner Meinung. Wir sollten helfen, wo wir können. Warum fragen wir nicht Jenna, was wir tun könnten? Arbeitet sie nicht in einem Flüchtlingszentrum? Ich wette, sie weiß, wo Geldmittel gebraucht werden."

Ich stand auf, beugte mich zu ihm und umarmte ihn. „Das ist eine tolle Idee. Danke."

Er hob die Hand und klopfte mir verlegen auf den Arm, während ich ihn umarmte. Er fühlte sich sichtlich unwohl. Ich zögerte. Es war offensichtlich, dass es ihn befremdete, nach unserem verlängerten Wochenende wieder zuhause zu sein.

Wir waren vier Tage lang ständig zusammen gewesen. Vielleicht brauchte er Freiraum. Ich wich zurück, bereit zu verschwinden und mich vielleicht einige Zeit in meinem

Zockerzimmer einzusperren, um etwas Abstand zu dieser seltsamen Stimmungslage zu bekommen.

Doch als ich das tat, packte er mich am Handgelenk und hielt mich fest. „Du hast noch nicht deine ganze Post angesehen."

Ich blickte auf den Tisch und sah nicht weniger als drei identische Umschläge. Ich erkannte sie sofort. Sie waren vom Anwalt meines Bruders. Wow, sie wurden immer penetranter.

„Ich werde sie durch den Schredder jagen", seufzte ich.

„Ich denke, du solltest sie vorher ansehen. Ich mache mir Sorgen, jetzt wo ich weiß, was da oben vor sich geht, denke ich, es ist keine gute Idee, sie einfach zu ignorieren. Was, wenn die die US-Regierung kontaktieren und so deine Greencard gefährden?"

Ich blinzelte und verspürte ein flaues Gefühl im Magen. Lucas Andeutung, dass diese Leute vielleicht für meinen Ärger mit der Einwanderungsbehörde verantwortlich waren, machte mich nachdenklich. Wenn das der Fall war, würden sie auch nicht davor zurückschrecken, meine gerade erst gewonnene Greencard wieder annullieren zu lassen.

Ich sackte sofort wieder auf meinen Stuhl, weil ich mich wie ein Reifen fühlte, dem gerade die Luft ausging. Er hatte recht.

Ich lehnte mich vor und rieb mir die Stirn. Der bloße Gedanke, diesbezüglich etwas zu unternehmen, erschöpfte mich.

„Wenn du deine Greencard bekommst, kannst du das Land verlassen und ohne Probleme wieder einreisen." Er legte dar, was ich bereits wusste. „Wie ist dein Plan, Kat? Willst du einfach nie wieder zurück nach Kanada?"

Ohne ein weiteres Wort schob ich die Briefe zu einem Haufen zusammen und fing an, sie systematisch aufzureißen und durchzulesen. Wenn ich einen Brief gelesen hatte, gab ich ihn an

Lucas weiter und machte mich an den nächsten, während er den vorherigen las. Nach dem dritten lehnte ich mich zurück und fühlte mich noch erschöpfter als zuvor. Mit jedem waren sie eindringlicher geworden. Im letzten stand, dass man dem königlichen Rat meine Adresse und anderen Informationen gegeben hatte. Ich würde bald für eine Prüfung der Erkenntnisse vorgeladen werden, falls das nicht bereits passiert war.

Lucas schüttelte den Kopf, während er den letzten Brief mit zusammengekniffenen Augen las. Dann nahm er noch einmal den vorherigen, um ihn zu überfliegen. „Ich verstehe diese kanadischen Rechtsbegriffe nicht. Königlicher Rat? Prüfung der Erkenntnisse?"

Ich leckte über meine Lippen. „Naja, ich bin keine Expertin bezüglich des amerikanischen Rechtsystems, aber ich habe letztes Jahr viel *The Good Wife* angesehen. Ein Königlicher Rat entspricht hier in etwa der Staatsanwaltschaft. Und eine Prüfung der Erkenntnisse ist eine eidesstattliche Aussage."

„Also …"

„Der königliche Rat will herausfinden, ob ich eine mögliche Zeugin für die Verteidigung darstelle. Und falls ja, wollen sie wissen, was ich weiß, wenn sie mich in der Verhandlung ins Kreuzverhör nehmen."

Er starrte mich an. „Aber du weißt nichts und ich weiß, dass du keine Zeugin für die Verteidigung bist. Du hast keine Ahnung, wo er war."

Ich biss mir auf die Oberlippe und verschränkte die Arme fest vor der Brust. „Korrekt."

„Also wenn du dort erscheinst und ihnen das sagst, müssen sie dich diesbezüglich in Ruhe lassen."

Ich blickte ihm in die Augen und wir sahen einander an. Meine Brust schnürte sich zu und mein Herz raste. Ja, er versuchte mir zu zeigen, wie einfach das sein könnte. Wie ich dieses Problem für immer loswerden könnte.

Aber es gab noch ein Problem, und egal wie frustriert, wütend oder verletzt ich war, wusste ich nicht wirklich, wie ich damit umgehen sollte. Verrückt, die eigene Familie als ein Problem zu sehen. Sobald ich mich so von ihnen lossagte, würde es vermutlich kein Zurück mehr geben.

„Kat", sagte er mit leiser Stimme.

Mein Kiefer verkrampfte und Tränen sammelten sich in meinen Augen. Ich blinzelte wild. „Nicht", sagte ich mit zittriger Stimme. „Ich weiß, was du sagen willst."

Er streckte mir seinen Arm entgegen und hielt die Hand auf, doch als ich sie nicht nahm, zog er sie langsam zurück. „Ich mag dich. Und ich will, dass du frei von alledem bist. Ich weiß, dass du das willst –"

„So einfach ist das nicht", murmelte ich.

Zu meiner Überraschung schwieg er einen langen Augenblick, bevor er fortfuhr. „Auch das weiß ich. Deine Situation unterscheidet sich von der, in der ich war, aber es gibt definitiv Parallelen. Ein wichtiger Unterschied ist, dass du nicht allein bist. Ich werde auf jedem Schritt des Weges bei dir sein."

Das war schwer zu schlucken und ich war dabei, emotional zu werden. Und verdammt, ich war bereits einmal vor ihm zusammengebrochen. Das würde nicht noch einmal passieren. Öfter sollte ein Mann in seinem Leben so einen hässlichen Weinanfall nicht erleben.

„Ich muss ein wenig darüber nachdenken. Ich denke, ich werde mich einloggen und ein paar Dinge im Spiel töten. Das hilft mir immer beim Nachdenken."

Er grinste und richtete sich auf. Nur ein wahrer Gamer würde diesen Gedankengang verstehen und Lucas war einer dieser wahren Gamer.

Stunden vergingen und ich beobachtete die Uhr, während ich mich solo durch zwei herausfordernde Dungeons kämpfte. Ich nutzte diese Zeit, um jedes Szenario meiner familiären Situation durchzugehen. So wie Lucas es gesagt hatte, klang alles so einfach und logisch. Das konnte ich nicht abstreiten.

Und Lucas. Wie atemberaubend war er? Ja, er verhielt sich heute etwas seltsam, aber das schrieb ich unserer Rückkehr in die reale Welt zu. Ganz zu schweigen von der grauenvollen Konfrontation mit seinen Eltern am Tag zuvor. Nach so etwas wäre jeder abgelenkt.

Aber seine Güte, sein Geständnis, dass er mich gern hatte, sein Angebot, bei mir zu sein, wenn ich endlich meinen Dämonen aus der Vergangenheit gegenübertrat. Darüber konnte ich nicht aufhören nachzudenken.

Irgendwo in meinem Herzen strudelten Emotionen herauf und ich grübelte, hinterfragte und theorisierte. Aber es waren nicht nur meine Gedanken, die rasten und sich drehten wie ein Rennwagen auf einer kurvigen Strecke, nein, auch meine Gefühle quollen über und verschwammen. Die alten und die neuen. Die Tatsache, dass ich mein früheres Leben abschließen musste, um den seltsamen und spannenden Aussichten, die dieses neue für mich bereithielt, entgegentreten zu können.

War ich bereit?

Ich war zäh. Ich hatte schon so vieles allein gemacht. Aber das hier wollte ich nicht allein machen.

Stunden später, es war früher Nachmittag, gingen wir schweigend mit dem Hund Gassi und aßen dann eine Kleinigkeit zu Mittag. Meine Augen wanderten zur Uhr und ich war mir bewusst, dass ich all dies mit einem Anruf regeln könnte. Die Nummer der Anwaltskanzlei stand in jedem Brief, der auf dem Küchentisch lag.

Ich kaute auf meiner Lippe herum und blickte zu Lucas, der mich nicht weiter gedrängt hatte, seit ich ihm gesagt hatte, dass ich Zeit zum Nachdenken brauchte. „Also … wenn ich diesen Anruf mache. Ich würde nach Kanada müssen. Ziemlich bald. Nächste oder übernächste Woche wahrscheinlich."

Er nickte. „Ja."

„Aber wir müssen arbeiten", wich ich aus.

„Naja, wir haben um eine Woche Urlaub gebeten und wir sind drei Tage früher zurück. Wir könnten morgen in die Arbeit und erklären, dass wir nächste Woche ein paar Tage brauchen. Es ist ein kurzer Flug, oder?"

„Etwa drei Stunden."

Er nickte und dachte nach. „Wir könnten früh morgens losfliegen und du könntest direkt zur Sta— ähm zum königlichen Rat gehen. Geh einfach rein und beantworte ihre Fragen –"

„Bei der Prüfung der Erkenntnisse wären auch die Anwälte meines Bruders involviert. Sie wären für ein Kreuzverhör anwesend. Und Derek hätte das Recht, ebenfalls dort zu sein, wenn er wollte."

„Aber deine Eltern nicht, wenn es so abläuft wie hier. Und auch niemand anderes, richtig?"

Ich nickte.

„Und du wärst nicht verpflichtet, mit seinen Anwälten zu reden, bevor du deine Aussage machst."

Ich seufzte lange. „In Ordnung, ich werde sie anrufen und fragen, wann sie einen Termin haben, bevor ich wieder kneife."

Zu meiner Bestürzung war der Akku meines Handys völlig leer, weshalb Lucas seines entsperrte und mir reichte. „Du schaffst das, Kat. Denk daran, wie krass du bist."

Ich wählte die Nummer, legte das Telefon an mein Ohr und ohne zu realisieren, was ich tat, nahm ich seine Hand. Er drückte sie fest und versicherte mir schweigend, dass er bei mir war. Er war meine moralische Unterstützung. Wir waren Familie und so lief das bei uns.

Meine Hand drückte die seine fester, als jemand abhob und ich nach der Person, die in dem Brief aufgeführt war, fragte. Das Telefonat stellte sich als sehr kurz heraus, aber sie waren sehr entgegenkommend. Am kommenden Dienstag um dreizehn Uhr hatte ich einen Termin für die Prüfung der Erkenntnisse.

Dereks Anwalt würde informiert werden, genauso wie Derek, und es würde jemand anwesend sein, der mich nach meiner Aussage beim Rat ins Kreuzverhör nehmen würde.

Während der ganzen Zeit am Telefon betrachtete Lucas mich vorsichtig und fragte sofort nach, als ich aufgelegt hatte.

Einen Augenblick lang saßen wir schweigend da, dann … dann blies er seinen Atem hinaus und starrte mich wieder mit diesem bewundernden Blick an. Dem Blick, der etwas mit mir gemacht hatte, als er mich das letzte Mal so angesehen hatte.

„Du bist großartig, weißt du das?", sagte er leise.

Und plötzlich war dieses Gefühl wieder so stark, dass es überschwappte. Das Stechen in meinen Augen, die Schwere in meiner Kehle. Alles drehte und verknotete sich in mir. Ich sprang von meinem Stuhl auf und warf ihm die Arme um den Hals. Er packte mich und hielt mich fest, als ich direkt auf seinem Schoß landete.

Ich klammerte mich an ihn und wollte ihn nie wieder loslassen, als ich meine stechende Nase in seinem frisch gewaschenen Hemd vergrub – dieser Geruch nach Seife, nach *ihm*. Dieses Vertrauen in meine Stärke. Dafür war ich in meiner Jugend wieder und wieder kritisiert worden. Doch Lucas zeigte mir, dass diese Qualitäten bewundernswert waren, begehrenswert. Geschätzt wurden.

Mein Kopf drehte sich und plötzlich küsste ich seinen Hals, seine stoppelige Wange. Das maskuline Kratzen seiner Barthaare auf meiner Haut zu spüren, entfachte eine neue Leidenschaft in mir. Ich brauchte ihn. Ich musste in seinen Armen sein, seine Hände und seinen Mund und seinen Körper auf meinem spüren. Ich wollte ihn anbeten und von ihm angebetet werden.

Wir küssten uns lang und heiß. Doch ich war nicht von Verlangen getrieben. Nein, es gab anderes, das vorher nicht dagewesen war. Und in diesem Augenblick wusste ich, was es war.

Oh Gott. Ich hatte mich in diesen Mann verliebt. Es war so langsam und stufenweise geschehen, dass es fast so wirkte, als hätte es in dem Augenblick begonnen, als wir uns vor über einem Jahr kennengelernt hatten.

Doch es war kein Geheimnis mehr für mich, was das zwischen ihm und mir war und was es schon so lange gewesen war, ohne dass mein dummes Herz es erkannt hatte.

Liebe. Schlichte, unverfälschte Bewunderung für diesen Mann und alles, was er war, und alles, was er für mich getan hatte, egal ob selbstlos oder nicht.

Ich öffnete meinen Mund für ihn und vertiefte den Kuss, bis seine Hände sanft gegen meine Schultern drückten und uns trennten. Wir waren beide außer Atem und er wirkte … überwältigt, zwiegespalten und nicht nur ein wenig verwirrt.

Er runzelte die Stirn und schüttelte langsam den Kopf. „Wir können nicht. Es …" Seine dunklen Augen blickten in meine. „Wir werden nicht mehr lange zusammen sein."

Ich schluckte und ließ seinen Gesichtsausdruck auf mich wirken. „Ja, darauf hatten wir uns am Anfang geeinigt, oder? Verheiratet bleiben, bis ich meine Greencard bekomme. Aber…" Mein Blick fiel auf seine sich hebende Brust, während ich über meine nächsten Worte nachdachte.

Ihm war bei meinem *Aber* der Atem gestockt, doch er sagte nichts.

Meine Augen wanderten wieder zu seinen und blickten mit wilder Entschlossenheit in sie. *Denk daran, wie krass du bist, Kat.* Seine Worte kamen mir in diesem Augenblick wieder in den Sinn. Und er hatte recht. Verdammt, ich hatte den Mut, das auszusprechen. Das hatte ich.

Ich atmete tief ein, entschlossen, es einfach loszuwerden. „Lucas … ich bin in dich verliebt."

KAPITEL

DREIUNDZWANZIG

LUCAS

WENN ES JE EINEN MOMENT GAB, IN DEM ICH KEINE Ahnung hatte, was ich sagen sollte, dann war es dieser. Heilige Scheiße. Das war das Letzte, was ich von Kat erwartet hatte, und doch hatte sie es ausgesprochen. *Ich bin in dich verliebt.* Diese fünf Worte hingen wie eine Barriere zwischen uns, wie Rauchbomben, die alles verhüllten.

Ich blies langsam meinen Atem hinaus, wobei ich ein bisschen wie ein Ballon klang, den man vor dem Zuknoten losgelassen hatte. Meine Brust ratterte. Ich blinzelte. „Ich, ähm. Ich weiß nicht, was ich darauf antworten soll."

Sie wich zurück, wobei sie mich mit runden Augen betrachtete.

Wow, gut gemacht … Ezel.

„Du musst nichts sagen. Ich – es fühlte sich einfach so an, als müsste ich es loswerden."

Meine Brust schnürte sich zusammen, mein Herz raste und meine Handflächen schwitzten. Klassische Kampf-oder-Flucht-Reaktionen.

Ihre Augen weiteten sich. „Lucas?"

Ich schluckte. War es hier drinnen gerade schwieriger geworden zu atmen oder ging es nur mir so?

„Lucas? Bist du anwesend? Geht es dir gut?"

Meine Augen schnellten zu ihr. „Ich, ähm, ich denke, ich gehe mit Max Gassi. Ich muss nachdenken."

Sie zog die Lippen in ihren Mund, biss darauf herum und nickte dann. „Okay, vermutlich wird er begeistert sein." Tatsächlich kam Max, nachdem er das G-Wort gehört hatte, mit erwartungsvoll wedelndem Schwanz angetrottet. Wir waren gerade erst draußen gewesen, aber er war ein gieriger Bastard und konnte scheinbar nicht genug bekommen.

Ich schnappte mir seine Leine und hakte sie in seinem Halsband ein. Katya folgte mir auf dem Weg zur Vordertür. „Bevor du gehst ..."

Ich stoppte und drehte mich wartend zu ihr um.

„Ich will nur sagen, dass ich dich nicht unter Druck setze. Ich meine ... nimm dir all die Zeit, die du brauchst. Wir brauchen nicht darüber reden, solange du nicht bereit bist."

Fuck. Würde ich je bereit sein, diese Unterhaltung mit ihr zu führen?

Ich knurrte ihr etwas zu und verschwand mit dem Hund, wobei ich schneller als gewöhnlich den Gehsteig entlangstampfte. Max war etwas verärgert darüber, dass er nicht an jedem Baum Halt machen konnte, um daran zu schnüffeln, doch er lief mir gehorsam hinterher.

Wenn ich mich nur an die Regeln gehalten hätte – diese sorgsam aufgestellten Regeln –, wäre jetzt alles in Ordnung. Und nichts Derartiges wäre passiert.

Ja, richtig. Weil Herzen *so* funktionierten. Gottverdammt.

Ich hatte keine Ahnung, wie Herzen funktionierten, aber ich wusste, dass ich das nicht noch einmal machen könnte. Ich konnte sie nicht enttäuschen, aber würde es zwangsläufig tun, weil die Vergangenheit gezeigt hatte, dass ich beschissen darin war, Ehemann zu sein.

Außerdem war es unmöglich, dass ich ertragen könnte, von ihr enttäuscht zu werden, sollte das geschehen.

Nicht dass ich dachte, dass sie mir antun könnte, was Claire getan hatte. *Aber* – und das war ein großes *Aber* – ich konnte mir nicht vorstellen, was es mit mir anstellen würde, wenn diese Sache zwischen ihr und mir scheitern würde, und das würde sie zwangsläufig.

Den Scherbenhaufen, den ich nach Claire hatte aufsammeln müssen, und diese ganzen Nachwirkungen von dem Familiendrama … All das war nichts im Vergleich zu dem, was es mit mir anstellen würde, Kat so zu verlieren. Ich joggte mittlerweile und blickte zu Max hinunter, der fröhlich Schritt hielt.

Max war ein Teil meiner Therapie gewesen, ein Teil meiner Genesung. In den ersten Monaten, nachdem ich meine Familie verlassen und mich an einer neuen Universität eingeschrieben hatte, hatte ich einen Therapeuten aufgesucht. Es hatte Zeit gebraucht, gesund zu werden, und in gewisser Weise war ich das immer noch nicht. Mich um den Welpen zu kümmern, hatte sehr geholfen. Und ich war dankbar, dass Max für mich dagewesen war und mir auch heute immer noch beistand.

Warum hatte ich mich nicht einfach an den anfänglichen Plan gehalten? Den Plan, der uns auf Abstand hätte halten sollen, bei dem wir uns als Freunde getrennt hätten.

Ja, ich hatte die Regeln gebrochen, aber es war an der Zeit, dass wir wieder zu ihnen zurückkehrten. Kat und ich, wir hatten immer ein Verfallsdatum gehabt. Damit das Ganze uns nicht um die Ohren fliegen würde.

Damit wir nach alledem noch in der Lage sein könnten, ein Mindestmaß an Freundschaft aufrechtzuerhalten. Damit wir weiterhin produktive Kollegen sein könnten. Damit ich sie nicht verletzen konnte, was ich zwangsläufig tun würde. Das hier musste wie geplant enden.

Noch während ich mir das sagte, während meine Turnschuhe in regelmäßigen Abständen auf dem Bürgersteig aufkamen, wusste ich, dass das eine Lüge war. Als ich mir sagte, dass es keine Gefühle zu erwidern gab, wusste ich, dass das eine Lüge war. Als ich sagte, Katya würde mir nicht mehr als eine vertrauenswürdige und respektierte Kollegin bedeuten ... war das eine Lüge.

War es Liebe? Wer konnte das schon sagen? Ich glaubte ja nicht einmal daran, dass ich überhaupt dazu fähig war. Liebe war nichts für mich. Und die Ehe war *verdammt* sicher nichts für mich.

***

Die meiste Zeit des Abends verbrachte sie in ihrem Zimmer. Ich aß allein zu Abend und ich war mir nicht sicher, ob sie überhaupt etwas zu sich nahm oder was ihr durch den Kopf ging. Doch wie ein Feigling ging ich ihr aus dem Weg und ließ sie einfach ihr Ding machen. Und ich machte meins.

So wie es immer hätte sein sollen.

Am Morgen, als wir uns fertig machten und zur Arbeit gingen, war sie lieb und herzlich. Es war fast so, als hätten wir diese unvollendete Unterhaltung nie geführt. *Fast.* Etwas stimmte nicht ganz.

Sie war ruhiger als gewöhnlich. Oder sie sah mich nicht so oft an – oder nicht auf dieselbe Weise. Oder, fuck, vielleicht bildete ich mir das alles nur ein.

Wir sprachen über andere Dinge, als ich uns und den Hund zur Arbeit fuhr. Zumindest lag ein normaler Arbeitstag vor uns, sodass ich nicht darüber nachdenken würde, was ich ihr sagen sollte, wenn wir wieder auf dieses Thema zu sprechen kamen.

Meine Gedanken waren bald mit anderen Dingen beschäftigt.

Es sprach sich schnell herum, dass wir frühzeitig aus dem Urlaub zurück waren. Ich erhielt eine Nachricht von Jordan, dass er mich so schnell wie möglich in seinem Büro sehen wollte. Ich machte mich auf den Weg zum Atrium, wo die hohen Tiere ihre schicken Büros hatten. Seine Assistentin war nicht an ihrem Schreibtisch, also klopfte ich an seiner Tür.

Jordan riss sie auf, winkte mich aber nicht herein. „Wir gehen nach nebenan."

Meine Augen schossen sofort in Richtung von Adams Büro. „Du hast nichts von einem Meeting mit Adam gesagt."

Ich trug gewöhnliche Arbeitskleidung. Jeans und ein Shirt einer unbedeutenden Band, die sich schon vor einem Jahrzehnt getrennt hatte. Ich glättete es mit meiner Hand und fühlte mich plötzlich unsicher. So wollte ich dem Big Boss nicht gegenübertreten, wenn er sich noch nicht entschieden hatte, ob ich die begehrte Stelle bekommen würde.

Jordan packte mich an der Schulter, um mich ins Büro unseres CEOs zu führen. „Alles gut. Geh einfach."

„Wenn er etwas bezüglich meiner Kleidung sagt, werde ich dich vor deiner Freundin beim Armdrücken in Verlegenheit bringen. *Und dann* kippe ich dir ein eiskaltes Bier in die Hose", knurrte ich.

„Wie du willst. April bleibt nicht wegen meines Bizeps bei mir, wenn du weißt, was ich meine." Er zwinkerte anstößig. Ohne anzuklopfen, riss er Adams Bürotür auf.

Ich knirschte mit den Zähnen und warf ihm einen stechenden Blick zu, als ich an ihm vorbei in das Büro ging. „Es wissen immer alle, was du meinst, Jordan."

Adam beendete gerade ein Telefonat, als wir eintraten, doch wirkte nicht überrascht oder schockiert, dass Jordan so hereingeplatzt war. Er reagierte sogar so, als würde Jordan das jeden Tag machen.

Adam drehte sich zum Fenster, beendete die Unterhaltung und steckte dann das Handy in seine Tasche. Zu meiner Erleichterung war er heute ebenfalls leger angezogen, Jeans und ein Polohemd.

„Also, Lucas, wie geht es dir? Du siehst aus, als könntest du einen Kaffee vertragen."

Ich fuhr unsicher mit einer Hand durch mein Haar und versuchte Jordans Kichern neben mir zu ignorieren. Ich würde es ihm später heimzahlen – selbst wenn das bedeutete, dass ich Klarsichtfolie über das Urinal in der persönlichen Toilette in seinem Büro spannen musste. Wenn es nötig war, würde ich auf alte Schulstreiche zurückgreifen.

„Mir geht's gut." Als meine Stimme kratzte, räusperte ich mich. „Alles läuft bestens. Ich hatte nur eine kurze Nacht."

Adam lächelte. „Hält dich deine Ehefrau so lange wach?"

Das war der Fall, ja, doch leider nicht auf die Weise, die Adam andeutete. Nein, ich hatte die ganze Nacht darüber nachgegrübelt, wie ich uns unbeschadet und ohne ihr das Herz zu brechen aus dieser Situation herausmanövrieren könnte.

Alle Lösungen hatten auf ein *unmöglich* hingedeutet.

Trotzdem versuchte ich unbeholfen, eine passende Antwort zu geben. Adam und Jordan sahen sich an und fingen an zu lachen. „Alles gut, Lucas. Ich wollte dich nur verscheißern", erwiderte Adam grinsend.

Hoffentlich war das nicht die beschissene Vorspeise für beschissene Nachrichten. Ich räusperte mich und stand unbeholfen da, während Adam mich zu mustern schien.

„Also, nächsten Donnerstag ist die Quartalssitzung des Vorstands ..."

Ich nickte.

„Ich möchte, dass du und Jeremy dort eure Visionen und Präsentationen vorstellt."

„Was bedeutet, dass du an dem Tag einen Anzug tragen solltest", warf Jordan wenig hilfreich ein.

„Okay, das kann ich machen. Gibt es einen Zeitplan, ähm, ..." Ich zögerte, die Frage direkt zu stellen.

Adam grinste. „Nun, zwischen uns, und ich bitte dich um extreme Vertraulichkeit, aber der Vorstand stimmt mit deinen Visionen und Plänen überein. Sie wollen die zwei Topkandidaten persönlich sehen, um ihre endgültige Entscheidung zu treffen. Auf Jeremy warten gute Neuigkeiten, doch nicht die Neuigkeiten, die er bezüglich dieser Stelle erwartet hatte. Aber bewahre Stillschweigen darüber. Ich werde diesbezüglich bald persönlich mit ihm sprechen."

Ich schüttelte den Kopf. „Du meinst ..."

„Du hast den Job, junger Padawan –"

„– unter Vorbehalt. Der Vorstand wird seine Einwilligung geben, *wenn* das Meeting gut verläuft. Aber ja, du hast den Job. Du wirst der neue Abteilungsleiter von Draco VR", pflichtete Adam Jordan bei.

Ein Anfall von ... irgendetwas raste durch mich, bevor ich seine Worte bewusst wahrnahm. Sieg? Ungläubigkeit? Erleichterung oder Aufregung?

Einige oder alle davon vermischten sich zu einem berauschenden Gebräu. Ich schüttelte den Kopf und hätte ihn fast darum gebeten, seine Worte zu wiederholen. Ihrerseits schienen Jordan und Adam meine Reaktion genau zu beobachten. Jordan legte seine Hand auf meine Schulter. „Brauchst du eine Minute?"

Ich schüttelte seine Hand ab, gab ihm stattdessen eine Gettofaust, bevor ich Adams ausgestreckte Hand nahm. „Willkommen an Bord, Lucas. Es wird ein wahnsinniger Trip werden, aber ich hoffe, ein guter."

Plötzlich konnte ich mir mein Grinsen nicht mehr verkneifen. Meine Wangen schmerzten schon fast deswegen. Wow. *Wow.* Das war ... wow.

Meine Gedanken rasten und ich dachte über all die Dinge nach, die ich noch erledigen musste, bevor ich die neue Stelle antrat – und all die Leute, denen ich es erzählen musste.

Mitten in dem Gedanken hielt ich inne. „Bezüglich des Stillschweigens –"

„Du musst sie zur Geheimhaltung verpflichten", antwortete Adam, da er sofort wusste, wen ich meinte. „Unter normalen Umständen hätte ich nichts dagegen, dass du es deiner Frau sofort erzählst, doch sie arbeitet hier. Und auf sie warten ebenfalls gute Nachrichten, doch das würde ich ihr gerne selbst mitteilen, wenn du nichts dagegen hast."

Ich nickte. „Sicher, sicher." Hoffentlich bedeutete das, dass sie die brandneue Stelle als White-Box-Testerin bekommen würde, die sie extra für sie schaffen wollten. Darin würde sie brillieren.

Jordan begleitete mich zum Bau und ratterte seine *unbezahlbaren Tipps* für die Präsentation vor dem Vorstand herunter. Ich hatte daran nichts auszusetzen. Bis jetzt waren seine Ratschläge gut genug gewesen, um mir den Job zu verschaffen – oder vielleicht war es auch meine eigene harte Arbeit.

Er klopfte mir noch einmal auf die Schulter, bevor ich die Tür öffnete. „Nochmal herzlichen Glückwunsch, Lucas. Adam war begeistert von deinen Ideen. Besonders von deiner Interpretation einer Draco-Version von Pokemon GO."

Eines war sicher, ohne Katya hätte ich diese Stelle nie bekommen. Zum einen wegen ihrer Hilfe, unsere Deadline einzuhalten – dem ursprünglichen Grund, aus dem ich sie geheiratet hatte, um sie hier zu behalten. Und dann wegen ihren Beiträgen zu meinen Entwürfen. Ihre Vorschläge hatten genau ins Schwarze getroffen und ich hatte sie alle benutzt, manchmal mit einigen Ausschmückungen hier und da. Ich fragte mich, ob es eine Möglichkeit gab, wie ich ihr danken konnte. Wenn ich ihr etwas Besonderes kaufen könnte oder …

Vielleicht könnte ich sie in Kanada irgendwo zu einem schönen Abendessen einladen.

Für den Fall, dass sie immer noch in meiner Nähe sein wollte, nach dem, wie ich gestern auf ihr Liebesgeständnis reagiert hatte. Sie musste sich geirrt haben. Sie musste verwirrt gewesen sein. Das war das Einzige, was ich mir vorstellen konnte. Liebe sollte daraus nie entstehen.

Ich entschied mich zu warten und die Neuigkeit auf dem Heimweg zu verkünden. Es war das Beste, es nicht hier zu tun. Besonders, da unser geheimer Gang jetzt kompromittiert war, wie sie vor einigen Monaten bewiesen hatte, als die Nachricht über unsere Hochzeit die Runde gemacht hatte.

Da es dunkel war, war es schwierig, ihr Gesicht zu lesen. Doch sie schien sich normal zu verhalten, wenn auch nicht auf ihr übliche überschwängliche Art.

„Also, heute Nachmittag hat mich Jordan zu sich gerufen", fing ich an.

Sie blickte von ihrem Handy auf und drehte sich zu mir. „Ja? Hatte er Neuigkeiten?"

„Naja, als ich in sein Büro kam, brachte er mich zu Adam und –"

„Oh mein Gott! Ich wusste es. Ich wusste, dass du es schaffen würdest."

Ich blickte sie verdutzt an. „Was? Ich meine, wie –"

„Wenn du mir die Story erzählen würdest, dass du die Stelle nicht bekommen hast, hättest du dich wie der Grinch verhalten. Also, wie immer eigentlich."

Ich blies meinen Atem hinaus. „Zutreffend ... vermute ich."

„Oh, tut mir leid, habe ich dir deinen großen Moment gestohlen?"

Ich schüttelte den Kopf. „Nein, alles gut."

„Naja, du fährst gerade, also hebe ich mir die Glückwunschumarmung auf, bis wir ausgestiegen sind."

Ich lächelte. „Danke."

„Und in der Pause habe ich mich um unsere Flugtickets und ein akzeptables Hotel gekümmert, das nicht in irgendeinem heruntergekommenen Teil der Stadt liegt. Mann, wann sind die Hotelpreise in Vancouver so explodiert? Natürlich hätte ich in PoCo suchen können, aber mir war nicht danach, irgendwem, den ich kenne, in die Arme zu laufen."

„PoCo?"

„Port Coquitlam. Der Spitzname meiner Heimatstadt."

Ich nickte.

Als wir aus dem Wagen stiegen und ich Max vom Rücksitz befreit hatte, kam sie mit weit ausgebreiteten Armen ums Auto herum. „Ich freue mich sooo sehr für dich. Du hast das wirklich verdient. Bis jetzt war diese Woche gut zu uns!"

Sie legte ihre Arme um mich. Ihre Freude war so ehrlich und ansteckend und ließ mein gegenwärtiges Glück in die Höhe schießen. Ich zog sie eng an mich, schloss kurz die Augen und genoss den Geruch ihrer Haare, das Gefühl ihrer üppigen Kurven.

Etwas regte sich in mir und die Worte lagen mir auf den Lippen. Mein Ausdruck an Dankbarkeit, mein starkes Gefühl, dass wir das zusammen geschafft hatten. Das Teamwork, das ich mit ihr hatte, und mehr.

Doch das gestrige Geständnis über ihre Gefühle stand wie eine riesige Absperrung zwischen uns. In grellen Signalfarben und mit blinkenden Warnlichtern. Doch auf der anderen Seite dieser Absperrung konnte ich es immer noch sehen, uns. *Zusammen.* Glücklich. Für immer.

Ein stechender, fast körperlicher Schmerz drückte mir die Brust zusammen, wenn ich daran dachte, nach einem langen Arbeitstag wieder in dieses Haus zurückzukehren. Wenn sie nicht mehr hier wohnte. Ich würde allein in diesen vier Wänden herumgeistern müssen. Meine Kehle schnürte sich zu und ich verfluchte meine Dummheit, sie nicht auf Abstand gehalten zu haben. Meine Dummheit, mir Gefühle zu erlauben.

Denn in diesem Moment wollte ich sie bitten, es mit mir zu versuchen. Sie bitten, bei mir zu bleiben. Um herauszufinden, was wir daraus machen könnten. Es fühlte sich wie der winzige Funke am Anfang von etwas Großartigem an. Konnte das sein?

Oder sollten wir uns an Plan A halten und aufhören, solange es noch ging?

Ich folgte ihr ins Haus, während sie lauthals und ununterbrochen plapperte und jedes kleinste Detail über die Stelle – über die ich überraschend wenig wusste – hören wollte.

„Na ja, es ist noch nicht offiziell und deswegen hat Adam mich auch darum gebeten, dich zur Geheimhaltung zu verpflichten."

Sie zog ihre Finger über die Lippen, als würde sie einen Reißverschluss schließen. „Kein Sterbenswörtchen." Sie ließ sich auf die Couch fallen und fing an, Max zu kraulen, der wie üblich nach Liebe bettelte. „Wann wird es denn offiziell? Wir sollten eine Party planen."

Ich seufzte. „Na ja, ich muss Donnerstagmorgen noch eine dumme Präsentation vor dem Aufsichtsrat halten. Ich bin nicht wirklich begeistert darüber, aber –"

Ich stoppte. Ihr Gesichtsausdruck hatte sich plötzlich verdunkelt. Hatte ich etwas Falsches gesagt?

„Donnerstagmorgen wie in … nächsten Donnerstagmorgen?"

Oh Scheiße. Mir wurde flau im Magen, als mir einfiel, woran ich schon viel früher hätte denken müssen. Ich rieb mir die Stirn. „Kat, es tut mir so leid. Ich habe wirklich nicht daran gedacht."

Sie blinzelte und ihre Körpersprache sagte mir, dass sie sich sofort verschlossen hatte. Sie nahm ihre Hand von Max, der sie weiter mit der Nase anstupste.

„Max, auf deinen Platz", sagte ich energisch.

Der Hund folgte aufs Wort und warf mir auf dem Weg zu seiner Hundedecke einen Blick zu. Kat sprang von der Couch auf, folgte ihm und bog dann in die Küche ab. Als ich dort ankam, zog sie gerade eine Flasche Wasser aus dem Kühlschrank. Sie öffnete sie und trank sie bis zur Hälfte aus, während ich zusah.

„Es tut mir leid. Wir können morgen anrufen und die Anhörung verschieben –"

Sie schüttelte den Kopf. „Nein, das geht nicht. Dereks Anwälte haben bereits zugesagt und werden dort sein. Sie haben einen unabhängigen Gerichtsreporter samt Videocrew angefordert, um alles zu dokumentieren. Außerdem habe ich schon die Flugtickets und die Hotelbuchung. Kannst du Adam nicht bitten, die Aufsichtsratssitzung zu verschieben?"

Ich blinzelte. Ich konnte ihn nicht darum bitten. Und ich *würde* es auch nicht. „Diese Meetings werden Monate im Voraus geplant. Die Leute im Vorstand sind CEOs und Geschäftsführer anderer Firmen. Es würde einen schrecklichen Eindruck machen, wenn ich –"

Sie blinzelte. „Wenn du was? Das Land wegen einer dringenden Familienangelegenheit verlässt? Das würden sie nicht verstehen und dir Aufschub gewähren?"

Ich atmete erschöpft ein und fuhr mit den Fingern durch meine Haare. Scheiße. Ich hatte ihr versprochen, dass ich für sie da sein würde und jetzt … jetzt konnte ich es nicht.

„Ich weiß nicht, was ich tun soll. Es tut mir leid."

In diesem Augenblick fühlte ich mich wie ein verdammt beschissener Freund. Und wie der beschissenste Ehemann auf der ganzen Welt. Warum sollte ich diese Erfolgsbilanz also unterbrechen?

Nur ein Blick in ihr blasses Gesicht, ihre großen Augen, wie sie darüber nachdachte, dass sie das alles nun alleine machen musste, zog mir die Eingeweide zusammen.

Großartig. Das war der Grund, warum ich nie ein verheirateter Mann sein sollte. Ich ließ die Frauen in meinem Leben im Stich. Und ich hatte Kat im Stich gelassen, nachdem ich sie dazu gebracht hatte, etwas zu tun, vor dem sie so schreckliche Angst hatte, dass sie deswegen nicht in ihr Heimatland zurückkehren wollte.

Hier war ich nun und sprang ab.

Aber ich sah wirklich keinen anderen Weg, abgesehen davon, mich klonen zu lassen.

Ich schüttelte den Kopf. „Kat, es tut mir leid."

Als sie blinzelte, stiegen Tränen in ihre Augen. „Na ja, du hast mich ja gewarnt, nicht wahr? Dass du nicht gut darin bist, ein Ehemann zu sein. Zu blöd, dass du diese Gelegenheit nicht nutzt, um das zu ändern."

Ein unsichtbarer Schlag gegen meine Brust. Er nahm mir den Wind aus den Segeln. Ich war genau das, was ich mir – und ihr – immer wieder eingeredet hatte. Aber aus irgendeinem Grund durchbohrte es mich wie ein Pfeil, sie das – mit dieser zitternden, verletzten Stimme – sagen zu hören.

Wenn sie einfach zum Schlag ausgeholt und mir gleich in die Eier getreten hätte, hätte sie mich vermutlich nicht härter treffen können.

KAPITEL

VIERUNDZWANZIG

KATYA

L UCAS SAH AUS, ALS HÄTTE ICH IHM GERADE INS GESICHT
geschlagen. Zugegeben, irgendwie wollte ich das, auch
wenn ein Teil von mir mich dafür tadelte, dass ich sauer
war. Es war ein ehrlicher Fehler. Es war trotzdem scheiße, dass
er nicht mal in Betracht zog, einen Weg zu finden, wie es
funktionieren könnte.

Nicht dass mir in diesem Moment eine Lösung eingefallen
wäre, aber verdammt. Ich hielt es nicht für so unvernünftig, von
ihm zu erwarten, dass er es wenigstens versuchen würde. Aber
das wollte er offensichtlich nicht.

Und klar, vermutlich hatte es etwas damit zu tun, dass ich
ihm gestern gesagt hatte, dass ich ihn liebe. Was hatte ich mir
nur dabei gedacht, es so hinauszuposaunen? Wahrscheinlich
schrie er seit gestern innerlich und zählte die Tage, bis ich
auszog. *Scheiße.*

*Ich werde nicht weinen. Ich werde nicht weinen. Ich werde nicht
weinen.*

Lucas blinzelte und sah weg, holte tief Luft und schien dann
zu einer Art Entscheidung zu kommen. „Ich habe es dir schon

ganz am Anfang gesagt. Ich habe dich in Napa daran erinnert. Das hatte immer –"

„Ein Verfallsdatum, ja, ich weiß. Scheint so, als sei diese Ehe schlecht gealtert."

Sein Adamsapfel bewegte sich auf und ab, als er schluckte. „Wegen gestern –"

Ich schüttelte den Kopf. „Ich will nicht über gestern reden und du auch nicht. Du bist zu sehr damit beschäftigt, eine sich selbst erfüllende Prophezeiung zu leben, und damit will ich nichts zu tun haben." Da er völlig verwirrt aussah, erläuterte ich es genauer. „Tief im Inneren hast du dir eingeredet, dass du Claire ein mieser Ehemann warst und deshalb auch jeder Frau ein mieser Ehemann sein wirst. Das bedeutet, dass du es nicht einmal versuchen möchtest."

„Das werde ich nicht leugnen. Außerdem habe ich dir das auch die ganze Zeit gesagt."

Frustriert warf ich die Hände in die Luft. „Lucas! Du warst neunzehn Jahre alt – ein *Kind*. Sie erwartete, dass du dich um sie kümmerst wie um ein Kind. Du bist nicht ihr Vater und du hast es nicht verdient, dass man das von dir erwartet hatte. Du warst immer noch dabei, herauszufinden, wie man ein Erwachsener ist, dein College-Leben zu starten und all das."

Ich holte tief Luft, um mich zu sammeln. Meine Stimme wurde lauter und ich wollte das hier nicht in einen Schreikampf verwandeln. Aber *verdammt*, dieser Mann und seine Sturheit frustrierten mich. „Aber jetzt bist du ein erwachsener Mann. Ein Selfmademan, der weiß, was er will. Du hast all den Schnickschnack und die Privilegien, die du durch deine Familie und Kindheit hattest, hinter dir gelassen. Du hast dich dazu entschlossen, deinen eigenen Weg zu gehen, hast eine Karriere aufgebaut und bist erfolgreich. Du bist nicht mehr die gleiche Person, die aus deiner ersten Ehe herausging. Und *ich* bin nicht deine erste Ehefrau. Ich bin eine erwachsene Frau, die keinen Mann braucht oder will, der auf sie aufpasst. Ich passe selbst auf mich auf."

Er öffnete seinen Mund, um zu protestieren, aber ich stoppte ihn mit einer Handbewegung. Ich war noch nicht fertig.

„Du bist ein Game-Tester, du weißt, was ein Logikfehler in der Programmierung ist. Nun, menschliche Gehirne machen die auch. Und du hast irgendwo in deinem Hirn einen großen Logikfehler gemacht, als du dich von Claire hast scheiden lassen. Du hast diesen Glauben entwickelt, dass du es aufgrund dieses einen Falls mit dieser einen Frau nicht mehr tun könntest. Oder es nicht tun würdest."

Er schüttelte den Kopf. „Ich habe dir gesagt, wo mich das hingebracht hat, wie mich dieser Misserfolg, neben all den anderen Misserfolgen, runtergezogen hat. Es erforderte große Kraft, mich wieder aufzurappeln. Ich kann es einfach nicht riskieren, das noch einmal schaffen zu müssen."

Ich schüttelte traurig den Kopf. „Im Leben gibt es nie Garantien. Kennst du das alte Sprichwort, der einzig sichere Weg, nie ein Spiel zu gewinnen, ist, nie zu spielen? Das ist, als ob du aus Angst vor dem Spiel deinen Ball nimmst und nach Hause gehst."

Er biss die Zähne zusammen und presste heraus: „Es ist nichts falsch daran, Angst zu haben. Es ist nichts falsch daran, die Menschen, die einem wichtig sind, nicht enttäuschen zu wollen. Ich will dich nicht enttäuschen, und doch ist es unvermeidlich. In dieser ganzen Situation hier geht es darum, dass ich dich enttäusche. Siehst du? Die Prophezeiung hat sich erfüllt."

„Nun, ich habe Angst davor, nach Kanada zu reisen und meiner Familie entgegenzutreten. Aber weißt du was? Ich werde es tun. Und jetzt sieht es so aus, als müsste ich das alleine tun. Scheiß drauf. Ich werde es tun. Ich habe furchtbare Angst, aber ich werde es tun."

Er schüttelte den Kopf und sah mich an, wobei zum ersten Mal echte Emotionen seine Züge durchkreuzten. Ich glaubte sogar, etwas in seinen Augen zu sehen, aber wahrscheinlich bildete ich es mir nur ein. Oder vielleicht wünschte ich mir auch nur, sie wirklich zu sehen – ungeweinte Tränen.

Seine Hand ballte sich zu einer Faust und landete auf dem Tresen neben ihm. „Ich kann nicht für das Glück eines anderen Menschen verantwortlich sein, Kat. Das war es, was mich beim ersten Mal untergehen ließ. All diese Menschen im Stich zu lassen. Ich kann und will nicht für dein Glück verantwortlich sein."

Ich blinzelte meine eigenen Tränen weg, aber sie flossen trotzdem über meine Wangen. Ich weigerte mich, sie wegzuwischen. „Natürlich bist du nicht für mein Glück verantwortlich. Aber du bist absolut für *dein* Glück verantwortlich. Und in deinem Herzen weißt nur du, wie du es herbeiführen kannst."

Ich holte tief Luft und zu meinem Entsetzen klang es wie ein Schluchzen. Ich presste meinen Handrücken auf meinen Mund, drehte mich um und verließ die Küche. Er hielt mich nicht auf.

In dem Moment, als ich in meinem Zimmer ankam, wusste ich, dass ich auf keinen Fall noch eine Nacht in diesem Haus verbringen konnte. Ich konnte es einfach nicht. Es würde viel zu sehr wehtun. Schlimm genug, dass wir uns jeden Tag bei der Arbeit über den Weg laufen mussten. Vielleicht würde er, sobald er sich in der neuen Abteilung eingearbeitet hatte, nicht mehr so oft da sein. Aber bis dahin ...

Nein, ich musste hier raus. Ich zückte mein Handy und schrieb Heath eine SMS, und ohne auf eine Antwort zu warten, holte ich meinen großen, ramponierten Seesack hervor und begann, das Nötigste hineinzustopfen. Meine Kleidung für die nächsten Tage, Alltagsgegenstände, die ich brauchen würde. Wenn Heath mich nicht aufnehmen konnte, würde ich mich an einen meiner anderen Freunde wenden. Oder, verdammt, ich würde meine Ersparnisse aufbrauchen und mir ein Hotel für die nächste Woche besorgen, bis ich nach Kanada abreiste.

Ich ging in den Waschraum und sammelte auch dort Sachen ein. Vieles war noch von der Reise nach Napa eingepackt, das machte es ein bisschen einfacher. Ich würde versuchen, vor meiner Reise noch einmal zurückzukommen, um noch ein paar Sachen zu holen. Ich würde auf jeden Fall meinen wärmeren Mantel brauchen, da der Herbst den Nordwesten zweifellos erreicht hatte, während es hier noch sehr warm war.

Ich war fast fertig, als ein Schatten über mein peripheres Sichtfeld wanderte. Ich drehte mich um. Lucas stand in der Türöffnung, die Hände auf den Türpfosten gestützt.

Ich schloss den Reißverschluss meines Seesacks und richtete mich auf, wobei ich eine Haarsträhne aus meinem Gesicht strich.

Sein Blick fiel auf meine Tasche und seine Augen verengten sich. „Du gehst?"

„Ich dachte, es wäre das Beste", sagte ich ruhig. „Du weißt schon, da wir sowieso bald nicht mehr verheiratet sind."

Er blinzelte, sein Mund war verschlossen. Er sah aus, als wollte er protestieren. „Du musst nicht gehen."

„Doch, muss ich. Wir müssen nicht mehr länger so tun als ob. Das Gute ist doch, dass wir beide bekommen haben, was wir wollten, oder? Ich habe meine Green Card. Du hast den Job. Wir sollten jetzt einfach wieder zu unserem richtigen Leben zurückkehren."

Er legte die Stirn in Falten. „Richtiges Leben?"

„Unser vorheriges Leben, ja."

Mein Handy ertönte und ich sah nach. Heaths Antwort drückte eine gewisse Verwirrung darüber aus, dass ich gefragt hatte, ob ich ein paar Tage bei ihm pennen könnte, aber er freute sich sehr, mich bei sich aufzunehmen. Das war alles, was ich brauchte. Ich tippte eine Antwort und drückte auf *Senden.*

Lucas hatte sich nicht bewegt.

„Wo gehst du hin?"

„Wieder zurück zu Heath, bis ich nach Kanada muss. Und danach …" Ich zuckte die Schultern. Ich wartete und er hatte sich noch immer nicht bewegt, schaute mich nur mit seinen intensiven dunklen Augen an. Ich sah nach unten, um zu prüfen, ob ich alles dabei hatte und erblickte den funkelnden Diamanten an meiner linken Hand.

Ach, ja. Verdammt. Den musste ich jetzt zurückgeben, nicht wahr? Scheiße.

Ich zog ihn von meinem Ringfinger, dann hielt ich ihn hoch, damit er sehen konnte, dass ich ihn vorsichtig auf den leeren Nachttisch legte. „Denk dran, den wegzuräumen, damit du ihn nicht verlierst."

Keine Antwort. Er stand da wie eine Statue. Es war ein unangenehmer und belastender Moment. Ich schlang mir die Griffe meines Seesacks über die Schulter, schnappte mir meine Handtasche und meinen Rucksack und ging auf die Tür zu.

Und auf ihn.

Und er bewegte sich nicht. Ich blieb kurz stehen, sah zu ihm auf. „Kannst du zur Seite gehen, bitte?"

Seine Augen waren voller Emotionen und unausgesprochener Worte. Sie kochten in ihm wie in einem Schnellkochtopf ohne Ventil.

„Bleib", sagte er leise.

Ich runzelte die Stirn. „Aber warum?"

„Weil ich nicht der Kerl sein will, der seine Frau auf die Straße geworfen hat. Du kannst hierbleiben, bis die Scheidung rechtskräftig ist."

Falsche Antwort, Kumpel. „Es gibt für mich keinen Grund zu bleiben. Ich will gehen. Und du wirfst mich nicht raus. Und ich werde nicht auf der Straße stehen." Ich zögerte, dann schluckte ich. Er hatte sich noch immer nicht bewegt.

„Lass mich gehen, Lucas", sagte ich endlich.

Sein Kiefer spannte sich an, dann trat er zur Seite und sah mir zu, wie ich vorbeiging. Ich hievte die sperrige Ladung hoch und stellte sie vor der Haustür ab, während ich meine Schlüssel herausfischte.

Ich drehte mich wieder zu ihm um. „Ich werde, äh … Ist es okay, wenn ich mein restliches Zeug eine Weile hierlasse? Bis ich herausgefunden habe, wohin es geht?"

Sein Gesicht war ausdruckslos, die Augen brannten immer noch, seine Körpersprache war steif, abweisend, mit angespannten Schultern und steifen Armen und geballten Fäusten. „Ist in Ordnung."

„So ist es am besten. Und jetzt kannst du so schnell, wie du möchtest, wieder zu deinem Singleleben zurückkehren."

Er blinzelte. „Ich werde die Scheidungspapiere aufsetzen und unterschriftsfertig machen lassen, bis du aus Kanada zurück bist.“

Ich sollte ihm vermutlich dafür danken. Schließlich dürfte es wahrscheinlich ein ziemlicher Aufwand sein, sich durch den juristischen Papierkram zu wühlen. Ich hätte mich bei ihm bedanken sollen, ja. Aber ich konnte nicht.

„Auf Wiedersehen.“ Und ich ging.

Eine halbe Stunde später stieg ich auf dem Parkplatz vor Heaths Wohnung aus dem Auto.

Ich stieß einen Seufzer aus und zog dann die Taschen aus meinem Kofferraum. So war es am besten, wie ich Lukas schon gesagt hatte. Der saubere Schnitt würde mir Zeit verschaffen. Wofür, wusste ich auch nicht ... Zeit heilte doch die Wunden, oder nicht?

Heath begrüßte mich, indem er mich ungestüm umarmte und mir meinen Lieblingstee kochte. Wir brachten einander auf den neuesten Stand der Geschehnisse und ich erklärte ihm, wieso ich hier war.

„Und was hat das nun alles zu bedeuten?“, fragte Heath. „Ich meine ... Du hast die Green Card, er den Job. Es ist alles so gelaufen, wie du wolltest, oder? Wieso siehst du dann so verdammt traurig aus?“

Ich musterte ihn über den Rand meiner Tasse hinweg, während ich einen langen Schluck der duftenden heißen Flüssigkeit nahm. Verdammt, ich vermisste Tee. *Echten* Tee, nicht den typischen amerikanischen Abklatsch.

„Wow, der ist importiert, nicht wahr? Er ist so gut.“ So gut wie jedes andere Ausweichmanöver, um der Frage zu entgehen.

Er runzelte die Stirn. „Du hast dich komplett in ihn verknallt, nicht wahr?"

Ich blinzelte. Wow, es gab keine Einleitung, keine Vorwarnung. Diese Anschuldigung wurde einfach so in den Raum geworfen und hallte von den Wänden und flachen Oberflächen seiner Wohnung wider.

Ich schüttelte meinen Kopf. „Nein, ich –"

Er grinste. „Doch, hast du. Was ist passiert, als du es ihm erzählt hast?"

Ich holte tief Luft und atmete wieder aus. „Er ist mit dem Hund Gassi gegangen und war eine Stunde lang weg. Dann haben wir einfach nicht mehr darüber gesprochen."

„Hmm." Heath kraulte seinen Ziegenbart. „Klassischer Fall von Verleugnung."

„Verleugnung von was? Er hat nichts zu leugnen."

Er sah mich an, als wäre ich eine Idiotin. „Ach nein? Mädchen, jedes Mal, wenn wir uns alle getroffen haben, habe ich ihn beobachtet. Der Kerl ist ganz verrückt nach dir. Das war er schon lange vor dieser ganzen Heiratssache. Wieso hätte er sich sonst darauf einlassen sollen?"

Ich schüttelte den Kopf. „Ich musste im Land sein, damit ich ihm helfen konnte, seinen Job zu bekommen. Ich meine, es ist wirklich nett von dir, das zu sagen, Heath. Aber jetzt gerade kann ich nicht wie eine liebeskranke Studentin in einer Schwesternschaft mit Gänseblümchen in der Hand herumrennen und *Er liebt mich, er liebt mich nicht* spielen. Ich kann dieses Spiel nicht spielen. Nicht bei all dem, was bei mir gerade los ist."

Heath sah mich an, völlig verloren. „Ich glaube, du musst mich aufklären."

Also nahm ich mir eine Stunde – und eine weitere Tasse Tee –, um ihn in allen Belangen auf den neuesten Stand zu bringen. Der Besuch meines Bruders. Der Grund, weshalb ich nach Kanada musste. Alles.

„Heilige Scheiße", murmelte er, als ich fertig war. „Das ist …" Er schüttelte den Kopf. „Mädchen, wenn es nicht so kurzfristig wäre, würde ich mir frei nehmen und mit dir kommen. Du könntest mir alles zeigen. Ich war noch nie dort."

Ich lehnte mich vor, um ihn zu umarmen. „Das würde mir gut gefallen. Aber weißt du was? Ich glaube, ich gewöhne mich langsam an den Gedanken. Ich bin zwar nicht begeistert, aber ich werde einfach hinauffliegen und es erledigen und aufhören, Angst zu haben. Und aufhören, weglaufen zu müssen. Wie eine knallharte Frau."

Er umarmte mich. „Tut mir leid wegen der ungewollten Liebestipps. Ich weiß nicht, wieso ich in letzter Zeit immer in der Position des Beziehungsratgebers lande, aber so ist es eben. Schieb's auf Mia."

Ich lachte. „Arme Mia."

Er zog eine Grimasse. „Nein, *ich* bin hier der Arme. Mia geht es gut. Aber ernsthaft, eines Tages muss eine von euch Mädels *mein* Beziehungsratgeber werden, wenn ich den heißen, kräftigen Mann meiner Träume kennenlerne."

„Du willst mich nicht als Ratgeber, das kann ich dir versichern!"

Kurz darauf schlief ich auf einer Luftmatratze in meinem alten Zimmer in Heaths Haus.

In der Arbeit hielt ich mich bedeckt. Wir konnten uns nicht gerade aus dem Weg gehen, aber wir gaben uns auch keinerlei Mühe, miteinander zu reden. Zwei Tage, nachdem ich gegangen war, überreichte er mir einen Briefumschlag und sagte mir, dass er für meine Green Card unterschrieben hatte, als sie kam.

Hier war sie also, mein Weg zurück ins Land, nachdem ich es verlassen hatte. Das war eine Last, die von mir genommen wurde und ich fühlte mich ein wenig berauscht von der Erleichterung darüber. Das war eine Sorge weniger, mit der ich mich in Bezug auf meine Kanadareise beschäftigen musste.

Als das Wochenende kam, beschloss ich, ein paar zusätzliche Krankheitstage zu nehmen und nicht mehr in die Arbeit zu gehen, bevor ich aufbrach. Es wurde einfach zu hart, ihn dort zu sehen und zu wissen, dass er dabei war, wieder zu dem Leben zurückzukehren, wie es vorher war. Dass er Scheidungspapiere aufsetzen ließ. Dass er mit seinem Leben weitermachte.

Wenn ich zurückkam, arbeitete er hoffentlich schon in seinem neuen Job im anderen Gebäude und diese zufälligen Begegnungen würden seltener werden.

Ich nutzte die Zeit, um eine Selbsthilfegruppe für Angehörige von Alkoholikern in der Gegend zu finden und daran teilzunehmen und erzählte dort eine verkürzte Version meiner Geschichte. Sie unterstützten mich und ich fand eine gewisse Stärke darin. Ich tat das Richtige.

Die Tage verstrichen, und mit jedem Tag, der verging, wurde ich ängstlicher, mich auf den Weg zu machen und die Sache zu erledigen und abzuschließen.

Und hinter mich zu bringen. Hoffentlich folgten bald andere Dinge und wurden Teil meiner fernen – aber sicheren – Vergangenheit.

KAPITEL

FÜNFUNDZWANZIG

LUCAS

KAT KAM NICHT IN DIE ARBEIT. ALS ICH DISKRET BEI DER Personalabteilung nachfragte, wurde mir mitgeteilt, dass sie krankgeschrieben war. Da es der Montag vor ihrer Abreise nach Kanada war, nahm ich an, dass sie sich die Woche frei genommen hatte.

Aber trotzdem … Nicht zu wissen, wo sie sich befand, trieb mich langsam in den Wahnsinn. Kat hatte privat keine Social-Media-Accounts, das gehörte zu ihrer Paranoia und ihrem Versteckspiel. Nachdem ihre ganzes Equipment bei mir zuhause war, blieben ihre Gamer-Persönlichkeit und ihr Twitch-Kanal finster.

Genau so ging es mir … Ich war komplett im Dunklen und verlor meinen Verstand.

Ich arbeitete an meiner Präsentation für den Vorstand, juhu. Aber ich schlief nicht und aß definitiv nicht so, wie ich es hätte tun sollen.

Und dieses, abgesehen vom Klackern der Hundekrallen auf dem Parkettboden und anderen üblichen Geräuschen, leere Haus, machte mich wahnsinnig. Alles war öde, grau und leer.

Und sie war weg. Sie hatte in fast jedem Bereich meines Lebens ein Katya-großes Loch hinterlassen.

Aber das wollte ich doch, oder nicht?

Weil ich ein Vollidiot war. Weil ich sogar jetzt, nach all der Zeit keine Antwort auf ihr offenes, argloses Geständnis hatte. *Ich bin verliebt in dich.*

Zum tausendsten Mal hallten diese Worte in ihrer klaren, tapferen Stimme in meinem Kopf. Unauslöschlich wie die Gefühle, die sie hervorriefen. Angst, Panik, ein Anflug von ... Erleichterung? Genugtuung? Verleugnung.

Es war der Abend vor dem wichtigen Meeting. Ich lag auf der Couch und blätterte erneut durch meine Folien. Ich hatte mir Fastfood mit nach Hause genommen und ging dann mit dem Hund spazieren. Jetzt war ich lustlos und erschöpft und platt. Ich scrollte gedankenverloren auf dem Tablet herum und musste mich zwingen, mich zu konzentrieren, als jemand an der Tür klopfte.

Für den Bruchteil einer Sekunde voll unangebrachtem Adrenalin gespickt mit Hoffnung dachte ich, es könnte Kat sein. Ich wusste, dass sie am frühen Morgen ihren Flug nehmen würde, aber vielleicht kam sie vorbei, um ein paar ihrer Sachen abzuholen?

Als ich jedoch durch den Spion guckte, war es nicht sie. Es war Julia. Ich nahm mir einen Moment, um die tiefe Enttäuschung zu unterdrücken, und öffnete die Tür.

Meine Schwester betrat das Haus zum ersten Mal seit Monaten – zumindest zum ersten Mal, seit Kat eingezogen war. War das wirklich erst zwei Monate her? Es hatte sich seitdem so viel verändert.

Ich teilte mein Leben jetzt also in die Zeit vor Kat und die Zeit nach Kat ein. Was hatte das zu bedeuten?

Julias Blick schweifte nervös umher, bevor ich ihr anbot, sich zu setzen. Sie wischte sich ihre Hände an ihrer Hose ab, als wollte sie sie abtrocknen, und ließ sich auf den Rand des Sofas sinken. „Na du, wie geht's dir denn?", fragte sie endlich, als ich mich auf den gegenüberliegenden Stuhl setzte. „Tut mir leid, dass ich einfach so hier aufkreuze. Es ist so ... Ich habe versucht, den Mut dafür aufzubringen, und dachte, dass es wohl am einfachsten wäre, einfach ins Auto zu steigen und hierher zu fahren. Also, es tut mir leid, dass ich ohne Vorwarnung hier auftauche. Ist es ... ist es gerade schlecht?"

Ich zuckte mit den Schultern. Julia hier zu haben könnte mir vielleicht dabei helfen, aus meiner finsteren Stimmung herauszukommen und das Gefühl von Leere im Haus loszuwerden. „Nein, passt schon. Wie kann ich dir helfen?"

Julias Blick flog in Richtung Küche und dann wieder zu mir. „Ist Katya zuhause? Ich würde eigentlich gerne mit euch beiden sprechen. Sie ist sogar ein wichtiger Grund, weshalb ich hier bin."

Ich runzelte die Stirn, aber die Lüge kam mir schnell über die Lippen: „Nein, sie ist nicht hier. Sie bereitet sich darauf vor, morgen ihre Familie in Vancouver zu besuchen."

Ihre Augenbrauen zogen sich zusammen. „Und du begleitest sie nicht? Du hast doch noch nicht mal deine Schwiegereltern kennengelernt, oder?"

Ich winkte ab. „Ich habe morgen eine wichtige Präsentation. Ein großes Meeting, das ich nicht verpassen darf. Der neue Job, den ich so dringend will, hängt davon ab. Sie versteht das." Und obwohl ich ein absolut mieser Lügner war, kaufte Julia es mir ab.

Normalerweise durchschaute sie meinen Mist, aber heute Abend schien sie geistesabwesend zu sein. Und nervöser, als ich sie je zuvor gesehen hatte.

Ich würde ihr ja ein Glas Wein anbieten, aber dank Kat wusste ich es nun besser.

„Naja, ich kann auch nur mit dir alleine sprechen. Ich wollte … etwas wiedergutmachen."

Ich hob eine Augenbraue. „Was denn? Ich dachte, das hätten wir bei unserem Gespräch in der Gästevilla auf dem Weingut besprochen. Wir sind quitt. Du musst mich nicht um Verzeihung wegen deines Alkoholproblems bitten."

Sie schüttelte vehement den Kopf und ihr dunkles Haar klatschte an ihre Schultern. „Nein, das ist schon etwas spezieller. Ich wollte mich für Claire entschuldigen."

Ich lehnte mich zurück und hob eine Augenbraue. „Was hat sie jetzt wieder angestellt?"

Julia lachte beinahe. „Nichts. Ich meine … ich fühle mich einfach schlecht. All die Jahre war sie in meinem engen Freundeskreis. Mutter und Vater haben das anfangs vorangetrieben, aber dann wurde sie zu einer Person, mit der man Spaß haben konnte. Mit der ich Party machen konnte."

Ich zuckte mit den Schultern. „Eine Mitreißerin?"

Sie nickte. „Ja. Und all das, obwohl ich wusste, wie sehr es dich verletzte, dass deine Ehe in die Brüche und mit deiner Depression einherging. Ich war egoistisch und behielt sie aus selbstsüchtigen Gründen in meiner Nähe. Ich habe natürlich der Familie geholfen, das Gesicht zu wahren, indem ich eure Trennung als einvernehmlich dargestellt habe, auch wenn sie das nicht war. Ich bin mir sicher, dass unsere Eltern gehofft haben, dass ihr euch irgendwann wieder versöhnt. Sie haben dich für alles verantwortlich gemacht. Doch ich habe Claire über die Jahre genug kennengelernt, um zu wissen, dass das nicht der Fall war. Aber unsere Eltern machen sich nur darüber Gedanken, wie es nach außen hin aussieht. Und dass ihr euch fünf Monate nach einer zwölf Millionen Dollar teuren, öffentlichkeitswirksamen Hochzeit getrennt habt, ließ sie absolut dumm dastehen."

Ich verdrehte die Augen. „Sag mir etwas, das ich noch nicht weiß."

Sie biss sich auf die Lippe und sah mich mit großen Augen an. „Ich bin größtenteils für dein Leid mitverantwortlich. Es tut mir leid."

Ich atmete einmal tief ein und aus, unwillig, den Gefühlseintopf, der in mir brodelte, zu sortieren. „Entschuldigung angenommen."

Sie rieb ihre Hände über ihre Knie. „Du lässt mich zu leicht vom Haken."

„Du bist meine Schwester. Ich liebe dich. Und ich will, dass es dir besser geht."

Plötzlich trübte sich ihr Gesicht. „Danke, aber … es ist schwer, sich nicht schuldig dafür zu fühlen, dass ich dich nicht unterstützt habe, als du es gebraucht hättest."

Ich biss die Zähne aufeinander. „Ich hatte nie ein Problem mit dir oder deiner Art, mit Dingen umzugehen. Wir haben die Dinge so gut wie möglich geregelt. Wir waren zu beschäftigt damit, ihren Vorstellungen davon, wie wir sein sollten, gerecht zu werden, um herauszufinden, was wir eigentlich für uns selbst wollten."

Ein zaghaftes Lächeln machte sich auf ihren Lippen breit. „Aber du hast das schon lange herausgefunden. Dir geht es so viel besser und dafür bin ich stolz auf dich. Und ich kann dir gar nicht sagen, wie sehr ich mich freue, dass du jemanden gefunden hast, der dich so glücklich macht, wie Katya es tut. Auch wenn ich sie wirklich gern habe, bin ich ein wenig neidisch auf das, was ihr beide habt."

Da war er. *Der Schlag ins Gesicht. Ihr* Name. *Ihr* Wesen. Sogar diese Unterhaltung mit meiner Schwester wurde durch Katyas Anwesenheit in meinem Leben ermöglicht. In den wenigen Monaten, die wir als Paar zusammen gewohnt hatten, hatte sie ihre unauslöschliche Spur hinterlassen.

Anscheinend hatte ich meine Gedanken nicht so gut verbergen können, wie ich gedacht hatte, denn Julia schaute mich mit geneigtem Kopf an und runzelte die Stirn. „Ist alles in Ordnung? Mit ihr?"

Mein Blick schweifte zu Julia und … ich überlegte, die Lüge aufrechtzuerhalten. Ich wollte sie aufrechterhalten. Aber angesichts ihrer absoluten Ehrlichkeit mir gegenüber konnte ich das einfach nicht tun und mich gleichzeitig wie ein würdiger Mensch fühlen.

Ich zögerte, biss mir auf die Lippe und Julia streckte mir ihre Hand entgegen. „Du musst mir deine privaten Angelegenheiten nicht offenlegen, ich meine nur … Was auch immer es ist, ich hoffe, ihr kriegt es auf die Reihe, weil ihr so gut zusammenpasst und –"

„Es war nicht echt", sagte ich monoton.

Ihr Mund öffnete und schloss sich wieder, dann runzelte sie die Stirn. „Bitte, was?"

Ich atmete tief ein, um meine Kräfte zu sammeln, dann ließ ich alles raus. Nachdem der Damm erst einmal gebrochen war, strömte alles in einem Schwall heraus.

„Wir heirateten aus ... Bequemlichkeit. Es half uns beiden in unseren Jobs". Die Details mussten sie nicht interessieren. „Es war nur zum Schein."

Sie blinzelte, also plapperte ich weiter.

„Es war ursprünglich ihre Idee. Ich habe gerne mitgemacht, weil wir beide davon profitiert haben. Es sollte ein Geheimnis bleiben, aber – na ja, du musst nicht alles wissen. Und das sollte bitte unter uns bleiben –"

Julias Gesicht hatte sich während meines Monologs verfinstert, doch plötzlich platzte sie heraus: „Blödsinn."

Ich runzelte die Stirn. „Entschuldigung?"

„Nein, sicher nicht. Das kann keinesfalls gespielt gewesen sein."

Ich rieb mir mit der Handfläche über die Stirn und fuhr mir frustriert mit den Fingern durch die Haare, sagte aber nichts. Das Letzte, was ich jetzt noch brauchte, war ein Streit mit meiner Schwester. Vor allem, wenn ein Teil von mir – ein sehr widerwilliger Teil – ihrer Meinung war.

„Hör zu, ich werde nicht in deinem Privatleben herumwühlen. Es geht mich nichts an, weshalb ihr geheiratet habt. Aber wenn ihr euch jetzt in dem Glauben trennt, dass alles nur fake ist, ist das einfach nur dumm."

„Ach, danke", schnaubte ich.

Sie machte eine schneidende Handbewegung. „Ich will nicht gemein sein, Lukas. Ich sage nur, dass du etwas Gutes wegwirfst, wenn du sie gehen lässt. Es war furchtbar mit Claire und noch schlimmer, als alle versucht haben, dich dazu zu drängen, mit ihr zusammen zu bleiben. Von daher will ich jetzt wirklich nicht meine Grenzen überschreiten. Aber ... Du liebst sie. Und sie liebt dich ganz offensichtlich auch."

Ich schaute weg, unfähig, die Enge in meiner Brust zu leugnen. Und das Zwicken, das ich gespürt hatte, als Kat mir genau diese Gefühle gestanden hatte. Ich fuhr mir mit der Hand über das Gesicht, um mir etwas Zeit zu verschaffen.

Ich wünschte, ich könnte Julia einfach rauswerfen. Oder ihr starke Hinweise geben, selbst zu gehen.

Als könnte sie meine Gedanken lesen, stand sie auf. „Ich kann und sollte dir nicht vorschreiben, wie du dein Leben führen sollst. Es tut mir leid. In der Hinsicht warst du immer nett zu mir."

Ich stand auf, um ihr den Weg zur Tür zu zeigen, doch plötzlich fand ich mich in den Armen meiner Schwester wieder. „Du warst mir immer ein guter Bruder", murmelte sie in meine Schulter.

„Ich war bestenfalls durchschnittlich", antwortete ich.

Sie machte einen Schritt zurück und sah mich an. „Verkauf dich nicht unter deinem Wert, Lukas. Du hast es verdient, glücklich zu sein. Du hast es verdient, dein Leben weiter zu leben und den Mist zu ignorieren, den uns unsere Eltern angetan haben. Du hast Kat verdient. Sie ist das Beste, was dir je passiert ist."

Ich schluckte wortlos und sie wandte ihren Blick ab und strich sich ihre dunklen Haare von der Schulter.

Nach einer peinlichen Pause seufzte ich tief. „Zieh aus, Julia. Verschwinde von ihnen und suche dir einen unterstützenden Freundeskreis. Tu, was dich glücklich macht, nicht sie."

Sie lächelte. „Ich bin schon dabei, großer Bruder. Die Pläne sind in Arbeit."

Ich grinste und tippte ihr auf die Schulter. „Dann mach dir keine Sorgen um mich, Schwesterchen. Ich komme schon klar. Konzentrier dich einfach darauf, dass es dir besser geht."

Sie starrte mich noch etwas länger an und ich wusste, dass sie noch viel mehr sagen wollte. Gnädigerweise hielt sie den Mund und wir umarmten uns zum Abschied, während wir uns für nächste Woche zum Mittagessen verabredeten.

Hoffentlich hatte sie bis dahin die Idee aufgegeben, dass ich Kat hinterherjagen sollte, um eine Scheinehe zu retten, von der sie von Anfang an nichts hätte wissen sollen.

Dieses schmerzende Gefühl, dass ich Kat vermisste, war nur Freundschaft. Nichts anderes. Definitiv nicht dieses sagenumwobene Einhorn namens *Liebe*.

Ich war nicht bereit, das näher zu analysieren. Nicht mal jetzt. Die Schmerzen der Vergangenheit und die Möglichkeit, erneut in eine tiefe Depression zu rutschen, waren zu real. Ich konnte mich nicht darauf einlassen. Ich konnte diese Gefühle nicht zulassen. Nicht jetzt. Und auch sonst nie mehr.

Ich widerstand dem Drang, Kat vor ihrem Flug am frühen Donnerstagmorgen zu schreiben. Stattdessen machte ich mich fertig, zog meinen besten Anzug an und ging in Gedanken immer wieder die Stichpunkte durch, die ich bei der Vorstandssitzung hervorheben wollte.

Jedes Mal, als ich dachte, dass ich voll im Thema war, erinnerte mich irgendetwas an sie. Irgendetwas, das sie herumliegen lassen hatte, wie zum Beispiel die *Herr der Ringe*-Tasse, aus der sie gerne ihren Tee trank, die neben der Spüle stand. Oder lange rote Haarsträhnen auf einem Kissen.

Ich zwang mich, nicht länger an sie zu denken oder mich zu fragen, wo sie war oder was sie tat. Es fiel mir verdammt schwer, mich zu konzentrieren.

Und der Schlaf war auch nicht viel besser.

Alles war beschissen ohne sie, aber ich verweigerte mich dieser Wahrheit und bestand darauf, dass dieses Gefühl nur vorübergehend war. Sie würde schon bald zurückkommen, und wir würden eine andere Art von Beziehung aufbauen – eine bewusst ungebundene, um es umgangssprachlich zu sagen. Ja, *bewusst*. Ja, *ungebunden*.

Ach, dieser Gedanke tröstete mich überhaupt nicht.

Ich war schon sehr früh bei der Arbeit und wartete darauf, dass der Vorstand zusammenkam. Ich blätterte gerade an meinem Schreibtisch durch die Folien, als sich Warren näherte. Verdammt, ich war gerade nicht in der Stimmung für noch mehr seiner Witze über kanadische Sexstellungen.

Ohne ihn anzusehen, hielt ich eine Hand hoch. „Ich hoffe, es ist wichtig, sonst verdopple ich dein Arbeitspensum in fünf Minuten."

Er blieb mit seinem Handy in der Hand stehen. „Naja, ähm, es ist merkwürdig. Ich habe eine Nachricht von deiner Frau bekommen, aber ich habe keine Ahnung, warum sie sie an mich geschickt hat. Und ich habe keine Ahnung, was die Nachricht überhaupt bedeuten soll."

Ohne ein weiteres Wort riss ich ihm das Handy aus der Hand. Gesperrte. Um es zu entsperren hielt ich ihm den Bildschirm vor sein Gesicht und die Nachricht erschien sofort.

Kat: Hey Warren, kannst du bitte demjenigen, der jetzt für die Qualitätssicherung zuständig ist, informieren, dass ich eine zusätzliche Woche Urlaub brauche? Ich habe die Personalabteilung bereits benachrichtigt, aber ich muss ein paar Projekte abgeben oder sie verschieben.

„Was meint sie mit *demjenigen, der jetzt für die Qualitätssicherung zuständig ist* – das bist doch du, oder nicht? Hast du deinen Job verloren?"

Ich prüfte, wann sie die Nachricht geschrieben hatte – vor etwas mehr als einer halben Stunde. Dann gab ich ihm sein Smartphone zurück und murmelte ihm zu, dass er gehen solle. Mein Magen drehte sich um und ich konnte spüren, wie mir die Farbe aus dem Gesicht wich.

Was sollte das? Und wieso schrieb sie Warren und nicht mir? Okay, das war eine dumme Frage, offensichtlich wollte sie nicht mit mir kommunizieren. Oder sie dachte, ich wäre schon in dem wichtigen Meeting oder …

Wenn ich mich recht erinnerte, war sie gerade schon in der Luft oder es wäre gleich so weit. Ich holte mein Handy heraus und tippte ihre Kontaktdaten ein, um sie anzurufen.

Es ging sofort die Mailbox ran. Ich holte tief Luft und bat sie so ruhig wie nur möglich, mich so bald wie möglich zurückzurufen. Auf den Anruf würde ich wohl eine Zeitlang warten müssen. Heute hatte sie vermutlich andere Dinge im Kopf.

Plötzlich hatte ich das Bild vor Augen, wie sie allein in diesem Flugzeug saß, wahrscheinlich eingeklemmt zwischen mürrischen Geschäftsleuten oder einer lautstarken Familie, während ihre Nerven an ihr nagten. Ich erinnerte mich daran, wie sie gezittert hatte, als sie mir die ganze Geschichte von Dereks ständigen Fehlentscheidungen erzählt hatte. Und wie ihre gesamte Familie – die Menschen, denen sie vermutlich am meisten vertraut hatte – ihm beigestanden und erwartet hatte, dass sie ein Verbrechen beging, um ihn zu decken.

Keiner ihrer Freunde hier in Kalifornien hatte eine Ahnung davon, was ihr bevorstand. Nur ich. Und ich hatte geschworen, an ihrer Seite zu sein. Ich hatte sie überhaupt erst dazu angestiftet.

Was zum Teufel machst du hier, während sie gerade im Flieger sitzt, Lucas?

Und wieso brauchte sie noch eine zusätzliche Woche Urlaub? Was hatte sie vor? Dachte sie darüber nach, in Kanada zu bleiben, jetzt, da sie ein bisschen Geld gespart hatte und sich eine eigene Wohnung leisten konnte?

Vielleicht suchte sie sich einen aufregenden neuen Job als Programmiererin oder … Meine Gedanken rasten, die Folien waren vergessen. Sie würde *nicht* dort bleiben. Ich würde hinfliegen, sie wieder hierher holen und sie zurückerobern.

Bevor ich überhaupt realisierte, was ich tat, hatte ich meine Sachen zusammengepackt und ging geradewegs zu Jordans Büro. Er war sowieso meistens früh da, und obwohl das Meeting erst in einer Stunde anfangen würde, musste ich mit ihm sprechen.

Seine Assistentin war jedoch noch nicht da, also klopfte ich schon wieder an seiner Tür. Er rief mich hinein. Er stand in der Tür zu seinem Badezimmer und band sich die Krawatte vorm Spiegel.

„Padawan! Schön, dass du dich für deinen großen Tag so herausgeputzt hast." Er widmete sich wieder seiner Krawatte. „Ich hatte keine Lust, das ganze Zeug schon auf dem Weg ins Büro zu tragen, also habe ich mich leger gekleidet." Er zog die letzte Schleife um seine petrolfarbene Krawatte. Dann betrachtete er sie im Spiegel, zog sie gerade und richtete seinen Kragen.

Ich schluckte. „Ich muss ...", krächzte ich.

Er runzelte die Stirn, trat vom Spiegel weg und wies auf das Badezimmer. „Ich habe keine Ahnung, wieso du den ganzen Weg hierher gegangen bist, um die Toilette zu benutzen, aber okay, hier ist sie. Bald wirst du wissen, wie es ist, ein eigenes Bad zu haben."

Ich blinzelte und stellte meine Aussage richtig. „Nein, ich meine, ich muss weg. Ich muss zum Flughafen. Kannst du bitte ... kannst du Adam einfach ausrichten, dass es mir leidtut? Und ... ich gehen musste."

Jordan starrte mich nun an, als wäre ich plötzlich in Flammen aufgegangen.

„Ich habe keine Ahnung, was da gerade aus deinem Mund gekommen ist, aber du gehst jetzt nirgendwo hin."

Ich holte tief Luft und versuchte herauszufinden, wie ich ihm die Sache erklären konnte, ohne Kats Vertrauen zu verletzten. „Doch, ich gehe. Und zwar jetzt. Kat musste heute Morgen aufgrund einer dringenden Familienangelegenheit das Land verlassen. Ich muss für sie da sein. Ich gehe jetzt. Tu, was du tun musst." Also drehte ich mich um und ging.

Jordan setzte sich sofort in Bewegung und griff in seine Schreibtischschublade. Er schnappte sich seine Schlüssel und sein Handy und folgte mir. „Erzähl es mir auf dem Weg zum

Flughafen. Und du wirst mir dabei helfen herauszufinden, wie ich Adam davon abhalten kann, durchzudrehen und Jeremy den Job zu geben."

Als wir hinausgingen, kam gerade Jordans Assistentin ins Büro und stellte ihren Koffer ab. „Jordan, ich wollte dir nur mitteilen, dass ich etwas früher da bin, um alles für den Vorstand vorzubereiten –"

Er hielt die Hand hoch. „Susan, schnapp dir einen Notizblock und einen Stift. Erstens: Verschieb das Meeting um mindestens eine halbe Stunde, wenn es geht mehr." Ihr Mund öffnete sich, aber er fuhr einfach fort. „Zweitens: Du musst mir den nächsten Flug raussuchen nach …?" Er drehte sich zu mir.

Ich sagte zu Susan: „Vancouver, British Columbia."

Jordan biss sich auf den Kiefer. „Verdammt, ein internationaler Flug. Ich vergaß, dass sie Kanadierin ist. Ich muss ihn zum LAX fahren. Vermutlich gibt es nur einen Flug am Tag vom John-Wayne-Flughafen." Er schaute auf die Uhr. „Wir müssen *jetzt* los. Wir können die Car Pool Lane benutzen. Außerdem ist es noch früher Donnerstagmorgen, also gibt es vielleicht keinen Stau. Such ihm den frühesten Flug innerhalb der nächsten beiden Stunden raus." Er wandte sich wieder zu mir. „Du brauchst deinen Reisepass, Kumpel."

Ich fluchte. Er war zuhause. „Wir müssen einen Umweg machen."

Jordan drehte sich zum Eingang und folgte mir, während er Susan zurief: „Bleib an deinem Telefon! Ich hab noch mehr Sachen, die du erledigen musst."

Dann stürmten wir aus dem Gebäude auf den Parkplatz. Jordan weigerte sich, meine *alte Schrottkarre* zu nehmen. Scheiß auf ihn, es war ein perfekt erhaltener Mercedes 500 SL.

Stattdessen stiegen wir in seinen riesigen SUV. Der wäre ideal gewesen, wenn wir ein paar Bergstraßen hätten nehmen oder reißende Flüsse durchqueren hätten müssen. So aber verhielt sich das Ding auf der Autobahn wie ein Panzer und sobald er den Blinker setzte, wichen die Autos aus. Auch gut.

„Jetzt erzähl schon, was zum Teufel los ist", forderte Jordan. Er war gerade damit fertig, Susan noch weitere Anweisungen über den Lautsprecher in den Hörer zu schreien und seinem Auto zu befehlen, eine Nachricht an Adam zu schicken, dass er das Meeting verschieben musste. Mit einem Knoten im Magen beobachtete ich den Bildschirm auf seinem Armaturenbrett und erwartete jederzeit eine Antwort.

„Ich habe sie im Stich gelassen. Sie ... sie muss sich zuhause um ein paar schwierige Probleme kümmern und ich hatte ihr versprochen, mitzukommen. Wir haben das letzte Woche vereinbart, am Tag bevor ich wieder ins Büro kam ..."

„Also an dem Tag, bevor du von dem Meeting und der Präsentation erfahren hast. Okay, aber kannst du nicht heute Abend hinterherfliegen und dich mit ihr treffen? Wieso gerade jetzt?"

Ich fuhr mir mit den Händen durch die Haare. „Weil ich ein Idiot bin und von vornherein mit ihr im Flugzeug hätte sein sollen. Sie erledigt heute Nachmittag ein paar rechtliche Sachen und ich habe ihr versprochen, für sie da zu sein."

Er schüttelte seinen Kopf und war offensichtlich nicht erfreut. „Ich hätte mir nur gewünscht, dass du mir das von Anfang an erzählt hättest. Ich bin mir nicht sicher, was wir dann hätten tun können, aber es wäre besser gewesen als *das*. Ganz ehrlich, Kumpel, ich bin mir nicht einmal sicher, ob ich deinen Job retten kann, wenn Adam das herausfindet. Er wird es nicht gut aufnehmen. Ich hoffe, dir hat dein alter Job in der Qualitätssicherung gefallen."

Ich riss meinen Blick vom Armaturenbrett los, um Jordan anzusehen. Sein Gesichtsausdruck war jetzt todernst, nicht wie sonst, wenn er unbekümmert Witze riss. Ich glaubte ihm jedes Wort. Aber als ich meine Zukunft in der Qualitätssicherung im Vergleich zu der Zukunft sah, die ich mir in den letzten Tagen ausgemalt hatte, wurde ich mir nur noch sicherer. Meine Kehle schloss sich vor Aufregung und ich musste mich räuspern, bevor ich sprechen konnte.

„Weißt du was? Ich wäre lieber bis zu meiner Rente Kammerjäger, als den Rest meines Lebens ohne sie zu verbringen."

Jordan hob seine Augenbrauen und nickte. „Klingt ehrlich. Das erinnert mich an einen Last-Minute-Nachtflug, den ich einmal aus ähnlichen Gründen von New York nach LA genommen habe. Okay, dann volle Fahrt voraus." Er drückte seinen Fuß aufs Gaspedal und mittlerweile brach er eindeutig einige Geschwindigkeitsbegrenzungen.

„Ich schaue mal, was ich mit Adam machen kann, aber mach dir nicht zu viele Hoffnungen, okay?"

Ich nickte. „Ich verstehe schon. Und ich bin bereit, das zu akzeptieren." Als ich ihm gerade danken wollte, unterbrach mich das Klingeln auf dem Armaturenbrett. Es kamen mehrere Nachrichten gleichzeitig herein – von Adam, von Susan, sogar eine von April.

Kurz darauf warf er mich an der Bordsteinkante des Terminals der Fluggesellschaft raus, für die Susan mein Ticket reserviert hatte. Ich hatte meinen Reisepass, Geldbeutel und

Arbeitstasche inklusive Laptop und Tablet. Und sonst so gut wie nichts.

Wie es der Zufall wollte, saß ich fünfundvierzig Minuten nach dem Check-in im Flieger. Aber Katya war mir drei Stunden voraus und landete wahrscheinlich gerade, als ich abhob. Sie würde sich sofort auf den Weg zum Staatsanwalt in Port Coquitlam machen.

Glücklicherweise konnte ich die Adresse leicht durch Googeln herausfinden. Also wusste ich gleich, wo ich nach dem Landen hinmusste.

Ich würde auf jeden Fall zu spät da sein, um ihr bei ihrer Aussage beizustehen.

Ich betete zu Gott, dass ich nicht zu spät für *uns* kam.

KAPITEL
SECHSUNDZWANZIG
KATYA

MIT EISERNER ENTSCHLOSSENHEIT STIEG ICH AUS DEM Flugzeug, bahnte mir mit meinem rollenden Handgepäck meinen Weg durch den Zoll und stellte mich an den Bordstein, um ein Taxi zu rufen. Hier war ich, zurück in meiner Heimat, nach mehreren Jahren Abwesenheit. Mein Blick schweifte nach oben, wie so oft an klaren Morgen wie diesem. Ich ließ meine Augen über die vertrauten Umrisse der Lions am Horizont wandern, die über der Stadt wachten, die sich unter ihnen ausbreitete. Ich brauchte nicht mehr als diese beiden Gipfel in den North Shore Mountains, um zu wissen, dass ich zuhause war.

Alle Gefühle, die ich bei ihrem Anblick unter anderen Umständen vielleicht gehabt hätte, wurden im Moment von dieser seltsamen Taubheit in meinem Inneren gedämpft. Zielstrebig erinnerte ich mich daran, dass ich nicht zögern durfte, bis diese letzte Aufgabe erledigt war. Bis ich die ausstehende Angelegenheit geklärt hatte, die ich vor fast zwei Jahren verdrängt hatte.

Vielleicht hatte ich diese Stadt als kleines, ängstliches Mädchen verlassen, aber ich war als erwachsene Frau zurückgekommen. Ich war knallhart.

Denk daran, wie taff du bist, Kat. Auch wenn es schmerzte, an Lucas zu denken, halfen mir seine Worte, die ununterbrochen wie ein Mantra in meinem Kopf hallten.

Genau wie ich es geplant hatte, war ich eine Stunde zu früh beim Staatsanwalt in Port Coquitlam. Mein Koffer wurde für mich aufbewahrt. Sie führten mich in den Verhörraum. Ich hatte darum gebeten, früher Platz nehmen zu dürfen. Meine Familie würde ohne Zweifel kommen. Auch wenn Derek das Recht hatte, mit im Raum zu sein, wenn ich verhört wurde, hatten meine Eltern das nicht. Ich wollte ihre Schuldzuweisungen nicht hören. Ich wollte dem Druck nicht ausgesetzt sein, den sie zweifelsohne auf mich ausüben würden. Ich wollte nicht schon wieder so tief von ihnen enttäuscht werden.

Ich musste es einfach loswerden. Die Wahrheit. *Meine* Wahrheit. Und damit abschließen.

Leute strömten rein und raus, eine Gerichtsreporterin baute ihr Gerät auf, ein Kameramann tat das Gleiche und stellte sicher, dass Licht und Ton perfekt waren. Bald trafen der Staatsanwalt und das Verteidigungsteam ein. Ich hielt meinen Blick gesenkt und saß und tat, was mir befohlen wurde, bis es Zeit war, die Fragen zu beantworten.

Derek hatte versucht, vor der Anhörung auf mich zuzugehen, aber ich hatte meinen Blick weiter gesenkt, nicht mit ihm gesprochen und ihn nicht einmal angesehen. Ich konnte nicht. Weil ich wusste, dass ich zögern und mir mein Herz wehtun würde. Und ich würde alles tun wollen, um ihm zu helfen. Wie ich es mein ganzes Leben lang immer wieder getan hatte.

Aber mich in rechtliche Schwierigkeiten zu bringen, war nicht die Antwort. Und das würde ihm ganz sicher nicht helfen. Nachdem ich also vereidigt worden war, erzählte ich die Wahrheit. Erst dann wagte ich es, Derek anzusehen. Unsere Blicken trafen sich nur eine kurze Sekunde, dann vergrub er sein Gesicht in den Händen. Es war endlich vorbei. Und das wusste er.

Ich blinzelte mir die Tränen aus den Augen und merkte, wie ich zitterte. Keine Ahnung, ob es an den Nerven lag oder daran, dass ich seit dem Vorabend nichts gegessen hatte. Kurz darauf war die Anhörung offiziell beendet und die Leute packten ihre Sachen und fingen an, sich zu unterhalten. Ich stand völlig allein in der Mitte.

„Geht es dir gut, Liebes? Können wir jemanden für dich anrufen?" Ich schaute in das freundliche Gesicht einer Frau mittleren Alters, die zur Staatsanwaltschaft gehörte.

Ich schüttelte den Kopf. „Ich bin alleine, aber es geht mir gut."

Sie holte mir trotzdem ein Glas kaltes Wasser, das ich schlürfte. Derek hatte zu dem Zeitpunkt den Raum bereits verlassen und jetzt musste ich mir nur noch ein Taxi rufen, das mich zum Hotel brachte. Und was dann? Ich hatte eine Woche frei.

Vielleicht würde ich ein paar alte Freunde aufsuchen oder meine Tante besuchen.

Es war durchaus möglich, dass ich nie wieder einen Fuß in diese wunderschöne Stadt setzen würde.

Nachdem ich den Sitzungssaal verlassen hatte, schaute ich mich unter meinen Wimpern hindurch um, während mein

Gesicht weiterhin auf mein Handy gerichtet war. Ich googelte nach Taxi-Nummern, versuchte aber auch zu vermeiden, versehentlich mit meinen Eltern zusammenzustoßen.

Zu meinem großen Erstaunen waren sie nicht da und mein Bruder war auch schon weg. Es war durchaus möglich, dass Derek sich von einem Freund hatte herfahren lassen. Vielleicht wussten unsere Eltern nicht einmal etwas davon. Obwohl das merkwürdig gewesen wäre. Plötzlich fühlte ich mich unbeschwert, mir war schwindlig vor Erleichterung.

Ich war nur ein paar Kilometer von zu Hause entfernt. Es wäre schön gewesen, ein paar Schachteln mit meinen Sachen zusammenzupacken. Aber wollte ich die unvermeidliche Konfrontation mit ihnen riskieren?

Mit festen Schritten zur Tür hinaus und hinein in den sonnigen Nachmittag beschloss ich, dass es das nicht wert war. Ich hatte schon so lange ohne diese Sachen gelebt, dass ich es auch noch länger, vielleicht sogar für immer aushalten würde. Diese seltsame Mischung aus Erleichterung und Einsamkeit machte jedoch etwas mit mir. Als ich die vielen Betonstufen zum Bordstein hinunterging, traten mir Tränen in die Augen.

Auch das würde vorübergehen.

Denk daran, wie taff du bist.

Gerade als ich wieder an den Satz denken musste, sah ich sie. Drei Gestalten auf einer nahegelegenen Betonbank. Als sie sahen, dass ich auf der untersten Stufe angekommen war, standen alle drei auf.

Mum, Dad und zwischen ihnen Derek.

Ich erstarrte und die Nadeln hinter meinen Augen explodierten heftig und schmerzvoll. Meine Sicht verschwamm und meine Kehle war wie zugeschnürt. Verdammt. Nicht der beste Augenblick, um wie ein kleines Mädchen in Tränen auszubrechen.

Nicht, wenn ich gerade versuchte, knallhart zu sein.

Ich stand reglos da und sie kamen langsam auf mich zu, wobei Derek den anderen beiden nachhinkte. Ich schniefte laut und blinzelte, dann gestand ich mir ein, dass ich mir kurz mit dem Handrücken über meine Wangen wischen musste.

Dad stand genau vor mir. Mum ein Stückchen hinter ihm an der Seite.

„Katya", sagte er. „Wie geht es dir?"

Mit einem weiteren verlegenen Schniefen riss ich meinen Blick von dem prüfenden Gesicht meiner Mutter und sah Dad an. „Es ging mir schon besser."

„Ich habe dich vermisst, Mädchen. Wieso hast du nie angerufen?"

Ich schluckte und stopfte die Hände in meine Taschen. „Ich hatte den Eindruck, dass *Du stehst zu dieser Familie oder du bist für immer weg* eben bedeutete, dass ich für immer weg war."

Er wich zurück und schätzte es offensichtlich nicht, dass er seine eigenen Worte von vor fast zwei Jahren zu hören bekam. Stattdessen meldete sich Mum zu Wort. „Derek hat uns gerade erzählt, dass du den ganzen weiten Weg nach Hause auf dich genommen hast, nur um allen zu erzählen, dass du ihm nicht helfen wirst."

Ich räusperte mich und drehte mich zu ihr. „Ich bin zurückgekommen, um die Wahrheit zu sagen. Ich weiß nicht, wo er in dieser Nacht war. Und ich musste das hinter mich bringen, weil euer sehr teurer Anwalt mich aufgespürt und mit allen Mitteln versucht hat, mich aus den Staaten werfen zu lassen. Dieser Trick hat mir auch nicht gefallen. Vielleicht hast du jetzt gelernt, dass ich kein kleines Mädchen mehr bin, das du einschüchtern kannst. Vielleicht hast du mich gar nicht vermisst. Vor allem, wenn das Erste, was du zu mir sagst, ist, wie verärgert du darüber bist, dass ich kein Verbrechen begangen habe, nur um Dereks Arsch zu retten."

Mum versuchte mich zum Schweigen zu bringen und das machte mich nur noch wütender.

„Nein, ich werde mich nicht beruhigen. Selbst jetzt hast du nicht die geringste Ahnung, dass das, was du von mir verlangt hast, abscheulich und falsch war. Ich bin deine Tochter, verdammt nochmal!"

„Kat, sprich nicht so mit deiner Mutter", schnaubte Dad.

„Dann sollte sie nicht so mit mir reden. Sie scheint zu vergessen, dass sie zwei Kinder hat, nicht nur eines."

Ich konnte sehen, wie Derek händeringend hinter den beiden anfing, auf und ab zu gehen. Ich wandte meinen Blick ab.

„Hattet ihr noch etwas Wichtiges zu sagen? Ich werde jetzt gehen", sagte ich endlich.

„Geh nicht. Komm nach Hause, Mädchen. Ich verspreche, dass wir anständig sein werden."

„Es gibt dort nichts mehr, was ich noch haben möchte. Ich bin immer noch sehr verletzt von der Art, wie ihr mich behandelt habt, also glaube ich nicht, dass ich das kann."

Mum schüttelte mit einer angewidert gekräuselten Lippe ihren Kopf. „Es ging schon immer nur um dich und um sonst niemanden, nicht wahr, Katya? Warum, ja warum nur, habe ich so ein egoistisches Mädchen großgezogen? Dein Bruder ist krank. Hast du nicht mal einen Moment zugehört bei der Familientherapie? Er ist krank!"

Weitere Tränen traten mir in die Augen und Derek war nun stehen geblieben und schaute zu, wie wir über ihn sprachen, als wäre er gar nicht da. „Ja, er ist krank. Und es bricht mir das Herz –" Meine Worte wurden von einem Schluchzen unterbrochen. „Und es hat mir immer und immer wieder das Herz gebrochen. Und jedes Mal, wenn er versprochen hat, daran zu arbeiten, gesund zu werden, habe ich entgegen jeglicher Erfahrung gehofft, dass es dieses Mal, dieses eine Mal wirklich so sein würde. Und er ist immer wieder gescheitert. Und statt zu lernen, was ihr tun musstet, um ihm der Beistand zu sein, den er braucht, habt ihr ihm ermöglicht weiterzumachen. Derek mag der Süchtige sein, aber diese ganze Familie ist krank. Ihr zwei seid süchtig danach, ihn zu unterstützen."

Jetzt versuchte Dad mich zum Schweigen zu bringen, weil meine Stimme lauter wurde und Leute in der Nähe waren. Eine Mutter, die ihr Baby im Kinderwagen schob, hatte ihre Augen auf uns gerichtet und wäre fast gegen einen Pfosten gelaufen. Ein Mann in einem dunklen Anzug in meinem Augenwinkel wandte sich vom Bordstein ab und ging geradewegs auf uns zu. Vielleicht war er ein Gerichtsbeamter, der uns mit einer Strafe für ordnungswidriges Verhalten oder so etwas drohen wollte.

Das war immerhin Kanada, kannte uns die ganze Welt nicht für unsere Höflichkeit und heitere Freundlichkeit? Auf diesem Bürgersteig passierte gerade überhaupt nichts Heiteres oder Freundliches.

„Ich sagte doch, ich werde nicht schweigen. Wenn ihr hier stehen und mich beschuldigen wollt, dass ich egoistisch bin –"

Plötzlich stand der Mann im dunklen Anzug neben mir und hielt meinen Arm. Dad riss seinen Kopf in Richtung des Neuankömmlings, sein Gesichtsausdruck war wütend.

Ich blickte zu dem Mann neben mir auf und fiel fast um, als ich sah, wer es war. Lucas. Mich überkam ein Ansturm so vieler Gefühle – Verwirrung, Freude, Erleichterung, Verrat. Ich blinzelte.

Vielleicht bildete ich mir jetzt schon Sachen ein und er war nur eine Wahnvorstellung.

„Hallo", sagte er und räusperte sich. „Ich bin Lucas Walker, Ihr Schwiegersohn." Und schon schüttelte er erst meinem verdutzten Vater die Hand, dann meiner Mutter.

Dann winkte Lucas Derek zu, der ihn einfach nur anstarrte. „Hi, Derek."

Mein Bruder ließ seinen Blick auf den Boden fallen. „Hey, Lucas."

„Ich bin gekommen, um meine Frau von was auch immer hier los ist wegzuholen. Sie hat es nicht verdient, so behandelt zu werden. Sie ist diejenige, die das Richtige getan hat. Und es war falsch von euch allen, sie zu bitten, etwas anderes zu tun."

Dad schaute Lucas an, als hätte er keine Ahnung, was er sagen sollte, und Mum fing nun an zu weinen. Großartig. Diese Familie... Wir wären ein toller Fall für die Jerry Springer Show, falls es so etwas Ähnliches in diesem Land gab. Und ich würde mich dafür schämen, dass Lucas das überhaupt mit ansehen musste, wenn ich nicht ein ebenso schlechtes Verhalten seiner eigenen Eltern miterlebt hätte.

Lucas zog leicht an meinem Arm und versuchte mich loszulösen, aber ich konnte sie einfach nur mit diesen wahnsinnig gemischten Gefühlen anstarren. Sollte ich schon wieder einfach gehen, ohne ein Wort zu sagen – wie schon einmal?

Es fühlte sich falsch an, nichts zu sagen.

„Ihr seid meine Familie. Ihr werdet immer meine Familie sein. Aber ihr könnt mir deswegen nicht vorschreiben, wie ich mein Leben leben soll. Ich werde die Entscheidungen treffen, die ich brauche, um glücklich zu sein. Und wenn ihr mich nicht mehr lieben könnt, dann tut es mir leid für euch. Ich werde die Menschen finden, die mich wirklich lieben."

Dad und Mum sahen aus, als hätte ich gerade eine Explosion in ihren Gesichtern ausgelöst. Sie waren offensichtlich zutiefst bestürzt. Der Einzige, der nicht bestürzt war, war mein Bruder, der sich endlich aufgerichtet hatte und mich beobachtete.

Und das Erstaunlichste war, dass ihm Tränen die Wangen hinunterliefen. Er kam langsam näher und ich spürte, wie sich Lucas an meiner Seite anspannte, auf alles vorbereitet. Aber ich kannte Derek besser. Mein Bruder war die meiste Zeit verkorkst und egoistisch, aber nicht gewalttätig. Er würde mich niemals schlagen, nicht einmal, wenn er high war.

Er blieb direkt vor mir stehen, heulte hemmungslos und machte keine Anstalten, sich über das Gesicht zu wischen. „Kat", krächzte er mit gebrochener Stimme. „Es tut mir leid, Schwester. Es tut mir leid, dass ich dir das angetan habe. Es tut mir leid, dass ich diese Familie kaputt gemacht habe. Es tut mir einfach nur leid."

Oh Gott. Jetzt brach ich wieder los. Ich hatte das Gefühl, als hätte ich eine Handvoll Nägel verschluckt. Ich hatte nicht mehr so viel geweint seit – naja, seit dem Vorfall in Lucas' Bude vor einem Monat. Meine Augen juckten und meine Wangen waren rau von den salzigen Tränen.

Ugh. Es wäre so viel einfacher, wenn ich Derek einfach hassen könnte.

Aber ich liebte ihn.

Er war mein Bruder. Er war ein Mistkerl. Er war krank. Aber er war Derek. *Und ich liebte ihn.*

Ich streckte meine Hand aus und ergriff seine, drückte sie und schaute ihm durch die Tränen hindurch direkt in die Augen. Ich erinnerte mich an die Lektionen, die ich in der Selbsthilfegruppe für Angehörige Alkoholkranker und in meiner eigenen Therapie gelernt hatte. "Wenn du mich liebst ... Wenn du uns alle liebst, gib uns das beste Geschenk, das es gibt. Werde gesund. Aber tu es nicht nur für uns. Tu es für dich selbst."

Ich hatte gehört, dass er im Falle einer Verurteilung eine Gefängnisstrafe von bis zu zwei Jahren bekommen könnte. Und auch, wenn mich der Gedanke an meinen Bruder im Gefängnis krank machte, wusste ich, dass ich nichts hätte tun können, dass es ihm besser geht, selbst *wenn* ich gelogen hätte. Er musste sich entscheiden, dafür zu kämpfen, das konnte ihm niemand abnehmen.

Derek vergrub sein Gesicht in den Händen und Mum tröstete ihn. Und ausnahmsweise verübelte ich es ihr nicht. Sie und ich würden vielleicht nie einer Meinung sein, aber das spielte keine Rolle mehr. Ich war eine erwachsene Frau und ich musste nun für mich leben.

„Mach's gut, Mum. Bye, Dad."

Ich trat zurück und Lucas führte mich, seinen Arm um meine Schulter gelegt. Er drehte uns um, sodass wir von ihnen weggingen. Sie riefen mir nicht hinterher.

Und ich drehte mich nicht nochmal um.

Stattdessen ging ich immer weiter. Und bevor es mir überhaupt auffiel, lehnte ich mich an Lucas und ließ meinen Kopf an seiner Schulter ruhen. Er legte seinen Arm fester um mich.

Ich wusste, dass es in der Nähe einen Park mit einem Wanderweg gab. Bald würde ich mir ein Taxi zu meinem Hotel nehmen, aber für den Moment musste ich einfach weg.

Und ich musste wissen, wieso zum Teufel er hier war.

Als wir sicher auf dem dicht bepflanzten Weg angekommen waren, blieb ich stehen. Etwa alle fünfzig Meter standen hölzerne Parkbänke, überdachte Mülleimer und diese kleinen Tütenspender für Hundekacke. Aber um die Mittagszeit an einem Wochentag war hier kaum etwas los.

Ich stellte mich ihm gegenüber und er blieb stehen, starrte mich an und ich konnte mich aus seinem Griff befreien.

Er begann, im vorderen Fach seiner Laptoptasche zu wühlen, die er um seine Schulter gehängt hatte, bis er eine zerknüllte, aber saubere In-n-Out-Serviette hervorzog.

Ich bedankte mich, wischte mir das Gesicht ab und schnäuzte mich laut.

„Wow, die Serviette ruft Erinnerungen an unsere herrliche Hochzeit hervor."

„Ich habe noch eine. Hier." Er versuchte, mir die vollgerotzte Serviette abzunehmen, um sie für mich wegzuwerfen, aber ich ließ ihn nicht. Ekelhaft. Wieso sollte er das wollen. Stattdessen stopfte ich sie in meine Hosentasche. „Wieso bist du hier. Was ist aus der Präsentation geworden?"

Er zögerte, starrte mich an und atmete einmal tief ein und aus. „Es spielt keine Rolle, was aus der Präsentation geworden ist. Wichtig ist, dass ich es komplett vermasselt habe, indem ich dich alleine hierher habe fliegen lassen, obwohl ich dir versprochen hatte, für dich da zu sein."

Ich rieb mir die wunden Augen.

„Nun, wie du siehst, habe ich es selbst geschafft." Ich holte tief Luft. „Aber ich bin froh, dass du noch aufgetaucht bist. Ich habe mich da draußen auf dem Bürgersteig ganz schön einsam gefühlt."

Er atmete geräuschvoll aus und schüttelte den Kopf. „Es tut mir so leid, Kat. Ich wünschte, ich hätte für dich da sein können."

Ich runzelte die Stirn. „In gewisser Hinsicht warst du das, oder zumindest deine Worte, die mich daran erinnerten, dass ich taff bin. Und ich es alleine schaffen konnte."

Er zögerte und ich schaute zu ihm auf. Er schien extrem nervös zu sein. Er starrte in meine Augen. Ich bin mir sicher, dass sie einen sehenswerten Anblick boten – verschmierte Wimperntusche, aufgedunsen und verquollen. Er hatte kein nennenswertes Gepäck und ich hatte immer noch nur mein Handgepäck, das ich die ganze Zeit neben mir hergeschleppt hatte. „Ich sollte wahrscheinlich gehen. Es ist spät genug, dass ich einchecken kann, und ich könnte wirklich ein Nickerchen gebrauchen ..."

„Können wir ... Können wir uns kurz auf diese Bank dort setzen? Nur eine Minute."

„Ich glaube, mir reicht es für heute mit übertrieben emotionalen Konfrontationen."

Sein Gesicht verfinsterte sich. „Ich werde dich mit nichts konfrontieren. Ich –"

Ich seufzte. „Okay, na gut. Ich werde mich dort hinsetzen und mir anhören, was du zu sagen hast. Du hast eine lange Reise hinter dir und anscheinend nicht einmal Gepäck mitgenommen ... Hattest du einen Plan?"

Er wandte sich ab und ging, ohne meine Frage zu beantworten, zu der Bank hinüber. Ich trottete ihm hinterher und zog meine Tasche mit mir. Er setzte sich und ich ließ ihm etwas Platz, indem ich an das andere Ende der Bank rutschte.

Er bemerkte es und biss die Zähne aufeinander. Ich war natürlich immer noch sauer auf ihn. Er war hier und das war toll und ich war dankbar, aber hatte das wirklich etwas geändert?

„Ich muss dir ein paar Sachen gestehen."

Ich verschränkte meine Arme vor der Brust und neigte ihm meinen Kopf zu. „Okay."

„Ich kann mich nicht in dich verlieben." Ich blinzelte und registrierte den stechenden Schmerz, der mich durchfuhr, doch bevor ich etwas sagen konnte, redete er weiter. „Weil ich mich schon vor langer Zeit in dich verliebt habe."

Ich zog meine Augenbrauen so fest zusammen, dass sie drohten, eine Monobraue zu bilden. „Äh, was?"

„Kat, ich glaube, ich habe mich in der ersten Woche, in der ich dich kennengelernt habe, in dich verliebt. Damals habe ich es noch nicht gewusst. Ich habe es nicht wahrhaben wollen, weil ich meinen Gefühlen nie mehr trauen wollte. Sie hatten mich schon einmal im Stich gelassen. Es war ein entscheidender Fehltritt gewesen, der mich eine Menge gekostet hatte."

Ich öffnete meinen Mund, um ihn zu unterbrechen, aber er hielt seine Hand hoch. „Lass mich das bitte kurz loswerden. Dann kannst du sagen, was immer du willst."

Ich klappte meinen Mund zu und machte eine winkende Geste, dass er fortfahren sollte.

„Seit wir uns kennen, habe ich dich weggestoßen. Ich war teilweise ein unausstehliches Arschloch, aber das war reiner Selbsterhaltungstrieb. Ich wusste, dass du mich zerstören würdest, wenn ich dich an mich heranließ." Mann, es war echt schwer, ihn nicht zu unterbrechen oder zu antworten, aber ich tat, worum er mich gebeten hatte.

Ich dachte über die Zeiten nach, von denen er sprach, sein ruppiges, manchmal gemeines Verhalten. Das Beleidigungs-Pingpong, das wir ständig spielten. Ich teilte so gut aus, wie ich einsteckte – und manchmal besser. Aber diese ganze Zeit war ich mir sicher gewesen, dass er mich hasste – oder mich nur aus der Not heraus duldete.

Bis auf die wenigen Male, als ich ihn dabei erwischt hatte, wie er mich mit etwas anderem als Hass ansah. Es war keine Begierde, obwohl ich auch das manchmal erkannt hatte. Manchmal sah er mich mit demselben Ausdruck an, den ich in letzter Zeit so oft in seinem Gesicht gesehen hatte. Bewunderung, Respekt und manchmal sogar Stolz.

Ich schüttelte den Kopf.

„Ich weiß, es ist schwer zu glauben. Glaub mir, ich bin das Paradebeispiel dafür, mich selbst zu belügen. Und genau darum ging es. Ich … habe diese riesigen Mauern um mich herum gebaut und war dort sicher. Aber ich musste dich fernhalten, weil du sie weggerissen hättest, als wären sie nie dagewesen. Keine Abrissbirne, keine Dampfwalze, sondern eine verdammte Hundertmegatonnenbombe, eingewickelt in eine Supernova."

Ich blinzelte, diese sanften Gefühle von all den Emotionen, die ich in den letzten paar Tagen empfunden hatte, waren empfindlich. Und wie alles, was empfindlich war, wollten sie nicht weiter gepikst und gestupst werden.

Ich zog mich von ihm zurück und umarmte mich. Er wollte über Mauern reden? Nun, ich brauchte im Moment etwas Schutz, weil ich mich nackt und verletzlich fühlte und …

Ohne ein weiteres Wort stand er von der Bank auf, ging einen Schritt weg, fuhr sich mit der Hand durch die Haare und drehte sich dann direkt zu mir. Er sank vor der Bank, auf der ich saß, auf beide Knie.

„Du bist ohne Zweifel das Beste, was mir je passiert ist. Und ich war ein dummer Idiot und habe dich heftig weggestoßen, weil ich so viel Angst davor hatte, was du mit mir machst, ohne dich überhaupt zu bemühen."

Ich saß mit großen Augen auf dieser Bank und war fassungslos. Mein Mund klappte auf. Was konnte ich schon sagen? Ich leckte mir über die Lippen.

Er streckte sich und nahm meine Hände in seine. „Danke, dass ich das alles loswerden durfte. Ich habe dich nicht einmal verdient, nicht, nachdem ich dich so im Stich gelassen habe. Nicht, nachdem ich dich verletzt habe. Aber ich werde mich jetzt noch einmal wie ein unwürdiges Arschloch verhalten und dich trotzdem fragen … Gibst du uns eine zweite Chance?"

Ich öffnete den Mund und schloss ihn fassungslos wieder. Unsere Blicke trafen sich und blieben aneinander haften. Ich konnte nicht atmen und es sah definitiv so aus, als hielte auch er seinen Atem an. Vielleicht würden wir beide hier draußen an Sauerstoffmangel sterben und irgendwann im Frühling würde uns ein nichtsahnender Jogger in genau dieser Position erfroren und aufgetaut entdecken. Und es würde eine Untersuchung eingeleitet werden, um herauszufinden, weshalb wir gestorben waren.

Und die Ursache wäre pure Dummheit. Von uns beiden.

Ich blinzelte und biss mir auf die Lippe. „Es müsste ein paar Regeln geben …", begann ich.

Seine Augenbraue senkte sich ernst und er nickte langsam.

„Du weißt schon, weil ich Regeln so gerne mag ...", fuhr ich fort.: „Und ich kann viel bessere Regeln aufstellen als du."

Er blinzelte und seine Besorgnis verflog. Er hatte meine Absichten durchschaut.

„Bevor du sie jetzt alle aufzählst, ich bin mit allen einverstanden."

„Ist das vernünftig?" Er holte etwas aus seiner Jackentasche, dann zog er meine Hand zu sich. Ohne ein Wort zu sagen, legte er mir einen Ring an. „Der Ring deiner Urgroßmutter!", schnaubte ich überrascht.

„Nope. Das ist *dein* Ring. Wir können die Größe sobald wie möglich ändern lassen. Ich kann dich nicht fragen, ob du mich heiraten willst, weil wir ja schon verheiratet sind. Und dich zu bitten, dich nicht von mir scheiden zu lassen, scheint mir rückschrittlich."

Ich zog meine Hand zurück und musterte für einen Moment den funkelnden Diamanten. „Jetzt erzähl schon von deinem Job. Ich habe nämlich den leisen Verdacht, dass du bei der Arbeit warst, um deine Präsentation zu halten und dann abgehauen bist, um deinen Flieger zu erwischen."

Er nickte. „Stimmt."

In der Erwartung, dass er das näher ausführen würde, hob ich eine Augenbraue. Er schwieg. „Und weiter? Was ist passiert? Hast du deinen Job verloren?"

Er zögerte nicht einmal: „Ich weiß es nicht. Vermutlich."

„Es scheint dich nicht sonderlich zu kümmern."

Mit seinen Augen fixierte er meine und er sah mich an, sah mich wirklich an, als sähe er mich zum allerersten Mal. Als hätte er ein ehrfurchtgebietendes Kunstwerk erblickt. Seine Augen zeichneten die Konturen meines Gesichts nach, meinen

Haaransatz, meinen Hals, meine Ohren. Als ob er alles in sich aufsaugen würde.

Irgendetwas an der Art, wie er mich ansah, raubte mir die Worte, schnürte mir die Kehle zu. Und da war dieser Druck in meiner Brust, als würde mein Herz plötzlich mit jedem Schlag schmerzen.

„Es war eine Frage der Perspektive, Kat. Ja, ich wollte diesen Job. Ich wollte ihn *wirklich*. Aber verdammt, sobald du weg warst, war es mir scheißegal, ob ich ihn hatte oder nicht. Es war so, als ob ..." Er schüttelte den Kopf. „Als ob gute Dinge nichts mehr wert waren, wenn ich sie nicht mit dir teilen konnte."

Na, wenn das kein Grund zum Dahinschmelzen war. Meine Schultern sackten zusammen und meine Wirbelsäule entspannte sich und verschmolz direkt mit ihm, indem ich mich nach vorne beugte, meine Hände um seinen Hals schlang und ihn zu einem Kuss heranzog.

Wir küssten uns und wir küssten uns, mein Mund öffnete sich für seinen und unsere Lippen verschmolzen miteinander und sprachen die Sprache der Liebe, die für uns so schwer mit unseren Worten auszudrücken war.

Ich drückte seinen Kopf an meinen und seine Hände umklammerten meine Taille und zogen mich dicht an ihn heran. Bald waren wir aneinandergepresst und atemlos. Unsere Lippen trennten sich und Tränen flossen über meine Wangen. Er stieß einen überraschten Atemzug aus und griff nach oben, um sie zu trocknen. „Bitte weine nicht mehr, meine wunderschöne Katya. Ich werde den Rest meines Lebens damit verbringen, dafür zu sorgen, dass du nie wieder einen Grund zum Weinen hast."

„Obwohl du für den Rest unseres Lebens mit mir im *Bau* Bugs suchen wirst?"

„Cranberry, wenn es mit dir ist, wird es zehnmal mehr Spaß machen als alles andere."

Ich strich mit dem Daumen über seine Wange und lächelte. „Du hast die Knie deiner Anzughose inzwischen völlig ruiniert."

Er lächelte. „Das war es wert." Er nahm meine linke Hand, die den Ring trug, den er mir geschenkt hatte, und küsste sie. Da bemerkte ich, dass er seinen Ring immer noch trug. Er hatte ihn nie abgenommen.

„Wenn du also einfach aus der Vorstandssitzung rausgegangen und zum Flughafen gefahren bist, wie konntest du dann meinen Ring bei dir haben?"

Er lächelte. „Ich musste noch schnell nach Hause fahren, um meinen Pass für die Reise zu holen. Dabei habe ich den Ring mitgenommen."

Als ich mir vorstellte, wie er im Haus herumrannte, um Sachen zu holen, kam mir plötzlich ein anderer Gedanke. „Was ist mit dem Hund? Du hast Max doch nicht etwa allein gelassen, oder?"

Er schüttelte den Kopf und lächelte. „Jordan und April passen heute Abend auf ihn auf. Morgen wird Michaela ihn wieder ins Hundecamp bringen, damit er seine Freundinnen wiedersieht. Ich habe gehört, eine von ihnen ist ein Pudel."

Ich lachte. „Weißt du, als wir uns das erste Mal gesehen haben, fand ich dich so heiß … Dann hast du deinen Mund aufgemacht und das absolut Arschigste zu mir gesagt."

„Du kannst dich noch daran erinnern, was ich gesagt habe?"

Ich nickte. „Jap. Du sagtest: *Es gibt keinen Grund, so fröhlich zu sein. Wir in der Qualitätssicherung meinen es ernst und du solltest auch lieber ernst sein.*"

„Wow, was für ein Arschloch", stimmte er zu.

„Ja, oder?" Ich schüttelte den Kopf. „Jedi-Junge."

„Cranberry."

Er strich wieder mit dem Daumen über meine Hand, dann stieß er sich ab und rutschte neben mir auf die Bank. Er hielt die Hand wieder an seinen Mund und küsste sie, wie ein Gentleman aus alten Zeiten seine Freundin umwerben würde.

„Es ist zu spät, dir die Hochzeit deiner Träume zu schenken, aber wir könnten eine große, schicke Party feiern ... vielleicht unser Gelübde erneuern, wenn du willst."

Ich schnaubte. „Du kennst mich inzwischen gut genug, um zu wissen, was ich von so etwas halten würde."

„Klingt schrecklich?"

„Ganz genau. Lass uns einfach ein nettes kleines Treffen mit unserem engen Kreis veranstalten, und was unser Eheversprechen angeht ... lass es uns allein erneuern. Auf einer richtigen Hochzeitsreise."

Er hob verblüfft die Brauen. „Hmm, das klingt nach einer interessanten Idee. Irgendeine Idee, wann – oder wo?"

„Ich habe nächste Woche frei. Lass uns jetzt aufbrechen."

Er nickte. „Das wäre eine Möglichkeit. Wo sollen wir hinfahren?"

Mein Grinsen wurde breiter, ermutigt von der Idee. „Lass uns unsere Abenteuerlust testen. Ich habe kaum Gepäck und du hast überhaupt keins. Lass uns einfach zum Flughafen fahren und uns erst ein Ziel aussuchen, wenn wir dort sind."

Er warf seinen Kopf in den Nacken und lachte. „Du bist komplett wahnsinnig." Dann schrie er in den Himmel: „Meine Frau ist wahnsinnig! Ich liebe sie mehr als alles andere."

„Mein Mann ist zu vernünftig. Ich liebe ihn mehr als Donuts. Und Bier."

Er legte seine Arme um mich. „Aber nicht mehr als Tee?"

Ich grinste. „Es gibt Grenzen. Aber es gibt immer Raum für Entwicklung."

Er küsste mich erneut und wir hielten einander und wiegten uns im Rhythmus unseres Herzschlags. Er drückte mich fest an sich und ich grub mein Gesicht in seine feste Schulter.

Er küsste mein Haar. „Ich werde das hier nie aufgeben. Und ich schwöre bei Gott, dass ich dich nie wieder im Stich lassen werde. Ganz zu schweigen davon, dass ich dich nie wieder zum Weinen bringen werde. Und –"

Ich wich plötzlich zurück und starrte ihn ungläubig an. „Whoa, whoa, whoa!" Ich hielt meine offene Hand zwischen uns hoch. „Echt jetzt? Never gonna give you up. Never gonna let you down. Never gonna make you cry..." Er hatte ein fieses Funkeln in den Augen, das mir die Antwort gab. *„Rickrolling...?"*

„Du kennst die Regeln..."

Ich schlug ihm auf den Arm. „Du Wichser. Das werde ich dir sowas von heimzahlen!"

Er zog eine Grimasse und rieb sich den Bizeps. „Aber nicht jetzt, denn jetzt schnappen wir uns ein Taxi und fahren zum Flughafen."

Er nahm meine Hand und zog mich von der Bank. Dann schnappte er sich meinen Koffer. Ich versuchte ihn dazu zu überreden, den Weg zum Parkplatz zu hüpfen, aber er weigerte sich. Er sang jedoch mit mir, obwohl es das Lied war, das Lucas am allerwenigsten mochte.

Es war ab sofort mein Lieblingslied.

EPILOG
KATYA

48 Stunden später ...

ICH WACHTE FRÜH AM MORGEN AUF UND WAR HEIß VOR Erregung. Es war noch dunkel und ich hatte nur ein paar Stunden geschlafen, aber mein ganzer Körper war wach und verzehrte sich nach ihm. Als ich spürte, wie sein heißer Atem über meine nackte Haut glitt, wurde mir klar, dass er mein Nachthemd hochgezogen hatte, während ich schlief. Jetzt lagen seine Lippen fest um einen meiner Nippel und mit Daumen und Zeigefinger spielte er sanft mit dem anderen.

Es war das unglaublichste Gefühl. Wortlos öffnete ich meine Beine und erlaubte ihm, mir den Slip auszuziehen und mich langsam und zärtlich zu ficken. Seine Hüften schaukelten gegen meine und er türmte sich in mir auf, während unser Atem umherwirbelte und sich vermengte, sich vermischte und verschmolz, genau wie unsere Körper. Ich genoss das gleichmäßige, rollende Gewicht von ihm auf mir, die enge, köstliche Passform von ihm in mir. Ich wölbte Rücken durch und schloss meine Augen und ließ ihn den Kurs bestimmen, freute mich, dass ich auf dem Ritt dabei war.

Das war eines von vielen Malen, die noch kommen sollten. Und als wir beide kamen, war es atemberaubend und so natürlich wie das gleichmäßige Aufschlagen der Wellen an einen Strand. In den ersten paar Momenten bei Bewusstsein hatte unser Schweiß unsere Körper vereint. Er sackte auf mir zusammen und ich genoss das Nachglühen und dachte daran, wie sehr ich es lieben würde, noch an vielen weiteren Morgen so aufzuwachen.

Und somit hatten wir das noch vor uns …

Seine Hand streichelte meinen Bauch und meine Hüfte, während er an meinem Ohr knabberte. Ich drehte meinen Kopf zu ihm: „Mmm, auch dir einen guten Morgen, Ehemann."

„Ich glaube, das ist meine liebste Art, dich aufzuwecken, Ehefrau."

„Das ist auch deine liebste Art, mich abends ins Bett zu bringen. Und um deine Begeisterung am Nachmittag auszudrücken. Ich bin mir sicher, dass das auch deine Lieblingsmethode ist, um sämtliche andere Dinge im Haushalt zu erledigen."

„Sieht so aus, als müsste ich noch kreativer werden, um die Liste zu erweitern."

Ich fädelte mein Bein zwischen seine und meine Hand wanderte über seinen Bauch hinunter zu seinem Oberschenkel. „Wie wäre es, wenn du mir deine zweitliebste Art zeigst, mich morgens aus dem Bett zu bekommen?"

„Mmm." Er rollte sich zu mir und sein Mund näherte sich meinem Ohr, als plötzlich ein merkwürdiges Klingeln auf seinem Handy ertönte. Ich erkannte es sofort. Eine Videokonferenzschaltung.

Was zur *Hölle*?

Ich schaute auf die Uhr auf dem Nachttisch. Es war noch nicht einmal sechs Uhr. Wer rief um diese Zeit an?

Dann erinnerte ich mich an den Zeitunterschied. Zuhause war es später Nachmittag.

Lucas kletterte aus dem Bett, um sich ein T-Shirt anzuziehen. „Verdammt, es ist Adam."

„Geh besser nicht nackt ran. Das wäre unprofessionell."

„Von der Taille abwärts nackt sollte gehen." Er drehte sich zu mir und bat mich, ihm die Haare zu richten, was ich tat. Dann knipste ich die Lampe an und verschwand aus dem Blickfeld der Kamera. Denn es wäre mehr als peinlich, wenn der Mann meiner besten Freundin meine Brüste sehen würde.

Lucas drückte auf den Knopf und hob ab. „Ähm, hallo?"

„Hey, Lucas. Habe ich dich zu einem schlechten Zeitpunkt erwischt?"

„Hi Lucas, ich bin auch hier. Wir haben also einen Dreier, aber nicht die auf die spaßige Art", sagte Jordan. War ja klar.

„Hi Adam, hi Jordan." Über das Handy hinweg warf Lucas mir einen etwas verängstigten Blick zu.

„Hör zu, bevor ich zum Grund meines Anrufs komme, ich habe den strikten Befehl meiner Frau, mich zu vergewissern, dass es Katya gut geht. Sie war sehr besorgt, als sie hörte, dass Kat wegen dringender Familienangelegenheiten das Land verlassen musste."

„Ihr geht's gut. Sie ist hier bei mir. Wir haben zwei verrückte Tage hinter uns." Er fuhr sich wieder mit der Hand durch sein Haar. „Tatsächlich, äh, habe ich gerade ein kurzes Nickerchen gemacht, weshalb ich wahrscheinlich ziemlich scheiße aussehe."

„Ich wollte nichts sagen, aber …", sagte Jordan.

„Schön zu hören, dass es ihr gut geht. Ich werde die Nachricht an Mia weitergeben", sagte Adam.

„Ich werde Kat auch ausrichten, dass sie sich mit Mia in Verbindung setzen soll."

„Also, warum ich anrufe: Du hast uns am Donnerstag in eine etwas missliche Lage gebracht. Der Vorstand hat sich auf deine Präsentation gefreut. Jeremy hat seine gehalten und sie hat ihnen gefallen und ich musste deine Folien und Entwürfe mit meinen eigenen Erklärungen präsentieren. Ich habe es wirklich nur halbherzig gemacht, aber nachdem weder du noch Jordan hier waren ..."

„Ja, Jordan war so nett, mich zum Flughafen zu fahren. Ich weiß das zu schätzen, Mann."

„Ich bin froh, dass wir es noch rechtzeitig geschafft haben", antwortete Jordan.

Adam räusperte sich, vermutlich, um das Gespräch wieder auf den richtigen Weg zu bringen. „Wie dem auch sei, der Vorstand war wirklich sauer, dass du nicht hier warst, und sagen wir mal so, ich war auch nicht in bester Stimmung. Und Jeremy hat bei seiner Präsentation wirklich gute Arbeit geleistet."

Mit steinerner Miene und blassem Gesicht begegnete Lucas meinem Blick über sein Handy hinweg. Ich hielt die Luft an und kreuzte meine Finger. Mist. Mist. Mist. So sehr ich auch gewollt hatte, dass er bei mir ist, als ich mich meiner Familie gestellt hatte, wollte ich doch nicht, dass er deswegen seinen Traumjob verlor. Würde er es mir verübeln? Würde es sich später zu einem Problem entwickeln?

„Ich habe Jeremy den Job als Chefentwickler angeboten und er hat begeistert angenommen. Und falls du immer noch Lust auf die Leitung der VR-Abteilung hast, der Vorstand hat das genehmigt. Anscheinend habe ich deine Präsentation gar nicht so sehr vermasselt." Ja. Ja. Ja! Ich hüpfte auf und ab und hielt beide Daumen hoch. Ich konnte sehen, dass Lucas sehr aufmerksam zuhörte, denn er blickte nicht einmal in meine Richtung, um meine Brüste hüpfen zu sehen.

„Äh, ich, oh, ja, ja natürlich. Es tut mir leid, dass du das machen musstest, aber vielen Dank. Danke."

„Freut mich zu hören. Du kommst aus Vancouver zurück am ...?"

Ich musste mir die Hand vor den Mund schlagen, um nicht in Gelächter auszubrechen. Stimmt ja. Sie dachten immer noch, wir wären in Vancouver, obwohl wir eigentlich auf der anderen Seite der Welt waren.

„Mittwochabend, also komme ich am Donnerstag wieder in die Arbeit. Kat auch."

„Super, ist sie in der Nähe? Für sie habe ich auch gute Neuigkeiten."

Ich riss meine Augen weit auf und schüttelte den Kopf. Dann schnappte ich mir das Bettlaken und bedeckte mich. „Ich bin hier." Ich winkte in die Kamera, hielt mein Gesicht jedoch weit von ihr fern. „Ich sehe furchtbar aus, aber ja, ich bin hier. Du kannst mir die Nachrichten ja überbringen, ohne mich anzusehen, oder?"

Alle drei Kerle lachten.

„Ja, sicher. Ich stelle mir einfach vor, dass du dich freust, wenn ich dir die neue Teamleiterstelle für die White-Box-Tests der Spiele anbiete. Du darfst dir dein eigenes Team zusammenstellen und sie nach deinen Vorgaben ausbilden."

Ich ließ Laken und meinen Kiefer fallen und stieß einen Freudenschrei aus. Dieses Mal fokussierte Lucas seinen Blick *sehr wohl* auf meine hüpfenden Brüste, als ich auf und ab sprang. Guter Junge ... das war schon besser.

„Soll ich kommentieren? Sie wirft ihre Arme in die Luft, kreischt und sieht ziemlich glücklich aus."

„Danke, Adam! Ich bin super aufgeregt."

„Gut. Wir sehen euch dann nächste Woche. Ich hoffe, bei dir und deiner Familie ist alles in Ordnung, Kat."

„Jetzt schon, ja, danke."

„Okay, dann entlasse ich euch wieder in euer Nickerchen." Adam, ganz der professionelle Chef, setzte das Wort *Nickerchen* nicht einmal in Anführungszeichen. Jordan hätte das auf jeden Fall getan.

Lucas meldete sich bei den Jungs ab und ich rannte auf ihn zu und sprang in seine Arme, bevor er überhaupt sein Handy weggelegt hatte. Er wickelte seine Arme fest um mich und riss mich von meinen Füßen. Ich flog hoch und strampelte mit den Beinen. „Du kannst weglaufen, aber du kannst dich nicht verstecken! Ich werde immer noch drüben im *Bau* sein und du im anderen Gebäude, aber ich werde dich finden."

„Okay, vielleicht machen wir einen Quickie in der Toilette neben der Werkstatt."

„Bäh, das klingt wie etwas, was Jordan tun würde."

Ich gab ihm einen kurzen Schmatzer.

„Ist das alles, was ich kriege?"

„Ich gehe duschen. Später gibt's mehr. Versprochen." Ich rannte ins Badezimmer.

„Ich warte immer noch darauf, die ganze Erfahrung mit einem dieser Next-Level-Blowjobs zu machen!", schrie er mir hinterher.

EPILOG

LUCAS.

Fünf Minuten später.

S IE WAR NOCH KEINE DREI MINUTEN IN DER DUSCHE, ALS das Handy erneut klingelte. Dieses Mal war es Jordan, und zwar nur Jordan. „Hey, Jordan. Ich weiß nicht, was du getan hast, um ihn zu überzeugen, aber Gott sei Dank hast du es getan."

Jordan verzog das Gesicht. „Danke nicht mir, danke deiner Frau." Ich warf einen unfreiwilligen Blick Richtung Bad. „Ist sie hier?"

„Sie duscht gerade. Warum, was hat sie denn getan?"

„Nun, Adam war, wie ich bereits vorhergesagt hatte, wutentbrannt wegen dieser ganzen Sache. Weil du abgehauen bist, weil ich abgehauen bin. Er hat mir dafür ein brandneues Arschloch verpasst. Du bist mir einiges schuldig, Junior."

„Ich werde es wieder gutmachen. Aber ... was hat Adams Meinung geändert, wenn er so wütend auf mich war?"

„Mia ... Was hast du denn gedacht? Sie ist vermutlich die einzige Person auf diesem Planeten, die seine Meinung über alles Mögliche ändern kann."

Ich schüttelte den Kopf. „Und wie hat sie ... hmm."

„Ja, jetzt bist du der logischen Spur gefolgt. Irgendwann in den letzten Tagen oder so, hat Kat Mia angerufen und sie gebeten, ihren wütenden Unglaublichen Hulk zu bearbeiten."

„Hey, Großer. Die Sonne steht sehr tief?", zitierte ich.

Er lachte. „So ungefähr. Wie dem auch sei, ich hatte gehofft, sie wäre da, damit ich ihr zu ihrer genialen Idee gratulieren kann. Aber nachdem sie gerade nass und nackt ist, lass ich dich besser gehen, sodass du dich auf sie stürzen kannst."

„Danke, Mann, ich weiß es zu schätzen, dass du mir Bescheid gegeben hast. Ich halte dich über alles auf dem Laufenden und ich werde ganz sicher am Donnerstag wieder in der Arbeit sein."

„Alles klar. Man sieht sich."

Ich schmiss das Handy aufs Bett und starrte fasziniert auf die Badezimmertür. Wow, wann hatte sie das geschafft? Wie? Das einzige Mal, dass wir in den letzten beiden Tagen voneinander getrennt waren, war während einer dreistündigen Zwischenlandung gewesen. Wir hatten uns aufgeteilt, um das Problem meines fehlenden Gepäcks schnellstmöglich zu lösen. Sie hatte mich in ein paar Bekleidungs- und Geschenkeläden geschickt, um Ersatzkleidung und Unterwäsche zu kaufen. In der Zwischenzeit war sie losgelaufen, um grundlegende Hygieneartikel wie eine Zahnbürste, Zahnpasta und einen Rasierapparat für mich zu besorgen. Da musste sie den Anruf getätigt haben.

Sie war raffiniert, meine Frau. Und es war an der Zeit, ihr eine Kostprobe ihrer eigenen Medizin zu geben. Es stellte sich heraus, dass Dusch-Sex jetzt meine liebste Art war, mich mit meiner Frau abzuschrubben.

Stunden später schlängelten wir uns komplett angezogen und im Touristenmodus durch die Menschenmassen. Wir waren auf dem Markt in Asan und stöberten nach Souvenirs. Kat und ich knabberten abwechselnd an einem Stück Lapsi Titaura und genossen den ungewöhnlichen, aber leckeren süß-sauren Geschmack.

„Mmm, willst du wissen, was das Beste daran ist, auf einer geheimen Hochzeitsreise zu sein?", fragte mich Kat zwischen zwei Bissen.

„Was denn?"

„Wir müssen keinen Haufen Souvenirs für alle mit nach Hause schleppen." Ich zeigte auf ein paar interessant aussehende Geschäfte auf der anderen Straßenseite und wir gingen hinüber. Sie fragte: „Warum hast du dich eigentlich hierfür entschieden? Du hast mir den Grund nie genannt."

Ich lächelte und biss noch ein Stück von der Süßigkeit in ihrer Hand ab. „Es könnte eventuell etwas mit den ersten drei Buchstaben des Stadtnamens zu tun haben."

„K-A-T. Wirklich? Ist das der Grund?"

„Natürlich ist das der Grund."

„Ha, du versuchst nur, mich in der Kreativabteilung zu übertreffen. Ich bin diejenige, die überhaupt erst geheime, spontane Flitterwochen vorgeschlagen hat, und jetzt musst du mich übertrumpfen, indem du ganz cool Kathmandu, Nepal aussuchst. Du weißt, was das bedeutet, oder?"

„Du akzeptierst demütig und höflich die Niederlage?"

„Uuuund du kennst mich überhaupt nicht! Ich werde einen Weg finden, deine Übertreffung zu übertreffen."

Plötzlich blieb sie stehen und holte ihr Handy aus der Tasche. „Warte kurz, mir hat jemand geschrieben." Sie las es und lachte, dann las sie es erneut.

„Um was geht's?", fragte ich.

Sie reichte mir das Handy, sodass ich es lesen konnte.

Mia: Adam hat mir gerade erzählt, dass er mit euch beiden über eure neuen Jobs gesprochen hat. GRATULATION!!! Mädchen, du bist mir einiges schuldig. Weshalb du und dein Gatte jetzt verpflichtet seid, im Dezember zu unserem Ski-Retreat zu kommen. Ich habe vor, dass all unsere Freunde da sein werden und es wird EPISCH werden. Wir haben ein unglaubliches Haus ... Also, ihr kommt, oder? Ja. Ja, ihr kommt.

Kat und ich sahen uns an und mussten wieder lachen. Und nachdem wir einen weiteren Bissen Süßigkeiten und einen darauffolgenden klebrigen Kuss geteilt hatten, fragte ich mich aufrichtig, wie es jemals epischer als das werden könnte.

Halte Ausschau nach dem nächsten Abenteuer in der Gaming The System-Reihe. Ein Techtelmechtel, in dem es um ein Ski-Retreat-Urlaubsabenteuer geht, mit den Pärchen, die ihr so sehr liebt, inklusive Adam, Mia, Jordan, April, William, Jenna, Lucas, Katya und Heath.

Brenna Aubrey ist eine USA TODAY-Bestsellerautorin von zeitgenössischen Liebesgeschichten, die sich um die Nerd-Kultur drehen.

Sie hat schon immer gerne gute Bücher gelesen und lange komplexe Geschichten in ihrem Kopf ersonnen. Brenna ist ein Stadtmädchen mit dem Herzen einer Naturliebhaberin. Deshalb verbringt sie so viel Zeit wie möglich im Grünen. Sie ist auch Mutter, Lehrerin, Nerd, Frankophile, bekennende Videospielsüchtige und eBook-Sammlerin.

Zurzeit lebt sie mit ihrem Mann, zwei Kindern, zwei hinreißenden Golden Retriever-Welpen, einem Vogel und ein paar Fischen an der Westküste der USA.

Für weitere Informationen www.brennaaubrey.de